HEYNE <

Das Buch

Im Februar 1996, drei Tage nach der Zerstörung des prächtigen venezianischen Opernhauses La Fenice, begibt sich John Berendt in die Lagunenstadt. Er stellt eigene Recherchen über den mysteriösen Brand an und stößt dabei auf Intrigen und skandalöse Ereignisse hinter den Kulissen Venedigs. Berendt zeichnet ein atmosphärisch dichtes Bild der Dogenstadt und erzählt von den eigenwilligen und faszinierenden Persönlichkeiten, die sie bevölkern. Die Bewohner Venedigs verbindet vor allem eins – die Liebe zu ihrer Stadt und ein schauspielerisches Talent, das ihnen in die Wiege gelegt zu sein scheint.

Mit seinem feinen Gespür für ungewöhnliche Geschichten, skurrile Figuren und die Poesie des Alltags zeigt John Berendt, dass Venedig nicht nur aus Stein besteht, sondern vor allem ein Gespinst von Geschichten und Legenden, Mythen und Märchen ist

»Elegant verwebt Berendt Geschichten, Episoden und Begegnungen zu einem farbenprächtigen, sinnlichen und süffig zu lesenden Buch.« *Neue Westfälische Zeitung*

Der Autor

John Berendt, geboren 1939 in New York als Sohn zweier Schriftsteller, ist einer der großen Autoren Amerikas. Er studierte Englisch an der Harvard Universität, wo er auch Redaktionsmitglied der Satirezeitschrift »The Harvard Lampoon« war. Berendt schrieb mehrere Bestseller und ist unter anderem Herausgeber des New-York-Magazins und Mitherausgeber des Esquire. Er lebt in New York.

John Berendt

DIE STADT DER FALLENDEN ENGEL

Aus dem Englischen
von Matthias Müller

WILHELM HEYNE VERLAG
MÜNCHEN

Die Originalausgabe THE CITY OF FALLING ANGELS erschien 2005 bei The Penguin Press, New York, sowie Hodder and Stoughton, London

Der Abschnitt aus: Henry James »Die Flügel der Taube« auf Seite 192 f. ist der Übersetzung von Herta Haas entnommen, erschienen bei Kiepenheuer & Witsch, 1962.
Für Harold Hayes und Clay Felker

FSC
Mix
Produktgruppe aus vorbildlich bewirtschafteten Wäldern und anderen kontrollierten Herkünften

Zert.-Nr. SGS-COC-1940
www.fsc.org
© 1996 Forest Stewardship Council

Verlagsgruppe Random House FSC-DEU-0100
Das für dieses Buch verwendete FSC-zertifizierte Papier *München Super* liefert Mochenwangen Papier

Vollständige deutsche Taschenbuchausgabe 01/2008

Printed in Germany 2008
Umschlaggestaltung: HildenDesign, München – www.hildendesign.de und Nele Schütz Design, München
Umschlagmotive: © Siede Preis / Getty Images; © David Noton Photography / Alamy; © Schapowalow / SIME
Druck und Bindung: GGP Media GmbH, Pößneck
ISBN: 978-3-453-81172-0

www.heyne.de

VORSICHT
VOR FALLENDEN ENGELN

Warnschild,
Anfang der 70er Jahre vor
der Kirche Santa Maria della Salute aufgestellt,
bevor die Marmorornamente
an der Fassade restauriert wurden.

INHALT

ANMERKUNG DES AUTORS

Bei dem vorliegenden Werk handelt es sich um ein Sachbuch. Alle darin vorkommenden Personen sind mit ihrem tatsächlichen Namen aufgeführt. Es gibt keine zusammengesetzten Figuren.

PROLOG:

DER VENEDIG-EFFEKT

»In Venedig spielt jeder Theater«, erzählte mir Graf Girolamo Marcello. »Jeder spielt eine Rolle, und die Rolle verändert sich. Rhythmus ist der Schlüssel zum Verständnis der Venezianer – der Rhythmus der Lagune, der Rhythmus des Wassers, der Gezeiten, der Wellen ...«

Ich war Graf Marcello zufällig begegnet, als ich die Calle della Mandola entlangschlenderte. Er gehörte einer alteingesessenen venezianischen Familie an und galt als Fachmann in Sachen Geschichte und Sozialstruktur Venedigs und als besonders bewandert in den subtilen Eigenheiten der Stadt und ihrer Bewohner. Da wir beide den gleichen Weg hatten, schloss ich mich ihm an.

»Der Rhythmus von Venedig ist wie das Atmen«, sagte er. »Flut, Hochdruck: angespannt. Ebbe, Niedrigdruck: entspannt. Auf den Rhythmus des Rades sind wir Venezianer überhaupt nicht eingestimmt. Das ist was für andere Städte, Städte mit Kraftfahrzeugen. Unser Rhythmus ist der der Adria. Der Rhythmus des Meeres. In Venedig fließt der Rhythmus mit den Gezeiten, und die Gezeiten wechseln alle sechs Stunden.«

Graf Marcello holte tief Luft. »Wie sehen Sie eine Brücke?«

»Wie bitte?«, fragte ich. »Eine Brücke?«

»Sehen Sie eine Brücke als ein Hindernis – bloß als eine Reihe Stufen, die man hinaufgehen muss, um von einer Seite des Kanals zur anderen zu gelangen? Wir Venezianer sehen Brücken nicht als Hindernisse. Für uns sind Brücken Übergänge. Wir überqueren sie sehr langsam. Sie sind Teil des Rhythmus. Sie sind die Verbindungsglieder zwischen zwei Teilen eines Theaters, wie Kulissenwechsel, oder wie die Entwicklung vom ersten zum zweiten Akt eines Theaterstücks. Während wir eine Brücke überqueren, verändert sich unsere Rolle. Wir wechseln von einer Wirklichkeit ... zu einer anderen Wirklichkeit. Von einer Straße ... zu einer anderen Straße. Von einem Schauplatz ... zu einem anderen Schauplatz.«

Wir näherten uns einer Brücke, die über den Rio di San Luca zum Campo Manin führte.

»Ein *Trompe-l'œil*-Bild«, fuhr Graf Marcello fort, »ist ein Bild, das so lebensecht wirkt, dass es einem gar nicht wie ein Bild vorkommt. Es sieht lebensecht aus, aber natürlich ist es das nicht. Es ist gewissermaßen eine einfach verschobene Wirklichkeit. Und was ist dann ein *Trompe-l'œil*-Bild, wenn es in einem Spiegel reflektiert wird? Eine zweifach verschobene Wirklichkeit?

Sonnenlicht auf einem Kanal wird durch ein Fenster an die Decke gespiegelt, dann von der Decke auf eine Vase, und von der Vase auf ein Glas, oder auf eine Silberschale. Welches ist das echte Sonnenlicht? Welche die echte Spiegelung?

Was ist wahr? Was ist nicht wahr? Das lässt sich nicht so einfach beantworten, denn die Wahrheit kann sich verändern. Ich kann mich verändern. Sie können sich verändern. Das ist der Venedig-Effekt.«

Wir gingen die Brücke hinunter und betraten den Campo Manin. Abgesehen davon, dass ich aus dem tiefen Schatten der Calle della Mandola in das grelle Sonnenlicht des offenen Platzes getreten war, fühlte ich mich unverändert. Meine Rolle, welche sie auch sein mochte, war dieselbe, die sie vor der Brücke gewesen war. Das gab ich natürlich gegenüber Graf Marcello nicht zu. Aber ich sah ihn an, neugierig, ob er zu erkennen geben würde, dass er sich selbst irgendwie verändert fühlte.

Er atmete tief durch, als wir den Campo Manin betraten. Dann stellte er in einem dezidierten Ton fest: »Venezianer sagen nie die Wahrheit. Wir meinen immer genau das Gegenteil von dem, was wir sagen.«

1

EIN ABEND IN VENEDIG

Als ich drei Tage nach dem Brand in Venedig eintraf, roch die Luft immer noch verkohlt. Der Zeitpunkt meiner Reise war bloßer Zufall. Schon Monate zuvor hatte ich beschlossen, außerhalb der Saison für ein paar Wochen nach Venedig zu kommen, um die Stadt einmal ohne das Gedrängel anderer Touristen zu genießen.

»Wenn es am Montagabend windig gewesen wäre«, sagte der Fahrer des Bootstaxis, als wir den Flughafen verlassen hatten und über die Lagune fuhren, »gäb's jetzt kein Venedig mehr, das man besuchen könnte.«

»Wie ist es eigentlich passiert?«, fragte ich.

Der Taxifahrer zuckte die Achseln. »Wie solche Sachen eben passieren.«

Es war Anfang Februar, mitten in der friedlichen Flaute, die sich jedes Jahr zwischen Neujahr und Karneval über Venedig legt. Die Touristen waren verschwunden, und in ihrer Abwesenheit hatte das Venedig, das sie normalerweise bevölkerten, so gut wie dicht gemacht. Gähnende Leere in Hotel-Lobbys und Souvenirläden. Gondeln waren an Stangen festgemacht und mit blauer Persenning bedeckt. Die Exemplare des *International Herald Tribune* auf den Gestellen der Zeitungsverkäufer fanden keine Abnehmer mehr, und auf dem Markusplatz war die Ausbeute für die Tauben derart mager, dass sie in andere Stadtteile abwanderten, um dort nach Futter zu suchen.

Währenddessen war das andere Venedig, das von Venezianern bewohnt wurde, so betriebsam wie eh und je – die kleinen Läden, die Gemüsestände, die Fischmärkte, die Bars und Kneipen. Für diese paar Wochen konnten die Venezianer durch ihre Stadt schlendern, ohne sich an dichten Pulks trottelnder Touristen vorbeidrücken zu müssen. Die Stadt atmete auf, ihr Puls beschleunigte sich. Venedig gehörte wieder den Venezianern.

Doch es herrschte eine gedrückte Stimmung. Die Menschen unterhielten sich in jenem leisen, benommenen Ton, den man hört, wenn es in der Familie einen unerwarteten Sterbefall gegeben hat. Das Thema war in aller Munde. Binnen weniger Tage hatte ich so viele Einzelheiten darüber erfahren, dass ich das Gefühl hatte, ich wäre selbst dabei gewesen.

Es geschah an einem Montagabend, dem 29. Januar 1996.

Kurz vor neun setzte sich Archimede Seguso an den Esstisch und entfaltete seine Serviette. Bevor seine Frau sich zu ihm setzte, ging sie ins Wohnzimmer, um die Vorhänge zuzuziehen. Das war schon seit jeher ihr allabendliches Ritual. Signora Seguso wusste natürlich, dass niemand hereinsehen konnte, aber es war ihre Art, die Familie in eine häusliche Umarmung zu schließen. Die Segusos wohnten im dritten Stock des Ca' Capello, einem Haus aus dem 16. Jahrhundert im Herzen Venedigs. Zwei Seiten des Gebäudes waren von einem schmalen Kanal eingefasst, der in den nahe gelegenen Canal Grande mündete.

Signor Seguso wartete geduldig am Tisch. Er war sechsundachtzig, groß und hager, und vom Alter noch nicht gebeugt. Mit seinem Kranz schütterer Haare und den widerspenstigen Augenbrauen sah er wie ein gutmütiger Zauberer aus, der staunend in die Welt hinausblickte. Er hatte eine lebendige Miene und leuchtende Augen, die jeden, der ihm begegnete, faszinierten. Doch wer etwas länger in seiner Gegenwart war, dem fielen unweigerlich seine Hände auf.

Es waren große, muskulöse Hände, die Hände eines Handwerkers, dessen Arbeit körperliche Kraft erforderte. Seit fünfundsiebzig Jahren stand Signor Seguso in seiner Glashütte an einem glühendheißen Schmelzofen – zehn, zwölf, achtzehn Stunden täglich – in den Händen ein schweres Stahlrohr, Glasmacherpfeife genannt, das er ständig drehte, um zu verhindern, dass der Klumpen geschmolzenen Glases am andern Ende zur einen oder anderen Seite sackte, dabei immer wieder innehaltend, um in das Rohr zu blasen und das Glas zu dehnen. Dann legte er das Rohr quer über die Werkbank, drehte und wendete es mit der Linken, während er mit einer Zange, die er in der Rechten hielt, an dem Glas zog und zupfte und aus ihm die Gestalt anmutiger Vasen, Schalen und Kelchgläser hervorlockte.

Nach all diesen Jahren, in denen er Stunde um Stunde das Stahlrohr drehte, hatte sich Signor Segusos Hand um das Rohr herumgefaltet, bis sie ständig gehöhlt blieb, als würde das Rohr immerzu darin liegen. Seine gehöhlte Hand war das stolze Abzeichen seines Handwerks, und aus eben diesem Grund hatte der Maler, der ihn vor einigen Jahren porträtiert hatte, besonders darauf geachtet, die Krümmung in seiner linken Hand zu zeigen.

Schon seit dem vierzehnten Jahrhundert waren die Männer in der Familie Seguso Glasbläser. Archimede war die einundzwanzigste Generation und einer der größten von allen. Er konnte aus massivem Glas schwere Objekte formen und Vasen blasen, die so dünn und zerbrechlich waren, dass man kaum wagte, sie zu berühren. Er war der erste Glasbläser, dessen Werk mit einer Ausstellung im Dogenpalast am Markusplatz geehrt wurde. Seine Stücke wurden bei Tiffany an der Fifth Avenue verkauft.

Seit seinem elften Lebensjahr stellte Archimede Seguso Glas her, und bereits mit zwanzig hatte er sich den Spitznamen »Mago del Fuoco« (Zauberer des Feuers) verdient. Er hatte jetzt nicht mehr das Durchhaltevermögen, täglich achtzehn Stunden vor einem heißen, brüllenden Ofen zu stehen, doch arbeitete er immer noch jeden Tag mit unvermindertem Vergnügen. An diesem bestimmten Tag war er zur gewohnten Zeit um halb fünf aufgestanden, wie immer überzeugt, dass die Stücke, die er im Begriff war herzustellen, schöner sein würden als alles, was er jemals zuvor geschaffen hatte.

Im Wohnzimmer blickte Signora Seguso noch kurz aus dem Fenster, bevor sie die Vorhänge zuzog. Ihr fiel auf, dass es draußen dunstig geworden war, und sie sinnierte laut, dass wohl ein Winternebel heraufgezogen sei. Aus dem anderen Zimmer erwiderte Signo Seguso, dass es dann aber sehr schnell passiert sein müsse, da er erst wenige Minuten zuvor noch einen Viertelmond am klaren Himmel gesehen habe.

Vom Wohnzimmerfenster aus sah man auf einen kleinen Kanal, der entlang der etwa zehn Meter entfernten Rückseite des Opernhauses La Fenice verlief. Dahinter, in etwa hundert Meter Entfernung, erhob sich der prachtvolle Eingangsflügel des Theaters, der jetzt dunstverhangen war. Gerade als Signora Seguso den Vorhang zuziehen wollte, sah sie etwas aufblitzen. Sie dachte erst, es sei ein Gewitter im Anzug. Dann sah sie einen zweiten Blitz, und jetzt war ihr klar, dass es Feuer war.

»Papa!«, rief sie. »La Fenice brennt!«

Signor Seguso eilte ans Fenster. An der Front des Gebäudes flackerten immer mehr Flammen, die den Rauch beleuchteten, den Signora Seguso für Nebel gehalten hatte. Sie rannte zum Telefon und wählte 115, um die Feuerwehr zu alarmieren. Signor Seguso ging in sein Schlafzimmer und stellte sich an das Eckfenster, das noch näher am Fenice lag als das Wohnzimmerfenster.

Zwischen dem Feuer und dem Haus der Segusos lag ein Wirrwarr von Gebäuden, die zusammen das Fenice bildeten. Der Teil, der jetzt in Flammen stand, der schlichte neoklassizistische Eingangsflügel mit seinen repräsentativen Empfangsräumen, allgemein unter der Bezeichnung ›Apollonische Säle‹ bekannt, war am weitesten entfernt. Daran schloss sich das Hauptgebäude des Theaters an, mit seinem Rokoko-Zuschauerraum, und schließlich der riesige Hinterbühnenbereich. Von beiden Seiten des Zuschauerraumes und der Hinterbühne fächerten Gruppen von kleineren, miteinander verbundenen Gebäuden aus, wie jenes, das die Kulissenwerkstatt beherbergte, direkt gegenüber Signor Seguso auf der anderen Seite des Kanals.

Signora Seguso kam bei der Feuerwehr nicht durch, und so wählte sie 112, die Polizei.

Signor Seguso war wie benommen von der Unfassbarkeit dessen, was sich da draußen vor seinem Fenster abspielte. Das Gran Teatro La Fenice war einer der Prachtbauten Venedigs. Es war wohl das schönste Opernhaus der Welt, und eines der bedeutendsten. Das Fenice hatte Dutzende von Opern in Auftrag gegeben, die auf seiner Bühne uraufgeführt wurden – Verdis *La Traviata* und *Rigoletto*, Igor Strawinskys *The Rake's Progress*, Benjamin Brittens *The Turn of the Screw*. Zweihundert Jahre lang hatte sich das Publikum an der üppigen Klarheit seiner Akustik ergötzt, an der Pracht der fünf Ränge vergoldeter Logen und an dem barocken Überschwang der Ausstattung. Signor und Signora Seguso hatten immer eine Loge für eine ganze Saison abonniert, und im Verlauf der Jahre hatte man ihnen zunehmend attraktivere Standorte gegeben, bis sie schließlich neben der Königsloge gelandet waren.

Als Signora Seguso auch bei der Polizei nicht durchkam, geriet sie in Panik. Sie rief zu der Wohnung hoch, in der ihr Sohn Gino mit seiner Frau und ihrem Sohn, Antonio, wohnten. Gino war noch draußen in der Glashütte der Segusos in Murano. Antonio war bei einem Freund in der Nähe der Rialto-Brücke.

Signor Seguso stand stumm am Fenster seines Schlafzimmers und sah zu, wie sich die Flammen in Windeseile über den gesamten obersten Stock des Eingangsflügels ausbreiteten. Er wusste, dass das Fenice, bei all seiner vielstöckigen Pracht, gegenwärtig ein riesiger Haufen herrlichen Zunders war. Innerhalb einer dicken Ummantelung Istriastein, die mit Backstein ausgelegt war bestand das Gebäude ausschließlich aus Holz – Holzbalken, Holzböden, Holzwände – reich verziert mit Holzschnitzereien, Stuckaturen und Papiermaché, alles mit mehreren Schichten Lack und Blattgold bedeckt. Signor Seguso war sich auch im Klaren darüber, dass in der Kulissenwerkstatt gleich auf der anderen Seite des Kanals Lösungsmittel lagerten, und, besonders besorgniserregend, Propangaszylinder, die zum Schweißen und Löten verwendet wurden.

Signora Seguso kam wieder ins Zimmer und erklärte, sie habe die Polizei endlich erreicht.

»Die wussten schon über das Feuer Bescheid«, sagte sie. »Sie haben gesagt, wir sollen sofort das Haus verlassen.« Sie blickte ihrem Mann über die Schulter und unterdrückte einen Schrei: In der kurzen Zeit ihrer Abwesenheit waren die Flammen näher gerückt. Sie drangen jetzt durch die vier kleineren Empfangssäle vor zum Hauptgebäude, in ihre Richtung.

Archimede Seguso starrte mit prüfender Miene in das Feuer. Er öffnete das Fenster, und ein Stoß eiskalter Luft kam herein. Der Wind wehte nach Südwesten. Doch die Segusos wohnten direkt westlich vom Theater, und Signor Seguso rechnete sich aus, dass, sofern der Wind nicht die Richtung wechselte oder stärker wurde, das Feuer eher zur anderen Seite des Fenice wandern würde als in ihre Richtung.

»Mach dir keine Sorgen, Nandina«, sagte er leise. »Wir sind nicht in Gefahr.«

Das Haus der Segusos war nur eines unter vielen Häusern in unmittelbarer Umgebung des Fenice. Bis auf den Campo San Fantin, einen kleinen Platz vor dem Theater, stand das Fenice eingezwängt zwischen alten und gleichermaßen feuergefährdeten Gebäuden, von denen viele direkt mit ihm verbunden oder lediglich durch ein oder zwei Meter von ihm getrennt waren. Das war keineswegs ungewöhnlich in Venedig, wo Baugelände immer schon sehr gefragt war. Aus der Luft ähnelte Venedig einem Puzzle aus Terracotta-Dächern. Zwischen manchen Gebäuden waren die Durchgänge so schmal, dass man mit einem aufgespannten Schirm nicht hindurchgehen konnte. Es war eine Spezialität venezianischer Einbrecher, sich mit Sprüngen von einem Dach zum andern vom Tatort zu entfernen. Wenn das Feuer im Fenice zu ebensolchen Sprüngen in der Lage war, dann würde es mit großer Wahrscheinlichkeit ein ansehnliches Stück Venedigs vernichten.

Das Fenice selbst lag im Dunkeln. Es war seit fünf Monaten wegen Renovierungsarbeiten geschlossen und sollte in einem Monat wieder eröffnen. Der Kanal entlang seiner hinteren Fassade war auch geschlossen und leer. Man hatte ihn abgeriegelt und trockengelegt, damit zum ersten Mal seit vierzig Jahren Schlick und Schlamm ausgebaggert und die Mauern repariert werden konnten. Der Kanal zwischen dem Gebäude der Segusos und der Rückseite des Fenice war jetzt eine tiefe, schlammige Schlucht mit einem Gewirr von freigelegten Rohren und einigen schweren Geräten, die in Pfützen auf dem Boden standen. Der leere Kanal würde es den Löschbooten der Feuerwehr unmöglich machen, das Fenice zu erreichen, und, schlimmer noch, es würde ihnen auch die dringend benötigte Versorgung mit Löschwasser fehlen. Um Brände zu löschen, waren die Feuerwehrmänner Venedigs auf direkt aus den Kanälen gepumptes Wasser angewiesen. Ein Wasserhydrantennetz gab es in der Stadt nicht.

Von allen Seiten war jetzt aufgeregtes Stimmengeschrei und eiliges Hin-und-her-Gerenne zu hören. Mieter, die von der Polizei aus ihren Häusern evakuiert wurden, stießen auf Restaurantbesucher, die aus dem Ristorante Antico Martini herausgeeilt kamen. Eine Schar verwirrter Gäste rollte ihre Koffer aus dem Hotel La Fenice und erkundigte sich nach dem Weg zum Hotel Saturnia, wohin man sie verwiesen hatte. In ihre Mitte platzte eine Frau mit irrem Blick und nur mit einem Nachthemd bekleidet. Sie war hysterisch schreiend aus ihrem Haus gerannt und hinaus auf den Campo San Fantin gestolpert. Jetzt warf sie sich vor dem Theater auf den Boden und wälzte sich, mit den Armen um sich schlagend, auf dem Bürgersteig hin und her. Mehrere Kellner kamen aus dem Antico Martini und führten sie hinein.

Es gelang zwei Löschbooten, einen wassergefüllten Kanal anzusteuern, der nicht weit vom Fenice entfernt war. Doch ihre Schläuche waren nicht lang genug, um die dazwischen liegenden Gebäude zu erreichen, und so zerrten die Feuerwehrleute sie durch das Küchenfenster auf der Rückseite des Antico Martini und durch den Speiseraum hinaus auf den Campo San Fantin. Sie richteten die Düsen auf die Flammen, die in einem Fenster im obersten Stock des Theaters loderten, doch der Wasserdruck war zu schwach. Der Wasserstrahl erreichte kaum den Fenstersims. Das Feuer stob weiterhin ungebändigt in die Höhe, mächtige Luftströme ansaugend, die die Flammen wie leuchtendrote Segel in einem stürmischen Wind knattern und schlagen ließen.

Mehrere Polizisten rangen mit der schweren Eingangstür des Fenice, doch ohne Erfolg. Dann zog einer seine Pistole und feuerte drei Schüsse auf das Schloss ab. Die Tür ging auf. Zwei Feuerwehrleute rannten hinein und verschwanden in einer dichten weißen Wand aus Rauch. Sekunden später kamen sie wieder herausgerannt. »Zu spät«, sagte einer. »Da brennt schon alles wie Stroh.«

Sirenengeheul erfüllte jetzt die Luft, während Polizei und Feuerwehr auf dem Canal Grande hin und her rasten, riesige Schmetterlingsflügel aus Gischt aufpeitschtend, als sie durch das Fahrwasser anderer Boote hüpften. Etwa eine Stunde nach dem ersten Alarm legte das große Feuerlöschboot der Stadt am Landesteg hinter Haig's Bar an. Seine leistungsstarken Maschinen könnten jetzt endlich Wasser über die zweihundert Meter vom Canal Grande zum Fenice pumpen. Dutzende von Feuerwehrleuten rollten Schläuche von dem Löschboot in den Campo Santa Maria del Giglio, koppelten fieberhaft Schlauchstücke aneinander, aber es war schnell klar, dass die Schläuche unterschiedliches Ringmaß hatten. Ungeachtet der heftig leckenden Kuppelstücke trugen die Feuerwehrleute die miteinander verbundenen Schläuche, so wie sie waren, hinauf auf die Dächer im Umkreis des Fenice. Die Hälfte des Wassers lenkten sie auf das Theater in dem Versuch, den Brand einzudämmen, den Rest auf die angrenzenden Gebäude. Brandmeister Alfio Pini hatte bereits eine strategische Entscheidung von großer Tragweite getroffen: Das Fenice ist verloren. Rettet die Stadt.

Graf Girolamo Marcello, der im obersten Stock seines Palasts, kaum eine Minute zu Fuß von der Vorderseite des Fenice entfernt, gerade mit seinem Sohn zu Abend aß, befand sich mitten im Satz, als das Licht ausging. Früher am Tag hatte Graf Marcello erfahren, dass in New York der exilierte russische Dichter und Nobelpreisträger Joseph Brodsky überraschend im Alter von fünfundfünfzig einem Herzanfall erlegen war. Brodsky, der Venedig leidenschaftlich geliebt hatte, war ein Freund und Hausgast von Marcello gewesen. So hatte Brodsky in Marcellos Palast gewohnt, als er sein letztes Buch, *Watermark*, schrieb, eine lyrische Reflexion über Venedig. Am Nachmittag hatte Marcello mit Brodskys Witwe Maria telefoniert, und sie hatten über die Möglichkeit gesprochen, Brodsky in Venedig zu beerdigen. Marcello wusste, dass sich das nicht leicht einrichten ließ. Jeder verfügbare Platz auf der Friedhofsinsel San Michele war schon seit Jahren vergeben. Es war allgemein bekannt, dass jeder Neuankömmling, selbst ein geborener Venezianer, nach zehn Jahren ausgegraben und zu einer gewöhnlichen Begräbnisstätte weiter draußen in der Lagune verlegt werden würde. Doch für einen Nicht-Venezianer und jüdischen Atheisten die Genehmigung auch nur für eine zeitlich begrenzte Grabstelle zu bekommen, wäre ein Unternehmen, dem viele Hindernisse im Wege stünden. Trotzdem hatte es prominente Ausnahmen gegeben. Igor Strawinsky war auf San Michele begraben, ebenso Sergej Diaghilew und Ezra Pound. Sie waren alle in der anglikanischen und griechisch-orthodoxen Abteilung begraben und würden dort auf ewig bleiben dürfen. Es bestand also Anlass zur Hoffnung, dass Brodsky ebenfalls dort begraben werden konnte, und damit beschäftigte sich Marcello gerade, als das Licht ausging.

Vater und Sohn blieben eine Weile im Dunkeln sitzen, da sie erwarteten, dass das Licht bald wieder angehen würde. Dann hörten sie die Sirenen, viele, viel mehr als üblich.

»Gehen wir hinauf und sehen mal nach, was da los ist«, schlug Marcello vor. Sie gingen hinauf zum hölzernen Austritt auf dem Dach, der *altana*, und sowie sie die Tür aufmachten, sahen sie den wütenden Brand.

Für Marcello stand fest, dass sie umgehend das Haus verlassen mussten. Während sie die Stufen hinuntergingen und sich im Dunkeln entlangtasteten, fragte sich Marcello, ob der sechshundert Jahre alte Palast dem Untergang geweiht war. In dem Fall würde mit ihm auch die eindruckvollste Privatbibliothek Venedigs verschwinden. Marcellos Bibliothek beanspruchte den größten Teil des zweiten Stocks. Es war ein architektonisches Schmuckstück, ein Raum mit hoher Decke und einer rund herum verlaufenden hölzernen Galerie, die nur über eine hinter einem Wandpaneel verborgene Treppe zu erreichen war. Die Regale, die vom Boden bis zur Decke reichten, beherbergten vierzigtausend Bände privater und staatlicher Dokumente, einige von ihnen über tausend Jahre alt. Die Sammlung kam einer Schatztruhe venezianischer Geschichte gleich, und Marcello stellte sie regelmäßig Gelehrten zur Verfügung. Er selbst verbrachte viele Stunden in einem thronartigen schwarzen Ledersessel mit dem Studium der Schriften, vor allem der Urkunden der Familie Marcello, einer der ältesten Venedigs. Zu Marcellos Vorfahren zählte ein Doge aus dem fünfzehnten Jahrhundert. Die Marcellos hatten tatsächlich zu den Familien gehört, die das Fenice erbauten und es bis kurz vor Ausbruch des Zweiten Weltkrieges, als die Gemeinde von Venedig es übernahm, auch besaßen.

Marcello ging zum Rand des Campo San Fantin und fand sich mitten in einer Menschenmenge wieder, in der auch der gesamte Stadtrat vertreten war, der sich im Ca' Farsetti, dem Rathaus, in einer Abendsitzung befunden hatte und geschlossen herbeigeeilt war. Marcello war eine bekannte Persönlichkeit in der Stadt, mit seinem kahlen Schädel und dem kurz gestutzten grauen Bart. Die Presse bat ihn oft um Stellungnahmen, wissend, dass man bei ihm immer mit ein paar offenherzigen, oft auch provokanten Bemerkungen rechnen konnte. Gegenüber einem Interviewer hatte er sich einmal als jemanden beschrieben, der »neugierig, rastlos, eklektisch, impulsiv und kapriziös« sei. Es waren diese letzten beiden Merkmale, die jetzt zum Vorschein kamen, als er auf dem Campo San Fantin stand und das brennende Opernhaus betrachtete.

»Wie schade«, sagte er. »Es ist hinüber. Ich werde es wohl nie wiedersehen. Der Wiederaufbau wird so lange dauern, dass ich sicher nicht mehr am Leben bin, wenn es fertig ist.« Diese Bemerkung war vordergründig an seinen Nachbarn gerichtet, aber tatsächlich war sie für die Ohren eines gutaussehenden Mannes Mitte fünfzig mit einem schwarzen Bart bestimmt, der in der Nähe stand: den Bürgermeister von Venedig, Massimo Cacciari. Bürgermeister Cacciari war ehemaliger Kommunist, Professor für Philosophie und Architektur an der Universität von Venedig, und Italiens derzeit höchstangesehener Philosoph. Als Bürgermeister war er automatisch Hausherr des Fenice, was bedeutete, dass er auch die Verantwortung für die Sicherheit des Theaters trug und jetzt die Leitung über den Wiederaufbau innehatte. Marcellos Bemerkung ließ eindeutig durchblicken, dass seiner Meinung nach weder Cacciari noch seine Linksregierung die Kompetenz dazu besaßen. Der Bürgermeister starrte mit einer Miene tiefer Verzweiflung auf das Feuer, so oder so ungerührt von Marcellos subtil formulierter Spitze.

»Aber ich würde vorschlagen«, fuhr Marcello fort, »wenn sie es wieder so aufbauen wollen, wie es in seiner Blütezeit war – und damit meine ich als einen gesellschaftlichen Ort, einen Ort der Begegnung – dann sollten sie eine große Diskothek für junge Leute draus machen.«

Ein alter Mann, der vor Marcello stand, drehte sich entsetzt um. Tränen kullerten ihm über die Wangen. »Girolamo!«, sagte er. »Wie können Sie so etwas sagen? Wer weiß denn überhaupt, was jungen Leuten in fünf Jahren gefällt?«

Ein ohrenbetäubendes Krachen hallte in den Tiefen des Fenice wider. Der große Kristallleuchter war zu Boden gestürzt.

»Das ist auch wieder wahr«, erwiderte Marcello, »aber wie jeder weiß, war es immer ein gesellschaftliches Ereignis, in die Oper zu gehen. Das sieht man sogar an der Architektur. Nur ein Drittel der Plätze ist so angeordnet, dass man eine gute Sicht auf die Bühne hat. Der Rest, vor allem die Logen, sind eigentlich am besten dafür geeignet, sich das Publikum anzusehen. Die Anordnung ist rein gesellschaftlich.«

Marcello sprach mit sanfter Nachdenklichkeit und ohne jegliche Spur von Zynismus. Es schien ihn zu amüsieren, dass irgendjemand annehmen könnte, Generationen von Opernbesuchern, wie die Marcellos, seien durch etwas so Hochtrabendes wie Musik oder Kultur in die Oper gelockt worden – ungeachtet Benedetto Marcello, dem Komponisten aus dem achtzehnten Jahrhundert und einem von Marcellos Vorfahren. Während seiner gesamten Existenz war das Fenice geheiligter Boden in der gesellschaftlichen Landschaft Venedigs gewesen, und Girolamo Marcello kannte sich bestens in der Sozialgeschichte Venedigs aus. Er galt sogar als eine ziemliche Autorität auf diesem Gebiet.

»Früher«, sagte er, »hatten die Privatlogen Vorhänge, die man zuziehen konnte, selbst während der Vorstellung. Mein Großvater ging liebend gern in die Oper, aber mit Musik hatte er nichts am Hut. Er öffnete den Vorhang nur, wenn es auf der Bühne etwas Spektakuläres zu sehen gab. Dann sagte er: ›Still! Jetzt kommt die Arie!‹, zog den Vorhang auf und applaudierte ... ›Wunderbar! Herrlich! Gut gemacht!‹ Anschließend zog er den Vorhang wieder zu und wartete auf den Diener, der ihm von Zuhause einen Korb mit Hühnchen und Wein brachte. Oper war bloß eine Form der Entspannung, und außerdem war es billiger, eine Loge in der Oper zu mieten, als für einen Abend einen ganzen Palast zu heizen.«

Plötzlich erschütterte ein weiteres ohrenbetäubendes Krachen den Erdboden. Die Böden im Eingangsflügel waren eingestürzt, einer auf den andern. Leute, die am Rand des *campo* standen, sprangen zurück, als das Dach des Eingangsflügels einbrach, wodurch Flammen und brennende Trümmer hoch in die Luft geschleudert wurden. Marcello kehrte zurück zu der *altana* auf seinem Dach, diesmal mit einer Flasche Grappa, einer Videokamera und einem Eimer Wasser ausgerüstet, für den Fall dass irgendwelcher Funkenflug auf seinem Dach landete.

Binnen weniger Minuten – während Girolamo Marcellos Videokamera surrte und klickte, während Archimede Seguso stumm durch sein Schlafzimmerfenster hinausstarrte, während hunderte von Venezianern von den Dächern aus zusahen und viele weitere Tausend in ganz Italien den Brand live im Fernsehen verfolgten – stürzte das Dach des Zuschauerraumes mit einem donnernden Dröhnen ein, begleitet von einem vulkanischen Ausbruch, der brennende Trümmer fünfzig Meter hoch in die Luft schleuderte. Angetrieben durch einen mächtigen Aufwind stiegen Klumpen brennender Asche, manche so groß wie Schuhschachteln, wie Kometen über Venedig auf.

Kurz nach elf erschien ein Hubschrauber über dem Markusplatz, ging im Tiefflug über die Mündung des Canal Grande und nahm eine Tankladung Wasser auf. Dann gewann er wieder an Höhe, ging überm Fenice in die Querlage und ließ unter Zurufen von den Dächern seine Ladung Wasser fallen. Eine zischende Säule aus Dampf und Rauch stieg vom Fenice auf, doch das Feuer brannte unvermindert weiter. Der Hubschrauber drehte ab und flog zurück zum Canal Grande, um wieder aufzuladen.

Plötzlich fiel Girolamo Marcello ein, dass seine Frau Lesa, die verreist war, von dem Brand hören könnte, bevor er dazu käme, ihr zu sagen, dass Familie und Haus in Sicherheit waren. Er stieg vom Dach herab, um sie anzurufen.

Gräfin Marcello arbeitete für *Save Venice*, eine amerikanische gemeinnützige Organisation, die sich dem Ziel verschrieben hatte, Gelder für die Restaurierung venezianischer Kunst und Architektur zu beschaffen. *Save Venice* hatte ihren Hauptsitz in New York. Lesa Marcello war die Leiterin des Büros in Venedig. Im Verlauf der letzten dreißig Jahre hatte *Save Venice* zig Gemälde, Fresken, Mosaike, Statuen, Decken und Gebäudefassaden restauriert. Kürzlich hatte *Save Venice* den bemalten Vorhang des Fenice restaurieren lassen, zum Preis von $100 000.

In Amerika war *Save Venice* eine enorm beliebte Stiftung geworden, weil sie gewissermaßen als eine partizipatorische Stiftung konzipiert war. So veranstaltete *Save Venice* im Spätsommer viertätige, mit Programmpunkten vollgestopfte Galas in Venedig, während derer Abonnenten für dreitausend Dollar pro Person an eleganten Lunchs, Abendessen und Bällen in Privatvillen und Palästen teilnehmen konnten, die normalerweise für die Öffentlichkeit nicht zugänglich waren.

Im Winter erhielt *Save Venice* den Spendengeist am Leben, indem sie in New York einen Fundraising-Ball veranstaltete. Lesa Marcello war Anfang der Woche nach New York geflogen, um an dem Winterball teilzunehmen. Dieses Jahr sollte es ein Maskenball werden, mit dem Thema Karneval, und er würde im Rainbow Room im fünfundsechzigsten Stockwerk des Rockefeller Centers stattfinden. Als er zum Telefon griff, um seine Frau anzurufen, fiel Girolamo Marcello plötzlich ein, dass der Ball in derselben Nacht veranstaltet werden sollte.

Die Türme von Manhattan glitzerten in der späten Nachmittagssonne, als Lesa Marcello sich durch ein Gewirr von Menschen, die hin und her eilten, um den Rainbow Room fertig zu schmücken, einen Weg zum Telefon bahnte. Der Innendesigner John Saladino tobte. Die Gewerkschaft hatte ihm für die Aufstellung seiner Dekoration nur drei Stunden zugestanden, so dass er gezwungen gewesen war, das gesamte Hauspersonal seines 23-Zimmer-Hauses in Connecticut sowie zwölf Leute aus seinem Büro zusammenzutrommeln. Noch bevor es Abend wurde, sollte sich der Jugendstil-Ballsaal des Rainbow Room in seine künstlerische Vision der Lagune Venedigs verwandeln.

»Der Rainbow Room wird von einer Kabale von Gewerkschaftlern beherrscht«, schimpfte er, laut genug, dass einige der Angesprochenen es mitbekamen. »Ihr Lebensziel besteht darin, jedem um sie herum das Leben zu vermiesen.« Er funkelte eine Viererbande von trägen Elektrikern an. »Ich dekoriere achtundachtzig Tische, so dass jeder eine Insel in der Lagune darstellt. Über jeden Tisch hängen wir eine Traube silberner, heliumgefüllter Ballons, in denen sich das Kerzenlicht vom Tisch darunter spiegelt, wodurch der Effekt eines glühenden *baldacchino* entsteht.« Mr. Saladino blickte sich gebieterisch um. »Ob wohl irgendjemand in Reichweite meiner Stimme weiß, was ein *baldacchino* ist?« Es war eindeutig, dass er von keinem der Anwesenden eine Antwort erwartete, weder von den Personen, die Ballons aufbliesen oder Tischdekorationen machten, noch von den Technikern, die die Tonanlage auf Peter Duchins Bühne testeten, oder von den zwei Jongleuren, die ihre Nummer probten und auf Stelzen umherstapften, Bälle in die Luft warfen und Teller auf ihren Fingerspitzen zwirbelten.

»Ein *baldacchino*!«, sagte ein breitbrüstiger Mann, der vor einer Staffelei bei der Bühne stand. Er hatte langes weißes Haar, eine Adlernase, und um seinen Hals war ein Seidenschal drapiert. »Ein *baldacchino* ist unser Wort für ›Baldachin‹«, sagte er. Dann wandte er sich mit einem Achselzucken wieder seiner Staffelei zu.

Dies war Ludovico De Luigi, einer der bekanntesten zeitgenössischen venezianischen Maler. *Save Venice* hatte ihn nach New York eingeflogen. Er sollte mithelfen, beim Ball Spenden zu sammeln. Im Verlauf des Abends würde er ein Aquarellbild malen, das später zugunsten von *Save Venice* versteigert werden würde. Ludovico De Luigi war ein Mann von überragendem Selbstvertrauen und dramatischem Flair. Seine an Dalí erinnernden Gemälde tendierten zum Metaphysisch-Surrealen. Typischerweise waren es geisterhafte Landschaften mit vertrauten venezianischen Gebäuden in verblüffenden Nebeneinanderstellungen – die Kuppelkirche Santa Maria della Salute als Ölplattform mitten im Ozean oder der Markusplatz als ein Gewässer, aus dem ein riesiges Polaris-U-Boot auftaucht und drohend Kurs auf die Basilika nimmt. De Luigis Arbeiten bewegten sich hart am Rande des Kitsches, waren aber technisch brillant und immer ein Blickfang.

In Venedig war er ebenso sehr für seine öffentlichen Possen bekannt wie für seine Kunst. Einmal hatte er die Genehmigung erhalten, seine Skulptur eines Pferdes auf dem Markusplatz aufzustellen, und ohne die Behörden zu informieren lud er ein berüchtigtes Mitglied des italienischen Parlaments zur Teilnahme ein: Ilona Staller, Abgeordnete für die Radikale Partei, unter den Fans ihrer Pornofilme besser bekannt als ›Cicciolina‹. Sie traf per Gondel und oben ohne auf dem Markusplatz ein, erklomm das Pferd und erklärte sich zum lebendigen Kunstwerk, das ein unbelebtes besteigt. Da Cicciolina dank ihrer parlamentarischen Immunität vor Strafverfolgung wegen Erregung öffentlichen Ärgernisses geschützt war, wurde stattdessen De Luigi angezeigt. Gegenüber der vorsitzenden Richterin beteuerte er, er habe nicht erwartet, dass Cicciolina sich ausziehen würde.

»Aber da Ihnen Fräulein Stallers Vorgeschichte doch sicher bekannt ist, Signor De Luigi«, wandte die Richterin ein, »konnten Sie sich denn nicht *vorstellen*, dass sie sich ausziehen würde?«

»Euer Ehren, ich bin Künstler. Ich habe eine lebhafte Phantasie. Ich kann mir auch vorstellen, dass *Sie* sich hier im Gerichtssaal ausziehen. Aber ich erwarte nicht, dass Sie es tun.«

»Signor De Luigi«, erwiderte die Richterin, »ich kann mir auch so manches vorstellen, zum Beispiel dass ich Sie wegen Missachtung des Gerichts für fünf Jahre hinter Gittern schicke.« Schließlich verurteilte sie ihn zu fünf Monaten Haft, was kurze Zeit später bei einer Generalamnestie aufgehoben wurde. Heute Abend jedenfalls, im Rainbow Room, wollte Ludovico De Luigi ein Bild der Miracoli-Kirche malen, eine Hommage an das gegenwärtige und bis jetzt ehrgeizigste Restaurierungsprojekt von *Save Venice.* Während er sich wieder damit beschäftigte, die Farben auf seiner Palette zu mischen, ergriff Lesa Marcello das Telefon und drehte sich zu den Fenstern mit Blick auf Manhattan.

Gräfin Marcello war eine dunkelhaarige Frau mit einer ruhigen Art und einer Miene unendlicher Geduld. Sie presste sich die freie Hand gegen das Ohr, um den Lärm zu dämpfen, und erfuhr von Girolamo Marcello, dass in La Fenice ein Brand ausgebrochen und das Feuer außer Kontrolle sei. »Es ist hinüber«, sagte er. »Da ist nichts mehr zu machen.

Aber wenigstens sind wir alle in Sicherheit, und bis jetzt hat das Feuer noch nicht übergegriffen.«

Lesa sank benommen in einen Sessel beim Fenster. Tränen stiegen ihr in die Augen, während sie versuchte, die Nachricht zu verarbeiten. Ihre Familie spielte schon seit Generationen eine prominente Rolle bezüglich der Geschicke Venedigs. Ihr Großvater war zwischen den Kriegen Bürgermeister gewesen. Sie starrte mit leerem Blick aus dem Fenster. Die untergehende Sonne spiegelte sich glitzernd und rotgelb in den gläsernen Wolkenkratzern der Wall Street, was für sie so aussah, als würde die ganze Stadt brennen. Sie wandte sich ab.

»Um Himmels Willen!«, entfuhr es Bea Guthrie, als Lesa ihr erzählte, was mit dem Fenice passiert war. Mrs. Guthrie war geschäftsführende Direktorin von *Save Venice.* Mit einem Anflug von Panik auf dem Gesicht legte sie die Tischdekoration weg, an der sie gerade gearbeitet hatte. Im Handumdrehen war aus dem Maskenball eine schrecklich unangebrachte Frivolität geworden, und es war zu spät, um ihn abzusagen. In wenigen Stunden würden sechshundert kostümierte Festgäste im Rainbow Room eintreffen, verkleidet als Gondolieri, Päpste, Dogen, Kurtisanen, Marco Polos, Shylocks, Casanovas und Tadzios, und es gab keine Möglichkeit, sie zurückzuschicken. Signora Lamberto Dini, Ehrengast und Gattin des italienischen Ministerpräsidenten, würde sicherlich auf ihr Kommen verzichten, und das würde nur noch unterstreichen, wie unangebracht der Ball jetzt war. Es war klar, aus der Party würde eine Totenwache werden. Es musste irgendetwas unternommen werden. Aber was?

Später am Nachmittag, als die Tischdekoration fertig gestellt war, ging Bea Guthrie nach Hause, um sich umzukleiden. Sie war in gedrückter Stimmung und ihr graute vor den nächsten Stunden. Doch dann rief Signora Dini an und sie hatte eine Idee. »Ich glaube, ich weiß, was wir tun können«, sagte sie, »das heißt, wenn Sie damit einverstanden sind. Ich werde heute Abend zum Ball kommen. Wenn alle Gäste da sind und wir die Nachricht von dem Brand bekannt gegeben haben, dann werde ich, im Namen aller Italiener, unsere große Dankbarkeit zum Ausdruck bringen, dass an diesem Nachmittag der Stiftungsrat von *Save Venice* beschlossen hat, sämtliches Geld, das heute Abend aufgebracht wird, dem Wiederaufbau des Fenice zur Verfügung zu stellen.«

Das würde dem Abend eine positive Note geben. Und der Stiftungsrat von *Save Venice* ließe sich bestimmt schnell für die Sache gewinnen. Mrs. Guthrie fühlte sich plötzlich viel besser und ging nach oben, wo sie zur Vorbereitung für den Ball ihr Harlekinkostüm auslegte.

Signora Seguso weinte beinahe vor Freude, als ihr Sohn Gino und ihr Enkel Antonio nach Hause kamen. Sowie der Strom ausgefallen war, war das Haus erfüllt vom flackernden Licht des Brandes, der Widerschein tanzte und hüpfte über Wände und Möbel, wodurch man das Gefühl hatte, das Haus sei selbst in Brand geraten. Das Telefon der Segusos hatte nicht mehr stillgestanden. Freunde wollten sich vergewissern, ob ihnen auch nichts geschehen sei. Einige waren sogar mit Feuerlöschern an der Tür erschienen. Gino und Antonio waren unten und redeten mit den Feuerwehrleuten, die die Segusos drängten, das Haus zu evakuieren, wie es andere in der Umgebung bereits getan hatten. Die Beamten sprachen mit gesenkter Stimme und mit erheblich mehr Ehrerbietung als sonst, da sie sich bewusst waren, dass der alte Mann dort oben am Fenster der große Archimede Seguso war.

Und Archimede Seguso weigerte sich, das Haus zu verlassen.

Noch würde irgendeiner der anderen Segusos daran denken zu gehen, solange er sich noch darin befand. Und so machten sich Gino und Antonio daran, Möbel von den Fenstern wegzurücken, Vorhänge abzuhängen, Teppiche zusammenzurollen und Blumenkästen hereinzuholen. Antonio ging hinauf auf die Terrasse und riss die Markise von ihrer Stange. Dann besprühte er die Dachziegel mit Wasser, die so heiß geworden waren, dass Dampf von ihnen aufstieg. Währenddessen packten Signora Seguso und ihre Schwiegertochter einige Koffer mit verschiedenen Habseligkeiten voll, um fluchtbereit zu sein, sobald Archimede es sich anders überlegte. Gino bemerkte den Koffer seiner Frau im Gang und hob den Deckel, um zu sehen, welche Wertgegenstände sie eingepackt hatte. Er war mit Familienfotos gefüllt, alle noch mit Rahmen.

»Alles andere können wir ersetzen«, sagte sie, »aber nicht die Erinnerungen.« Gino gab ihr einen Kuss.

Plötzlich ertönte ein weiteres erderschütterndes Krachen. Das Dach über dem Hinterbühnenbereich war eingestürzt.

Ein Feuerwehrhauptmann kam die Treppe hoch und informierte die Segusos in beinahe entschuldigendem Ton, dass seine Leute einen Schlauch durch ihr Wohnzimmer ziehen müssten, zu einem Fenster gegenüber dem Fenice, nur für den Fall, dass das Feuer den Kanal übersprang. Aber zuerst räumten die Feuerwehrleute einen Weg für den Schlauch frei. Sie gingen mit größter Vorsicht zu Werke und beinahe ehrfürchtig brachten sie Archimede Segusos gläserne Kunstwerke in Sicherheit – die abstrakten, modernistischen Stücke, die er in den 20ern und 30ern gemacht hatte, als die meisten anderen venezianischen Glasmacher noch blumige Designs im Stil des achtzehnten Jahrhunderts herstellten. Als sie den Feuerwehrschlauch ablegten, war er von einer Ehrengarde gläserner Gegenstände flankiert, in denen Segusos Genie steckte – Schalen und Vasen, in denen feine Fäden bunten Glases eingewirkt waren, die wie Spitze aussahen, oder wogende Bänder von Farbe, oder winzige Bläschen, die dort in Reihen und Spiralen hingen. Da waren bemerkenswert massive Skulpturen von Menschen und Tieren, aus einer einzigen Masse geschmolzenen Glases gefertigt, ein scheinbar unmögliches Kunststück, das allein er gemeistert hatte.

Gino kam zusammen mit dem Feuerwehrhauptmann zur Tür des Schlafzimmers seines Vaters. Anstatt sich anzumaßen, den Alten direkt anzusprechen, wandte sich der Hauptmann an Gino und sagte: »Wir machen uns große Sorgen um die Sicherheit des Maestro.«

Signor Seguso starrte weiterhin stumm aus dem Fenster.

»Papa«, sagte Gino in einem sanften, flehenden Ton, »das Feuer kommt näher. Wir sollten jetzt wirklich gehen.«

Ginos Vater hielt den Blick auf das Fenice gerichtet, beobachtete, wie Ausbrüche grüner, violetter, ambergelber und blauer Flammen im lodernden Feuer ihre Akzente setzten. Er sah die Flammen durch die Spalten der Fensterläden auf der Rückseite des Fenice, und er sah ihre Spiegelungen im Gekräusel der Pfützen auf dem Boden des Kanals. Er sah große lange Feuerzungen durch die Fenster züngeln und Geysire glühender Asche durch Löcher im Dach in den Himmel schießen. Die Winterluft draußen vor dem Schlafzimmerfenster war glühend heiß geworden. Aus dem Fenice war ein Ofen geworden.

»Ich bleibe hier«, sagte Archimede Seguso in ruhigem Ton.

In den Gesprächen in der Haig's Bar tauchten immer wieder bestimmte Wörter auf, die scheinbar nichts mit dem Fenice oder miteinander zu tun hatten: Bari ... Petruzzelli ... San

Giovanni in Laterno ... Uffizi ... Milano ... Palermo. Aber da war noch ein Wort, das auch häufig vorkam und sie alle miteinander verband: Mafia.

Die Mafia hatte in letzter Zeit mit Brandstiftung und Bombenanschlägen von sich reden gemacht. Der beunruhigendste Vorfall, im Lichte dessen, was sich an diesem Abend im Fenice ereignete, war der Brand im Jahr 1991, der das Petruzzelli-Opernhaus in Bari zerstörte. Im Nachhinein hatte man aufgedeckt, dass der Mafia-Boss in Bari die Brandlegung angeordnet hatte, nachdem er den Geschäftsführer bestochen hatte, ihm lukrative Aufträge für den Wiederaufbau zuzuschustern. Mehr als nur ein paar Leute, die das Fenice brennen sahen, glaubten an eine Wiederholungstat. Die Mafia war auch ein Hauptverdächtiger bei den tödlichen Autobombenanschlägen, die Teile der Kirche San Giovanni in Laterno in Rom, die Uffizien-Galerie in Florenz und die Galerie Moderner Kunst in Mailand zerstörten. Die Anschläge hatte man als eine Warnung an Papst Johannes Paul II gedeutet, wegen seiner häufigen mafiakritischen Äußerungen, sowie an die italienische Regierung wegen des harten Durchgreifens der Justiz gegen die Mafia. Gerade in diesem Moment stand in Mestre, am Ufer der venezianischen Lagune, ein sizilianischer Don vor Gericht wegen des tödlichen Autobombenanschlags auf einen unerschrockenen Anti-Mafia-Richter sowie auf dessen Frau und ihre Leibwächter in Palermo. Der Brand im Fenice könnte eine rücksichtslose Aufforderung sein, das Verfahren einzustellen.

»Die Mafia!«, höhnte Girolamo Marcello gegenüber Freunden, die zu ihm auf seine *altana* gekommen waren. »Wenn sie den Brand wirklich gelegt haben, dann hätten sie sich die Mühe sparen können. Das Fenice hätte auch ohne ihr Zutun Feuer gefangen. Da drüben herrscht schon seit Monaten das reinste Chaos.

Kurz nach Beginn der Restaurierungsarbeiten«, fuhr er fort, »bat mich der *Sovrintendente* des Fenice um ein Treffen. *Save Venice* hatte gerade den Vorhang des Fenice restauriert, und jetzt wollte er, dass ich, als Mitglied des Stiftungsrates, *Save Venice* bitte, auch die Fresken von Dantes *Göttlicher Komödie* in der Bar zu restaurieren. Der *Sovrintendente* lud mich ein, mir die Fresken anzusehen, und ich traute meinen Augen nicht. Es war der reine Wahnsinn. Überall brennbares Material. Weiß Gott wie viele Dosen Lack, Terpentin und Lösungsmittel da herumstanden – offen, verschlossen, auf dem Boden verschüttet –, und dann Stapel von Parkettbohlen, hochgetürmte Rollen von Kunststoffbodenbelag, überall Haufen von Bauschutt. Und mitten drin Leute, die mit Lötlampen und Schweißbrennern arbeiteten! Unvorstellbar! Und Überwachung? Null, wie üblich. Verantwortung? Null. Ich dachte, ›Die spinnen!‹ Also wenn die Mafia wollte, dass das Fenice brennt, dann brauchten sie nur zu warten.«

Obwohl der Brand offiziell noch außer Kontrolle war, konnte Archimede Seguso um zwei Uhr morgens bereits erkennen, dass zwischen dem Brand und der Feuerwehr ein Patt entstanden war. Er erschien in der Tür seines Schlafzimmers. Es war das erste Mal seit vier Stunden, dass er seinen Posten am Fenster verlassen hatte.

»Wir sind jetzt außer Gefahr«, sagte er. Er küsste seine Frau. »Was habe ich gesagt, Nandina. Du brauchst dir keine Sorgen zu machen.« Dann umarmte er seinen Sohn, seine Schwiegertochter und seinen Enkel. Und damit ging er ohne ein weiteres Wort zu Bett.

Während Signor Seguso einschlief, entstieg in New York eine Parade preußischer Generäle, Hofnarren und Märchenprinzessinnen den Aufzügen und hielt Einzug in den kerzenerleuchteten Rainbow Room. Ein Bischof in vollem Ornat reichte einer Bauchtänzerin ein Glas. Ein vermummter Scharfrichter plauderte mit Marie Antoinette. Ein Pulk von Gästen umringte den Maler Ludovico De Luigi, der die Umrisse der Miracoli-Kirche skizziert hatte und jetzt die mit Marmor verkleidete Fassade mit den ersten Farben versah. Die für den Abend engagierten Unterhalter – Jongleure auf Stelzen, Akrobaten, Feuerschlucker und Mimen in Kostümen der Commedia dell'Arte – schlenderten zwischen den Gästen umher, von denen die wenigsten wussten, dass La Fenice brannte. Die bislang einzige Erwähnung im amerikanischen Fernsehen war eine elf Sekunden lange Meldung, ohne Bild, in den *CBS Evening News.*

Peter Duchin saß am Piano wie ein exotischer Vogel, mit den schwarzen und weißen Federn, die von der Stirn seiner schwarzen Maske aufragten. Als er Bob Guthrie, den Präsidenten von *Save Venice*, ans Mikrofon treten sah, brach er die Musik mit einer Handbewegung ab.

Guthrie, dessen große Gestalt in einen rot-weißen Kaftan gehüllt war, begrüßte die Gäste und eröffnete ihnen, dass er leider eine schlechte Nachricht für sie habe. »Das Fenice brennt«, sagte er. »Es kann nicht mehr gerettet werden.« Ein kollektiver Aufschrei ging durch den Ballsaal. Dann wurde es still. Guthrie stellte den Ehrengast vor, Signora Dini, der Tränen über die Wangen liefen, als sie ans Mikrofon trat. Mit zitternder Stimme dankte sie dem Stiftungsrat von *Save Venice,* der noch am späten Nachmittag beschlossen habe, den Abend der Sammlung von Spenden zum Wiederaufbau des Fenice zu widmen. Die Stille wurde durch vereinzelten Beifall durchbrochen. Dann schwoll der Beifall zu einer Ovation an, und die Ovation gipfelte in einem Ausbruch von Jubelrufen und Pfiffen.

Ludovico De Luigi nahm mit fahlem Gesicht das Bild der Miracoli-Kirche von der Staffelei und ersetzte es durch ein leeres Blatt. Mit raschen Bleistiftstrichen skizzierte er das Fenice. Als ironischen Touch verlegte er es in die Mitte der Lagune und ließ es in Flammen aufgehen.

Mehrere Gäste steuerten auf die Aufzüge zu, um nach Hause zu gehen und sich umzuziehen. Sie sagten, ihnen sei die Lust an Verkleidung vergangen. Signora Dini wandte sich vom Mikrofon ab und betupfte ihre Augen mit einem Taschentuch. Bob Guthrie stand in der Nähe und unterhielt sich mit einer Gruppe Leute nicht weit vom Mikrofon, das noch offen war und Teile des Gesprächs aufnahm. »Ich schätze, wir können heute Abend nahezu eine Million Dollar an Spenden für das Fenice locker machen«, sagte er und führte den Eintrittspreis von eintausend Dollar an, die Versteigerung von Ludovico De Luigis Bild und dann noch spontane Spenden. In Antwort auf eine Frage zu dem Geld, konnte man Guthrie sagen hören: »Nein, nein! Auf keinen Fall! Wir übergeben der Stadt Venedig das Geld erst, wenn die Restaurierung beginnt. Was dachten Sie denn? So dumm sind wir nicht. Wir tun es bis dahin auf ein Treuhandkonto. Wer weiß, in wessen Tasche es sonst verschwindet.«

Um drei Uhr morgens schließlich wurde offiziell verlautbart, dass das Feuer unter Kontrolle sei. Es hatte keine Sekundärbrände gegeben und es war niemand ernsthaft verletzt worden. Die dicken Mauern des Fenice hatten den Brand eingedämmt und verhindert, dass sich das Feuer ausbreiten konnte, aber dafür war auch alles in seinem Innern restlos verbrannt. Anstatt Venedig zu vernichten hatte das Fenice in gewisser Weise Selbstmord begangen.

Um vier Uhr morgens überflog der Hubschrauber zum letzten Mal das Gebäude. Das traurige Schicksal des Fenice stand in den leckenden Schläuchen geschrieben, die sich durch den Campo Santa Maria del Giglio vom Canal Grande zum Fenice schlängelten.

Bürgermeister Massimo Cacciari stand immer noch auf dem Campo San Fantin vor dem Fenice und betrachtete bedrückt die Überreste des Opernhauses. Auf einem perfekt erhaltenen Plakat, das am Eingang in einer Vitrine an der Außenmauer hing, stand die Ankündigung, dass das renovierte Opernhaus Ende des Monats mit einem Jazzkonzert von Woody Allen wieder eröffnen würde.

Um fünf Uhr morgens schlug Archimede Seguso die Augen auf und erhob sich vom Bett, erfrischt, obwohl er nur drei Stunden geschlafen hatte. Er ging zum Fenster und öffnete die Läden. Die Feuerwehrleute hatten Scheinwerfer aufgestellt und ihre Schläuche auf das ausgebrannte Innere gerichtet. Aus der Hülle des Fenice stiegen jetzt Rauchschwaden auf.

Signor Seguso zog sich im Widerschein des Lichts an, das von den hell erleuchteten Mauern zurückgeworfen wurde. Der Geruch von verkohltem Holz hing schwer in der Luft, doch konnte er trotzdem den Kaffee riechen, den seine Frau ihm kochte. Wie immer stand sie an der Tür und wartete auf ihn mit einer dampfenden Tasse, und wie immer ging er zu ihr und schlürfte neben ihr seinen Kaffee. Dann küsste er sie auf beide Wangen, setzte seinen grauen Filzhut auf und ging hinunter. Vor dem Haus hielt er kurz inne und sah zum Fenice hoch. Die Fenster waren klaffende Löcher, die den Blick auf einen dunklen frühmorgendlichen Himmel einrahmten. Ein starker Wind peitschte um die düstere Hülle. Es war ein kalter Wind aus dem Norden, ein Bora. Hätte er acht Stunden früher geweht, hätte sich das Feuer sicherlich ausgebreitet.

Ein junger Feuerwehrmann lehnte erschöpft an einer Mauer. Als Signor Seguso näher kam, nickte er ihm zu.

»Wir haben es verloren«, sagte der Feuerwehrmann.

»Sie haben getan, was Sie konnten«, erwiderte Signor Seguso sanft. »Es war aussichtslos.«

Der Feuerwehrmann schüttelte den Kopf und blickte zum Fenice hoch. »Mit jedem Stück Decke, das da herunterfiel, brach mir auch ein Stück vom Herzen ab.«

»Mir ging es genauso«, sagte Signor Seguso. »Aber Sie dürfen sich keine Vorwürfe machen.«

»Es wird mich immer verfolgen, dass wir es nicht retten konnten.«

»Sehen Sie sich um«, entgegnete Signor Seguso. »Sie haben Venedig gerettet.«

Damit ging der alte Mann seines Weges, langsam die Calle Caotorta hinunter in Richtung Fondamente Nuove, wo er den Vaporetto oder das Linienboot zu seiner Glashütte auf Murano nehmen konnte. In jüngeren Jahren hatte er für die anderthalb Kilometer zu Fuß zum Vaporetto zwölf Minuten gebraucht. Jetzt brauchte er dafür eine Stunde.

Auf dem Campo Sant' Angelo blickte er sich um. Von unten angestrahlt, schraubte sich eine breite Rauchsäule wie ein grausiges Phantom in den Himmel.

Am andern Ende des *campo* ging er in die Einkaufsstraße, Calle de la Mandola, wo er einem Mann in einem blauen Arbeitspullover begegnete, der die Fenster einer Konditorei putzte. Fensterputzer waren die einzigen Leute, die zu so früher Stunde arbeiteten, und sie grüßten ihn immer, wenn er vorbeikam. »Ah, Maestro!«, sagte der Mann in Blau. »Wir haben uns gestern Nacht Sorgen um Sie gemacht, wo Sie doch so dicht beim Fenice wohnen.«

»Das ist sehr lieb von Ihnen«, erwiderte Signor Seguso mit einer kleinen Verbeugung und berührte seinen Hutrand, »aber wir waren Gott sei Dank nie in wirklicher Gefahr. Doch unser Theater haben wir verloren ...«

Signor Seguso blieb weder stehen noch verlangsamte er seinen Gang. Kurz nach sechs traf er in der Glashütte ein und ging in den höhlenartigen Hüttenraum. Dort standen, in reichlichem Abstand voneinander, sechs große, aus keramischen Steinen gemauerte Schmelzöfen, die alle unter Feuer waren und den Raum mit einem ständigen donnernden Brüllen erfüllten. Mit einem Assistenten besprach er die Farben, mit denen er an diesem Tag arbeiten wollte. Einige würden klar sein, andere undurchsichtig. Gelb und Orange wollte er haben, Rot, Violett, Amber, Kobaltblau, Blattgold, Weiß und Schwarz – mehr Farben, als er normalerweise verwendete, aber der Assistent fragte nicht warum, und der Meister bot keine Erklärung an.

Als das Glas bereit war, stellte er sich vor den offenen Ofen, die Glasmacherpfeife in der Hand, und blickte ruhig und tief ins Feuer. Dann, mit einer geschmeidigen, anmutigen Bewegung tauchte er das Ende der Pfeife in den im Ofen befindlichen Glasschmelzhafen und drehte sie langsam, wieder und immer wieder, und als der glühende, birnenförmige Klumpen am andern Ende genau die richtige Größe hatte, zog er die Pfeife heraus, um der Vase, die er im Sinn hatte, Gestalt zu geben.

Die erste Vase dieser Serie, die am Schluss über hundert Stücke umfassen sollte, war mit nichts zu vergleichen, was er jemals zuvor gemacht hatte. Vor einem undurchsichtigen Hintergrund, der schwarz wie die Nacht war, hatte er wirbelnde Bänder gewundener Rautenformen gesetzt, in Rot, Grün, Weiß und Gold, die um die Vase herum nach oben sprangen, sich kreuzten und zwirbelten. Er erklärte nie, was er tat, doch nach der zweiten Vase wusste jeder Bescheid. Es war eine Aufzeichnung des Feuers in Glas – die Flammen, die Funken, die Brandglut und der Rauch – genauso, wie er es von seinem Fenster aus gesehen hatte, wie es durch die

Fensterläden geglitzert, sich im Gekräusel des Wassers am Boden des Kanals gespiegelt hatte und hoch in die Nacht aufgestiegen war.

In den kommenden Tagen würde die Stadt Venedig eine Untersuchung durchführen, um zu ermitteln, was an dem Abend des 29. Januar 1996 passiert war. Doch am Morgen des dreißigsten, als die Glut des Fenice noch glomm, hatte ein prominenter Venezianer bereits begonnen, seine Zeugenaussage in Glas zu komponieren, wobei er gleichzeitig ein Werk von schauriger Schönheit schuf.

2

STAUB & ASCHE

Ich war schon sicher ein Dutzend Mal in Venedig gewesen, nachdem ich gleich bei meinem ersten Besuch, zwanzig Jahre zuvor, seinem Zauber erlegen war – eine Stadt der Kuppeln und Glockentürme, die in dunstiger Ferne schwebt, hier und dort ein marmorner Heiliger oder ein vergoldeter Engel.

Bei diesem jüngsten Besuch näherte ich mich der Stadt, wie immer, mit dem Bootstaxi. Das Boot verlangsamte seine Fahrt, als wir näher kamen, dann glitt es in die schattige Enge eines kleinen Kanals. In einem beinahe gemessenen Tempo glitten wir vorbei an überhängenden Balkonen und verwitterten Steinfiguren, die in zerbröckelndem Backstein und Stuck eingebettet waren. Ich sah hoch durch geöffnete Fenster und erhaschte hin und wieder einen Blick auf gemalte Decken und Kronleuchter. Ich hörte flüchtige Fetzen Musik und Unterhaltung, aber keine hupenden Autos, keine quietschenden Bremsen, und keine Motorengeräusche außer dem gedämpften Knattern unseres eigenen. Menschen gingen über die Fußgängerbrücken, als wir unter ihnen hindurchfuhren, und das Kielwasser unseres Bootes klatschte gegen bemooste Stufen, die zum Kanal hinunterführten. Diese zwanzigminütige Bootsfahrt war zu einem Initiationsritus geworden, auf den ich mich immer schon lange vorher freute, eine Bootsfahrt gut vier Kilometer über die Lagune und tausend Jahre zurück durch die Zeit.

Für mich war Venedig nicht bloß schön, es war überall schön. Einmal nahm ich mir vor, diese Behauptung zu überprüfen, indem ich ein Spiel ersann, das ich ›Foto-Roulette‹ nannte. Das Ziel bestand darin, durch die Stadt zu gehen und in unvorbereiteten Augenblicken Fotos zu machen – etwa, wann immer eine Kirchenglocke läutete oder ich einen Hund oder eine Katze sichtete –, um zu sehen, wie oft man, an einem beliebigen Standort, mit einem Anblick außergewöhnlicher Schönheit konfrontiert wäre. Das Ergebnis: beinahe immer.

Doch ärgerlicherweise musste ich oft warten, bis mir ein Pulk Touristen aus dem Bild ging, bevor ich ein Foto machen konnte, selbst in den Außenbezirken, die angeblich von Touristen verschont bleiben. Aus dem Grund beschloss ich, Venedig mitten im Winter zu besuchen. So würde ich es ohne die verdeckende Überlagerung durch andere Touristen sehen. Dann würde ich ausnahmsweise einen klaren Blick auf Venedig als funktionierende Stadt haben. Die Menschen, die ich auf der Straße sah, wären solche, die tatsächlich dort lebten und zielgerichtet ihren täglichen Geschäften nachgingen, die im Vorbeigehen vertraute Blicke auf Stadtbilder warfen, vor denen ich bewundernd stehen blieb. Doch als ich an jenem Morgen Anfang Februar 1996 über die Lagune kam und den ersten Hauch von Verkohltem in der Luft witterte, war mir klar, dass ich zu einem außergewöhnlichen Zeitpunkt in Venedig angekommen war.

Ein dramatisches, farbiges Luftbild von Venedig beherrschte das Titelblatt von *Il Gazzettino* an diesem Morgen. Es war ein Panoramabild der Stadt, das am Tag nach dem Brand aufgenommen worden war, in der Mitte das ausgebrannte Fenice, von dessen geschwärztem Krater eine schwache Rauchfahne aufstieg wie von einem vor kurzem ausgebrochenen Vulkan. ›Nie wieder! Nie wieder solche Bilder!‹ versprach die Zeitung ihren Lesern.

Es hatte eine Flut von Sympathiebekundungen für Venedig gegeben. Der Opernsänger Luciano Pavarotti hatte angekündigt, er werde ein Konzert geben, dessen Einnahmen für den Wiederaufbau des Fenice bestimmt wären. Plácido Domingo ließ sich nicht lumpen und sagte, er werde auch ein Konzert geben, aber seins werde in der Markusbasilika stattfinden. Pavarotti konterte, dass auch er in San Marco singen werde, aber *alleine*. Woody Allen, dessen Jazzband eigentlich am Ende des Monats das neu renovierte Fenice mit einem Konzert eröffnen sollte, witzelte gegenüber einem Reporter, dass das Feuer wohl von einem »Liebhaber guter Musik« gelegt worden sei, und fügte hinzu: »Wenn sie nicht wollten, dass ich spiele, dann hätten sie es bloß zu sagen brauchen.«

Die Zerstörung des Fenice war ein besonders brutaler Verlust für Venedig. Es war eine der wenigen kulturellen Sehenswürdigkeiten, die nicht an Außenstehende abgetreten worden war. Im Fenice waren immer mehr Venezianer als Touristen, und deswegen war es allen Venezianern besonders lieb und teuer, selbst jenen, die noch nie einen Fuß hineingesetzt hatten. Die Prostituierten der Stadt veranstalteten eine Sammlung und überreichten Bürgermeister Cacciari einen Scheck über umgerechnet 1200 Euro.

Der *Gazzettino* berichtete über eine Reihe von Enthüllungen über den Brand, die während der letzten beiden Tage ans Licht gekommen waren. Selbst für jene, die normalerweise nicht so empfänglich für Verschwörungstheorien waren, gab es eine Reihe verdächtiger Zufälle.

So wurde etwa entdeckt, dass zwei Tage vor dem Brand jemand sowohl den Rauchmelder als auch den Wärmesensor vom Netz genommen hatte. Das war angeblich geschehen, weil Rauch und Hitze von den Renovierungsarbeiten wiederholt die Alarmanlagen ausgelöst hatten und die Arbeiter sich gestört fühlten.

Die alte Sprinkleranlage des Fenice war ausgebaut worden, bevor eine neue aktiviert wurde.

Der einsame Nachtwächter des Fenice war erst um 22.20 Uhr am Brandort erschienen, mindestens zwanzig Minuten, nachdem der erste Notruf eingegangen war. Er behauptete, er sei im Gebäude umhergeirrt, auf der Suche nach dem Ursprung des Rauchs.

Es wurde ebenfalls bekannt, dass zwei Wochen zuvor ein kleines Feuer ausgebrochen war, möglicherweise mit Absicht durch eine Lötlampe verursacht, doch war der Vorfall vertuscht worden.

Verschwörung oder nicht, für Fahrlässigkeit gab es genug Beweise, angefangen mit dem leeren Kanal. Bürgermeister Cacciari hatte ein lobenswertes und längst fälliges Vorhaben ins Leben gerufen, die kleineren Kanäle der Stadt zu entschlammen und zu reinigen. Doch ein Jahr vor dem Brand hatte der Präfekt der Stadt und ihr oberster Verwaltungsbeamter, zuständig für die öffentliche Sicherheit, dem Bürgermeister einen Brief geschrieben, in dem er warnte, dass Kanäle erst dann trocken gelegt werden sollten, wenn die Stadt eine alternative Wasserquelle gefunden hatte, für den Fall eines Brandes. Sein Brief blieb unbeantwortet. Sechs Monate später schickte der Präfekt einen zweiten Brief. Die Antwort auf diesen war der Brand selbst.

Der trockene Kanal war nur ein Teil der Geschichte von Dienstvergehen und Fahrlässigkeit. Personen, die mit der Renovierung des Fenice zu tun gehabt hatten, bezeichneten die Umstände als chaotisch. Sicherheitstüren hatte man vergessen abzuschließen oder sogar sperrangelweit offen gelassen. Leute kamen und gingen nach Belieben, befugt oder unbefugt. Kopien der Schlüssel zur Eingangstür waren willkürlich verteilt worden, und einige waren verschwunden.

Da war auch die seltsame Geschichte des Cafés im La Fenice. Die Behörden hatten die Schließung des Cafés für die Zeit der Renovierung angeordnet, doch die Geschäftsführerin, Signora Annamaria Rosato, hatte ihre Chefs angefleht, dass das Café als Kantine für die Arbeiter geöffnet bleiben dürfe. Sie hatten nachgegeben und ihr gesagt: »Aber seien Sie bloß vorsichtig.« Und so stellte Signora Rosato ihre elektrische Kaffeemaschine auf, und ihre elektrische Kochplatte für die Zubereitung von Pasta. Sie zog mit dieser improvisierten Küche von Raum zu Raum und gab sich Mühe, den Renovierungsarbeiten nicht im Wege zu sein. Doch da das Feuer in den Apollonischen Sälen entstanden war, in unmittelbarer Nähe ihres gegenwärtigen Standortes, wurden Signora Rosato und ihre Kaffeemaschine zur Mediensensation. Bei der Polizei wurde sie als Verdächtige verhört. Der Verdacht erwies sich als unbegründet, allerdings erst nachdem sie aus Zorn darüber, dass sie so unerwartet in Verruf gekommen war, die Namen anderer Personen ins Spiel gebracht hatte, die ihrer Meinung nach viel eher als Verdächtige in Frage kamen – zum Beispiel die Arbeiter, die am Nachmittag des Brandes ihre Kochplatte benutzt hatten, und die Konservatoren, die über Nacht starke Hitzelampen hatten brennen lassen, die auf feuchte Stuckflächen gerichtet waren, um sie schneller zu trocknen. Alle Personen, die sie verpfiff, wurden vernommen und später wieder freigelassen.

Obwohl sie Dutzende von Zeugen vernommen hatte, räumte die Staatsanwaltschaft gegenüber dem *Gazzettino* ein, dass man immer noch nicht wisse, wie das Feuer entstanden war. Staatsanwalt Felice Casson berief eine vierköpfige Expertenkommission, die den Brand untersuchen sollte, und wies sie an, sofort mit der Arbeit zu beginnen.

Doch eine Sache war jetzt schon schmerzhaft deutlich: Keines der beiden Hauptübel, mit denen Venedig zu kämpfen hatte, konnte für den Brand verantwortlich gemacht werden – weder der steigende Meeresspiegel, der irgendwann in der Zukunft die Stadt zu überfluten drohte, noch die Überfülle an Touristen, unter denen das Leben der Stadt erstickte. In der Nacht, als das Fenice brannte, hatte es in Venedig weder Hochwasser gegeben noch hielt sich dort eine nennenswerte Anzahl Touristen auf. Diesmal musste Venedig sich selbst die Schuld geben.

Dem *Gazzettino* zufolge sollte später am Tag eine Bürgerversammlung stattfinden, bei der über La Fenice diskutiert werden sollte. Sie würde im Ateneo Veneto abgehalten, einem Palast aus dem 16. Jahrhundert gegenüber dem Fenice auf der anderen Seite des Campo San Fantin. Das Ateneo Veneto war ursprünglich die Heimstatt einer Bruderschaft gewesen, die es sich zur Aufgabe gemacht hatte, zum Tode Verurteilte auf ihrem letzten schweren Gang zum Galgen zu begleiten und für ein ordentliches Begräbnis zu sorgen. Doch während der letzten zweihundert Jahre hatte sie als Akademie der Künste und Wissenschaften gedient, der kulturelle Parnass Venedigs. In dem prunkvollen Großen Saal im Erdgeschoss wurden Vorträge und Zusammenkünfte von höchstem literarischen und künstlerischen Niveau veranstaltet. Wenn eine Veranstaltung in das Ateneo Veneto gelegt wurde, war das an sich schon ein Zeichen, dass die kulturelle Elite Venedigs sie als wichtig betrachtete.

Eine halbe Stunde vor Beginn der Versammlung ging ich zum Campo San Fantin und fand eine betroffene Ansammlung von Venezianern vor, die in stummer Trauer am Fenice vorbeidefilierten. Vor der Front hielten zwei Carabinieri Wache, schnittig gekleidet in dunkelblaue Uniformen mit kecken roten Streifen entlang der Hosennaht. Sie rauchten

Zigaretten. Auf den ersten Blick sah das Fenice genauso aus wie immer – der klassisch-strenge Portikus, die korinthischen Säulen, die Fenster und die Balustraden – alles unversehrt. Aber dies war natürlich nur die Fassade, und die Fassade war alles, was es noch gab. Das Fenice war zu einer Maske seiner selbst geworden. Hinter der Maske war vom Innern nur noch ein Haufen Schutt und Trümmer übrig geblieben.

Die Menge vor dem Fenice zog weiter über den *campo* zum Ateneo Veneto für die Bürgerversammlung. Der Große Saal war bereits zum Bersten voll. Leute standen hinten und an den Seiten, während vorne die Redner nervös umherliefen. Im Publikum wurde aufgeregt diskutiert und gemutmaßt. Eine Frau, die bei der Tür stand, drehte sich zu ihrer Nachbarin um. »Es gibt keine Zufälle«, sagte sie. »Wart's nur ab.« Die andere nickte zustimmend. Zwei Männer unterhielten sich über die mittelmäßige Qualität des Stammensembles des Fenice in den letzten Jahren, besonders des Orchesters. »Schade, dass das Fenice abbrennen musste«, sagte einer zum andern. »Wäre mir lieber gewesen, wenn's das Orchester erwischt hätte.« Eine junge Frau, die außer Atem den Saal betrat, steuerte auf einen jungen Mann zu, der ihr einen Platz freihielt. »Ich hab dir noch gar nicht erzählt, wo ich war, als es gebrannt hat«, sagte sie, während sie auf ihren Platz schlüpfte. »Ich war nämlich im Kino. In der Accademia lief *Senso*. Unglaublich, nicht? Der einzige Film mit einer Szene, die im Fenice gedreht wurde. Visconti hat das so gemacht, dass es wie um 1860 aussah. Das heißt, die Beleuchtung bestand aus Gaslampen. Gaslampen! Stell dir vor! Kleine Feuer im Fenice! Und danach, als ich draußen war, rannten da überall Leute herum und riefen ›La Fenice! La Fenice!‹« Ich bin ihnen zur Accademia-Brücke gefolgt, und dann habe ich das Feuer gesehen. Ich dachte, ich träume.«

Einige der unmittelbaren Nachbarn des Fenice waren zur Versammlung gekommen und richteten sich auf unterschiedliche Weise darauf ein, im Schatten eines Geistes zu leben. Gino Seguso erzählte, seit dem Feuer habe sein Vater seine Zeit hauptsächlich in der Glashütte verbracht und produziere Vasen und Schalen, um jener schrecklichen Nacht zu gedenken. »Bis jetzt hat er schon über zwanzig gemacht«, sagte er, »und er läßt immer noch mehr geschmolzenes Glas vorbereiten. Mein Vater hat bloß gesagt: ›Ich muss sie machen‹, und wir haben keine Ahnung, wann er seine Leidenschaft ausgelebt hat. Aber die Stücke sind wunderschön, jedes einzelne.«

Emilio Baldi, der Eigentümer des Restaurants Antico Martini, berechnete mit trüber Miene die Verluste, die er in all den Monaten, wenn nicht Jahren, machen würde, in denen die Aussicht, die man von seinem Restaurant hätte, eine lärmende Baustelle wäre anstatt eines schönen Platzes. »Ein hoffnungsvolles Zeichen hat es allerdings gegeben«, sagte er und rang sich ein kleines Lächeln ab. »Wir hatten acht Tische mit Essensgästen, als das Feuer ausbrach, und natürlich packte jeder seinen Mantel und verschwand. Inzwischen sind sieben der acht wiedergekommen und haben darauf bestanden, ihre Rechnung zu bezahlen. Vielleicht bedeutet das, dass am Ende alles gut ausgeht.«

Ich nahm neben einer älteren englischen Dame Platz, die dem Paar vor ihr ein kleines Stück bemalter Leinwand von der Größe einer Briefmarke zeigte. Es war an den Rändern verkohlt.

»Das ist ein Stück Kulisse«, sagte die Frau. »Ist das nicht traurig?«

»Wir haben es auf unserer *altana* gefunden«, fiel ihr Mann ein. »Wir wohnen im Palazzo Cini und waren gerade im Monaco essen. Plötzlich wurden die Kellner durch irgendwas abgelenkt und sie verließen alle den Speisesaal. Als sie wiederkamen, haben wir sie gefragt, was los sei, und sie haben gesagt, beim Fenice scheine es zu brennen. Wir sind dann auf das Dach des Saturnia Hotels gestiegen, von dem man einen prächtigen Blick auf das Fenice hat. Das Feuer war direkt vor uns, so nah, dass Marguerites Pelzmantel versengt wurde. Etwas später, als wir nach Hause gingen, flogen Funkenwolken über unsere Köpfe.«

»Es konnte einem Angst und Bange werden«, sagte seine Frau. »Am nächsten Morgen war unsere *altana* mit Asche bedeckt. Christopher hat dieses kleine Stück verbrannter Leinwand gefunden. Es war über den Canal Grande bis zu uns geweht.« Sie wickelte die verkohlte Reliquie in ein Taschentuch und steckte sie wieder in ihre Handtasche. »Wir werden wohl nie erfahren, aus welcher Oper es stammt.«

Die Versammlung wurde vom Intendanten des Fenice eröffnet, Gianfranco Pontel, der Tränen vergoss und gelobte, dass er erst dann wieder ruhig schlafen werde, wenn das Fenice wieder aufgebaut war und in Betrieb genommen wurde. Pontel, eine politische Ernennung ohne musikalischen Hintergrund, sagte, er sehe keinen Grund zurückzutreten, wie es verschiedene Personen öffentlich gefordert hatten.

Nach Pontel trat ein Beamter nach dem andern vor, um das Schicksal des Fenice zu beklagen, für seine Wiederauferstehung zu beten und sich selbst von jeglicher Schuld freizusprechen. Während sie sprachen, litten hoch über ihnen an der Kassettendecke Legionen gequälter Seelen in Palma il Giovanes *Zyklen des Fegefeuers*, in stummer Verhöhnung jedes einzelnen ihrer Worte.

Bürgermeister Cacciari, das schwarze Haar verstrubbelt, trat ans Mikrofon. Am Tag nach dem Brand hatte er angekündigt, die Stadt würde das Fenice innerhalb von zwei Jahren wiederaufbauen und es würde genau so aufgebaut, wie es vorher gewesen war, und nicht als modernes Theater. Er belebte den alten Slogan *Com'era, dov'era* (Wie es war, wo es war), der erstmals bei der Kampagne für den originalgetreuen Wiederaufbau des Campanile auf dem Markusplatz benutzt worden war, nach dessen Einsturz im Jahr 1902. Der Stadtrat beeilte sich, sein Plazet zu Cacciaris Beschluss zu geben.

Heute bekräftigte der Bürgermeister sein Versprechen. Er verhehlte nicht die Rationalisierungen, die ihm ständig durch den Kopf gingen. »Im Nachhinein erfindet man zehntausend Ausreden«, sagte er. »Man sagt sich: ›Du kannst nicht gleichzeitig Oberaufseher des Fenice sein, der Polizei, der Versorgungsbetriebe und der Feuerwehr. Die Leute können nicht von dir erwarten, dass du die Stadt Haus für Haus überwachst, Kirche für Kirche, Museum für Museum.‹ All das kann man sich sagen, aber ständig denkt man: ›Nein, das ist nicht möglich, das kann nicht passieren. Nein, es ist nicht passiert. Das Fenice kann nicht brennen ...‹«

Das Publikum war eindeutig unzufrieden, aber das hehre Ambiente des Ateneo Veneto sorgte dafür, dass ein gewisses Maß an gesitteten Umgangsformen eingehalten wurde, wenn auch nicht die übliche Stille herrschte, in der man eine Stecknadel fallen hören konnte. Die Versammlung gab ihr allgemeines Missvergnügen zu erkennen, indem sie ein ständiges Gemurmel in Gang hielt, das je nach den Bemerkungen des Redners an- oder abschwoll. Doch irgendwann lösten sich eindeutig artikulierte Worte aus dem Geräuschteppich, aufgebrachte, zornige Worte, die in scharfem Ton gesprochen wurden und aus der Ecke jener Zuhörer kamen, die auf der linken Seite des Saales standen.

»Als wir euch gewählt haben«, rief die Stimme Cacciari zu, »haben wir euch das schönste Theater der Welt gegeben, *intakt!* Und ihr habt es uns als Asche zurückgegeben!« Die Stimme gehörte dem Maler Ludovico De Luigi, gerade aus New York zurück, wo sein spontanes Bild des brennenden Fenice von *Save Venice* zur Unterstützung des Fenice versteigert worden war. Mit gerötetem Gesicht und wehender Mähne zeigte De Luigi anklagend auf den Bürgermeister. »Es ist eine Schande!«, rief er. »Jemand muss hier die Verantwortung übernehmen! Wer sonst, wenn nicht Sie?« Das Gemurmel schwoll zu einem Dröhnen an, und das Dröhnen wurden von den Silben von De Luigis Namen markiert: »Ludovico, -vico, -vico, -vico.«

Andere Zuhörer reckten die Hälse in halb verlegener Erwartung. Würde dieser Ausbruch in eines von Ludovicos Happenings münden? Warteten seine nackten Modelle in den Kulissen? Würde er eine weitere Version seiner bronzenen Viola-Skulptur hervorzaubern, die mit dem großen Phallus? Würde er Ratten aus einem Käfig lassen, wie er es einmal auf dem Markusplatz getan hatte? Anscheinend nicht. De Luigi hatte keine Zeit gehabt, irgendetwas zu dieser Versammlung mitzunehmen außer sich selbst.

Bürgermeister Cacciari betrachtete ihn erschöpft. »Venedig ist einmalig«, sagte er. »Es ist wie kein anderer Ort auf dieser Welt. Man kann nicht von mir erwarten, dass ich über das vernünftige und normale Maß hinaus Verantwortung übernehme. Weder von mir noch von sonst irgendeinem gewählten Beamten.«

»Aber deswegen haben wir euch doch gewählt«, sagte De Luigi. »Wir haben Ihnen die Leitung gegeben, ob Sie das nun akzeptieren oder nicht! Und *Sie*!«, bellte er und zeigte jetzt auf den erschrockenen Intendanten Pontel, »hören Sie um Himmels Willen mit dem Geschniefe auf! Sie sind ja wie ein Baby, dem man das Spielzeug weggenommen hat. Tun Sie das Ehrenwerte. Treten Sie zurück!«

Luigi verstummte, nachdem er losgeworden war, was er sagen wollte, und dann trat ein Dezernent ans Mikrofon und erläuterte, dass die Aufgabe, das Fenice wieder aufzubauen, dazu beitragen würde, alten Handwerksberufen, die es in Venedig nicht mehr gab, neues Leben einzuhauchen. Es würde ein Bedarf geschaffen für Kunsthandwerker, die in der Lage waren, per Hand das Holzschnitzwerk, das Steinmetzdekor zu reproduzieren, die Stuckaturen und das Papiermaché, die Parkettböden, die Gemälde, die Fresken, die Vergoldung und die üppigen und komplexen Stoffe für Vorhänge, Wandteppiche und Polsterung. Der Verlust des Fenice sei eine Tragödie, sagte er, doch durch den Wiederaufbau würde eine Renaissance all der traditionellen Handwerksberufe entstehen. Die Kosten für den Wiederaufbau würden umgerechnet über 45 Millionen Euro betragen, doch Geld wäre kein Problem, da Rom den Wert des Fenice als ein nationales Kulturerbe betrachte. Das Geld würde schon kommen.

Die Frau an der Tür stieß ihre Freundin an. »Was habe ich gesagt? Es gibt keine Zufälle.«

Als Letzter sprach ein Vizebürgermeister. »Venedig ist eine Stadt von Holz und Samt«, sagte er. »Der Schaden hätte viel schlimmer sein können ...«

Die Zuhörer gingen wieder hinaus auf den sonnenbeschienenen Platz San Fantin, wo die zwei Zigarette rauchenden Polizisten mit einem Trio hübscher Mädchen schäkerten. Sie erklärten ihnen gerade, sie würden die Mädchen ja liebend gerne ins Theater lassen, damit sie einen schnellen Blick auf die Zerstörung werfen konnten, aber das Gebäude sei von der Polizei versiegelt worden und es dürfe niemand hinein. Ludovico De Luigis Stimme dröhnte, während er sich in der Gesellschaft seiner Freunde entfernte: »Ich *wollte* sie beleidigen! Sollen sie ruhig sauer sein.« Er deutete im Vorbeigehen auf das Fenice. »Venedig hatte einmal zwölf Opernhäuser. Jetzt haben wir keins. Ein weiterer Nagel im Sarg. Seht's euch an! Eine leere Hülle. Genau wie Venedig.«

Der Tod Venedigs war seit zweihundert Jahren vorhergesagt, verkündet und beklagt worden, seit 1797, als Napoleon die einstmals mächtige Republik Venedig in die Knie zwang. Auf der Höhe ihres Ruhmes war die Stadt Venedig die mächtigste Seemacht der Welt gewesen. Ihr Machtbereich erstreckte sich von den Alpen bis Konstantinopel, und ihr Wohlstand war legendär. In der architektonischen Vielfalt ihrer Paläste – Byzantinik, Gotik, Renaissance, Barock, Neoklassizismus – kommt eine Ästhetik zum Ausdruck, die durch ein Jahrtausend von Eroberungen und einverleibter Kriegsbeute geprägt wurde.

Doch mit Beginn des achtzehnten Jahrhunderts hatte Venedig sich dem Hedonismus und dem Müßiggang verschrieben – Maskenbälle, Spieltische, Prostitution und Korruption. Die herrschende Klasse vernachlässigte ihre Pflichten und der Staat wurde so schwach und machtlos, dass er Napoleons anrückendem Heer keinen Widerstand zu leisten vermochte. Am 12. Mai 1797 beschloss der Große Rat der Venezianischen Republik seine eigene Auflösung, und der letzte in einer Reihe von 120 Dogen trat zurück. Seit jenem Tag hatte es keine Dogen mehr im Dogenpalast gegeben, keinen Rat der Zehn in der Sala del Maggior Consiglio, keine Schiffsbauer, die Kriegsschiffe im Arsenal vom Stapel ließen, keine Häftlinge, die unterwegs zu den Kerkern über die Seufzerbrücke schlurften.

»Ich werde ein Attila für den Staat Venedig sein!«, hatte Napoleon gepoltert – auf Italienisch, damit keine Missverständnisse aufkamen. Er hielt Wort. Seine Leute plünderten die Staatskasse, demolierten Dutzende von Gebäuden, rissen Edelsteine aus ihren Fassungen, schmolzen Gold- und Silbergegenstände ein und schleppten wichtige Gemälde fort, die dann im Louvre und im Brera-Museum in Mailand aufgehängt wurden.

Diese Niederlage machte aus Venedig ein verarmtes Provinznest, das nur noch in der Lage war, sich einem schmachtenden und pittoresken Niedergang hinzugeben. Dies ist das Venedig, wie wir es kennen – nicht die triumphierende und arrogante Siegermacht, sondern die gedemütigte und bröckelnde Ruine.

Das gefallene Venedig wurde zum Symbol verblichener Grandeur, ein Ort der Schwermut, des Fernwehs, der Romantik, geheimnisvoll und schön. Als solcher wurde es unwiderstehlich für Maler und Schriftsteller. Lord Byron, der für zwei Jahre in einem Palast am Canal Grande wohnte, schien das verfallende Venedig beinahe vorzuziehen – »Perchance even dearer in her day of woe, / Than when she was a boast, a marvel, and a show«. Henry James sah Venedig als eine abgenutzte Touristenattraktion, einen »heruntergekommen Schaukasten und Bazar«. John Ruskin, der die baulichen Reichtümer der Stadt im Auge hatte, pries Venedig als »das Paradies aller Städte«. Charles Dickens erschien Venedig als »eine Geisterstadt«, und für Thomas Mann war es eine düstere, verführerische Kuriosität – »halb Märchen, halb Fremdenfalle«.

Ich begriff, warum so viele Geschichten, die in Venedig spielten, geheimnisvolle Kriminalgeschichten waren. Durch schattendunkle Nebenkanäle und labyrinthische Gassen, in denen sich selbst Eingeweihte manchmal verirrten, ließ sich leicht eine unheimliche Stimmung erzeugen. Spiegelungen, Spiegel und Masken deuteten an, dass nichts war, was es schien. Verborgene Gärten, Läden vor den Fenstern und unsichtbare Stimmen gemahnten an Geheimnisse und möglicherweise an Okkultes. Bögen im maurischen Stil dienten immerhin als Erinnerung daran, dass der unergründliche Geist des Orients hier auch seine Hand im Spiel gehabt hatte.

In der Zeit der Gewissensprüfung, die auf die Brandnacht folgte, schienen sich Venezianer die gleichen Fragen zu stellen, die auch mich beschäftigten – nämlich, was es bedeutete, in einer so exklusiven und unnatürlichen Umgebung zu leben. War überhaupt noch etwas übrig von dem Venedig, das Virginia Woolf beschrieb als den »Spielplatz von allem, was frei und fröhlich, geheimnisvoll und unverantwortlich war«?

So viel wusste ich: Die Bevölkerung Venedigs hatte in den letzten fünfundvierzig Jahren ständig abgenommen – von 174 000 im Jahr 1951 auf 70 000 zur Zeit des Fenice-Brandes. Gestiegene Lebenshaltungskosten und ein Mangel an Arbeitsplätzen hatte eine Abwanderung aufs Festland ausgelöst. Venedig nagte dennoch nicht am Hungertuch. Im Gegenteil, Norditalien verzeichnet jetzt eines der höchsten Pro-Kopf-Einkommen in Europa.

Dank der zwei Jahrhunderte Armut blieb die historische Bausubstanz von modernen Eingriffen weitgehend verschont. Das neunzehnte und zwanzigste Jahrhundert hatte kaum eine Spur im Stadtbild hinterlassen. Wenn man heute durch Venedig geht, eröffnen sich einem immer noch Ausblicke, die zum großen Teil so sind, wie Canaletto sie im achtzehnten Jahrhundert gemalt hat.

Schon wenige Tage nach meiner Ankunft spielte ich ernsthaft mit dem Gedanken, meinen Besuch zu verlängern und für eine Weile in Venedig zu leben. Im Alter von sechzehn hatte ich die Grundlagen italienischer Grammatik gelernt, als ich den Sommer als Austauschschüler bei einer italienischen Gastfamilie in Turin lebte, und es war einiges hängen geblieben. Ich konnte mühelos die Zeitung lesen, verstand das gesprochene Wort passabel und sprach gut genug, um mich verständlich zu machen.

Ich beschloss, in einem Apartment zu wohnen, nicht im Hotel. Ich würde mit einem Notizbuch durch die Stadt wandern und gelegentlich mit einem kleinen Tonbandgerät. Ich würde kein festes Programm haben, aber ich würde mein Augenmerk mehr auf die Menschen richten, die in Venedig wohnten, als auf die elf Millionen Touristen, die jährlich hindurchliefen.

Als Vorbereitung auf dieses Unternehmen las ich die klassischen Texte. Nicht alle waren ermutigend. Mary McCarthy sagte es unverblümt in ihrem *Venice Observed:* »Es lässt sich nichts [über Venedig] sagen (einschließlich dieser Feststellung), das nicht schon gesagt wurde.« McCarthys Bemerkung in Klammern, »einschließlich dieser Feststellung«, bezieht sich auf Henry James, der 1882 in einem Essay mit dem Titel »Venedig« geschrieben hatte: »Über das Thema gibt es schlichtweg nichts mehr zu sagen ... Das wäre wahrlich ein trauriger Tag, an dem sich tatsächlich etwas Neues sagen ließe ... Ich bin mir nicht sicher, ob nicht eine gewisse Unverschämtheit darin liegt, wenn man behauptet, dem etwas hinzufügen zu können.«

Diese Aussprüche waren nicht so apodiktisch, wie sie den Anschein hatten. Mary McCarthy bezog sich in erster Linie auf klischeehafte Beobachtungen über Venedig, die Leute fälschlicherweise meinten, erfunden zu haben – zum Beispiel, dass der Markusplatz wie ein Freilicht-Wohnzimmer sei, dass Venedig nachts einer Theaterkulisse gleiche und dass alle Gondeln in einem Trauerschwarz gestrichen seien und Särgen ähnelten. Henry James reagierte auf die Flut von Reiseberichten und persönlichen Erinnerungen an Venedig, das zu seiner Zeit als Reiseziel superschick war.

Mein Interesse galt jedenfalls nicht Venedig an sich, sondern den Menschen, die in Venedig leben, was nicht das Gleiche ist.

Die bekanntesten Romane und Filme, die in Venedig spielten, handelten in der Regel von Personen, die bloß auf der Durchreise waren: Thomas Manns *Tod in Venedig,* Henry James' *Die Flügel der Taube* und *Asperns Nachlass,* Filme wie *Don't Look Now (Wenn die Gondeln Trauer tragen), Summertime (Der Traum meines Lebens),* Ernest Hemingways *Across the River and Into the Trees (Über den Fluss und in die Wälder),* und Ian McEwans *The Comfort of Strangers (Der Trost von Fremden).* Die Hauptfiguren all dieser Geschichten, und vieler weiterer ebenfalls, waren weder Venezianer noch dort heimisch gewordene Ausländer. Es waren Durchreisende. Mein Blick auf Venedig würde sich auf Menschen richten, die, zum größten Teil, dort lebten.

Wieso Venedig?

Weil meines Erachtens Venedig einmalig schön war, isoliert, nach innen gekehrt, und ein mächtiger Stimulans für die Sinne, den Intellekt und die Phantasie.

Weil trotz seiner Kilometer von verknäuelten Straßen und Kanälen Venedig viel kleiner und begreifbarer war, als es zuerst den Anschein hatte. Mit seinen etwa 73 Quadratkilometern war Venedig tatsächlich kaum doppelt so groß wie New Yorks Central Park.

Weil ich immer schon gefunden hatte, dass der Klang von Kirchenglocken, die alle Viertelstunde schlugen – in der Nähe, in der Ferne, Solo und im Konzert, jede mit ihrer eigenen Persönlichkeit – Balsam für Ohren und Nerven war.

Weil ich mir keinen verlockenderen Rhythmus vorstellen konnte, dem ich mich für unbestimmte Zeit unterwerfen wollte.

Und weil, wenn man dem Worst-Case-Szenario für den ansteigenden Meeresspiegel Glauben schenken soll, Venedig vielleicht nicht mehr lange da wäre.

3

AUF WASSERHÖHE

Ich nahm mir ein Apartment in Cannaregio, einem Wohnbezirk, der weit genug von der Haupt-Touristenroute entfernt war, dass er noch seine alte Stadtteilatmosphäre behalten hatte: Hausfrauen, die auf dem Lebensmittelmarkt einkaufen gingen, Kinder, die auf den Plätzen spielten, der venezianische Dialekt, der aus dem gesprochenen Wort einen munteren Singsang macht. Schritte und Stimmen waren tatsächlich die vorherrschenden Geräusche in Venedig, da es keine Autos gab, die sie übertönen konnten, und sehr wenig Vegetation, die sie schlucken konnte. Stimmen trugen mit erstaunlicher Klarheit durch die gepflasterten Plätze und Gassen. Ein paar flüchtige Worte, in dem Haus auf der anderen Seite der *calle* gesprochen, klangen überraschend nah, als wären sie von jemandem im selben Raum ausgesprochen worden. Am frühen Abend versammelten sich die Venezianer in Gruppen, um in der Strada Nuova zu plaudern, der Hauptstraße von Cannaregio, und der Klang ihrer vermischten Gespräche erhob sich in die Luft wie das Stimmengewirr einer Cocktailparty in einem großen Raum.

Mein Apartment beanspruchte einen Teil des Erdgeschosses des Palazzo da Silva, der im siebzehnten Jahrhundert die britische Botschaft gewesen war. Er befand sich gerade außerhalb des Ghettos, dem fünfhundert Jahre alten jüdischen Viertel, das, als erstes Ghetto der Welt, allen zukünftigen Ghettos seinen Namen gab. Mein neues Zuhause hatte drei Zimmer mit Marmorböden, Balkendecken und einen Blick auf den Misericordia-Kanal, der wie ein Schlossgraben entlang des Gebäudes floss und drei Meter unter meinem Fenster gegen die Steine klatschte.

Auf der anderen Seite des Kanals war der Fußgängerverkehr längs des Weges vor einer Reihe kleiner Geschäfte so friedlich wie der eines kleinen Landsträßchens. Der Kanal selbst war ein schmales, nicht stark befahrenes Nebengewässer. Boote kamen gerade so oft vorbei, dass ein angenehmes beständiges Gurgeln und Klatschen zu hören war. Bei Flut war der Verkehr über dem Fenstersims sichtbar, und die Stimmen der Bootsführer klangen deutlich und nah. Wenn die Flut zurückging, glitten die Männer und ihre Boote aus dem Sichtfeld, wie Fensterputzer auf einer langsam sinkenden Arbeitsbühne. Ihre Stimmen entfernten sich und bekamen ein Echo, während der Kanal zu einem tiefen Graben wurde. Dann kam die Flut wieder und hob Männer und Boote zurück ins Sichtfeld.

Meine Vermieter, Peter und Rose Lauritzen, wohnten zwei Stockwerke über mir, im Hauptgeschoss des Palastes, dem *piano nobile.* Peter war Amerikaner, Rose Engländerin. Sie wohnten seit beinahe dreißig Jahren in Venedig. Ich rief sie auf Empfehlung von Freunden an, die mir versicherten, es seien angenehme Menschen, die ungeheuer viel über Venedig wüssten und die in ihrem Gebäude vielleicht ein kleines Gästeapartment zur Verfügung hätten.

Peter Lauritzen hatte vier viel beachtete Bücher über Venedig geschrieben, über die Geschichte, die Kunst, die Architektur und über die Bemühungen der Stadt um Denkmalschutz. Seine 1978 veröffentlichte Geschichte von Venedig war eine der wenigen, die seit der ersten, der von Horatio Brown aus dem Jahr 1893, in englischer Sprache verfasst wurden. Als er sich dank seiner Bücher erst einmal als Kulturhistoriker einen Namen gemacht hatte, verdiente

Peter sein Geld als Referent für hochklassige Gruppenreisen in Italien und Osteuropa. Zu seiner erlesenen Klientel gehörten Museumskuratoren, Gruppen akademischer Fachleute und wohlhabende Einzelpersonen, die einen fachkundigen Führer suchten. Peter habe einen etwas förmlichen Umgangsstil, wurde mir gesagt, sei aber dynamisch.

Als ich Monate zuvor wegen des Apartments anrief, bekam ich Rose an den Apparat. Sie redete in einem kehligen, schleppenden Englisch, das sich in regelmäßigen Abständen in einem unverständlichen Gemurmel verlor, bevor es wieder an Klarheit gewann und durchstartete. Diese bemerkenswerte Stimme nahm bei meiner Ankunft in einer beeindruckend schönen Frau Gestalt an, Mitte vierzig, mit großen, weit auseinander stehenden rauchig-blauen Augen, einem breiten Lächeln und einer wogenden Mähne schulterlanger, brauner Haare. Sie war groß gewachsen, in Schwarz gekleidet und zerbrechlich dünn, aber auf eine modische Art. Während sie mir das Apartment zeigte, entdeckte ich, dass sie einen verschrobenen Charme hatte, der sich in emphatischen, leicht absurden und oft selbstspöttischen Bemerkungen äußerte. »In Venedig«, sagte sie, »nimmt jeder an, dass Sie lügen, egal was Sie sagen. Venezianer schmücken immer alles aus, und sie gehen davon aus, dass Sie das genauso tun. Also können Sie's ruhig. Das Komische ist nämlich, wenn die merken, dass Sie einer sind, der immer die Wahrheit sagt, dann werden Sie einfach als Langweiler abgeschrieben.«

Rose erklärte, das Apartment sei ursprünglich ein Lagerraum mit einem unbefestigten Boden gewesen, ein *magazzino*. »Wir waren schrecklich stolz auf uns, dass wir ihn selbst renoviert hatten«, sagte sie, »bis die Comune di Venezia, die Stadtverwaltung, uns einen Brief schickte, in dem das Ganze als illegal erklärt wurde! Ich meine, vollkommen ... absolut ... illegal! Weil wir keine Genehmigung eingeholt hatten. Dabei war der Raum seit vierhundert Jahren nichts weiter als eine Müllgrube gewesen, und das meine ich wörtlich. Da war nichts, was irgendwelchen architektonischen Wert gehabt hätte. Keine Täfelung, keine Schnitzereien, keine Fresken, kein Blattgold, absolut gar nichts! Wahrscheinlich hätten wir wissen müssen, dass wir eine Genehmigung brauchen, aber *wenn* wir es gewusst hätten, hätten wir wahrscheinlich die ganze Sache fallen lassen, weil es bedeutet hätte, dass wir uns mit der venezianischen Bürokratie hätten herumschlagen müssen, und die ist der reinste Alptraum. *Alp*traum, *Aaaalp*traum!«

In der Küche führte Rose vor, wie man die Waschmaschine betätigte, ohne eine Überschwemmung zu verursachen, und wie man den Herd anmachte, ohne einen Feuerball zu entzünden.

»Jedenfalls«, fuhr sie fort, »als das Schreiben von der Comune eintraf, kriegte Peter einen Oberrappel, und ich war verzweifelt, weil es nämlich bedeutete, dass *ich* zur Comune gehen und es regeln musste. Ein Alptraum! Aber alle unsere Freunde haben nur gesagt: ›Unsinn. Niemand macht sich die Mühe, eine Genehmigung einzuholen. Man renoviert einfach, was man will. Dann geht man zur Stadt und gesteht! Man bezahlt ein Bußgeld. Und dann kriegt man ein Papier namens *condono*, wodurch alles völlig legal wird.‹«

Rose führte mich in das Wohnzimmer, das gemütlich eingerichtet war mit Klubsesseln, Leselampen, einem Esstisch und Bücherregalen vom Boden bis zur Decke, vollgestopft mit Landesgeschichten, Biographien, Kunstbüchern, Reisebüchern und Romanen, die von hoher Literatur bis Schmöker reichten. Es war das, was oben in Peter Lauritzens Bibliothek nicht mehr hineinpasste.

»Also ging ich zur Comune«, sagte sie, »mit Riesenherzklopfen, und sagte: ›Es tut mir ja so schrecklich Leid. Wir hatten wirklich keine Ahnung! *Non lo sapevamo!*‹ Der Mann glaubte mir natürlich kein Wort, aber er hatte Erbarmen mit mir – blieb ihm ja auch keine andere Wahl, als er mein Gesicht sah, von Sorge gezeichnet, die Haare wirr, die Stimme ein trauriges Winseln! Schlussendlich hat er mir dann ein *condono* gegeben, Gott sei Dank, denn ebenso gut hätte er uns zwingen können, all die Verbesserungen wieder herauszureißen und das Apartment wieder in einen Lagerraum zu verwandeln. Wirklich, die reinste Tortur! Tortur, Tortur, Tor*tuur*!«

Rose stand jetzt am Fenster. Sie wics auf die verschiedenen Geschäfte auf der anderen Seite des Kanals – den Metzger, den Haushaltswarenladen, die Bezirkshauptstelle der Kommunistischen Partei, ein Fotogeschäft mit verblichenen Hochzeitsfotos in der Auslage. Im Mittelpunkt befand sich eine pittoreske Trattoria, die Antica Mola. Trotz des kühlen Wetters hatte man Tische hinausgestellt. »Wenn Sie beim Antica Mola ein paar Mal gegessen haben«, sagte Rose, »weiß Giorgio, dass Sie kein Tourist sind, und dann gibt er es Ihnen billiger. Und das ist eins der großen Geheimnisse Venedigs: Rabatt – *lo sconto!* Touristen wären außer sich, wenn sie herausfinden würden, dass Venezianer dreißig bis vierzig Prozent weniger bezahlen als sie.«

Und nicht nur in Restaurants, wie es schien. Es würde sich lohnen, meinte Rose, wenn ich mich diversen Ladenbesitzern bekannt machen würde, vor allem den Gemüse- und Obstverkäufern. »Sie sind ihnen ausgeliefert«, sagte sie. »*Sie* sind es, die die Tomaten, oder was auch immer, für Sie auswählen. Es gibt keine Selbstbedienung. Und wenn die Sie kennen – und mögen – dann jubeln sie Ihnen nicht die Überreifen unter.

Und das eine sollten Sie nicht vergessen: In Venedig ist alles verhandelbar. Ich meine wirklich alles: Preise, Mieten,

Arzthonorare, Anwaltshonorare, Steuern, Geldbußen, sogar Haftstrafen. Alles! Sie sollten auch einen Taxifahrer kennen lernen, weil die Tarife sonst sündhaft teuer sein können. Dieses weiße Bootstaxi, das da drüben liegt, gehört meinem Lieblingsfahrer, Pino Panatta, der sehr nett ist. Das Taxi ist immer makellos sauber, und er ist schrecklich praktisch, weil er auf der anderen Seite des Kanals wohnt, gleich über den Kommunisten.«

Nachdem sie mir alles gezeigt hatte, was es zu sehen gab, lud Rose mich nach oben ein, um mit ihr und Peter etwas zu trinken. Ich nahm die Einladung an, und als ich mich vom Fenster abwandte, fragte ich, warum die Fenster neben den Eisenstangen auch noch breitmaschige Drahtgitter hatten. Die Gitter würden Bienen und Schmetterlinge abhalten, sagte ich, doch Moskitos und Eintagsfliegen könnten ungehindert durchfliegen.

»Ach, die Gitter!«, sagte sie, als wir das Apartment verließen. »Die sind nicht gegen Moskitos. Die sind gegen ... *i ratti!«* Noch nie hatte ich erlebt, dass auf derart beiläufige Weise auf die Nähe von Ratten verwiesen wurde. Roses Lachen schallte in der hohen Eingangshalle, als sie mich eine lange, breite Steintreppe hinaufführte.

Die geräumige zentrale Halle mit hoher Decke, der *portego*, diente den Lauritzens als Wohnzimmer. An einem Ende führte eine Suite hoher Bogenfenster durch Verandatüren auf einen Balkon, von dem man einen Blick auf denselben Abschnitt des Misericordia-Kanals hatte wie ich zwei Stockwerke weiter unten, auf Wasserhöhe. Ein klares Nordlicht ergoss sich in den Raum und brachte die kremig-gelben Wände zum Erglühen. Türen führten zu weiteren Räumen auf beiden Seiten des Wohnzimmers in der klassischen symmetrischen Aufteilung venezianischer Paläste, wie sie in

Peter Lauritzens Buch *The Palaces of Venice* beschrieben wird.

Lauritzen selbst erschien aus seinem Arbeitszimmer mit einer herzlichen Begrüßung und einer Flasche gekühlten Proseccos in der Hand. Er trug eine wattierte schwarze Hausjacke über einem weißen Hemd und einer gemusterten Krawatte, und sein Haar war glatt zurückgekämmt. Ein sorgfältig gestutzter Schnurrbart und ein Spitzbart umrahmten seine Worte, die er, obwohl er aus dem Mittelwesten Amerikas stammte, in dem forschen englischen Akzent eines Schuldirektors sprach. Seine Art war vielleicht noch temperamentvoller als die seiner Frau.

»Nun!«, sagte er. »Sie haben sich ja einen dramatischen Moment ausgesucht, um Venedig zu besuchen!«

»Reiner Zufall«, erwiderte ich. »Was haben Sie denn so über das Fenice gehört?«

»Die üblichen Gerüchte«, sagte er. »Das häufigste ist, wie immer, dass die Mafia die Hände im Spiel haben soll.« Er reichte mir ein Glas Prosecco. »Aber egal, was die Untersuchung ergibt, die allgemeine Erwartung ist, dass wir nie genau erfahren werden, was wirklich passiert ist. Im Endeffekt spielt das auch nicht so eine Rolle. Viel wichtiger ist die Tragödie, das Fenice zu verlieren. Und ich finde, die entscheidende Frage ist ›Wird es jemals wieder aufgebaut?‹ und nicht ›Wer hat's getan?‹. Das überrascht Sie vielleicht, wo doch ständig von Wiederaufbau geredet wird. Wenn Sie in Venedig einen Riss in der Wand reparieren wollen, dann brauchen sie vorher siebenundzwanzig Unterschriften von vierundzwanzig Ämtern, und dann dauert es sechs Jahre, um den Riss zu kitten. Ich übertreibe nicht. Wie kann denn jemand ein Opernhaus bauen, wenn so ein Unsinn im Gange ist? Nein, nein, Venedigs eigentliche Achillesferse ist nicht Feuer und auch nicht Hochwasser. Es ist die Bürokratie! Zugegeben, die Bürokratie hat verhindert, dass in Venedig eine Menge Katastrophen passieren, wie zum Beispiel das Vorhaben, alle Gebäude am Canal Grande beim Markusplatz abzureißen, um für einen Glaspalast Platz zu machen. Trotzdem ist die Bürokratie zum Verrücktwerden.«

»Zum Verrücktwerden«, sagte Rose, »absolut zum Verrücktwerden.«

»Und jetzt wird mit diesem Schlagwort herumgeschmissen«, sagte Peter, »dieses *Com'era, dov'era,* was so viel bedeutet wie ›Wie es war, wo es war‹. Es ist unmöglich, das Fenice genauso wieder aufzubauen, wie es war, weil der alte Bau aus Holz war, von entscheidender Bedeutung für die Akustik, und der neue wird aus Beton sein. Können Sie sich vorstellen, wie eine Stradivari klingen würde, wenn sie aus Beton wäre?«

»Scheußlich«, sagte Rose, »wirklich scheußlich!«

»Und was bedeutet ›wie es war‹ überhaupt?«, fuhr Peter fort. »Heißt es, ›wie es 1792 war‹, als Giannantonio Selvas ursprüngliches Fenice eröffnete?

Oder ›wie es 1808 war‹, als Selva das Innere neu entwarf und eine Königsloge für Napoleon baute?

Oder ›wie es 1837 war‹, als das Fenice zum ersten Mal durch ein Feuer vernichtet wurde und mit wesentlichen Änderungen von den Brüdern Meduna aufgebaut wurde, weil die ursprünglichen Pläne von Selva verloren gegangen waren?

Oder wie es 1854 war ... oder 1937 ...«

Mit jedem neuen Namen und Datum wurde Peters Ton drängender, in der Art eines Staatsanwalts, der eine Reihe immer ernsterer Anklagepunkte aufzählt. Er stand mitten im Raum, die eine Hand umklammerte einen Rockaufschlag, während er mit der anderen heftig gestikulierte. Sein Spitzbart stak hervor, während er redete, als wollte er damit seinen Erklärungen noch mehr Nachdruck verleihen.

»Im Verlauf von zweihundert Jahren hat es mindestens fünf Fenices gegeben«, sagte er, »die Dutzenden von kleinen Änderungen dazwischen nicht mitgezählt.«

Während Peter redete, fuhr Rose ungebremst fort, ihre eigenen Kommentare dazwischenzuschieben. »Verdrahtungsfehler«, sagte sie. »Das war's wahrscheinlich. In Venedig geht der Strom durch Kabel, die in dem Schlick auf dem Boden der Kanäle liegen – abgenutzt, blank, verrostet. Dann schlängeln sie sich in alte Gebäude hoch, was nie vorgesehen war, und kommen danach wieder ins Wasser in Form von Erdungsdrähten. Wenn Sie Ihren Toaster anschalten und dann die Sicherungen durchbrennen, dann haben Sie wahrscheinlich gerade Ihren Nachbarn unter Strom gesetzt.«

Doch Peter gab die Hauptrichtung der Unterhaltung an. »Sie dürfen nicht vergessen«, sagte er, »dass Venedig eine sehr byzantinische Stadt ist. Das erklärt vieles. Zum Beispiel: Wenn Sie Hauseigentümer sind, dann sind Sie verpflichtet, bestimmte Reparaturen an Ihrem Eigentum auszuführen. Aber bevor Sie diese Reparaturen vornehmen, müssen Sie eine Genehmigung einholen, und Genehmigungen sind sehr schwer zu bekommen. Am Ende müssen Sie städtische Beamte bestechen, damit sie Ihnen eine Genehmigung für die Ausführung der Reparaturen ausstellen, für deren Nichtausführung oder ungenehmigte Ausführung Ihnen dieselben Beamten eine Geldbuße auferlegen.«

»Bestechung ist ein ›Way of life‹ in Venedig«, sagte Rose. »Aber man kann es eigentlich nicht Bestechung nennen. Es wird als legitimer Teil der Wirtschaft akzeptiert.«

»Die angelsächsische Mentalität gib es einfach nicht in Venedig«, sagte Peter. »Die venezianische Rechtsauffassung zum Beispiel ist bestimmt nicht angelsächsisch. Vor ein paar Jahren wurden zweihundertsiebenundvierzig Personen wegen diverser Vergehen in der Lagune angeklagt. Was ist passiert? Alle zweihundertsiebenundvierzig wurden freigesprochen. Das Strafgesetzbuch stammt noch aus Mussolinis Zeiten. Seit Ende des Zweiten Weltkrieges hat es fünfzig oder sechzig Regierungen in Italien gegeben, und keine war lange genug an der Macht, um eine Veränderung zu bewirken.«

»Es gibt Gesetze, die schon seit Jahrhunderten in Kraft sind«, sagte Rose. »Wenn man all die Steuern und Abgaben zusammenzählt, die man angeblich dem Staat schuldet, dann müsste man so an die hundertvierzig Prozent seines Einkommens bezahlen.«

Peter bemerkte, dass mein Glas beinahe leer war, und schenkte mir schnell nach. »Ich hoffe«, sagte er und hielt beim Nachschenken inne, bis der Schaum sich gesetzt hatte, »dass Sie jetzt keinen falschen Eindruck bekommen haben, ich meine, dass wir Venedig nicht lieben würden.«

»Wir finden es hier wundervoll«, sagte Rose.

»Wir würden nirgendwo anders leben wollen«, sagte Peter. »Abgesehen von den nahe liegenden Reizen leben wir in Venedig, weil es die Stadt mit der saubersten Luft der Welt ist. Nicht nur hat Venedig keine Autos – und Sie wären überrascht, wie vielen das nicht klar ist – es werden auch keine fossilen Kraftstoffe verbrannt, weil Venedig 1973 die Verwendung von Heizöl verboten hat und auf Methangas umgestiegen ist, das ohne Rückstände verbrennt.«

Diese letzte Bemerkung konnte ich nicht unkommentiert lassen.

»Und was ist mit den Industrieschornsteinen von Marghera und Mestre, die gleich auf der anderen Seite der Lagune die Luft verpesten?«

»Was soll mit ihnen sein?« sagte Peter, und er lächelte breit voller Vorfreude darauf, im nächsten Moment zu punkten. »Die vorherrschende Windrichtung ist landeinwärts«, sagte er, »so wie in allen Küstenstädten. Also weht der ganze

Dreck, den Sie da aus den Schornsteinen quellen sehen, von uns weg, nicht auf uns zu.«

Es leuchtete ein, das Menschen, die in Venedig leben, viel über Venedig reden, da es schließlich in Venedig immer um Venedig geht. Aber ich bezweifelte, dass es viele Venezianer gab, die so hitzig über das Thema redeten wie die Lauritzens. Peter sprach eher wie ein öffentlicher Redner als wie jemand, der sich mit anderen unterhält – kenntnisreich, didaktisch, feurig, konfrontierend. Rose, die in verbalen Ausrufezeichen redete, beschwor ein Venedig wilder Extreme herauf – scheußlich und himmlisch, grauenhaft und exquisit, abstoßend und bezaubernd. Vielleicht ohne sich dessen bewusst zu sein vermittelten beide Lauritzens den Eindruck, sich ständig rechtfertigen zu müssen, dass sie trotz aller Nachteile Venedig doch liebten. In ihrem Eifer, mir Venedig zu erklären, übertönten sie einander hin und wieder, und redeten beide gleichzeitig, anscheinend ohne es zu merken. In solchen Momenten musste ich dann zusehen, dass ich von einem zum andern blickte, mich nickend hin und her wandte, in der Bemühung, den Faux-pas zu vermeiden, nur dem einen zuzuhören und den andern nicht zu beachten.

So sagte Peter etwa: »Venedig ist nicht jedermanns Sache. Um in Venedig zu leben, müssen Sie zuallererst gerne auf einer Insel leben, und Sie müssen gerne am Wasser leben ...« Und gleichzeitig sagte Rose: »Es ist genau wie ein irisches Dorf, wo jeder jeden kennt ...« Ohne sie zu hören, fuhr Peter fort: »Und wer in Venedig lebt, muss ohne viel Grün auskommen, und es darf einem nichts ausmachen, viel zu Fuß zu gehen.« Das hörte ich durch Roses: »Ständig läuft man Leuten über den Weg, die man kennt, weil egal ob man Ladenbesitzer oder Gräfin ist, in Venedig kommt man nur von einem Platz zum andern, indem man läuft oder den Vaporetto nimmt. Man kann sich nicht unbeobachtet in einem Privatwagen fortbewegen, und in der Hinsicht ist Venedig furchtbar demokratisch.«

Mit den Lauritzens in solchen Moment Schritt zu halten, war wie Stereo hören, nur dass aus jedem Lautsprecher eine andere Musik erklang. In einem Ohr hörte ich Peter sagen: »Das sind nun sehr ungewöhnliche Umstände, und viele Leute, die behaupten, Venedig zu lieben, entdecken später, dass das nicht der Fall ist.« Und wenn ich mich nicht verhört hatte, hörte ich mit dem andern Ohr Rose sagen: »Wenn ich vom Einkaufen nach Hause komme, dann fragt Peter mich nicht, was ich gekauft habe, sondern wen ich getroffen habe.«

»›Klaustrophobisch‹ ist das Schlüsselwort«, sagte Peter. »Da achte ich drauf. Denn immer wenn ich im Zusammenhang mit Venedig das Wort ›klaustrophobisch‹ höre, dann weiß ich, dass derjenige, der es gesagt hat, hier nicht glücklich werden würde.«

»Komischerweise *gefällt* es mir, dass Venedig ein Dorf ist«, sagte Rose gleichzeitig.

Die Lauritzens legten den Eifer von Konvertierten an den Tag. Venedig war ihre Wahlheimat. Sie waren nicht einfach da geboren und dort geblieben. Ihre beherzte Verteidigung der Stadt war, so kam es mir vor, teilweise eine Verteidigung ihrer Entscheidung, dort zu leben, in einem selbst auferlegten Exil.

Peter wurde in Oak Park, Illinois geboren. Sein Weg nach Venedig hatte ihn über die Lawrenceville School, Princeton, und ein Fulbright-Stipendium nach Florenz geführt, wo er sich mit dem Provençalischen in der Dichtung Dantes beschäftigte. Sein Vater wollte, dass er Baseballspieler wurde und eine Laufbahn in der Wirtschaft einschlug, aber Peter kehrte nie wieder in die Vereinigten Staaten zurück. Stattdessen wurde er ein Gefolgsmann des anglikanischen Priesters, der der Amerikanischen Kirche in Florenz vorstand, und als der Priester nach Venedig versetzt wurde, um dort eine englische Kirche zu gründen, folgte Peter ihm, lernte Rose kennen, verliebte sich in sie und heiratete sie.

Als er in Venedig ankam, hatte Peter nicht mehr viel mit dem Jungen aus Oak Park, Illinois, gemein. Er hatte sich neu erschaffen, und er war diesbezüglich entwaffnend ehrlich. »Mein Vater hat nie verstanden, wie jemand auf die Idee kommen kann, sich nach Italien abzusetzen. Ausgerechnet Italien. Er hat uns hier immer gerne besucht, aber er konnte es nie richtig ernst nehmen, dass ich hier in Italien lebe. Für ihn war das alles wie ein hübscher Witz. Als unser Sohn Frederick geboren wurde, bot mein Vater an, seine Schulausbildung zu finanzieren, aber nur unter der Bedingung, dass er ein amerikanisches College besucht. Er hatte Angst, wir könnten aus Frederick einen Engländer machen. Zweifellos kam er auf diese Idee wegen der Art und Weise, wie ich spreche, und weil ich eine Engländerin geheiratet hatte. Aber ich freue mich sagen zu können, dass bis jetzt jedes bisschen Schulbildung, das Frederick genossen hat, hier in Venedig stattgefunden hat – er ist Venezianer, nicht Engländer. Er wird bald studieren – aber in Oxford, nicht in Amerika. Und dass ich nach Italien gezogen bin, das war die beste Entscheidung meines Lebens! Ich genieße in vollen Zügen diese Welt, die ich mir hier geschaffen habe.«

Und für Rose war es etwas ganz Natürliches, in Venedig zu leben. Sie gehörte dem britischen Adel an. Schon seit Jahrhunderten hatte ihre Familie in großen Herrenhäusern gelebt und unter den männlichen Nachkommen Titel wie Baron von Ashford, Lord Bury und Herzog von Albermarle weitergegeben. Ihre Ahnenreihe hatte allerdings ihre schrulligen Seiten: Roses Urgroßtante, Alice Keppel, war die öffentlich anerkannte Mätresse Eduards des VII. Mrs. Keppels Tochter, Violet Trefusis – »Tante Violet« für Rose – war als die exzentrische und unbezähmbare Liebhaberin von Vita Sackville-West zu Ruhm gelangt. Als Teenager besuchte Rose ihre bejahrte Tante Violet in Florenz. Violet beriet sie in Fragen des Stils und gesellschaftlichen Umgangs, wodurch sie wesentlich zu Roses Weltgewandtheit und dramatischer Pose beitrug. Rose hatte Anspruch darauf, als ›Lady Rose‹ angeredet zu werden, doch schien ihr ihre Familienherkunft herzlich gleichgültig zu sein. Sie hatte sich teilweise aus dem Grund in Venedig niedergelassen, um sich von davon zu trennen. Und weil sie den größten Teil ihrer Kindheit auf Mount Stewart verbracht hatte, einem Familiensitz in Nordirland, antwortete sie oft auf Fragen nach ihrer Herkunft mit der schlichten Bemerkung: »Ich bin eine stinknormale Irin.«

Rose hatte Venedig schon seit ihrem sechzehnten Lebensjahr regelmäßig besucht, gewöhnlich in Gesellschaft ihrer Mutter, die ein altes Gondoliere-Häuschen als Pied-à-tierre für die Sommerferien kaufte. Nebenan, in einem identischen Häuschen, wohnten Ezra Pound und seine Mätresse, Olga Rudge, mit Unterbrechungen seit den 20er Jahren.

»Pound war gerade aus dem St. Elizabeth's Hospital for the Criminally Insane entlassen worden«, erinnerte sich Rose, »und als ich ihn Anfang der 60er Jahre sah, war er schon alt und einsiedlerisch. Er hatte sein berühmtes Schweigegelübde abgelegt.

Wir sahen die beiden, Olga und Ezra, oft durch die Nachbarschaft schlendern und in einem der Cafés entlang dem Zattere Kaffee trinken. Sie war winzig und sehr schön. Er war groß gewachsen und würdevoll und stets elegant gekleidet: breitkrempiger Filzhut, Wollmantel, Tweedjacke, wallende Krawatte. Sein Gesicht war zerfurcht, und seine Augen waren unsäglich traurig. Wenn Leute stehen blieben, um sie zu grüßen, wartete er geduldig, während Olga Nettigkeiten austauschte. Wir haben ihn in der Öffentlichkeit nie sprechen hören, aber daheim konnten wir ihn seine Gedichte laut lesen hören, mit einer kräftigen, rhythmischen Stimme. Meine Mutter war ein Fan von Pound, und so klingelte sie einmal und fragte, ob er sie empfangen würde. Olga sagte ihr sehr höflich, sie solle wieder gehen. Es habe keinen Sinn, er wolle mit niemandem sprechen. Schließlich wurde uns klar, dass wir Aufnahmen von Pound gehört hatten, in denen er seine Gedichte las. Er hatte auf der anderen Seite unserer gemeinsamen Wand gesessen und still zugehört genau wie wir. Pound ist schon lange tot, aber Olga lebt immer noch. Sie ist jetzt über hundert.«

Zum Freundeskreis der Lauritzens gehörten sowohl Venezianer als auch Auswanderer, unter ihnen die Kunstsammlerin Peggy Guggenheim. Peter begleitete Peggy oft am späten Nachmittag auf Fahrten in ihrer Gondel, der letzten Privatgondel in Venedig. »Sie kannte jeden Meter jedes Seitenkanals«, sagte er. »Dann saß sie in ihrem kleinen Stuhl, darunter lagen ihre Lhasa Apsos, und hinter ihr auf dem Achterdeck stand ihr Gondoliere und ruderte. Sie gab ihm Handzeichen, als ob sie Auto fahren würde, ohne auch nur ein Wort zu sagen oder sich umzusehen. Peggy war notorisch geizig. Sie heuerte den städtischen Leichensammler als ihren Gondoliere an, weil er zu einem besseren Preis zu haben war. Es schien ihr nichts auszumachen, dass die Ständchen, die er ihr sang, hauptsächlich aus Grabliedern bestanden und dass er sehr oft betrunken war.

»Ich besuchte Peggy öfter, als sie schon todkrank war«, fuhr Peter fort. »Sie las wieder Henry James. Sie erzählte mir, sie habe Anweisungen gegeben, dass sie zusammen mit ihren Hunden im Garten ihres Palazzo am Canal Grande beerdigt werden solle. Ich musste ihr versprechen, dafür zu sorgen, dass ihre Wünsche ausgeführt wurden, und das tat ich auch. Als sie dann starb, warteten bereits vierzehn ihrer Hunde im Garten auf sie. Peggy lebte noch, als der letzte zur Ruhe gebettet wurde. Während der Begräbnisfeier stocherte der Butler auf der Suche nach einer freien Stelle mit einem Spaten in der Erde herum und buddelte aus Versehen den Schädel eines Lhasa Apso aus, der Peggy vor die Füße kullerte. Aber Peggy war so damit beschäftigt, in ihr Taschentuch hineinzuheulen, dass sie es gar nicht merkte.«

In seinem Arbeitszimmer zeigte Peter mir die Ausgabe der Werke von Henry James von 1922, die Peggy ihm vermacht hatte. Jeder Band war mit dem ersten ihrer drei Ehenamen signiert: ›Peggy Vail‹.

Peggy wurde von der venezianischen Gesellschaft nie akzeptiert, angeblich aus Empörung über ihre sexuelle Promiskuität. Doch die Lauritzens waren von den Venezianern angenommen worden und gingen oft zu venezianischen Partys. An dem Abend, als wir uns kennen lernten, nahm Peter eine gravierte Einladungskarte von seinem Schreibtisch, betrachtete sie kurz, warf dann einen Blick zu Rose hoch, als wolle er fragen: ›Soll ich?‹. Rose gab ihre Zustimmung mit einem Kopfnicken. In zwei Wochen gaben zwölf venezianische Familien einen feierlichen Maskenball. Die Lauritzens waren eingeladen worden und durften auch einen eigenen Gast mitbringen. Als Peter mich einlud, nahm ich bereitwillig an. »Da werden Sie schon sehen, was ich meine, wenn ich sage, dass Venedig bloß ein kleines Dorf ist«, sagte Rose.

Bevor ich ging, trug ich mich in das Gästebuch der Lauritzens ein, und dabei fiel mir eine Frage wieder ein, die ich mir früher am Abend gestellt hatte.

»Übrigens«, sagte ich zu Rose, »wie hat die Comune überhaupt herausgefunden, dass Sie das Apartment unten renoviert haben?«

Rose lächelte verschwörerisch. »Anscheinend hat uns jemand angezeigt. Aber wir wissen nicht wer. Es könnte ein Nachbar gewesen sein.«

»Ah«, sagte ich, »wenn Venedig also ein Dorf ist, dann ist es ein Dorf ... mit dem gewissen Etwas?«

»Absolut«, sagte sie mit einem breiten Lächeln. »Es hat eindeutig das gewisse Etwas.«

4

SCHLAFWANDELN

Ganz abgesehen von dem Gezeitenwechsel im Misericordia-Kanal zweimal am Tag hatte das Leben vor meinem Fenster seinen ganz eigenen Rhythmus. Ein typischer Tag begann in der Stille vor der Morgendämmerung, wenn ein Obst- und Gemüsehändler in sein Boot stieg, das gegenüber meinem Fenster lag, sachte den Motor startete und dann langsam und geruhsam den Kanal hinunter tuckerte – gleichsam auf Zehenspitzen. Dann senkte sich wieder Stille herab, bis auf das Klatschen des Wassers gegen die Steine.

Gegen acht erwachte das Leben entlang dem Kanal offiziell, wenn die Ladenbesitzer auf der anderen Seite ihre Geschäfte öffneten und die Metallgitter hochließen. Giorgio stellte Tische und Stühle draußen vor der Trattoria auf. Der Metzger nahm von einem vorbeifahrenden Kahn eine Fleischlieferung entgegen.

Fußgänger bewegten sich jetzt durch mein Gesichtsfeld wie Schauspieler, die quer über eine Bühne gehen: ein Arbeiter, der ohne Eile vorbeischlenderte, ein Mann im Anzug, der mit zielstrebigeren Schritten daherkam. Kunden kehrten für einen Kaffee oder einen Blick auf den morgendlichen *Gazzettino* in der Trattoria ein. Nebenan, in dem Laden, der als Zweigstelle der Kommunisten diente und dessen Wände Plakate mit Hammer und Sichel zierten, saßen gewöhnlich ein oder zwei Personen an einem Tisch, telefonierten oder lasen Zeitung. Der kleine Laden neben diesem war die Werkstatt von Renato Bonà gewesen, einem der letzten venezianischen Handwerker, die sich auf die Herstellung von Rudern und Rudergabeln für Gondeln spezialisiert hatten. Wegen seiner Schnitzkunst – vor allem wegen seiner Meisterschaft bei der Anfertigung der gekrümmten und gewundenen Rudergabeln – verehrten die Gondolieri ihn als Halbgott. Seit seinem Tod zwei Jahre zuvor war sein Haus so etwas wie ein Schrein geworden, geehrt mit einer Plakette neben der Tür. Der Misericordia-Kanal lag nicht auf den üblichen Gondelstrecken, doch ab und zu glitt eine Gondel in stillem Tribut an Bonà vorbei. Doch eine Gondel hat ihren regulären Liegeplatz direkt vor dem Haus. Es war eine Hochzeitsgondel, also war sie mit üppigen Schnitzereien und Ornamenten verziert, aber trotzdem schwarz wie alle anderen. Irgendwann im Laufe des Tages bereitete der Gondoliere sie für eine Hochzeit vor, indem er weiß-goldene Bezüge über Stühle und Kissen streifte.

Um ein Uhr erschallte wieder das Rattern der Metallgitter, als die Läden zur Mittagspause zumachten. Nur die Trattoria blieb geöffnet, wo lokale Meeresfrüchte-Spezialitäten für die hauptsächlich nachbarschaftliche Klientel serviert wurden. Das Leben auf der Straße verfiel in eine ruhigere Gangart, bis zum späten Nachmittag, wenn die Läden wieder aufmachten und Leute ein schnelleres Tempo anschlugen: Schüler, die aus der Schule kamen, Hausfrauen, die schnell noch ihre Einkäufe fürs Abendessen erledigten.

Mit Einbruch der Dunkelheit gingen die Metallgitter wieder nach unten, und die Lichter der Trattoria nahmen nun die Mitte der Bühne ein. Man ging jetzt gemächlicher, und heitere Stimmen schwebten durch die Nachtluft. Gegen Mitternacht erstarben die Geräusche von Booten und deren Kielwasser. Die Stimmen verflüchtigten sich. Giorgio schleppte die Stühle und Tische wieder hinein und knipste das Licht aus. Zu diesem Zeitpunkt hatte der Obst- und Gemüsehändler sein Boot längst wieder an der Anlegestange festgemacht, und Pino, der Eigentümer des weißen Bootstaxis, hatte eine Leinwand über den offenen Teil des Decks gezogen und sich in die Wohnung über den Kommunisten zurückgezogen.

Venedig kann ein verwirrender Ort sein, selbst für Leute, die dort wohnen und meinen, es gut zu kennen. Die schmalen, sich schlängelnden Gassen, zusammen mit dem gewundenen Verlauf des Canal Grande und dem Fehlen irgendwelcher Wahrzeichen, die man aus der Ferne sehen kann, machen es einem schwer, die Orientierung zu behalten. Ernest Hemingway beschrieb Venedig als eine »seltsame und kniffelige Stadt«, und in ihr herumzugehen sei »besser als Kreuzworträtsel zu lösen«. Mir kam es gelegentlich so vor, als ginge man durch ein Spiegelkabinett, vor allem dann, wenn ich zwanzig Minuten, nachdem ich vermeintlich einen Kurs eingeschlagen hatte, den ich für eine gerade Linie hielt, feststellen musste, dass ich genau dort wieder angekommen war, wo ich losgegangen war. Doch die Plätze und Straßen von Cannaregio wurden mir schneller vertraut als erwartet, und ebenso einige seiner Typen. Ich hatte dort kaum eine Woche lang gewohnt, da begegnete ich dem Pflanzenmann.

Zunächst wirkte er wie ein Strauch, der sich bewegte. Er war eine Oase von Gummibäumen, Feigenbäumchen, Heidekraut und Efeu, die die Strada Nuova entlang schwebte und mit einer Stimme ausrief, die in alle Richtungen trug: »O-la! O-la! Habt ihr 'n Haus? Habt ihr 'ne Zuflucht?« Als er näher kam, konnte ich einen kleinen, stämmigen Mann mit drahtigem, grauem Haar ausmachen, der halbverborgen inmitten einer Masse aus Grünzeug daherschritt. Es ragte aus Säcken heraus, die ihm von den Schultern hingen und die er mit beiden Händen umklammerte. Er blieb stehen, um eine füllige Frau mit kurzem, militärgrauem Haar anzusprechen.

»Der hier kostet achtzigtausend Lire«, sagte er, »aber ich geb's Ihnen für zwanzigtausend. Der hält Jahre!«

»Jetzt lügen Sie mich nicht an«, sagte die Frau.

Der Mann setzte seine Säcke auf dem Boden ab und trat aus seinem persönlichen Wald heraus. Er war kaum einssiebzig groß und trug eine knallrote Jacke, ein gelbes Hemd, eine viel zu kurze Krawatte und Hightop Sneakers.

»Er wird halten!«, krähte er. »Ich kenn' Sie doch schon ein Leben lang, Schwester. O-la! Und Sie lieben Pflanzen, und wie. Umso besser, umso besser. Ein Glückspilz der Mann, der Sie heiratet!«

»Sie ist schon verheiratet«, bemerkte ein Mann, der in der Nähe stand.

Die Frau gab dem Pflanzenmann zehntausend Lire (etwa vier Euro) und nahm die Pflanze zweifelnd in Empfang.

»Danke, Schwester«, sagte er. »Möge der Herrgott Ihnen hundert Jahre schenken! Geben Sie ihr etwas Kamillentee für die Vitamine, aber kein Leitungswasser. Nur wenn Sie vorher das Chlor rausfiltern! Chlor ist Gift.«

Ein Teenager, der aus der anderen Richtung kam, rief: »He, Mann! Hast du 'n Haus? Hast du 'ne Zuflucht?«

Der Pflanzenmann sah mich an. »Sehen Sie? Die kennen mich. He, Junge! Du kennst mich doch schon dein ganzes Leben lang, stimmt's?«

»Klar, Sie singen doch immer«, sagte der Junge.

»Sehen Sie?« sagte er. »Ich habe dieses Lied erfunden, als ich im Zamperini-Stadion war, wo der Fußballklub von Venedig spielt. Ich sing es der Mannschaft vor, die verliert – ›Habt ihr 'n Haus?‹ Das heißt: ›Was hängt ihr hier noch rum? Was soll's? Habt ihr 'n Haus? Geht doch nach Hause!‹ Und jetzt wird's von allen Jungs gesungen. Sie haben sogar Transparente draus gemacht, die sie bei den Spielen schwenken. Genau, ich hab's erfunden.«

»Wo kommen diese Pflanzen her?« fragte ich ihn.

»Wir haben unsern eigenen Hof eine halbe Stunde außerhalb von Venedig – meine Frau und ich. Wir bewirtschaften ihn selbst. In der Nähe von Padua. Ich komme jeden Tag nach Venedig, seit achtundzwanzig Jahren. Nur nach Venedig, nirgendwohin sonst, weil Venedig die einzige Stadt ist, die wirklich einen Platz in meinem Herzen hat. Die Venezianer sind die besten Menschen, großherzige Menschen, höflich. Am Montag habe ich eine Terrasse für einen Doktor gemacht, beim Rialto-Fischmarkt. Ich hab ihm Veronica gebracht. Ich gehe zu allen Gemeinden und Kirchen. Ich mach sie alle, von Sant'Elena bis San Giobbe. Ich bin der einzige, der das macht. Ich hab auch Hühner.« Er griff in einen seiner Säcke und zog ein Huhn hervor. Es war geköpft und ausgenommen worden, aber die Beine waren noch dran.

»Ich hab gerade dem Apotheker im Campo San Pantalon eins gebracht, und jetzt muss ich das hier bei Luigi Candiani, dem Notar, abliefern.«

»Wird es noch frisch sein, wenn Sie dort ankommen?«, fragte ich.

»Frisch? O-la! Ja, mein guter Mann, es wird frisch sein! Es wird nicht riechen! Das hier ist nicht so'n kommerzielles Zeug. Wir ziehen diese Hühner mit Körnern, Gras und Gemüse auf, alles von unsern Feldern. Sie können es jetzt essen, oder in zwei Tagen, oder Sie tun's in die Kühltruhe, drei Monate ... He, Bruder«, rief er einem alten Mann zu, der vorbeiging, »hast du 'n Haus?!

»Nee, ich hab kein Haus«, sagte der Mann mit einem Lächeln.

»Wollen Sie ein lebendiges Huhn haben?«

»Nee.«

»Wollen Sie 'n halbes lebendiges Huhn haben? Nein? Fragen kann ja nicht schaden.« Dann, wobei er sich an mich wendete: »Und Sie? Wollen Sie irgendwas?«

Ich zeigte auf einen kleinen Topf Heidekraut.

»Eine gute Wahl!«, sagte er. »Es kriegt hübsche rosa Blüten, und wenn Sie keine Lust mehr haben, es zu gießen, können Sie's einfach vertrocknen lassen. So haben Sie's für immer.«

Er klopfte mir auf die Schulter. »Ich heiße Adriano Delon. Ich komm jeden Tag nach Venedig außer sonntags. Dann geh ich mit meiner Frau Schautanzen. Im Fernsehen. Sie können uns auf Kanal neun sehen! Wir tanzen Walzer, wir tanzen Tango, und wir tanzen Samba.« Adriano hob die Arme und wackelte mit der Hüfte. »O-la! Schautanzen bleibt immer in Mode. So, ich mach mich mal lieber wieder auf den Weg und bring Candiani sein Huhn.«

Damit schulterte Adriano Delon wieder seine Säcke und ging, wieder von seinem tragbaren Dickicht umringt und aus voller Kehle singend, seines Weges die Strada Nuova hinunter, diesmal mit einem schwungvollem Schritt, der für meine Laienaugen einer Mischung aus einem Walzer und einem Tango glich.

Eines Morgens erhob ich mich sehr früh mit der Absicht, einen Spaziergang zu machen, solange die Straßen noch so gut wie menschenleer waren. Ich ging in Richtung der Kirche Santa Maria della Salute, und als ich auf den Campo San Vio kam, bemerkte ich vier Männer, die an der Seite der Englischen Kirche standen. Zwei hockten am Fuß der Kirchenmauer, etwa zehn Meter voneinander entfernt, an den entgegengesetzten Enden eines Netzes, das locker gerafft auf dem Boden zwischen ihnen lag. Jeder Mann trieb einen einzelnen Nagel durch eine Ecke des Netzes, so dass eine Seite am Boden verankert war. Dann ergriff jeder einen freien Zipfel des Netzes und immer noch kauernd beobachteten sie einen Dritten, der einen Leinwandsack trug. Der Mann ging in die Mitte des *campo*, griff in den Sack und begann, Brotkrumen auf den Boden zu streuen. Binnen weniger Minuten kamen Tauben herbeigeflogen, die nach den Krumen pickten – vierzig, fünfzig Tauben. Der Mann warf die Brotkrumen jetzt etwas näher zu den Männern mit dem Netz. Und dann noch näher. Die Tauben folgten dem beweglichen Festmahl, rempelten sich gegenseitig an, während sie pickten und hüpften. Als sie ein paar Meter vom Netz entfernt waren, schleuderten die Männer das freie Ende über die Tauben und fingen sie ein. Ein heftiges Flattern und Strampeln ließ das Netz anschwellen, während die Männer es geschickt um und unter die Tauben zogen, bis sie völlig eingeschlossen waren. Nur einigen wenigen gelang es zu entkommen. Jetzt eilte der vierte Arbeiter herbei und warf ein großes schwarzes Tuch über die Tauben. Sie beruhigten sich umgehend. Die Männer hoben das Netz auf, jetzt schwer mit Tauben, und trugen es zu einem Boot, das im Kanal wartete.

Es war kein Geheimnis, dass die meisten Venezianer Tauben nicht ausstehen konnten. Bürgermeister Cacciari hatte sie als »fliegende Ratten« bezeichnet, doch alle seine Vorschläge, ihre Anzahl zu verringern, trafen auf den lautstarken Protest von Tieraktivisten. Offenbar war trotzdem ein Taubenbekämpfungsprogramm im Gange, in aller Stille, im Schutze der frühen Morgenstunden.

Die Männer kletterten ins Boot, und als ich mich näherte, hatten sie gerade begonnen, die Tauben aus dem Netz herauszuholen und in leere Käfige zu verfrachten. Einer von ihnen wedelte mich weg.

»Keine Grünen! Keine Grünen!«, sagte er. »Sind Sie von der Grünen Partei?«

»Nein«, erwiderte ich, »ich bin bloß neugierig.«

»Nun, Sie sehen, dass wir sehr behutsam mit den Vögeln umgehen«, erklärte der Mann. »Wir bringen sie zum Tierarzt. Er wird sie untersuchen und die gesunden freilassen. Die kranken werden eingeschläfert.«

Ich fragte sie, wie viele Tauben sie mit dieser Methode zu fangen gedachten, aber meine Stimme wurde von dem Motor übertönt, der jetzt auf Touren kam. Den Männern lag eindeutig nichts daran, mit mir zu reden, doch als sie ablegten, rief mir der Fahrer noch den Namen ihres Chefs zu: Dr. Scattolin. »Der kennt sich mit der ganzen Sache aus.«

Als ich Dr. Mario Scattolin anrief, lud er mich zu meiner Überraschung ein, ihn noch am selben Nachmittag zu besuchen. Dr. Scattolins richtiger Titel war Direktor für Tierangelegenheiten, und er arbeitete in einem Palast aus dem fünfzehnten Jahrhundert am Canal Grande, der als städtische Behörde diente. Ich erreichte sein Büro über eine Reihe enger, gewundener Korridore.

»Normalerweise rede ich nicht über unsere Einnetzungsaktion«, sagte Dr. Scattolin umgänglich, während er mich hereinbat. »Ich ziehe vor zu leugnen, dass wir es tun. Aber da Sie es mit eigenen Augen gesehen haben ... *bä*!« Er zuckte die Achseln.

Dr. Scattolin hatte gewelltes grau meliertes Haar und trug einen hellgrauen Anzug. Er hatte ein großes Büro, und auf seinem Schreibtisch und seinen Regalen türmten sich Papiere und Berichte. Hohe Fenster blickten auf einen schmalen, trüben Innenhof.

»Sehen Sie«, sagt er, »Venedig hat einhundertzwanzigtausend Tauben. Viel zu viele. Wenn unter Tauben Überbevölkerung herrscht, dann werden sie gestresst, ihr Immunsystem leidet und sie werden empfänglich für Parasiten, die Lungenentzündung, Chlamydieninfektion, Toxoplasmose und Salmonellen verursachen können, wenn sie auf den Menschen übertragen werden.« Während seiner Erläuterungen skizzierte Dr. Scattolin die Umrisse einer Taube auf einem Notizblock. Er zeichnete kleine Kuttel, die unter den Schwanzfedern der Taube hervorkamen und einen Pfeil, um auf Parasiten unter den Flügeln hinzuweisen.

»Alle Touristen wollen beim Taubenfüttern auf dem Markusplatz fotografiert werden«, sagte er. »Sie kaufen eine Tüte Mais für viertausend Lire (ein Euro fünfzig), werfen ein paar Körner auf den Boden, und sofort sind sie von einem Schwarm dankbarer Tauben umgeben.« Er imitierte eine gehende Taube, der Kopf ruckte vorwärts mit der Bewegung seiner Schultern, dann duckte er sich, um nach einem Maiskorn zu picken. Rucken, ducken, rucken, ducken. Er hatte den Taubengang perfekt drauf.

»Wenn Sie eine Taube dazu bringen können, auf Ihrer Handfläche zu hocken, dann ist das gut«, sagte er. »Noch besser, wenn da noch zwei oder drei auf Ihrem Arm hocken, und eine oder zwei auf Ihren Schultern. Warum nicht? Ich habe Leute gesehen, die völlig mit Tauben bedeckt waren.

Den Fotos sieht man es nicht an, aber Tauben stinken fürchterlich. Pinguine genauso. Die Leute gucken sich so gerne Filme mit Pinguinen an.« Jetzt imitierte Dr. Scattolin das steifschultrige Pinguinwatscheln. »Aber wenn Sie mitten in einem Haufen von Pinguinen stehen würden, würden Sie feststellen, dass sie stinken. Das kommt daher, dass Pinguinen und Tauben eine sehr unangenehme Verhaltenseigenschaft gemeinsam ist: Beide bauen ihre Nester aus ihren eigenen Exkrementen.« Er verzog das Gesicht.

»Tauben bevölkern dunkle Orte, vor allem enge Durchgänge, wo die Sonne nicht hinkommt. Das ist mit der kleinen *calle* passiert, die in den Campo San Vio führt, wo Sie heute morgen die Einnetzungsaktion gesehen haben. Die Tauben haben diese *calle* unbetretbar gemacht. Es war widerlich. Wir hatten eine Menge Beschwerden, und so habe ich die Männer zu einer Säuberungsaktion hingeschickt. Die beiden Männer mit dem Netz, die Sie heute morgen gesehen haben, sind ein Vater-Sohn-Team. Die machen das schon seit zwanzig Jahren. Sie haben es zu einer großen Kunstfertigkeit gebracht: Sie kennen genau den richtigen Moment, wann sie das Netz auswerfen müssen. Wenn eine einzelne Taube Angst bekommt, flieht sie. Das ist ein sofortiges Signal für die anderen, und im Bruchteil einer Sekunde sind allc verschwunden.«

»Werden Sie die gesunden wirklich freilassen?«, fragte ich.

»Nein, wir werden einige von ihnen untersuchen, aber sie werden alle chloroformiert. Die Männer wollten Sie wahrscheinlich nur besänftigen, für den Fall dass Sie ein Mitglied der Grünen Partei gewesen wären, oder ein *animalista*. Die müssen eine Menge Beschimpfungen von diesen Leuten einstecken. Die brüllen Dinge wie: ›Nazimörder! Gaskammern!‹

In Venedig steht den Tauben so viel Nahrung zur Verfügung, dass sie sich das ganze Jahr über fortpflanzen – sieben- oder achtmal, jedes Mal zwei Eier. Das ist kein natürlicher Zyklus. In London pflanzen sich die Tauben nur einmal im Jahr fort. Also muss Venedig das ganze Jahr über an der Taubenbekämpfung arbeiten.

Wir wollen die Taubenpopulation um zwanzigtausend pro Jahr reduzieren, bis wir eine Gesamtzahl von vierzigtausend erreicht haben. Wir haben alles probiert. Wir haben Nahrung mit Sterilisierungschemikalien gemischt, aber die Taubenpopulation hat nur zugenommen. Wir testen gerade Chemikalien, die Hormone enthalten, die Schwangerschaft simulieren, wodurch wir hoffen, den Paarungsdrang bei den

Weibchen zu unterdrücken. Vor Jahren haben wir sogar Wanderfalken eingeführt, die Jagd auf Tauben machen sollten, aber jeder Falke hat nur eine Taube pro Tag getötet und Kot abgegeben, der noch viel schlimmer war als der der Tauben. Die *animalisti* haben uns ihre eigenen Vorschläge unterbreitet. Sie haben doch allen Ernstes vorgeschlagen, wir sollten die männlichen Tauben fangen und kastrieren. Stellen Sie sich das mal vor! Das würde einhunderttausend Lire (etwa 38 Euro) pro Taube kosten.«

»Ich habe eine Idee«, sagte ich.

Dr. Scattolin hob die Augenbrauen.

»Mir ist aufgefallen, dass es auf dem Markusplatz acht Stände gibt, die Vogelfutter verkaufen. Warum macht man die nicht einfach dicht?«

»Ah!«, sagte er. »Weil das das Vernünftige wäre.«

»Nein, im Ernst. Warum nicht?«

»Aus zwei Gründen. Erstens: Venedig will die Touristen bei Laune halten, und die Touristen werden von den Tauben bei Laune gehalten. Und zweitens: Weil, ob Sie's glauben oder nicht, Mais zu viertausend Lire pro Tüte zu verkaufen ein derart lukratives Geschäft ist, dass jeder Verkäufer es sich leisten kann, der Stadt dreihundert Millionen Lire (beinahe 115 000 Euro) für eine Lizenz zu bezahlen. Aber wir haben dafür strenge Vorschriften, wo die Tauben gefüttert werden dürfen. Es ist nur auf dem Markusplatz erlaubt, nirgendwo sonst in Venedig. Wenn Sie sich auch nur drei Meter außerhalb des Markusplatzes beim Taubenfüttern erwischen lassen, dann kriegen Sie ein Bußgeld von einhunderttausend Lire aufgebrummt.«

»Das ist absurd«, sagte ich.

»Das ist schlimmer als absurd«, erwiderte Dr. Scattolin. »Das ist widersprüchlich, heuchlerisch, unverantwortlich, gefährlich, unehrlich, korrupt, unfair und vollkommen verrückt.« Er lehnte sich in seinem Stuhl zurück. »Willkommen in Venedig.«

Es heißt, dass auf der Karte Venedig etwa einem Fisch gleicht, der von Ost nach West schwimmt. Die Schwanzflossen sind die äußeren Bezirke von Castello und Sant'Elena. Der Körper ist das geschäftige Herz Venedigs: San Marco und Rialto. Der Kopf ist der Bahnhof und der Parkplatz, Piazzale Roma, die durch eine lange Brücke mit dem Festland verbunden sind. Die Brücke selbst könnte die Schnur sein, die der Fisch verschluckt hat. Man könnte sogar so weit gehen, den Canal Grande, der sich wie ein S durch die Stadt windet, als den Verdauungskanal des Fisches zu bezeichnen.

Südlich von Venedig, unmittelbar unter dem Fisch, ist eine lange, schlanke Insel, die man als eine Platte sehen könnte, auf der der Fisch serviert werden soll: die Giudecca.

Was immer sie sonst noch sein mag, die Giudecca ist heute ein bukolischer Streifen Land, dreihundert Meter auf der anderen Seite des Giudecca-Kanals vom Herzen Venedigs entfernt. Sie hat eine bedeutende Kirche, keine größeren touristischen Sehenswürdigkeiten und keine Souvenirläden. Da sie der Standort der letzten richtigen Fabriken Venedigs war, gilt ihre Arbeiterbevölkerung als irgendwie anders und rauer als jene in anderen Teilen der Stadt. Die Menschen, die auf der Giudecca leben, betrachten sich als eine besondere Spezies, was übrigens, in der einen oder anderen Form, jede Inselbevölkerung in der Lagune von sich denkt.

Schon seit langem hoffte ich, einen Blick auf einen geheimnisvollen, durch Mauern abgeschirmten Garten auf der Giudecca zu erhaschen, über den ich zwar gelesen, den ich aber noch nie gesehen hatte. Er wurde Ende des neunzehnten Jahrhunderts entworfen und gebaut von Frederic Eden, dem Großonkel des britischen Premierministers Anthony Eden, und wurde, was nicht weiter verwunderlich war, der Garten Eden genannt. Mit seinen über anderthalb Hektar war es der größte private Garten in Venedig. Niemand, den ich kannte, war jemals innerhalb seiner Mauern gewesen.

Es war nur eine dreiminütige Fahrt zur Giudecca mit dem Vaporetto, jenem klappernden, stöhnenden Linienboot mit einem platten Dach über einem offenen Vordeck, das auf seltsame Weise dem Flussboot Humphrey Bogarts in *The African Queen* ähnelt. Bei dieser Gelegenheit wurde unser Vaporetto von einem uniformierten Schaffner empfangen, der es mit extravagantem Armgewedel und aufgeregten Anweisungen an den Schiffsführer zur Anlegestelle geleitete: »Ein bisschen nach vorne! Jetzt zurück! Noch ein bisschen! Näher, näher! Jetzt das Tau! Gut so!« Der Mann erinnerte mich an die Polizisten in Mailand, die den Verkehr in einem komischen Ballet schwingender Arme und Pirouetten zu regeln pflegten. Der Schaffner – groß, hager, etwa um die Fünfundfünfzig – hatte eine Miene engelhafter Überschwänglichkeit und schien überglücklich über die Ankunft der Passagiere.

Während wir ausstiegen, nahm er Habachtstellung an und salutierte. Ich hörte, wie jemand ihn mit ›Capitano Mario‹ ansprach. Ich war angetan, aber all das kam mir äußerst ungewöhnlich, wenn nicht bizarr vor. Ich hatte noch nie erlebt, dass ein Schaffner ein Vaporetto zu einer Anlegestelle geleitet. Schiffsführer kamen gut ohne fremde Hilfe zurecht. Mit einem Vaporetto anzulegen war nicht komplizierter als mit einem Bus bei einer Haltestelle vorzufahren.

Jedenfalls hatte ich an jenem Nachmittag kein Glück, den Garten Eden zu betreten, und hatte nicht mehr zu verbuchen als eine quälende Aussicht auf die Wipfel von Magnolien, Zypressen und gestutzen Weiden, die über den sieben

Meter hohen Mauern hervorlugten. Als ich mich in einer der Kneipen am Kai erkundigte, wurde mir gesagt, der Garten gehöre jetzt einem österreichischen Maler namens Hundertwasser, der dort nicht wohnte und den Garten absichtlich verwildern ließ. Doch der ehemalige Pfleger des Gartens kam regelmäßig zu vorhersagbarer Stunde in die Kneipe, und wenn ich am Freitagnachmittag wiederkäme, würde ich vielleicht mit ihm sprechen können. Als ich am Freitag wiederkam, traf ich den ehemaligen Gartenpfleger, aber er sagte, er stehe mit dem Besitzer nicht mehr in Verbindung, und so viel er wisse, sei schon seit Jahren niemand mehr in den Garten hineingelassen worden.

Ich wollte gerade wieder gehen, als ich einen Carabiniere an der Bar stehen und trinken sah. Er war in voller Uniform – weißes Hemd, blaue Krawatte, dunkelblauer Anzug mit breiten, leuchtend roten Streifen entlang der Hosennaht. Ich war schon einige Tage zuvor von dem Anblick der beiden Carabinieri etwas überrascht gewesen, die lässig rauchend vor dem Fenice Wache standen. Aber in einer Bar trinken? Selbst für die berüchtigt unmilitärischen Italiener schien das ein starkes Stück zu sein. Das heißt, bis mir klar wurde, dass es sich bei dem Carabiniere um denselben Mann handelte, der früher in der Woche der Vaporetto-Schaffner gewesen war.

Ich sah ihn mir jetzt etwas genauer an und stellte fest, dass sein Hemd etwas zerknittert war, seine Krawatte fleckig und schief, und dass sein Anzug ein paar Ausbesserungen und eine gute Trockenreinigung gebrauchen konnte. Die ungeputzten schwarzen Schuhe waren, wenn ich mich nicht irrte, dieselben, die er als Vaporetto-Schaffner getragen hatte. Allmählich wurde es verständlicher, und eine Woche später wurde es noch verständlicher, als ich, unterwegs zu einem Treffen auf der Giudecca, ihn an einem Tisch vor einer Kneipe am Kai sitzen sah. Diesmal steckte er in einer weißen Marineuniform, mit denselben schwarzen Schuhen. Ich war etwa eine halbe Stunde zu früh für mein Treffen, und so setzte ich mich an den Tisch neben seinem und bestellte ein Bier. Als der Mann sich zu mir umdrehte, nickte ich und sagte: »*Buon giorno, Capitano.*«

Er salutierte und streckte mir dann seine Hand entgegen. »Capitano Mario Moro!«

»Freut mich, Sie kennen zu lernen«, sagte ich. »Waren Sie das nicht, neulich bei der Vaporetto-Haltstelle?«

»Bei Palanca? Ja! Manchmal bin ich an der Haltestelle Redentore, oder bei Zitelle.« Er deutete mit seiner Bierflasche zu dem Standort der anderen beiden Haltestellen weiter unten am Kai.

»Und dann wieder am Freitag«, sagte ich, »wenn ich mich nicht irre. Da habe ich Sie doch in der Kneipe in einer Carabinieri-Uniform gesehen, oder nicht?«

Wieder nahm er in seinem Stuhl Habachtstellung an und salutierte.

»Heute«, sagte ich, »sind Sie Marineoffizier, nehme ich an.«

»Ja!«, sagte er. »Aber morgen ... *morgen* ...!«

»Was ist morgen?«

Er beugte sich mit großen Augen zu mir. »Guardia di Finanza!« Die Finanzwacht.

»Großartig!«, sagte ich. »Und welche Farbe haben die?«

Er richtete sich auf, überrascht über meine Unwissenheit. »Grau natürlich«, sagte er.

»Ja, natürlich. Und wie geht's weiter? Ich meine, was haben Sie noch für welche?«

»Sehr viele«, sagte er. »Viele, viele.«

»Soldat?«

»Aber natürlich!«

»Pilot?«

»Ja, die auch.«

»Und was ist mit Feuerwehrmann?«

Plötzlich sprang er auf, machte kehrt und stolzierte davon. Schließlich verschwand er in einen Durchgang zwischen zwei Gebäuden. Ein Mann an einem andern Tisch hatte das ganze Gespräch verfolgt.

»Vielleicht hätte ich nicht so neugierig sein sollen«, sagte ich. »Ich hoffe, ich habe ihn nicht gekränkt.«

»Das glaube ich nicht«, erwiderte der Mann. »Mario lässt sich nicht so leicht kränken.«

»Warum ist er so schnell verschwunden?«

Der Mann warf einen Blick in die Richtung, in die Mario gegangen war. »Keine Ahnung«, sagte er. »Mario lebt in seiner eigenen Welt. Er ist Elektriker, wissen Sie, und zwar ein sehr guter. Er erledigt kleine Arbeiten für Leute hier auf der Giudecca. Und wenn Sie ihn bei der Arbeit sehen würden, vor allem vor zehn Uhr morgens, bevor er sein erstes Bier intus hat, würde Ihnen nichts Besonderes an ihm auffallen – obwohl er einmal, als er zu mir kam, um eine Leitung zu reparieren, als Gefängniswärter gekleidet war. Seit ich mich erinnern kann, trägt er diese Uniformen.«

»Wo kriegt er die her?«

»Er kriegt immer alle möglichen Sachen von den Leuten. Manchmal eine ganze Uniform, manchmal bloß Teile – wie einen Hut, eine Jacke, aber keine Hose. Er hat Uniformen von der Armee, von der Marine, den Marinejägern, der Feuerwehr und von der Guardia di Finanza, wie er Ihnen gerade gesagt hat. In letzter Zeit habe ich ihn in einem grell orangenen Overall gesehen, den ihm jemand von der Gasgesellschaft gegeben haben muss.«

»Nicht gerade ein alltägliches Hobby«, meinte ich.

»Nein«, sagte der Mann, »er lebt in einer anderen Welt.

Er ist in einem Traumzustand. So wie wir es alle manchmal sind.«

»Nur mehr.«

»Richtig, aber wie gesagt, er ist nicht der einzige. Zum Beispiel unser Kellner hier. Er träumt davon, ein Fußballstar zu sein. Er ist davon besessen. Er kann über nichts anderes reden. Bei ihm zu Hause sind die Zimmerwände mit Fußballerposters, Fahnen und Fotos von seinen Helden tapeziert. Hin und wieder sieht man, wie er der Luft einen heftigen Tritt gibt, als würde er gerade ein Tor schießen, und dann ballt er die Faust. Wenn er Mario wäre, würde er jetzt Kniesocken, Shorts und ein Trikot tragen. Das ist der einzige Unterschied.«

Ich warf einen Blick ins Innere des Restaurants. Im Fernsehgerät über der Bar lief ein Fußballspiel. Der Kellner sah im Vorbeigehen hin.

»Es ist das Gleiche mit den Familien, die seit Generationen in Palästen wohnen«, fuhr der Mann fort. »Die denken, es sei immer noch dreihundert Jahre früher, als es wirklich noch etwas bedeutete, adelig zu sein. Jeder Maler, der hier seine Staffelei aufstellt – die sehen sich alle als der nächste Tintoretto oder De Chirico. Und glauben Sie mir, Fischer, die den ganzen Tag lang mit ihren Booten auf der Lagune treiben, denken nicht nur an Fische. Bei Mario ist es dasselbe.«

Der Mann senkte die Stimme, als wolle er mir etwas im Vertrauen mitteilen. »Und genauso wie manche Leute, vergisst Mario manchmal, dass er nur träumt.«

Als wir gerade unser Bier austranken, erschien Mario wieder an unserm Tisch mit einem Hackenschlag und einem schnittigen Gruß. Er hatte sich umgezogen und war jetzt ein Feuerwehrmann – schwarzer Hut, schwarze Stiefel und ein langer schwarzer Mantel, der mit auffälligen gelben Reflektorstreifen besetzt war.

»Bravo, Mario!«, sagte der Mann am andern Tisch.

Mario wirbelte herum, um uns die Worte VIGILI DEL FUOCO zu zeigen, »Feuerwehr«, in reflektierenden Buchstaben über seinen Rücken geschrieben. »Wenn es irgendwo brennt«, sagte er stolz, »rufen die mich.«

»Und Sie helfen, den Brand zu löschen?«, fragte ich.

»Manchmal.«

»Was haben Sie denn in der Nacht gemacht, als das Fenice gebrannt hat? Haben Sie geholfen?«

»Ich war im Do Mori, als ich davon erfuhr«, sagte er und deutete zum Restaurant. Wir sind alle nach draußen gegangen und konnten die Flammen von hier aus sehen.« Er machte eine ausladende Handbewegung zum Panorama auf der anderen Seite des Guidecca-Kanals: das Ufer mit dem Zattere, der Santa Maria della Salute, dem Glockenturm von San Marco, und der Insel von San Giorgio Maggiore.

»Der Himmel war rot«, sagte er. »Über unseren Köpfen flogen brennende Stücke Holz, vom Fenice bis hierher. Ich bin sofort nach Hause und hab meine Uniform angezogen.«

»Und dann sind Sie zum Fenice gegangen?«

»Nein. In der Nacht ... waren meine Kollegen da im Dienst. Ich musste hier bleiben, um den Hubschrauber zu dirigieren.«

Mario griff in eine geräumige Tasche und zog einen leuchtend orangenen Plastikkopfhörer hervor. Er setzte ihn auf. In einer Hand hielt er ein Megaphon, in der anderen ein Fernglas. Dann blickte er in den Himmel über dem Markusplatz und fächerte mit seinen Armen, in Nachahmung eines Technikers des Bodenpersonals auf dem Flugfeld, der einem Piloten Signale gibt. Seine Bewegungen waren so übertrieben, dass man ihn ebenso gut für einen Schiffbrüchigen auf einer einsamen Insel halten konnte, der verzweifelt versucht, ein vorbeifliegendes Flugzeug auf sich aufmerksam zu machen.

»Als der Hubschrauber über den Canal Grande flog, um Wasser zu laden«, sagte er, »hab ich ihnen grünes Licht gegeben!«

Mario wedelte weiter mit den Armen und starrte mit einem seligen Lächeln zum Himmel hoch.

Leute, die den Kai entlang liefen, blieben stehen, um ebenfalls hochzublicken, neugierig, die Ursache der ganzen Aufregung zu sehen. Aber sie sahen bloß einen friedlichen, blauen Tageshimmel. Wie konnten sie ahnen, dass Capitano Mario Moro seine eingebildeten Heldentaten in der Nacht des Fenice-Brandes ein weiteres Mal durchlebte – einem Hubschrauberpiloten signalisierte, der seinen Befehl mit einem schnittigen Gruß zur Kenntnis nahm, die Maschine in einen tiefen Senkflug legte, die Oberfläche des Canal Grande streifte und eine weitere Tankladung Wasser schöpfte.

Meine zufällige Begegnung mit Mario Moro fand statt, als ich gerade auf dem Weg zu einem Mann war, der früher in der Woche meine Neugier geweckt hatte. Er hatte nämlich ein Zeitungsinterview gegeben, in dem er die Leitung der Filmfestspiele von Venedig beschimpfte. Er bezeichnete sie als einen Haufen »korrupter, kleingeistiger Funktionäre, die bei der Auswahl für den Wettbewerb lausigen, kleinen Filmen aus der Kategorie ›Der Geschmack des Monats‹ vor größeren, qualitativ besseren Filmen den Vorzug gaben«.

Der Mann ließ sich nicht als bloßer Spinner abtun, denn es handelte sich um Graf Giovanni Volpi, den Sohn des Festivalgründers – Graf Giuseppe Volpi –, und jedes Jahr stellte er die Coppa Volpi zur Verfügung, die dem besten Schauspieler und der besten Schauspielerin verliehen wurde. Tatsächlich war das Filmfestival nur eines der vielen Ziele von Volpis Zorn, denn dieser richtete sich gegen ganz Venedig.

An erster Stelle von Volpis Klagen stand die postume Verurteilung seines Vaters, die Giovanni als eine schreiende Ungerechtigkeit betrachtete. Ungeachtet dessen, was Leute über den verstorbenen Giuseppe Volpi dachten, wurde allgemein eingeräumt, dass er der bedeutendste Venezianer des zwanzigsten Jahrhunderts war, und das Filmfestival zählte zu den geringsten seiner Leistungen.

Giuseppe Volpi brachte im Jahr 1903 elektrischen Strom nach Venedig, Nordost-Italien und in einen Großteil des Balkans. Er ersann und baute die Hafenstadt Marghera auf dem Festland. Er verbreiterte die Eisenbahnbrücke zum Festland, wodurch es Pkws und Lastwagen ermöglicht wurde, den Piazzale Roma in Venedig zu erreichen. Er restaurierte einen heruntergekommenen alten Palast am Canal Grande und verwandelte ihn in das weltberühmte Gritti-Hotel; dann kaufte er überall in Italien Fünf-Sterne-Hotels auf, schuf ein Monopol und gründete die Luxushotelkette CIGA. Er hatte wesentlichen Anteil an der Erschaffung des Correr-Museums am Markusplatz. Er handelte 1912 den ›Frieden von Lausanne‹ aus, den Friedensvertrag zwischen der Türkei und Italien, durch den Libyen und die Insel Rhodos Italien zufielen, und später diente er als Gouverneur von Tripolitanien. Nach dem Ersten Weltkrieg war er Unterhändler für Italiens Reparationszahlungen an die Vereinigten Staaten und Großbritannien und konnte für Italien äußerst günstige Bedingungen herausschlagen. 1919 nahm er an der Friedenskonferenz von Versailles als Mitglied der italienischen Delegation teil, und später wurde er Mussolinis Finanzminister.

Während des größten Teils seiner Karriere war Giuseppe Volpi persönlich und in der Presse allgemein unter dem Spitznamen »der letzte Doge von Venedig« bekannt. Aber heute, fünfzig Jahre später, erinnerte man sich seiner in erster Linie als eines hochrangigen Mitglieds des faschistischen

Regimes. In Venedig wurde er bestenfalls mit gemischten Gefühlen betrachtet, und das erzürnte seinen Sohn am allermeisten.

Giovanni Volpis Kommentare über die Filmfestspiele machten ihn für ein paar Tage zum Gesprächsthema, und ich erfuhr die Umrisse seiner Geschichte.

Er war 1938 aus dem unehelichen Verhältnis zwischen Giuseppe Volpi und seiner Mätresse Nathalie LaCloche hervorgegangen, einer Französisch-Algerierin, einer *pied noir* – blond, brillant und schön. Giuseppe, der verheiratet und Vater zweier erwachsener Töchter war, legitimierte Giovannis Geburt, indem er die Regierung ein Gesetz verabschieden ließ, das wieder außer Kraft gesetzt wurde, sowie es seinen Zweck erfüllt hatte. Vier Jahre später, 1942, starb Graf Volpis Frau, und er heiratete Nathalie LaCloche. Die meiste Zeit lebten sie in Volpis riesigem Palast in Rom, und den Sommer verbrachten sie in einer Villa auf der Giudecca.

Gegen Kriegsende nahmen die Deutschen Volpi gefangen und injizierten ihm starke Chemikalien, um ihn zum Reden zu bringen, aber sie erreichten nichts weiter, als seine Gesundheit zu ruinieren. Er starb 1947 in Rom im Alter von siebzig Jahren und hinterließ dem neunjährigen Giovanni ein riesiges Erbe, zu dem der Palazzo Volpi mit seinen fünfundsiebzig Zimmern am Canal Grande zählte, ein Palast mit dreihundert Zimmern in Rom, eine 1700 Hektar große Ranch in Libyen sowie andere Grundstücke und Aktienbesitz, die es Giovanni ermöglichten, in der bestens ausgestatteten und mit reichlich Personal versehenen Villa auf der Giudecca einen angemessenen Lebensstil zu führen. Er hatte eine Flotte von drei Motorbooten, darunter das älteste Venedigs – das handgefertigte Celli seines Vaters aus dem Jahr 1928, das überall, wo er sich damit zeigte, Aufmerksamkeit erregte. Seinen Palast am Canal Grande hat Giovanni

Volpi nie bezogen, und nach dem Tod seiner Mutter blieb dieser sogar völlig unbewohnt. Trotzdem behielt er ihn in einem voll möblierten und makellos unterhaltenen Zustand.

Ach, Giovanni«, sagte eine Venezianerin, die ihn gut kannte. »Er kann so geistreich und lustig sein, aber die meiste Zeit ist er zutiefst unzufrieden. Er genießt beinahe Fürstenstatus hier in Venedig, aber er lehnt ihn ab. Wenn Sie ihn zu einer Party einladen, dann kriegt man von ihm weder eine Zusage noch eine Absage, und erscheinen tut er sowieso nicht. Er kann die Venezianer nicht ausstehen!«

Doch aus irgendeinem Grund konnte Volpi gut mit Amerikanern. Als ich das hörte, beschloss ich ihn anzurufen, da ich dachte, es lohne sich vielleicht zu erfahren, wie jemand mit Widerspruchsgeist über Venedig dachte. »Kein Problem«, sagte er, als ich ihn fragte. »Kommen Sie vorbei.«

Volpis Domizil auf der Giudecca, die Villa Ca'Leone, lag hinter einer hohen Steinmauer, die entlang einem ruhigen Kanal verlief, direkt gegenüber dem geheimnisvollen Garten Eden. Ein Hausmeister öffnete die Tür und führte mich durch einen mit duftenden Gardenien gesäumten Durchgang in das Wohnzimmer. Verandatüren gewährten einen weiten Blick über die Lagune, nach Süden – mit anderen Worten, weg von Venedig. Das Dekor des Raumes war nicht als speziell venezianisch zu erkennen, was vielleicht gerade die Absicht war. Ich hörte, wie Volpi im Nachbarzimmer ein Telefongespräch auf Französisch beendete. Sowie er fertig war, kam er herein und begrüßte mich, und nachdem er mir etwas zu trinken angeboten hatte, setzte er sich mir gegenüber. Er trug ein dunkles Wollhemd, Kordhosen und schwere Allwetterschuhe. Seine brütende Miene wechselte in ein kurzes, flüchtiges Lächeln.

»Okay, schießen Sie los!«, sagte er. »Was möchten Sie wissen?«

»Verzeihen Sie, dass ich so direkt frage«, sagte ich, »aber was ist das Problem zwischen Ihnen und Venedig?«

Er lachte, aber sobald er zu reden begann, war mir klar, dass es sich um eine ernste Angelegenheit handelte. Er sprach fließend Englisch, mit einer ernsten, tiefen Stimme.

»Ich bin der Sohn eines Selfmade-Mannes, der ganz allein Venedig ins zwanzigste Jahrhundert katapultiert und es bis zum Krieg in einem perfekt funktionierenden Zustand gehalten hat. Er starb 1947, und seitdem geht es nur noch bergab.«

»In welcher Hinsicht?«

»Ich weiß gar nicht, wo ich anfangen soll. Na gut, der Industriehafen Marghera. Das ist *der* große Umweltverschmutzer, *der* Zerstörer der Ökologie in der Lagune, stimmt's? Und mein Vater ist angeblich ein Schurke, weil er ihn gebaut hat. Als mein Vater Marghera 1917 entwarf, waren die Venezianer am Verhungern. Sie trugen Lumpen, hausten zu fünft in einem Raum. Es wurden zehntausend Arbeitsplätze benötigt. Also baute er den Hafen, legte ein paar Sümpfe trocken, entwickelte den Standort für den Staat und verkaufte Parzellen Land an verschiedene Industrien – Schiffsbau und verarbeitende Industrie. Erst nach dem Krieg, nachdem er gestorben war, ließen die, die damals das Sagen hatten, zwei weitere große Abschnitte der Lagune auffüllen, diese Idioten. Das hatte er nie beabsichtigt, und jetzt weiß natürlich jeder, dass es ein ökologischer Fehler war.

Aber das Schlimmste war, dass sie, auch nach seinem Tod, Ölraffinerien in Marghera bauten und große Tanker in die Lagune brachten. Öltanker haben eine größere Wasserverdrängung als jeder andere Schiffstyp, also musste für sie eine äußerst tiefe Fahrrinne ausgehoben werden. Die Lagune ist durchschnittlich ein bis zwei Meter tief, aber die Fahrrinne für die Tanker ist beinahe zwanzig Meter tief. Früher floss das Wasser mit den Gezeiten ganz sachte in die Lagune und wieder heraus. Jetzt schwappt es rein und raus, und der Grund wird aufgewühlt. Das ist es, was die Ökologie hier zerstört. Das hätte mein Vater nie zugelassen. Und doch gibt man ihm die Schuld dafür.

Wenn Sie die Tanker beobachten, wie sie durch die Lagune fahren, dann scheinen sie keine Wellen zu erzeugen, aber wenn sie sich bewegen, verdrängen sie achtzigtausend Tonnen Wasser, und das Wasser muss hinter ihnen hineinströmen, um das Vakuum zu füllen. Heute machen die Tanker einen großen Bogen um Venedig, doch in den ersten Jahren kamen sie so nah heran, dass sie im Vorbeifahren Wasser aus den kleinen Seitenkanälen saugten. Ich habe das ständig vor meiner Tür beobachten können. Plötzlich sackte der Wasserspiegel – wusch – und dann wurde er wieder hochgedrückt. Derlei Turbulenzen destabilisieren die Fundamente.«

Volpi redete voller Energie, doch aus seiner Stimme klang Verzweiflung. Immer wieder stieß er einen tiefen Seufzer aus.

»Nach dem Krieg wurde gegen meinen Vater ermittelt, wegen des Vorwurfs, er habe unter dem Regime profitiert, und er wurde vor Gericht gebracht, so wie es auch mit anderen wichtigen Persönlichkeiten in Italien geschah. Er konnte jeden einzelnen Vorwurf entkräften, aber dann wurde eine Amnestie vereinbart und der Prozess wurde eingestellt. Das war bedauerlich für meinen Vater, weil sich dadurch noch Zweifel gehalten haben. Und heute gibt es immer noch Leute, die behaupten, dass er sich im Faschismus bereichert habe, aber das ist reine Propaganda. Mussolini kam 1922 an die Macht. Mein Vater hatte schon Jahrzehnte vorher mit Strom und der CIGA-Hotelkette sein Vermögen gemacht. Er war ebenso wenig ein Faschist wie Senator Agnelli, der Fiat gegründet hat.

Es wird auch behauptet, Mussolini habe meinem Vater den Grafentitel verliehen. Auch das ist eine absichtliche Verdrehung. Einen Moment, ich bin gleich wieder da.«
Volpi stand auf und ging in das benachbarte Zimmer. Er kam mit der Fotokopie eines Briefes von Premierminister Giovanni Giolitti zurück, in dem stand, dass Seine Königliche Hoheit das große Vergnügen habe, Giuseppe Volpi den erblichen Titel Graf zu verleihen. Der Brief war vom 23. Dezember 1920 datiert – also in der Vor-Mussolini-Zeit.

»Wegen dieser absichtlichen Verdrehungen«, fuhr Volpi fort, »meiden Venezianer die Erinnerung an meinen Vater. Sie sprechen seinen Namen selten aus. Und wenn sie es tun, dann nur, wenn sie nicht anders können. Wenn sie ihm irgendetwas zugute halten, geben sie damit nämlich gleichzeitig ihr eigenes Versagen zu, weil niemand seit seinem Tode irgendetwas so Positives für Venedig getan hat wie er. Sein wahres Verbrechen bestand darin, dass er ein Prophet in seiner eigenen Zeit, im eigenen Land war.«

»Aber«, wandte ich ein, »Ihr Vater ist in der Frari-Kirche begraben, die als das Pantheon Venedigs gilt. Das ist doch eine große Ehre, oder nicht?«

»In der Tat, aber das hat er nicht Venedig zu verdanken. Sondern Papst Johannes XXIII. Natürlich hat niemand gewagt, ihm zu widersprechen. Er kannte meinen Vater, und er verfasste auch die Inschrift auf seinem Grabstein: ›INGENIO, LABORE ET FIDE (Intelligenz, Arbeit und Glaube) Johannes XXIII p.p.‹ Heute wäre es unmöglich, ihn in der Frari zu begraben.«

»Wie denkt der Rest Ihrer Familie über die ganze Geschichte?«, fragte ich.

»Es gibt keinen ›Rest der Familie‹«, erwiderte er. »Ich meine, es gibt ihn schon, aber eigentlich nicht.« Volpi hielt einen Moment inne und gab einen tiefen Seufzer von sich.

Dann wurde er wieder munter. »Na, dann muss ich Ihnen jetzt wohl erzählen, wie ich, oder besser gesagt warum ich geboren wurde. Eigentlich eine ganz gute Geschichte.

1937 war mein Vater beinahe sechzig. Er hatte zwei verheiratete Töchter, einen Enkel, zwei Enkelinnen, aber keinen eigenen Sohn. Also geht er zu dem Vater seines Enkels, seinem Schwiegersohn, der ein Cicogna war, eine bedeutende Familie in Mailand, und er sagt: ›Ich mache mir Gedanken, wie es weitergeht, wenn ich nicht mehr bin. Mein ganzes Leben habe ich damit verbracht, alles was ich aufgebaut habe, aufzubauen, aber ich habe keinen Sohn, dem ich es vererben kann. Was würdest du davon halten, wenn ich deinen Sohn adoptiere? Er würde den Namen Volpi annehmen und nach mir weitermachen.‹ Der Schwiegersohn beschließt, mit hohem Einsatz zu spielen, und erwidert aufgebracht: ›Du? Ein Volpi, der einen Cicogna adoptiert!? Mein Sohn soll einen Familiennamen aufgeben, der in jahrhundertelanger Geschichte zu Ruhm und Ehre gekommen ist? Das kannst du dir aus dem Kopf schlagen!‹ Natürlich erwartet er, dass mein Vater darauf mit einem hohen Geldangebot reagiert. Doch stattdessen schneidet mein Vater ihm das Wort ab und sagt: ›Einen Moment! Kein Wort mehr! Weißt du was? Dieses Gespräch hat nie stattgefunden. Entschuldige, dass ich es überhaupt erwähnt habe. Was mich betrifft, wurde das Thema nie erwähnt.‹

Cicogna geht leer aus, und mein Vater geht zu meiner Mutter und fragt sie: ›Willst du mir ein Kind machen?‹ Und so kam es, dass ich geboren wurde.«

»Sie haben den Cicognas eine Menge zu verdanken«, meinte ich.

»Mmm, sicher«, erwiderte Volpi. »Natürlich hat meine Ankunft meinen Schwestern die Aussichten auf Erbschaft vermiest, wie Sie sich vorstellen können. Also kriegt mein

Vater im Jahr 1946, als er schon sehr krank war, Besuch von ein paar Anwälten, begleitet von den nichtsnutzigen Schwiegersöhnen, und sie verlangen, dass er ihnen so um die zwanzig Millionen Dollar bezahlt, in heutigem Geld.

Mein Vater sagt: ›Warum? Ich gebe meinen Töchtern ständig Geld. Aber ich greife nie mein Kapital an.‹ Und dann sagen die Anwälte – und das ist jetzt wirklich unglaublich –: ›Diesmal müssen Sie wohl Ihr Kapital angreifen. Sonst werden wir uns auf das Rassengesetz berufen, und Ihre Ehe wird annulliert, weil Sie mit einer gebürtigen Jüdin verheiratet sind, und das ist verboten, wie Sie wissen. Und dann lassen wir auch gleichzeitig Giovannis Legitimität annullieren.‹«

»Ich dachte, nach Kriegsende wurden alle Rassengesetze außer Kraft gesetzt«, sagte ich.

»Ja, aber in Italien nicht sofort. Die Rassengesetze wurden nicht angewendet, aber sie waren noch nicht faktisch abgeschafft worden. Und so schickt mein Vater, der ganz schön cool war, einen Freund zum Staatssekretär des Vatikan, der wiederum sagt: ›So absurd es klingen mag, aber wenn ich Graf Volpi wäre, würde ich zahlen, denn der Fall könnte vor einen antisemitischen Richter kommen, der juristisch völlig korrekt gegen ihn entscheiden könnte.‹

Mein Vater wusste, wenn er verliert, würde der Rechtsspruch revidiert, sobald die Rassengesetze abgeschafft waren, was nur eine Frage der Zeit war. Aber dann wäre er gewissermaßen schon vom Pferd auf den Esel gekommen, und ihm würde nichts anderes übrigbleiben, als sein Geld abzuschreiben, jedenfalls zum größten Teil. Und so nimmt er sich ganz viel Zeit und beginnt, in Raten zu bezahlen. Als er Dreiviertel des Betrages bezahlt hat, werden die Rassengesetze abgeschafft, und er stellt die Zahlungen ein. Meine Halbschwestern haben immer beteuert, dass sie ihren Vater nie erpresst haben, aber die Belege für das Geld, das er ihnen bezahlt hat, sind da. Und dann sagen sie, dann wären es eben ihre Ehemänner gewesen.«

»Wo sind Ihre Halbschwestern jetzt?«

»Sie waren dreißig Jahre älter als ich. Eine ist tot, die andere lebt in der Näher der Salute.«

»Ist sie ebenso verbittert wie Sie über den Mangel an Respekt für das Angedenken Ihres Vaters?«

»Verbittert! Im Gegenteil«, sagte Volpi. »Sie hat ihn selbst verleumdet! In den 60er und 70er Jahren gab sie Interviews im amerikanischen Fernsehen und sagte, ihre Vater habe ›bedauerlicherweise‹ Marghera erschaffen. Wenn man so etwas von einer seiner Töchter hört, dann denkt man doch, dass Giuseppe Volpi eigentlich ein Krimineller gewesen sein muss.«

»Haben Sie je mit ihr darüber gesprochen?«

»Ich habe seit 1947 nicht mehr mir ihr gesprochen.«

»Ziemlich drastisch.«

»Mag sein, aber es ist so ungerecht! Venedig war die Leidenschaft meines Vaters. Er wollte nur das Beste für Venedig. Jemand – ich verrate Ihnen noch nicht wer – hat ihn einmal wunderbar treffend charakterisiert. Ich werd's Ihnen vorlesen.«

Volpi nahm ein Buch aus dem Regal und las einen Abschnitt daraus vor:

»Graf Giuseppe Volpi ist vielleicht der einzige Venezianer, der seine Heimatstadt wirklich liebt. Für ihn ist Venedig die universelle Stadt. Wenn die Welt ein einziges großes Venedig würde, der Ort der vornehmsten menschlicher Empfindungen, würde er sich glücklich schätzen. Seine Melancholie gründet auf dem Wissen, dass dieser Traum nie verwirklicht werden kann.«

Volpi schloss das Buch.

»Okay«, sagte ich. »Wer hat es geschrieben?«

»Mussolini.«

»Könnten Sie Venedig jemals lieben?«, fragte ich.

»Ich liebe Venedig. Es sind die Venezianer, auf die ich sauer bin. Sie verzehren sich vor Eifersucht und Neid – auf jeden und alles. Sie sind Clowns.«

»Was wäre nötig, dass Sie Ihren Zorn endgültig verrauchen lassen?«, fragte ich.

Volpi überlegte einen Moment und stieß dann wieder einen seiner tiefen Seufzer aus. »Die Rechnungen zwischen dieser Stadt und meinem Vater sind noch nicht beglichen. Wenn Venedig eine Straße oder einen Platz nach ihm benennen würde – und zwar keinen unbedeutenden – dann, und nur dann, könnte ich vielleicht das Gefühl haben, dass sie ihm die Anerkennung gezollt haben, die ihm gebührt.«

5

AUF KLEINER FLAMME

Am selben Nachmittag, da Mario Moro die Nacht des Fenice-Brandes nacherlebte und seinem eingebildeten Wasser tragendenden Hubschrauber Signale zuwinkte, übergab die Expertenkommission, die den Brand untersuchte, dem Untersuchungsrichter ihren vorläufigen Bericht: Brandstiftung war nicht die Ursache.

Die Experten seien zu diesem Schluss gekommen, sagten sie, weil erwiesen sei, dass der letzte Arbeiter das Gebäude um 19.30 Uhr verlassen hatte, und das Feuer war mindestens eine Stunde später ausgebrochen. Ihrer Theorie zufolge ist bei Bränden, die durch Brandstiftung verursacht wurden, in der Regel die Verwendung von hochentzündbaren Substanzen oder Brandbeschleunigern im Spiel, und das Feuer wütet binnen weniger Minuten nach Feuerlegung. Versehentlich verursachte Brände haben die Tendenz, eine Zeitlang zu schwelen, und allem Anschein nach hatte das Feuer im Fenice mindestens zwei Stunden lang geschwelt. Die schweren Holzbalken, die den Boden der Lobby auf der dritten Ebene abstützten, des *ridotto del loggione*, wo der Brand vermutlich begonnen hatte, waren vollkommen durchgebrannt, was auf einen langsamen Beginn des Brandes hindeutet, mit starker Hitzepenetration. Dem vorläufigen Bericht zufolge war der Brand höchstwahrscheinlich ausgebrochen, als Kunstharze, die zur Nachbearbeitung der Holzböden verwendet wurden, aus Versehen durch einen Funken, einen Kurzschluss oder eine Zigarettenkippe entzündet wurden, oder durch die Hitze eines überlasteten elektrischen Kabels. Über tausend Kilo des Harzes lagerten in dem *ridotto*, und einige Behälter hatte man offen gelassen. Die Experten hielten außerdem fest, dass sich acht Personen, die an jenem Abend in der Nähe des Fenice gewesen waren, nach dem Brand gemeldet und berichtet hätten, bereits gegen sechs Uhr Verbranntes gerochen zu haben. Auch das würde für einen Schwelbrand sprechen.

Auf der Grundlage ihrer Erkenntnisse schätzten die Experten, dass der Brand etwa zwei oder drei Stunden lang geschwelt hatte, was bedeutete, dass er gegen 18.00 Uhr begonnen hatte.

In ihrem ersten Bericht führten die Experten die chaotischen Zustände im Fenice auf, durch die ein zufälliger Brand beinahe unvermeidlich geworden war. Der Staatsanwalt, Felice Casson, stellte eine Liste jener Personen zusammen, die er für diese Zustände verantwortlich hielt, bestellte sie dann ins Büro des Untersuchungsrichters und informierte sie, es werde gegen sie wegen krimineller Fahrlässigkeit ermittelt. Er gab zu verstehen, dass er Haftstrafen beantragen werde, falls die Ermittlungen zu förmlichen Anklagen führten.

Bürgermeister Massimo Cacciari führte die Liste potentieller Angeklagter an. Als Bürgermeister war Cacciari automatisch Hausherr des Fenice, demnach lag die Sicherheit des Theaters in seinem Verantwortungsbereich. Zu den anderen, gegen die ermittelt wurde, gehörten der Intendant des Fenice, der Generalsekretär, der Finanzdirektor, der Hausmeister, der Leiter der Restaurierungsarbeiten, und der *Sovrintendente*, der Ingenieur, dem im Auftrag der Stadt die technische Oberaufsicht über die Restaurierungsarbeiten oblag.

Die meisten Beschuldigten waren einflussreiche Männer, und sie nahmen sich sofort die politisch mächtigsten Anwälte, die sie finden konnten. Obwohl einige Aspekte des Falls auch zu ihren Gunsten sprachen, arbeitete ein bedeutender Faktor gegen sie: Felice Casson, ein ungewöhnlich mutiger und unerbittlicher Strafverfolger.

Das sah man dem zweiundvierzigjährigen Casson nicht gerade an. Der schmächtige und bleiche Brillenträger hatte mattbraunes Haar und ein jungenhaftes Gesicht, dessen hervorstechendster Zug paradoxerweise ein fliehendes Kinn war. Casson wurde in Chioggia geboren, einem winzigen Fischerdorf an der Südspitze des Lido, und Verstellung oder Ehrgeiz waren ihm von Haus aus gänzlich fremd. Seine einzige äußerliche Eigenwilligkeit war seine Vorliebe für kragenlose Sporthemden, die er beinahe ständig trug, sogar unter seiner schwarzen Anwaltsrobe. Er spielte zusammen mit anderen Staatsanwälten in einer Fußballmannschaft, aber seine eigentliche Leidenschaft galt dem amerikanischen Basketball. Auf seinen Reisen in die Vereinigten Staaten, selbst auf Geschäftsreisen, richtete er es stets ein, dass er mindestens ein NBA-Spiel sehen konnte, und er redete immer noch von einer denkwürdigen Begegnung zwischen den Chicago Bulls und den New York Knicks, in der es Michael Jordan gelang, zwei Verteidiger abzuschütteln, die zu seiner Bewachung abgestellt waren. Doch insgesamt war Felice Casson jemand, der unbemerkt durch einen Raum voller Menschen gehen konnte. So flüchtig war seine körperliche Präsenz, dass man sich beinahe vorstellen konnte, er sei in der Lage, durch Wände zu gehen. Doch hatte er eine physische Eigenschaft, die eine innere Turbulenz erahnen ließ, eingedämmte Brände, die darauf warteten aufzulodern. Es war die Neigung, wenn er erzürnt war, zuerst blassrot anzulaufen, dann rot, dann hochrot, vom oberen Rand der Stirn bis zum Saum seines kragenlosen Hemdes. Weder seine Miene noch seine Stimme verrieten die geringste Gefühlsäußerung, aber die Lackmusreaktion seines Gesichts ließ sich nicht verbergen. Dafür war er bekannt. Angeklagten, die im Begriff standen, von Casson ins Kreuzverhör genommen zu werden, wurde geraten, auf den Wechsel der Gesichtsfarbe ins Knallrote zu achten und sich entsprechend zu verhalten.

Casson hatte sich schon frühzeitig in seiner Karriere als kompromissloser Ermittler etabliert, als er 1982 einen ungelösten Fall aus dem Jahr 1972 wieder aufrollte. Damals wurden in Triest drei Polizisten durch eine Autobombe getötet. Die Polizisten hatten einen telefonischen Hinweis auf ein verdächtiges Auto verfolgt, die Haube geöffnet und damit eine Bombe zur Detonation gebracht, die sie auf der Stelle tötete. Der Tod der drei Beamten wurde den militanten Roten Brigaden zur Last gelegt, und Hunderte von Linken wurden zur Vernehmung verhaftet, doch wurde letztendlich niemand angeklagt. Zehn Jahre später wurde Casson, damals ein achtundzwanzigjähriger Staatsanwalt, mit der Aufgabe betraut, den Fall erneut zu prüfen, in der Erwartung, dass er ein paar Lücken schließen und die Sache endgültig zu den Akten legen würde.

Stattdessen brachte Casson es fertig, dem Fall eine vollkommen neue Wendung zu geben, obwohl er absichtlich irreführende Informationen von Polizei und Geheimdienst erhalten hatte. Zum einen entdeckte er, dass die Polizei den Vorfall nie untersucht hatte. Als er der Herkunft des Sprengstoffs nachging, stellte er fest, dass die Spur zu einer *rechtsradikalen* Gruppe führte. Er ließ den Täter schnell verhaften und erhielt ein Geständnis, das die überraschende Enthüllung enthielt, dass der Polizei schon nach drei Wochen die wahre Geschichte bekannt gewesen war, wie auch dem Innenministerium, der Zoll- und Steuerfahndung sowie dem zivilen und dem militärischen Geheimdienst. Alle diese Behörden hatten sich miteinander verschworen, die Sache aus politischen Gründen zu vertuschen. Casson brachte den Täter hinter Gitter, aber er beließ es nicht dabei.

Er verlangte die Genehmigung, die Archive des italienischen Geheimdienstes durchsuchen zu dürfen, was ihm gestattet wurde. Dort fand er Dokumente, die die Existenz einer geheimen, hochentwickelten paramilitärischen Kampftruppe enthüllten, mit dem Codenamen Gladio, die 1956 von der amerikanischen CIA eingerichtet und finanziert worden war und die die Aufgabe hatte, einen Guerillakrieg zu führen für den Fall, dass die Sowjetunion jemals Italien angreifen sollte. Gladio wurde mit einem geheimen Ausbildungslager in Sardinien ausgerüstet und verfügte über 139 Waffenlager, die über Norditalien verteilt waren. Gladios 622 Agenten wurden im Sammeln nachrichtendienstlicher Erkenntnisse ausgebildet, in Sabotage, Fernmeldetechnik und dem Aufbau von Fluchtnetzwerken.

Während sich im Klima des Kalten Krieges die Aufstellung einer »Stay-behind«-Widerstandsmiliz noch rechtfertigen ließ, stieß Casson in den Gladio-Dokumenten auf beunruhigende Hinweise für »interne Subversion«. In der Folge entdeckte Casson, dass das größtenteils rechtsradikale Netzwerk von Agenten der Organisation die Vorräte und Infrastruktur von Gladio benutzt hatte, um terroristische Anschläge innerhalb Italiens zu verüben, mit dem Ziel, sie linken politischen Parteien in die Schuhe zu schieben.

Casson setzte seine Untersuchung während der 80er Jahre in aller Ruhe fort und entdeckte schließlich Beweise, die Gladio mit einer Welle tödlicher Bombenanschläge in Italien während der 70er und 80er Jahre in Verbindung brachten, die alle den Linken zur Last gelegt worden waren. Die Beweiskette deutete auch darauf hin, dass Gladio an nicht weniger als drei fehlgeschlagenen Versuchen beteiligt gewesen war, die rechtmäßige Regierung Italiens zu stürzen – in den Jahren 1964, 1969 und 1973.

Casson ging schließlich 1990 an die Öffentlichkeit, als er darauf bestand, Italiens Ministerpräsident Giulio Andreotti zu befragen. Er zwang Andreotti, vor das Parlament zu treten und einen ausführlichen Bericht über Gladio abzugeben, dessen Existenz er dreißig Jahre lang geleugnet hatte. Gleichzeitig ließ Casson Präsident Francesco Cossiga höchst persönlich vorladen und unter Eid bekennen, dass er mitgeholfen habe, Gladio zu organisieren, als er während der 60er Jahre im Verteidigungsministerium arbeitete. Bald darauf ordnete Andreotti die Auflösung von Gladio an.

Als direkte Folge von Cassons Enthüllungen kamen plötzlich von überall Informationen über die Existenz ähnlicher Geheimarmeen im Stil von Gladio, die von der CIA in Frankreich, Spanien, Belgien, den Niederlanden eingerichtet worden waren, in Griechenland, Deutschland, der Schweiz, Österreich, Dänemark, Schweden, Norwegen, Finnland und in der Türkei.

Casson verfolgte Gladio unbeirrt, trotz der offenkundigen Gefahr. Später gab er zu: »Es war ein schreckliches Gefühl zu wissen, dass ich der einzige Mensch war, der von der Existenz von Gladio wusste – außer den Mitgliedern von Gladio selbst, und dass sie mich jeden Augenblick umbringen könnten.«

Verglichen mit der seelischen Tortur, ganz alleine einer mörderische Geheimmiliz auf die Spur zu kommen, muss Casson die Aussicht, es mit einem Grüppchen piekfeiner Amtsträger wegen grober Fahrlässigkeit im Opernhaus La Fenice aufzunehmen, wie eine Spazierfahrt in einer Gondel vorgekommen sein.

Da die Anwälte der Beschuldigten wussten, dass der Versuch, einen Deal auszuhandeln, aussichtslos war, griffen sie stattdessen die Glaubwürdigkeit von Cassons Expertenkommission an. Francesco D'Elia, der Anwalt des Hausmeisters des Fenice, überschüttete zwei der Experten mit Spott und Hohn: Alfio Pini, Leiter der Feuerwehr, und Leonardo Corbo, Leiter des nationalen Zivilschutzes.

»Die haben den Leiter der Feuerwehr zum Experten ernannt?«, ereiferte sich D'Elia gegenüber einem Fernsehreporter. »Er sollte ein Angeklagter sein! Er war fünf Minuten vom Fenice entfernt, als der Brand ausbrach, aber er war erst eine halbe Stunde später zur Stelle. Wieso hat er so lange gebraucht? Selbst ich war vor ihm da. Und sein Chef in Rom, Corbo, der sollte auch zur Rechenschaft gezogen werden, weil die Feuerwehr sich bei dem Brand in jeder Beziehung falsch verhalten hat. Haben sie sich an die Einsatzpläne gehalten? Haben sie das richtige Gerät eingesetzt? Der Leiter der Feuerwehr und sein Chef behaupten ja, aber was sollen sie denn sonst sagen? Hätten sie die Wahrheit gesagt, wäre das einem Schuldeingeständnis gleichgekommen.

Die Feuerwehrleute hätten darüber informiert sein müssen, dass der Kanal beim Fenice leer und abgesperrt war, waren es aber nicht. Sie mussten umkehren und einen anderen Kanal nehmen, wodurch ihnen wertvolle Zeit verloren ging.

Sie hatten lediglich alte Löschschläuche dabei, von denen drei kaputt gingen und repariert werden mussten.

Sie hatten alte Holzleitern, die zu kurz waren, um die Fenster zu erreichen.

Sie hatten keine Feuerschutzkleidung.

Sie hatten keine Behälter mit sauerstoffbindenden Chemikalien, die ein Feuer buchstäblich ersticken. Das ist heutzutage Standardausrüstung bei der Brandbekämpfung in leer stehenden Gebäuden. Die Feuerwehrleute waren unzureichend ausgerüstet, und das ist die Schuld von Pini und Corbo, den sogenannten Experten.«

In Erwiderung dieser Vorwürfe erklärte Casson, der Leiter der Feuerwehr, Alfio Pini, sei in die Kommission berufen, um sicheren Zugang ins Fenice zu gewährleisten und der Kommission zu helfen, alle Beweismittel zu bekommen, die sie meinte zu benötigen. Leonardo Corbo, der Leiter von Italiens Zivilschutz, konnte eine lange Liste von Referenzen als Brandexperte und Fachmann für Brandbekämpfung vorweisen, mit besonderen Fachkenntnissen im Bereich Theaterbrände. Casson wies D'Elias Einwände kühl zurück, doch wurde bemerkt, dass die verräterische Rötung in Cassons Gesicht eine gefährliche Schattierung von Rosa erreicht hatte.

In der Nacht, als das Fenice in Flammen aufging, war Casson der diensthabende Staatsanwalt. Das hieß, er war der städtische Beamte, den die Polizei und die Feuerwehr bei einem Notfall als Erstes zu benachrichtigen hatten. Das hatten sie in der ganzen Aufregung vergessen. Doch Casson lebte mit einer Frau zusammen, die als Journalistin beim staatlichen Fernsehsender RAI arbeitete. Sie waren gerade zu Hause in Cannaregio, als jemand vom RAI anrief und sie über den Brand informierte. Sie gingen hinauf zu ihrer *altana* und sahen die Flammen. Fünf Minuten später stand Casson in einem Motorboot der Polizei auf dem Weg zum Fenice. Er kam gerade rechtzeitig am Schauplatz an, um Zeuge eines territorialen Disputs zwischen der örtlichen und der nationalen Polizei zu werden, den Carabinieri. Beide behaupteten, sie seien als Erste am Brandort eingetroffen. Ein Polizeibeamter sagte zu einem Beamten der Carabinieri: »Die Stadt ist sowieso unser Zuständigkeitsbereich und nicht eurer.« Worauf der Carabiniere mit der Bemerkung konterte: »Aber wir sind besser ausgerüstet als ihr, um derlei Ermittlungen durchzuführen.« Casson vollzog seine erste Amtshandlung dieses Abends, indem er sich einmischte und beiden Seiten sagte, dass hier die Staatsanwaltschaft zuständig sei, also werde er, Casson, entscheiden, wer was zu tun habe.

Kurz vor Mitternacht ging Casson zum Polizeipräsidium, der Questura, und unterschrieb einen Befehl zur Versiegelung des Theaters, wonach sich jeder, der es unbefugt betrat, strafbar machte. Seine Absicht war es, das Beweismaterial zu schützen, und dafür war er bereit, das Theater wenn nötig auf Monate hin zu versiegeln. Er würde Aufräumtrupps erst dann erlauben, den Schutt abzutransportieren, wenn die Ermittler ihre Arbeit beendet hatten. Nicht einmal der Intendant durfte hinein, der sich bemühte, ein Benefizkonzert für das Fenice zu organisieren, und der Unterlagen über größere Spender aus seinem Büro holen wollte, das sich in einem teilweise verschont gebliebenen Trakt des Gebäudes befand.

Casson setzte der Expertenkommission eine Frist von sechzig Tagen, um ihre technische Analyse des Beweismaterials abzuschließen und einen endgültigen Bericht vorzulegen. Er wollte elf Fragen beantwortet wissen: Wann und wo der Brand begann; ob die Ursache Brandstiftung oder Fahrlässigkeit war; den Zeitpunkt des Feuersprungs, des sogenannten Flashover, als der Brand sich auf andere Gebäudeteile ausbreitete; den Zustand des Theaters vor dem Brand; das Ausmaß von Brandschutzanlagen innerhalb und außerhalb des Gebäudes; die Situation der Kanäle in der Umgebung des Fenice; den Zustand von Rauch- und Brandmeldern vor Ausbruch des Feuers; die Substanzen, die sich zum Zeitpunkt des Brandes im Gebäude befanden; die Analyse der Asche aus dem *ridotto*; eine Beschreibung des elektrischen Leitungssystems im Gebäude; und schließlich eine

Schätzung der Schäden und Identifizierung jener Personen, die für irgendwelche gefährlichen Missstände verantwortlich waren.

Es wurde allgemein angenommen, dass die endgültigen Schlussfolgerungen der Kommission ihre vorläufigen bestätigen würden, in denen, wie der *Gazzettino* berichtete, Brandstiftung »mit beinahe mathematischer Sicherheit« ausgeschlossen wurde.

Leonardo Corbo, Zivilschutzleiter aus Rom, war zum Vorsitzenden der Kommission ernannt worden. Er verkündete, man werde den Schutt des Gebäudes mit forensischer Präzision untersuchen, als wäre das Fenice eine Leiche auf einem Autopsietisch.

»Jeder Brand hat seine eigene DNA«, sagte er, »seine Blackbox. Brände hinterlassen ganz bestimmte unverwischbare Spuren. Einige sind offensichtlich und auf den ersten Blick zu erkennen. Andere entziehen sich dem bloßen Auge, können aber mit Hilfe fortgeschrittener Techniken und Instrumente analysiert werden, über die wir glücklicherweise verfügen.«

Zwei Wochen nach dem Brand tauchten die ersten Kurtisanen und Casanovas in den Straßen Venedigs auf, erstere in tiefausgeschnittenen Miedern und Seidenstrümpfen, letztere in Kniehosen, alle in gepuderten Perücken. In Masken, Capes, Gewändern, Gehröcken, Schnallenschuhen und allen möglichen albernen Kopfbedeckungen schwärmten von den frühen Morgenstunden bis spät in die Nacht Menschen durch die Straßen, um den Karneval zu feiern. Am Fuß der Accademia-Brücke stand ein Mime, Hände, Gesicht und Haare silber gefärbt, passend zu seinen silbernen Gewändern, eine monochrome Statue. Ein Kreis Neugieriger umringte ihn und hielt Ausschau nach dem geringsten Blinzeln oder Zittern, um sich zu vergewissern, dass das, was sie da betrachteten, tatsächlich ein Mensch aus Fleisch und Blut war. Ein weiterer Mime, dieser über und über vergoldet, posierte auf dem Markusplatz. Ein dritter, vollkommen weiß, stand dreißig Minuten lang bewegungslos auf dem Campo San Bartolomeo, in der Nähe der Rialto-Brücke.

Das bunte Treiben in den Straßen war tatsächlich eine neue Wiederbelebung des Jahrhunderte alten venezianischen Fests. Napoleon hatte ihm ein Ende gesetzt, als er die venezianische Republik besiegte. Zu jener Zeit hatte der Karneval den Höhepunkt der Dekadenz erreicht, war von zwei Wochen Ausgelassenheit zu einer sechsmonatigen Maskenzeit ausgewachsen, voller Feste, Tänze, Spektakel, Spiele, ein halbes Jahr, in dem alle Welt vermummt durch Venedigs Straßen zog. Erst Ende der 70er Jahre begann ein ernsthaftes Revival, das teilweise durch Federico Fellinis exotischen und surrealistischen Film *Casanova* von 1976 ausgelöst wurde. Die Reinkarnation des Karnevals begann in bescheidenem Stil, auf der Insel Burano und in Arbeitervierteln, mit Theaterstücken und Kostümfesten auf Stadtteilplätzen. Es dauerte nicht lange und die Vergnügungen breiteten sich über die ganze Stadt aus, dann machten die ersten Touristen mit, und schließlich entwickelte sich ein ganzer Geschäftszweig drum herum, dessen auffälligstes Merkmal die Maskenläden waren, die überall in Venedig aufmachten. Es waren kleine Nischen von Farbe und Phantasie, deren Schaufenster, die wie Bühnen beleuchtet waren, das ganze Jahr über dunkle Seitenstraßen erhellten. Bald waren Masken zur beliebten Touristenikone geworden. Doch mit dem Erscheinen jedes neuen Maskenladens schien es eine Bäckerei, einen Metzgerladen weniger zu geben, zur Bestürzung der Venezianer, die jetzt doppelt so weit gehen mussten, um eine Tomate oder einen Laib Brot zu kaufen. Maskenläden wurden zu einem verhassten Symbol dafür, dass die Stadt auf Kosten ihrer Bewohnbarkeit vor dem Tourismus kapituliert hatte.

Doch einem Maskenladen blieb derlei Verunglimpfung erspart. Und zwar Mondonovo, Atelier von Guerrino Lovato, einem Bildhauer und Bühnenbildner, der in der Zeit, als die Venezianer noch unter sich waren, wesentlich an der Wiederauferstehung des Karnevals beteiligt gewesen war. Lovato hatte sich, beinahe als Dienst an der Gemeinschaft, auf die Herstellung von Masken verlegt. Sie waren eine begehrte Neuheit, und so wurde sein Atelier Venedigs erster Maskenladen.

Mondonovo befand sich wenige Schritte hinter der Ponte die Pugni, der »Brücke der Fäuste«. Der vordere Teil des Ladens quoll über von Skulpturen aller Art. Sie türmten sich in Regalen, hingen oder lehnten an den Wänden, baumelten von der Decke, standen oder stapelten sich auf dem Boden. Kunden blieb kaum Platz sich zu bewegen. Neben den Masken stellten Signor Lovato und seine Assistenten auch noch Figurinen her, Büsten, Putten, Wappen und verschiedene architektonische Verzierungselemente in überbordendem Rokoko-Stil. Doch Masken herrschten vor.

Signor Lovato war ein muskulöser Mann mit einem dichten dunklen Bart, in den sich schon viel Weiß mischte. Am Tag unserer Begegnung trug er einen unförmigen grauen Pullover und eine Strickmütze. Während eine junge Assistentin an einem Arbeitstisch damit beschäftigt war, Goldfarbe auf eine Papiermaché-Maske auftzutragen, zeigte Signor Lovato mir die klassischen Karnevalsmasken, beginnend mit den frühesten, die den Figuren der Commedia dell'Arte nachempfunden waren – Pulcinello, Pedrolino, Harlekin, der Pestarzt und Brighella. Jede Maske hatte ihr eigenes typisches Merkmal: eine Hakennase, eine lange Nase, eine Warze auf der Stirn.

»Im achtzehnten Jahrhundert war es so weit gekommen«, erklärte Lovato, »dass die Leute die meiste Zeit Masken in der Öffentlichkeit trugen, und zwar aus einem einzigen Grund – um anonym zu bleiben. Deswegen waren damals auch die Masken besonders beliebt, die das ganze Gesicht bedeckten und überhaupt keine Figur darstellten. Die sind ebenfalls zu Klassikern geworden.« Er zeigte mir zwei: eine schlichte schwarze Maske für Damen, die *morello* hieß, und eine weiße Maske für Herren, eine *bauta*, die eine hervorstehende, bugartige Nase hatte und einen Kiefer, der bis hinunter zum Kinn reichte. Die *bauta* wurde gewöhnlich zusammen mit einem Dreispitz getragen.

Obwohl die *bauta* keinerlei Ausdruck besaß, verliehen ihr die gespenstische Blässe und die scharfen Züge ein bösartiges Aussehen. Und so beschloss ich, mir für den Maskenball, zu dem die Lauritzens mich mitnehmen wollten, eine konservative, dunkelviolette Maske à la Lone-Ranger zu kaufen.

Während ich bei der jungen Assistentin bezahlte, spähte ich über ihre Schulter in Signor Lovatos Werkstatt. Überall lagen große Kunstfotobände herum, teilweise aufgestellt, auf den aufgeschlagenen Seiten Fotos von La Fenice – die goldenen Logenränge, Nahaufnahmen von modellierten Figuren und vergoldete Verzierungen.

»Sie studieren das Fenice, wie ich sehe«, bemerkte ich.

»Eine Katastrophe!«, erwiderte Lovato.

»Erwarten Sie, beim Wiederaufbau beteiligt zu werden?«

»Wer weiß? Es sind nicht mehr viele von uns übrig, die derlei Arbeiten machen können.« Er winkte mich in seine Werkstatt hinein.

»Es müssen ungeheuer viel modellierte Details neu geschaffen werden«, sagte er. »Aber leider ist beim Brand alles verloren gegangen, und die ursprünglichen Zeichnungen existieren auch nicht mehr. Ungefähr die einzigen Dokumente, die uns noch bleiben, sind alte Stiche und Fotos. Das Problem ist nur, dass sie bloß zweidimensional sind. Eintausend Fotos derselben Figur werden alle unterschiedlich aussehen, je nach Beleuchtung, Linse, Kamera, Aufnahmewinkel und Farbreproduktion.«

Er nahm eines der Bücher in die Hand. Auf der aufgeschlagenen Seite war eine kremigweiße Meerjungfrau abgebildet, die einem Wirbel von Goldblattwellen und Schnörkeln entsteigt. »Es gab zweiundzwanzig dieser wunderschönen Nymphen im Umfeld der Saaldecke. Sie waren beinahe in dreiviertel Lebensgröße. Wenn auch nur eine von ihnen erhalten geblieben wäre, auch nur teilweise, hätte das eine Menge Fragen beantwortet, aber sie wurden alle zerstört.« Er deutete auf das Foto einer Putte. »Putti«, sagte er. »Von denen gab es vier in der Königsloge, mit kleinen Blasinstrumenten, und überall im Theater waren Hunderte anderer Figurinen mit dem Goldblatt-Laubwerk verwoben, einige halb versteckt. Das wird akribische Spürarbeit erfordern, sie alle zu finden, und dann sehr viel Geduld, um sie zu kopieren. Das heißt ... falls das Fenice jemals wieder aufgebaut wird.«

»Warum sollte es nicht wiederaufgebaut werden?«, fragte ich.

»Alle wollen, dass es wiederaufgebaut wird. Aber wir sind hier in Italien. Das Opernhaus in Genua, das im Zweiten Weltkrieg zerbombt wurde, wurde erst 1992 wiedereröffnet, achtundvierzig Jahre später. Das Teatro Regio in Turin brannte 1937 ab, und bei dem dauerte es siebenunddreißig Jahre, bis es wiederaufgebaut wurde.«

»Aber ist das Fenice für Venedig symbolisch nicht viel wichtiger als jene für Genua und Turin?«

»Ja«, sagte Lovato, »wegen seiner Rolle in der Geschichte der Oper. Und durch seine Ausgestaltung ist es noch viel symbolischer für Venedig, als den meisten Leuten klar ist. Ich will Ihnen zeigen, was ich meine.«

Er blätterte in einem der Bücher, bis er zu einer schematischen Darstellung des Fenice kam.

»Das Publikum kommt hier herein, durch den Apollonischen Eingangsflügel, der neoklassizistisch ist. Apoll ist der Gott der Sonne, der Gott von Ordnung und Vernunft. Die Räume sind streng und symmetrisch im Aufbau, und obwohl das Dekor opulent ist, ist es doch sehr zurückgenommen. Dann, wenn die Zuschauer vom Apollonischen Flügel kommen und in den Zuschauerraum treten, finden sie sich plötzlich mitten in einer phantastischen Waldlichtung wieder, verschwenderisch ausgeschmückt mit Blumen, Ranken, Gesichtern, Masken, Satyren, Nymphen, Putten, Vögeln Greif und anderen Fabelwesen. Dies ist das ausschweifende Reich des Dionysos und des Bacchus, der antiken Götter des Weins und der Sinnenfreude.

Die Dichotomie zwischen den beiden Kulten – appollonische Zurückhaltung und dionysischer Überschwang – ist sehr wichtig für das italienische Theater, und vor allem für Venedig. Kennen Sie den Unterschied zwischen appollonischer und dionysischer Musik? Appollonische Musik ist die Musik der Stadt, und zu der gehört die Oper. Sie hat eine kodifizierte Form und folgt allgemein anerkannten strukturellen Normen.

Die Musik des Dionysos hingegen ist die Musik des Landes. Es ist improvisierte Musik, spontan, ohne Struktur, formlos. Heutzutage würden wir das Pop-Musik nennen. Sie löst ein Gefühl reinsten Vergnügens aus. Es ist die Musik des Vergessens, des Alkohols, von Wein und Rausch ... des Dionysos und des Bacchus.

Der Architekt Giovanni Battista Meduna hat begriffen, dass Oper für Italiener mehr ist als bloß das, was sich auf der

Bühne abspielt. Das ganze Erlebnis, in die Oper zu gehen, ist ein sich langsam entfaltendes Ritual, das mit der Vorfreude und dem Ankleiden für den Abend beginnt, dann das Ankommen im Theater, und schließlich das Betreten des Ortes, an dem das Hauptereignis stattfinden wird. Wie bei jedem Ritual, ob es in einem Tempel stattfindet, in einer Arena oder einem Theater, macht die Kulisse einen Teil des Erlebnisses aus.

Meduna hat das Dekor des Zuschauerraums so konzipiert, dass man ein Crescendo von Verzierungen erlebt. Das Konzept sah folgenderdermaßen aus: Vom Orchester wird der Blick hinaufgetragen durch das Laub des verzauberten Gartens zum Wunder des Himmels, dargestellt durch die Schattierungen von Blau in der Decke und das Licht vom zentralen Kronleuchter, der für Apoll steht – Apoll ist ja, wie gesagt, der Gott der Sonne. Alle anderen Figuren im Zuschauerraum gehörten dem Kult des Dionysos und des Bacchus und der Waldgeister Arkadiens an, denn das war es eigentlich, was in diesem Raum dargestellt werden sollte. Es gab sogar einen Satyr über der Bühne. Das Theater war wie eine Waldlichtung, ein riesiger Pavillon unterm Himmelszelt. Das Publikum saß mitten in der Natur und konnte sich so entspannen und sich auf die Vorstellung vorbereiten, auf die Musik des Apoll, die Oper. Das war die Ikonographie des Fenice, und genau so sollte das Theater verstanden werden.«

»Ich könnte mir vorstellen«, sagte ich, »dass Sie dagegen sind, dass ein modernes Inneres in die bestehende Hülle des Fenice eingebaut wird.«

»Selbstverständlich, und es hat wirklich nichts mit Ästhetik zu tun. Es geht darum, das dionysische Erlebnis zu erhalten, das Meduna für den Zuschauer im Saal geschaffen hat. Die Lichter im Theater wurden nie ganz ausgeschaltet, nicht einmal während der Vorstellung. Sie wurden zu einem sanften Glühen abgedämpft, so dass die Zuschauer immer noch die Bilder sehen konnten. Die Bilder leisteten ihnen Gesellschaft. Vielleicht wäre man alleine ins Theater gegangen, aber man hätte trotzdem Gesellschaft gehabt. Dies ist eine Beziehung, um die sich das moderne Theater nicht schert. Heutzutage konzentriert sich alles auf die Bühne. Die Show ist heilig. Alle müssen still sein und zugucken. Moderne Theater sind sterile Orte, die eine großartige Akustik haben und großartige Sichtbarkeit – aber keinen Dekor. Man hat keine Gesellschaft mehr.

Ein neues Fenice sollte eine Klimaanlage haben, die auf dem neuesten Stand ist, und eine moderne Bühnentechnik, aber den dionysischen Theatersaal muss es unbedingt behalten.«

»Weil Venedig eine dionysische Stadt ist?«

Lovato lachte. »Sehen Sie sich doch mal um! Sehen Sie sich diesen Laden an! Sehen Sie sich die Leute draußen auf der Straße an. Mit dem Karneval wird der Zauber, das Geheimnis und die Dekadenz Venedigs zelebriert. Wer will das verlieren?«

Die kurze Flaute war für Venedig zu Ende. Der Karneval hatte begonnen. Schmale Straßen, die in den letzten paar Wochen leicht zu passieren waren, waren jetzt vollgepackt mit Touristen, die sich in Masken und neckischen Hüten mit Schellen hindurchschoben. Die Venezianer hatten Venedig nicht mehr für sich allein, doch wenigstens war da jetzt die heitere, beschwingte Stimmung in der Stadt, die sie damit versöhnen konnte. Die Maskerade der Partygänger rollte durch jedes Stadtviertel. Sie ergoss sich in Geschäfte, Museen und Restaurants, glitt auf Gondeln, Bootstaxis und Vaporetti die Kanäle entlang. Selbst die Geschmacksknospen frohlockten mit dem Wiedererscheinen des Karnevalsgebäcks, *frittelle* – kleine, süße Beignets, die mit Rosinen und Pinienkernen gespickt, und, wenn man wollte, mit Zabaione oder Vanillekrem gefüllt waren.

In dieses närrische Phantasiebild vom alten Venedig schlüpfte eine unscheinbare Gestalt hinein, begleitet von Bürgermeister Cacciari und einer Horde Reporter und Fotografen. Woody Allen war nach Venedig gekommen, um der Stadt, die er so liebte und wo er mit seiner Jazzband in zwei Wochen zur Wiedereröffnung eines renovierten Opernhauses ein Konzert hätte geben sollen, seine Aufwartung zu machen. Stattdessen, sagte er, werde er jetzt im Goldoni-Theater ein Benefizkonzert für das Fenice geben. Bürgermeister Cacciari ging mit Woody Allen in die Ruine des Fenice. Allen starrte auf die kahle, hufeisenförmige Backsteinhülle. Von den goldenen Rängen war nichts weiter übrig geblieben als fünf Reihen gleichmäßig verteilter Löcher in der Saalwand, wo einstmals die Balken, die die Logen stützten, eingelassen waren.

»Schrecklich«, sagte er. »Was für eine schreckliche Verwüstung. Das ist ja unwirklich.«

Das Gefühl des Unwirklichen verstärkte sich noch, sowie sie aus dem Gebäude traten und wieder von der fröhlich kostümierten Karnevalistenschar verschluckt wurden. Keiner der beiden Männer ahnte, dass es bald noch viel unwirklicher werden würde, und zwar als Felice Casson Woody Allen wegen Hausfriedensbruch vorladen ließ.

6

DER RATTENMANN VON TREVISO

Zwei Reihen hoher gotischer Fenster glühten im Kerzenlicht, als die Lauritzens und ich uns dem Landesteg des Palazzo Pisani-Moretta näherten. Der Maskenball war bereits im Gange. Auf den Balkons über uns standen kostümierte Männer und Frauen mit ihren Getränken und blickten hinaus über den Canal Grande und die schimmernden Lichter, die sich im nachtschwarzen Wasser spiegelten.

»Die Fassade ist gotisch, spätes fünfzehntes Jahrhundert«, sagte Peter. »Beachten Sie die besonders schönen Beispiele von Vierblatt-Ornamenten über den Fenstern des ersten *piano nobile.* Sie sind, wie Sie sicher schon vermutet haben, vom Dogenpalast abgeleitet.« Peter trug ein langes schwarzes Cape und eine schwarze Maske.

»Hausfriedensbruch!«, sagte Rose. »Stell sich das mal einer vor! Wie schrecklich peinlich für Woody Allen. Trotzdem, ich finde, das war völlig richtig von Casson, wenn es ihm wirklich ernst damit ist, herauszufinden, was im Fenice passiert ist.« Rose hatte ihre Haare hochgebürstet und eine Perlenkette hindurchgezogen. Sie trug eine juwelenbesetzte schwarze Satinlarve und ein Abendkleid, eine Säule aus schwarzem Chiffon. »Er ist einer der wenigen ehrlichen, unbestechlichen Staatsanwälte, die uns noch geblieben sind. Ein weißer *Ritter!* Ich kann nur beten, dass er sich nicht plötzlich selbst zerstört wie all die anderen.«

»Dann, im achtzehnten Jahrhundert«, sagte Peter, »hat

die energische Chiara Pisani-Moretta den Palazzo mit enormen Geldaufwand renovieren lassen und gleichzeitig die Gerichte belagert, in der Hoffnung, ihren Bruder für illegitim erklären lassen zu können, damit sie auch *seinen* Teil des Familienerbes für den Palast ausgeben konnte.«

Rose hob den Saum ihres Gewandes, im Begriff, ihren Fuß auf den Landesteg zu setzen. »Aber ich finde, Woody Allen kann einem wirklich leid tun«, sagte sie. »Erst wird sein Jazzkonzert aus dem Fenice gebrannt, und dann wird er auch noch verhaftet, dafür dass er in einer Geste der Anteilnahme vorbeikommt.« Roses Aufmerksamkeit wanderte zu einem Mann in einer grünen Maske, der gerade einem der Bootstaxis vor uns entstieg. »Oh, Peter, sieh mal. Das ist Francesco Smeraldi.« Dann wandte sie sich mir zu und sagte: »Er ist ein Dichter, den niemand liest, weil er seine Gedichte in einem Banktresor deponiert, sowie er eins geschrieben hat. Er hat früher Schreiben und Dichtung in Schulen unterrichtet, bis man dahinterkam, dass er –«

»Nein, nein, Rose, du irrst dich«, sagte Peter. »Das ist doch nicht Francesco Smeraldi. Das ist –«

»Na, wie soll das auch einer wissen, bei der Maske, die er da aufhat! Ich sehe doch bloß einen Mund und ein Kinn. Egal, ob er es nun ist oder nicht, Francesco Smeraldi bekam Ärger, nachdem man entdeckt hatte, dass er mit einer Gruppe Kinder eine Graffiti-Lesetour durch öffentliche Klos gemacht hatte!«

Am Wassereingang traten wir auf eine teppichbedeckte Plattform, die von zwei lodernden Fackeln flankiert war, und begaben uns in eine tiefe Eingangshalle, in der große, goldgerahmte Laternen an dunklen Balken hingen. Am hinteren Ende führte eine imposante Treppe zum ersten *piano nobile* hinauf, und zu einem weitläufigen zentralen Saal, dessen Decken mit üppigen Fresken im Rokoko-Stil versehen waren.

Der Raum wurde durch neun mächtige Kristallleuchter und sechs Wandleuchter erhellt, die alle in Massen von hohen weißen Kerzen erstrahlten. Heute Abend wurde jeder Raum im Palast ausschließlich mit Kerzenlicht beleuchtet.

Es waren mehrere Hundert Gäste anwesend. Das Stimmengewirr klang aufgeregt und schrill, ein Zeichen, wie sehr die Menschen es genossen, sich dank ihrer Verkleidung einmal ganz ungezwungen geben zu können, obwohl die meisten Leute unter ihren Masken ohne weiteres zu erkennen waren. Es gab allenthalben Küsschen auf beide Wangen, Gesprächsfetzen – »Skifahren in Cortina«, »extra aus Rom gekommen«, »*bellissimo!*« – schwirrten durch den Raum, und es wurde Freunden zugewunken, die man auf der anderen Seite des Saals entdeckt hatte.

Wir standen in der Mitte des Raums, bedient von Kellnern in weißen Jacken, die mit Tabletts zirkulierten, beladen mit Wein und rosafarbenen Bellinis. Es waren die echten Bellinis: Das Catering für die Party an diesem Abend machte Harry's Bar, das Etablissement, das das Getränk erfunden hatte, eine Kombination aus Prosecco und dem Saft frischer weißer Pfirsiche.

»Dieser Palazzo stand über ein Jahrhundert lang leer«, sagte Peter. »Es gab weder Zentralheizung noch Leitungen, weder Gasbeleuchtung noch Strom. Das kam alles erst 1974, als er liebevoll restauriert wurde. Das Erstaunliche ist, dass das Dekor nicht nur original ist, sondern auch intakt – die Fresken, die Kaminsimse, die Stuckverzierungen. Allein um die Böden zu reinigen, brauchte man drei Monate. Und was kam unter dem Schmutz zum Vorschein? Ein prachtvoller Ottocento-Terrazzoboden in bestem Zustand. Wie ich immer sage: Nichts konserviert besser als Vernachlässigung.«

»Alvise!«, rief Rose einem kleinen, kahlköpfigen Mann mit rotem Gesicht zu, der mit hoheitsvollen Schritten auf uns zukam. Er ergriff Roses Hand, hob sie an und nickte ihr zu, dann schüttelte er Peter die Hand.

»Also, Alvise Loredan ist jemand, den Sie unbedingt kennen lernen müssen!«, sagte Peter, als er mich vorstellte. »Graf Loredan ist der Inbegriff eines Venezianers und gehört einer der ältesten Patrizierfamilien an.«

Alvis Loredan betrachtete mich eingehend und strahlte. Er hatte eine aristokratische Adlernase, Hängebacken, einen Haarkranz und einen kräftigen Kiefer. Ich konnte mir sein Profil gut als Verzierung einer Münze vorstellen.

»Aus meiner Familie sind drei Dogen hervorgegangen«, sagte er auf Englisch, und hielt drei Finger hoch. »Drei!«

»In der Tat«, sagte Peter, »und da Alvise zu bescheiden ist, es Ihnen zu erzählen, werde ich es tun: Einer der Loredan-Dogen war Leonardo Loredan, der Doge aus dem sechzehnten Jahrhundert, dessen großartiges Porträt von Giovanni Bellini vielleicht das beste venezianische Porträt ist, das je gemalt wurde. Schade ist nur, dass es in der National Gallery in London hängt statt hier in Venedig.«

Loredan nickte. »Die Geschichte meiner Familie geht bis ins zehnte Jahrhundert in Venedig zurück. Die Loredans haben jeden Krieg gewonnen, in dem sie gekämpft haben, und sie haben in allen gekämpft. Das ist sehr wichtig! Wenn die Loredans nicht die Türken besiegt hätten, erst 1400 und dann in Albanien, hätten die Türken die Adria überquert, den Vatikan besetzt und die Christenheit ausgelöscht!«

Graf Loredan wechselte jetzt zwischen Englisch und Italienisch hin und her.

»Im Staatsarchiv«, fuhr er fort, »gibt es Briefe von Päpsten und den Loredan-Dogen, in denen sie die vertraute Anrede *tu* verwenden. Sie waren einander ebenbürtig, Fürsten, die einen wie die anderen. Ich habe Kopien. Ich kann sie Ihnen zeigen. Ich besitze die Kopie eines Briefs von Heinrich VIII an Leonardo Loredan, in dem er ihn mit »unser allerliebster Freund« anredet. Es ist alles da. Das ist sehr wichtig!«

»Und«, warf Peter ein, »was die Paläste der Loredan betrifft ...«

»Es gibt mehrere in Venedig«, sagte der Graf stolz. »Palazzo Loredan am Campo Santo Stefano, wo Napoleon das venezianische Institut der Wissenschaften, Literatur und Künste gründete. Palazzo Corner-Loredan, der Teil des Rathauses von Venedig ist. Palazzo Loredan degli Ambasciatori, den das Heilige Römische Reich für viele Jahre als seine Botschaft in der Republik Venedig von meiner Familie mietete. Palazzo Loredan-Cini am Campo San Vio. Er war das Heim von Don Carlos, dem Thronanwärter Spaniens. Habe ich Palazzo Loredan am Campo Santo Stefano schon erwähnt? Ja, den habe ich schon erwähnt... Napoleon ... das Institut ... sehr wichtig. Der berühmteste ist der Palazzo Loredan-Vendramin-Calergi, wo Richard Wagner *Parsifal* komponiert hat und gestorben ist. Heute ist es das städtische Kasino.«

»Und es ist ein Meisterwerk der Renaissance-Architektur«, sagte Peter. »Sie können ihn besichtigen und gleichzeitig ihr Glück beim Spielen versuchen. Aber wir dürfen Sie leider nicht begleiten, nicht offiziell. Einem alten Gesetz zufolge, das immer noch in Kraft ist, ist es Bewohnern Venedigs verboten, das städtische Kasino zu betreten. Aber wir können im Vaporetto vorbeifahren und das Familienmotto der Loredan sehen, das auf der dem Wasser zugewandten Fassade in Stein gehauen ist: NON NOBIS DOMINE NON NOBIS – ›Preise uns nicht, o Herr‹. Es ist die Demutserklärung einer sehr mächtigen Familie.«

»Das Wappen der Loredan«, sagte der Graf, »war an vielen Stellen in Venedig eingraviert. Es ist an der Rialto, und es ist sogar in die Fassade von San Marco gemeißelt. Das ist sehr wichtig! Die Basilika ist ein höchst prestigiöser Ort. Aber wegen der Verätzung durch Taubendreck sieht man die Loredan-Insignien nicht! Das ist ein Widerspruch. Schmutzige Tauben sind die symbolischen Helden der Demokratie! Sie sind die heldenhaften Krieger im Kreuzzug der Demokratie, deren Ziel es ist, jegliche Spuren geschichtlicher Nobilität und Grandeur zu vertilgen.«

Loredan hob den Zeigefinger. »Ich habe ein Buch über Demokratie geschrieben. Es heißt *Demokratie: Ein Betrug?* Demokratie ist für mich etwas Widerwärtiges. Ich finde sie zum Kotzen!« Er äußerte dieses Gefühl mit einigem Nachdruck, blieb im Ton aber ebenso umgänglich wie zuvor. Je mehr er in Schwung kam, desto öfter wechselte er ins Italienische, bis er schließlich nur noch in seiner Muttersprache redete.

»Wissen Sie, worauf Demokratie gegründet ist? Auf Zahlen! Aber wie jeder weiß, nimmt die Qualität ab, wenn die Quantität zunimmt. Das Fundament der Demokratie hat etwas grundsätzlich Entwertendes, weil die Qualität einfach immer nur schlimmer wird. Deswegen haben Demokratien unfähige Führer, die willkürlich gewählt werden. Ein viel besserer Kurs ist es, das Regieren einer aristokratischen Elite zu überlassen – Menschen, die eine Befähigung für Gerechtigkeit und gutes Regieren von ihren edlen Vorfahren geerbt haben. Das ist wahr. Die besten Regierungen haben immer die Form von Monarchien und aristokratischen Eliten angenommen. Das ist historisch, genetisch und biologisch erwiesen!«

»Ich nehme an«, sagte ich, »Sie beziehen sich auf solche Eliteregierungen wie die der alten venezianischen Republik.«

»*Ecco!* Ganz genau! Das herrschende Patriarchat. Es sind nur sehr wenige von uns übrig. Die Familie Barbarigo ist ausgestorben. Ebenso die Mocenigos. Die Pisanis, die diesen Palast erbaut haben, gibt es auch nicht mehr. Ebenso wenig die Grittis, die Dandolos, die Faliers, die Sagredos und die Contarinis – acht der hundertzwanzig Dogen waren Contarinis.«

»Welche Dogenfamilien sind denn noch übrig?«

»Die Familie Gradenigo gibt es noch – es ist eine alte Familie, aber sie ist nicht sehr bedeutend. Und, mal sehen ... die Verniers. Und die Marcellos. Sie dürften mein Buch *Adel und Regierung* interessant finden. Ich schreibe gerade an einem Buch, in dem die Existenz der Wirklichkeit bewiesen wird! Es ist schon zweitausend Seiten lang.«

Ein Buch über das Thema Wirklichkeit, geschrieben von einem Venezianer, barg faszinierende Möglichkeiten. Loredan schien im Begriff zu sein, mit detaillierteren Ausführungen zu beginnen, aber seine Frau zupfte ihn am Ärmel.

»Nun... dann eben ein andermal«, sagte er. »Aber ich werde Ihnen ein Exemplar meines Buches schicken, das erklärt, warum Demokratie Betrug ist.« Während er davonschlurfte, von seiner entschuldigend lächelnden Frau fortgezerrt, hob er die Hand, um, wie es schien, auf Wiedersehen zu winken. Stattdessen hielt er drei Finger hoch. »Drei!«, sagte er. »Drei Dogen!«

Wir wandten uns zu den hohen Fenstern, die auf den Canal Grande gingen. Rose deutete auf ein Paar, das zu uns herüberblickte. Der Mann war korpulent, hatte widespenstiges, schütteres rotes Haar und ein breites Grinsen mit einer auffälligen Lücke zwischen den Vorderzähnen. Die dunkelhaarige Frau an seiner Seite war schlank und sichtlich jünger.

»Das sind Alistair und Romilly McAlpine«, sagte sie. »Alistair ist ganz dicke mit Margeret Thatcher. Als sie Premierministerin war, war er Schatzmeister der Konservativen. Er ist Sammler. Schwere Kaliber wie Gemälde von Jackson Pollock und Mark Rothko, und weniger schwere wie

Hirtenstäbe, Stoffpuppen und Polizeistöcke – inzwischen muss er an die neunhundert Stöcke habe. Romilly hat einen exquisiten Geschmack und eine riesige Kollektion von Vivienne-Westwood-Kleidern. Jedenfalls ist es eher so, dass die McAlpines sich in Venedig verstecken, als dass sie hier wohnen. Die IRA hat nämlich auf ihr Haus in London einen Brandbombenanschlag verübt, und deswegen mussten sie – Romilly! Alistair!«

Die McAlpines begrüßten die Lauritzens herzlich und sagten, es freue sie, mich kennen zu lernen.

»Wie kommt die Sammlung voran?«, fragte Peter.

»Ich habe alles verkauft!«, trompetete Lord McAlpine.

»Das muss aber weh getan haben«, sagte Peter.

»Keineswegs. Im Grunde habe ich die Seele eines Nomaden und messe Besitztümern wenig Bedeutung bei. So eifrig ich sie erwerbe, so beiläufig trenne ich mich wieder von ihnen. Obwohl es mir schon nahe ging, mich von meiner Sammlung von Gartengeräten zu trennen, vor allem von dem von Pferden gezogenen Rasenmäher mit Lederschuhen für die Pferdehufe – um den Rasen zu schonen. Ich habe alles unter den Hammer gebracht.«

»Warum gleich alles?«, fragte Peter.

»Um mich der Mühsal zu entledigen, eine Wahl treffen zu müssen!«

»Du hast doch nicht etwa das Sammeln ganz und gar aufgegeben?«, fragte Rose.

»Nein, nein. Ich bin immer an etwas Neuem dran. Ich habe in letzter Zeit ein Interesse für Krawatten entwickelt, im kleinen Stil. Ich habe schon ein paar gute gefunden.«

»Ach Alistair, sag's ihnen doch einfach«, sagte seine Frau. »Im Moment hat er etwa viertausend Krawatten.«

Die McAlpines faszinierten mich, aber ich hörte unwillkürlich den Lärm von explodierenden Bomben und Sirenen als Kontrapunkt zu ihrem Smalltalk. Ihre Maskierung – er trug eine Harlekinsmaske, sie eine mit Unmengen von rosafarbenen Pailletten – bekam eine groteske Note angesichts der Tatsache, dass sie auf der Flucht vor der IRA waren. Ich fragte Rose, was sie damit gemeint hatte, als sie sagte, dass sie »sich vor der IRA versteckten«.

»Deswegen sind sie hier. Nachdem die IRA den Bombenanschlag auf ihr Haus verübt hatte, beschlossen sie, nach Australien zu ziehen, aber bei der Londoner Kripo sagte man ihnen ›Das ist Unsinn. Die schlimmsten Killer der IRA verstecken sich alle in Australien.‹ Und dann haben sie natürlich gefragt, wo es denn am sichersten sei, und komischerweise sagten die von der Polizei Venedig! Und es stimmt. Es kann einem sehr leicht passieren, dass man in Venedig betrogen oder bestohlen wird, aber dass man entführt oder ermordet wird, ist höchst unwahrscheinlich.«

»Was hindert irgendjemanden daran, Sie einfach abzuknallen?«, fragte ich. »Oder Ihr Haus in die Luft zu sprengen?«

»Nichts. Das wäre leicht. Aber Fliehen, das wäre der schwierige Teil, weil die Polizei innerhalb von wenigen Minuten alle Fluchtwege absperren kann. Sie können die Brücke zum Festland schließen und die Bootstaxis warnen. Und natürlich wäre es reiner Wahnsinn, wenn jemand versuchen würde, alleine mit einem Boot zu fliehen. Die Lagune wirkt vielleicht wie ein ruhiger Teich, aber in Wahrheit ist sie höchst tückisch. Man muss sich bestens auskennen mit all den Strömungen, den Fahrrinnen, den Sandbänken, den Gezeiten, der Geschwindigkeitsbeschränkung und mit der Bedeutung von all den Bojen und Signallichtern. Und außerdem würde das Boot wahrscheinlich von allen Bootsleuten auf der Lagune bemerkt – sie kennen jedes Boot.

Und wenn jemand Sie entführen wollte, dann müsste derjenige Sie irgendwie aus Ihrem Haus schleppen, die *calle* oder was auch immer hinunter, und in ein Boot hinein, und all das, ohne gesehen zu werden. Und das wäre unmöglich, weil in Venedig überall Augen sind, die alles beobachten. Und wenn der Entführer nicht selbst ein erfahrener venezianischer Bootsmann ist, dann müsste er einen als Komplizen mieten, und das würde die Sache derart verkomplizieren, dass sich niemand die Mühe macht. Die Mordrate in Venedig liegt praktisch bei null, und deswegen haben reiche Italiener sich hier auch Wohnungen gemietet, als in den 80er Jahren die Roten Brigaden ihr Unwesen trieben.«

»Rose hat zu viele Krimis gelesen«, meinte Peter.

In dem Moment kam Graf Girolamo Marcello vorbei, in ein Gespräch mit einem anderen Mann vertieft. »Eine Schande«, sagte er gerade mit einem merkwürdigen Lächeln, »eine Katastrophe! Aber es hat auch seine guten Seiten. Bevor das Fenice abbrannte, hatte ich immer sehr schlechten Fernsehempfang. Jetzt bekomme ich alle Kanäle glasklar rein.« Marcello hatte die Genehmigung für die Beerdigung seines Freundes, des russischen Dichters Joseph Brodsky, bekommen, auf dem Friedhof von San Michele, und auch das freute ihn.

Nach etwa einer halben Stunde begann die Menge Richtung Treppe zu ziehen und hinauf zum zweiten *piano nobile*, wo Kellner in weißen Jacken zwischen zwei langen Buffettischen standen, die mit Speisen beladen waren: Teller mit hauchdünn geschnittenem Prosciutto und luftgetrocknetem Rindfleisch, Terrinen mit Gemüse-Shrimps-Risotto, gebackene Zucchini und Servierplatten, die mit einer Vielfalt venezianischer Spezialitäten beladen waren, einschließlich Kalbsleber mit Zwiebeln, Tintenfisch und Polenta und einem cremigen bacalà mantecato.

Wir fanden Sitzplätze an einem großen runden Tisch für zehn Personen. Die Lauritzens saßen mir direkt gegenüber.

Zu meiner Linken unterhielten sich ein Mann und eine Frau über das Fenice. Der Mann sagte gerade: »Es ist das einzige Opernhaus in der Welt, das die Originalpartituren der Opern bewahrt hat, die es in Auftrag gegeben hatte, signiert vom Komponisten. Es gab Hunderte von ihnen. *La Traviata, Rigoletto, Tancredi.* Heute sind diese handgeschriebenen Partituren Millionen wert – falls sie noch existieren.«

»Was meinen Sie?«, sagte die Frau. »Restlos verbrannt?«

»Sie wurden nie erwähnt, deswegen befürchte ich das Schlimmste.«

Zu meiner anderen Seite saß ein Mann, dessen allzu kompaktes rötlich-braunes Haar verdächtig nach einem Toupet aussah. Er strotzte vor Selbstsicherheit und stellte sich als Massimo Donadon vor.

»Ich bin Koch«, sagte er zu mir und zu der Frau, die zwischen uns saß. »Meine Cuisine ist in der ganzen Welt bekannt!«

»Wirklich?«, sagte die Frau. »Sind Sie für irgendeine kulinarische Spezialität bekannt?«

»Ja«, sagte er. »Rattengift.«

Die Frau wich zurück. »Sie scherzen.«

»Nein, im Ernst. Ich stelle das bestverkaufte Rattengift der Welt her. Es heißt Bocaraton, ›Rattenmaul‹ oder ›Mäusemaul‹, wie die Stadt in Florida. Ich habe nie verstanden, wieso irgendjemand in einer Stadt leben will, die so heißt. Aber der Name ist ideal für meine Spezialität, die ich auf der ganzen Welt verkaufe – in Dubai, New York, Paris, Tokio, Boston, Südamerika, überall wo es Ratten gibt. Ich habe einen Marktanteil von dreißig Prozent am internationalen Geschäft mit Rattengift.«

»Was ist Ihr Geheimnis?«, fragte ich.

»Meine Konkurrenten haben den falschen Ansatz«, sagte er. »Sie studieren Ratten. Ich studiere Menschen.« Signor

Donadon zeigte mit seiner Gabel auf meinen Teller. »Ratten fressen, was Leute essen.«

Ich blickte auf mein fegato alla veneziana und sah plötzlich mein Abendessen in einem anderen Licht.

»Venezianische Ratten würden bereitwillig fressen, was Sie da auf dem Teller haben«, sagte er, »weil sie es gewohnt sind, derlei Speisen zu fressen. Doch deutsche Ratten würde es kalt lassen. Sie ziehen deutsche Küche vor – Würstchen, Wiener Schnitzel. Also mache ich für Deutschland ein Rattengift, das zu fünfundvierzig Prozent aus Schweinefett besteht. Mein französisches Rattengift enthält Butter. Für Amerika verwende ich Vanille, Müsli, Popkorn und etwas Margarine, weil Amerikaner sehr wenig Butter essen. Mein New Yorker Rattengift basiere ich auf Pflanzenöle und ätherische Öle mit Apfelsinenaroma, um Ratten an Hamburger und Orangensaft zu erinnern. Für Bombay füge ich Curry bei. Für Chile Fischmehl.

Ratten sind sehr anpassungsfähig. Wenn ihre Wirte auf irgendeine modische Diät gehen, dann gehen die Ratten mit auf Diät. Ich unterhalte dreißig Forschungsstellen auf der ganzen Welt, in denen ich die Geschmacksrichtungen und Aromen meiner Gifte auf den letzten Stand bringe, damit sie den neuesten Trends bei menschlichen Essgewohnheiten entsprechen.«

»Was steckt denn in Ihrem italienischen Rattengift?«, fragte ich.

»Olivenöl, Pasta, Honig, Espresso, Apfelsaft von grünen Äpfeln und Nutella. Vor allem Nutella. Ich kaufe es tonnenweise ein. Ratten sind ganz verrückt danach. Ich habe der Firma Ferrero angeboten, dass ich für ihr Produkt gerne im Fernsehen werben will, aber sie haben gesagt: ›Bloß nicht! Wir flehen Sie an! Bitte sagen Sie es niemandem!‹«

Die Frau, die auf der anderen Seite von Signor Donadon

saß, legte beide Hände platt auf den Tisch, als suche sie Halt. »Ich weigere mich einfach, mir beim Abendessen ein Gespräch über Ratten anzuhören!«, sagte sie, und dann, ebenso melodramatisch wie empört, kehrte sie uns den Rücken zu.

Signor Donadon fuhr unbeirrt fort. »Jeder ist von Ratten fasziniert. Selbst Leute, die das Gegenteil behaupten. Eigentlich meinen sie: ›Oh, das ist ja ekelhaft. Unerträglich! Erzählen Sie mehr!‹«

Das Paar zu meiner Linken, fiel mir auf, unterhielt sich jetzt nicht mehr über das Fenice, sondern schenkte seine ganze Aufmerksamkeit Signor Donadon.

»Aber wenn eine Ratte Hunger hat«, wandte ich ein, »würde sie dann nicht so ungefähr alles fressen?«

»Vollkommen richtig«, erwiderte Signor Donadon, »aber Ratten sind besser ernährt denn je, weil es mehr Müll gibt denn je. Also sind sie sehr wählerisch geworden, was sie fressen wollen und was nicht. In den 50er Jahren haben die Leute nur ein halbes Prozent ihres Essens in den Müll geworfen, und die Ratten mussten fressen, was sie finden konnten. Heute landen sieben Prozent unseres Essens im Müll, und für die Ratten ist das ein Festmahl ohne Ende. Für mich besteht die Herausforderung darin, mein Rattengift schmackhafter zu machen als Müll. Müll ist die eigentliche Konkurrenz.

Ratten sind schlauer als Menschen und besser organisiert. Sie haben instinktive Rituale, die den Zweck haben, das Überleben ihrer Spezies zu sichern. Ein Beispiel: Wenn Ratten etwas finden, das essbar aussieht, dann frisst die älteste Ratte es immer zuerst. Andere Rattengiftmarken verursachen sofortige Schmerzen, ein Brennen oder Schwindelgefühl. Wenn bei der älteren Ratte irgendwelche alarmierenden Symptome auftreten, rühren die jüngeren das Fressen nicht an. Aber Bocaraton trickst sie aus. Wenn es gefressen wird, löst es keinerlei Schmerzen aus. Es entfaltet erst nach vier Tagen seine Wirkung, aber da haben die jüngeren Ratten es bereits gefressen.«

»Sagen Sie mal«, bemerkte eine Frau zu meiner Linken, »wie kommt ein Mensch dazu, sich das Töten von Ratten zur Lebensaufgabe zu machen?«

»Ah, Signora!«, sagte Donadon. »Als ich am Sterbebett meiner Großmutter stand, musste ich ihr versprechen, einen Beitrag für die Menschheit zu leisten. Schon als kleiner Junge interessierte ich mich sehr für Chemie und Medizin. Ich beschloss, ein Heilmittel gegen Krebs zu finden. Ich wusste, das DDT Krebs verursacht, also besuchte ich mehrere Metzgereien und erzählte ihnen, ich repräsentierte eine amerikanische Firma namens Max Don Brasileira – den Namen habe ich erfunden – und dass wir Insektizide ohne die Verwendung von DDT herstellten. Ich sagte: ›Ich befreie Sie von Ihrer Fliegenplage.‹

Der erste Metzger sagte: ›Wenn Sie das schaffen, bezahle ich Ihnen, was Sie wollen.‹ Fliegen legten ihre Eier überall auf seinem Fleisch ab. Es war eine Katastrophe. Ich wählte eine willkürliche Ziffer und sagte: ›Es wird Sie dreißigtausend Lire (etwa 11 Euro) kosten‹, und er antwortete: ›Tun Sie's.‹ Am Ende des Tages hatte ich Bestellungen in der Höhe von einhundertfünfzigtausend Lire (etwa 57 Euro) eingefahren, was damals eine Menge Geld war.

Ich war überglücklich. Aber ich hatte kein Produkt! Außerdem war ich völlig abgebrannt. Also ging ich in eine Bar in Treviso, wo ich wohnte – das ist neunundzwanzig Kilometer nördlich von Venedig – und überredete zwei Freunde, mit mir zusammen ins Geschäft einzusteigen. Ich zog sofort in das Carlton Hotel in Treviso, und mit Hilfe der Telefonistin und dem Hotelpagen konnte ich Kunden weißmachen, dass dies die italienische Zentrale der amerikanischen Insektizidfirma sei.

Wie haben wir die Fliegen getötet? Wir verwendeten eine Phosphorverbindung, die von Montedison hergestellt wurde. Wenn Sie das Zeug heutzutage gebrauchen würden, würden Sie wahrscheinlich ins Gefängnis wandern. Es ist zu giftig. Aber es funktionierte. Die Geschäfte gingen gut. Man wurde auf uns aufmerksam.

Dann bekam ich einen Anruf von Graf Borletti, dem Nähmaschinenkönig, der mir den Auftrag gab, seinen Stall fliegenfrei zu machen. Eines Tages sagte Borletti zu mir: ›Massimo, was machst du eigentlich im Winter, wenn es keine Fliegen gibt? Fliegen töten ist ein Saisongeschäft. Aber Ratten sind das ganze Jahr über eine Plage. Du solltest dir überlegen, ins Rattengiftgeschäft einzusteigen.‹

Was für eine geniale Idee! Noch in derselben Nacht fing ich an, im Waschbecken meines Hotelbades zu experimentieren. Mit bloßen Händen knetete ich zehn Pfund Schweinefett und Kumarin, und am nächsten Morgen änderte ich alles – meine Firma, ihren Namen, und ihre Mission. Das war 1970. Wir hatten sofort riesigen Erfolg, und seitdem sind wir ständig am Wachsen. Zugegeben, Ratten töten ist vielleicht nicht so eine edle Betätigung wie Krebs heilen, aber wenigstens leiste ich einen Beitrag für die Menschheit, und meine Großmutter kann in Frieden ruhen.«

Donadon reichte jedem von uns seine Visitenkarte. Der Firmenname lautete ›Mayer Braün Deutschland‹.

»Ich dachte, Sie sind Italiener«, sagte ich.

»Bin ich auch, aber wenn ich meiner Firma einen italienischen Namen gegeben hätte, würden die Leute denken: ›Dieses Produkt wurde in Italien hergestellt? Nicht vertrauenswürdig.‹ Italien hat das Image, nur aus Mafia, Schneidern und Schuhmachern zu bestehen. Deutschland hingegen ist solide, wissenschaftlich und effizient. Wenn man jemandem zutrauen kann, eine Ratte zu töten, dann einem Deutschen.

Deswegen habe ich einen Namen gewählt, der sehr deutsch klingt. ›Mayer‹ ist die deutsche Entsprechung von ›Smith‹. ›Braün‹ erinnert einen an Wernher von Braun, den Mann, der die Raketen entworfen hat, die den Menschen zum Mond gebracht haben, und das flößt Vertrauen ein. Der Umlaut über dem *u* sollte natürlich nicht da sein, aber er verstärkt die Deutschheit des Namens, und ›Deutschland‹ spricht für sich.«

»Sehr raffiniert«, sagte ich.

»Meine kleine Firma wurde Teil des berühmten wirtschaftlichen Aufschwungs in Norditalien. Wussten Sie, dass wir hier in Norditalien weltweit die höchste Konzentration von Firmen haben? Es stimmt: Auf eine Firma kommen acht Einwohner. Es sind meistens kleine Familienbetriebe. Wie meiner, und wie Benetton, geleitet von meinem alten Freund Luciano Benetton. Luciano wurde in Treviso geboren und ist auch dort aufgewachsen, wie ich, und wir haben beide unsere Weltzentrale in Treviso.«

»Die zwei Titanen von Treviso«, sagte ich.

»Na ja ...« Signor Donadon errötete. »Luciano hat eine geniale Begabung fürs Geldmachen, und er hält es auch sehr gut beisammen. Ich kenne ihn jetzt schon seit über dreißig Jahren, und ich liebe ihn. Aber so reich wie er ist, er hat mich noch kein einziges Mal zum Essen eingeladen! Obwohl ihm meine Küche schmeckt und er oft zum Abendessen vorbeikommt. Ich koche für Ratten und für Luciano Benetton.«

»Haben Sie und Benetton jemals zusammengearbeitet?«

»Nein, aber wir haben denselben Fotografen für unsere Werbung eingesetzt – Oliviero Toscani, der Typ, der die Werbekampagne ›United Colors of Benetton‹ und die Zeitschrift *Colors* erfunden hat. Toscani hat für mein Rattengift eine Anzeige fotografiert. Sie basierte auf dem *Letzten Abend-*

mahl. Alle Männer hatten Rattenköpfe, sogar Jesus. Aber man hat mir davon abgeraten, sie zu verwenden.«

Signor Donadon wandte sich jetzt seinem Essen zu, und im gleichen Moment entstand ein kleiner Tumult am anderen Ende des Saals. Ein Grüppchen Spätankömmlinge hielt ein theatralisches Entrée, mit wogendem weißen Seidenschal und jeder Menge Glitzer. Der Schal gehörte einem großen, schlaksigen Mann in einer Smokingjacke und einer Hornbrille. Er grüßte Leute an verschiedenen Tischen. Der Glitzer war seine Entourage: drei schöne Frauen, von denen eine einen paillettenbesetzten Body trug.

»Wahrscheinlich Models oder Schauspielerinnen«, meinte die Frau zu meiner Linken, als sie sah, dass ich die Truppe beobachtete. »Das ist Vittorio Sgarbi, Kunstkritiker und einer von Italiens großen Verführern, natürlich selbst ernannt. Er hat schon seine Autobiographie geschrieben, und dabei ist er erst fünfundvierzig – sieht sich als modernen Casanova. Er ist sehr schick und aalglatt. Er hat ein tägliches Kommentarprogramm im Fernsehen, er ist also landbekannt.«

»Ah, der bewundernswerte Sgarbi«, sagte ihr Begleiter. »Ob er immer noch Hausverbot im Courtauld Institute in London hat? Vor nicht allzu langer Zeit wurde er erwischt, wie er mit zwei alten wertvollen Büchern hinausspazieren wollte. Das hat in der Presse großes Aufsehen erregt, nicht nur weil er Kunstkritiker war, sondern weil er auch Mitglied des italienischen Parlaments war. Er sitzt im Abgeordnetenhaus. Nichts Geringeres als Vorsitzender des Kulturausschusses. Er war an jenem Tag im Courtauld, um bei einem Symposium über die Maler der Ferrara-Schule zu referieren. Als er gefasst wurde, behauptete er, er habe die Bücher bloß studieren und kopieren wollen. In seinen Memoiren schreibt er, ein anderer Kunstkritiker habe ihm aus Neid etwas anhängen wollen.«

Sgarbi kam vorbei, mit der einen Hand fuhr er sich durch die braune Mähne, mit der anderen hielt er die Taille einer seiner Freundinnen umfasst.

Mein Tischnachbar fuhr fort, den Blick auf Sgarbi gerichtet. »Dann war da die Geschichte über Sgarbi und eine alte Frau in einem Pflegeheim. Sgarbi überredete die Frau, einem befreundeten Kunsthändler ein wertvolles Gemälde für lächerliche 8 Millionen Lire (3000 Euro) zu verkaufen. Drei Jahre später brachte das Gemälde bei einer Versteigerung 700 Millionen Lire (268 000 Euro) ein. Im Nachhinein stellte sich heraus, dass das Gemälde zuvor in einem Museum in Treviso eingelagert war, das mit der Frau eine Kaufoption vereinbart hatte. Sgarbi, der damals beim Kunstamt arbeitete, war verpflichtet, das Museum zu informieren, hatte es aber unterlassen. Als der Verkauf entdeckt wurde, wurde gegen ihn wegen Betrugs und des Betreibens von Privatgeschäften während der Ausübung eines öffentlichen Amtes ermittelt. Aber natürlich wurden die Anklagen fallen gelassen.«

»Das hat seiner Karriere bestimmt einen ordentlichen Knick gegeben«, meinte ich.

»Eigentlich nicht. Zurzeit wird er als unser nächster Minister für Kultur gehandelt.«

In meinem anderen Ohr hörte ich wieder das Wort ›Ratte‹ – genauer genommen hörte ich das Wort *pantegana*, welches im venezianischen Dialekt ›Ratte‹ bedeutet. »Ratten können nicht erbrechen«, sagte Signor Donadon gerade. »Sie gehören zu den wenigen Spezies auf dieser Erde, die physisch unfähig sind zu erbrechen. Also können sie mein Gift nicht mehr ausscheiden, wenn sie es erst einmal gefressen haben. Aber das Gift kann man getrost gebrauchen, denn wenn Menschen, Katzen oder Hunde auch nur ein einziges Gramm davon essen, müssen sie sofort erbrechen, bevor es irgendeinen Schaden anrichten kann.«

Die Frau, die sich geweigert hatte, sich beim Abendessen am Gesprächsthema Ratten zu beteiligen, hatte sich vollkommen gebannt wieder zu Signor Donadon umgedreht.

»Aber wenn Hunderttausende von Ratten zur gleichen Zeit sterben«, wandte sie ein, »verwesen sie dann nicht und verursachen die Pest?«

»Mein Gift trocknet sie aus«, sagte Signor Donadon und klopfte ihr beruhigend auf die Hand. »Es mumifiziert sie. Also verwesen sie nicht, und es gibt keine Pest.«

»Die beißen Menschen, nicht wahr?«, fragte sie mit einem Naserümpfen. »Ein entsetzlicher Gedanke.«

»Wenn eine Ratte Sie beißen würde«, sagte Donadon, »würden Sie es vielleicht nicht einmal spüren.«

»Weil ich unter Schock stünde.«

»Nein, Sie würden es nicht spüren, weil Rattenspeichel ein Betäubungsmittel enthält. Einer der Minister des Kabinetts, Riccardo Misasi, lag einmal nachts im Bett und wachte von einem Jucken am Zeh auf. Das Jucken wurde stärker, und als er das Licht anmachte, entdeckte er, dass sein Zeh gerade von einer Ratte abgenagt worden war!«

Signor Donadon schien bereit zu sein, noch eine ganze Weile in diesem Stil fortzufahren, doch es kam jetzt Bewegung in die anderen Gäste.

»Eine Sache wollte ich Sie noch fragen«, sagte ich, während ich mich zum Gehen erhob. »Wenn Ihr Gift so wirksam ist, wie Sie behaupten, wie kommt es dann, dass es überhaupt noch Ratten in Venedig gibt?«

»Ganz einfach!«, sagte er. »Venedig verwendet mein Gift nicht. Der Stadtrat gibt immer dem billigsten Anbieter den Zuschlag, also gebe ich mir gar nicht erst die Mühe, ein Angebot zu machen. Ich bin bereit, meinen Beitrag für die Menschheit zu leisten, aber« – Donadon zwinkerte – »die Menschheit muss auch bereit sein, einen Beitrag für mich zu leisten.«

Als Kaffee und Tiramisu serviert wurden, bot das eine Gelegenheit, den Platz zu wechseln, sich unter die Leute zu mischen oder zwei Stockwerke nach unten zu gehen, zur Eingangshalle, wo sich jetzt eine Tanzband bemerkbar machte. Als ich mir die Menge ansah, stellte ich fest, dass keine einzige Maske mehr an ihrem Platz war. Die Masken waren nicht nur entfernt worden, um unbehindert essen zu können. Schon lange vor dem Abendessen hatten die Gäste sie sich über die Stirn geschoben, in die Handtasche gestopft oder sonstwie zum Verschwinden gebracht. Mir fiel auch auf, dass beinahe alle Männer traditionelle Abendkleidung trugen anstatt Kostüme, bis auf eine gelegentliche dekorative Schleife oder eine gewagte Krawatte. Auch die Frauen hatten sich für ihre Kostümierung auf ihre Accessoires beschränkt: Straußenfedern, ungewöhnlicher Schmuck, eine neuartige Frisur oder irgendein kosmetischer Schlenker. Wer zu dieser Stunde bei dem Ball eingetroffen wäre, hätte kaum geahnt, dass es sich um einen Karnevalsball handelte, geschweige denn um einen Masken- oder Kostümball.

»Was ist mit dem Geist des Karnevals passiert?«, fragte ich Peter Lauritzen, während wir nach unten gingen.

»Nun, so wie er auf dem Höhepunkt der Dekadenz im achtzehnten Jahrhundert war, wird er jedenfalls nie wieder sein«, sagte er. »Damals war Karneval eine mächtige Institution. Als der Doge Paolo Renier während des Karnevals von 1789 starb, wurde die Nachricht von seinem Tod bis nach Ablauf des Karnevals zurückgehalten, um den Leuten nicht den Spaß zu verderben.«

In der Form, in der er im zwanzigsten Jahrhundert neu erfunden wurde, schien der Karneval eine zahmere Version seines früheren Selbst zu sein. Jetzt, da der Kontext allgemeiner Dekadenz, ja selbst Zügellosigkeit fehlte, war der Karneval wenig mehr als die verhältnismäßig keusche Zelebrierung eines lange verschwundenen geschichtlichen Phänomens.

»Allerdings geht es nicht auf allen Karnevalpartys so sittsam zu wie auf dieser«, sagte Rose. »Ich meine, selbst heute hat der Karneval noch eine deftigere Seite.«

»Und wo würde man die finden?«, fragte ich.

»Zum Beispiel beim Festival der Erotischen Poesie. Es wird gewöhnlich auf dem Campo San Maurizio veranstaltet, wo der Dichter Giorgio Baffo im achtzehnten Jahrhundert wohnte. Baffos Gedichte werden gewöhnlich als »sehr freizügig« bezeichnet. Tatsächlich ist es reine Pornografie!«

Die Tanzband im Erdgeschoss spielte inzwischen in einer Lautstärke, die angetan war, alle Gäste bis auf die ausdauerndsten Tänzer aus dem Palast zu vertreiben, und so standen wir bald auf dem Landesteg und warteten auf unser Bootstaxi.

Während wir warteten, näherte sich eine Gondel. Sie bewegte sich langsam in Richtung San Marco und beförderte zwei Passagiere, beides Männer. Der eine trug eine wogende, buschige schwarze Perücke, eine schwarze Pelzjacke, schwarze Strumpfhosen und eine leuchtendrote Maske mit einer langen Nase.

Der andere Mann hatte ein noch viel seltsameres Kostüm. Er trug eine glänzend rote Latexperücke oder Kopfbedeckung, die einen glatten, gerundeten Kegel bildete, vom Scheitel bis zu den Schultern. Arme und Oberkörper steckten in einer Hülle aus locker drapiertem, rosafarbenem Latex, und jedes seiner Knie war von einer melonengroßen, rosafarbenen Kugel umgeben. Die Bedeutung seines Kostüms wurde alsbald deutlich, als er sich langsam erhob. Als er völlig aufrecht stand, war die rosafarbene Hülle glattgestreckt. Vom Mund hing ihm ein weißer Plastikpropfen wie eine langgezogene Perle.

Eine Frau neben mir atmete hörbar ein und dann kicherte sie. Ein Mann hinter mir murmelte: »*Fantastico!*«

Dann, als die Gondel vorbeiglitt, stand der andere Mann auf, der mit der schwarzen Pelzjacke und der buschigen schwarzen Perücke. Er ließ seinen Blick über den Landesteg schweifen und fixierte jeden einzelnen von uns durch seine leuchtendrote Maske entlang seiner langen roten Nase. Dann klappte er seine Jacke auf, ähnlich wie ein Exhibitionist, und enthüllte eine leuchtende Fläche erstaunlich lebensechter rosafarbener Satin-Schamlippen.

»Also das nenne *ich* Karneval«, sagte Rose.

7

GLASKRIEG

Mein Vater war nie ein Mann vieler Worte«, sagte Gino Seguso, »und in letzter Zeit sagt er noch weniger als sonst – selbst zu uns.«

Es war Juni. Archimede Seguso war in seiner Glashütte tief versunken in die Herstellung der Serie von Schalen und Vasen, die jener Nacht vor vier Monaten gedachten, als er an seinem Schlafzimmerfenster gestanden hatte und das Fenice hatte brennen sehen. Gino hatte mich eingeladen, die Glashütte der Segusos auf Murano zu besuchen, damit ich mir die Kollektion ›La Fenice‹ ansehen konnte, die inzwischen auf achtzig Stücke angewachsen war. Sie war zu Archimede Segusos Obsession geworden.

Das hektische Nachspiel des Brandes hatte sich inzwischen beträchtlich beruhigt. Ende Februar hatte Staatsanwalt Felice Casson die Beschuldigung wegen Hausfriedensbruchs gegen Woody Allen fallen gelassen. (Monate später würde Bürgermeister Cacciari bei der Hochzeit von Woody Allen und Soon-Yi in einer bürgerlichen Privatzeremonie im Palazzo Cavalli, dem Rathaus Venedigs, die Trauung leiten.) Das Hausorchester des Fenice hatte sein erstes Konzert nach dem Brand gegeben, in der Basilika San Marco, mit einem Programm voller Leidenschaft, Hoffnung und Optimismus: mit Gustav Mahlers Zweiter Symphonie, der »Auferstehungssymphonie«. Und was den Wiederaufbau des Fenice betraf, so beschloss Bürgermeister Cacciari, das Projekt für einen Teilnahmewettbewerb öffentlich auszuschreiben. Für Cacciari hatte das natürlich den Vorteil, dass er sich so gegen mögliche Vorwürfe von Bevorteilung und Bestechung absichern konnte, aber es hatte auch seine Nachteile: Das ganze Verfahren von Bewerbung, Vorlegung und Beurteilung würde mindestens ein Jahr dauern.

Währenddessen war es dem Opernensemble gelungen, rechtzeitig eine vorläufige Heimstatt zu finden, um die Saison fristgemäß zu eröffnen und zu vermeiden, an Tausende von Kartenbesitzern Rückerstattungen ausbezahlen zu müssen. Der neue Spielplatz der Oper war ein riesiges Zirkuszelt auf einem Parkplatz auf der Insel Tronchetto, am Fuß der Brücke zum Festland. Das Zelt war unter dem Namen Palafenice bekannt, und seine sechs weißen Spitzen wurden zu einem Wahrzeichen am Rande des venezianischen Horizonts – eine sichtbare Erinnerung daran, dass das echte Fenice in Trümmern lag.

Doch in Archimede Segusos Glashütte stand das Opernhaus noch in Flammen. Es flackerte und schimmerte, wirbelte und züngelte in den Stücken, die Seguso schuf. Auf dem Weg zur Werkstatt führte Gino mich durch den Schauraum. Gino hatte eine warme, gut gelaunte und zuvorkommende Art. Er war Ende fünfzig, stämmig, kahl bis auf einen Kranz schwarzer Haare und trug einen Anzug. Wir blieben vor einem Regal stehen, das mit La-Fenice-Vasen gefüllt war.

»Alle Welt denkt, dass die Flammen hell orange und gelb waren«, sagte er, »weil es so auf den Fotos in den Zeitungen und Zeitschriften abgebildet war. Aber den Leuten ist nicht klar, dass es viel mehr Farben gab. Verschiedenste Nuancen von Grün und Blau und Violett. Die ganze Nacht über veränderten sich die Farben, je nachdem, was im Innern des Gebäudes gerade brannte. Mein Vater war so nahe dran wie kaum ein anderer, und dies sind seine persönlichen Schnappschüsse. Sie sind von einer Genauigkeit, wie keine Kamera sie einfangen konnte.

Mein Vater hat noch nie etwas Derartiges gemacht. Sie werden verstehen, was ich meine, wenn Sie sich die anderen Stücke hier im Raum ansehen.«

Der Schauraum war ein Museum von Glasgegenständen, die Archimede Seguso seit den 30er Jahren bis zum heutigen Tag angefertigt hatte, einschließlich eines gläsernen Tisches und Beispielen seiner berühmten Serie aus den 50er Jahren namens Merletti (Spitze), in denen Fäden bunten Glases in Schalen und Vasen eingebettet waren. Während ich durch den Raum ging, behielt ich die Hände in den Taschen und presste die Arme an die Seite, aus Furcht, ich könnte mit dem Ellbogen gegen eines der größeren Stücke stoßen. Ich sah sie schon im Geiste mit lautem Krach auf dem Boden zersplittern.

Gino erzählte mir eine Anekdote über den Hang seines Vaters zur Einsilbigkeit, wahrscheinlich um mich zu beruhigen, für den Fall dass der Maestro mich nicht in ein Gespräch verwickelte. Irgendwann in den 50ern, erzählte er, brachte ein wohlhabender sizilianischer Prinz seinem Vater einen gläsernen Stier, der angeblich in einem etruskischen Grabmal gefunden worden war. Der Prinz fragte Seguso, ob er die Echtheit bestätigen könne. Signor Seguso stellte den Stier neben seine Werkbank und fertigte eine exakte Kopie an, bis ins kleinste Detail genau, einschließlich der Oberflächenpatina, die er durch das Auftragen von Pulvern, Mineralien, Rauch und Sand antiquierte. Als er fertig war, konnte der Prinz keinen Unterschied erkennen zwischen dem neuen Stier und dem alten. Und das war Archimede Segusos Antwort. Er war in der Lage, den Stier so genau zu kopieren, dass er, indem er es tat, bewies, dass der Stier des Prinzen eine Fälschung sein könnte. Nur wissenschaftliche Untersuchungen würden Gewissheit bringen können, doch Signor Seguso konnte nur auf seiner Ebene der Sachkenntnis reagieren. Seine Antwort lautete demnach: Ich weiß es nicht.

Ich sagte, ich wäre nicht gekränkt, sollte der Maestro lieber mit seiner Arbeit fortfahren wollen anstatt mit mir zu reden. Doch als wir die Tür zum Hüttenraum öffneten, wurden wir mit einem derartig ohrenbetäubenden Brüllen bombardiert, dass ein Gespräch sowieso unmöglich gewesen wäre.

Der alte Mann, mit einer dunklen Hose und einem weißen Hemd bekleidet, saß an seiner Werkbank vor einem lodernden Schmelzofen. Er drehte ein Stahlrohr, an dessen Ende sich eine große zylindrische Vase befand, dessen blaue und weiße Farben sich in einem subtilen Harlekinmuster abwechselten. Während er das Rohr drehte, formte er die Mündung der Vase mit einer Zange. Dann übergab er das Rohr an einen Assistenten, der es wieder in den Ofen steckte, um die Vase zu erhitzen und etwas weicher zu machen. Gino ging zu seinem Vater und sagte ihm etwas ins Ohr. Archimede drehte sich um und blickte zu mir herüber. Er lächelte und nickte mir zu, dass ich zu ihm herüberkommen solle. Ich tat es und sagte ihm guten Tag. Er antwortete mit einem Nicken. Der Assistent zog die Vase aus dem Feuer und legte das Rohr unter ständigem Drehen und Wenden auf dem Rand der Werkbank ab. Archimede blickte wieder zu mir auf und deutete mit seiner Zange auf die Vase. »Tagesanbruch«, sagte er. »Das ist Tagesanbruch.« Dann wandte er sich wieder seiner Arbeit zu, drehte die Stange und formte die Vase.

Das waren die drei Worte, die Archimede Seguso zu mir sprach. Sie genügten, um mir begreiflich zu machen, dass die Vase, an der er arbeitete, das Fenice darstellte, so wie er es gesehen hatte, als er am Morgen nach dem Brand um fünf

Uhr morgens aufstand: weißer Rauch, der kurz vor Sonnenaufgang vor einem mittelblauen Himmel aufstieg.

Wir beobachteten ihn noch weitere zehn Minuten bei der Arbeit und gingen dann auf einen Kaffee in Ginos Büro. Ginos Sohn Antonio erschien kurz an der Tür. Er war Ende zwanzig, dünn und scheu. Er sah seinem Großvater ähnlicher als seinem Vater und hatte die ehrerbietige Art eines pflichtbewussten Sohnes und Enkels. Antonio arbeite in der Hütte, sagte Gino, und sammle Erfahrung in allen Abteilungen der Firma. Später würde er die Leitung von seinem Vater übernehmen. Sein Großvater hatte ihm ein paar Lektionen im Glasblasen gegeben.

»Was ich Sie fragen wollte«, sagte ich zu Gino, »die früheren Generationen der Segusos waren allesamt Glasbläser, aber dafür mussten sie in einem so jungen Alter anfangen, dass keine Zeit für eine reguläre Schulausbildung blieb. Weder Sie noch Ihr Sohn sind Glasbläsermeister. Was passiert nach Archimede?«

»Es wird immer Glasbläsermeister geben«, sagte Gino, »egal ob das Segusos sind oder nicht. Aber man braucht auch Künstler. Ein Künstler hat eine Idee. Ein Meister übersetzt diese Idee in Glas. Sehr wenige Glasbläsermeister sind auch Künstler. Mein Vater ist eine seltene Ausnahme. Wenn er stirbt, werden unsere Glasbläser weiter seine klassischen Entwürfe reproduzieren, und neue Künstler werden mit frischen Ideen kommen, die die Glasbläser ausführen werden.«

»Sie und Ihr Sohn werden also den Familienbetrieb fortführen«, sagte ich.

»Ja, sicher«, sagt Gino. Dann zögerte er, hantierte für einen Moment mit Gegenständen auf seinem Schreibtisch. »Aber es ist etwas komplizierter. Ich bin nicht das einzige Kind. Ich habe einen Bruder, Giampaolo. Er ist vier Jahre jünger. Dreißig Jahre lang hat er mit meinem Vater und mir zusammengearbeitet, und wir haben sehr eng zusammengearbeitet. Unsere Familie war stark wie Stahl: mein Vater, meine Mutter, mein Bruder, ich – und Gott. Giampaolo und ich waren unzertrennlich. Aber irgendwann gab es erste Unstimmigkeiten. Dann, vor drei Jahren, ging er weg. Seitdem hat er sich nicht mehr bei uns gemeldet.«

»Sie sprechen nicht miteinander?«

»Nur über unsere Anwälte.«

»Und in der Nacht, als das Fenice gebrannt hat? Haben Sie da etwas von ihm gehört?«

»Nein. Er rief nicht an und kam auch nicht. Und doch kam in jener Nacht mein Schwiegersohn dreißig Meilen in seinem Boot mit einer Ladung Industriefeuerlöscher und hat sie dann den ganzen Weg vom Campo Sant'Angelo bis zu unserem Haus geschleppt. Aber von meinem Bruder haben wir nichts gehört.«

»Worum ging es bei den Unstimmigkeiten?«

»Giampaolo wollte modernisieren, Dinge verändern. Aber wichtiger war, meiner Meinung nach, dass wir jeder vier erwachsene Kinder hatten. Ich habe drei Töchter und einen Sohn; er hat drei Söhne und eine Tochter. Alle acht waren an der Schwelle zum Erwachsenenleben. Wenn sie in der Firma arbeiten wollten, dann fand ich, sollte jeder sich das Recht erwerben, und zwar durch Leistung. Ich wollte nicht, dass die Firma ein Zufluchtsort für verzogene Kinder wird, und bestand darauf, dass wir strikte Leitlinien aufstellen. Aber mein Bruder wollte keine Regeln. Er vertraute darauf, dass sich die Kinder anständig verhalten würden.

Das war die erste Schwierigkeit. Die zweite war sein Verhältnis zu unserem Vater. Mein Bruder hat oft gesagt, dass ich und er von ihm kastriert worden seien, wegen seiner starken Persönlichkeit. Giampaolo fühlte sich überschattet, ich nie.«

»Gab es irgendwas, das Ihr Bruder in der Firma machen wollte und nicht machen durfte?«

»Er bekam jede Arbeit, die er haben wollte. Er hat in der Produktion gearbeitet, im Vertrieb und in unseren Läden.«

»Wollte er Glas entwerfen?«

»Das hat er auch gemacht, ein bisschen. Und er hätte mehr tun können, wenn er gewollt hätte.«

»Warum ist er dann gegangen?«

»Giampaolo hat gesagt, er will sein eigenes Leben leben. Jedenfalls hat er vor drei Jahren von einem Tag auf den andern angekündigt, dass er fortgehen wolle, und er verlangte, dass ihm sein Anteil am Familienbetrieb ausgezahlt werde. Mein Vater hatte jedem von uns dreißig Prozent der Firma gegeben.

Mein Vater war empört. Er hat gesagt: ›Ich habe dir die Teilhaberschaft am Geschäft zum Geschenk gemacht, und jetzt soll ich dich ausbezahlen?‹ Stattdessen gab er meinem Bruder etwas Geld, als Starthilfe. Giampaolo sagte, er wolle Bücher über die Geschichte der Glasherstellung schreiben. Aber er hatte eine Überraschung für uns parat: Er gründete eine Konkurrenzfirma, direkt hier in Murano. Er nannte sie Seguso Viro. Er nahm auch einige unserer wichtigsten Leute mit – einen Designer, unseren Lagerleiter und unseren Produktionsleiter. Er versuchte sogar den Mann abzuwerben, der Kronleuchter zusammenbaut. Er hat auch ein paar unserer ehemaligen Mitarbeiter eingestellt. Dann hat er Läden ganz in der Nähe von unseren aufgemacht – einen am Markusplatz, einen in der Frezzeria und einen in Mailand.«

»Macht Seguso Viro dieselben Entwürfe wie Sie?«

»Ja, viele – und zwar nur die allerschönsten.«

»Allmählich begreife ich, dass Sie nicht mehr miteinander sprechen«, sagte ich.

»Aber es geht noch weiter«, fuhr Gino fort. »Nachdem er die Firma verlassen hatte, strengte mein Bruder, als Kommanditist im Unternehmen, einen Prozess an, um meinen Vater für unmündig zu erklären und als Leiter der Firma ablösen zu lassen!«

»Was?«

»Wirklich. Ich kann Ihnen die Unterlagen zeigen. In dem Fall wäre ich dann dazu ernannt worden, die Firma an meines Vaters Statt zu leiten. Doch dann ging Giampaolo ein weiteres Mal vor Gericht, um *mich* aus der Firma rauszuschmeißen, angeblich weil ich einige der Aufgaben meines Vaters übernommen hätte, wie Briefe schreiben, Papiere unterzeichnen und so weiter. Natürlich haben wir dann unsererseits geklagt und Recht bekommen.«

»Aber warum das alles?«

»Das haben wir erst einige Monate nach seinem Weggang erfahren, als wir etwas entdeckt haben, das noch viel bizarrer war. Ohne irgendjemand was zu sagen hatte Giampaolo klammheimlich den Namen ›Archimede Seguso‹ als Markenzeichnen eintragen lassen – unter seinem eigenen Namen!«

»Wie hat Ihr Vater darauf reagiert?«

»Er hat sich auf die Brust geklopft und gesagt: ›Aber das ist doch *mein* Name! Wie ist so was möglich? Das kann er doch nicht machen!‹ Wir strengten eine Gegenklage an, um die Eintragung zu blockieren. Giampaolo behauptete dann, er habe den Namen als Markenzeichen eintragen lassen, um ihn zu *schützen* und um seine dreißig Prozent der Firma zu schützen.«

»Wie sollte das denn aussehen, den Namen Archimede Seguso zu schützen?«

»Meiner Meinung nach hatte mein Bruder einen sehr einfachen Plan. Wenn es ihm gelungen wäre, meinen Vater und mich zu entfernen, wäre diese Firma – Vetreria Artistica Archimede Seguso – ohne Kopf gewesen. Sie wäre eingegangen und gestorben, und Giampaolo hätte sich in einer idealen Position befunden, sie zu übernehmen. Er hatte bereits eine Kopie unserer Firma mit vielen unserer alten Mitarbeiter gegründet. Er kannte alle unsere Kunden. Jeder Aspekt unseres Geschäfts war ihm vertraut. Er kannte sogar die Glasmachergeheimnisse meines Vaters. Und schließlich hätte er den Namen nicht kaufen müssen, weil er ihn bereits besessen hätte. Ohne einen Cent auszugeben, wäre er Archimede Seguso geworden.«

Als ich für die zehnminütige Fahrt von Murano zurück nach Venedig in den Vaporetto stieg, brannte ich bereits darauf, Giampaolo Seguso kennen zu lernen. Das Bild, das ich von ihm vor meinem geistigen Auge hatte, wurde mit jeder Enthüllung düsterer. Von dem bisschen, was Gino mir erzählt hatte, wusste ich nur, dass er etwas Übergewicht und schütteres graues Haar hatte und vierundfünfzig war. Ich fragte mich, was das wohl für ein Mensch war, der seinen eigenen Vater wider besseres Wissen für senil erklären lässt und ihm dann auch noch die Identität klaut – wenn er es tatsächlich getan hatte. Hatte dieser Mann Reißzähne?

Ich wählte Seguso Viro und wurde sofort zu Giampaolo durchverbunden. Ich stellte mich vor und sagte, ich würde gerne zu einem Gespräch vorbeikommen.

»Das wäre mir ein Vergnügen«, erwiderte er. Wir verabredeten uns für die folgende Woche.

In der Zwischenzeit stellte ich ein paar Recherchen an, und das erste, was ich entdeckte, war, dass die Familien von Murano für ihre Fehden bekannt waren. Glasbläser lebten seit 1291 auf Murano, als der Doge Pietro Gradenigo sie zwang, von Venedig dorthin zu ziehen wegen der Brandgefahr, und auch um sie in einer Art Schutzghetto zu isolieren, wo ihre Geheimnisse der Glasherstellung für Konkurrenten in der Außenwelt unbekannt blieben. Siebenhundert Jahre lang miteinander auf so beengtem Raum leben zu müssen mochte vielleicht etwas mit dem streitsüchtigen Wesen der Muranesen zu tun haben.

»Die Muranesen sind sehr schlau«, erzählte mir Anna Venini, »aber sie sind auch ein bisschen durchgedreht.« Signora Venini sprach mit besonderem Einblick in die Dinge und mit einem gewissen Abstand, da sie über zwanzig Jahre lang in der Glashütte Venini auf Murano gearbeitet, mehrere Bücher über die Geschichte des Glases veröffentlicht hatte und die Tochter von Paolo Venini war, eines der großen Glasmacher des zwanzigsten Jahrhunderts und eine Seltenheit, weil er *nicht* ursprünglich aus Murano kam. Er begann als Anwalt in Mailand. »Aber die Muranesen sind großzügig«, sagte sie. »Wenn sie einen akzeptieren, dann ist man wirklich akzeptiert.«

Signora Veninis Tochter, Laura de Santillana, eine Künstlerin, die in Venedig lebte und in Murano arbeitete, wo ihre modernistischen Skulpturen ausgeführt wurden, teilte die zwiespältigen und zugleich liebevollen Gefühle ihrer Mutter. »Die Familien der Muranesen müssen immerzu streiten!«, sagte sie. »Schreckliche Leute! Furchtbar! Sie haben sich in ihrer Inselkultur verbarrikadiert. Die Muranesen betrachten sich als völlig unabhängig von Venedig. Sie haben ihren eigenen Canal Grande, ihre eigene Basilika und ihre eigenen Adelsfamilien.«

Der Glashistorikerin Rosa Barovier zufolge, die selbst Angehörige einer alteingesessenen Muraner Glasmacherfamilie ist, war der Fortgang von Giampaolo Seguso nicht der erste Bruch, der sich in der Seguso-Dynastie ereignete.

»Archimede selbst hat sich von seinen eigenen Brüdern

abgespalten«, sagte sie. »Er stritt sich auch mit *seinem* Vater, der vorher mit *seinem* Vater gestritten hatte. Für die Segusos ist das Geschäft von größter Wichtigkeit. Manchmal hat es sogar Vorrang vor der Familie. Aber die Muranesen haben Glas im Blut. Die Erregung, die es erzeugt, erhält sie. Es wurde festgestellt, dass sie im August, wenn die Glashütten schließen, körperlich krank werden.

Gino und Giampaolo Seguso haben beide eine Leidenschaft für Glas«, fuhr Rosa Barovier fort, »aber es sind entgegengesetzte Pole. Gino ist Traditionalist. Bei den klassischen Entwürfen fühlt er sich am sichersten. Giampaolo ist kühner und kreativer. Er benutzt die Entwürfe seines Vaters als Grundlage und schlägt dann neue Wege ein.«

Ich nahm den Vaporetto zurück nach Murano. Diesmal, anstatt nach dem Aussteigen links zu gehen, ging ich rechts. Giampaolo Segusos Glashütte, Seguso Viro, und die Vetreria Artistica Archimede Seguso befanden sich auf entgegengesetzten Seiten der Insel.

Eine Empfangsdame führte mich einen Korridor entlang, durch einen Hof, an mehreren Paletten von in Kisten verpackten Glasgegenständen vorbei in einen geräumigen, modernen, gut beleuchteten Hüttenraum. Zwei Stahltreppen gingen vom Werkboden hinauf zu Segusos Büro. Zwei lange Tische waren mit Glasschalen, Flaschen und Vasen bedeckt, die jede in einem anderen Muster oder einer anderen Glasblastechnik ausgeführt waren.

Giampaolo Seguso, der einen Strickpullover trug, blickte mich über den Rand seiner Halbbrille an und forderte mich auf, ihm gegenüber an seinem Schreibtisch neben einem Fenster Platz zu nehmen. Er deutete auf seine grauen Haare.

»Außen sehe ich grau aus«, sagte er mit einem breiten Lächeln, »aber im Innern bin ich das schwarze Schaf der Familie.«

Ich verstand diese einleitende Bemerkung in dem Sinne, dass er vorhatte, offen zu sein. Bevor ich dazu kam, ihm eine Frage zu stellen, fuhr er fort, wobei er langsam sprach und seine Worte sehr sorgfältig wählte.

»Ich bin der Sohn von Archimede Seguso, des größten Glasbläsermeisters des letzten Jahrhunderts. Das Schwierigste in meinem Leben ist es gewesen, sein Sohn zu sein. Er ist ein großer Mann. Ein Mann des Schweigens. Er hat uns gelehrt, nicht zu *reden* sondern zu *tun*, alles. Er lebte in einer Zeit, in der es nicht möglich war, eine gute Schulbildung zu bekommen. Ich glaube, das ist einer der Gründe, warum er und ich Probleme hatten zu kommunizieren. Ich konnte ihm nicht begreiflich machen, wer ich war, und so beschloss ich, zu einem bestimmten Zeitpunkt in meinem Leben, die Nabelschnur durchzuschneiden.«

»Und wie kam es dazu?«, fragte ich.

»Irgendwann kam es zu geschäftlichen Differenzen zwischen meinem Bruder und mir. Dann, vor drei Jahren, gönnte ich mir eine große Geburtstagsfeier zu meinem Fünfzigsten auf dem Lido, wo ich wohne, und habe meine Eltern, meine Verwandten und meine Freunde eingeladen. Ich schenkte jedem ein kleines Glasei und sagte: ›Das Ei ist ein Symbol des Lebens, des Unendlichen. Es ist auch ein Symbol der Überraschung.‹ Dann sagte ich, zu meinen Eltern gewandt: ›Ich habe euch meine ersten fünfzig Jahre gegeben. Die Überraschung ist, dass die zweite Hälfte mir gehören wird. Ich will anfangen, Herr meines eigenen Lebens zu werden.‹ Das war nicht besondes taktvoll von mir. Meine Eltern waren sehr gekränkt.«

»Man hat mir erzählt, Sie hätten den Namen Ihres Vaters als Markenzeichen eintragen lassen, ohne ihm Bescheid zu sagen«, sagte ich. »Stimmt das?«

Giampaolo nickte. »Ja«, sagte er. »Aber ... wenn ich ein Messer in der Hand habe, heißt das nicht, dass ich ein Mörder bin. Ich habe den Namen eintragen lassen, um das Erbe meines Vaters zu schützen. Ich fand, dass nach seinem Tod das einzige Glas, das unter seinem Namen verkauft wird, seines sein sollte. Ich hatte vorgeschlagen, eine neue Glasserie unter einem anderen Namen zu starten – vielleicht Archimede Seguso II, oder Archimede Seguso Nachfolger, oder irgendwas anderes. Aber mein Bruder wollte alles unter dem Namen Archimede Seguso behalten, selbst Glas, das nach seinem Tod von anderen entworfen und hergestellt wird. Das würde die Signatur eines großen Künstlers zu einem Markennamen machen, und seine Bedeutung wäre verwässert. Ich habe den Namen als Markenzeichen eintragen lassen, in der Hoffnung zu verhindern, dass es eben dazu kommt.«

Ich konnte eine gewisse Logik darin erkennen, aber warum Giampaolo versucht hatte, seinen Vater für unmündig erklären zu lassen und ihn als Leiter der Firma zu entfernen, war mir immer noch ein Rätsel. Ich fragte ihn danach.

»Das war ein rein juristisches Manöver«, sagte er. »Als ich ging, wollte ich für die dreißig Jahre entschädigt werden, die ich in die Firma gesteckt hatte. Ich bat meinen Vater, mich meinem Anteil entsprechend auszubezahlen, aber das lehnte er ab. Dann sagte ich: ›Dann gib mir wenigstens ein paar Einzelhandelsläden, damit ich etwas Geld verdienen kann, während ich mir mein neues Leben aufbaue.‹ Ich hatte vorgehabt, Bücher über Glas zu schreiben, aber um das tun zu können, musste ich irgendetwas finden, womit ich Geld verdienen konnte. Als wir uns nicht über eine Ausbezahlung einig wurden, wurde mir klar, dass ich die Firma würde verklagen müssen. Aber das hätte bedeutet, meinen Vater zu verklagen, und das hätte ich niemals fertig gebracht. Doch wenn ich einen Richter dazu bringen könnte, ihn für geistig unmündig zu erklären und an seiner Stelle meinen Bruder einzusetzen, dann würde ich meinen Bruder verklagen, wenn ich die Firma verklagte.«

Ich sah nicht ganz, dass es besser sein sollte, seinen eigenen Vater für geistig unmündig erklären zu lassen, als Geldforderungen gegen ihn einzuklagen, aber ich hielt den Mund.

»Haben Sie irgendeinen Versuch gemacht, mit Ihren Eltern Verbindung aufzunehmen, seit Sie sich unabhängig gemacht haben?«

»Im ersten Jahr habe ich meiner Mutter zu ihrem Hochzeitstag Blumen geschickt, zusammen mit einer Karte. Sie ließ die Blumen retour gehen, und ein paar Tage später erhielt ich einen Brief. Im Umschlag befand sich meine Karte, ungeöffnet. In der Notiz an mich stand: ›Du weißt warum.‹«

»Sind auch Ihre Kinder von Ihrem Bruch mit Ihrer Familie betroffen?«, fragte ich.

»Ja. Meine Eltern haben sich geweigert, sie zu sehen. Sie haben sie auf unterschiedliche Weise zurückgestoßen.«

Dies war also ein dynastischer Bruch großen Ausmaßes. Giampaolo sprach mit sehr wenig Emotion, aber in seinen Worten lag eine Schwere, die einen tiefen Schmerz verriet.

»Wo waren Sie in der Nacht, als das Fenice brannte?«

»Ich war daheim auf dem Lido«, sagte er. »Mein Sohn rief mich aus New York an und fragte mich, was hier los sei. Ich hatte keine Ahnung. Ich ging hinaus an die Lagune und sah den roten Himmel. Dann ging ich wieder rein, stellte den Fernseher an und brach in Tränen aus. Ich habe meine Eltern nicht angerufen. Da hatten wir keine Verbindung mehr.«

»Was wurde aus Ihren Plänen, Bücher über die Geschichte der Glasherstellung zu schreiben?«

»Ohne Einkommen war es unmöglich. Ich beschloss, mein eigenes Geschäft zu gründen und begann mit Seguso Viro. Ich musste dafür Eigentum verkaufen. Daran können Sie sehen, wie heftig meine Leidenschaft für Glas ist. Ich habe drei Söhne. Sie sind alle mit mir in der Firma beteiligt. Die Firma gehört ihnen. Zwei arbeiten hier mit mir in Murano, und der dritte leitet unseren Ausstellungsraum in New York.

Ich war schon lange der Ansicht, dass die Glasherstellung in Murano allmählich erstarrt war. In der Periode von 1930 bis Ende der 50er hatten wir großartige, innovative Glashersteller in Murano: Ercole Barovier, Alfredo Barbini, Napoleone Martinuzzi, Paolo Venini, meinen Vater. Es war eine Zeit des Säens und Pflanzens. Dann, von den 60ern bis zu den 90ern, war es eine Zeit des Erntens ohne etwas Neues zu pflanzen. Jetzt blickt Murano einer düsteren Zukunft entgegen, und sie fragen sich warum. Die Herausforderung besteht darin, neue Wege zu finden, die alten Techniken einzusetzen. Und genau das versuchen wir hier.«

»Können Sie mir ein paar Beispiele zeigen?«, fragte ich.

»Ich kann Ihnen viele zeigen.« Giampaolo erhob sich und führte mich zum Tisch, der mit Dutzenden von Glasgegenständen bedeckt war.

»Das Glas auf diesem Tisch stellt sämtliche Verfahren dar, die ich von meinem Vater und von meinen Onkeln gelernt habe und die ich mir selbst beigebracht habe. Es ist eine Wiedererschaffung dessen, was die Seguso-Dynastie von Murano über einen Zeitraum von fünfzig Jahren geleistet hat. Es gibt einhundertfünfzig Entwürfe, und für jeden habe ich eine limitierte Edition von neunundneunzig gemacht. Meine Absicht ist es, Mäzene zu finden, die komplette Serien von einhundertfünfzig Exemplaren kaufen und sie als Schenkungen Museen überlassen, zu Forschungszwecken und um den Mythos von Murano zu erhalten und zu fördern.«

Der Widerspruch überraschte mich. »Es ist schon ein bisschen seltsam«, sagte ich, »dass Sie sich erst mit Ihrem

Vater überwerfen, um dann mühselig eine Hommage an ihn zusammenzustellen.«

»Aber mein Vater ist ein großer Mann«, sagte Giampaolo. »Ich will Ihnen an drei Beispielen zeigen, wie wir seine Arbeit gewürdigt und zugleich aber Schritte in die Zukunft gemacht haben.«

Er nahm eine tränenförmige Vase aus klarem Glas mit einem langen, dünnen Hals in die Hand. Im Innern der Vase teilte eine leicht verdrehte Glasmembran die Vase in zwei Kammern. Eingebettet in das Trennglas war ein weißes Spinnennetz aus Fäden weißen Glases.

»Dies ist ein Beispiel für die Filigrantechnik, die 1527 in Murano erfunden wurde«, sagte Giampaolo. »In den 50er-Jahren schuf mein Vater damit neue Effekte, die von Glashistorikern als der erste kreative Beitrag seit der Renaissance anerkannt wurden. In dieser Vase geht es also um unsere Vergangenheit, und doch enthält sie zwei Neuerungen. Der Doppelkammer-Effekt ist eine, und die Verwendung des Filigrans im inneren Glasteil anstatt in der Außenwand der Vase ist die andere. Diese Vase wurde von meinem Sohn Gianluca entworfen. Er ist die dreiundzwanzigste Generation der Seguso-Dynastie.«

Als Nächstes hob Giampaolo eine runde Schale auf, um deren untere Hälfte sich schwarze Filigranwirbel zogen und weiße um die obere. »Diese Technik heißt *incalmo*, das ist das Zusammenfügen zweier halbkugelförmiger Stücke geblasenen Glases von exakt demselben Durchmesser. Dazu sind zwei Glasbläser nötig, und man muss es tun, solange das Glas weiß glühend ist. Seit es dieses Verfahren gibt, wurden die beiden Hälften des *incalmo*-Glases immer in einer graden Linie zusammengefügt. Hier ist die Verbindung unregelmäßig und hat einen Welleneffekt. Diese Schale hat also etwas vom Alten und etwas vom Neuen.

»Und schließlich diese hier.« Er reichte mir eine Vase, in der feine Fäden schwarzen Filigrans in Bändern, die an Notenlinien erinnerten, horizontal in unregelmäßigen Wellen und Wirbeln verliefen. Die Linien waren mit hauchdünnen Fäden von durchsichtigem Orange verwoben. Giampaolo hatte diese Vase selbst entworfen und ihr den Namen ›Vivaldi‹ gegeben, nach dem rothaarigen venezianischen Komponisten Antonio Vivaldi.

»Diese Vase stellt einen Schritt in unsere Zukunft dar«, sagte er. »Das orangene Filigran besteht aus sechzehn Schattierungen von transparentem Rot und Orange. Transparentes Filigran hat es noch nie gegeben. Der Effekt ist originell. Es ist sehr zeitgemäß.«

Es war eine prachtvolle Vase. Durch die außergewöhnliche Leichtigkeit und Anmut ihres Filigrans schien sie sich gleichsam in Bewegung zu befinden. Eine Reihe unregelmäßiger Erhebungen glatten Glases, die entlang einer Außenseite nach oben verlief, schuf eine gemischte Struktur und ein sinnliches Lichtspiel. Seguso war sichtlich stolz darauf.

»Haben Sie diese Vase selbst geblasen?«, fragte ich.

»Ich bin ein sehr schlechter Solist«, sagte er mit einem Lächeln, »aber ein guter Dirigent. Ich habe ein Abkommen mit meinen Söhnen. Wenn sie wollen, dass ihr Vater mit ihnen arbeitet, dann müssen sie ihn einen Tag in der Woche an den Ofen lassen, um ihm Gelegenheit zum Spielen zu geben. Also fünf Tage in der Woche trage ich den Hut des Managers, und einen Tag in der Woche stehe ich am Ofen – neben dem Meisterbläser – und dirigiere.«

Er ging zu seinem Schreibtisch zurück und blickte zum Fenster hinaus. Dann wandte er sich zu mir um, mit einer, wie es schien, zufriedenen Miene.

»Ich habe vier Ziele«, sagte er. »Erstens möchte ich, dass Leute, die unser Glas sehen, es sofort als venezianisch erkennen. Zweitens sollen sie sagen: ›Oh, dieses Glas ist von Seguso.‹ Mein drittes Ziel ist, dass sie sagen: ›Das ist Glas von Seguso Viro.‹ Und mein viertes Ziel ist, dass man irgendwann vielleicht sagt: ›Das ist Glas von Giampaolo Seguso.‹«

Ich hatte das Gefühl, dass er von dem vierten Ziel am meisten träumte.

»Haben Sie den Ehrgeiz, ein berühmter Designer zu werden?«, fragte ich.

»Ich bin der Ansicht, dass ich einem großen Staffellauf von Murano-Glasherstellern angehöre. Meiner Meinung nach existiert der letzte Läufer nicht. Das einzige Rennen, das man laufen kann, ist Teil einer größeren Anstrengung. Die Herausforderung besteht darin, als jemand erkannt zu werden, der unterwegs etwas zur Tradition beigetragen hat.«

Giampaolo nahm wieder hinter seinem Schreibtisch Platz. »Und das«, sagte er, »ist einer der großen Unterschiede zwischen mir und meinem Vater. Mein Vater sieht sich als letzten Läufer im Rennen.«

8

AUSLANDSAMERIKANER: DIE ERSTE FAMILIE

Mehrmals in der Woche hatte ich Gelegenheit, über die Accademia-Brücke zu gehen, und jedes Mal drehte ich mich um und blickte den Canal Grande hinunter zu den großen Kuppeln von Santa Maria della Salute, vielleicht eine der vertrautesten Postkartenansichten Venedigs.

Eines späten Nachmittags, als ich die Brücke überquerte und eben in diese Richtung sah, bemerkte ich zufällig eine elegante Barkasse, die mit leise laufendem Motor etwa sechzig Meter entfernt vor einem gotischen Palast lag, dem zweiten Palast hinter der Brücke auf der Seite von San Marco. Das Boot war ein ehrwürdiges Riva, der Doge der Luxus-Motorboote. Es war etwa vierzig Jahre alt, sieben Meter lang und aus einem dunklem Mahagoni, das mit Chrom besetzt war. Am Steuer stand ein groß gewachsener Mann mit grauem Haar und streckte seine Hand einer Frau entgegen, die gerade vom Landesteg ins Boot stieg. Sie war vollkommen in Weiß gekleidet, vom Stirnband bis zu den Schuhen. Selbst ihre Brille hatte eine weiße Fassung, und ihr Haar war auch weiß. Als die Frau Platz genommen hatte, lenkte der Mann die Barkasse sachte hinaus auf den Canal Grande, Heck zuerst, so beiläufig, als würde er sein Auto rückwärts aus der Garage fahren. Dann drehte er und entfernte sich in Richtung der Salute-Kirche und San Marco.

Ich fand die Vorstellung bemerkenswert, dass eine Fahrt auf dem Canal Grande in einem solchen Motorboot, die für mich ein denkwürdiges Erlebnis gewesen wäre, für dieses Paar höchstwahrscheinlich etwas völlig Alltägliches war. Sie gingen vielleicht einkaufen, abendessen oder besuchten Freunde. Sie bewegten sich nicht nur stilvoll durch Venedig, sondern auch dicht überm Wasser, wie die Venezianer es seit Jahrhunderten taten, viel dichter an der Wasseroberfläche, als wenn sie auf dem Deck eines behäbigen Vaporettos gestanden hätten.

Etwa eine Woche später sah ich das Paar ein weiteres Mal in ihrer Barkasse. Sie kamen aus der Richtung der Rialto-Brücke zu ihrem Palast zurück. Wie schon zuvor war die Frau vollkommen in Weiß gekleidet, aber diesmal trug sie eine Hose statt eines Rockes und einen Pullover statt einer Jacke.

»Das muss Patricia Curtis gewesen sein«, sagte Rose Lauritzen später. »Sie trägt immer Weiß.«

»Immer?«, fragte ich. »Wieso?«

»Das kann ich Ihnen wirklich nicht sagen. Sie hat immer schon weiß getragen. Seitdem ich sie kenne. Peter, warum trägt Patricia weiß?«

»Keine Ahnung«, sagte Peter.

»Vielleicht ist Weiß einfach ihre Farbe«, meinte Rose. »Wahrscheinlich eine ganz einfache Erklärung.«

»Aber jetzt, wo Sie es erwähnen«, sagte Peter zu mir gewandt, »da muss ich Ihnen sagen, dass Patricia Curtis aus vielen Gründen eine interessante Frau ist, und nicht nur weil sie immer Weiß trägt.«

»Der Mann, den Sie in ihrer Begleitung gesehen haben, ist ihr Mann, Carlo Viganò«, sagte Rose. »Er ist furchtbar nett. Sie auch. Beide. Ich meine, wirklich ... nette Leute.«

»Patricia Curtis«, sagte Peter, »ist eine Auslandsamerikanerin der vierten Generation. Ihre Urgroßeltern, Daniel

Sargent Curtis und Ariana Wormeley Curtis, kamen Anfang der 80er Jahre des 19. Jahrhunderts aus Boston nach Venedig, zusammen mit ihrem Sohn Ralph, Patricias Großvater.«

»Nicht bloß nett«, sagte Rose, »sondern auch sehr beliebt.«

»Die Curtis«, sagte Peter, »waren reiche, alteingesessene Bostoner, deren Ahnenreihe bis zur Zeit der *Mayflower* zurückreicht. Sie haben Palazzo Barbaro gekauft, wo ihre Nachfahren seitdem gelebt haben.«

»Carlo hat eine Firma in Malaysia«, sagte Rose. »Verarbeitende Industrie. Was genau, weiß ich nicht mehr.«

»Die Curtis sind bei weitem die Dienstältesten von allen hier in Venedig ansässigen englischsprachigen Ausländern«, sagte Peter. »Die sind eine Klasse für sich.«

»Tischdecken und Servietten!«, sagte Rose. »Das stellt er her. Ich meine, Carlos Firma.«

»Aber was könnte einen reichen, gesellschaftlich angesehenen Bostoner dazu bringen, Amerika mit Kind und Kegel zu verlassen?«, fragte ich.

»Aha!«, sagte Peter. »Jetzt wird's interessant.«

Und dann erzählte Peter mir, wie Daniel Curtis eines Tages, als er in einem Bostoner Vorortszug saß, mit einem anderen Mann über einen Platz in Streit geraten war, der für eine dritte Person reserviert war. Man warf sich gegenseitig Beleidigungen an den Kopf. Der andere Mann erklärte, Daniel Curtis sei ›kein Gentleman‹, worauf Mr. Curtis seinem Kontrahenten die Nase verdrehte. Der Geschädigte entpuppte sich als ein Richter, der daraufhin Daniel Curtis wegen Körperverletzung verklagte. Es kam zu einem Prozess, Daniel Curtis wurde für schuldig befunden und zu zwei Monaten Haft verurteilt. Nach seiner Entlassung, so wird erzählt, brach er in Boston empört seine Zelte ab und zog mit seiner Familie nach Europa, ohne je wieder zurückzukehren.

»Fairerweise sollte man erwähnen«, sagte Peter, »dass sich Daniel Curtis in all den Jahren, die er in Venedig lebte, wie ein vollendeter Gentleman aufführte. Vom ersten Moment an, da er und Ariana einen Fuß in den Palazzo Barbaro setzten, machten sie ihn zum Treffpunkt für die bekanntesten und bewundertesten Maler, Schriftsteller und Musiker ihrer Zeit. Robert Browning las dort den Curtis und ihren Gästen seine Gedichte vor. Henry James, ein häufiger Hausgast, verwendete den Barbaro als Vorlage für den fiktiven Palazzo Leporelli in seinem Meisterwerk *Die Flügel der Taube*. John Singer Sargent war ein entfernter Cousin, und wenn er den Barbaro besuchte, dann malte er im obersten Stock im Atelier seines Cousins, Ralph Curtis, der selbst auch ein vollendeter Maler war. Monet malte Ansichten der Santa Maria della Salute vom Wassertor des Barbaro aus. Wird es Ihnen allmählich ein bisschen klar?«

»In der Tat«, sagte ich.

»Die Familie Curtis ist aus der Kulturgeschichte des Venedig des neunzehnten Jahrhunderts nicht wegzudenken. Ihr Salon wurde als der ›Barbaro-Zirkel‹ bekannt, und zu ihm zählten James McNeill Whistler, William Merritt Chase, Edith Wharton und Bernard Berenson.«

»Und diese Verrückte aus Boston«, sagte Rose, »Mrs. Gardner.«

»Isabella Stewart Gardner«, sagte Peter, »die exzentrische Bostoner Kunstsammlerin, mietete sich für einige Sommer in das *piano nobile* ein, während sie in Venedig war, um bedeutende Gemälde für das Museum zu erwerben, das sie in Boston bauen wollte.«

»Sie hat den Barbaro nicht nur gemietet«, sagte Rose, »sie hat ihn sogar kopiert!«

»Stimmt«, sagte Peter. »Sie hat ihr Bostoner Museum in der Form eines venezianischen Palasts gebaut, der der Fassade des Palazzo Barbaro frei nachempfunden war. Man kann gut verstehen, warum Mrs. Gardner sich so inspiriert fühlte. Der Barbaro ist einer der bedeutendsten gotischen Paläste des fünfzehnten Jahrhunderts in Venedig. Eigentlich sind es zwei Paläste. Die Familie Barbaro kaufte Ende des siebzehnten Jahrhunderts auch noch den Palast nebenan, weil sie einen Ballsaal brauchten.

Man könnte sich stundenlang über die architektonischen und ornamentalen Verzierungen des Palazzo Barbaro auslassen, aber ich wollte nur sagen, dass Patricia Curtis zuallererst Erbin und Wächterin eines beträchtlichen literarischen, künstlerischen und architektonischen Vermächtnisses ist. Sie ist auch, aber das nur sehr nebenbei, eine Frau, die Weiß trägt.«

Am Telefon war Patricia Curtis reserviert, doch freundlich. Sie sagte, sie reise am nächsten Tag nach Malaysia ab, wo ihr Mann Teilhaber einer Textilfabrik sei. Doch wenn ich bis zu ihrer Rückkehr einen Monat später warten könne, würde sie mir gerne den Palazzo Barbaro zeigen.

In den darauf folgenden Wochen machte ich mich über den Barbaro sachkundig. Ich fand ein Video von *Brideshead Revisited* und sah mir die Venedig-Episode an, in der Laurence Olivier den alternden Lord Marchmain spielt, der in selbst auferlegtem Exil in einem prachtvollen venezianischen Palast residiert. Diese Szenen wurden im Palazzo Barbaro gedreht. Jeremy Irons und Anthony Andrews (als Charles Ryder und Sebastian Flyte) erklimmen eine Außentreppe zum *piano nobile*, schlendern über den polierten *terrazzo*-Boden des *portego* und treffen Olivier im Ballsaal an, der an einem Fenster steht und auf den Canal Grande hinausblickt.

Ich las zum zweiten Mal *Die Flügel der Taube*, daran denkend, dass Henry James eben diese Räume beschrieben hatte, als er über die engelhafte, sterbende Milly Theale schrieb, die sich in den ›palastartigen Kammern‹ ihrer ›großen, vergoldeten Hülle‹ häuslich niedergelassen hatte.

Und was Daniel Curtis' Nasenattacke auf den Richter Churchill betraf, so waren Berichte darüber in einer Reihe von Büchern erschienen, einschließlich Cleveland Amory's *The Proper Bostonians*, aber sie wichen ziemlich stark voneinander ab. In Amorys Version verdrehte Daniel Curtis dem Richter die Nase derart, dass dessen Gesicht sein Leben lang entstellt blieb. In einem anderen Bericht stand, Curtis habe einem Straßenbahnfahrer die Nase abgebissen; in einem weiteren schlug er einen Polizisten zu Boden, weil dieser seine Frau beleidigt hatte. Und es gab noch einen, in dem behauptet wurde, der Streit habe sich darum gehandelt, einer Schwangeren einen Platz anzubieten. Der Vorfall hatte die Form eines Volksmärchens angenommen, das sich mit jedem Erzählen änderte. Das mag auch daran gelegen haben, dass Mrs. Curtis die Geschichte überarbeitet hatte, um ihren Mann in ein besseres Licht zu rücken. Jedenfalls war die Geschichte, so wie sie sich wirklich zugetragen hatte, in allen Einzelheiten von den Bostoner Zeitungen berichtet worden, in denen die Protokolle der Zeugenaussagen vor Gericht wörtlich zitiert wurden.

Die Konfrontation hatte begonnen, als Richter Churchill sich auf einen Platz setzte, der für eine andere Person reserviert war, aber bald wurde daraus ein Streit um das sperrige Gepäck – eine Reisetasche und eine Spielzeugkutsche –, das Churchill auf dem Boden in dem schmalen Raum zwischen sich und Daniel Curtis abgestellt hatte. Curtis ärgerte sich darüber, so eingeklemmt zu werden, und raunzte Churchill an, dass er die Sachen wegtun solle, was dieser tat. Einige Augenblicke später kam der Fahrgast herein, der den Platz reserviert hatte, worauf Churchill sich schnell erhob und ihn freigab. Doch bevor er ging, beugte er sich zu Daniel Curtis herab und flüsterte ihm zu: »Ich weiß nicht, was Sie sind, aber ein Gentleman bestimmt nicht.«

Von der Bemerkung gekränkt sprang Curtis auf, verlangte zu wissen, wer Churchill sei, packte seine Nase und drehte sie (»auf eine moderate und ruhige Art«, wie er später behauptete). Dann erklärte Churchill zornig: »Nur ein Rüpel würde in der Anwesenheit dieser Damen einen Streit anzetteln!« Worauf Daniel Curtis ihm ins Gesicht schlug und ihm dabei die Brille zerbrach.

Curtis wurde vor Gericht geschleppt, der Körperverletzung für schuldig befunden und zu zwei Monaten Haft verurteilt.

Erstaunlich war, was als Nächstes passierte: Über dreihundert führende Bürger von Massachusetts sandten eine Petition an den Gouverneur, Daniel Curtis zu begnadigen. Zu den Unterzeichnern gehörten der Präsident von Harvard, Charles Eliot; der zukünftige Präsident von Harvard, A. Lawrence Lowell; der Vorsitzende des Obersten Gerichts von Massachusetts; der Präsident der Union Pacific Railroad; der Naturforscher Louis Agassiz; Charles Eliot Norton, der Harvards und Amerikas erster Professor für Kunstwissenschaft war; der Historiker Francis Parkman; der Maler William Morris Hunt; der Architekt H. H. Richardson; der Ehemann von Isabella Stewart Gardner (John L. Gardner); und eine All-Stars-Liste von Bostoner blauem Blut, wie die Lowells, Saltonstalls, Adamses, Welds, Lawrences, Otises, Endicotts, Pierces, Parkers, Cushings, Minots, Appletons und Crowninshields, um nur ein paar zu nennen.

Die Geschichte nahm eine noch merkwürdigere Wendung, als Daniel Curtis ihre Petition ablehnte, indem er sich weigerte, sie zu unterschreiben. Gleichermaßen wies er Richter Churchills Angebot zurück, im Austausch gegen eine aufrichtige Entschuldigung die Klage zurückzuziehen. Curtis sagte, sein Vorgehen sei gerechtfertigt gewesen, angesichts Churchills Provokationen, und er werde sich nicht entschuldigen. Und so verbrachte Daniel Sargent Curtis die nächsten beiden Monate im Gefängnis.

Curtis verließ Amerika nicht voller Empörung unmittelbar nach seiner Entlassung. Er ging acht Jahre später. Tatsächlich hatte seine Haftstrafe nichts mit seinem Weggang zu tun. Schon lange vor dem Vorfall mit dem Nasendreher hatte er den Wunsch geäußert, auszuwandern. Sinnigerweise begründete er das mit der Feststellung, dass er unglücklich sei über den Niedergang guter Umgangsformen in Amerika. In einem Brief an seine Schwester, den er 1863 schrieb, also sechs Jahre vor seiner Konfrontation mit Richter Churchill, hatte er sich darüber beklagt, dass »amerikanische Gentlemen nicht gerade Gentlemen sind ... [Ihnen] mangelt jene gründliche, selbstgenügsame Selbstachtung, die Männern, die geborene Gentlemen mit guten Vorfahren sind, eigen ist, Männern, die eine ordentliche Erziehung genossen haben und über ausreichendes Vermögen verfügen und die ohne jeden Zweifel wissen, was ihnen zusteht und was anderen zusteht ... Ich wünschte, ich hätte die Mittel, dieses Land für immer mit meinen Kindern zu verlassen.«

Daniel Curtis' Enttäuschung über Amerika wurde zu jener Zeit von vielen seiner Schicht geteilt. Es war teilweise eine Reaktion auf die gesellschaftlichen Umwälzungen, die der Bürgerkrieg mit sich brachte, und teilweise eine beunruhigte Antwort auf die Ankunft der ersten Welle irischer Einwanderer, die mit den lang etablierten Amerikanern wenig gemein hatten. Jedenfalls, wenn Daniel Curtis bereits dadurch verärgert war, dass Richter Churchill rücksichtslos sein Gepäck zwischen sie beide gestopft hatte, dann hätte er es unerträglich gefunden, von demselben Flegel die Eigenschaft des Gentlemen abgesprochen zu bekommen.

Mit dem Palast, den Daniel und Ariana bezogen, nahmen sie ein Gebäude in Besitz, das im Verlauf der vier Jahrhunderte, in denen die Familie Barbaro darin wohnte, als Zentrum des humanistischen und intellektuellen Diskurses berühmt geworden war. Die Barbaros waren echte Renaissance-Menschen gewesen: Gelehrte, Philosophen, Mathematiker, Diplomaten, Wissenschaftler, Politiker, Militärkommandeure, Kirchenpatriarchen und Kunstmäzene. Der bekannteste war Daniele Barbaro, aus dem sechzehnten Jahrhundert, Diplomat, Philosoph, Übersetzer von Vitruvs *De architectura*. Daniele Barbaro beauftragte Andrea Palladio, seinen Sommersitz zu entwerfen – die Villa Barbaro in Maser – und engagierte Veronese, die Fresken zu malen. Und als er für sein Porträt posierte, wurde es von Tizian gemalt.

Palazzo Barbaro blieb das ausschließliche Reich der Familie Barbaro bis zu der durch Napoleon herbeigeführten Niederlage und nachfolgenden Verarmung Venedigs. Als ihr Vermögen zusammenschmolz, zogen die Barbaros in einen Flügel des Gebäudes und teilten den Rest in Wohnungen auf. Als der Letzte der Barbaros Mitte des neunzehnten Jahrhunderts starb, wechselte der Palast mehrmals den Besitzer, zumeist Spekulanten, die ihn ausplünderten, einen Großteil der Gemälde entfernten, Marmorfiguren abschlugen, die kostbarsten Möbel und den schönsten Dekor zusammenrafften und auf Versteigerungen versilberten.
Daniel und Ariana Curtis wurden seine Retter. Sie ließen verrottete Balken ersetzen, zerbrochenen Stuck reparieren und Fresken und Gemälde restaurieren. Indem sie ihren eigenen kulturellen Salon im Barbaro schufen, hauchten sie sogar seinem humanistischen Geist neues Leben ein. Wäh-

rend die Curtis die Gastgeber für Maler, Schriftsteller und Musiker spielten, wurde der Palazzo Barbaro zum bedeutendsten amerikanischen kulturellen Außenposten in Venedig, wenn nicht in ganz Italien. Das war teilweise dem tief greifenden Einfluss einer grauen Eminenz zu verdanken, die sich weitgehend hinter den Kulissen aufhielt – nämlich Charles Eliot Norton, einem Studienkollegen von Daniel Curtis in Harvard. Norton, der schon frühzeitig italienische Kunst zu schätzten lernte, war Freund und literarischer Nachlassverwalter von John Ruskin und Thomas Carlyle, Übersetzer von Dantes *Göttlicher Komödie*, Mitbegründer der *Nation*, Lehrer von Bernard Berenson und Ralph Curtis und Freund und Mentor von Henry James, Isabella Stewart Gardner und anderen in dem Barbaro-Zirkel.

Mit ihrer offenkundige Hingabe an den Palazzo Barbaro und ihrer energischen Unterstützung von Kunst und Künstlern lösten die Curtis bei den Venezianern eine Welle solch tief empfundenen Wohlwollens aus, dass selbst die nachfolgenden Generationen davon noch mitgetragen wurden. Alberto Franchetti, dessen Familie einmal der Palast neben dem Barbaro gehört hatte, erinnerte sich, dass in seiner Kindheit, lange nachdem Daniel und Adriana gestorben waren, der Familie Curtis immer noch Bewunderung und Dankbarkeit entgegengebracht wurde.

»Sie müssen verstehen«, sagte Franchetti, »dass sie zu einem Tiefpunkt unserer Geschichte nach Venedig kamen, als alle bitterarm und verzweifelt waren. Die Curtis waren das eine helle Licht in Venedig in einer ansonsten sehr dunklen Zeit. Sie leisteten mehr, als bloß den Palazzo Barbaro zu restaurieren, sie ehrten ihn, und das brachte ihnen die bleibende Zuneigung Venedigs ein. Heute sind die Curtis für uns ein Teil unserer Geschichte, und für Ausländer ist das eine seltene Auszeichnung. Sie sind keine Venezianer, aber wir betrachten sie auch nicht als Ausländer. Für uns sind die Curtis einmalig.«

Man konnte also erwarten, dass zukünftige Generationen der Curtis weiterhin im Barbaro wohnen und ihn behüten würden und dafür auch dasselbe Wohlwollen ernten würden. Aber es war ein Problem entstanden.

Zum ersten Mal seit über hundert Jahren drohte die Familie Curtis die Kontrolle über den Barbaro zu verlieren.

Quelle des Problems war eine Bestimmung des Code Napoleon, der in Italien Gesetz war: nämlich dass Kinder den Besitz ihrer Eltern zu gleichen Teilen erben. Diese Regel wurde als gerechter betrachtet als das britische Erstgeborenenrecht, das dem ältesten Sohn erlaubt, das gesamte Vermögen zu erben. Doch in der Praxis trug der Code Napoleon zu erbittertem Streit unter Erben und zur Zersplitterung von großem Familienbesitz bei.

Patricia und ihre beiden Geschwister, Ralph und Lisa, hatten den Palazzo Barbaro Mitte der 80er Jahre geerbt. Ihre Mutter hatte ihn ihnen zu gleichen Teilen hinterlassen, wie es das Gesetz verlangte, aber in ihrem Testament wurde nicht spezifiziert, welcher Teil des Palastes wem gehören sollte. Es blieb den drei Erben überlassen, diese Frage miteinander zu klären.

Patricia, die Älteste, war die einzige der drei, die ganzzeitig im Palast wohnte. Lisa hatte einen Franzosen geheiratet und lebte in Paris und war jetzt la comtesse de Beaumont. Ralph, der von seiner französischen Frau geschieden war, wohnte auch in Paris.

»Wir haben alles versucht«, sagte Lisa, »jedes mögliche Modell. Wir haben sogar daran gedacht, den Palast vertikal in Drittel zu teilen, wodurch jeder von uns eine Wohnung in einem oberen Stock und den Teil des *piano nobile* bekommen hätte, der darunter lag. Aber das hätte bedeutet, den *salone* vom *portego* zu trennen, und das hätte das Denkmalschutzamt niemals zugelassen. Schlussendlich haben wir uns den Besitz am *piano nobile* geteilt und uns in anderen Teilen des Palasts Wohnungen eingerichtet.«

Das *piano nobile*, ganz gleich in welchem Palast, ist, wie jeder weiß, das weitaus prachtvollste Stockwerk. Es hat die höchsten Decken, die größten Fenster und die stattlichsten Balkons. Es ist das Stockwerk, für dessen Ausstattung seit Jahrhunderten das Geld im großen Stil ausgegeben wird: für freskenbemalte Decken, monumentale Gemälde, riesige Kronleuchter, immer neue Stuckaturen, die sich über den Türen wölben, die Gemälde einrahmen und die Decken überspülen. Für manche ist das *piano nobile* nicht nur das wertvollste Stockwerk des Palasts, es *ist* der Palast. Mit anderen Worten, besaß jemand nur dieses eine Stockwerk eines Palastes und sonst nichts, dann war im Sprachgebrauch der Venezianer dieser Palast *sein* Palast. Daniel Curtis hatte die obersten drei Stockwerke des Barbaro gekauft. Und obwohl die beiden Stockwerke darunter anderen Leuten gehörten, stand nie außer Frage, dass der Barbaro den Curtis gehörte, weil sie das *piano nobile* besaßen. Mancherorts war er auch unter dem Namen ›Palazzo Barbaro-Curtis‹ bekannt.

Was das *piano nobile* des Barbaro so viel bedeutender machte als die anderen Stockwerke, war die Tatsache, dass es das einzige Stockwerk war, das sich über beide Paläste erstreckte. Die anderen Stockwerke befanden sich alle auf unterschiedlichen Höhen, und so war jedes entweder auf den gotischen Teil oder den Barockteil begrenzt. Mit seinen 930 Quadratmetern war das *piano nobile* nicht nur viel größer als die anderen Stockwerke, es enthielt auch das größte Schmuckstück von allen – den großen Ballsaal mit seinen monumentalen Gemälden und üppigen Stuckwirbeln, ein Raum von solcher Eleganz und solch majestätischen Ausmaßen, dass er beinahe in jedem Bildband über venezianische Paläste vorkam.

Weil Patricia das einzige der drei Curtis-Kinder war, das im Barbaro wohnte, war sie auch die einzige, die vom *piano nobile* regelmäßig Gebrauch machte – für Empfänge, Partys oder als eine unvergleichliche Gästewohnung. Sie kümmerte sich liebevoll darum, ließ ihm alle Pflege angedeihen, die es nötig hatte, während ihre Geschwister sich kaum dafür interessierten. Trotzdem waren sie als Miteigentümer verpflichtet, Geld für den Unterhalt aufzubringen.

»Als die Fenster auf der Rückseite ersetzt werden mussten«, erzählte Lisa, »mussten wir uns an die vom Denkmalschutzamt vorgegebenen Richtlinien halten, und das hat uns hundert Millionen Lire gekostet (etwa 38 000 Euro). Wenn Stühle neu bezogen werden müssen, dann können wir nicht jeden beliebigen Stoff nehmen. Es muss *Fortuny* sein. Und die Böden müssen ordentlich gesäubert und gebohnert werden, nach kuratorischen Maßstäben, weil der Barbaro schließlich ein Museum ist.«

Mit der Zeit, während der Wert des *piano nobile* jährlich bis zu einer Summe von etwas über 4,5 Millionen Euro anstieg, betrachteten Lisa und Ralph es immer mehr als Last und Luxus. Sie wollten verkaufen, und das Thema wurde jetzt emotionsgeladen. Patricia widersetzte sich heftig, und eine Zeitlang versuchten sie, das *piano nobile* für seinen eigenen Unterhalt aufkommen zu lassen, indem sie es für Partys zu einem Betrag von 7000 Euro oder mehr vermieteten. Doch die Partys wurden schließlich auch zur Quelle des Zwists zwischen den Curtis-Geschwistern, und sie kamen zu einem abrupten Ende.

Die Aussicht, das *piano nobile* an die nächste Curtis-Generation weiterzureichen, zeichnete sich als ein noch haarigeres Problem ab und bestärkte Lisa nur in ihrem Entschluss zu verkaufen. Ralph war geschieden und kinderlos, und Lisa hatte zwei Söhne und sechs Enkelkinder. Jetzt ging das Gerücht, dass Patricia, nachdem die Alternativen erschöpft waren, sich endlich widerstrebend dem 2:1-Votum gebeugt und sich damit einverstanden erklärt hatte, das *piano nobile* zum Verkauf anzubieten. Es kamen schon die ersten Kaufinteressenten zur Besichtigung. Es war nur noch eine Frage der Zeit.

Mir fiel ein, dass der Verkauf des Barbaro schneller als erwartet erfolgen könnte und dass mein Besuch jetzt vielleicht ziemlich ungelegen käme. In einem freien Moment suchte ich im Telefonbuch die Nummern der anderen beiden Curtis und fand einen Eintrag für Ralph. Ich hatte sowieso vorgehabt, ihn irgendwann aufzusuchen. Was könnte es schaden?

Nach dreimaligem Klingeln sagte eine auf Band aufgenommene Männerstimme in amerikanisch gefärbtem Englisch: »Sie haben die Erd-Zwischenstation der Demokratischen Republik des Planeten Mars erreicht.«

Ich legte auf, überprüfte die Nummer und wählte noch einmal. Dieselbe Stimme meldete sich mit derselben Mitteilung und fuhr fort, dass ›qualifizierten Gelehrten nur nach Absprache Zugang zum Archiv gewährt wird. Hinterlassen Sie eine entsprechende Nachricht, und der Bibliothekar wird Sie zurückrufen‹. Ich hinterließ meinen Namen und meine Telefonnummer und sagte, ich versuche, Ralph Curtis im Palazzo Barbaro zu erreichen. Zwei Stunden später rief Ralph Curtis an.

»Ich dachte, ich hätte mich verwählt«, sagte ich.

»Nun, wissen Sie, uns wird hier die Tür eingerannt von Leuten, die über Henry James oder John Singer Sargent oder Tiepolo forschen«, erwiderte er. »Das kann so sterbenslangweilig sein. Sie stellen oft so dämliche Fragen. Das ist mir doch egal, ob Henry James eine Fliege oder eine Krawatte trug, als er *The Aspern Papers* schrieb.«

»Das kann ich gut verstehen«, sagte ich. »Diese ganze Geschichte von wegen Demokratische Republik des Planeten Mars ist also bloß eine Finte, um die Akademiker abzuwimmeln?«

»Nein, eigentlich nicht«, sagte er. »Das stimmt schon so.«

»Aha ...«, sagte ich, allmählich auf der Hut.

»Wie stehen Sie zu Frieden und atomarer Abrüstung?«, fragte er.

»Ich bin dafür«, erwiderte ich mit Nachdruck.

»Gut«, sagte er, »das ist nämlich die Mission des Barbaro-Projekts.«

»Das Barbaro-Projekt?«

»Weltfrieden und atomare Abrüstung. Wir stehen in Verbindung mit den Staatsoberhäupten aller terrestrischen Atommächte. Unser Ziel ist es, sie dazu zu bringen, uns ihre atomaren Angriffscodes auszuhändigen. Die tun wir dann in ein Raumschiff und schießen sie zum Mars hoch, wo die Politiker nicht mehr an sie rankommen. Wie finden Sie das?«

»Eine edle Sache«, meinte ich. »Aber Sie sagen ständig ›wir‹. Wer ist denn noch mit dabei?«

»Na ja, im Prinzip nur ich. Aber ich habe mit einer Menge Leute geredet, wie Sie, die finden, dass das eine gute Idee ist.«

Ich nutzte eine Pause im Gespräch, um den Grund meines Besuchs zu erklären. Ich sagte ihm, ich interessiere mich für den Barbaro, für den Barbaro-Zirkel und für das Leben, das sich über fünf Curtis-Generationen im Palast abgespielt habe. »Wäre es möglich«, fragte ich, »den Palazzo Barbaro zu besichtigen?«

»Kann sein«, erwiderte er. »Ich schicke Ihnen ein Antragsformular. Geben Sie mir Ihre Adresse.«

Drei Tage später traf ein großer Umschlag ein mit einem Antrag für den Zugang zu einer Institution, die sich ›Bibliothek und Forschungszentrum R. D. Curtis‹ nannte. Ich füllte ihn aus und die Frage nach ›Verbindungen zu Außerirdischen Geistern und Bewegungen‹ beantwortete ich wahrheitsgetreu mit ›Keine‹. Im Kästchen für die Unterschrift wurde der Abdruck meines rechten großen Zehs verlangt. Selbst als ich meinen Zeh auf eine offene Dose brauner Kiwi-Schuhkreme drückte, schätzte ich, dass die Chancen, dass ich Opfer eines Scherzes geworden war, etwa fünfzig zu fünfzig standen. Aber ich schickte den Antrag trotzdem ab, und binnen einiger Tage meldete sich Curtis wieder telefonisch und fragte, ob ich Zeit hätte, am Nachmittag des folgenden Tages um drei zum Palazzo Barbaro zu kommen. Das bestätigte ich.

»Gut«, sagte er. »Dann machen wir einen Lift-Off.« Er lieferte keine weiteren Erläuterungen.

Wie vereinbart trafen wir uns in einem Café am Campo Santo Stefano, direkt hinter dem Barbaro. Er saß an einem Tisch und rauchte eine konisch geformte grüne Zigarette, von der Sorte, in die normalerweise getrocknetes Gemüse eingerollt wird. Er war Mitte fünfzig, schmächtig und tief braungebrannt. Er trug eine blau getönte Pilotenbrille, sorgfältig gebügelte Jeans, eine braune Wildlederjacke über einen Pullover mit rundem Halsausschnitt. Er drückte die Zigarette aus und stand auf. »Wollen wir?«

Eine schwere Holztür auf der Rückseite des Palastes öffnete sich auf einen bezaubernden Innenhof mit Mauern aus altem Backstein und Stuck und Fenstern in willkürlichen Abständen. Zu unserer Linken führte eine steile, zweiläufige Marmortreppe mit einem efeuberankten Eisengeländer hinauf zum *piano nobile.* In der Mitte des Hofes spross ein üppiger Rhododendronbusch aus einem großen marmornen Brunnen, der aus dem Kapitell einer alten Säule gemacht war. Direkt vor uns führte eine dunkle Arkade zum Wasser des Canal Grande, das in der Sonne glitzerte. Eine alte Gondel lag auf ein paar Stützen, als warte sie darauf, zu Wasser gelassen zu werden. Sie hatte sogar noch ihre *felze*, eine kleine, abnehmbare schwarze Passagierskabine, wie sie schon seit Jahrzehnten nicht mehr in Venedig zu sehen ist. Ich fragte Ralph, wie alt die Gondel sei.

»Über hundert Jahre«, sagte er.

Das bedeutete, dass Robert Browning, John Singer Sargent und Henry James wahrscheinlich darin herumgefahren waren.

Oben angekommen betraten wir einen hohen, trüben Vorraum. Zu unserer Rechten waren ein paar polierte Türen und dahinter der *portego* und die berühmten Zimmer am Canal Grande. Doch diese Türen blieben geschlossen. Ralph machte eine scharfe Biegung nach links, zu einer kleineren Tür, die zu seiner eigenen Wohnung führte. Sie umfasste eine Reihe von Räumen, geräumig, doch spärlich eingerichet, auf der Rückseite des Palasts. Alle Zimmer waren weiß gestrichen. Der Eindruck der Kahlheit wurde durch die Leere der Räume noch unterstrichen. Das Mobiliar bestand aus nicht viel mehr als ein paar Stühlen, einem kleinen Holztisch und einigen Regalen. Die Kronleuchter und die Wandbeleuchtung der Wohnung waren mit kleinen kobaltblauen Lämpchen ausgerüstet, ähnlich jenen, die auf Flughäfen zum Markieren der Landebahnen verwendet werden. An der Wand eines jeden Zimmers stand in sorgfältiger Schablonenschrift dessen Name geschrieben: FLUGKONTROLLZENTRUM, MONDRAUM, MARSRAUM, FRIEDENSRAUM, EXTRATERRESTRISCHER SUCHRAUM.

»Willkommen im Raumschiff *Barbaro*«, sagte Ralph, während er mit mir einen kurzen Rundgang durch die Wohnung machte, die er als den ›O. C.-Flügel des Palazzo Barbaro‹ bezeichnete. O. C. stand für Odile Curtis, der Name seiner Ex-Frau.

In einem Zimmer hingen drei Raumanzüge an der Wand. Neben einem von ihnen war das Foto eines ausgestopften Tieres, eines Affen, an die Wand geklebt. Das Foto trug die Bildunterschrift: ›Affengesicht, Flugkommandant, Raumschiff *Barbaro*‹. In einem anderen Zimmer saß, mit dem Rücken an die Wand gelehnt, eine aufblasbare, lebensgroße Plastikfrau in einem schwarzen Spitzenbikini auf dem Boden. Ralph ging kommentarlos an jedem dieser Dinge vorbei. Im LAGEZENTRUM stand eine Maschine mit dem Etikett ›Antimateriereaktor‹. Ralph nahm einen Stapel Audiokassetten von einem Regal und ging wieder in den Mondraum.

»Und«, sagte er, »sind Sie bereit für einen Lift-Off?« Ralph setzte sich im Schneidersitz auf den Boden neben einen Ghettoblaster. Er sah die Kassetten durch.

»Mal sehen. Was nehmen wir denn? *Apollo 11?* Das ist der erste bemannte Mondschuss. Sie wissen schon, Neil Armstrong und ›Ein kleiner Schritt für einen Menschen, ein riesiger Sprung für die Menschheit‹. Hier haben wir *Apollo 12* ... ziemlich gut ... *Apollo 13* ... die lassen wir lieber – die mussten die Mondlandung abbrechen, haben nur den Mond umkreist und sind dann gleich wieder nach Hause. Wir wollen ja nicht nur abheben, sondern auch auf dem Mond landen, nicht?« Er warf mir einen Blick zu.

»Unbedingt«, sagte ich. Ich hatte auch auf dem Boden Platz genommen.

»*Apollo 14*«, fuhr er fort, »das war die, wo Alan Shepard nach der Landung auf dem Mond ein paar Golfbälle schlug.

Apollo 15, bei der war Shepard unten im Kontrollzentrum in Houston geblieben. Nehmen wir die.«

Ralph legte die Kassette in den Ghettoblaster ein, drückte auf ›Play‹ und lehnte sich an die Wand zurück. Das Band begann mit der ultraruhigen Stimme aus dem Kontrollzentrum, die das vertraute Mantra intonierte »T minus zwei Minuten. Countdown läuft ...« Wir saßen ruhig da und lauschten dem abgehackten Hin-und-her zwischen Houston und den Astronauten. Dann kamen die letzten zehn Sekunden des Countdowns: »Zehn ... neun ... acht ... Startsequenz aktiviert ... fünf... vier... drei... zwei... eins... null... Schubkraft auf 100 % ... Lift-Off erfolgt!«

»Wahnsinn!«, sagte Ralph.

Das Brüllen der Raketen krachte mit derartiger Heftigkeit durch die Lautsprecher, dass man meinte, sie könnten jeden Moment platzen. Trotzdem drehte Ralph die Lautstärke noch weiter auf. Wummernde Schallwellen bombardierten meine Trommelfelle und ließ Wände und Böden vibrieren. Als der Lärm der Raketen allmählich schwächer wurde, hob Ralph den Blick vom Ghettoblaster. Meine Ohren gingen bei dem plötzlichen Abfallen des Luftdrucks mit einem Knacken auf.

»Wie oft machen Sie das so?«, fragte ich.

»Oh, ich hab schon um drei Uhr morgens einen Lift-Off gehabt. Dann klingelt das Telefon. Die Nachbarn beschweren sich. Und gelegentlich rastet meine Schwester Pat aus.«

»Machen Sie es deswegen?«

»Nein, ich tue es, weil es mir Hoffnung gibt. Ich stelle mir vor, es ist das Raumschiff *Barbaro*, das der Atmosphäre entschwebt und die atomaren Angriffscodes zum Mars bringt. Ich habe Bill Clinton einen Brief geschrieben und ihm angeboten, der erste Mensch zu sein, der mit den Angriffscodes zum Mars fliegt und nicht mehr wiederkommt. Es hat mich viel Mut gekostet, das zu tun, wissen Sie, weil die Leute mich ja für verrückt halten könnten.«

»Hat Clinton Ihnen geantwortet?«, fragte ich.

»Noch nicht. Ich habe Boris Jelzin ein Kunstwerk geschickt, mit dem Titel ›*Die zwölf Apostel vom Planeten Mars*‹. Aber von ihm habe ich auch noch keine Antwort bekommen. Gelegentlich kann man wirklich den Mut verlieren. Dann komme ich hierher, für einen Lift-Off.«

Auf dem Band entfernte sich *Apollo 15* allmählich von der Erde. Wir saßen in dem blauweißen Schimmer von Ralph Curtis' Mondraum und hörten uns die mit winzigen Pieptönen punktierten Gespräche zwischen Houston und der Raumschiffbesatzung an. *Apollo 15* würde demnächst in die Erdumlaufbahn einschwenken. Ralph drückte die ›Schnellvorlauf‹-Taste. »Ich bitte um etwas Geduld«, sagte er. »Wir springen direkt zur Mondlandung.« Als er wieder auf ›Play‹ drückte, sagte die Stimme vom Kontrollzentrum gerade: »Sie sind jetzt auf fünftausend Fuß.«

Schnellvorlauf.

»... zwölfhundert ...«

Schnellvorlauf.

»... achtzig ... vierzig ... zwanzig ... fünfzehn ... zehn ... sechs ... drei ... Kontakt!«

»Wahnsinn!«, sagte Ralph.

Er saß eine Weile lang still da und genoss das Vergnügen, was immer es sein mochte, das ihm das Nachspielen dieser Reise zum Mond bescherte. Dann sammelte er die Bänder wieder ein, und während er sie verstaute, machte ich noch mal eine Runde durch die Wohnung. Die Räume waren kahler, als mir zuerst klar gewesen war. Es waren keinerlei Kleidungsstücke zu sehen, keine Küchenutensilien, keine Handtücher oder Toilettenartikel.

»Aber wo sind Ihre Sachen?«, fragte ich. »Wo schlafen Sie?«

»Ach, ich wohne hier nicht«, sagte er. »Ich habe kein Zuhause, keine feste Adresse. Das ist mir lieber so.«

»Sie machen Witze.«

»Nee. Ich wohne bei Freunden. Ich lasse meine Sachen in Koffern, die in verschiedenen Wohnungen stehen.« Er griff in seine Tasche und zog einen Schlüsselbund hervor, an dem eine Anzahl Schlüssel klapperten. »Ich habe die Schlüssel zu den Wohnungen von zehn Freunden. Das hier sind meine ›Hausschlüssel‹.«

Aus Ralph Curtis' Zimmern hätte man eine sehr komfortable Wohnung machen können. Ich erlaubte mir die Bemerkung, dass es mir schleierhaft sei, wie jemand, der es sich leisten konnte, in einem Palast am Canal Grande zu wohnen, es vorziehen konnte, stattdessen aus Koffern in anderer Leute Wohnungen zu leben.

»Ich mag keine Besitztümer«, sagte er. »Ich will nichts besitzen.«

»Aber Sie sind ein Eigentümer des Palazzo Barbaro.«

»Ich sehe mich lieber als der ›spirituelle Kustos‹ des Barbaro.«

»Inwiefern?«, fragte ich.

»Vierhundert Jahre lang hat die Familie Barbaro hier gewohnt. Sie waren Gelehrte, Philosophen, Diplomaten, alles mögliche – Sucher von Weisheit und Harmonie. Das ist das Erbe dieses Palasts, und es muss geschützt werden.«

»Wovor geschützt werden?«

»Nun, vor allem, was unangemessen ist, anstößig, entwürdigend. Eine Zeitlang haben wir das *piano nobile* für private Partys vermietet, in der Hoffnung, das wäre eine harmlose Art, Geld für die Kosten beizusteuern. Wir unterschrieben einen Vertrag mit Jim Sherwood, der den Klub ›21‹ in New York besitzt, und das Hotel Cipriani hier, für das Catering. Er hat sich in große Ausgaben gestürzt. Er kaufte eine

Menge Gerätschaften und richtete sogar eine regelrechte gewerbliche Küche ein, aber es wurde alles zu viel. Er kreierte ein Menü mit wirklich bedenklichen und protzigen Namen wie ›Tournedos Barbaro‹, und er ließ ein spezielles Service anfertigen, mit dem Wappen der Barbaro, einem roten Kreis auf einem weißen Hintergrund.

Ich habe zu Jim gesagt: ›Jim, weißt du eigentlich, wo dieses Wappen herkommt?‹ Er wusste es nicht. Ich sagte: ›Es stammt von einer Schlacht während der Kreuzzüge. Ein Barbaro-Befehlshaber hatte da nämlich einem sarazenischen Ungläubigen den Arm abgesäbelt und damit einen blutigen Kreis auf ein weißes Tuch geschmiert, das dann zum Schlachtbanner wurde.‹ Ich sagte: ›Das ist skandalös!‹ Er hatte achtzigtausend Dollar für die Gläser und das Geschirr ausgegeben, und ich zwang ihn, alles rauszuschmeißen. Ich sagte ihm: ›Du hast Glück, dass ich nicht alles kurz und klein geschlagen habe!‹ Und dann musste er auch die Küche wieder abreißen lassen. Jetzt hat sie eine bessere Verwendung gefunden. Das ist jetzt der Friedensraum.«

»Und das *piano nobile* steht zum Verkauf«, sagte ich.

»Ich würde es lieber nicht verkaufen. Ich würde es vorziehen, das *piano nobile* der National Gallery of Art zu vermachen, als symbolische Geste. Ich habe mal bei ihnen angefragt, aber sie haben abgewunken. Zu teuer im Unterhalt.«

»Aber es wird doch verkauft, oder nicht?«, fragte ich.

»Wahrscheinlich«, sagte er. »Pat ist nicht glücklich darüber. Sie hat meiner Schwester Lisa und mir einen Brief geschrieben, in dem sie uns vorwirft, wir würden das künstlerische und kulturelle Erbe der Familie *smembrare*, was wörtlich ›zergliedern‹ bedeutet. Sie hat den Brief auf Italienisch geschrieben. Sie ist durch und durch Italienerin, was mich manchmal ein bisschen irritiert. Ihre Hingabe für das Haus ist beinahe krankhaft.

Patricias Bild wurde im Barbaro gemalt, als sie etwa zwanzig war. Es wurde im Stil von Sargent und Boldini ausgeführt, und ich glaube, es hatte eine tiefe Wirkung auf sie. Es gab ihr das Gefühl, dass sie nicht nur dem Haus und der Familie gerecht werden musste, sondern auch dem Bild. Ich habe ihr gesagt: ›Es wird dich noch zerstören.‹«

Während wir unsere Jacken anzogen und hinaus in den Vorraum gingen, kehrte Ralph zu seinem Lieblingsthema zurück. »Wenn Sie wollen, lasse ich Ihnen Kopien der Briefe zukommen, die ich an die Staatsoberhäupter geschickt habe. Sie sind im Friedensraum archiviert.« Als wir die Innenhoftreppe halb hinuntergegangen waren, fiel mir plötzlich ein, dass er vergessen hatte, mir den Rest des *piano nobile* zu zeigen, aber ich sagte nichts.

»Ich kann Ihnen auch anderes Material schicken, aber nur wenn Sie wirklich interessiert sind. Ich habe die martianische Nationalhymne in kyrillischen Buchstaben aufgeschrieben.«

Wir trennten uns dort, wo wir uns begegnet waren, auf dem Campo Santo Stefano.

»Wissen Sie«, sagte er, »wer immer das *piano nobile* kauft, wird der neue spirituelle Kustos des Barbaro werden. Ich kann nur hoffen, dass es jemand sein wird, der begreift, was das bedeutet. Wir werden abwarten müssen, wie sich die Dinge entwickeln.«

Er blickte sich auf dem Campo um, als wolle er überprüfen, ob uns jemand belauschte. »Jedenfalls habe ich einen Plan«, sagte er. »Wenn die neuen Kustos es eine Zeitlang gehabt haben, wenn sie sich so richtig eingelebt haben, dann gehe ich hinüber und erzähle ihnen von dem Barbaro-Projekt. Man kann nie wissen.«

Einen Monat nach ihrer Abreise nach Malaysia schickte Patricia Curtis mir ein handgeschriebenes Fax, in dem sie schrieb, sie sei jetzt wieder in Venedig und würde mir gerne, wie versprochen, den Palazzo Barbaro zeigen.

Was ich in ihrer Abwesenheit über den bevorstehenden Verkauf des *piano nobile* erfahren hatte, warf ein ganz neues Licht auf den Palast und auf Patricia Curtis, und nicht nur für mich. Im Verlauf der Jahre war es Patricia gewesen, nicht ihr Bruder oder ihre Schwester, oder gar alle drei, die als Eigentümerin des Barbaro angesehen wurde. Sie war seine *castellana*, und in den Augen der Venezianer befand sie sich jetzt im Mittelpunkt eines traurigen Familiendramas. Der Verkauf des *piano nobile* wäre ihr Verlust, und ihr Verlust wäre nichts Geringeres als der Verlust des Barbaro selbst. Die Gemeinschaft nahm Anteil an ihrem Dilemma, doch in unterschiedlichem Maße. Es gab solche, die sagten: »Patricia muss um den Barbaro kämpfen! Was wäre sie ohne ihn?« und andere, die begriffen, dass ihre Leidenschaft für den Palast nichts mit Sorge um ihre gesellschaftliche Position zu tun hatte, sondern stattdessen einem tiefen Pflichtgefühl entsprang, das Erbe ihrer Familie zu erhalten, und die Kulturgeschichte, die es verkörperte.

Patricia begrüßte mich oben auf der Hoftreppe und führte mich in das *piano nobile.* Sie war herzlich und entspannt und wirkte in keiner Weise in die Enge getrieben.

Wie zuvor schon war sie in Weiß gekleidet, aber jetzt erkannte ich, dass Weiß für sie nicht ein gleichmäßiges Weiß war, sondern eher ein breites Spektrum von Weißtönen: Kremigweiß, Milchweiß, Leinenweiß, Knochenweiß, Taubenweiß – Bluse, Hose, Schuhe und Schmuck bildeten ein harmonisches Gemisch von Weißtönen, das zugleich beiläufig und seltsam befreiend wirkte. Weiß war ja schließlich die Kombination aller Farben des Lichts. Ihre übergroße weißgerandete Brille hob sich prägnant vor ihrem sonnenverbrannten Gesicht ab.

»Sie haben mit meinem Bruder gesprochen, wie ich höre«, sagte sie.

»Ja«, erwiderte ich, in der Hoffnung, sie würde es nicht als Vertrauensbruch auffassen.

»Schon in Ordnung«, sagte sie, womit sie in bloß drei Worten alles bestätigte, was ich über ihre verzweifelten Versuche, am Palast festzuhalten, gehört hatte, und mich gleichzeitig wissen ließ, dass es ihr mittlerweile gleichgültig war, was ihr Bruder mir erzählt hatte. Sie wandte sich um und ging voraus hinein in einen Raum mit einem lackierten chinesischen Schrägklappensekretär und einem Blick auf den Hof.

»Dies ist der Frühstücksraum«, sagte sie, »den wir den Henry-James-Raum nennen, weil Henry James an diesem Tisch da immer geschrieben hat.«

Im Vorwort zu einem seiner Bücher hatte Henry James diesen Raum beschrieben: »Eine pompöse Tiepolo-Decke und Wände aus uraltem, blassgrünem Damast, leicht zerrissen und geflickt.« Die Wände schienen mit demselben zerschlissenen Damast bedeckt zu sein, aber bei der Decke muss James sich geirrt haben.

»Er hat das da gesehen«, sagte Patricia mit einem Blick zu einer himmlischen Szene, die auf die Decke gemalt war. »Es ist nur eine Kopie des Freskos, das Giambattista Tiepolo dort im achtzehnten Jahrhundert gemalt hat. Das Original wurde abgeschält und verkauft, lange bevor meine Großgroßeltern überhaupt in den Barbaro einzogen. Es befindet sich jetzt in New York, im Metropolitain Museum.«

Ihr amerikanisch getöntes Englisch hatte einen europäischen Einschlag. Das Wort ›Barbaro‹ sprach sie im italienischen Stil aus, mit leicht rollenden R's.

Wir gingen in den Speisesaal und über einen Terrazzo-Boden, der ein mit Perlmutt eingelegtes Blumenmosaik hatte. An der Wand hing in einem schweren, vergoldeten Rahmen das lebensgroße Bildnis einer jungen Frau in einem silbrigrosafarbenen schulterfreien Abendkleid.

»Das ist Sargents Bild von meiner Großmutter«, sagte sie. Lisa Colt Curtis war Erbin des Vermögens des Feuerwaffenherstellers Colt. Sargent hatte sie gemalt, wie sie sich mit den Händen leicht am Tisch hinter ihr abstützt, eine Pose, die erstaunlich stark an sein umstrittenes und deutlich weniger sprödes Bildnis von Madame X erinnerte.

Wir gingen in den langen *portego*. Am andern Ende strömte Licht durch die vier hohen gotischen Fenster und ließ die Gemälde und die Stuckverzierung an den Wänden erglühen. Bei den Fenstern, die auf Balkons über den Canal Grande gingen, bogen wir nach links in ein kleines Wohnzimmer mit einem Kamin und Wänden aus einem warmen roten Damast, der ebenso zerrissen und geflickt war wie der grüne Damast in dem Raum, wo Henry James gearbeitet hatte. Die Möbel, die Gemälde und ihre Blattgoldrahmen hatten alle die Patina von zwei Jahrhunderten oder mehr. Ein Schreibtisch mit einer eleganten elfenbeinernen Einlegearbeit aus Ranken und Vögeln war an den Rändern abgenutzt, glatt gerieben und poliert durch generationenlangen Gebrauch. Geschnitzte Bücherregale waren mit alten Bänden gefüllt. Ein Rudel Porzellanlöwen wanderte über den marmornen Kaminsims, über ihnen ein cremigweißes Basrelief, das eine Schar Kinder und Musikanten mit Flöten und Tamburinen darstellte.

»Dies ist der *salotto rosso*«, sagte sie. »Wir nennen es auch das Browning-Zimmer. Hier hat Robert Browning seine Gedichte vorgelesen. Wenn Browning in Venedig war, sahen sich er und mein Urgroßvater Daniel Curtis beinahe jeden

Tag, manchmal zweimal am Tag, drei oder vier Stunden am Stück. Sie unternahmen ausgedehnte Spaziergänge am Lido, auf denen Browning die ganze Zeit redete. Sowie mein Urgroßvater nach Hause kam, setzte er sich hin und machte sich Notizen über das, was Browning gesagt hatte, solange er es noch frisch in Erinnerung hatte.«

Daniel Curtis' Tagebuch lag jetzt als Schenkung in der Marciana-Bibliothek, und in den vergangenen Wochen hatte ich Teile davon gelesen. Er hatte umfangreiche Notizen von seinen Gesprächen mit Browning gemacht, möglicherweise mit der Absicht, einmal ein Buch über ihn zu schreiben, was allerdings nie geschah. Browning redete ebenso über Bedeutendes wie Belangloses. »Ich erhebe mich stets um 6.30 Uhr«, erzählte er Curtis, »und kleide mich beim Lichte einer kräftigen Gaslampe an. Ich benötige anderthalb Stunden für meine Toilette und beziehe eine gute Menge körperliche Betätigung daraus. Ich ziehe meine Strümpfe im Stehen an, in uno pede stans. Um 8 frühstücke ich, und um 9 gehe ich in mein Arbeitszimmer.«

Seine letzte öffentliche Lesung für die Curtis und fünfundzwanzig Gäste gab Browning im *salotto rosso* am 19. November 1889, einen Monat vor seinem Tod. Er las aus *Asolando*, einem neuen Gedichtband, der in Kürze erscheinen sollte. Die Einträge, die Daniel Curtis in den folgenden Tagen in sein Tagebuch schrieb, stellen eine Chronik der letzten Tage des Dichters dar. Browning wohnte im Palazzo Rezzonico, einem riesigen Barockpalast auf der anderen Seite des Canal Grande, damals im Besitz seines Sohnes, Pen Browning:

1. Dezember ... die ganze Woche lang ging es Mr. Browning nicht gut und er ging nicht zum Lido ... aß auswärts und ging zur Oper, hatte blaue Pille genommen, Diät reduziert und kein Wein.

3. Dezember ... Mr. Browning geht es besser: und weiterhin Verbesserung bezgl. Bronchitis und Atmen, aber ohne Kraft, unbehaglich und zeitweilig in Gedanken verloren.

8. Dezember ... [Brownings Arzt sagt, er leidet an] »Muskelschwäche der Blase« – keine Krankheit, keine Schmerzen, aber Schwäche, was uns Sorgen macht wg. seines Alters.

9. Dezember ... Ging zu Pal[azzo] Rezzonico – [Pen Browning] sagt, sein Vater sei sehr schwach und Herztätigkeit schwach. Er hatte aufstehen und herumlaufen wollen, wollte auch lesen – es wurde ihm alles verboten. Hat zu seinem Sohn gesagt: »Das überlebe ich nicht.«

11. Dezember ... Der englische Diener sagte, sie haben die ganze Nacht durchgewacht und mit dem Schlimmsten gerechnet! Dr. Munich kam vorbei. Puls 160 zu 130.

12. Dezember ... Heute Morgen sprach Fernando mit [Pen Browning] – sagte, die Ärzte hätten die Hoffnung aufgegeben! 18.00 Mein Sohn ist gerade zurück vom Palazzo Rezzonico – Mr. Browning anscheinend erholt und sagte zu seinem Sohn: »Ich fühle mich sehr viel besser und würde gerne aufstehen und herumlaufen, aber ich weiß, dass ich zu schwach bin.« Er hatte keinerlei Schmerzen. Aber um 20.30 kam eine Mitteilung von Miss Barclay (wohnt mit im Haus): »Unser lieber Mr. Browning scheidet gerade dahin. Er atmet noch – mehr nicht.« Und sie bitten meinen Sohn, das Notwendige zu tun, um eine Maske von Mr. Brownings Schädel und Händen machen zu lassen, was sein Sohn als eine Pflicht empfindet, die er der Öffentlichkeit schuldet. Pen sagte, dass ... ein Telegram aus London vorgelesen worden sei, in dem von der großen Nachfrage für seinen neuen Band berichtet wird, der heute erscheint, [und Browning] sagte: »Also, das nenne ich eine gute Nachricht! Ich bin sehr dankbar.« Und so, nach wenigen Stunden, scheidet er dahin – in diesem Italien, dessen Name, sagte er, ihm ins Herz geschrieben war ...

Wie Pen Browning es wünschte, sorgte Ralph Curtis – Großvater von Patricia und dem heutigen Ralph Curtis – dafür, dass von Schädel und Händen des Dichters Abgüsse gemacht wurden, und er fand jemanden, der Fotografien von seinem aufgebahrten Leichnam machte. Währenddessen sammelte Daniel Curtis Lorbeerzweige aus dem Blumengarten der Curtis an der Giudecca, und Ariana flocht aus ihnen einen Lorbeerkranz, der auf den Sarg über Brownings Kopf gelegt wurde.

»Und jetzt gehen wir in den *salone«,* sagte Patricia, als wir das intime, höhlenartige Browning-Zimmer verließen und den weit ausladenden, prachtvollen Ballsaal betraten. Ein üppiger Rokoko-Zuckerguss aus Blättern, Girlanden und Putten aus Stuck umrahmten riesige Gemälde von Sebastiano Ricci und Piazzetta, zwei Meister des achtzehnten Jahrhunderts. Henry James hatte diesen Raum als Hauptstück seiner denkwürdigen Beschreibung des ›Palazzo Leporelli‹ in *Die Flügel der Taube* verwendet. Es war Milly Theales gemietete Festung, das »Heim, von dem man wirklich glauben kann, man habe sich dort endgültig niedergelassen«, das sie einschließen und vor Schlimmem beschützen würde:

... noch nie hatte sie so wie heute morgen gespürt, wie sie hineinsank in das Gefühl des Besitzens; sie war froh und dankbar, dass die Wärme des südlichen Sommers noch immer die hohen, überladenen Räume, die palastartigen Gemächer erfüllte, in denen harte, kühle Fußböden, von jeher gewachst und poliert, das Licht reflektierten, und wo die Sonnenstrahlen vom leicht bewegten Meer her zuckend durch offene Fenster drangen und spielerisch über die gemalten »Sujets« an den herrlichen Decken huschten – purpurne und braune Medaillons in einer schönen, alten, melancholischen Farbe, Medaillen, die aussahen, als seien sie aus rotem Gold, bossiert und bändergeschmückt, alle vom Alter getönt und reich ornamentiert, mit muschelförmigen Rändern, über und über vergoldet und eingebettet in ihre große konkave und plastisch gearbeitete Wölbung voller Gestalten (einem Nest weißer Cherubs, freundlicher Geschöpfe der Luft); das alles wurde noch betont durch eine zweite Reihe kleinerer Fenster, gerader Öffnungen nach vorn hinaus, die alles nur Mögliche dazu beitrugen, aus dem Ort ein Staatsappartement zu machen ...

Diese für James so typische Passage ist heute der Inbegriff der literarischen Darstellung jahrhundertealter, geschichtsträchtiger venezianischer Interieurs.

Dies war auch der Raum, wo, im Jahre 1898, Sargent *An Interior in Venice* gemalt hatte, sein bezauberndes Gruppenbild der vier Curtis – Daniel, Arina, Ralph und Lisa – vier sonnenbeschienene Gestalten in einem prachtvollen, dämmrigen Saal. Mit wenigen energischen Pinselstrichen hatte Sargent den Geist des Ortes ebenso wirksam eingefangen, wie Henry James es in einem Absatz gut gewählter Worte getan hatte.

Ursprünglich hatte Sargent das Gemälde Ariana Curtis als Geschenk angeboten, als Anerkennung für ihre Gastfreundschaft. Doch Ariana fand, sie sah zu alt darauf aus, und sie hatte etwas gegen die beiläufige Pose ihres Sohnes im Hintergrund, der eine Hand in die Hüfte gestemmt hatte, während er halb an einem vergoldeten Tisch lehnte, halb darauf saß. Und so wies sie das Geschenk zurück. Henry James schrieb ihr einen Brief, in dem er sie anflehte, es sich doch anders zu überlegen. »Das Barbaro-Salon-Ding ... fand ich absolut wunderbar. Ich kann mich des Gedankens nicht erwehren, dass Sie einen leicht irrigen Eindruck von der Wirkung Ihres (Ihres, liebe Mrs. Curtis) dargestellten Hauptes und Gesichts haben ... Ich habe wenige Dinge von S[argent] gesehen, die ich dringender habe besitzen wollen! Ich hoffe, Sie haben es nicht ganz fortgegeben.«

Aber das hatte sie. Und so legte Sargent es als sein Diplombild bei der Royal Academy in London vor, wo es seitdem hängt. Das Sinnige ist, dass *An Interior in Venice* inzwischen als eines von Sargents kleinen Meisterwerken gilt, und seine Wertsteigerung hat mit der des gesamten *piano nobile* des Palazzo Barbaro Schritt gehalten, wenn nicht sogar sie überflügelt. Hätte Mrs. Curtis es doch nur angenommen ...

Ariana Curtis' gesellschaftliche Pingeligkeit war ein bekanntes Phänomen und gab gelegentlich Anlass zu Bemerkungen. Nachdem Claude und Alice Monet sie 1908 zum Tee im Barbaro besucht hatten, bemerkte Alice Monet in einem Brief: »Der Tee verlief besser, als ich es mir vorgestellt hätte, trotz der Allüren der Hausherrin.« Matilda Gay, die Ehefrau eines anderen Malers, Walter Gay, schrieb über Ariana, dass »sie ein Wunder ist, diese kluge und kaltblütige alte Dame von 80«. Die Curtis waren besonders stolz auf ihre zahlreichen Besucher mit Adelstitel. Jede Menge Grafen und Gräfinnen. Don Carlos, der spanische Thronanwärter, war ein häufiger Gast, wie auch Olga von Montenegro und Kaiserin Friedrich von Deutschland (die Tochter Königin Victorias). Die Königin von Schweden kam mit ihrer Tochter, der Kronprinzessin, zum Tee.

Aber es stand nie in Zweifel, dass die Curtis aufrichtig waren in ihrer Wertschätzung für Malerei und Literatur. Ihre Dinnerpartys wurden um kulturelle Ereignisse herum gestaltet: Dichterlesungen, Konzerte, Theateraufführungen, Kunstausstellungen und *tableaux vivants*, für die sich Gäste wie die Figuren aus berühmten Gemälden von Tizian, Romney, Vandyke, Watteau und anderen kostümierten und in entsprechenden Posen gruppierten.

Ariana Curtis hatte selbst einmal den Ehrgeiz gehabt, Schriftstellerin zu werden. Zwei ihrer Schwestern waren publizierte Autorinnen: Elizabeth W. Latimer schrieb historische Monographien und Romane, und Katharine Prescott war bekannt für ihre Übersetzungen von Balzacs Romanen ins Englische.

Ariana ihrerseits versuchte sich am Stückeschreiben. 1868, bevor sie nach Venedig zog, schrieb sie einen Einakter mit dem Titel *The Spirit of Seventy-Six; or, The Coming Woman.* Es war eine Salonkomödie über Frauenrechte, die sich in Boston dreißig Jahre lang großer Beliebtheit erfreute.

Trotz der Intellektuellen in ihrem Kreis wirkten die Curtis' auf manche Leute etwas provinziell und engstirnig. Henry James, der die Curtis' bewunderte und sie als gute Freunde betrachtete, sagte über Daniel Curtis, dass er allzu oft Vergleiche zwischen Venedig und Boston anstelle und dass er »sein Bestes tue, den Canal Grande wie Beacon Street erscheinen zu lassen«. James hatte Daniel Curtis' langweilige Geschichten und schlechte Witze irgendwann satt. »Man kalkuliert, wie lange es wohl dauert, bis man sich durch seine Anekdoten hindurchgearbeitet hat und auf der anderen Seite wieder zum Vorschein kommt«, schrieb James in einem Brief. »Vielleicht gelingt einem das nie.« Während ich in der Marciana in Curtis' Tagebuch blätterte, stieß ich auf mehrere von Daniels geistreichen Bemerkungen, auf die Henry James' Einschätzung durchaus zutraf.

Patricia fiel auf, dass ich zu dem großen Bild an der Decke des *salone* hochblickte.

»So unglaublich es klingt«, sagte sie, »aber eine der ehemaligen Eigentümerinnen hat dieses Bild mit Teer bedecken lassen, weil sie nicht ständig von den Gesichtern da oben angestarrt werden wollte. Als meine Urgroßeltern einzogen, ließen sie ein Gerüst aufbauen und den Teer wieder entfernen. Jahre davor hatte es auch Pläne gegeben, den gesamten Stuck von den Wänden zu lösen und zum Victoria and Albert Museum zu schaffen, aber sie konnten ihn nicht abkriegen, ohne ihn zu zerstören.«

In der Mitte des Saales war ein Tisch zum Tee gedeckt. Wir setzten uns daneben in Lehnstühle. Während ich mich in dem Raum umblickte, versuchte ich mir vorzustellen, wie es wäre, in so einer Umgebung aufzuwachsen.

»Es war wie im Märchen«, sagte Patricia. »Als wir Kinder waren, wurden wir in der Gondel zur Schule gebracht. Es waren immer zwei Gondolieri in Bereitschaft, unten in der *stanza die gondolieri*, einem kleinen Raum, neben dem Hof. Sie trugen rot-weiß gestreifte T-Shirts, weiße Jacken, um den Hals ein braunes Halstuch, weiße Hose mit einer braunen Schärpe und ein braunes Armband mit einem silbernen Curtis-Familienwappen.

Jeden Morgen zu einer bestimmten Zeit kleideten sie die Gondel an. Das bedeutete, sie mussten das Messing putzen und die Polster und die Kissen auslegen, die weiß und braun waren, die Barbaro-Farben. Wenn mein Vater ausgehen wollte, dann ließ er oben einen Gong ertönen, um die Gondolieri zu warnen, dass in Kürze ihre Dienste benötigt würden. Abends entkleideten sie die Gondel wieder, wenn sie die Nachricht erhalten hatten, dass man sie nicht mehr benötigen würde.«

Das Leben im Barbaro, als Patricia Curtis dort aufwuchs, war nicht typisch für das Leben anderswo in Venedig zu jener Zeit, nicht einmal in anderen Palästen. »Das war in den 50ern«, sagte Patricia. »Und zu der Zeit benutzten kaum mehr als ein Dutzend venezianische Familien Gondeln: die Cibis, die De Cazes, die Berlinghieris, die Volpis und Peggy Guggenheim.«

Der Barbaro aus Patricias Kindheit war von einem Dutzend oder mehr Dienern bevölkert. Neben den Gondolieri gab es zwei Butler, einen Majordomus, einen Koch, einen

Küchengehilfen, zwei Dienstmädchen, eine Kinderfrau, ein Faktotum und eine Wäscherin. Die Dienstmädchen trugen schwarzweiße Uniformen und Schuhe, die *friulane* genannt wurden, eine Art Espadrilles, die kein Geräusch machten, wenn Dienstmädchen sich im Palast umher bewegten.

»Die Diener waren meinen Eltern vollkommen ergeben«, sagte sie. »Rosa bestand immer darauf, auf meine Mutter und meinen Vater zu warten, wenn sie abends auswärts aßen. Sie behielt die Hausschlüssel ein, mit der Ausrede, dass sie viel zu groß und schwer seien für die Smokingjackentasche eines Gentleman. Und wenn meine Eltern nach Hause kamen, bestand sie darauf, ihnen heiße Limonade zu servieren.

Während des Zweiten Weltkrieges haben die Italiener den Barbaro beschlagnahmt, weil es ›feindseligen Ausländern‹ verboten sei, dort zu wohnen. Doch Rosa und Angelo blieben im Palast und kümmerten sich treu um ihn. Wir waren gerade in Paris, als der Krieg ausbrach, und mein Vater beschloss, uns gleich nach New York zu bringen. Wir wussten nicht, ob wir den Barbaro jemals wiedersehen würden. Es kamen Leute vom venezianischen Denkmalschutzamt, verstauten die Kunst in Kisten und brachten sie zum Dogenpalast, wo sie in Sicherheit war. Das *piano nobile* wurde zum Hauptquartier des japanischen Miltärattachés, der die Wände des Esszimmers mit gerahmten Fotografien von japanischen Kriegsflugzeugen im Kampfeinsatz vollhängte. Aber das Silber und andere Wertgegenstände haben sie zum Glück nicht in die Finger gekriegt, was wir Rosa zu verdanken haben, die sie geschickt versteckt hat. Und Angelo hat den Eingang zur Bibliothek im obersten Stock derart überzeugend getarnt, dass die Leute, die während des Krieges den Barbaro bewohnten, von der Existenz des Raumes nie etwas ahnten.

Als meine Eltern nach dem Krieg nach Venedig zurückkehrten, führte Rosa sie stolz durch den Palast, um ihnen zu zeigen, dass alles wieder in den Vorkriegszustand umgewandelt worden war. Sie hatte sogar die Fotografien von den japanischen Kriegsflugzeugen von den Wänden des Esszimmers genommen und irgendwo verstaut.«

Wir verließen den Ballsaal durch eine Reihe von Durchgängen und betraten die große Schlafzimmersuite an der Ecke. Dies waren die fürstlichen Gemächer, majestätisch in Proportionen und Aussicht: zwei hohe Fenster mit Balkon zum Canal Grande; Seitenfenster, die auf einen schmalen Rio an der Seite des Palastes blickten; mit Brokat bezogene Wände und Mobiliar aus der Zeit der Barbaros.

Bevor ich ging, führte Patricia mich durch ihre eigene Wohnung ein Stockwerk darüber – die Wohnung, die immer noch ihr gehören würde, selbst wenn das *piano nobile* verkauft war. Sie hatte denselben Grundriss wie das *piano nobile*, abzüglich des Ballsaals, wodurch sie eine breite, sonnige zentrale Halle hatte, mit geräumigen Zimmern zu beiden Seiten und insgesamt acht Fenstern zum Canal Grande. Die Decken waren niedriger, die Wände waren mit einfachen, doch eleganten Gesimsen verziert, und doch war dies immer noch, auch nach venezianischen Maßstäben, eine vorzügliche Wohnung.

Als wir gerade eines der Gästezimmer betraten, merkte ich, dass Patricia auf meine Reaktion wartete, jetzt mehr als zuvor. Und sofort erkannte ich, warum.

An der Wand vor uns hing das lebensgroße Gemälde einer jungen Frau in einem schulterfreien weißen Gewand. Was mir zuallererst auffiel, war ihre Pose. Sie war beinahe identisch mit der überschwänglichen Pose von Isabella Stewart Gardner in dem berühmten Gemälde von ihr, das im Barbaro von Anders Zorn gemalt worden war: die Arme seitlich ausgestreckt, als sie eine Doppeltür aufstößt und von einem der Balkone am Canal Grande in den *salone* hereingerauscht kommt. Die Pinselführung des Gemäldes erinnerte an Sargents Stil. Ich war mir ziemlich sicher, dass dies das Gemälde war, das Ralph erwähnt hatte.

»Sind Sie das?«, fragte ich.

»Ja. Ich trug mein Debütantinnenkleid.«

»Und wer hat es gemalt?«

»Ein Mann namens Charles Merrill Mount«, sagte sie. »Kennen Sie ihn?«

Charles Merrill Mount war ein Name, den ich tatsächlich kannte. Jahrelang war er ein prominenter Sargent-Kenner gewesen. Er hatte eine Biographie über Sargent geschrieben, und für die Authentifizierung von Gemälden, die man für Sargents hielt, wurde er oft um sein fachmännisches Urteil gefragt – bis man entdeckte, dass er Sargents für echt erklärte, die er selbst gemalt hatte.

»Meinen Sie den Charles Merrill Mount, der ins Gefängnis kam?«, fragte ich.

»Ja.«

Ich sagte, ich fände es schon ziemlich beeindruckend, sich von einem Meisterfälscher von Sargents Bildern malen zu lassen, basierend auf einem Bild von Andres Zorn, das am selben Ort gemalt wurde, an dem Zorn sein Original gemalt hatte. Während ich das Bild betrachtete, fand ich, dass Charles Merrill Mount Patricia in mehr als einem Sinn eingefangen hatte. Er hatte sie in die künstlerische Geschichte des Hauses hereingezogen, zurück ins späte neunzehnte Jahrhundert, in die Ära von Sargent, Henry James und Isabella Stewart Gardner. Ich konnte nur ahnen, wie stark sie sich durch dieses Bild mit jener glorreichen Vergangenheit identifizierte – und ob das weiße Kleid irgendwas damit zu tun hatte, dass sie jetzt immer Weiß trug.

»Es gibt noch ein Zimmer auf diesem Stock, das Sie interessieren könnte«, sagte sie.

Sie öffnete die Tür zu einem langen, schmalen Raum mit einer niedrigen gewölbten Decke. Die Wände waren von Bücherschränken gesäumt, und zwischen ihnen strömte von drei Seiten die Sonne herein und ergoss sich in bernsteinfarbenen Tümpeln auf den Terrazzo-Boden. Diese Bibliothek, die viel älter und bei weitem schmuckvoller war als ihre restliche Wohnung, war wie eine Scheibe, die aus dem *piano nobile* herausgeschnitten und zur sicheren Aufbewahrung hier heraufgebracht worden war. Dies war der Raum, den der Diener Angelo während des Zweiten Weltkrieges versiegelt hatte, so dass niemand, der im Palast wohnte, von seiner Existenz wusste. Es war ein Juwel von einem Raum, und er wäre immer noch ihrer, selbst wenn das *piano nobile* es nicht mehr war. Kein Zwei-zu-eins-Votum konnte ihn ihr wegnehmen.

»Eines Sommers«, erzählte sie, »als Isabella Stewart Gardner den Palast von meinen Urgroßeltern mietete, hatte sie das Haus voller Gäste, unter ihnen auch Henry James, und sie hatte nicht mehr genug Gästezimmer. Also ließ sie für James ein Extrabett hier oben aufstellen. Er fand es herrlich, die Stuckaturen und die Gemälde an der Decke über sich zu betrachten, und er schrieb meiner Urgroßmutter einen Brief, um ihr zu sagen, was sie, als Besitzerin des Palasts, verpasst habe, falls sie selbst nie in diesem Raum geschlafen habe.«

Patricia nahm ein Blatt Papier aus einem Buch und las: »›Haben Sie jemals hier logiert? Wenn nicht, wenn Sie nicht von Ihrem Sofa hochgeblickt haben, im rosigen Licht der Morgendämmerung, oder während der postprandialen (also nachmittäglichen) Siesta, auf die Medaillons und Arabesken der Decke, dann – gestatten Sie mir, dass ich es sage – kennen Sie den Barbaro nicht.‹«

Sie steckte den Brief wieder ins Buch zurück.

»Als ich vierzehn war, rief mein Vater uns hier herauf, nachdem das Schuljahr vorbei war – er saß an dem Schreibtisch da drüben – und verteilte die Bücher an uns, die wir während des Sommers lesen sollten. Mir gab er *Die Flügel der Taube*.«

»Sie waren vierzehn.«

»Zugegeben, ich fand es schwierig, aber jetzt, wo ich es gelesen habe, verstehe ich, warum für manche der Barbaro, egal wer ihn besitzt, immer Milly Theale gehören wird. Tatsächlich«, sagte sie, als wir wieder hinuntergingen, »wird Milly Theale in ein paar Monaten zurückkehren.«

»Wie das?«, fragte ich.

»Demnächst wird eine englische Filmgesellschaft hier *Die Flügel der Taube* drehen.«

Die Stimmigkeit dieses Umstands schien Patricia wieder aufzumuntern. Schon mindestens ein Dutzend Mal hatten die Curtis den Barbaro für Dreharbeiten zur Verfügung gestellt, und dabei ging es um Szenen von Filmen, die inhaltlich nichts mit dem Barbaro zu tun hatten. Es schien nur angemessen, dass dieser, der so viel mit dem Barbaro und den Curtis zu tun hatte, der letzte wäre, der hier unter der Eigentümerschaft der Familie Curtis gedreht wurde.

Ich erinnerte mich an eine Dialogpassage in dem Buch, die dem ganzen eine besonders ergreifende Wendung gab, und ich fragte mich, ob Patricia vielleicht dieselbe Assoziation hatte wie ich: Milly ist in den ›Palazzo Leporelli‹ eingezogen und hat sich in ihn verliebt. Sie klammert sich daran und will nie wieder fort. Sie sagt zu Lord Mark: »Ich wandele hier umher. Ich werde nicht müde davon. Ich sollte es auch nie – er passt so zu mir. Ich bete diesen Ort an ... Ich will ihn auf keinen Fall aufgeben.«

»... Würden Sie hier also wirklich leben wollen?«

»Ich glaube, ich würde hier«, sagte die arme Milly nach kurzem Zögern, »sterben wollen.«

»Ich habe viele Schauspieler, viele Regisseure, viele Filmteams in dieses Haus kommen und Filme drehen sehen«, sagte Daniel Curtis, Patricias Sohn und Namensvetter und Ururenkel des Daniel Sargent Curtis, der im Jahr 1885 Palazzo Barbaro kaufte, »und jedes Mal hatte ich so ein bisschen das Gefühl, dass unser Vertrauen nicht direkt missbraucht, aber doch ziemlich enttäuscht wurde.«
Ich war Daniel Curtis zum ersten Mal außerhalb des Barbaro begegnet, während der Dreharbeiten zu *Die Flügel der Taube.* Er war um die Vierzig, groß gewachsen, hager, mit einem Schopf dunkler Locken, und war ausnehmend charmant und gut aussehend, wofür er in Venedig stadtbekannt geworden war.

»Entweder ist es ein Stück Klebeband auf dem Terrazzo – man weiß, wenn sie es später wegreißen, dann bleibt alles dran kleben, und dann sind wieder zwanzig Jahre mit Wachs nötig, damit es so aussieht wie vorher – oder es ist etwas noch Katastrophaleres, wie letztes Jahr geschehen, als hier eine Szene für *In Love and War* gedreht wurde. Ein Techniker ging mit einer Leiter über der Schulter in den *salone* und rammte das Ende in einen Kronleuchter aus dem achtzehnten Jahrhundert. Dann, als er das Krachen hörte, drehte er sich um, um zu sehen, was er für einen Schaden angerichtet hatte, und knallte mit der Leiter in einen zweiten Kronleuchter. Ich sage Ihnen ganz ehrlich, wenn so etwas passiert, dann ist das für mich wie eine Vergewaltigung des Hauses.«

Die Besetzung und das Filmteam von *Die Flügel der Taube* kamen zum Palazzo Barbaro, drehten ihren Film und gingen wieder. Schaulustige sahen von der Accademia-Brücke und dem Campo San Vio aus fasziniert zu, wie zwei Nebelmaschinen auf Booten, die im Canal Grande festgemacht waren, einen sonnigen Tag in einen regnerischen Winternachmittag verwandelten und wie ein kleiner Derrickkran, der auf einem Kahn montiert war, einen Kamermann hoch in die Lüfte hob, damit dieser eine Szene filmen konnte, in der Milly Theale und Kate Croy (gespielt von Alison Elliott und Helena Bonham Carter) von einem Balkon am *piano nobile* herunterblicken. Der Chefkameramann verwendete Sepiafilter, um den in Venedig gedrehten Szenen einen warmen goldenen Glanz zu geben, im Kontrast zu den Londoner Szenen, die in einem kalten, blauen Licht gedreht wurden. Im Innern des Barbaro drapierten die Ausstatter Ballen von dunklem, mit Goldfäden durchwirktem Samt über die Möbel, um die Chiaroscuro-Wirkung eines Sargent-Gemäldes zu erzeugen. Während der zweimonatigen Dreharbeiten richtete die Filmcrew im Barbaro nicht mehr Schaden an, als durch den üblichen Verschleiß entstanden wäre, und dem Film eilte die Kunde voraus, er sei sehr gut.

Nach Beendigung der Dreharbeiten stapften ein weiteres Mal Kaufinteressenten durch den Palast und taxierten das *piano nobile.* Jim Sherwood war einer von ihnen. Abgesehen davon, dass ihm das ›21‹ und das Cipriani gehörte, war Sherwood der Eigentümer eines Luxusimperiums, zu dem der Orient-Express und eine weltweite Kette von dreißig Luxushotels gehörten. Die von Sherwood ausgerichteten Dinners im Barbaro waren längst Vergangenheit, als er einen Anruf von Patricia erhielt.

»Patricia fragte mich, ob ich vielleicht interessiert sei, das *piano nobile* zu kaufen«, erzählte mir Sherwood eines Nachmittags, als wir auf der Terrasse des Cipriani saßen. »Ich wollte hinübergehen und es mir genauer ansehen, aber sie war gerade auf Reisen, und so musste ich stattdessen Ralph bitten, es mir zu zeigen. Patricia hatte mich gewarnt, dass er gegen die Idee war. Ich bekam einen Brief von ihm mit einem Formular, das ich mit einem Abdruck meines rechten großen Zehs unterschreiben sollte. Der Absender lautete ›Kontrollzentrum Raumschiff Barbaro‹. Ich ignorierte ihn, und ein paar Tage später kam ein zweiter Brief in einem blutverschmierten Umschlag. Die Mitteilung lautete sinngemäß: ›Nun, selbst wenn Sie uns keinen Abdruck Ihres Zehs geliefert haben, können Sie vorbeikommen und sich das Objekt ansehen.‹ Als wir uns dann trafen, war er durchaus freundlich.

Ich hatte die Idee gehabt, das *piano nobile* zu Wohnungen umzubauen und sie als ›Eine Nacht in einem venezianischen Palast am Canal Grande‹ anzubieten. Es wäre die einzige Unterkunft ihrer Art in Venedig. Ich gab eine Studie in Auftrag und stellte fest, dass wir sechs Wohnungen draus machen konnten, aber angesichts des Verkaufspreises und der ungeheuren Kosten für Restauration und Instandsetzung kam ich zu dem Schluss, dass es sich nicht rechnen würde.«

Schließlich zeigte sich ein Käufer in der Person von Ivano Beggio, Eigentümer von Aprilia, dem zweitgrößten Motorradhersteller Europas. »Ivano Beggio ist der neue spirituelle Kustos des Palazzo Barbaro«, krähte Ralph Curtis. Patricia war deprimiert. Daniel war wütend.

Nachdem das Geschäft mit Beggio abgeschlossen war, begegnete ich Daniel wieder, als er mit seiner Freundin über die Accademia-Brücke ging. Er lud mich zu einem Glas Wein in seiner Wohnung im Barbaro ein.

Die Wohnung, hoch oben in der barocken Seite des Palastes, hatte Fenster, die über die ganze Länge der Westmauer verliefen und die eine helle, warme Nachmittagssonne hereinließen. Daniel goß zwei Gläser Weißwein ein, während seine Freundin sich einen Tee machte.

»Ich sage Ihnen«, vertraute er mir an, »ich habe mich so was von schlecht gefühlt, als das *piano nobile* verkauft wurde. Weil ich in diesem Haus aufgewachsen bin. Damals hatten wir noch Gondolieri und mein Großvater lebte noch. Manchmal träume ich von der Liebe und der Zärtlichkeit, die ich von meinem Großvater bekam, als ich sechs, sieben, acht Jahre alt war. Ich spüre sie noch in mir, genau wie den Duft von Whisky, der immer dabei war, während er mir bezaubernde Gutenachtgeschichten von Fischern und Matrosen erzählte.«

Daniel sprach fließendes Englisch mit einem schweren Akzent. Sein Vater, ein Venezianer namens Gianni Pelligrini, war Patricia Curtis' erster Mann; sie ließen sich scheiden, als Daniel vier war. Daniel benutzte oft den Familiennamen Curtis.

»Als Teenager lag ich immer auf dem Boden des *salone* und sah mir die Stuckfiguren an der Decke an, die *stucchi*. Wenn ich lange genug hinsah, kamen Gesichter und Masken zum Vorschein, manchmal hässliche, manchmal lächelnde, aber sie waren immer irgendwie grotesk und erschienen immer in derselben Ecke, besonders dann, wenn sich das Licht veränderte, denn der *salone* war ein sehr heller Raum.

Aber das Beste war, als ich achtzehn war, da hatte ich den Palast ganz für mich alleine. Mein Stiefvater war sehr damit beschäftigt, ein neues Unternehmen in Malaysia zu gründen, und so musste meine Mutter oft hin, und wenn sie weg war, hatte ich sturmfreie Bude. Die Dienstmädchen kochten für mich, und unten wohnte ein Majordomus, der ständig betrunken war. Er hieß Giovanni und hatte ein riesiges Weinlager unterm Bett. Wie Sie sich vorstellen können, war ich ziemlich beliebt bei den Mädchen, die natürlich das große Haus toll fanden, und in der Zeit wurde ich so etwas wie ein Playboy.«

Ebenso, wie die Venezianer seine Mutter als die Eigentümerin des Barbaro betrachteten, galt Daniel Curtis als ihr sicherer Nachfolger. Bis zu einem gewissen Grade teilte er diese Ansicht.

»Das Haus zu verkaufen – das *piano nobile* zu verkaufen – war ein Trauma für meine Mutter«, sagte er. »Ihr geht es genauso wie mir. Wenn ihr auch nur ein einziges Glas kaputt geht, dann ist sie am Boden zerstört, obwohl sie inmitten Millionen schöner Dinge lebt. Verstehen Sie? Und für uns war das *piano nobile* zu verkaufen so, als würde uns jedes einzelne schöne Ding im Haus kaputt gehen.«

Er steckte sich eine Zigarette an, lehnte sich in seinem Sessel vor, die Ellbogen auf die Knie gestützt, und erzählte voller Leidenschaft vom Barbaro.

»Aber meine Tante Lisa und mein Onkel Ralph haben meine Mutter überstimmt, und das hat das Ende des Curtis-*piano nobile* bedeutet. Dann mussten sie alle *soprammobili* teilen – Schmuck, die alten Kästen, Glasschalen, Aschenbecher, alle möglichen schönen Dinge. Und glauben Sie mir, wenn Sie es mit einem *piano nobile* von 930 Quadratmetern zu tun haben, dann gibt's verdammt viele *soprammobili.* Und sie mussten schnell verteilt werden. Um einen Antiquar zu beauftragen, den Wert zu schätzen, war keine Zeit. Sie haben alle Gegenstände in drei Reihen auf den Boden des großen Speisesaals gelegt und dann drei gleichmäßige Reihen draus gemacht. Als sie sich einig waren, dass die Reihen mehr oder weniger gleich waren, haben sie Lose gezogen, um zu klären, wer welche Reihe bekommt. Und dann, als jeder vor seiner Reihe steht und guckt, von wegen ›mal sehen, was ich so bekommen habe‹, geht doch tatsächlich meine Tante zu einer Reihe von den andern beiden, nimmt sich was raus und tut es in ihre eigene, und dafür nimmt sie was aus ihrer Reihe raus und legt es in die andere. Ich habe nichts gesagt. Ich stand nur stumm da und dachte: ›Was habe ich bloß für eine Tante.‹

Ich sage Ihnen, wenn ich die Macht gehabt hätte, die ich hätte haben sollen, dann wäre dieses Haus nie verkauft worden. Aber ich konnte nichts sagen. Wie wir sagen, ›*Non ho voce in capitolo*‹, ich hatte in der Sache nichts zu melden. Weil in dieser Familie, der Curtis-Familie, die Entscheidungen von der Führung getroffen werden müssen, nicht von allen Mitgliedern. Und die Führung, das ist meine Mutter und ihr Mann; meine Tante Lisa, *la comtesse*, und ihr Mann, *le comte,* und mein Onkel Ralph, mit seinen Scheiß-Astronauten und seinem Affengesicht. Aber –«

Er stand plötzlich auf, um seinen Worten mehr Nachdruck zu verleihen.

»Es gibt etwas«, sagte er, »was mich von allen anderen Curtis unterscheidet – von all den fünf Curtis-Generationen in Venedig, angefangen mit meinem Ururgroßvater, Daniel Sargent Curtis. Und wissen Sie was das ist? Ich bin der einzige Venezianer! Von diesen fünf Generationen bin ich der einzige Curtis, der venezianisches Blut in den Adern hat. Mein Vater war ein echter Venezianer, geboren und aufgewachsen in Venedig.«

Er ging zum Fenster und blickte in den Hof hinunter. Dann drehte er sich um und lehnte sich gegen den Fenstersims.

»Wissen Sie, wie das ist, ein Venezianer zu sein? Venezianer sind sehr hart, sie sind sehr streitsüchtig. Sie streiten sich ernsthaft um Ehre, und das Vokabular des alten Dialekts ist sehr deftig. Im Venezianischen gibt es Ausdrücke, die so unglaublich vulgär sind, dass man sie unmöglich wörtlich nehmen kann, denn andernfalls müsste man denjenigen umbringen, der sie gegen einen gebraucht hat.

Aber etwas sehr Gutes haben die Venezianer, und zwar,

dass sie sich nicht darum scheren, ob Sie ein König, eine Königin oder der Präsident sind. Oder *la comtesse* oder *le comte.* Venezianer sind sehr demokratisch. Sie sind alle Brüder. Sie helfen sich alle gegenseitig. Und bei mir ist es das Gleiche, denn ich bin Venezianer. Für mich ist der Bäcker mein Bruder. Aber für meine Mutter und meine Tante und meinen Onkel ist der Bäcker der Bäcker.

Ich liebe dieses Haus als Venezianer, nicht bloß als ein Curtis. Es ist ein Teil von mir. Wenn ein Teil davon abbricht, bewahre ich es. Ich habe alles von diesem Haus. Sehen Sie!« Er ging zu einem Kabinett zwischen zwei Fenstern und begann, Schubladen aufzuziehen, eine nach der anderen. Sie waren voll mit Bruchstücken aus Marmor, Istriastein, Backstein, Scherben alten Glases und Eisenverzierungen.

Er nahm ein ein kleines, unregelmäßiges Stück rötlichen Steins heraus.

»Dieser Stein hier brach von der Stufe oben auf der Treppe ab, draußen vor meiner Tür.« Er nahm einen Backstein heraus. »Und der hier brach während eines Unwetters von einem Kamin ab, und das Stück Eisen hier stammt von einem alten Fenstergitter. Alles an diesem Haus ist mir heilig.

Eines Tages, das schwöre ich Ihnen, werde ich Ivano Beggio den Palazzo Barbaro wieder abkaufen. Ich werde jedes Stück des Palastes wiederbekommen, das ihm verkauft wurde. Er ist ein sehr cleverer Geschäftsmann. Er hat hier einen Reibach gemacht, und das weiß er. Wahrscheinlich wird er das Doppelte von dem verlangen, was er dafür bezahlt hat. Gut. Ich werde das Geld verdienen, ich werde es irgendwie aufbringen, ich werde es mir von reichen Freunden leihen. Und warum nicht? Es wäre nicht das erste Mal, dass jemand namens Daniel Curtis den Palazzo Barbaro kauft.«

9

DER LETZTE CANTO

Bei seinem ersten Besuch als Hausgast im Palazzo Barbaro wurde Henry James beim Wassereingang von weißbehandschuhten Dienern empfangen, die ihn von seiner Gondel auf die teppichbedeckten Stufen des Landestegs und die Innenhoftreppe hinauf zum *piano nobile* geleiteten. Er war von allem verzaubert: dem Luxus, dem Glanz, den Erinnerungen an die ferne Vergangenheit, die »in den unzähligen Kerzen funkelt«. Doch selbst während er die bemalten Wände und modellierten Decken des Barbaro bestaunte, hatte James eine völlig andere Art Palast im Sinn.

Zu jener Zeit, im Juni 1887, kreisten seine Gedanken um eine zerfallene Ruine an einem einsamen Kanal in einem tristen, wenig besuchten Teil der Stadt. Das einstmals großartige Innere dieses anderen Palastes war schäbig, staubig und trübe. Aus seinem ummauerten Garten war ein wucherndes Gestrüpp aus Unkraut und Efeu geworden. In dem Palast lebten zwei verarmte alte Jungfern, die selten ausgingen und niemanden empfingen.

James erzählte niemandem von diesem anderen, heruntergekommenen Palast oder seinen beiden Bewohnerinnen, weil sie fiktiv waren. Sie waren Figuren in einem kurzen Roman, an dem er gerade arbeitete – *The Aspern Papers*, dem anderen seiner beiden meisterhaften Romane, die in Venedig spielen. Morgens ging er stets in den Frühstücksraum des Barbaro, nahm an dem chinesischen Lacktisch unter der

»pompösen Tiepolo-Decke« Platz und schrieb ein paar Seiten. Während seines fünfwöchigen Aufenthalts im Barbaro gab er dem Manuskript den letzten Schliff und schickte es an seinen Verleger.

Auf die Idee für seine Geschichte war James während eines Aufenthaltes in Florenz gekommen, früher im selben Jahr. Ein Freund hatte ihm von einer kürzlich gemachten Entdeckung erzählt: Lord Byrons frühere Mätresse, Claire Clairmont – die Halbschwester Mary Shelleys und die Mutter von Byrons unehelicher Tochter Allegra – lebte zurückgezogen, beinahe als Einsiedlerin, in Florenz. Sie war inzwischen schon weit über achtzig und wurde nur noch von ihrer auch schon ziemlich bejahrten Nichte gepflegt. Ein Bostoner Kunstkritiker und Verehrer Shelleys namens Captain Silsbee vermutete, dass Claire Clairmont möglicherweise eine Sammlung von Briefen von Byron und Shelley besaß, und er kam nach Florenz, um sie aufzuspüren. Er mietete ein paar Zimmer von Miss Clairmont, »in der Hoffnung«, wie James in seinem Notizbuch vermerkte, »dass die alte Dame angesichts ihres Alters und ihrer schlechten Gesundheit stürbe, solange er da war, damit er Hand an die Dokumente legen könne.« Als Claire Clairmont tatsächlich starb, während Captain Silsbee dort noch wohnte, sprach er ihre Nichte an und enthüllte seinen Wunsch, die Briefe zu bekommen. Als Antwort entgegnete ihm die Nichte: »Ich werde Ihnen alle Briefe geben, wenn Sie mich heiraten.« Silsbee ergriff die Flucht.

Die Geschichte faszinierte James. Er hatte das Gefühl, sie könnte die Grundlage für einen guten Roman bilden. »Ganz gewiss«, schrieb er in sein Tagebuch, »haben wir hier ein kleines Sujet: das Bild von den beiden verblassten, seltsamen, armen und diskreditierten alten englischen Damen – die in eine ihnen fremde Generation hineinleben, in ihrer muffigen Ecke einer ausländischen Stadt, ihr wertvollster Besitz diese illustren Briefe. Dann die Geschichte des Shelley-Fanatikers – wie er beobachtet und abwartet ...«

Beim Fiktionalisieren der Geschichte verlegte James sie nach Venedig, um, wie er sich ausdrückte, »meine Spuren zu verwischen« und sich gleichzeitig die geheimnisvolle Aura der Stadt und ihre Stimmung nachklingender Vergangenheit zu Nutze zu machen. Er veränderte auch die Charaktere, schuf einen amerikanischen Byron (Jeffrey Aspern) und eine amerikanische Claire Clairmont (Juliana Bordereau). Aus dem begehrlichen Captain Silsbee wurde der namenlose Erzähler der *Aspern Papers,* ein amerikanischer Verleger, der den seit langem verstorbenen Jeffrey Aspern vergöttert und nach Venedig kommt, um Asperns Liebesbriefe habhaft zu werden.

In James' Version sucht der Erzähler Juliana Bordereau in ihrem heruntergekommenen Palast in einer entlegenen Ecke Venedigs auf und bittet sie, ihm einige Zimmer zu vermieten, unter dem Vorwand, er habe eine Leidenschaft für Blumen und müsse in der Nähe eines Gartens leben. Doch da Gärten eine Seltenheit in Venedig seien, würde er, wenn er in dem Haus wohnen könne, einen Gärtner einstellen, den von Unkraut überwucherten Hinterhof wiederherstellen und das Haus mit Blumen füllen. Die alte Dame erklärt sich einverstanden. Er zieht ein, stellt den Garten wieder her, versorgt die Frauen mit Sträußen frischer Blumen, und begleitet die jüngere Miss Bordereau sogar zu einem züchtigen Abendausflug zum Markusplatz. Beim Tod der alten Dame fragt er die Nichte nach den Briefen ihrer Tante, und sie erwidert nervös, dass er sie vielleicht haben könnte, wenn er »Verwandtschaft« wäre. Er ist vor den Kopf gestoßen und weist ihr Angebot zurück, doch am nächsten Morgen teilt er ihr mit, dass er sich doch umbesonnen habe: Er ist bereit, darauf einzugehen. Aber es ist zu spät: Auch sie hat sich umbesonnen. »Ich habe das Großartige vollbracht«, sagt sie. »Ich habe die Briefe vernichtet ... Ich habe sie gestern Nacht verbrannt, einen nach dem andern, in der Küche ... Es hat lange gedauert – es waren so viele.«

The Aspern Papers, eher eine Novelle als ein Roman, ist ein psychologischer Thriller, der nur einen Bruchteil der Länge von *Die Flügel der Taube* hat und viel lesbarer ist. So unterschiedlich die beiden Geschichten auch sind, so ist ihnen doch mindestens ein Thema gemein: das Vortäuschen von Liebe, als Mittel, um etwas von Wert zu bekommen. In *Die Flügel der Taube* ist der Preis Geld; in *The Aspern Papers* sind es die Briefe eines berühmten Dichters.

The Aspern Papers war immer schon eines meiner Lieblingsbücher, und bei einem früheren Besuch in Venedig war ich über den Rio Marin gegangen, um mir Palazzo Capello anzusehen, den verblichenen rosafarbenen Palast, der James als Vorlage für Juliana Bordereaus zerfallende Behausung gedient hatte. Das Gebäude war trist und unbewohnt. Es schien auch geplündert worden zu sein. Von dem, was ich durch eine schmierige Fensterscheibe ausmachen konnte, waren Kaminverkleidungen und Simse entfernt worden. Während ich hineinspähte, öffnete sich eine Tür in der Gartenmauer und es kam ein Frau mit sauertöpfischer Miene heraus. Ich fragte sie, ob ich vielleicht einen Blick auf den Garten werfen könne.

»*Giardino privato*«, sagte sie, worauf sie abrupt die Tür zumachte und sich ohne ein weiteres Wort entfernte, den Kanal entlang.

The Aspern Papers kamen mir etwa einen Monat nach dem Fenice-Brand in den Sinn, als ich im *Gazzettino* las, dass Olga Rudge im Alter von 101 gestorben war. Wie die fiktive Juliana Bordereau war Olga Rudge eine Amerikanerin, die bis ins hohe Alter in Venedig gelebt hatte und die Mätresse eines seit langem verstorbenen amerikanischen Dichters gewesen war, in ihrem Fall Ezra Pound. Wie Claire Clairmont und Byron, hatten sie und Pound auch eine uneheliche Tochter. Aber da schienen die Ähnlichkeiten aufzuhören.

Die bemerkenswerte Beziehung zwischen Olga Rudge und Ezra Pound hatte fünfzig Jahre überdauert, trotz zahlloser Hindernisse: seiner Ehe mit einer anderen Frau, der Wirren des Zweiten Weltkrieges, Pounds Verurteilung wegen Landesverrats und seiner dreizehnjährigen Gefangenschaft in einer Irrenanstalt, nachdem er für nicht verhandlungsfähig befunden worden war. Das Band zwischen Olga Rudge und Ezra Pound war nicht, wie Clairmonts und Byrons, bloß eine von mehreren kurzen und schnell beendeten Affären.

Auch anders als Claire Clairmont und Juliana Bordereau führte Olga Rudge ein eigenständiges Leben. Zum Zeitpunkt, als sie Ezra Pound kennen lernte, war sie bereits eine bekannte Konzertgeigerin. Später, während sie über die Musik Antonio Vivaldis forschte, entdeckte sie 309 Vivaldi-Concerti, die, wenn überhaupt, seit Jahrhunderten nicht mehr aufgeführt worden waren. Auf Pounds Anregung hin organisierte sie in Zusammenarbeit mit ihm Vivaldi-Festivals, auf denen sie auch selber spielte, und war zum großen Teil verantwortlich für die Vivaldi-Renaissance.

Nach Pounds Tod im Jahr 1972 wohnte Olga weiter in ihrem winzigen Haus unweit der Salute-Kirche. Sie lebte allein (es gab keine unverheiratete Nichte), aber eine Einsiedlerin war sie nicht. Sie liebte Gesellschaft und war, den Berichten nach, charmant, geistreich, gesprächig und voller Energie.

Ich war neugierig, mir das Haus anzusehen, wo Ezra Pound und Olga Rudge gewohnt hatten, und ging zum Rio Fornace, einem ruhigen Kanal im stillen Viertel Dorsoduro.

Dort, ein paar Schritte vom Kanal entfernt, in einer lauschigen Sackgasse, fand ich Calle Querini 252, ein schmales, zweistöckiges Häuschen. Auf einer Marmorplakette über der Tür stand die Inschrift: »Mit unerschütterlicher Liebe für Venedig: Ezra Pound, Titan der Dichtkunst, lebte ein halbes Jahrhundert lang in diesem Haus.«

Wegen des Milchglases war es unmöglich, hineinzusehen, aber ich hörte ein Rumoren im Haus nebenan und sah Gestalten hinter den Scheiben. Dies, so erinnerte ich mich, war das Haus, das Rose Lauritzen von ihrer Mutter geerbt hatte. Sie hatte mir erzählt, sie habe es der Englischen Kirche als Pfarrhaus überlassen. Ich klopfte an die Tür und wurde von einem Mann mit freundlichem Gesicht und weißen Haaren begrüßt, der den Akzent eines amerikanischen Südstaatlers hatte. Es war Reverend Mr. James Harkins, der anglikanische Priester von St. George.

»Aber nicht doch!«, sagte er, als ich mich vorstellte und mich für mein unangekündigtes Erscheinen entschuldigte. »Ich würde sagen, Sie kommen genau rechtzeitig! Meine Frau und ich wollten nämlich gerade unseren Cocktail einnehmen – nicht wahr, Dora? Wollen Sie uns nicht Gesellschaft leisten?«

Eine kleine, dunkelhaarige Frau trat aus einer wandschrankgroßen Küche und lächelte mir zu, während sie ihre Schürze abnahm.

Reverend Harkins goss eine großzügige Menge Beefeater-Gin in einen Messbecher. »Sie trinken Ihren Martini sicher gerne trocken, stimmt's?« Er drehte sich zu mir, die Augenbrauen erhoben in Erwartung eines Ja. »Sie können mich übrigens Jim nennen.«

Wir ließen uns in einem gemütlichen Wohnzimmer in tiefen Lehnstühlen nieder. Die Höflichkeit gebot es, dass ich nicht gleich mit Fragen über Ezra Pound und Olga Rudge einstieg, und so erkundigte ich mich ein bisschen über die Kirche des Heiligen Georg.

»Ach, das ist hier alles sehr bescheiden«, sagte er, »ganz kleine Brötchen, die wir backen.« Er nahm einen Schluck Martini und hielt inne, um ihn zu genießen. »Die anglikanische Pfarrerstelle hier ist ein Ruhestandsposten. Es gibt kein Gehalt. Wir wohnen kostenlos in diesem Haus, Unkosten und Krankenversicherung werden bezahlt.«

»Wann haben Sie Gottesdienst?«, fragte ich.

»Sonntags. Matutin um halb elf, Heilige Kommunion um halb zwölf.«

»Keinen Abendgottesdienst?«

»Mmmm... nicht regelmäßig.« Reverend Jim schwenkte nachdenklich sein Glas, vermutlich in Erinnerung an jenen Wendepunkt in grauer Vorzeit, an dem er zwischen Abendgebet und Cocktails hatte wählen müssen und sich für Cocktails entschieden hatte.

»Wie zahlreich sind denn Ihre Schäfchen?«, fragte ich.

»Wir kriegen sonntags so zwischen zwanzig und fünfundzwanzig«, sagte er, »die meisten von ihnen Besucher. Aber wenn Sie ortsansässige Mitglieder meinen ...« Er überlegte einen Moment. »Na, dann würde ich sagen, haben wir nicht mehr als sechs, einschließlich Dora.« Er lächelte gütig. »Und von diesen sechs kommen die meisten nicht regelmäßig.«

»Dann ist Ihre Gemeinde ja ein sehr vertrauter Kreis«, bemerkte ich.

»Schon, aber es ist eine gute Pfarrstelle. Wir genießen hier viel mehr Prestige und Status, als wir verdienen. Wir werden immer zu Kulturveranstaltungen eingeladen, und von den Katholiken kriegen wir auch regelmäßig Einladungen. Ich trage gewöhnlich meinen Pfarrerkragen, wenn ich außer Haus bin, selbst wenn ich nicht offiziell unterwegs bin, um den Leuten zu zeigen, dass ich da bin. Die Stellung halten, Präsenz zeigen. Das ist eigentlich meine Bestimmung. Hier zu sein, wenn ich gebraucht werde. Ich stelle mir St. George gerne als einen kirchlichen 24-Stunden-Laden vor.«

In der Nähe erklangen Kirchenglocken, die von einer anderen Glocke weiter entfernt beantwortet wurden.

Reverend Harkins spitzte die Ohren. »Salute und Gesuati.«

»Aber nein, Jim«, widersprach Dora. »Ich glaube nicht, dass wir Gesuati von hier aus hören können. Das müsste Redentore sein.«

»Richtig, genau«, sagte er.

»Darf ich Sie was fragen«, sagte ich. »Wie gut kannten Sie eigentlich Ihre früheren Nachbarn Ezra Pound und Olga Rudge?«

Dora merkte auf. »Also, als wir hierher kamen, war Pound schon seit Jahren tot«, sagte sie, »und Olga wohnte bei ihrer Tochter, Mary de Rachewiltz, oben in Tirol. Aber der Pfarrer, der unmittelbar vor uns hier war, kannte Olga sehr gut und hat uns von ihr erzählt. Sie war so winzig wie ein Vogel. Und liebenswürdig. Sie hatte blitzende Augen, und selbst als Neunzigjährige trug sie noch sehr schicke Kleidung. Sie hat sich für alles und jeden interessiert. Aber wissen Sie, zum Altwerden ist Venedig ein schrecklicher Ort.«

»Wieso?«, fragte ich.

»Nirgendwo sonst ist es für alte Menschen so schwierig sich fortzubewegen wie in dieser Stadt, weil niemand sie mit einem Auto abholen und sie von Tür zu Tür fahren kann wie andernorts. Sie müssen zu Fuß gehen, sie haben keine andere Wahl. Und das heißt, dass man jedes Mal, wenn man rausgeht, über zwei oder drei Brücken gehen muss. Selbst wenn man sich ein Bootstaxi leisten kann, muss man erst zu einer Stelle laufen, wo ein Taxi einen abholen kann, und dann muss man noch von dort, wo es einen abgesetzt hat, dorthin gehen, wo man hin will.«

»Wir lieben Venedig«, sagte Jim, »aber wenn wir erstmal Mühe haben, über die Brücken zu kommen, dann ist es Zeit, von hier wegzugehen.«

»Katherine, die Frau des Pfarrers, hat mindestens einmal am Tag bei Olga nachgesehen«, erzählte Dora, »manchmal zweimal, nur um zu sehen, ob alles in Ordnung war mit ihr. Aber wissen Sie, in ihrem Alter hatte sie auch Zeiten, wo sie ein bisschen wirr wurde. Das ging dann so weit, dass Olga ständige Pflege brauchte, und da kam Mary dann und nahm sie bei sich auf. Da ist Olga dann auch gestorben.

Niemand ist verletzlicher in Venedig als allein lebende alte Menschen«, fuhr Dora fort, »vor allem Ausländer ohne eine Familie, die sich um sie kümmern könnte. Sie werden von Außenstehenden abhängig, denen sie wohl oder übel vertrauen müssen. Das ist anscheinend auch mit Olga passiert, und da hat der ganze Ärger angefangen.«

»Welcher Ärger?«

»Das weiß ich nicht so genau«, sagte Dora, »das war vor unserer Zeit. Anscheinend haben sich einige Freunde von Olga, die jahrelang sehr gut zu ihr gewesen waren, allmählich ein bisschen zu viel in ihre Angelegenheiten eingemischt. Olga hatte Kästen voller Briefe und anderer Dokumente – Tausende von Briefen von ihrem Briefwechsel mit Ezra Pound, und Briefe von Dutzenden anderer berühmter Leute. Einige Briefe waren wertvoll, andere nicht. Aber bevor es sich irgendjemand versah, waren die Papiere verschwunden.«

»Also haben Sie das mit der Ezra-Pound-Stiftung herausbekommen«, sagte Rose Lauritzen, mit einem Blick, als hätte ich ein gut gehütetes Geheimnis gelüftet.

»Eigentlich nicht«, sagte ich. »Ich dachte, dass Sie mir was erzählen könnten.«

»Das kann ich nicht«, erwiderte Rose, »weil ich einmal ausnahmsweise, Gott sei Dank, nicht genug darüber weiß, um einfach so dumm daherzuschwätzen!«

»Die Ezra-Pound-Stiftung«, sagte Peter, »ist, oder besser gesagt, war, eine abgabenfreie Körperschaft, deren Zweck es war, die Forschung über Ezra Pound und seine Werke zu fördern. Olga hatte oft erwähnt, dass sie so etwas in der Art gründen wolle, um das Interesse an Pound zu verewigen. Merkwürdig war nur, dass nach Gründung der Stiftung keiner der Leute, die eigentlich von Anfang an hätten einbezogen sein müssen, darüber Bescheid wusste. Mary de Rachewiltz, die Tochter von Olga und Pound, hatte größtenteils keine Ahnung, und sie ist immerhin die literarische Nachlassverwalterin ihres Vaters. James Laughlin, der Gründer von New Directions, Ezra Pounds Verleger seit den 30er Jahren, wusste nichts davon, und Yale auch nicht, wo der Großteil von Pounds Papieren lagern.«

»Wie kam es überhaupt heraus?«, fragte ich.

»Nun, zum ersten Mal hörten wir von Walton Litz darüber, meinem akademischen Betreuer in Princeton und einem großen Joyce- und Pound-Experten. Litz kam oft nach Venedig, um Olga zu besuchen, und einmal kam er zu mir und fragte mich: ›Wer sind eigentlich diese Rylands?‹

Ich sagte: ›Philip Rylands ist der Direktor der Peggy-Guggenheim-Sammlung. Er ist Engländer. Jane Rylands ist seine Frau, und sie ist Amerikanerin. Wieso?‹

›Na ja‹, meinte Litz, ›anscheinend haben sie eine Ezra-Pound-Stiftung gegründet. Und Olga hat ihr Haus und ihre Papiere der Stiftung vermacht.‹

Rose und ich waren schockiert, weil Litz und Mary de Rachewiltz oft über die Idee gesprochen hatten, ein Ezra-

Pound-Studienzentrum ähnlichen Inhalts zu gründen, unter der Leitung von Litz.«

»Was ist aus der Stiftung geworden?«, fragte ich.

Peter holte tief Luft, als bereite er sich vor, eine ausführliche Erklärung abzugeben. Stattdessen sagte er: »Warum fragen Sie nicht einfach Jane Rylands?«

Wie es sich traf, hatte ich Philip und Jane Rylands bereits kennen gelernt. Ich war eines Abends in der Begleitung eines Freundes kurz nach der Schließung zum Guggenheim-Museum gegangen, um die beiden bei einem Glas Wein kennen zu lernen. Wir waren insgesamt zu sechst. Wir standen in einer Galerie, die früher einmal Peggy Guggenheims Speisesaal gewesen war und sich auf dem Erdgeschoss des Palazzo Venier befand, der dreißig Jahre lang bis zu ihrem Tod 1979 ihr Zuhause war. Philip Rylands war Mitte vierzig und ein eher schüchterner Mensch, wie ich fand. Er hatte ein blasses, quadratisches Gesicht mit einem hervorstehenden Kinn. Seine Augen wirkten unnatürlich groß hinter der auffälligen Brille, wodurch er, kombiniert mit den an den Enden hochgeschwungenen Augenbrauen, den Eindruck vermittelte, als befände er sich in einem Zustand ständiger Alarmiertheit. Jane Rylands war klein, eher stämmig als zierlich, und hatte ein energisches Gesicht mit hellbraunen Haaren. Sie wirkte ein wenig älter als Philip. Sie waren freundlich, aber steif. Mehrmals murmelte Jane Philip Kommentare zu, in der Art eines Bauchredners, beinahe ohne die Lippen zu bewegen.

Unsere Begegnung war oberflächlich, und obwohl ich von dem Paar weder sonderlich entzückt noch beeindruckt war, interessierten sie mich. In einer Stadt wie Venedig verlieh ein Museum mit dem Gütesiegel des Guggenheim automatisch seinem Leiter einen gewissen Status. Das Guggenheim war eine internationale Verknüpfung von Kunst,

Gesellschaft, Privilegien, Geld und Kultur. Die kühlen, geräumigen Säle mit ihren weißen Wänden und Terrazzo-Böden blickten nach vorne hinaus auf den Canal Grande und nach hinten auf einen üppigen, grünen Garten, wo Peggy und ihre Hunde begraben lagen. Der Palast selbst war eine Kuriosität. Die Venier-Familie, die drei Dogen hervorgebracht hatte, hatte 1749 mit dem Bau begonnen und hatte gerade mal das Erdgeschoss fertiggestellt, als die Bauarbeiten mangels Geld eingestellt wurden. Der Boden des ungebauten ersten Stocks diente jetzt als ein geräumiger Dachgarten-Patio, mit einem Blick hinunter auf den Canal Grande und riesigen, hohen Bäumen, die aus dem Garten ragten und einen grünen Hintergrund bildeten. Innen wie außen bot sich der gestutzte Palast als eine elegante Kulisse für Empfänge, Vorträge, Filmvorführungen und Zusammenkünfte aller Art an. Dazu kam, dass durch die Schließung des amerikanischen Konsulats in Venedig Anfang der 70er Jahre das Guggenheim mangels anderer Konkurrenten zur prominentesten amerikanischen Präsenz in Venedig wurde. Gelegentlich fand sich das Guggenheim in der Rolle einer Surrogat-Botschaft Amerikas wieder. So kam ab und zu ein Anruf vom State Department, mit der Bitte, diesen oder jenen Empfang zu organisieren oder gewisse Dinge zu regeln. Philip und Jane bekleideten eindeutig eine prominente und mächtige Position in Venedig, und ihre offenkundige Schüchternheit machte mich nur noch neugieriger.

Unsere flüchtige Bekanntschaft vertiefte ich, indem ich mit jedem von ihnen ein formloses Einzelgespräch führte. Mit Philip traf ich mich einige Tage später zu einem Kaffee im Museumscafé. Er war freundlich und guter Dinge, wirkte jedoch gehetzt. Er erzählte mir, er habe in Cambridge Kunstgeschichte studiert und eine Doktorarbeit über den Renaissance-Maler Palma Vecchio geschrieben. In Anspielung auf seine gegenwärtige Tätigkeit erwähnte Rylands, dass im Herbst eine kleine Picasso-Ausstellung eingerichtet werde, aber er redete hauptsächlich über die Erweiterungspläne des Museums, die von den führenden Kräften der Guggenheim-Stiftung in New York ausgearbeitet wurden. Ich hatte den Eindruck, dass er ein harter Arbeiter war, aber doch etwas langweilig – ganz das Gegenteil seiner Frau.

Jane besuchte ich am Ende der Woche in ihrer Wohnung, und wir nahmen Tee in einem lichterfüllten Wohnzimmer ein. Sie trug eine modische schwarz-weiße Tweedjacke, taillierte Bluejeans und hochhackige Schuhe. Ich fand sie entspannt, unterhaltsam und selbstherrlich, vor allem beim Thema venezianische Prominenz. In den 70ern hatte sie kurze Zeit, mit Standort Venedig, eine Klatschspalte beim *Rome Daily American* gehabt, hatte sie aber aufgegeben, als ihre Kolumnen begannen, in Venedig Staub aufzuwirbeln. Da sie die Gesellschaft Venedigs eingehend beobachtet hatte, hatte Jane Wege gefunden, in ihr und um sie herum zu navigieren. Venezianer, sagte sie, hätten eine Schwäche für Partys, und das gäbe selbst einem Ausländer die Möglichkeit, eine gewisse Macht auszuüben. Und wie? Mit Einladungen! Die Einladung, die man aussprach, die Einladung, die man verweigerte. Sicher war Jane in der Lage, Einladungen auszusprechen und sie zu verweigern.

Diesmal gefiel sie mir erheblich besser. Sie war blitzgescheit und scharfsinnig, was mich immer anspricht. Aber sie hatte auch eine bissige Seite und zögerte nicht, sie zu zeigen. Einmal erwähnte ich einen Mann, sehr bekannt in Kunstkreisen, der seit Anfang der 60er Jahre ein enger Freund von Peggy Guggenheim gewesen war.

»Ach, der«, sagte sie mit einem leichtherzigen Lachen. »Was tat er denn gerade, als Sie ihn das letzte Mal gesehen haben? Hat er allen diesen reichen Leute Drinks serviert?«

Es war eine freche Bemerkung, fand ich, da sie nicht wissen konnte, ob der Mann ein guter Freund von mir war oder nur ein Bekannter. Und es schien ihr, wie mir später einfiel, auch völlig gleichgültig zu sein.

»Ist der Name Olga Rudge jemals gefallen?«, fragte Peter Lauritzen.

»Nur einmal«, erwiderte ich, »als ich ging. In einem Zimmer, das vom Wohnzimmer abging, fiel mir ein großes Gemälde einer alten Frau auf, die zwischen verschiedenen Gegenständen saß – Bücher, glaube ich. Es war in Pastelltechnik gemalt. Mir gefiel das Bild. Ich fragte sie, wer das sei, und sie sagte, Olga Rudge. Dann fügte sie hinzu: ›Ihr Archiv ist in Yale, wissen Sie!‹ Sie sagte das mit einer Keckheit, die auszudrücken schien: ›Ist das nicht wunderbar?‹. Was seltsam war, dachte ich, weil ich es keineswegs ungewöhnlich fand, dass Ezra Pounds Mätresse, die fünfzig Jahre mit ihm zusammen war, eine Sammlung Briefe besaß, die wichtig genug waren, um in Yale zu landen.«

»Das ist nicht, wo Jane Rylands sie eigentlich haben wollte«, sagte Peter.

Ich widerstand dem Drang, Jane anzurufen und um ein weiteres Gespräch zu bitten. Es erschien mir klüger, zuerst mehr über die Ezra-Pound-Stiftung herauszufinden. Die Lauritzens winkten ab. Sie wüssten zu wenig über die Angelegenheit, sagten sie, und es gebe andere Leute, die damals, als das alles passiert war, Olga näher gestanden hatten.

Inzwischen war Olga durch ihren kürzlichen Tod zu einem häufigen Gesprächsthema in Venedig geworden. Was sich aus all dem Gerede herausbildete, war ein bewegendes und dramatisches Porträt – von Olga Rudge, Ezra Pound, Mary de Rachewiltz, und, im Hintergrund, Pounds Ehefrau, Dorothy Shakespear, und ihrem Sohn Omar.

Sowohl Olga Rudge als auch Ezra Pound hatte es kurz

nach der Jahrhundertwende ins Ausland verschlagen: Olga im Jahr 1904, im Alter von neun; Pound im Jahr 1908, mit dreiundzwanzig. Olga wurde in Youngstown, Ohio geboren, Pound stammte aus Idaho.

Pound ließ sich zuerst in Venedig nieder, richtete sich in einer kleinen Wohnung am Rio San Trovaso ein und veröffentlichte, mit seinem eigenen Geld, hundert Exemplare seines ersten Gedichtbandes *A Lume Spento* (Bei gelöschtem Licht). Drei Monate später zog er nach London, wo er zu einer treibenden Kraft des literarischen Modernismus wurde. Er focht für einen kargeren, direkten und kraftvollen Ausdrucksstil – zusammengefasst und exemplifiziert in seinem Schlachtruf »Macht es neu«. Er war Dichter, Kritiker, Verleger und ein ungewöhnlich großzügiger Förderer seiner literarischen Freunde und ihrer Werke. Er half William Butler Yeats, sich von seinem keltischen Romantismus zu trennen, riet Hemingway, »Adjektiven zu misstrauen« und sprach in höchsten Tönen über James Joyce zu Sylvia Beach, die daraufhin die Publizierung von *Ulysses* übernahm. Seine Lektorierung von T. S. Eliots »The Waste Land« leistete einen so einschneidenden Beitrag für das Gedicht, dass Eliot es ihm in Dankbarkeit und Bewunderung widmete: »Ezra Pound, *il miglior fabbro*« – dem besseren Handwerker.

1920 besprach Pound ein Konzert für das *New Age*, in dem er eine junge Geigerin wegen der »zarten Festigkeit ihres Gefidels« pries. Die Geigerin war Olga Rudge. Drei Jahre später kam es zu einer ersten Begegnung zwischen Pound und Rudge im Pariser Salon von Natalie Barney. Die damals siebenundzwanzigjährige Olga war eine irische Schönheit, exotisch und schwarzhaarig. Pound war groß gewachsen, beeindruckend in seiner unverwechselbaren braunen Samtjacke, und verheiratet. Sie wurden ein Liebespaar.

Ab Mitte der 20er Jahre bis zum Zweiten Weltkrieg lebte

Pound mal bei seiner Frau, mal bei Olga. Die Pounds wohnten in einer Wohnung am Strand von Rapallo, an der italienischen Riviera. Olga lebte in Venedig in dem kleinen Haus in der Calle Querini 252, das ihr Vater ihr 1928 schenkte und dem Pound den Spitznamen ›das verborgene Nest‹ gab. Zusätzlich mietete sie in Sant'Ambrogio, einem Ort in den Bergen über Rapallo, eine Wohnung, die nur durch einen mühsamen halbstündigen Aufstieg entlang einem steilen Weg aus Steinstufen zu erreichen war.

1925 brachte Olga Pounds Tochter Mary Rudge zur Welt. Sie und Pound gaben das Kind umgehend zu einer Pflegefamilie auf einem Bauernhof an den Ausläufern der Tiroler Alpen. Dort, in dem Dorf Gais, verbrachte Mary die ersten zehn Jahre ihres Lebens, während derer sie nur selten Besuch von ihrer Eltern bekam und ebenso selten Reisen nach Venedig unternahm. Omar Pound, ein Jahr später von Dorothy geboren, wurde nach England geschickt und von seiner Großmutter großgezogen.

Währenddessen verfolgten Ezra Pound und Olga Rudge ihre jeweiligen Karrieren. Pound arbeitete an seinen *Cantos*, dem epischen Gedicht, das ihn fünfzig Jahre lang beschäftigen sollte. Olga, stolz darauf, zu keinem Zeitpunkt von Pound finanziell abhängig gewesen zu sein, machte weiterhin Tourneen als Geigensolistin, veröffentlichte einen Katalog mit Werken von Vivaldi und schrieb einen Artikel über Vivaldi für *The Grove Dictionary of Music*.

Der Ausbruch des Krieges zerstörte das labile Dreierverhältnis zwischen Pound, Shakespear und Rudge. ›Das verborgene Nest‹ in Venedig wurde vom italienischen Staat beschlagnahmt, und die Pounds wurden gezwungen, ihre Wohnung am Strand von Rapallo zu räumen. So blieb Pound und Dorothy wenig anderes übrig, als in die Berge nach Sant'Ambrogio zu ziehen, wo sie beinahe zwei Jahre lang zusammen mit Olga lebten. Das Haus war klein und verfügte weder über Strom noch Telefon. Es war eine schwierige Zeit für alle. Pound liebte Olga und Dorothy, und die beiden Frauen liebten Pound, konnten jedoch einander nicht ausstehen. Wie Mary sich später erinnerte, »war das Haus von Hass und Spannung durchtränkt«.

Pound fuhr jetzt zweimal im Monat nach Rom, um dort im italienischen Radio pro-faschistische Reden zu halten, wofür er 1943 von den Vereinigten Staaten wegen Landesverrats angeklagt wurde. Gegen Kriegsende wurde er in Rapallo verhaftet, in einem Internierungslager in Pisa sechs Monate lang im Freien in einem Käfig gefangen gehalten und dann nach Amerika zurückgeschickt. Dank der Intervention literarischer Freunde erklärte sich das Justizministerium bereit, ihn wegen Geisteskrankheit für verhandlungsunfähig zu erklären, worauf er in das St. Elizabeth's Hospital for the Criminally Insane in Washington eingeliefert wurde. Während seiner dreizehnjährigen Gefangenschaft schrieb Olga ihm regelmäßig, durfte ihn aber nicht besuchen. Dieses Privileg wurde allein Dorothy, seiner gesetzlichen Ehefrau, zuerkannt. Als 1958 die Anklage gegen ihn fallen gelassen wurde, wurde er in die Obhut Dorothys entlassen. Pound wurden seine Persönlichkeitsrechte aberkannt und Dorothy wurde zu seinem Vormund bestimmt.

Dorothy und Pound zogen zu Mary in Südtirol in die Brunnenburg, ein mittelalterliches Schloss, das Mary und ihr Mann, der Ägyptologe Boris de Rachewiltz, als Ruine gekauft und dann restauriert hatten. Die nächsten zwei Jahre wohnten Dorothy und Pound bei den Rachewiltz. 1961, deprimiert und krank, entschied sich Pound, sich in Olgas Hände zu begeben. Für die letzten elf Jahre seines Lebens lebte er mit Olga in der Calle Querini 252 und zog sich in seine Hülle des Schweigens zurück.

Nach fünfunddreißig Jahren als die andere Frau, ohne jegliche Rechtsansprüche, brauchte Olga Pound nicht mehr mit Dorothy zu teilen. Sie hatte in gefährlichen und hoffnungslosen Zeiten zu ihm gehalten, und Pound war mehr als dankbar. »In Olgas kleinem Finger steckt mehr Mut«, sagte er über sie, »als in meinem ganzen Kadaver. Sie hat mich zehn Jahre lang am Leben gehalten, wofür ihr niemand danken wird.« Pound starb 1972 in Venedig und fand seine letzte Ruhestatt auf der Friedhofsinsel San Michele. Vierundzwanzig Jahre später sollte Olga dort mit ihm vereint werden. (Dorothy starb ein Jahr nach Pound, in England, wo sie im Familiengrab beerdigt wurde.)

1966 verfasste Pound ein dichterisches Tribut an Olga, das an das Ende des letzten *Canto* gesetzt werden sollte, egal was er in der Zwischenzeit schrieb:

Dass man sich ihrer Taten
Olgas Taten
der Schönheit
erinnere.

Ihr Name war MUT
& schreibt sich Olga

Nach Pounds Tod lebte Olga noch vierundzwanzig Jahre lang alleine im ›verborgenen Nest‹. Ständig kamen Gelehrte, Reporter und Freunde vorbei, und Olga nahm viele von ihnen gastfreundlich auf, bot ihnen Tee an, verwickelte sie in angeregte Gespräche und schloss beinahe jede Behauptung, die sie von sich gab, mit dem Wort »*Capito?*« (Verstanden?) Ihre einzige Mission, so wie sie es sah, bestand darin, Ezra Pounds ewige Flamme zu pflegen und ihn gegen Vorwürfe zu verteidigen, er sei ein Faschist und Antisemit gewesen –

keine leichte Aufgabe, angesichts seiner Mussolini-freundlichen Sendungen während des Krieges und seiner antijüdischen Tiraden in seinen Briefen.

Trotz ihres Alters war Olga fest entschlossen, in Venedig zu bleiben, selbst wenn es bedeutete, dass sie alleine leben musste. Ihre Unabhängigkeit war ihr kostbar. Mary, die drei Stunden entfernt in den Tiroler Alpen lebte, war daher erleichtert, als Philip und Jane Rylands sich mit Olga anfreundeten und ein besonderes Interesse an ihrem Wohlergehen bekundeten. Sie waren jung, intelligent, einflussreich und offenkundig anständige Leute. Ihre Verbindung mit dem Guggenheim, das praktisch um die Ecke von der Calle Querini lag, war doppelt beruhigend.

Jane und Philip Rylands kümmerten sich aufopfernd um Olga. Sie kamen jeden Tag vorbei, gingen mit ihr essen, luden sie zu Partys ein, machten Besorgungen für sie, sorgten dafür, dass sie immer genug Lebensmittel im Haus hatte. 1983 veranstalte Jane ein Seminar im Hotel Gritti mit dem Thema »Ezra Pound in Italien«, mit Vorträgen von drei Generationen von Pounds ›anderer Familie‹ – Olga, Mary und Marys Sohn Walter. Zwei Jahre später arrangierte Jane eine Galaparty zu Olgas neunzigstem Geburtstag, auch im Gritti.

Es gab nichts, was Jane und Philip Rylands für Olga nicht getan hätten. Im Winter brachten sie Brennholz vom Guggenheim und wischten Olgas Erdgeschoss trocken, nachdem es bei Hochwasser überschwemmt worden war. Wenn es irgendwelche Probleme gab – ein Leck, einen verstopften Abfluss, eine durchgebrannte Sicherung – konnte Olga sich darauf verlassen, dass Jane sich schnell und effizient darum kümmern würde. Doch mit der Zeit mehrten sich die Anzeichen, dass Jane Rylands Sorge um Olga immer mehr kontrollierende Züge bekam.

1986 bot Olga einem jungen amerikanischen Maler namens Vincent Cooper Kost und Logis in der Calle Querini 252 an, im Austausch dafür, dass er im Erdgeschoss ein *Trompe-l'œil*-Wandgemälde mit Bögen und Säulen malte. Olga wollte es als Erinnerung an ein anderes, das die Wände geziert hatte, als sie und Pound dort vor dem Krieg gewohnt hatten. Es war entfernt worden, als das Haus beschlagnahmt wurde. Cooper würde im obersten Stock wohnen, dort, wo einmal Pounds Arbeitszimmer und Marys Kinderschlafzimmer gewesen war.

»Noch am selben Morgen, als ich einzog«, erzählte Cooper mir, »erschien Mrs. Rylands im Haus, kam die Treppe heraufgestapft und gab mir sehr deutlich zu verstehen, dass ich dort unerwünscht war. Sie ging mit verschränkten Armen auf mich zu, sah mir direkt ins Gesicht und sagte mir, ich befände mich im Haus einer der bedeutendsten literarischen Figuren des zwanzigsten Jahrhunderts. ›Es gibt sehr wichtige Gegenstände in diesem Haus‹, sagte sie, ›und wenn irgendetwas verschwinden sollte, dann würde man Ihnen die Schuld geben ... und ich glaube nicht, dass Sie das wollen.‹

Sie teilte mir mit, sie habe veranlasst, dass Olga für ein Gemälde Modell steht, in eben diesem Zimmer, und zwar für ›einen sehr bedeutenden Maler aus London, der sehr bald eintreffen wird.‹ Dann schleppte sie verschiedene Dinge zum zweiten Stock hoch – Bücher, Skulpturen, Gegenstände – und arrangierte sie zu einem Hintergrund für Olgas Bild. Sie riet mir, zu gehen und Olga nichts davon zu sagen, weil sie mir nur sagen würde, ich solle bleiben.

Nachdem Mrs. Rylands gegangen war, ging ich hinunter und erzählte Olga, ich würde wieder gehen, weil Jane Rylands mich nicht im Weg haben wollte. ›Sie werden nichts dergleichen tun!‹, rief Olga. ›Das ist mein Haus und ich habe

Sie hierher eingeladen! Wie kann Jane Rylands es wagen, Sie aufzufordern zu gehen! Und außerdem will ich mich gar nicht malen lassen!‹ Ich müsse unbedingt bleiben, sagte sie, und das Wandgemälde beenden, und außerdem brauche sie einen Mann im Haus, während ›ich mich von einem Fremden malen lasse‹.

»Dann klingelte es an der Tür, und da war der Porträtmaler Sir Lawrence Gowing. Er stotterte derartig heftig, dass Olga kein Wort verstand, worüber sie sichtlich unglücklich war. Ich half ihm, seine Sachen nach oben zu tragen, und als er Mrs. Rylands Arrangement sah, sagte er: ›Ich richte meine Posen selbst ein! Diese Jane Rylands scheint einem ja in alles dreinzureden!‹ Dann verließ ich das Haus.

Als ich am frühen Abend zurückkam, war Gowing schon weg. Er war mit dem Bild ordentlich vorangekommen, aber er hatte Janes Anweisungen vollkommen ignoriert und Olga in eine andere Ecke des Zimmers platziert. Olga war gar nicht von Janes Gegenständen umgeben, sondern posierte mitten zwischen meinen Sachen, sogar mein Koffer und mein Pass waren mit drauf. Eine unvollendete Zeichnung von mir, die ich an die Wand gestellt hatte, war jetzt auch Teil des Hintergrunds. Sie umrahmte Olgas Kopf.

Olga hatte mir eine Einladung zu einer Party verschafft, aber ich konnte nicht an meine Kleidung ran, ohne Gowings Arrangement zu stören. Und so lieh Olga mir eine schwarze Samtjacke, die Pound gehört hatte. Ich verließ gerade das Haus, als Mrs. Rylands vorbeikam, um das Porträt zu inspizieren. Sie war außer sich, als sie es sah. ›Ich habe ihm klipp und klar gesagt, wo er Olga malen soll, und da wird sie auch gemalt!‹ Sie drehte sich zu mir und sagte, eher wie zu einem Verbündeten als zu jemandem, den man beiseite schiebt: ›Wenn Gowing wiederkommt, dann sagen Sie ihm, wenn er den Auftrag behalten will, muss er Olga in der Pose malen, die ich bestimmt habe, und mit den Gegenständen, die ich ausgewählt habe.‹ Sie sagte, da sie das Bild in Auftrag gegeben habe und es bezahlen würde, würde es nach ihrem Willen angefertigt.

Gowing ließ die Pose, wie sie war, kam Mrs. Rylands aber so weit entgegen, dass er Lebendmasken von Ezras und Olgas Gesichtern in den Vordergrund platzierte. Doch er beschwerte sich, dass er eigentlich drei Porträts zum Preis von einem mache. Man kann nicht sagen, dass er und Mrs. Rylands sich im Guten trennten.

Als das Porträt fertig war, gab Mrs. Rylands zur Enthüllung eine Dinnerparty im Gritti. Olga äußerte sich nie darüber, ob ihr das Porträt gefiel oder nicht, aber jedes Mal, wenn sie es sah, musste sie lachen.«

Etwa zu dieser Zeit – Mitte der 80er Jahre – zeigten sich bei Olga erste Anzeichen von Gedächtnisschwäche. Sie war jetzt Anfang neunzig und verlor immer öfter den Faden, verlegte Dinge und vergaß Verabredungen.

James Wilhelm, Professor für Englisch an Rutgers, der staatlichen Universität von New Jersey, und Autor von *The American Roots of Ezra Pound* sowie *Dante and Pound*, unterhielt sich mit Olga bei der Hundertjahrfeier für Pound an der Universität Maine im Jahr 1985. Ihm fielen Anzeichen von Vergesslichkeit bei ihr auf. Im Jahr darauf, während eines Besuches in Venedig, kam er zum ›verborgenen Nest‹, um Olga zu einem gemeinsamen Mittagessen abzuholen.

»Bevor wir gingen«, erzählte mir Wilhelm, »saßen Olga und ich im Wohnzimmer und unterhielten uns. Sie sagte, sie habe Gäste im zweiten Stock, einen jungen Dichter und seine Freundin, und sie würden gerade schlafen, deshalb könne sie mir leider nicht den zweiten Stock zeigen, wo Pound früher gearbeitet hatte. Später hörte ich während unserer Unterhaltung Geräusche von oben, und ich sagte:

›Olga, ich höre Schritte da oben. Wahrscheinlich sind die Leute jetzt aufgestanden.‹

Plötzlich verengten sich Olgas Augen und sie beugte sich zu mir. ›Wer *sind* diese Leute da oben eigentlich?‹

Ich sagte: ›Keine Ahnung, Olga. Sie sagten, es sei ein junger Dichter – und seine Freundin.‹

›Ja ... ja ... wer ... ist ... dieses ... Mädchen?!‹

Wieder sagte ich: ›Keine Ahnung.‹

Sie setzte sich in ihrem Sessel zurück. ›Wenn die doch endlich gehen würden!‹

Ich wusste, das meinte sie nicht so. Sie wollte Menschen im Haus um sich haben, aber ich konnte schon eindeutige Anzeichen von Gedächtnisschwäche bemerken.

Ich erzählte Olga, ich würde für eine Woche nach Bologna gehen, und dass wir uns wiedersehen würden, wenn ich danach wieder nach Venedig käme. Aber als ich bei ihr anrief, meldete sich eine fremde Frau. Jemand vom Guggenheim-Museum, wenn ich mich nicht irre. Sie erzählte mir, Olga sei krank geworden und könne jetzt keinen Besuch empfangen.« Wilhelm schrieb später über diese Begegnungen mit Olga, mit größtenteils denselben Einzelheiten, für die akademische Zeitschrift, die Ezra Pound und seinem Werk gewidmet ist, *Paideuma.*

Es war auch etwa zu dieser Zeit, dass Olga gegenüber Freunden von der Ezra-Pound-Stiftung sprach, vage, ohne weiter ins Detail zu gehen. Es war deutlich, dass Jane Rylands damit zu tun hatte.

»Mrs. Rylands und Olga haben ständig über die Stiftung gesprochen«, sagte Vincent Cooper. »Olga saß auf einem Haufen Briefe und Papiere und war von allem ein bisschen überwältigt. Sie bekam wichtigen Besuch von Verlegern, Anwälten und anderen Leuten, und wenn sie wieder gingen, fragte sie mich, wer das denn gewesen sei. Ich hielt es für riskant, mit Olga noch ernsthafte Geschäfte zu machen. Sie steckte voller Begeisterung, aber sie wurde immer vergesslicher und sehr leicht verwirrt.«

Jim Wilhelm erinnerte sich, dass »man in Venedig den Verdacht hatte, die bejahrte Olga werde von anderen zu irgendeinem Zweck missbraucht.«

Christopher Cooley, ein Freund von Olga wie von Pound, kannte den Inhalt ihrer Bibliothek sehr gut, nachdem er Anfang der 70er Jahre den Bücherbestand für sie katalogisiert hatte. Cooley wohnte in einem Haus am Rio San Trovaso. Wir unterhielten uns in seinem Garten.

»Als Olga mir von ihrem Plan erzählte, eine Pound-Stiftung zu gründen«, erinnerte sich Cooley, »sagte ich zu ihr: ›Ich hoffe, du unterschreibst keine Papiere, die mit dieser Stiftung zu tun haben, ohne dich mit deiner Familie zu beraten.‹ Sie reagierte vage darauf, wollte es weder bestätigen noch bestreiten. Sie fragte mich, ob ich gerne im Stiftungsvorstand sein wolle, und ich sagte ihr, ich hätte da ein ungutes Gefühl. Ich sagte: ›Weißt du, Olga, wenn das Haus von besuchenden Studenten benutzt werden soll, dann wird es verschiedene Ausgaben geben. Die Stiftung wird Geldmittel aufbringen müssen. Das könnte alles sehr kompliziert werden.‹ Und so lehnte ich, ganz sanft, ab.

Das nächste Mal, als ich Jane sah – es war auf einer Party im Palazzo Brandolini – bat ich sie, mir von der Stiftung zu erzählen. Und sie antwortete mit einem breiten Grinsen: ›Ich helfe bloß einer alten Dame, das zu tun, was sie tun will.‹

»Dann fragte ich sie ausdrücklich danach, wer denn im Vorstand der Stiftung sitze. Ich fühlte mich zu der Frage berechtigt, da Olga mir schließlich die Mitgliedschaft angeboten hatte. ›Das geht Sie nichts an!‹, fauchte sie und stapfte aus dem Raum. Ich witterte Unrat. Etwas später erwischte ich sie noch einmal und sagte: ›Diese letzte Bemerkung von

Ihnen war das einzig Aufschlussreiche, was Sie über die Stiftung gesagt haben.«

Dann kam der Vorfall mit den verschwindenden Papieren. Olga hatte mehrere große Truhen voller Papiere in ihrem Erdgeschoss eingelagert. Einmal, zur Weihnachtszeit, entfernte Jane die Truhen, um Platz für Olga zu schaffen, wie sie behauptete, und die Papiere vor Hochwasser in Sicherheit zu bringen. Entweder hatte Olga vergessen, wo Jane sie hingetan hatte, oder Jane hatte es ihr gar nicht erzählt. Jedenfalls machte sich Olga bald darauf Sorgen um die Papiere und beschwerte sich bei mehreren Leuten, dass Jane ihre Truhen fortgeschafft habe und dass sie, Olga, nicht wisse wohin. Schließlich bat sie Jane, sie ihr zurückzubringen, was diese auch tat. Doch Olga zufolge waren sie leer, als sie sie öffnete.

An dieser Stelle betrat Arrigo Cipriani, der Eigentümer von Harry's Bar, die Bühne. Cipriani war in einem Haus an der Ecke der Calle Querini und dem Rio Fornace aufgewachsen. Die hinteren Fenster von Olgas Haus blickten auf den Garten der Ciprianis.

Ohne Cipriani zu erzählen, worüber ich mit ihm sprechen wollte, verabredete ich ein Treffen mit ihm. Wie vereinbart ging ich eines Morgens um elf zu Harry's Bar. Die Kellner und Barkeeper eilten umher, um das Restaurant fürs Mittagessen herzurichten. Ein Postbote kam herein und deponierte einen Stapel Briefe auf der Theke. Arrigo Cipriani kam ein paar Minuten später. Er trug einen gediegenen dunkelblauen Anzug mit betonten Reversspitzen. Er war in sportlicher Verfassung, immer noch der agile Schwarzgurt-Karatekämpfer.

»Macht es Ihnen etwas aus, wenn wir uns im Gehen unterhalten?«, fragte er. »Ich habe eine Verabredung.« Er führte mich die Calle Vallaresso hinunter.

»Was können Sie mir über die Ezra Pound-Stiftung erzählen?«, fragte ich, während ich neben ihm ging. Ciprianis Miene wechselte von fröhlich zu ernst. »Eine hässliche Geschichte«, meinte er.

Ein Arbeiter, der einen Karren schob, rief ihm »Ciao, Arrigo!« zu, als wir schnellen Schrittes an ihm vorbeigingen. Cipriani winkte und bog dann in eine schmale Gasse zwischen zwei Gebäuden ein, immer noch im rasenden Tempo.

»Jane Rylands kam zu mir«, sagte er, »und erzählte mir, sie mache gerade Olga Rudges Haus sauber. Sie fragte, ob sie ein paar Dinge in ein *magazzino* tun könne, einen Lagerraum, den ich im Haus nebenan von Olgas besitze. Nur ein paar Kisten, sagte sie. Das Erdgeschoss war leer, also sagte ich, in Ordnung.«

Cipriani nahm einen weiteren Abzweig, und zwei Geschäftsleute grüßten lächelnd, als wir an ihnen vorbeigingen: »Ciao, Arrigo!«

»Eine Weile später«, fuhr Cipriani fort, »höre ich von Arbeitern, die in der Nähe zu tun hatten, dass Jane Rylands bei meinem *magazzino* ein und aus geht. Dann traf ich zufällig Joan FitzGerald auf der Straße. Sie wissen, Joan FitzGerald, die Bildhauerin, eine sehr enge Freundin von Pound und Olga. Sie hat eine Skulptur von dem Alten gemacht, die steht jetzt in der National Portrait Gallery in Washington. Ich erzählte Joan, dass ich ein paar Sachen von Olga hätte, und Joan erzählte mir, Olga mache sich Sorgen um ihre Habseligkeiten. Sie sagte, Jane Rylands habe mehrere Kisten weggenommen und sie leer zurückgebracht, und jetzt wisse Olga nicht, wo der Inhalt sei. Ich sagte: ›Ich glaube, ich weiß, wo er ist. Ich werde nachsehen.‹

Nur um sicherzugehen«, sagte Cipriani, »ging ich zum *magazzino*, und da waren sie: große Stapel von Papieren, die in Klarsichtfolie eingewickelt waren. Sie waren beschriftet.

›Nicht berühren‹ stand da drauf, ›Eigentum der Ezra-Pound-Stiftung‹. Ich rief Joan und zwei befreundete Geschäftsleute an und sagte: ›Kommt mal her!‹

Es war Ostersonntag. Wir gingen mit Olga ins *magazzino*, und sowie sie die Papiere sah, sagte sie: ›Das sind meine Sachen!‹ Sie wollte alles sofort wieder zurücktragen, aber bei ihr war kein Platz mehr. Ich sagte: ›Warten Sie! Ich habe eine bessere Idee. Ich besitze noch ein *magazzino* gleich auf der anderen Seite der *calle*. Ich habe die Schlüssel dabei.‹ Und so trugen wir Papiere und Kisten über die Straße, verstauten sie in dem andern Lagerraum bei Nummer 248 und schlossen ab. Ich war jetzt sehr sauer. Mir wurde klar, dass ich mich von Jane, ohne es zu ahnen, zum Komplizen hatte machen lassen, ganz gleich ob das, was sie da getan hat, legal war oder nicht. Es hätte mich in große Schwierigkeiten bringen können. Und jetzt, wo ich diese Papiere mit den ›Nicht berühren‹-Schildern bewegt hatte, musste ich auch noch befürchten, Jane könnte mich beschuldigen, ihr Eigentum gestohlen zu haben. Deswegen ließ ich alle, die dabei waren, ein Stück Papier unterschreiben, auf dem stand, dass wir die Kisten bloß umgestellt hatten.«

Cipriani ging um eine weitere Ecke, und plötzlich befanden wir uns im hellen Sonnenlicht am Fuße der Rialto-Brücke.

»Wissen Sie«, sagte er, »ich hatte von Anfang an ein komisches Gefühl. Nachdem ich Jane gesagt hatte, sie könne die Sachen in mein Lager tun, fragte sie mich, ob ich gerne im Vorstand der Ezra-Pound-Stiftung wäre. Was weiß ich denn schon von den Gedichten Ezra Pounds?«

Zwei Männer, die in einem Türeingang standen, riefen Arrigo zu und winkten ihn zu sich.

»*Ciao! Subito, subito!*« (Ich komme gleich), sagte er. Dann, zu mir gewandt: »Na ja, das war's. Wie gesagt, eine hässliche Geschichte.«

Die Episode der verschwindenden Papiere wurde ein Wendepunkt in den Geschicken der Ezra-Pound-Stiftung. Jane hatte Olga erzählt, sie habe die Papiere fortgeschafft, um sie vor Hochwasser zu schützen, aber jedem war klar, dass das Erdgeschoss von Arrigo Ciprianis *magazzino* sich auf derselben Höhe befand wie Olgas und daher um nichts sicherer war.

Harald Böhm, ein Bildhauer, erzählte mir, Jane habe ihn bei der Verlegung der Papiere eingespannt. »Jane fragte mich, ob ich ihr helfen würde, einige Möbel umzustellen. Es war Weihnachten. Ich sagte zu, weil sie eine gewisse Macht in der Kunstwelt hatte. Sie konnte Verbindungen zwischen Reichen und Künstlern herstellen, und zu der Zeit hatte ich die Hoffnung, sie könnte mir einen großen Auftrag vermitteln. Aber als ich bei Olga erschien, stellte sich heraus, dass wir Papiere umräumen würden, keine Möbel. Jane sagte, die Papiere seien sehr wertvoll, und wenn man sie in Olgas Haus lassen würde, könnte jemand sie stehlen, oder Olgas Familie könnte sie verkaufen. Jane redete, als täten wir etwas Heldenhaftes. Aber mir fiel auf, dass Jane Olga mit einem Gespräch im oberen Stock ablenkte, während Philip und ich die Papiere aus dem Haus schafften. Ich hatte den Eindruck, Olga wusste nicht, was wir da taten, und das beunruhigte mich. Ich wusste, dass sie so eine Art Alzheimer hatte. Das wusste jeder. Irgendwie hatte ich das ungute Gefühl, dass Olga da reingelegt wurde und dass ich mich dazu hatte missbrauchen lassen, dabei mitzuhelfen. Ich hatte Angst verhaftet zu werden, vor allem als Jane danach sagte: ›Kein Sterbenswörtchen zu irgendjemand über das, was heute war, sonst *peggio per te* – steht's schlecht für dich.‹«

Freunde von Olga, deren Verdacht bereits geweckt war, waren alarmiert, als sich die Episode mit den verschwundenen Papieren ereignete. Mehrere Leute riefen Mary de Rachewiltz an und flehten sie an, schnell nach Venedig zu kommen und herauszufinden, was da los war. An ihrer Stelle kamen Walter und sein Vater, Boris de Rachewiltz, und baten Olga, ihnen die Gründungspapiere der Stiftung zu zeigen. Olga sagte, sie habe keine, Jane Rylands habe sie. Als Boris und Walter schließlich die Dokumente lasen, war ihnen klar, was Olga getan hatte. Und, schließlich, Olga ebenfalls. Zu Christopher Cooley sagte Olga einfach: »Was war ich doch für ein Dummkopf. Ach, was war ich doch für ein Dummkopf.«

Nachdem sie entdeckt hatte, dass die Stiftung das Instrument war, mittels dessen ihre Mutter sie so gut wie enterbt hatte, suchte Mary de Rachewiltz Hilfe von Freunden in Venedig. Einer der Menschen, an die sie sich wandte, war Liselotte Höhs, eine österreichische Künstlerin, die in der Nähe der Gondelwerkstatt von San Trovaso wohnte, unweit von Olga. Liselotte und ihr verstorbener Mann, der Anwalt Giorgio Manera, waren mit Olga und Pound befreundet gewesen und hatten es im Verlauf der Jahre zur Tradition gemacht, sie zum Weihnachtsessen einzuladen. Nach Pounds Tod hatte Olga den Wunsch geäußert, in Venedig eine Stiftung zu gründen, die Pounds Gedenken gewidmet sein sollte, und Liselotte hatte versucht, ihr zu helfen. Sie begleitete Olga zu einem Treffen mit dem Leiter der Cini-Stiftung und als Olgas Vertreterin sprach sie alleine mit den Leitern der Marciana-Bibliothek und des Palazzo Grassi. Aber es gelang ihr zu dem Zeitpunkt nicht, irgendwelche Zusagen einzuholen.

Mary hatte Liselotte Kopien der Gründungspapiere der Stiftung gegeben, und Liselotte war erbost über das, was sie da sah. Mir wurde gesagt, dass sie die Kopien noch habe, und als ich sie anrief, lud sie mich ein, zu kommen und sie mir anzusehen.

Wir saßen in ihrem Wohnzimmer, einem großen Atelier

mit einer hohen Decke und einem Dachfenster nach Norden. Liselotte war eine leidenschaftliche Walküre mit blitzenden Augen und blonden Haaren, die ihr über den Rücken wallten.

»Mary wusste nicht mehr ein und aus«, sagte sie. »Sie flehte mich an, ihr doch bitte zu helfen, einen Anwalt zu finden. Es war Olga wichtig, dass die Entscheidungsgewalt auf jeden Fall in Venedig blieb und dass ihr Enkel Walter mit einbezogen wurde. Er war ihr Liebling.«

Liselotte reichte mir die Gründungsdokumente der Stiftung. Sie waren in englischer Sprache abgefasst. Die Stiftung war als eine gemeinnützige Körperschaft am 17. Dezember 1986 registriert worden – in Ohio. Das Hauptbüro befand sich in Cleveland, nicht in Venedig.

»Wieso Ohio?«, fragte ich.

»Eine gute Frage«, sagte Liselotte.

Jane stammte aus Ohio, erinnerte ich mich. Und Olga war zwar in Youngstown geboren, aber zu dem Zeitpunkt, da diese Papiere unterschrieben wurden, hatte sie seit achtzig Jahren nicht mehr in Ohio gelebt.

Die Stiftung hatte drei Vorstandsmitglieder: Olga Rudge als Präsidentin, Jane Rylands als Vizepräsidentin und einen Anwalt aus Cleveland als Sekretär. Die Satzung der Stiftung sah vor, dass zwei der drei den dritten überstimmen konnten. Das bedeutete, dass Olga von Anfang an die Kontrolle über die Stiftung an Jane Rylands und einen Anwalt aus Cleveland abgegeben hatte, von denen weder die eine noch der andere Ezra Pound jemals gekannt hatte oder irgendwelche Fachkenntnisse über sein Leben und sein Werk besaß.

Als Nächstes reichte Liselotte mir einen Vertrag zwischen Olga und der Stiftung, diesmal auf Italienisch, in dem Olgas ausdrückliche und kostenlose Überlassung ihres Hauses an die Stiftung dokumentiert wurde. Als sie ihn unterschrieb, war Olga zweiundneunzig.

Liselotte gab mir dann einen zweiten Vertrag. In diesem erklärte Olga sich einverstanden, der Stiftung ihren gesamten Besitz zu verkaufen, alle »Bücher, Manuskripte, Tagebücher, private Korrespondenz, Zeitungsausschnitte, Schriften, Papiere, Dokumente aller Art, Zeichnungen, Bücher und Alben mit Zeichnungen und Skizzen, Fotografien, Tonbänder und Kassettenbänder und weitere Gegenstände, die der Sammlung vor ihrem Tode noch einverleibt werden könnten« – alles für den Betrag von 15 Millionen Lire, oder siebentausend Dollar, die Olga, dem Vertrag zufolge, bereits empfangen hatte.

Die Aussage dieses Vertrages war sehr deutlich. Für einen lächerlichen Betrag hatte Olga nicht nur die über fünfzig Jahre angesammelte Korrespondenz mit Ezra Pound verkauft, sie hatte auch Briefe verkauft, die berühmte literarische Persönlichkeiten an sie und an Pound geschrieben hatten, wie etwa T. S. Eliot, Samuel Beckett, e. e. cummings, H. L. Mencken, Marianne Moore, Robert Lowell, Archibald MacLeish, William Carlos Williams, Ford Madox Ford, wie auch Entwürfe für die *Cantos*, Bücher, die Randnotizen und Anmerkungen Pounds enthielten, sowie Erstausgaben von Büchern mit handgeschriebenen Widmungen ihrer Autoren an Pound. Der Gesamtwert der Sammlung hätte annähernd $1 Million Dollar betragen können, angesichts des damaligen Marktes für Poundiana. Jede beliebige Stückzahl wäre für sich allein schon mehr wert als der Verkaufspreis für die ganze Sammlung. Unter den wertvollsten wären die Notizbücher des Bildhauers Henri Gaudier-Brzeska gewesen, eines Gründers, zusammen mit Pound, des Vortizismus. Gaudier-Brzeska starb im Ersten Weltkrieg im Alter von vierundzwanzig, wodurch seine Notizbücher einen besonderen Seltenheitswert hatten.

»Hatte Olga ihren eigenen Anwalt dabei, als sie all das hier unterschrieben hat?«, fragte ich.

»Ich glaube nicht.«

Als Olga endlich begriff, was passiert war, wurde sie hysterisch. Sie rief Joan FitzGerald mitten in der Nacht an, sagte, sie wolle die Stiftung auflösen und eilte hinüber zur Accademia-Brücke, um sie unter Tränen zu sprechen. Liselotte gab mir ein weiteres Blatt. Es war die Fotokopie eines handgeschriebenen Briefes in Olgas großer, klarer Handschrift, adressiert an den Anwalt in Cleveland:

24. April 1988

Sehr geehrter Herr,
Ich möchte Ihnen mitteilen, dass es mein fester Entschluss ist, die »Ezra-Pound-Stiftung« aufzulösen.

Ich habe die Schenkung meines Hauses in Dorsoduro 252, Venedig, widerrufen – ich möchte es ganz und gar deutlich machen, dass ich nie wissend mein Archiv der »Stiftung« noch sonst wem verkauft habe. Irgendeine diesbezügliche Übertragungsurkunde kann nur auf einem Missverständnis beruhen.

Hochachtungsvoll,
Olga Rudge

Die Antwort, die sieben Wochen später verschickt wurde, teilte Olga mit, dass die Ezra-Pound-Stiftung nicht einfach aufgelöst werden könnte, nur weil sie es so wollte. Dazu wäre eine Stimmenmehrheit der Vorstandsmitglieder erforderlich. Und selbst wenn die Vorstandsmitglieder dafür stimmten, die Stiftung aufzulösen, könnte ihr Eigentum nicht an Olga zurückgegeben werden, sondern es müsste an eine andere abgabenfreie Institution weitergegeben werden. So lautete das Gesetz, hieß es.

Anscheinend schrieb Olga mehrere Briefe, in denen sie ihren Wunsch erklärte, die Stiftung aufzulösen. Liselotte gab mir einen weiteren, datiert 18. März 1988. Dieser war an niemanden Bestimmtes gerichtet. »Es ist immer meine Absicht gewesen«, schrieb Olga, »dass jeglicher Stiftung, die im Namen von Ezra Pound gegründet wird, Kuratoriumsmitglieder der Cini-Stiftung, der Ca'Foscari Universität, der Marciani-Bibliothek und mein Enkel Walter de Rachewiltz angehören ...« Die Handschrift war eindeutig Olgas, aber es ließ sich nicht feststellen, ob sie die Briefe in ihren eigenen Worten geschrieben hatte oder ob sie von jemand anderem verfasst und dann von Olga niedergeschrieben worden waren.

Angesichts all dieser Aufregung – Freunde von Olga, die gegen die Stiftung Stellung bezogen, Olga selbst, die erklärte, sie wolle sie auflösen – hätte man denken können, dass Jane Rylands einen Rückzieher machen würde, etwa mit den Worten: »Es tut mir ja so leid. Ich wollte doch nur helfen.«

Aber es dauerte noch zwei Jahre, bis sie schließlich die Papiere der Universität Yale zur Aufbewahrung anvertraute. Dann löste sie die Stiftung auf. Es gab Gerüchte, dass Yale für den Rechtsanspruch auf die Papiere eine beträchtliche Summe Geldes an Jane ausbezahlt habe, aber es blieb bei Mutmaßungen.

Aus welchen Gründen auch immer wurde in der venezianischen Presse nie über die Geschichte mit der Ezra-Pound-Stiftung und dem unsicheren Schicksal von Olga Rudges Haus und Papieren berichtet. Doch es sprach sich herum und Jane und Philip Rylands kamen ins Gerede.

Als die Rylands im Jahr 1973 in einem VW-Bus in Venedig ankamen, war Folgendes über sie bekannt: Jane wurde in Ohio geboren, machte einen Abschluss am College of William and Mary und zog daraufhin nach England, wo sie in der amerikanischen Luftwaffenbasis Mildenhall, in der Nähe von Cambridge, Aufsatzschreiben unterrichtete. Sie war extrovertiert, ehrgeizig, belesen in englischer und amerikanischer Literatur, engagiert anglophil und beliebt bei den Jungs in Cambridge, weil sie ihnen gebratene Hähnchen auftischte, die sie im PX-Laden der Luftwaffenbasis bezog. Philip war Student am King's College, Cambridge, als er Jane kennen lernte. Er war schüchtern, ernst und dafür bekannt, dass er der Neffe von George »Daddy« Rylands war, einem bedeutenden Shakespeare-Gelehrten, Schauspieler und Regisseur. Daddy Rylands war ein überlebendes Bindeglied zum Bloomsbury-Kreis, ein Protégé von Lytton Strachey und immer noch ein allseits geliebter Fellow am King's College, wo er seit 1927 dieselben Zimmer bewohnte. Seine Wohnung war von der Malerin Dora Carrington verziert worden und wurde von zahllosen Intellektuellen besucht. Virginia Woolf beschrieb einen luxuriösen Lunch dort in ihrem Buch *A Room of One's Own*.

Angeblich waren Philips Eltern alles andere als begeistert über seine Heirat mit der zehn Jahre älteren Jane.

Als sie in Venedig ankamen, hatte Philip lange Haare, die an den Seiten mit zwei Spangen zurückgehalten wurden, und Jane kleidete sich hausbacken und trug das Haar in einem Knoten. Philip schrieb noch an seiner Dissertation, für deren Beendigung er beinahe zwölf Jahre brauchen würde. Währenddessen ernährte Jane sie beide, indem sie in der amerikanischen Luftwaffenbasis in Aviano unterrichtete, ein Stunde nördlich von Venedig.

Anfangs kannten sie keine Menschenseele in Venedig, aber Philip besuchte regelmäßig die St. George's Church, damals der Brennpunkt des gesellschaftlichen Lebens angloamerikanischer Ausländer. Dort lernte er Sir Ashley Clarke kennen, den ehemaligen britischen Botschafter in Italien, der *Venice in Peril* vorstand, dem britischen Gegenstück zu *Save Venice*. Sir Ashley und Lady Clarke fanden Gefallen an den Rylands, die ihrerseits aufmerksam und hilfreich gegenüber den Clarkes waren. Philip begann sich bei *Venice in Peril* zu engagieren, und es wurde gemunkelt, dass er irgendwann Sir Ashleys Nachfolge antreten würde. Die beiden arbeiteten zusammen an einer kleinen Broschüre, die anlässlich der Restaurierung der Kirche Madonna dell'Orto herausgegeben wurde. Es dauerte nicht lange und Jane und Philip veränderten ihr Aussehen: Philip ließ sich die Haare auf eine anständige Länge kürzen, und Jane gab sich allmählich modischer in Kleidung und Frisur.

Sie galten jetzt als das gescheite neue junge Paar in der Stadt, dem von alteingesessenen Angelsachsen unter die Arme gegriffen wurde, allen voran von der Bildhauerin Joan FitzGerald, die sie in die einschlägigen Kreise einführte. Sie lernten John Hohnsbeen kennen, der seit den 50er Jahren mit Peggy Guggenheim befreundet war. Hohnsbeen seinerseits machte sie mit Peggy bekannt, und beinahe sofort begannen Philip und Jane sich bei ihr einzuschmeicheln. Jane kaufte für Peggy Hundefutter und verschiedene Vorräte zu reduzierten Preisen im PX in Aviano, führte Peggys Hunde aus, bot sich an, im Haushalt mitzuhelfen. Kurzum, sie machten sich unentbehrlich für Peggy.

Anfangs war John Hohnsbeen erleichtert, dass Jane und Philip Peggy so zur Hand gingen: das nahm ihm etwas Last von den Schultern. Seit Jahren war Hohnsbeen von Ostern bis November nach Venedig gekommen, um bei Peggy zu bleiben und als unbezahlter Kurator ihrer Sammlung zu fungieren. Nach Peggys Tod setzte er seine venezianischen Sommer in einer Mietwohnung fort. Es war immer Hohnsbeens Angewohnheit gewesen, den größten Teil des Tages am Pool des Cipriani zu verbringen, wo ich ihn auch fand, während er gerade einen spartanischen Lunch einnahm und mit Freunden aus dem internationalen Jetset plauderte. Gegen eine gepfefferte Gebühr konnte sich jeder, der in Venedig wohnhaft war, den ganzen Sommer über einen täglichen Platz am Pool sichern.

»Ich war ein Hausgast, der sich das Vergnügen hart erarbeitet hat«, sagte Hohnsbeen, dessen weiße Haare quer über die sonnenverbrannte Stirn gekämmt waren, so dass er wie Pablo Picasso aussah. »Peggy und ich waren so eine Art Paar. Ich hatte eine Galerie in New York gehabt und kannte den größten Teil der alten Garde der New Yorker Kunstwelt. Zu Beginn der Saison hängte ich Peggys Ausstellung auf und am Ende hängte ich sie wieder ab, was mit allen möglichen unangenehmen Aufgaben verbunden war, wie zum Beispiel Maden von der Rückseite von Max Ernsts *Antipope* abzukratzen, weil es in der Surrealisten-Galerie gehangen hatte, am Kanal, wo es sehr feucht war. Die Maden waren ganz verrückt nach dem Leim.

Die ersten paar Jahre mit Peggy waren wundervoll, aber dann begann sie an Arterienverkalkung zu leiden, und das war schrecklich. Wenn ich spät abends zu ihr ging, musste ich erst an der ganzen Kunst vorbei – zwischen dem Calder hindurch, vorbei an den Strichfiguren von Giacometti, deren Arme ständig kaputtgingen, doch nicht durch meine Schuld, dann rechts um die Ecke, noch dem Pevsner ausweichen, und dann war ich in ihrem Schlafzimmer. Ich war bei ihr, als sie ihren ersten Herzanfall hatte und ihr Gesicht sich so merkwürdig verzog. Danach verwahrte Peggy eine fünfzehn Pfund schwere Kuhglocke neben ihrem Bett, und ich musste meine Tür offen lassen, damit ich hören konnte, wenn sie mit der Glocke bimmelte, um dann gleich aufzuspringen und ihr zu Hilfe zu eilen. Ich hatte rund um die Uhr zu tun.

Ich mochte Jane und Philip«, fuhr Hohnsbeen fort. »Wir verbrachten viel Zeit miteinander, und Jane ist eine schrecklich gute Köchin. Peggy hatten sie auch für sich gewonnen. Und zwar mit gefrorenem Maiskolben. Jane brachte welchen vom P X in Aviano mit, und es war der Schlüssel zu Peggys Herz. Aber ständig warnten mich die Leute: ›Sieh dich vor dieser Jane Rylands vor!‹«

»Wer hat Ihnen das gesagt?«, fragte ich.

»Ach, jeder. Und dann fing es auch schon an, dass Jane und Philip Peggy zum Abendessen einluden, aber nicht mich. Sie erzählten mir nichts davon. Sie haben sie immer hinausgeschmuggelt. Zu dem Zeitpunkt war Peggy schon eine halbe Invalidin, es muss also eine Riesenmühe für sie gewesen sein, sie hochzuheben, sie auszuführen und zurückzubringen. Peggy war Schwerarbeit, und es gab nicht viele, die sich darauf einließen. Während des Sommers ging der Unfug hinter meinem Rücken weiter. Es lief auf Hochtouren, als ich im November wegging, und setzte sich fort bis zu meiner Rückkehr im Frühling.«

Als Peggy sich im Endstadium ihrer Krankheit befand, im Herbst 1979, waren Philip und Jane so gut wie ihre Pfleger geworden. Sie besaßen Schlüssel zu ihrem Haus. Sie kümmerten sich um ihre Geschäfte. Sie brachten sie zum Krankenhaus in Padua. Einen Tag nach Peggys Tod traf der Direktor des Guggenheim Museums in New York, Thomas Messer, in Venedig ein, um das Grundstück in Besitz zu nehmen. Er traf Philip Rylands im überfluteten Erdgeschoss an, wo dieser gerade Gemälde wegräumte, um sie vor Wasserschäden zu bewahren. Da er jemanden vor Ort brauchte, der die Anweisungen des New Yorker Büros ausführte, bat Messer Philip, als zeitweiliger Aufseher zu fungieren. Später ernannte er Philip zum ständigen Verwalter. Der Aufstieg der Rylands hatte begonnen.

Es war von Anfang klar, dass Jane Rylands die Absicht hatte, eine Rolle bei der Leitung des Museums zu spielen, sehr zu Messers Verdruss. »Einmal«, erzählte mir Messer, »gab ich Philip in Janes Anwesenheit Anweisungen, bezüglich einer wahrscheinlich zweitrangigen Verfahrensfrage, worauf sie sofort mit ›Nein! Das geht nicht!‹ dazwischenfuhr. Ich fand es reichlich unverschämt von ihr, sich so einzumischen. Ich wurde sehr böse und ließ sie wissen, dass sie sich nicht als Teil der Museumsleitung zu betrachten habe. Aber sie schaltete auf stur und maßte sich einfach weiterhin Autorität an, die ihr niemand gegeben hatte. Sie hat Philip völlig beherrscht. Ich fand, er war der traurigste Pantoffelheld, der mir jemals begegnet war.«

Als die Rylands ihren Guggenheim-Leumund fest in der Hand hatten, nutzte Jane ihre Position auf eine Weise, die man nur als brillant bezeichnen konnte. Sie übernahm eine Vortragsreihe im Gritti und lud solche Koryphäen ein wie Stephen Spender, Arthur Schlesinger, Peter Quennell, John Julius Norwich, Brendan Gill, Adolph Green, Hugh Casson und Frank Giles, Herausgeber der *Sunday Times* in London. Sie gab Dinnerpartys, und zu jenen, die sich in ihr Gästebuch eintrugen, zählten neben den Referenten vom Gritti Persönlichkeiten wie Adnan Khashoggi, die Politikwissenschaftlerin und Diplomatin Jeane Kirkpatrick und Königin Alexandra von Jugoslawien. »Als ich mir ihr Gästebuch ansah«, sagte Helen Sheehan, Praktikantin am Guggenheim in den 80ern, »wurde mir klar, dass Jane eine Menge Energie hineinsteckte, sich ein gesellschaftliches Leben zu schaffen. Sie sagte immer zu mir: ›Man muss in der Gesellschaft vorankommen.‹«

Jetzt, da das implizierte Plazet des Guggenheim ihren Status und ihren Einfluss aufwertete, betätigte sich Jane inoffiziell als Künstleragentin, brachte wohlhabende Mäzene mit Malern und Bildhauern zusammen, die in Venedig lebten. Das verlieh ihr eine gewisse Macht unter Künstlern in Venedig. So bat sie etwa den amerikanischen Maler Robert Morgan, für sie ein kleines Porträt von Olga zu malen, nur Olgas Kopf. Als es fertiggestellt war und Morgan die Frage der Bezahlung zur Sprache brachte, schlug Jane ein sehr niedriges Honorar vor, mit dem Hinweis, dass es Morgans Ruf außerordentlich zugute kommen würde, wenn die Leute sein Werk an ihrer Wand hängen sähen.

Bei mindestens einer Gelegenheit gab Jane einem Künstler gute Ratschläge für seine Arbeit. »Sie sagte mir, in Italien würden demnächst die Faschisten wieder erstarken«, erzählte Harald Böhm, »und ich solle figurativer arbeiten, wahrscheinlich um dann zeitgemäß zu sein oder so. Ich fand das sehr merkwürdig.«

Mary Laura Gibbs war eine Kunsthistorikerin aus Texas, die 1979 nach Venedig zog und eine gute Freundin der Rylands wurde. »Jane muss man aber schon zugute halten, dass sie die intellektuelle Szene in Venedig belebt hat«, erzählte sie. »Ich hatte den Eindruck, sie erkannte frühzeitig, dass das Leben in Venedig eigentlich ziemlich langweilig war. Sie hat sich umgesehen und gedacht: ›Hier kann ich gesellschaftlich und intellektuell etwas darstellen.‹ Ich glaube, sie sah die Möglichkeit, so etwas wie einen Salon zu gründen.

Aber manchmal nahm sie sich selbst etwas zu wichtig. Ich erinnere mich noch sehr lebhaft daran, als der Prinz und die Prinzessin von Wales Venedig besuchten. Es war vorgesehen, dass sie an einem Gottesdienst in der Englischen Kirche teilnehmen, und die Mitglieder der Gemeinde konnten Eintrittskarten dafür bekommen. Ich hatte zwei. Mein Dienstmädchen, Patrizia, die sehr nett war, wollte sehr gerne hingehen, und ich sagte Jane, ich würde Patrizia meine andere Karte geben. Jane geriet in Rage und sagte: ›Kommt nicht in Frage!‹ Und ich: ›Wie bitte?‹ Und dann sagt sie: ›Ich denke, das wäre ein Affront gegen den Prinzen und die Prinzessin! Wollen Sie etwa, dass es dazu kommt?‹

Es fiel Jane merkwürdig leicht, sich Menschen zum Feind zu machen. Es bildeten sich zwei Lager: die Anti-Rylands-Gruppe und die Rylands selbst. So was wie ein Pro-Rylands-Lager gab's eigentlich gar nicht.«

Vincent Cooper, der junge amerikanische Maler, fragte Jane Rylands einmal, warum so viele Leute sie nicht mochten. »Irgendwie löse ich bei Menschen feindselige Gefühle aus«, erwiderte sie. »Ich weiß auch nicht warum. Ich schätze, ich bin nicht sehr feinfühlig. Kein Weichspüler.« Cooper zufolge hatte »Mrs. Rylands wenig oder nichts übrig für Olgas alte Freunde, von denen viele auch Pound gekannt hatten. Für sie waren sie lediglich nutzlose und lästige Figuren, denen zuzutrauen war, dass sie mal was mitgehen ließen. Mrs. Rylands Sorge um die Sicherung des Inhalts des Hauses hielt ich jedenfalls für aufrichtig.«

So aufrichtig diese Sorge zweifellos war, vollkommen selbstlos war sie sicher nicht. Zu der Zeit stand Jane Rylands im Begriff, die Kontrolle über Olgas Bücher und Papiere zu erlangen, und wenn somit Olga bestohlen würde, dann wäre es in gewisser Weise das Gleiche gewesen, als würde Jane Rylands selbst bestohlen.

Auf literarischer Ebene schätzte Jane Philips Verwandtschaft mit seinem Onkel, dem Cambridge-Professor Dadie Rylands, und, durch Dadie, die Verbindung zum Bloomsbury-Kreis und damit zum halben literarischen England. Um diese Verbindung zu würdigen und zu verkünden, gab sie Julian Barrow – einem englischen Maler, der in John Singer Sargents Atelier in der Tite Street 33 in London lebte – den Auftrag, ein Bild von Dadie in seinen Räumen im King's College zu malen. Als das Gemälde fertig war, bat Jane Barrow,

Philip in das Bild hineinzumalen. Barrow, den diese Bitte telefonisch erreichte, erzählte mir, er sei empört gewesen und habe sich freundlich geweigert. »Ich sagte ihr, das würde zu sehr ... ablenken.«

Philip Rylands' Aufstieg im Peggy-Guggenheim-Museum wurden von einigen bösen Kommentaren begleitet, vor allem beschwerte man sich, dass er als Fachmann für die Renaissance doch wohl kaum qualifiziert sei, eine Galerie für moderne Kunst zu leiten. Es gab auch Gerüchte, Jane habe Philip in eine Position manövriert, die eigentlich für John Hohnsbeen vorgesehen gewesen war. Doch Messer zufolge hatte Peggy sich nie darüber geäußert, wer nach ihrem Tod das Museum vorzugsweise leiten sollte. Weder wurde John Hohnsbeen genannt noch Philip Rylands. Zu dem Zeitpunkt schlug Philips Ernennung keine hohen Wellen.

Doch als beinahe zehn Jahre später die Affäre um Olga Rudge ans Tageslicht kam, sah man die Rylands-Peggy-Guggenheim-Verbindung nachträglich mit etwas anderen Augen. So mancher meinte ein Muster zu erkennen, eine serielle Umwerbung der Bejahrten in Dorsoduro: zuerst Sir Ashley und Lady Clarke, dann Peggy, dann Olga.

«Selektive Gerontophilie« war die Bezeichnung, die Mary Laura Gibbs wählte. »Vor der Sache mit Rudge«, sagte sie, »hätte ich Jane und Philip gegen jede Kritik über ihre Absichten bezüglich Peggy verteidigt. Sie waren gut zu ihr, vor allem Jane. Aber als es dann alles noch mal mit Olga Rudge passierte, wurde ich stutzig.« Jetzt, da sie wieder darüber nachdachte, erinnerte sich Mary Laura Gibbs, dass Olga irgendwann ihr Missvergnügen über Janes Einmischung geäußert hatte. »Olga ließ beiläufig leicht negative Bemerkungen fallen wie: ›Ich würde Ihnen ja gerne eine Partitur zeigen, aber Jane Rylands hatte das alles fortgeschafft.‹ Bei ihr machten sich allmählich Misstrauen und Unbehagen breit.«

Als das Wesentliche über die Stiftung erst einmal bekannt war, sprangen Olgas Freunde für sie in die Bresche, schrieben Briefe und führten Telefonate. Joan FitzGerald, deren anfängliche Begeisterung für Jane und Philip längst erkaltet war, rief den amerikanischen Botschafter in Rom, Maxwell Rabb, an. Rabb versprach sich umzuhören und erstattete Bericht: »Jane und Philip Rylands haben anscheinend eine Menge Freunde.«

James Laughlin, Gründer von New Directions und Pounds Verleger seit den 30er Jahren, versuchte, Jane Rylands von der anderen Seite des Atlantiks unter Druck zu setzen. »Das war vielleicht eine Arbeit, diese Frau loszuwerden!«, dröhnte er ins Telefon, als ich ihn daheim in Connecticut erreichte. »Es war nicht ihre Aufgabe, was sie da getan hat! Es hat Donald Gallup fünfunddreißig Jahre Schwerstarbeit gekostet, das Pound-Archiv für die Beinecke-Bibliothek in Yale aufzubauen, womit er 1947 anfing. Gallup war der Direktor. Er ist durch die ganze Welt gereist, um irgendwelche Fetzen Papier aufzuspüren, musste sich mit fünf Teams von Anwälten herumschlagen und endlose Prozesse zwischen Pounds beiden Familien durchstehen, die sich darüber stritten, wer wofür die Rechte besaß. 1966 erhielt Yale von Mary fünfzehn große Kästen mit Pounds Papieren, aber diese Kästen mussten sieben Jahre ungeöffnet im Keller der Beinecke bleiben, bis die Gerichtsverfahren abgeschlossen waren. Ich wette, Mrs. Rylands hat von all dem keine Ahnung gehabt!

Und jetzt will ich Ihnen noch etwas sagen, das sie wahrscheinlich nicht gewusst hat: 1940 schrieb Pound ein Testament, in dem er alles Mary vermachte. Bücher, Grundbesitz, alles. Aber weil er zu dem Zeitpunkt, als er es aufsetzte, das Testament nicht bei einem italienischen Gericht hinterlegte, war es genau genommen nicht gültig, obwohl er später seine

Wünsche schriftlich wiederholte. Nach Pounds Entlassung aus dem St. Elizabeth's wurde Dorothy von den amerikanischen Behörden die alleinige Entscheidungsgewalt in seinen rechtlichen Angelegenheiten übertragen. Pound konnte nur mit Dorothys Unterschrift ein rechtlich gültiges Testament aufsetzen, und Dorothy hat das Testament von 1940 einfach zurückgewiesen. Sie und Omar nahmen sich Anwälte. Mary blieb nichts anderes übrig, als sich ins Unvermeidliche zu fügen und sich auch einen Anwalt zu nehmen. Am Schluss musste sie sich das Erbe mit Omar teilen. Und nach all dem kommt dann diese Rylands daher, ohne jegliche Kompetenz in Sachen Pound. Sie stürzt sich ins Getümmel und beschert einer Familie, die schon seit Jahrzehnten wegen derlei Geschichten hat leiden müssen, nur noch mehr Ausgaben und Herzensleid.«

Der ausschlaggebende Druck kam schließlich vom Kuratorium und Kontrollorgan der Guggenheim-Stiftung in New York. Eines der Kuratoriumsmitglieder war Jim Sherwood, der Eigentümer des Hotels Cipriani.

»Aus ihrer eigenen Sicht«, sagte Sherwood, »haben Jane und Philip Olgas Papiere gerettet. Nach Meinung anderer Leute in Venedig haben sie versucht, sie schlichtweg zu klauen. Die Sache mit der Ezra-Pound-Stiftung kam bei einer Kuratoriumssitzung in New York zur Sprache. Die Kuratoriumsmitglieder waren besorgt, die Kontroverse könne an die Öffentlichkeit gelangen und so das Museum in eine peinliche Situation bringen. Und außerdem fand Peter Lawson-Johnson, Vorsitzender und ein Cousin von Peggy, dass in Anbetracht von Pounds Antisemitismus Janes Engagement reichlich fragwürdig war, da es ja über Philip immerhin eine Verbindung zum Guggenheim gab. Der Vorstand stellte Philip vor die Wahl zwischen der Pound-Stiftung und dem Verbleib auf seinem Museumsposten.«

Ich fand, es war an der Zeit, wieder mit Philip und Jane Rylands zu reden. Ich erreichte Philip telefonisch in seinem Büro im Guggenheim. Angesichts dessen, mit wie vielen Personen ich bereits über das Thema gesprochen hatte, war ich nicht weiter überrascht, dass er schon auf die Erwähnung meines Namens allergisch reagierte.

»Uns liegt nichts daran, mit Ihnen zu sprechen!«

»Ich würde Ihnen gerne ein paar Fragen stellen.«

»Mir liegt nichts daran, Ihre Fragen zu hören.«

»Über die Ezra-Pound-Stiftung.«

»Ich weiß sehr wenig über die Ezra-Pound-Stiftung, und außerdem haben wir uns mit Mary de Rachewiltz abgesprochen, mit Ihnen nicht darüber zu reden.«

»Dann werde ich Ihnen die Fragen eben schriftlich zuschicken, damit Sie wenigstens die Möglichkeit haben, darauf zu reagieren. Ich will Ihnen und Jane gegenüber nur fair sein.«

»Ich werde das Zuschicken von schriftlichen Fragen als eine Verletzung unserer Privatsphäre betrachten! Wir haben nicht vor, uns von der Presse verurteilen zu lassen.«

»Das ist nicht meine Absicht.«

»Außerdem ist das alles nur Tratsch!«

»Nein«, sagte ich, »es ist kein Tratsch.«

»Was sonst?«

»Es ist Geschichte. Denn wenn Sie sich an berühmte Personen anhängen, wie Sie und Jane es offenbar gerne tun, dann werden Sie zum Teil ihrer Geschichte.«

Mary de Rachewiltz war eindeutig angenehmer, als ich sie auf der Brunnenburg erreichte, aber auch sie schien nur widerwillig über die Ezra-Pound-Stiftung sprechen zu wollen.

»Es war mir peinlich, als sich die Sache mit den Rylands ereignete«, sagte sie. »Es waren sehr nette Leute. Sie waren sehr nett zu meiner Mutter, viele Jahre lang. Sie haben mir einige Sorgen abgenommen.«

»Haben Sie sich alle abgesprochen, mit mir nicht über die Ezra-Pound-Stiftung zu sprechen?«

»Nein«, sagte sie, »aber es ist uns untersagt, mit irgend jemandem über die Bedingungen der Regelung mit Yale zu reden.«

»Wieso?«

»Wir mussten Erklärungen unterschreiben, dass wir die Bedingungen vertraulich behandeln würden. Jane Rylands bestand darauf. Wir mussten uns auch bereit erklären, keine gerichtlichen Schritte gegen Jane, die Ezra-Pound-Stiftung oder Yale zu unternehmen, und dafür würde keiner von ihnen gegen uns prozessieren.«

»Hat Jane Geld von Yale empfangen?«

»Das wurde uns nie gesagt. Das war Teil der Vereinbarung. Jane Rylands kennt unseren Teil der Regelung auch nicht.«

»Haben Sie Geld empfangen?«

»Natürlich, aber es war für uns ein finanzieller Verlust. Auf dem freien Markt hätten wir das Zehnfache von dem bekommen können, was Yale für die Papiere bezahlt hat.«

Mary merkte plötzlich, dass sich jetzt ein verbitterter Unterton hineingeschlichen hatte, und machte schnell einen Rückzieher, als würde sie die Hand zurückreißen, nachdem sie eine heiße Pfanne berührt hat. »Aber es gibt wirklich keinen Schurken in diesem Stück. Meine Mutter hatte es sich einfach anders überlegt. Philip und Jane meinten es gut.«

»So hilfreich sie auch Ihnen gegenüber gewesen sein mögen«, sagte ich, »aber meinen Sie nicht, dass Jane und Philip vielleicht irgendwann ein ganz kleines bisschen zu weit gegangen sind?«

»Als es vorbei war, sagte meine Mutter zu mir: ›Ach, diese Leute. Jetzt begreife ich, warum sie mich zum Essen eingeladen haben.‹«

Diesmal ließ Mary den negativen Kommentar so stehen.

»Gab es einen Moment, wo Sie das Gefühl bekamen, dass da irgendwas nicht stimmt?«

Mary zögerte kurz. »Ja, schon. Als ich merkte, dass Jane Rylands immer mehr den Gang der Ereignisse bestimmte. Da gab's eine Menge kleiner Dinge, die mich stutzig machten. Es wurde eine Broschüre gedruckt. Ein Vortrag gehalten. Mit Copyright-Material wurde nicht richtig umgegangen.«

»Was darin gipfelte«, sagte ich, »dass ein Haus einfach verschenkt wurde. Dass Papiere ohne Ihr Wissen verkauft wurden.«

»Ja, schon. Für uns ist das Haus ein Familienschrein.«

»Hätten Sie etwas dagegen, wenn ich zur Brunnenburg kommen würde, um mich mit Ihnen für eine Stunde oder so zu unterhalten?«

»Sagen Sie«, entgegnete Mary, »warum interessiert Sie das alles so?«

»Um ganz ehrlich zu sein«, sagte ich, »hat mich die Ähnlichkeit fasziniert zwischen dem, was Ihrer Mutter passiert ist, und der Geschichte in *The Aspern Papers*. Kennen Sie diesen Roman?«

»Wir leben schon seit vierzig Jahren mit den *Aspern Papers*«, sagte sie.

Bevor ich mich auf den Weg zur Brunnenburg machte, las ich Mary de Rachewiltz' 1971 erschienene Autobiographie mit dem Titel *Discretions*, eine Anspielung auf den Titel der frühen Autobiographie ihres Vaters *Indiscretions*. Abgesehen davon, dass es eine überraschend anrührende Geschichte war, machte das Buch mich mit zwei neuen Elementen in der Saga der Ezra-Pound-Stiftung bekannt: dem angespannten Verhältnis zwischen Mary und ihrer Mutter, und Marys beinahe übertriebener Bewunderung für ihren Vater.

Weil Mary die ersten zehn Jahre ihres Lebens bei einer Pflegefamilie auf einem Bauernhof in Südtirol verbrachte, nur wenige Kilometer von der Grenze zu Österreich, wuchs sie als ein Mädchen auf, das Kühe molk, Mist schaufelte und eine deutsch-tiroler Mundart sprach. Von ihrem Pflegevater übernahm sie die Angewohnheit, auf große Entfernung zu spucken und sich die Nase mit dem Daumen zu schnauben.

Olga stellte entsetzt fest, dass ihre Tochter wie eine Bäuerin aufwuchs, mit schmutzigen Fingernägeln, rudimentären Tischmanieren und schlecht gepflegten Zähnen. Mary widersetzte sich Olgas Versuchen, sie zu einer gut erzogenen, feinen jungen Dame umzuformen. Sie kam sich wie eine Puppe vor in den modisch kurzen Kleidern, die sie auf Olgas Wunsch tragen sollte. Eine Geige, die Olga ihr geschenkt hatte, fand sie langweilig und zertrümmerte sie am Hühnerstall. In ihren Memoiren gestand sie, dass sie lieber eine Zither oder eine Mundharmonika gehabt hätte. Mary war eingeschüchtert von Olgas Beharren, dass sie Italienisch lernte und immer sprach, wenn sie in Venedig war. »Ihre strenge Haltung behinderte mich mehr, als die Sprachgrenze es getan hatte«, schrieb Mary. Es gab Zeiten, da »erschien mir Olga majestätisch und wunderschön wie eine Königin; weich und gertenschlank war sie, und lächelte meinen Vater an wie eine Fee.« Und wenn Olga Geige spielte, »sah ich keine Spur von Düsterheit, keinerlei Groll ... Ich bekam eine Ahnung ihrer großen Schönheit, und meine Angst vor ihr verwandelte sich in so etwas wie Verehrung.« Aber sobald die Musik verklang, wurde Olga ein weiteres Mal distanziert, undurchdringlich, autoritär.

Als junge Erwachsene erfuhr Mary nicht nur, dass sie unehelich war, sondern dass Olga sich eigentlich einen Jungen gewünscht hatte. In dem Moment, so schrieb sie, spürte sie, dass es unmöglich war, jemals die Zuneigung ihrer Mutter zu erlangen.

Olga war tief verletzt von *Discretions* und redete einige Jahre lang nicht mehr mit Mary. Olga besaß ein Exemplar des Buches, und Christopher Cooley beobachtete, dass es mit vielen Anmerkungen versehen war. »Immer wenn das Gespräch auf das Buch kam«, erinnerte er sich, »riss sie es aufgebracht vom Regal und fing an darin zu blättern. ›Das hier hab' ich richtig gestellt‹, sagte sie, ›und das hab' ich richtig gestellt‹. Und dann knallte sie es wieder aufs Regal.«

Zwar hatte sich die Situation mit der Zeit verbessert, aber es blieb eine geografische und emotionale Distanz zwischen beiden Frauen. Die Episode mit den Rylands, was immer sie auch sonst noch bewiesen haben mochte, machte zu Marys Verlegenheit deutlich, dass sie die Pflege ihrer Mutter größtenteils an Philip und Jane abgetreten hatte.

Im Gegensatz zu Marys Gefühlen für ihre Mutter stand die Liebe zu ihrem Vater. »Das Bild meines Vaters zeigte sich immer als eine riesige glühende Sonne am Ende einer weißen Straße«, schrieb sie. Als Pound sie mitnahm, um ihr die Sehenswürdigkeiten Veronas zu zeigen, verblassten die Monumente im Hintergrund neben seiner Erscheinung. Mary erinnerte sich, wie er, nachdem sie einen Film mit Ginger Rogers und Fred Astaire gesehen hatten, den ganzen Heimweg im Tap-Dance zurückgelegt hatte. Und sie erinnerte sich, wie sie in ihrem Zimmer im zweiten Stock des ›verborgenen Nests‹ gesessen und nach Lauten seiner Rückkehr gelauscht hatte – zuerst das Klopfen seines schwarzen Malakka-Stocks, als er in die Calle Querini bog, und dann, als er sich der Nummer 252 näherte, der Laut eines lauten, langgezogenen »Miau«, beantwortet von Olgas »Miau« von ihrem Zimmer im ersten Stock, worauf Mary die zwei Treppen hinunterrannte, um ihn an der Tür zu begrüßen.

Als sie fünfzehn war, schickte ihr Vater – der Mann, der Yeats und Eliot literarisch beraten hatte – ihr einen Brief darüber, wie man schreiben lernt:

CIAO CARA

Schreiben lernen, so wie wenn man Tennis spielen lernt. Man kann nicht immer ein Spiel machen, man muss auch Schläge üben. Denk nach; wie anders war es, zum Lido zu gehen, um Tennis zu spielen? Ich meine anders, als wenn man in Siena spielen geht? Schreib das auf. Nicht um eine Geschichte draus zu machen, sondern um es deutlich zu machen.

Es wird sehr *lange* dauern. Wenn man mit dem Schreiben beginnt, ist es schwierig, eine Seite zu füllen. Wenn man älter wird, gibt es immer SO VIEL zu schreiben.

DENK NACH: Das Haus in Venedig ist wie KEIN ANDERES Haus. Venedig wie keine andere Stadt. Angenommen, man müsste Kit Kat oder selbst einem Amerikaner erklären, WIE man das Haus in Venedig findet? Wie erkennt man dich und mich, wenn wir gerade zur Tür herauskommen, um zum Lido zu gehen? Er steigt aus dem Zug, wie findet er Calle Q. 252?

Beschreibe uns oder beschreibe Luigino, bei seiner Ankunft im Bahnhof. Hat er Geld, haben wir welches, wie gehen wir?

Ein Romanschriftsteller könnte ein ganzes Kapitel darauf verwenden, Protagonista vom Zug zur Haustür zu bringen. Ist es gut geschrieben, dann ist es möglich, ja sogar sicher, dass Kit Kat mit Hilfe dieses Kapitels das Haus findet.

Ciao.

DENK hierüber ziemlich lange nach, bevor du versuchst es aufzuschreiben.

Als Mary noch ein Teenager war, bat Pound sie, die *Cantos* ins Italienische zu übersetzen, als Übung. So begann ihre lebenslange Beschäftigung mit dem Werk ihres Vaters. »Die Cantos wurden allmählich das einzige Buch, auf das ich nicht verzichten konnte«, schrieb sie. »›Meine Bibel‹, wie Freunde mich oft geneckt haben.« In den 60er Jahren, als Yale eine beträchtliche Sammlung von Pounds Papieren kaufte, schufen sie das Ezra-Pound-Archiv und ernannten Mary zur Kuratorin. Einmal im Jahr, über einen Zeitraum von fünfundzwanzig Jahren, verbrachte Mary einen Monat in Yale, um die Papiere ihres Vaters zu ordnen und mit Anmerkungen zu versehen.

Marys Verwandlung von einem dialektsprechenden Bauernmädchen in eine schöne, kultivierte, gebildete, mehrere Sprachen sprechende junge Frau war abgeschlossen, als sie die Zwanzig erreichte. Doch an ihrer Liebe für die Berge und die Bauernhöfe ihrer Kindheit änderte sich nichts, und ihr Zuhause in Südtirol war im Grunde eine Rückkehr zu ihren Wurzeln.

Die Reise von Venedig zur Brunnenburg dauerte etwa drei Stunden, zuerst die Fahrt nach Merano, dann hinauf zum Dorf Tirolo mit Hilfe einer Drahtseilbahn. Den letzten halben Kilometer ging ich zu Fuß entlang des ›Ezra Pound Weges‹ zur Brunnenburg, die mit ihren Türmchen und Zinnen direkt aus einem Grimm'schen Märchen hätte kommen können. Die Burg klammerte sich an einen steilen Weinberg und bot eine spektakuläre Aussicht auf das Tal und die fernen Berge. Mary bewohnte einen der beiden Türme der Burg. In dem anderen wohnten Walter und seine Frau Brigitte, zusammen mit ihren beiden Söhnen. Als ich durchs

Tor kam, bemerkte ich eine Gruppe amerikanischer College-Studenten im Hof. Es waren Teilnehmer eines der einmonatigen Seminaraufenthalte, bei denen Mary über die Werke Ezra Pounds referierte und Walter Kurse über mittelalterliche Heilige und Helden gab.

Ich ging weiter über eine Außentreppe und unterwegs kam ich an einer Replika von Gaudier-Brzeskas Skulptur von Pounds Kopf vorbei, die in einem kleinen Garten aufgestellt war. Ein paar Stufen weiter begegnete ich Mary de Rachewiltz von Angesicht zu Angesicht. Sie war groß gewachsen und freundlich. Ihre blonden Haare waren aus dem Gesicht nach hinten gebürstet, wodurch ihre hohen Wangenknochen betont wurden. Ihr Habitus strahlte einen stillen Stolz aus. Immerhin war sie, bei aller Traurigkeit in ihrem Leben, die Tochter einer der größten literarischen Persönlichkeiten des zwanzigsten Jahrhunderts.

Wir setzten uns an einen großen Tisch auf der Terrasse, wo sich bald darauf Walter zu uns gesellte. Er hatte dunkle Haare, ein kantiges Äußeres und trug ein schwarzes T-Shirt und schwarze Jeans. Er sei gerade vom Weinberg zurück, sagte er, wo er Maschendraht über die Rebstöcke gelegt hatte, gegen die Vögel. Er legte eine leuchtendrote Mappe, vollgestopft mit Papieren, auf den Tisch und begann darin zu blättern. Ich sah Briefe, Bankauszüge, juristische Dokumente, aber von mir aus gesehen war alles auf dem Kopf, und es ging so schnell, dass ich nichts erkennen konnte.
»Das meiste von dem hier dürfen wir niemandem zeigen«, sagte Walter. »Aber über einiges davon kann ich Ihnen zumindest was erzählen. Die ganze Geschichte ist hier drin.«

Mary warf einen Blick auf die Mappe und seufzte. »Es gibt wirklich keinen Schurken in diesem Stück«, sagte sie, wie sie es schon am Telefon getan hatte. Bevor ich darauf eingehen konnte, kam Walter mir zuvor und sagte mit einiger

Ungeduld in der Stimme: »Jane Rylands hat deinen Groll gegen deine Mutter ausgenutzt.«

Mary schwieg.

An mich gewandt fuhr er fort: »Das Ganze wurde von meiner Großmutter ins Rollen gebracht. Sie wollte die Schriften von Ezra Pound verewigen, aber sie erwähnte uns gegenüber nie, dass sie ihre Papiere und ihr Haus einer Stiftung geben wolle.

Wir wurden erst hellhörig, als Liselotte Höhs und Joan FitzGerald aus Venedig meine Mutter anriefen und ihr sagten, sie solle so bald wie möglich kommen und nachsehen, was da vor sich ging. Mein Vater und ich gingen zu dem Notar und lasen die Verträge. Wir waren ganz schön überrascht, wie viel Olga einfach so verschenkt hatte.

Mein Vater ging zum Rathaus und stellte fest, dass man bei der Comune mit ihrer ganzen Bürokratie die Eigentümerschaft des Hauses noch nicht überschrieben hatte, und so konnten wir es noch rückgängig machen und das Haus wieder auf ihren Namen registrieren lassen. Aber der Verkauf ihrer Papiere war ein fait accompli.

Als wir meiner Großmutter die Verträge zeigten, sagte sie: ›Dieses Stück Papier habe ich nie gesehen. Ein solches Dokument habe ich nie unterschrieben.‹

Uns fiel auch auf, dass in dem Verkaufsvertrag für die Papiere stand, dass sie die fünfzehn Millionen Lire bereits empfangen habe, umgerechnet etwas mehr als fünftausend Euro, und vielleicht war das ja auch der Fall, aber wir haben niemals irgendwo eine Spur davon gefunden. Als wir versuchten, uns mit Jane zu treffen, um das alles zu besprechen, reagierte sie ausweichend. Sie erschien nicht zu den Treffen.«

Walter blätterte ein paar Seiten weiter.

»Hier zum Beispiel«, sagte er. »Mein Vater und ich waren einmal bei Jane zu Hause verabredet, aber als wir hinkamen, war sie nicht daheim. Wir haben diesen Zettel vorgefunden.« Er hielt eine Karte hoch. »Da steht drauf: ›Es tut mir leid, dass Sie den *ponte* umsonst überqueren mussten.‹

Meine Großmutter war dreiundneunzig, als all das hier passierte«, fuhr Walter fort. Aus dieser Bemerkung war die Andeutung herauszuhören, dass sich die Sache biologisch von selbst regeln würde, wenn Jane ihre Verzögerungstaktik lange genug fortsetzte. Olga würde sterben, und dann hätte Jane die Fäden in der Hand. »Der größte Witz ist«, sagte Walter, »dass meine Großmutter erst mit hunderteins gestorben ist!«

»Nein«, sagte Mary, »der größte Witz war, dass man mich aus Yale rausgeschmissen hat!«

»Olga Rudge und ihre Familie waren zweimal Opfer in dieser Sache«, sagte Walter. »Einmal der Verlust der Papiere meiner Großmutter an die Stiftung. Dann, im Verlauf der Verhandlungen mit Yale, erhielt die Familie weniger als den tatsächlichen Wert der Papiere, und Ralph Franklin, der Leiter der Beinecke Bibliothek geworden war, feuerte meine Mutter als Kuratorin des Pound-Archivs. Mr. Franklin hatte das Arrangement immer schon missfallen. Es war von dem vorherigen Leiter eingerichtet worden.«

Walter blätterte weiter. »Hier ist ein Scheck über sechshundert Dollar, ausgestellt von meiner Großmutter an die Anwaltskanzlei in Cleveland, Ohio. Sechshundert Dollar! Meine Großmutter hatte nie Geld. Ich begreife nicht, wieso sie dieser Anwaltskanzlei irgendwas zahlen musste. Das Geschenk ihres Hauses und ihrer Papiere hätte doch eigentlich reichen sollen.

Meine Großmutter war zwar Präsidentin der Stiftung, aber nur auf dem Papier. Jane Rylands behielt sich selber bestimmte exklusive Rechte vor. Sie tat die Gaudier-Brzeskas Notizbücher, die meiner Großmutter gehörten, in einen

Banksafe, was sogar ein kluger Schritt war, denn sie waren sehr wertvoll. Aber als meine Großmutter und ich hingingen, um sie zu holen, wurden wir abgewiesen. Der Bankbeamte sagte uns, Jane Rylands sei die einzige Person, die befugt sei, den Banksafe der Ezra-Pound-Stiftung zu öffnen. Meine Großmutter sagte: ›Aber ich bin die Präsidentin der Ezra-Pound-Stiftung!‹ Und der Bankbeamte sagte: ›Tut mir Leid, aber wir haben unsere Anweisungen von Mrs. Rylands.‹«

Walter blätterte weiter in der roten Mappe. »Ah, hier haben wir's ja«, sagte er. Es war ein kleines Blatt blassblauen Schreibpapiers, auf dem in großen Buchstaben, wie für ein Kind, die Worte geschrieben waren: ›Sieh im Banksafe nach. Zähl die Notizbücher. Wie viele Notizbücher siehst du? 1 2 3 4 5 6.‹ Es wirkte wie das geschriebene Äquivalent einer Anweisung, die man langsam sprechend und mit übertriebener Deutlichkeit einem Kind erteilt, oder vielleicht einem alten Menschen, der etwas verwirrt ist. Das Blatt Papier trug keine Unterschrift, und wer immer eine Ziffer hatte ankreuzen sollen, hatte es nicht getan.

»Was bedeutet das hier?«, fragte ich.

Walter zuckte die Achseln. »Ich bin sicher, dass Jane Rylands es geschrieben hat. Ich glaube, es ist bezeichnend für den Geisteszustand meiner Großmutter und für Janes Behutsamkeit, als die Gerüchte begonnen hatten.«

Er steckte das Blatt wieder zurück in die Klarsichthülle.

»Manchmal mischte Jane sich in Angelegenheiten ein, die nichts mit der Stiftung zu tun hatten«, fuhr er fort. »Meine Großmutter besaß zwei bedeutende Gemälde – von Fernand Léger und Max Ernst. Jane brachte sie zum Guggenheim, um sie rahmen zu lassen, wie sie sagte, und zur sicheren Aufbewahrung. Als wir Jane baten, sie zurückzugeben, dauerte es Monate, bis sie es schließlich tat, und sie waren immer noch ungerahmt.«

»Haben Sie Jane jemals gefragt, warum sie sich mit all dem abgibt?«, fragte ich.

»Ja«, erwiderte Mary, »und sie sagte: ›Ich mache es aus geschäftlichen Gründen.‹ Sie redete davon, in bedeutenden Städten rund um den Globus Ezra-Pound-Bibliotheken zu gründen. Es würde Symposien, Konferenzen und Veröffentlichungen geben.«

»Die Bemerkung hat sie mehrmals wiederholt«, sagte Walter. »Dass sie es ›aus geschäftlichen Gründen‹ mache.«

»Warum sind Sie nicht vor Gericht gegangen, um die Verträge Ihrer Großmutter für nichtig erklären zu lassen?«

»Uns wurde gesagt, die Verträge könnten nur durch Anwendung des Strafgesetzes für null und nichtig erklärt werden«, sagte Walter. »Wir hätten eine Klage wegen Betrugs erheben müssen, oder *circonvenzione d'incapace,* was so viel heißt wie ›Täuschung von Behinderten‹, und dazu waren wir nicht bereit. Außerdem wurde uns gesagt, dass kein Anwalt in Venedig einen Fall gegen einen anderen venezianischen Anwalt oder Notar übernehmen würde. Wir hätten einen Anwalt in Mailand oder Rom finden müssen.«

Walter schloss die Mappe und schob sie beiseite.

»Nun«, sagte ich, »trotz allem, was inzwischen passiert ist, scheinen Jane und Philip immer noch zärtliche Erinnerungen an Olga Rudge zu haben. Sie haben ein Porträt von ihr.«

»Ach ja?«, Mary wirkte überrascht. »Wo ist es?«

»In ihrer Wohnung«, sagte ich.

»Ich würde gerne wissen, wer dafür bezahlt hat.«

»So viel ich weiß, hat Jane es in Auftrag gegeben und auch selbst bezahlt«, sagte ich.

Mary lächelte grimmig. »Ich würde gerne wissen, wer dafür bezahlt hat.«

Bei einem kurzen Zwischenbesuch in den Vereinigten Staaten verbrachte ich einen Tag in der Beinecke Library in New Haven. Dort fand ich die Olga-Rudge-Papiere, abgelegt in 208 Archivkästen, dic eine Regalfläche von 39 Metern belegten. Ich las Dutzende von Briefen und anderen Dokumenten, von denen jedes einen bruchstückhaften Einblick in die Welt von Ezra Pound und Olga Rudge vermittelte.

Einen Brief fand ich besonders interessant, vor allem wegen der merkwürdigen Parallelen. Er war von Mary auf der Brunnenburg an Olga in Venedig gerichtet, geschrieben im August 1959. Jünger und Gelehrte waren zur Burg geströmt und hatten Pounds Papiere durchforstet, wie »Wildschweine auf der Suche nach Trüffeln«. Mary hatte es allmählich satt und schrieb ihrer Mutter: »Habe gestern Abend noch einmal die *Aspern Papers* gelesen. Ich kann dir sagen, mir ist danach, ein großes Feuer zu machen und jeden Fetzen Papier zu verbrennen.«

Beinahe dreißig Jahre später, am 24. Februar 1988, schrieb Mary ein weiteres Mal von der Brunnenburg an Olga:

Liebste Mutter,

du hast mich gebeten, es dir »schriftlich zu geben«. Zeit ist kostbar, daher kurz und knapp: LÖSE deine ›Stiftung‹ AUF und sorge dafür, dass der einzige Ort, den wir Zuhause nennen können, von einer Tochter, zwei Enkelkindern und vier Urenkeln unterhalten wird, von denen du Fotografien bei dir trägst. Wenn du das »Praktische« Walter anvertrauen möchtest, bin ich sicher, dass er bereit sein wird, die Verantwortung zu übernehmen. Gegenwärtig hegst und pflegst du ein Haus, das dir nicht gehört.

In Liebe,
Mary

Meine seltsamste Entdeckung in der Beinecke war jedoch nicht etwas, das ich las, sondern etwas, das mir nicht gestattet war zu lesen. Alle 208 Kästen der Olga-Rudge-Papiere konnten eingesehen werden, bis auf einen. Ein Kasten, Nummer 156, war gesperrt, »unter Verschluss« bis zum Jahr 2016. Kasten Nummer 156 enthielt die Papiere der Ezra-Pound-Stiftung.

Ich hätte Jane Rylands gerne gefragt, was der versiegelte Kasten enthielt und weshalb er versiegelt war. Ich hätte ihr auch noch gerne eine Reihe weiterer Fragen gestellt, aber da Philip mich gewarnt hatte, dass er selbst das Vorlegen schriftlicher Fragen als eine »Verletzung der Privatsphäre« betrachten würde, tat ich es nicht. Stattdessen rief ich den Leiter der Beinecke an, Ralph Franklin, und fragte ihn, warum dieser Kasten, und nur dieser, versiegelt sei.

»Das war eine der Bedingungen, unter welchen die Ezra-Pound-Stiftung dem Verkauf zustimmte.«

»Wieso das Jahr 2016, sechsundzwanzig Jahre nach der Unterzeichnung des Geschäfts?«

»Das weiß ich nicht.«

»Haben Sie Jane Rylands etwas bezahlt?«, fragte ich.

»Wir hatten nie direkt mit Jane Rylands zu tun«, sagte er. »Wir hatten mit der Ezra-Pound-Stiftung zu tun. Es gab zwei konkurrierende Parteien, die beide ihre Besitzansprüche an Olga Rudges Papieren kundtaten: einerseits Olga Rudge und andererseits die Ezra-Pound-Stiftung. Wir haben beide Ansprüche abgegolten und damit die Papiere gekauft.«

»Zu dem Zeitpunkt«, sagte ich, »bestand die Stiftung natürlich nur aus Jane Rylands und einem Anwalt in Cleveland. Kurz nach Abschluss des Geschäfts mit Yale haben sie die Stiftung aufgelöst. Was ist mit dem Geld passiert?«

»Ich weiß nicht, was die Stiftung mit dem Geld tat. Das ihr ausbezahlt wurde.«

»Würde das Material in dem Kasten, der bis 2016 versiegelt ist, darüber Auskunft geben?«

»Noch nicht einmal ich weiß, was sich in dem Kasten befindet«, sagte er.

Wieder in Venedig ging ich direkt in die Calle Querini und klopfte bei Reverend und Mrs. James Harkins an. Reverend Harkins begrüßte mich herzlich und gab mir den Schlüssel zum Nachbarhaus. Mary hatte ihn für mich hinterlegt. Ich hatte mit ihr vereinbart, dass ich das ›verborgene Nest‹ für die nächsten sechs Wochen mieten konnte. Es sei innen kürzlich renoviert worden, sagte Mary, und enthielte keine persönlichen Gegenstände ihrer Eltern mehr, doch die Vorstellung, Venedig aus dem Blickwinkel des ›verborgenen Nests‹ zu sehen, egal wie kurz, reizte mich.

»Und denken Sie dran«, sagte Reverend Jim, »in der Regel nehmen wir um halb sechs unsern Cocktail ein!«

Ich dankte ihm und ging zum Nachbarhaus, drehte den Schlüssel im Schloss und öffnete die Tür.

Das Haus war winzig, in sauberem Zustand und spärlich möbliert. Die weißen Wände waren frisch gestrichen. Im Erdgeschoss, wo Olgas Papiere einmal in Truhen lagerten und wo, bevor er in Schweigen verfiel, Ezra Pound seinen Freunden seine Gedichte vorlas, waren jetzt ein Esstisch, vier Stühle und eine kleine Küche hinter einer Schiebetür. Zwei Fenster zu beiden Seiten eines offenen Kamins blickten hinaus auf den Garten der Ciprianis und, angrenzend an die Rückseite des Gartens, auf die hohe Backsteinmauer des alten Zoll-Lagerhauses. An der Wand hing ein gerahmtes Plakat aus den 20er Jahren, auf dem ein Konzert mit Olga Rudge und George Antheil angekündigt war. Aber es gab weder Bücher noch Bücherregale noch ein Wandgemälde.

Eine Holztreppe führte hinauf in den ersten Stock, einst Olgas Schlafzimmer, das jetzt mit einem Tisch und zwei Stühlen möbliert war.

Im zweiten Stock, früher Pounds Arbeitszimmer, waren jetzt ein Bett und ein Badezimmer untergebracht. Ein schlichter hölzerner Schreibtisch war in das Treppengeländer vor dem Fenster eingebaut worden.

Ich sah, dass da etwas auf dem Tisch lag. Es war ein Buch, das einzige Buch im Haus: eine Taschenbuchausgabe der *Aspern Papers*. Ich schlug das Titelblatt auf und las die Widmung: »Möge das ›verborgene Nest‹ zu einem ähnlichen Meisterwerk inspirieren – M de R.«

10

FÜR EINE HANDVOLL DOLLAR

»Sie sind überrascht?«

Ludovico De Luigi spähte an seiner Adlernase entlang und betrachtete mich, höchst amüsiert über meine Reaktion auf die Nachricht des Tages. Wir saßen draußen vor einem Café am Campo San Barnaba, und die Zeitung auf dem Tisch vor uns trug eine Schlagzeile, die das Wort ›Brandstiftung‹ enthielt. Die Experten, die den Brand im Fenice untersuchten, hatten es sich anders überlegt. Im Februar hatten sie gemeint, der Brand sei durch eine Kombination von Zufall und Fahrlässigkeit verursacht worden. Jetzt hatten wir Juni, und sie waren zu dem Schluss gekommen, dass es sich doch um Brandstiftung handele.

»Warum sollte ich nicht überrascht sein?«, sagte ich. »Vor Monaten haben sie Brandstiftung mit ›beinahe mathematischer Sicherheit‹ ausgeschlossen. Waren Sie sich denn schon von Anfang an sicher, dass es Brandstiftung war?«

»Nein, und ich bin mir jetzt immer noch nicht so sicher«, erwiderte De Luigi. »Aber es war unvermeidlich, dass jemand der Brandstiftung beschuldigt wird. Ich wusste, dass es dazu kommen würde, sowie Casson verkündet hat, dass er eine Menge sehr wichtiger Personen wegen krimineller Fahrlässigkeit gerichtlich verfolgen werde – den Bürgermeister, den Intendanten des Fenice, den Generalsekretär des Fenice, den leitenden Ingenieur für die Restaurierungsarbeiten. Dies sind einflussreiche Männer. Sie haben sich die besten Strafverteidiger Italiens genommen. Diese Strafverteidiger wissen ganz genau, sie können nicht beweisen, dass ihre Mandanten nicht fahrlässig gehandelt haben, und zwar *weil* sie fahrlässig gehandelt haben. Aber wenn sie das Gericht davon überzeugen können, dass es Brandstiftung war, und wenn ein Brandstifter gefunden und verurteilt werden kann, dann werden alle Anklagen wegen Fahrlässigkeit automatisch fallen gelassen, per Gesetz.«

»Wollen Sie damit sagen, die Experten seien unter Druck gesetzt worden, ihren Standpunkt zu wechseln?«

De Luigi zuckte die Achseln. »So vordergründig ist das nie. Das läuft subtiler ab.«

Ich wollte De Luigi gerade fragen, an welche Art von Subtilität er denn so denke, als eine Frau am Nachbartisch aufschrie. Eine Möwe war mitten in einem Schwarm eifrig pickender Tauben gelandet und hatte eine mit ihrem Schnabel gepackt. Die Taube schlug mit den Flügeln und zappelte in dem Versuch, sich von der viel größeren Möwe zu befreien. Doch die Möwe hielt sie am Boden festgenagelt und hackte mit ihrem langen, scharfen Schnabel auf die Brust der Taube ein. Im nächsten Moment zog sie ein blutiges Häppchen im Format einer großen Kirsche hervor – zweifellos das Herz der Taube – jonglierte es im Schnabel und schluckte es herunter.

Die Möwe ließ die Taube tot auf den Pflastersteinen zurück und stakste zum Rand des Barnaba-Kanals (zufälligerweise zu genau derselben Stelle, wo viele Jahre zuvor in *Summertime* Katherine Hepburn rückwärts in den Kanal fiel). Die anderen Tauben, die während des Angriffs in Panik fortgeflogen waren, kamen zurück und pickten wieder nach Brotkrumen, nur wenige Meter von der Möwe entfernt, vielleicht spürend, dass ihr Appetit befriedigt war. Die Frau am Nachbartisch schüttelte sich und wandte sich ab. De Luigi schmunzelte.

»Da haben Sie's«, sagte er, »direkt vor unseren Augen aufgeführt. Eine Allegorie: der Starke gegen den Schwachen. Es ist immer dasselbe. Die Mächtigen siegen immer, und die Schwachen werden immer wieder aufs Neue zu Opfern.« Er lachte.

Nun, da die Experten beschlossen hatten, dass der Fenice-Brand ein Fall von Brandstiftung war, lag es an Felice Casson, den oder die Schuldigen zu identifizieren. »Jetzt müssen wir dem oder den Ungeheuern, die dies verbrochen haben, ein Gesicht geben«, soll Casson gesagt haben. Spekulationen richteten sich ein weiteres Mal auf die Mafia. Casson ließ wissen, dass er die Mafia-Theorie aktiv verfolge. Er hatte einen Telefonanruf von einem Staatsanwalt in Bari bekommen, wo die Mafia 1991 die Petruzzelli-Oper niedergebrannt hatte. Nachdem er Aufnahmen von den beiden Bränden verglichen hatte, hatte der Staatsanwalt von Bari eine beunruhigende Ähnlichkeit entdeckt: Sowohl bei dem Brand in der Petruzzelli als auch bei dem im Fenice hatten die Flammen in einem oberen Stockwerk begonnen und sich dann schnell in horizontaler Richtung ausgebreitet. Konnte es eine Verbindung zwischen den beiden Bränden geben? Die guten Beziehungen zwischen dem Mafiaboss, der den Brand in Bari angeordnet hatte, Antonio Capriati, und dem Mafiaboss der Veneto-Region, Felice »Engelsgesicht« Maniero unterstützten eine mögliche Bari-Venedig-Connection. In den letzten Jahren hatten sich die beiden Männer häufig in Padua getroffen. Außerdem hatte »Engelsgesicht« Maniero 1993, als er wegen Raubes und Drogenhandels vor Gericht stand, unter Eid zugegeben, dass er sich überlegt habe, das Fenice anzünden zu lassen, als ein Mittel, seine Richter einzuschüchtern.

Trotz den oft wiederholten Beteuerungen Bürgermeister Cacciaris, es gebe keine Mafiapräsenz in Venedig, galt es als erwiesen, dass »Engelsgesicht« Maniero das Bootstaxigeschäft in Venedig kontrollierte und dass bis vor kurzem Maniero das Geldleihgeschäft vor dem Casino leitete und den halsabschneiderischen Anteil von zehn Prozent des Tagesumsatzes verlangte.

Der jungenhafte einundvierzigjährige Maniero war einer von Italiens kühnsten und dreistesten Mafiosi. Einmal prahlte er damit, dass er den Diebstahl einer juwelenbesetzten Reliquie mit dem Kieferknochen des Heiligen Antonius aus der Kathedrale von Padua angeordnet habe, um sie als Verhandlungschip zu benutzen für den Fall, dass er oder irgendwelche seiner Leute einmal verhaftet würden. Maniero kultivierte ein Image weltmännischer Nonchalance. Er trug Ascot-Krawatten, besaß eine Flotte von Luxuskarossen und man sah ihn oft Champagner und Kaviar in der Gesellschaft großer blonder Frauen genießen. 1993, als ihm die Polizei auf den Fersen war, kaufte er eine 12-Meter-Jacht und brach tollkühn zu einer Kreuzfahrt durchs Mittelmeer auf. Die Polizei holte ihn bei Capri ein, enterte die Jacht und verhaftete ihn. Trotz seiner Verurteilung zu dreiunddreißig Jahren Haft gelang Maniero ein spektakulärer Ausbruch aus dem Gefängnis, nach nur wenigen Monaten hinter Gittern. Sieben seiner Spießgesellen, als Carabinieri verkleidet und mit Sturmgewehren bewaffnet, marschierten in das Hochsicherheitsgefängnis von Padua und hielten die Wärter in Schach, während er und fünf weitere Mitglieder seiner Bande flohen. Als er fünf Monate später erneut verhaftet wurde, wurde Maniero zum Informanten. Im Austausch für seine Freilassung unter dem Zeugenschutzprogramm lieferte er Informationen, die zur Verhaftung von über dreihundert Mafiamitgliedern führten. Zur Zeit des Brandes im Fenice befand sich Maniero in Mestre und sagte gegen zweiundsiebzig Mafiakollegen aus, in mehreren Prozessen, bei denen es um zwei Millionen-Dollar-Raube ging, um den Verkauf von Hunderten von Kilo Heroin und um einen Doppelmord.

Durch Manieros Kollaboration mit den Anti-Mafia-Staatsanwälten war es durchaus möglich geworden, dass, selbst wenn Maniero nicht persönlich für den Brand im Fenice verantwortlich war, andere Mafiosi ihn angeordnet haben konnten, damit es so aussah, als hätte er es getan.

Eine andere Mafiatheorie bot sich an, als ein sizilianischer Mafia-Informant Casson erzählte, der oberste Mafiaboss in Palermo, Pietro Aglieri, habe einem Kollegen anvertraut, dass er das Fenice angezündet habe, um sein Gesicht zu wahren. Ein Zeuge der Anklage in einem Mafiaprozess im Veneto hatte sich zu seiner Homosexualität bekannt und sich gleichzeitig auch als guten Freund von Aglieri bezeichnet. Aglieri, dem diese Enthüllung zutiefst peinlich war, habe versucht, sein Ansehen bei seinen Unterweltkollegen wiederherzustellen, indem er seine Muskeln spielen ließ und einen spektakulären Stunt in Venedig vom Stapel ließ. Er würde das Fenice abfackeln. Dem Informanten zufolge fuhren Aglieri und eine weiteres Mitglied seines Clans von Palermo nach Venedig hoch und zündeten das Fenice mit einem Feuerzeug an. Casson ging dieser Geschichte nach, bis ihm Zweifel an der Quelle kamen. Doch anstatt die Geschichte kurzerhand fallen zu lassen, reichte er sie an die Anti-Mafia-Einheit in Venedig zur weiteren Untersuchung weiter.

Währenddessen gaben sich Cassons Experten Mühe, ihren Sinneswandel bezüglich der Brandursache zu erklären. Ursprünglich waren sie davon ausgegangen, dass ein Funken oder eine unbedacht weggeworfene Zigarette den mit Harz gestrichenen Bodenbelag im *ridotto* entzündet hatte, der Lobby im zweiten Stock des Eingangsflügels. Die brennenden Harze hätten einen langsamen Brand in den Bohlen in Gang gesetzt, einen, der zwei oder drei Stunden geschwelt hatte, bevor er in Flammen ausbrach. Ein Schwelbrand war typisch für einen unbeabsichtigten Brand.

Doch bei späteren Labortests hatte sich herausgestellt, dass selbst mit dem Harzanstrich die Böden nur bei erheblich höheren Temperaturen Feuer fangen konnten, als ein Funken oder eine Zigarette hätten erzeugen können. Die Experten sahen sich genötigt, daraus zu schließen, dass die Bohlen nur dann Feuer gefangen hätten, wenn jemand sie zuerst mit einer brennbaren Flüssigkeit übergossen hätte. Im *ridotto* waren acht Liter des sehr leicht entzündbaren Lösungsmittels Solfip gelagert worden, und Spuren davon waren in den verkohlten Überresten der Bohlen gefunden worden.

Das eine Beweisstück, das die Experten ursprünglich zu dem Schluss veranlasst hatte, dass der Brand aus Versehen entstanden war, war die Entdeckung, dass die Balken, die das *ridotto* stützten, vollkommen durchgebrannt waren. Dies, so glaubten sie, hatte auf einen langsamen, schwelenden Beginn hingewiesen, und somit auf ein unbeabsichtigtes Feuer. In Einklang mit der neuen Brandstiftungstheorie meinten die Experten jetzt, dass die Balken deswegen, weil sie mit Harz bestrichen und in Lösungsmittel getränkt worden waren, währen des ganzen Brandes weitergebrannt hätten, obwohl sie mit Wasser aus den Schläuchen der Feuerwehrleute bespritzt worden waren.

Das Feuer hatte also nicht zwei oder drei Stunden lang geschwelt. Es war binnen zehn oder fünfzehn Minuten nach dem Anstecken ein brüllendes Flammenmeer geworden. Das bedeutete, das Feuer wäre irgendwann zwischen 20.20 Uhr und 20.50 Uhr gelegt worden, und nicht um sechs, wie die Experten zuerst gedacht hatten. Aber was war dann mit den acht Zeugen, die ausgesagt hatten, sie hätten um sechs Uhr außerhalb des Fenice Brandgeruch wahrgenommen?

Die Experten wiesen darauf hin, dass niemand innerhalb des Fenice irgendwas zu diesem Zeitpunkt gerochen hatte und dass außerdem keiner der Zeugen des 18-Uhr-Brandgeruchs Meldung gemacht hatte, als sie ihn, wie sie behaupteten, wahrgenommen hatten. Der 18-Uhr-Brandgeruch, so folgerten die Experten, war höchstwahrscheinlich von einer Restaurantküche oder einem Holzofen gekommen.

Die Verwandlung des Brandes von Fahrlässigkeit zu Brandstiftung bedeutete, dass Felice Casson wieder von vorne anfangen konnte und sämtliche Informationen, die im Verlauf der letzten Monate gesammelt worden waren, neuerlich prüfen musste. Casson interessierte sich jetzt zunehmend für drei junge Männer in den Zwanzigern, die dabei beobachtet worden waren, wie sie kurz vor Ausbruch des Feuers Richtung Campo San Fantin liefen und in venezianischem Dialekt »*Scampemo, scampemo!*« (Los! Weg hier!) riefen. Sie hatten gelacht. Zeugen hatten den Eindruck, sie hatten vielleicht irgendeinen Streich gespielt, der außer Kontrolle geraten war. Zwei weitere junge Männer hatte man zehn Minuten später wegrennen sehen. Sie waren alle aus der Richtung des Künstlereingangs des Fenice gekommen, in der Calle della Fenice.

Fünfundzwanzig Personen hatten am 29. Januar an der Restauration des Theaters gearbeitet. Casson wollte wissen, wer als Letztes gegangen war.

Gilberto Paggiaro, der vierundfünfzig Jahre alte Hausmeister des Fenice mit dem traurigen Blick, begann seinen Dienst um vier Uhr nachmittags am 29. Januar 1996. Von seinem Stuhl aus in der kleinen Portierloge neben dem Künstlereingang sah er die meisten Leute zwischen 17.00 Uhr und 17.30 Uhr weggehen. Drei weitere Personen verließen das Gebäude während der nächsten halben Stunde: ein

Bühnenarchitekt, ein Pressesprecher und die Snackbarfrau, deren Kaffeemaschine kurzzeitig für den Brand verantwortlich gemacht werden würde. Um 18.30 Uhr ging der Hauselektriker des Fenice nach Hause. Zehn Minuten später ging ein Manager von einer der im Fenice arbeitenden Firmen weg, und ihm folgte ein Vorarbeiter von einer der Arbeitsschichten. Um 19.30 Uhr kam der Bühnenschreiner des Fenice heraus, zusammen mit vier weiteren Angestellten, die mit ihm in der Schreinerwerkstatt den Geburtstag eines ehemaligen Kollegen gefeiert hatten.

Damit waren um acht Uhr noch neun Personen im Gebäude: Der Hausmeister Paggiaro; der Fotograf des Fenice, Giuseppe Bonannini, der Aufnahmen machte, um die Renovierungsarbeiten zu dokumentieren; und sieben junge Elektriker, Angestellte von Viet, einem kleinen Elektrobetrieb. Viet war im Zeitverzug. Alle sieben Elektriker der Firma, einschließlich des Eigentümers, hatten in letzter Zeit Zwölfstundentage eingelegt. Drei der Männer waren während der letzten Woche eingestellt worden, um die Verspätung aufzuholen. Am 29. Januar arbeiteten sie im Erdgeschoss. Um acht Uhr machten sie Feierabend und gingen hinauf zu den Umkleideräumen im dritten Stock, um zu duschen und sich umzuziehen.

Enrico Carella, der siebenundzwanzigjährige Eigentümer von Viet, erzählte den Ermittlern, dass er um 20.30 Uhr weggegangen sei, zusammen mit seinem Cousin Massimiliano Marchetti, der auch einer seiner Angestellten war. Innerhalb der nächsten fünf Minuten gingen drei weitere Elektriker heim, von denen einer der Polizei erzählte, dass er und die zwei anderen wahrscheinlich die drei jungen Männer waren, die man die Calle della Fenice hinunterrennen gesehen hatte. »Wir haben bloß herumgealbert«, sagte er.

Ein sechster Elektriker ging ein paar Minuten später und verabschiedete sich von dem noch verbleibenden Kollegen auf dem Weg nach draußen. Der letzte Viet-Elektriker war von dem Hauselektriker des Fenice gebeten worden, im ganzen Theater das Licht auszuschalten. Nachdem er das getan hatte, ging er auf dem Weg nach draußen an der Portierloge vorbei. Da er Paggiaro nicht antraf, ließ er eine Nachricht zurück, die besagte, er habe wie gewünscht die Lichter ausgemacht. Die Nachricht wurde nach dem Brand gefunden, doch dieser Mann, Roberto Visentin, war der einzige der sieben Elektriker von Viet, dessen Weggang nicht von jemand anderem bemerkt worden war.

Jetzt waren nur noch zwei Leute im Gebäude: der Hausmeister Gilberto Paggiaro und der Fotograf Giuseppe Bonannini.

Paggiaro begann seinen Sicherheitsrundgang um 20.30 Uhr und leuchtete sich den Weg durchs dunkle Theater mit einer Taschenlampe. In Anbetracht der Größe des Opernhauses, seiner vielen Ebenen und seines labyrinthischen Grundrisses dauerte dieser Rundgang in der Regel über eine halbe Stunde. Paggiaro ging zuerst nach oben, überquerte die Bühne und ging in den Südflügel, wo er das Labyrinth von Büros und Konferenzzimmern durchsah. Er fand alles in Ordnung vor. Dann ging er zurück über die Bühne und überprüfte die Büros im Nordflügel. Immer noch nichts Auffälliges. Von dort ging er den hufeisenförmigen Korridor hinter dem zweiten Logenrang entlang zur Rückseite des Zuschauerraums und der Apollonischen Säle. In diesem Moment, als er sich der Mitte des Hufeisenkorridors näherte, roch er Rauch. In der Annahme, der Geruch käme von draußen, öffnete er ein Fenster und hörte eine Frau auf der anderen Straßenseite schreien: »Hilfe! Das Theater brennt!«

Jetzt war Paggiaro beunruhigt. Er wusste, dass der Fotograf Bonannini noch in seinem Büro im dritten Stock war, weil Bonannini ihn gebeten hatte, auf seiner Runde bei ihm vorbeizukommen und ihn mit seiner Taschenlampe durch die dunklen Gänge zu führen. Paggiaro rannte nach oben und traf Bonannini, immer noch Fotos auswählend, in seinem Büro an.

Außer Atem brüllte Paggiaro: »Beppe, Beppe, ich habe unten auf dem zweiten Logenrang Rauch gerochen! Komm, hilf mir. Wir müssen herausfinden, wo es herkommt. Los, schnell!«

Die beiden verließen Bonanninis Büro und rannten die Treppe hinunter. »Zweiter Rang, zweiter Rang!«, brüllte Paggiaro, der vorneweg lief.

Sie öffneten die Tür zum Hufeisenkorridor auf dem zweiten Rang und rochen sofort Rauch. Paggiaros Taschenlampe beleuchtete einen dünnen Dunst. Sie drangen weiter in den Korridor vor, vorbei an den Türen zu den einzelnen Logen, zum hinteren Teil des Ganges. Sie befanden sich gerade hinter der Königsloge und warfen einen Blick durch die Tür in die Apollonischen Säle, als sie dicken schwarzen Rauch die Treppe vom *ridotto* herunterquellen sahen, Rauch, der so beißend war, dass sie Nase und Mund mit ihren Taschentüchern bedecken mussten. An den Wänden flackerte der Widerschein von Flammen. Sie hörten das Prasseln einer heftigen Feuersbrunst. Dann plötzlich gab es eine Explosion von Flammen. Sie machten kehrt und rannten den Korridor zurück und hinauf zu Bonanninis Büro, um die Feuerwehr zu alarmieren. Doch Bonannini kam mit den Tasten nicht klar und während er noch herumprobierte, entdeckte Paggiaro ein Telefon draußen vor der Botenzentrale, rannte hin, hob den Hörer auf und rief an. Der Einsatzbearbeiter sagte ihm, man sei über den Brand schon informiert worden und sie sollten schnell hinunterlaufen und den Feuerwehrleuten das Haupttor öffnen. Als die beiden Männer das Erdgeschoss erreichten, verabschiedete sich Bonannini sofort. Paggiaro eilte in seine Loge, um seinen Mantel und seine Mütze zu holen. Dann fiel ihm ein, es könnte sich noch jemand im Gebäude befinden, und er rief: »Feuer! Feuer! Ist noch jemand da drin?« Aber niemand antwortete. Dann rannte auch er zum Künstlereingang hinaus und die *calle* hinunter zum Campo San Fantin. Um genau 21.21 Uhr, die Taschenlampe noch in der Hand, präsentierte sich Paggiaro dem ersten Polizisten, den er sah, und verkündete, er sei der Hausmeister des Fenice.

Der Polizist sah ihn entgeistert an. Die letzten zwanzig Minuten hatte er gegen das Haupttor gehämmert und gerufen, dass jemand aufmachen solle. »Wo haben Sie bloß die ganze Zeit gesteckt?«

Im Verlauf von nicht weniger als zehn Vernehmungen stellte Casson Paggiaro dieselbe Frage wieder und immer wieder. Casson verdächtigte Paggiaro nicht der direkten Beteiligung an der Brandlegung, aber er hielt es für wahrscheinlich, dass der Mann fortgegangen war, um etwas zu essen, und damit seinen Posten zu einem entscheidenden Zeitpunkt verlassen hatte. Paggiaro beteuerte, er habe keinen Schritt aus dem Theater getan, dass er sich an dem Tag von Zuhause etwas zu essen mitgebracht habe, wobei er sich nicht erinnern könne, ob es Obst oder belegte Brote waren. Trotz seiner Beteuerungen war Casson nicht überzeugt. Also behielt er Paggiaro auf der Liste der Kandidaten, die eine Anklage wegen Fahrlässigkeit zu erwarten hatten.

Bezüglich des Fotografen Bonannini hatte Casson keinen Verdacht. Seine Geschichte war stimmig, und er hatte kein erkennbares Motiv.

Der siebte und letzte Elektriker von Viet, der zweiunddreißig Jahre alte Roberto Visentin, den niemand tatsächlich zur Tür hatte hinausgehen sehen, war Cassons erster Hauptverdächtiger für die Brandstiftung. Es war Visentins vierter Arbeitstag bei Viet gewesen, aber er war vertraut mit der Anlage des Theaters, da er früher dort drei Jahre lang eine volle Stelle als Elektriker gehabt hatte. Einer der anderen Elektriker hatte privat seinen Verdacht bezüglich Visentin geäußert und erwähnte in dem Zusammenhang, dass dieser gegen 20.15 Uhr aus dem Umkleideraum verschwunden war, um, wie er vorgab, das Licht im Theater auszuschalten. Casson befragte Visentin eingehend und ging die Route nach, die dieser angeblich genommen hatte, als er das Licht ausschalten ging. Es gab keinen Widerspruch zwischen Visentins Darstellung und der anderer – sie wurde von dem Hauselektriker unterstützt, der bestätigte, dass er Visentin gebeten habe, das Licht auszuschalten – und Visentin hatte auch kein einleuchtendes Motiv. Casson strich ihn von der Liste.

Jetzt konzentrierte sich Casson auf Enrico Carella, den Besitzer von Viet, und seinen Cousin, den sechsundzwanzigjährigen Massimiliano Marchetti. Er überprüfte die Protokolle ihrer früheren Vernehmungen. Beide hatten angegeben, sie hätten das Fenice um 20.30 Uhr verlassen und seien kurz nebenan in der Bar del Teatro de la Fenice eingekehrt, für einen Spritz mit drei ihrer anderen Kollegen. Dann hätten sie den Vaporetto zum Lido genommen, um mit Carellas Freundin zu Abend zu essen, und seien dort um 21.15 Uhr angekommen. Während sie auf dem Lido waren, sagte Carella, habe er einen Anruf von einem Freund bekommen, der gerade im Fernsehen eine Meldung gesehen hatte, dass das Fenice brenne. Carella erzählte Marchetti und seiner Freundin von dem Brand, und zu dritt bestellten sie ein Bootstaxi und kehrten nach Venedig zurück.

Während der nächsten paar Monate bestellte Casson alle sieben Elektriker zu wiederholten Vernehmungen ein, zusammen und getrennt. Er analysierte ihre Geschichten, verglich die Einzelheiten, klopfte sie auf Widersprüche ab, um zu bestimmen, ob es ehrliche Gedächtnislücken waren oder ausgemachte Lügen. Wenn ihre Antworten ihn nicht befriedigten, merkten sie das: Sein Gesicht lief hellrot an. Er war unerbittlich. Er ließ sie von Detektiven beschatten; er versteckte Wanzen in ihren Autos, ließ ihr Telefon und ihre Handys abhören, ließ das Telefon und die Handys ihrer Eltern und Freundinnen abhören, und er nahm sie heimlich auf Video auf, während sie auf dem Polizeirevier in Warteräumen saßen und auf ihre Vernehmung warteten. Dann, am 22. Mai 1997, sechzehn Monate nach dem Brand, schlug Casson zu.

Kurz vor Tagesanbruch klopfte eine Einheit Polizisten an die Tür der Wohnung auf der Giudecca, wo Enrico Carella mit seiner Mutter und deren zweitem Mann wohnte. Die nächsten vier Stunden lang durchsuchten die Polizisten die Wohnung. Dann befahlen sie Carella, ins Polizeiboot zu steigen. Dasselbe Szenario spielte sich zeitgleich in Salzano ab, einer Kleinstadt auf dem Festland, wo Massimiliano Marchetti mit seinen Eltern und seinem jüngeren Bruder lebte.

In den Mittagsnachrichten zeigte das Fernsehen Bilder, wie Carella und Marchetti in Handschellen aus dem Polizeipräsidium abgeführt wurden, auf dem Weg ins Gefängnis. Sie waren verhört und formell unter der Anschuldigung verhaftet worden, das Fenice angezündet zu haben. Casson hatte sich eine gerichtliche Verfügung besorgt, in der ein neues Gesetz angewendet wurde, das eine »Vorbeugehaft« von neunzig Tagen vorsah. Er hatte seinen Antrag mit der Sorge begründet, dass Carella versuchen könnte, die Beweislage zu beeinflussen, indem er die anderen Elektriker von

Viet unter psychischen Druck setzte, falls ihm erlaubt wäre, auf freiem Fuß zu bleiben. Als ihr Chef schuldete Carella ihnen noch Geld für Lohn und Überstunden.

Das Motiv, das Theater anzuzünden, so Casson, habe darin bestanden, die Zahlung der Konventionalstrafe für die zu späte Fertigstellung der Elektroarbeiten zu umgehen. Die Frist wäre am 1. Februar abgelaufen, nur zwei Tage später, und die Strafe betrug umgerechnet knapp € 100 pro Tag für jeden Tag nach Ablauf der Frist. Die erforderlichen Arbeiten hätten sich schätzungsweise noch zwei Monate hingezogen, was bedeutete, dass sich die Gesamtsumme der Forderungen an Viet auf € 6000 belaufen hätte. Das schien ein lächerlich kleiner Geldbetrag zu sein, kaum genug, um jemanden zu veranlassen, ein Opernhaus niederzubrennen. Doch zusätzlich zu den € 60 000, mit denen Carella laut Casson verschuldet war, hätte der Gesamtbetrag durchaus erdrückend sein können. Cassons Theorie zufolge hatten Carella und Marchetti vorgehabt, ein kleines Feuer zu legen, das ihre Arbeiten unterbrochen und sie von ihrer Frist befreit hätte. Aber die Dinge waren außer Kontrolle geraten.

Viet arbeitete am Fenice als ein Subunternehmen für Argenti, eine große Baufirma in Rom. Carellas Vater, Renato Carella, hatte das Geschäft mit Argenti vermittelt und dann Viet für seinen Sohn gegründet. Der Vertrag für die Elektroarbeiten am Fenice war Viets erster Auftrag. Renato Carella fungierte als Viets Vorarbeiter und Verbindungsmann zu Argenti in Rom, was ihn praktisch zum Angestellten seines Sohnes machte.

Von den beiden Cousins war Enrico Carella der extrovertiertere und selbstsicherere. Er war klug und konnte sich gut ausdrücken. Er kleidete sich teuer und modisch, selbst auf der Arbeit. »Der kommt doch glatt mit Mokassins von Fratelli Rosetti zur Arbeit«, meinte einer der Elektriker von Viet. Der dunkelhaarige, gut aussehende Carella wechselte seine Freundinnen am laufenden Band. Er zog bei einer ein, und nach einiger Zeit eröffnete er ihr, dass er eine andere habe. Alessandra, die Freundin, die er und Marchetti in der Nacht des Brandes am Lido besucht hatten (und die Carella € 6000 geliehen hatte), wurde durch Elena ersetzt, die dann von Carella zu hören bekam, dass er mit einer anderen, Michela, Urlaub machen werde, aber all das erst nachdem Elena ihm, kurz nachdem sie sich kennen gelernt hatten, € 2300 geliehen hatte. Zu dem Zeitpunkt seiner Verhaftung, anderthalb Jahre später, war Carella gerade mit Renata verlobt, die einen Eisladen in Crespano del Grappa besaß und deren Vater Carellas Vater großzügigerweise € 9000 geliehen hatte. Während dieser Zeit kaufte Carella sich einen BMW für € 20 000 und ein Motorboot Marke Acquaviva für über € 5000.

Verglichen hiermit war Massimiliano Marchetti ein einsilbiges Mauerblümchen. Er bekundete keinerlei Interesse für das Leben auf großem Fuß; er schien nicht ehrgeizig zu sein; er war schüchtern, konnte sich nur schlecht ausdrücken und hatte nur eine Freundin, seine Verlobte.

Obwohl Casson die beiden Cousins jetzt im Fadenkreuz hatte, zeigte er sich trotzdem immer noch als ein ungewöhnlich aggressiver Staatsanwalt. Er ließ sie nicht nur wegen Brandstiftung einbuchten, er schlug auch noch eine Anklage wegen versuchten Mordes drauf – eigentlich noch schlimmer als Mord: Casson verwendete den Ausdruck *strage*, was soviel wie ›Abschlachten‹ oder ›Massaker‹ bedeutet. Casson dachte dabei an die Dutzenden von Menschen, die hätten sterben können, hätte der Brand einen großen Teil Venedigs erfasst, was leicht hätte passieren können. Außerdem verkündete er unverblümt, dass er noch gegen drei weitere der Brandstiftung Verdächtigte ermittle, die noch frei herumliefen: Renato Carella und zwei sizilianische Mafiosi – Aglieri, den Mafiaboss in Palermo, der angeblich damit geprahlt hatte, das Fenice abzufackeln, und den Mann, der ihm angeblich dabei geholfen hatte, Carlo Greco.

Renato Carella hatte das Fenice mindestens zwei Stunden vor Ausbruch des Feuers verlassen und stand nicht unter Verdacht, direkt beteiligt gewesen zu sein. Casson vermutete, dass er möglicherweise das Verbindungsglied zwischen seinem Sohn und Unbekannt gewesen war, für den ein zerstörtes Fenice eine beträchtliche Summe Geldes wert gewesen wäre. Für Casson waren die wahrscheinlichsten Verdächtigen jene Firmen, die beim Wiederaufbau des Opernhauses eine bedeutende, lukrative Rolle zu spielen hofften.

Also gab es eigentlich zwei Brandstiftungstheorien: die ›Kleines-Feuer-Theorie‹, der zufolge die beiden Cousins, in Eigeninitiative handelnd, versucht hatten, einen kleinen, begrenzten Brand zu legen, um der Zahlung der € 6000 Konventionalstrafe zu entgehen, und die ›Vollkommene-Zerstörungs-Theorie‹, nach welcher die Cousins heimlich dafür bezahlt wurden, das Theater bis auf die Grundmauern abbrennen zu lassen. Casson konnte sich den Luxus leisten, beide Theorien gleichzeitig zu verfolgen.

Der Schwenk zur Brandstiftungstheorie wurde von jenen vierzehn Personen mit Erleichterung aufgenommen, die Casson zuvor wegen Fahrlässigkeit genannt hatte, doch ihre Erleichterung sollte von kurzer Dauer sein. Binnen weniger Tage verkündete Casson, er würde trotzdem Anklagen wegen Fahrlässigkeit anstrengen. Selbst wenn der Brand die Tat von Brandstiftern gewesen war, argumentierte er, habe Fahrlässigkeit die Bedingungen geschaffen, die eine effektive Löschung unmöglich machten. Für den Fall, dass es ihm nicht gelänge, eine Verurteilung wegen Brandstiftung zu erreichen, könnte Casson ja noch auf den leichter zu beweisenden Tatbestand von Fahrlässigkeit zurückgreifen.

»Die Möglichkeit von Brandstiftung habe ich nie ausgeschlossen«, sagte Casson mir kurz nach den Verhaftungen. »Ganz zu Anfang habe ich den Experten einen schriftlichen Bericht übergeben, in dem stand, dass Beweismaterial, das auf Brandstiftung hinweist, nicht vernachlässigt werden solle. Aber die haben immer nur gesagt: ›Fahrlässigkeit, Fahrlässigkeit, Fahrlässigkeit.‹ Von Zeit zu Zeit habe ich sie gefragt: ›Und wie steht's mit Brandstiftung?‹, und sie nur: ›Fahrlässigkeit.‹«

Wir trafen uns in Cassons Büro in dem Gerichtsgebäude aus dem fünfzehnten Jahrhundert am Fuße der Rialto-Brücke. Das Innere des Gebäudes war willkürlich aufgeteilt worden. Verschlungene Gänge waren mit zerdellten Aktenschränken und Stapeln von Gerichtsakten vollgestellt, was dem Ort die Aura eines voll gestopften Lagerhauses verlieh. Cassons Büro hatte einen Blick auf den Canal Grande, aber es war trist und wirkte eher wie eine Notlösung als wie die Nervenzentrale einer auf Hochtouren laufenden Abteilung Verbrechensbekämpfung.

»Als die Experten beschlossen, dass es doch Brandstiftung war«, fuhr Casson fort, »musste ich die ganzen Vernehmungsprotokolle der vergangenen Monate durchgehen, um nach Hinweisen zu suchen.«

»Haben Sie irgendwas Brisantes gefunden?«, fragte ich.

»Eines der ersten Dinge, die ich überprüft habe«, erwiderte Casson, »war Enrico Carellas Aussage, dass er und sein Cousin nach dem Verlassen des Theaters zu einem Spritz in der Bar del Teatro La Fenice eingekehrt und dann zum Lido gefahren seien. Das mag Ihnen vielleicht dämlich vorkommen, aber ich wollte wissen, ob es wirklich stimmte, dass sie für einen Spritz in die Bar gegangen waren. Also ging ich hin und wollte mit dem Barkeeper reden, der in der Nacht des Brandes Dienst gehabt hatte.«

Casson gestattete sich ein bescheidenes Lächeln.

»Ich habe dann sofort einen der anderen Elektriker einbestellt, der die Geschichte mit der Bar bestätigt hatte, und ich konfrontierte ihn mit der Tatsache, dass die Bar geschlossen gewesen war. Er machte einen Rückzieher und gab zu, gelogen zu haben. Dann erzählte er mir, dass am Tag nach dem Brand Carella versucht habe, alle Elektriker dazu zu bringen, sich auf eine stimmige Geschichte zu einigen, die sie der Polizei erzählen könnten. Carella hatte verschiedene Treffen anberaumt, um die Sache zu besprechen, einmal in einer Pizzeria in der Nähe des Markusplatzes und ein andermal im Haus seiner Freundin auf dem Lido. Sie sollten aussagen, dass sie alle zusammen weggegangen seien, um halb acht, eine Stunde früher als sie tatsächlich gegangen waren.«

Casson hielt inne, um zu sehen, ob ich die Bedeutung dieser zeitlichen Änderung begriffen hatte.

»Nur jemand, der den Brand legte«, sagte er, »hätte wissen können, dass es ihn entlasten würde, das Gebäude eine Stunde vor dem Brand zu verlassen.

Als ich mir ihre Aussagen noch einmal genau ansah, stellte ich fest, dass Carella und Marchetti sich widersprechende Geschichten erzählt hatten. In getrennten Vernehmungen hatten sie beide gesagt, sie seien zusammen zum Umkleideraum hinaufgegangen, aber jeder beschrieb eine andere Route, die er durch das Theater genommen hatte.

Die Zeiten, die sie angaben, wurden oft durch die Beweismittel widerlegt. Zum Beispiel behauptete Carella, er sei um Viertel nach neun am Haus seiner Freundin angekommen. Doch aus den Telefonprotokollen geht hervor, dass sie ihn um neun Uhr einundzwanzig anrief, also zu einer Zeit, wo er nach seiner Version schon längst da war. Warum sollte sie ihn angerufen haben, wenn er bei ihr war?«

»Hätte sich Carella nicht einfach mit der Zeit vertun können?«, fragte ich.

»Möglich«, sagte Casson, »aber da sind noch andere zeitliche Unstimmigkeiten. Zum Beispiel hat Carella ausgesagt, er habe von dem Brand von einem Freund erfahren, der ihn angerufen habe, nachdem er die Meldung im Fernsehen gesehen hatte. Wir haben das nachgeprüft: Der Brand wurde zum ersten Mal um 22.32 Uhr erwähnt, doch um 22.29 Uhr rief Carella die Feuerwehr, nannte seinen Namen und fragte, ob es stimme, dass das Fenice brenne. Mindestens eine Stunde davor hatte er einen seiner Angestellten angerufen und einen geheimnisvollen Bericht hinterlassen, ob der Mann eine Lötlampe habe brennen lassen. Der Arbeiter hatte den ganzen Tag keine verwendet.«

Casson referierte diese Punkte, ohne dafür in seinen Notizen oder Akten nachsehen zu müssen. Es war klar, dass er intensiv und eingehend mit dem Fall beschäftigt war.

»In den Tagen vor dem Brand hatte sich Carella auffällig verhalten«, fuhr Casson fort. »Neun Tage zuvor, an einem späten Samstagabend, als das Theater leer war, hatte einer der Nachtwächter Carella überraschend oben im *soffitone*, dem Dachspeicher, angetroffen und zwar in Straßenkleidung. Dies ist der Standort, wo, wie ein Experte vermutet, ein zweites Feuer gelegt wurde, und Carella hatte eigentlich keine Veranlassung, sich dort aufzuhalten. Carella versuchte, dem Nachtwächter seine Anwesenheit damit zu erklären, dass er gehofft habe, in einem Fenster auf der anderen Straßenseite eine Frau beim Auskleiden beobachten zu können.«

Casson hob eine Augenbraue.

»Etwa eine Woche davor hatte jemand, der bei Viet beschäftigt war, die ganze Nacht lang eine Lötlampe mit einer 10 Zentimeter langen Flamme angelassen. Sie war mit einem 15-Kilo-Propangaszylinder verbunden.«

»Haben Sie irgendeine Vorstellung, wann und wie sie das Feuer gelegt haben?«, fragte ich.

»Dazu wollte ich gerade kommen«, erwiderte Casson. »Mehrere Zeugen gaben zu Protokoll, dass sowohl Carella als auch Marchetti sich im Laufe des Nachmittags und des Abends mehr als einmal vom Arbeitsbereich der Viet-Leute im Erdgeschoss absentiert hatten. Irgendwann zwischen sieben und acht wurde Carella gesehen, wie er sich von der Baustelle entfernte, nach oben in die Richtung des *ridotto*.

Ich bin der Meinung, dass er bei dieser Gelegenheit seine letzten Vorbereitungen traf. Er ging zum *ridotto* hinauf, wissend, dass die an jenem Tag dort beschäftigten Arbeiter bereits Feierabend gemacht hatten. Er öffnete einen Schrank, nahm die Dosen mit Lösungsmittel heraus, öffnete sie und goss das Lösungsmittel über den Boden und auf einen Haufen roher Bretter. Dann ging er in den Umkleideraum zu den anderen und zog sich um. In ihrer Straßenkleidung gingen Carella und Marchetti zusammen mit den anderen hinunter. Carella ging in die Portierloge, um zu telefonieren, und Marchetti wartete vor der Loge auf ihn. Die ersten drei Elektriker verabschiedeten sich und gingen zur Tür hinaus. Carella und Marchetti versteckten sich dann irgendwo im Gebäude, bis der letzte Elektriker, Visentin, gegangen war. Nachdem dieser zur Tür hinaus war, schlichen sie sich, ohne dass sie jemand sah, wieder zum *ridotto* hinauf. Während Marchetti Wache hielt, nahm Carella eine Lötlampe, schaltete sie an und richtete die Flammen auf die Bohlen. Während sich das Feuer ausbreitete, rannten sie wieder hinunter und verließen das Gebäude durch den Künstlereingang um Viertel vor neun.«

»Und niemand hat sie während all dieser Aktivitäten gesehen?«, fragte ich.

»Schon. Carella und Marchetti waren wahrscheinlich die

zwei jungen Männer, die gesehen worden waren, wie sie die calle della Fenice entlangrannten, zehn Minuten nachdem die ersten drei dort entlanggegangen waren.«

Carellas und Marchettis Anwälte griffen Cassons Beweisführung sofort an. Giovanni Seno, Marchettis Anwalt, wandte ein, dass beinahe alle Beweise Cassons Carellas und Marchettis Versuch einbezogen, den Anschein zu geben, sie hätten das Fenice mindestens eine Stunde vor Ausbruch des Feuers verlassen.

»Natürlich haben sie das getan!«, sagte Seno. »Sie hatten Angst. Es ist doch nur menschlich, dass jemand versucht, sich bei einem so entsetzlichen Ereignis von einem unbegründeten Verdacht zu distanzieren. Cassons Beweisführung besteht nur aus Mutmaßungen, weiter nichts.«

Carellas Anwalt fügte hinzu, Casson liege bezüglich des Motivs völlig falsch: Viet war gar nicht im Verzug, denn das Fenice hatte ihnen eine sechswöchige Verlängerung gewährt, bis zum 15. März. Und außerdem, hätte es eine Konventionalstrafe gegeben, dann hätte sie von der Firma bezahlt werden müssen, die Viet den Ausführungsauftrag erteilt hatte, Argenti. Carellas Anwalt behauptete auch, dass Enricos private Schulden sich nur auf knapp € 6000 beliefen, ein Zehntel dessen, was Casson geschätzt hatte. Die Summe von € 60 000, so der Anwalt, sei wahrscheinlich durch ein abgehörtes Gespräch in Umlauf gekommen, in dem Carellas Vater einem Freund gegenüber erwähnte, die Schulden seines Sohnes seien nach dem Brand gestiegen. Der Grund dafür war, dass ein Großteil seiner Ausrüstung dabei zerstört worden war.

Ich fragte Casson, ob es ein einziges Moment oder Beweisstück gebe, das den Ausschlag gab und ihn davon überzeugte, dass Carella und Marchetti schuldig waren.

»Ja«, sagte er ohne zu zögern, und wieder mit einem versteckten Lächeln. »Es geschah am zwölften April, um ganz genau zu sein. Ich bestellte Marchetti und seine Freundin, Barbara Vello, ein, um ihnen ein paar Fragen zu stellen. Während der Vernehmung übergab ich ihr eine Mitteilung, in der sie darüber in Kenntnis gesetzt wurde, dass gegen sie ermittelt werde, weil sie uns bezüglich eines Telefonanrufs angelogen hatte, den sie in der Brandnacht von ihm bekommen hatte. Durch ein abgehörtes Gespräch, das zwischen ihnen stattgefunden hatte, hatten wir herausgefunden, dass Marchetti versucht hatte, sie dazu zu bringen, den Zeitpunkt des Anrufs zu verändern. Er sagte: ›Ich habe dich an dem Abend um halb neun angerufen.‹ Und sie sagte: ›Du hast mich um sechs angerufen‹, und er wiederholte immer wieder: ›Nein, halb neun. Ich habe dich um halb neun angerufen.‹

Ich hatte die Vernehmung absichtlich im Polizeirevier Santa Chiara im Piazzale Roma anberaumt«, fuhr Casson fort, »anstatt in meinem Büro im Rialto, weil ich wusste, dass sie von Salzano aus mit Marchettis Wagen dort hinfahren würden. Ich sagte ihnen, sie könnten direkt vor dem Revier parken, was normalerweise nicht erlaubt ist. Nur wussten sie nicht, dass wir einige Tage zuvor einen winzigen Abhörsender in ihrem Wagen eingebaut hatten. Nach der Vernehmung stiegen sie wieder ins Auto, und Barbara Vello war stinksauer, weil jetzt wegen Meineids gegen sie ermittelt wurde. Sie wandte sich zu Marchetti und schrie ihn in venezianischem Dialekt an: ›Für eine Handvoll Kröten, und dieser andere bis zum Hals in Schulden! Und um ein bisschen Geld zu machen, beschließen sie, das Fenice anzuzünden. Wenn wenigstens ein bisschen Geld dabei rausgekommen wäre, oder wenn wenigstens dieser Cousin von dir etwas von der Kohle bekommen hätte, die er kriegen sollte.‹« (*Per quattro schei e quell'altro coi debiti i se ga messo d'accordo per fare un pochi de schei e i ga dà fogo aea Fenice. Almanco che ghe fusse vegnui in scarsea quei schei, almanco che ghe fusse vergnui in scarsea a to cugin.)*

Da war ich mir sicher«, sagte Casson. »Ich bestellte sie wieder ein und bat sie, mir ihre Bemerkung zu erklären. Zuerst behauptete sie, sie könne sich nicht erinnern, das gesagt zu haben, und so bot ich ihr an, sich selbst auf Band zu hören. Dann wurde sie ungenau. Sie sagte, sie sei sehr wütend gewesen. Ihre Bemerkung sei nicht als Eingeständnis gemeint gewesen. Sie habe lediglich Dampf abgelassen, habe wirr geredet.«

Die Polizei hatte schon seit Monaten die Bänder abgehört, ohne etwas Brauchbares zu finden. Aber als sie dieses hörten, waren sie begeistert. Auch Casson war sichtlich erfreut darüber. Er gab Barbara Vellos Bemerkung an die Presse weiter, und sie machte, wie zu erwarten, Schlagzeilen. Aber von bestimmten Seiten wurden Zweifel angemeldet bezüglich dessen, was die junge Frau wirklich hatte sagen wollen.

Eines Tages zur Mittagszeit kehrte ich bei Gia Schiavi ein, einer der Kneipen in der Nähe der Accademia, die von Einheimischen frequentiert wird. An der Bar standen vier Männer. Einer hatte ein Exemplar des *Gazzettino* und las den anderen Barbara Vellos Worte vor.

»So wie es da steht«, sagte einer von ihnen, »klingt es wie eine Feststellung: ›Sie haben das Fenice für eine Handvoll Kröten angezündet.‹ Aber es kommt auf die Betonung an. Sie hätte es auch als Frage gemeint haben können: »Sie haben das Fenice für eine Handvoll Kröten angezündet?' Was so viel heißt wie: ›Wie kann die Polizei bloß jemand für so dämlich halten?‹«

Die anderen Männer stimmten im Chor zu. »Ja, ja ... na klar ...«

»Und dann dieser zweite Teil: ›Wenn dein Cousin wenigstens etwas Geld damit hätte machen können.‹ Damit hätte sie meinen können: ›Also *wenn* sie's schon gemacht haben, dann hätte wenigstens etwas für deinen Cousin dabei rausspringen sollen.‹«

Fünf Monate nach ihrer Verhaftung saßen die beiden Cousins immer noch in Untersuchungshaft. Barbara Vello war zu Hause in San Donà auf dem Festland, niedergeschlagen und schwanger.

»Sie gibt sich die Schuld für das, was mit Massimiliano passiert ist«, sagte Marchettis Mutter. »Das sollte sie nicht. Sie kann nichts dafür. Die versuchen ihr die Worte zu verdrehen.«

Signora Marchetti und ihr Mann saßen an ihrem Küchentisch in Salzano, einer kleinen Stadt ein halbe Stunde nördlich von Venedig. Vor Ablauf der dreimonatigen Untersuchungshaft hatte Casson den Richter um eine dreimonatige Verlängerung gebeten, die ihm gewährt wurde. Er sorgte weiter für Druck, ließ Marchetti und Carella wochenlang am Stück in Einzelhaft schmoren. Niemand wusste, wann sie wieder freigelassen würden.

»Diese Hölle würde ich niemandem wünschen«, sagte Signora Marchetti. Ihr jugendliches Gesicht wirkte abgehärmt und düster. Sie hatte kurz geschnittenes graues Haar und trug ein Sweatshirt mit Reißverschluss über einer Hose. Ihr Mann, Werksleiter bei einem Chemiebetrieb in Marghera, saß stumm neben ihr. Sie goss Coca-Cola aus einer Plastik-Literflasche ein.

»Die Polizei hat um sechs Uhr morgens an die Haustür gehämmert«, erzählte sie. »Sie hatten einen Hausdurchsuchungsbefehl, aber sie wollten uns nicht sagen, was sie suchten. Zwei Stunden lang saßen wir hier in der Küche, während sie das ganze Haus auf den Kopf stellten. Jede Schublade haben sie aufgemacht, jeden Schrank, jede Kommode. Sogar Massimilianos Auto haben sie durchsucht.«

»Sie haben uns gefragt, ob wir einen Anwalt benachrichtigen wollten«, sagte Signor Marchetti. »Ich sagte, nein, seht nach, wo ihr wollt. Wir haben nichts zu verbergen.«

»Wir dachten, es könnte was mit Marihuana zu tun haben«, sagte Signora Marchetti. »Massimiliano wurde vor einem Jahr wegen Drogenbesitzes verhaftet und bekam ein Jahr mit Bewährung. Aber das ist alles schon vorbei. Die Polizei fand kein Marihuana. Sein Samuraischwert haben sie dennoch mitgenommen, und das haben sie immer noch.«

Signora Marchetti betupfte sich die Augen mit ihrem Taschentuch. »Und dann, um acht Uhr, haben sie Massimiliano aufgefordert, in den Streifenwagen einzusteigen. Sie haben gesagt, sie nehmen ihn mit, weil er noch ein paar Papiere unterschreiben muss. Eine reine Formalität. Er nahm sein Werkzeug mit, in der Annahme, er würde danach gleich zur Arbeit gehen. Wir sind in unserm Auto hinterhergefahren, zur Questura in Marghera. Da haben wir dann gesessen und gewartet. Um neun Uhr sagten sie uns, dass er verhaftet wurde, weil er verdächtigt wird, das Fenice angezündet zu haben. Wir waren sprachlos. Danach haben wir ihn zwei Monate lang nicht gesehen. Ich bin jeden Tag zum Gericht gegangen und habe um Erlaubnis gefragt, ihn sehen zu dürfen.«

Signor Marchetti ergriff die Hand seiner Frau.

»Und dabei haben wir in der Nacht, als das Fenice abgebrannt ist, alles im Fernsehen verfolgt und geheult«, sagte sie. »Wir lieben Venedig. Massimiliano liebt Venedig. Das kann er unmöglich getan haben. Er ist ein guter Kerl. Er hat mir erzählt, er würde zwei Freikarten kriegen, wenn die Renovierung abgeschlossen ist. Er hat mich gefragt, ob ich mit ihm hingehen will. Wir wollten Woody Allen sehen.«

»Wie haben die Nachbarn darauf reagiert?«, fragte ich.

»Unsere Freunde sind überzeugt, dass er unschuldig ist, und das ist tröstlich. Aber ich habe über diese Sache meinen Glauben verloren. Seit dreißig Jahren gehe ich in die Kirche. Jetzt gehe ich nicht mehr oft.«

Lucia Carella, Signora Marchettis ältere Schwester, arbeitete als Haushälterin im Hotel Cipriani. Sie war schon seit vielen Jahren von Renato Carella geschieden und war jetzt mit seinem Bruder, Alberto Carella, verheiratet. Sie wohnten in Sacca Fisola auf der Giudecca mit ihrem Sohn, Enrico. Dank der zwanzig Jahre Tuchfühlung mit der anspruchsvollen Klientel des Cipriani war Signora Carella etwas welterfahrener geworden als ihre Schwester. Aus ihrer Miene sprach eher Trotz als Sorge, doch in ihrem Blick zeigte sich unverwüstlicher Humor.

»Die Polizei hat uns um fünf Uhr morgens aus den Betten gejagt und alles durchsucht«, sagte sie. »Aber sie wollten uns nicht verraten warum. Ich fragte Enrico, wonach sie denn suchen, und er flüsterte mir zu: ›Die Dreckskerle wollen mir einfach an die Eier. Wahrscheinlich suchen sie nach Drogen.‹ Er kam nicht darauf, dass es irgendwas mit dem Fenice zu tun haben könnte. Er wirkte überhaupt nicht nervös.«

»Aber der Staatsanwalt«, meinte ich, »behauptet, dass Enrico derjenige war, der das Feuer gelegt hat, und dass Ihr Neffe, Massimiliano, lediglich für ihn Schmiere stand.«

»Casson!«, sagte sie. »Ich will Ihnen mal was über diesen Casson erzählen. Als er mich das erste Mal nach Enricos Verhaftung anrief, bat er mich, in sein Büro zu kommen und ein paar Fragen zu beantworten. Er sagte, ich hätte das Recht, das abzulehnen. Aber ich sagte: ›Ich bin vollkommen bereit, vorbeizukommen und Ihre Fragen zu beantworten.‹ Ich ging hin und erzählte ihm alles, was ich wusste, und alles, woran ich mich erinnern konnte. Und das war's.

Dann hat Casson beschlossen, Enrico über die dreimonatige Untersuchungshaftzeit hinaus in Haft zu behalten, und wie Sie sich vorstellen können, war ich nicht nur verzweifelt, sondern auch sehr wütend. Gleich danach rief Casson wieder an und bat mich, vorbeizukommen und noch mehr Fragen zu beantworten. Aber diesmal lehnte ich ab. Ich sagte, ich hätte ihm nichts mehr zu erzählen. Und er: ›Oh? Sie wollen nicht mitarbeiten? Na, in dem Fall wird man Ihnen nicht erlauben, Ihren Sohn zu besuchen.‹ Und während der sieben Monate, die Enrico im Gefängnis verbrachte, durfte ich ihn nur zweimal besuchen. Meine Schwester ging ihren Sohn alle zwei Wochen besuchen.«

»Was meinen Sie, warum Enrico beschuldigt wurde?«

»Er ist ein Sündenbock. Casson behauptet, er habe das Fenice angezündet, um der Zahlung einer Strafe zu entgehen. Tatsächlich? Wegen des Feuers hat Enrico Geräte verloren, die zehnmal so viel wert waren wie die Strafe hoch gewesen wäre. Allein schon das müsste ausreichen, um zu beweisen, dass er es nicht getan hat.«

»Ihr Sohn war vor seiner Verhaftung schon mehrmals wegen dem Brand vernommen worden«, sagte ich. »Sind Sie oder er nie darauf gekommen, dass er ein Verdächtiger sein könnte?«

»Unser größter Fehler war, dass wir uns nicht sofort einen Anwalt genommen haben«, sagte sie. »Wir haben den Ernst der Sache unterschätzt. Wir haben Casson unterschätzt, diesen Idioten, der unser Leben ruiniert hat.«

»Casson sagt, Ihr ehemaliger Mann, Renato Carella, wird auch der Brandstiftung verdächtigt«, sagte ich.

»Casson! Casson ist einer von diesen Leuten, die unheimlich gerne im Fernsehen sind, die sich nie irren, die alles wissen, die immer die Schuldigen erwischen. Jemand Wichtiges hat mir gesagt, er kennt einen Richter hier in Venedig, der behauptet, dass Casson mehr Schaden als Gutes anrichtet!«

Signora Carella beugte sich zu mir vor. »Ich sollte das ja eigentlich nicht wiederholen«, sagte sie und senkte ihre Stimme, »aber er hat mir erzählt, der Richter hält Casson für einen Knallkopf.«

Signora Carella hielt sich plötzlich die Hand vor den Mund, sich bewusst, dass sie vielleicht zu weit gegangen war, aber als ich lachte, musste sie auch lachen.

Die Ermittlungen waren noch im Gange, als Casson die beiden Cousins auf freien Fuß setzte – Marchetti nach fünf Monaten, Carella nach sieben. Enrico Carella zog zu seiner Verlobten in Crespano del Grappa und verbrachte die Zeit damit, in ihrem Eisladen zu arbeiten. Ich rief ihn an.

»Klar rede ich mit Ihnen«, sagte er, »aber Sie werden zahlen müssen.«

»Tut mir Leid«, erwiderte ich, »das ist nicht mein Stil.«

»Ich erzähl Ihnen Dinge, die ich noch keinem andern erzählt habe«, sagte er.

»Sie sind doch schon vom *Gazzettino* und *Oggi* interviewt worden«, sagte ich. »Warum sollten Sie mir Dinge erzählen, die Sie denen nicht erzählen würden?«

»Das werden Sie schon sehen.«

Ich wünschte Carella alles Gute und rief stattdessen Marchetti über seinen Anwalt an, Giovanni Seno. Seno sagte, ich könne mit Marchetti in seinem Büro reden, solange mir klar sei, dass er bestimmte Fragen vielleicht nicht beantworten könne. Einverstanden, entgegnete ich. Von Bezahlung war keine Rede.

Senos Anwaltskanzlei befand sich in einer Einkaufspassage über einem Haushaltswarengeschäft in der Stadt Spinea, eine halbe Stunde Fahrt von Venedig. Er hatte einen Schnurrbart und grau melierte Haare, die kunstvoll gekämmt waren, um eine beginnende Glatze zu tarnen. Senos Sportsjacket aus Handschuhleder war, wie ich später erfuhr, sein Markenzeichen. Es verlieh ihm einen Anstrich von schicker Legerheit, der zu seiner lässigen Art passte. Er sprühte über vor einer gefälligen Selbstsicherheit, die hart an Großspurigkeit grenzte. Als ich ihn eingangs fragte, was für Fälle er normalerweise bearbeitete, antwortete er beiläufig: »Mafia.«

»Haben Sie jemals Felice »Engelsgesicht« Maniero verteidigt?«, fragte ich.

»Ja«, sagte er, »aber das war vor zwanzig Jahren, als er bloß ein Knabe war, bevor er Capo wurde. Es war wegen eines leichten Vergehens. Ich weiß nicht mehr, was es war.«

Senos berühmtester aktueller Mandant, Massimiliano Marchetti, traf in Begleitung seines Vaters in Senos Büro ein. Marchetti Junior war klein und stämmig und hatte langes blondes Haar, das am Scheitel schütter war. Er trug ein Blouson, ausgewaschene Jeans und Joggingschuhe. In seinem linken Ohr war ein kleiner Goldring.

»Wie war das, zweiundvierzig Tage lang in Einzelhaft zu sitzen?«, fragte ich ihn.

Marchetti sann einen Moment über die Frage nach. »Man ist da ganz alleine«, sagte er. »Kein Fernsehen, keine Zeitung ... man sieht nie jemanden.«

»Wie sah der Raum aus?«, fragte ich.

»Er wird der Rachen des Löwen genannt«, sagte er stockend. »Das ist wie ... ich meine ... man kann nicht hinaussehen ... Man sieht nur den Himmel.« Er hielt inne.

»Warum wurden Sie in Einzelhaft gesteckt?«

»Ähmm ... ich ...« Marchetti schienen die Worte zu fehlen.

Seno schaltete sich ein. »Es war eine Methode, um aus ihm rauszukriegen, was sie haben wollten. Aber er hatte ihnen schon alles erzählt, was er wusste, also war es eigentlich eine Form von Folter. Ich habe die schon Jungs für elf Monate in Iso-Haft stecken sehen. Die mussten dann von Psychiatern rausgeholt werden.«

»Ja, ich hatte Glück«, sagte Marchetti.

»Was meinen Sie, wie das Feuer begonnen hat?«, fragte ich.

»Ich weiß nicht«, erwiderte er. »Wirklich ... ich habe keine Ahnung.«

»Wie haben Sie es denn erfahren?«

Marchetti sah zu seinem Vater und dann zu Seno. »Ich habe ihnen erzählt ... äh ... woran ich mich erinnere, aber ... Nicht alles ... ich meine ... die Zeiten haben nicht gestimmt. Und ich dachte auch nicht, dass ... Und auch weil ... ich meine ... wo ich doch wusste, dass ich nichts getan hatte, habe ich da gar nicht weiter drüber nachgedacht ...« Dann verstummte er.

»Aber wie haben Sie es dann tatsächlich erfahren?«, fragte ich wieder.

Nach einer langen Pause sagte Marchetti: »Von meinem Cousin. An dem Abend ... es war nachdem ... was war's noch mal ... Ähmmm ... es war –«

»Wie hast du es herausgefunden?«, fuhr Seno dazwischen, sichtlich genervt. »Sei nicht so verdammt vage! Er will genau wissen, wie du's erfahren hast! Was passiert ist! Wer's dir erzählt hat!«

Marchettis Vater warf seinem Sohn einen besorgten Blick zu. »Jemand hat sie angerufen«, sagte er. Er wollte helfen.

»Nein!«, sagte Seno. »Das behauptet Carella. Er« – und dabei zeigte er auf Massimiliano – »hat das Telefon nicht gehört.«

»Ich war ... ähm ... ich war nicht im selben Zimmer«, sagte Marchetti.

Seno beugte sich zu mir und drehte die Handflächen nach oben. »Was soll ich tun? So redet er eben. Verstehen Sie? Er versucht sich selbst zu verteidigen, und dann redet er so. Er bringt ein Wort pro Minute heraus. Ich kann ihn unmöglich in den Zeugenstand lassen.«

»Wie sieht Ihre Verteidigungsstrategie aus?«, fragte ich Seno. »Was ist Ihr stärkstes Argument?«

»Motiv!«, sagte Seno. »Casson hat noch nicht mal behauptet, dass Massimiliano ein Motiv hat. Wie könnte er auch? Massimiliano war bloß ein Angestellter bei Viet. Es war nicht seine Firma. Er musste sich nicht wegen irgendeiner Strafe oder einem Bußgeld sorgen. Er kann unmöglich ein Motiv gehabt haben.

Wenn Casson von Motiv redet«, fuhr Seno fort, »dann führt er immer die Konventionalstrafe an. Vielleicht für Carella, aber doch nicht Massimiliano. Also ist Carella sein richtiger Hauptverdächtiger. Aber es gibt absolut keine Beweise, die Massimiliano in irgendeiner Weise belasten, außer dass er Casson erzählt hatte, dass er und sein Cousin nie voneinander getrennt gewesen seien. Das bindet ihn an Carella. Wenn Carella also das Feuer gelegt hat, so Cassons Logik, muss Massimiliano auch dabei gewesen sein. Wenn Massimiliano das nicht erwähnt hätte, dann hätte Casson in seinem Fall von einer Anklage abgesehen und dann müsste er all das hier nicht durchmachen. Aber sehen Sie, Massimiliano begriff erst dann, dass er ein Verdächtiger in dem Fall war, als er sechzehn Monate nach dem Brand festgenommen wurde. Und einen Anwalt, mich, hatte er erst am Tag seiner Verhaftung, nachdem er vorher schon fünfmal verhört worden war.«

»Glauben Sie also, dass Carella schuldig sein könnte?«,

fragte ich. »Oder glauben Sie zumindest, dass er vielleicht weiß, was passiert war?«

»Das habe ich nicht behauptet«, sagte Seno. »Ich wollte nur sagen, dass von den zwei Jungs Carella der naheliegendere Kandidat ist.«

»Glauben Sie, die beiden wurden irgendwie reingelegt?«

»Unbedingt. Die ganze Geschichte stinkt zum Himmel. Von Anfang an. Die Polizei, die Presse, die ganze Sache. Wenn wir vor Gericht gehen, werde ich beweisen, dass diese beiden Jungs gar nicht genug Zeit gehabt hätten, den Brand zu legen, zwischen den Zeiten, in denen sie, Casson zufolge, zuletzt im Theater gesehen worden waren und ein paar Minuten später, wo sie, wie ich beweisen kann, bereits draußen waren. Ich will jetzt nicht ins Detail gehen, aber sie hätten dafür in rasendem Tempo durch das Gebäude rennen müssen, und auch noch im Dunkeln.«

»Aber wenn es Brandstiftung ist«, sagte ich, »was gibt es da sonst noch für Verdächtige?«

»Machen Sie Witze? Bei all den Spinnern, die da drüben im Fenice herumliefen, hätten sie nicht ausgerechnet diese beiden Jungs aufs Korn nehmen brauchen. Da war sogar ein Typ, der dort arbeitete – und jetzt passen Sie auf – der ständig ›Es brennt! Es brennt!‹ rief, wenn er vorbeikam. Ohne Witz! Und ich habe von einem andern Burschen gehört, bei dem überall, wo er arbeitete, ein Feuer ausbrach. Den Typ haben sie beinahe sofort als möglichen Verdächtigen ausgeschlossen.

Nein, der einzige Beweis, den Casson hat, ist, wer ›offiziell‹ das Theater als Letztes verließ. Und ›offiziell‹ waren es Carella und Marchetti. Was ist das denn für ein Beweis, frage ich Sie? Und was beweist es? Jeder hätte in das Theater hineinspazieren können! Jeder! Da war niemand, der das überprüfte. Türen waren nicht abgeschlossen, einige Türen hatte man sogar offen stehen lassen! Niemand hat Wache gestanden. Der Hausmeister ist irgendwo verschwunden und tauchte erst zwanzig Minuten nach Entdeckung des Brandes wieder auf. Aber wer brauchte überhaupt einen Brandstifter? Das war doch kein Theater. Das war ein Saustall, der jederzeit in Flammen aufgehen konnte.«

Trotz Cassons Zuversicht, dass seine Anklage gegen Carella und Massimiliano hieb- und stichfest war, hielten sich in der Öffentlichkeit Zweifel, zumindest nach dem, was ich anhand von beiläufigen Gesprächen und aufgeschnappten Bemerkungen feststellen konnte.

Ein Verkäufer auf dem Rialto-Lebensmittelmarkt bemerkte zu einer Hausfrau, als sie Tomaten kaufte: »Das kann ja nur ein Dummkopf sein, der glaubt, zwei Venezianer hätten das Fenice angezündet. Ausgerechnet Venezianer!«

Die Hausfrau nickte. »Das ist wirklich verrückt.«

»Und für so wenig Geld!«, sagte der Verkäufer. »Aber selbst wenn es für ein Vermögen gewesen wäre. Nein. Das Fenice niederbrennen? Einfach undenkbar.«

Die Vorliebe der Venezianer für Verschwörungstheorien mochte sich nicht mit der Vorstellung zufrieden geben, dass zwei junge Männer das Fenice abgefackelt hatten, um einer kleinen Geldstrafe zu entgehen. Dahinter musste etwas viel Größeres und viel Geheimnisvolleres stecken. Für viele war die Mafia immer noch der Hauptverdächtige, wenn man überhaupt glaubte, dass es Brandstiftung war.

Eine Person, die nicht glaubte, dass es Brandstiftung gewesen war, war der Mann, dessen Fotos von den Experten sinnigerweise verwendet worden waren, um eben dies zu beweisen. Der Fotograf, Graziano Arici, war in der Brandnacht über den Campo San Fantin gegangen, um sein Abendessen einzunehmen, als er Rauch roch und Flammen sah. Er rannte nach Hause, um seine Kamera zu holen. Seine Bilder wurden nicht nur von Cassons Experten sorgfältig geprüft, sondern auch von dem Staatsanwalt in Bari, der sie mit Bildern des Brandes verglichen hatte, der von Brandstiftern in der Petruzzelli-Oper gelegt worden war. Er hatte eine unheimliche Ähnlichkeit festgestellt.

»Ich habe den Brand nur zufällig gesehen, weil ich ein paar Stunden zuvor mit meiner Freundin Schluss gemacht hatte«, erzählte Arici mir. »Ich begleitete sie zum Vaporetto, und anstatt mit ihr nach Mestre zu gehen, ging ich nach Hause und war gerade unterwegs, um alleine zu Abend zu essen.«

Arici bot an, dass ich mir seine Bilder ansehen könnte, in seinem Atelier im Erdgeschoss von Graf Girolamo Marcellos Palast, kaum hundert Meter vom Fenice entfernt. Arici, ein einnehmender Mann mit grauem Bart, saß an einem Computer und bediente mit geschickten Fingern Tastatur und Maus, ordnete seine Bilder des Brandes auf dem Monitor, stellte sie um, vergrößerte und verkleinerte. Die Fotos zeigten, dass sich das Feuer schnell von links nach rechts ausgebreitet hatte.

»Die behaupten, diese Bilder würden Brandstiftung beweisen«, sagte Arici, »weil der Stock durch eine Brandmauer zweigeteilt wurde, die aber den Flashover scheinbar nicht abbremste. Daraus schloss einer der Experten, dass das Feuer mindestens an zwei verschiedenen Stellen gelegt worden sein musste – vielleicht sogar drei – und das hätte natürlich Brandstiftung bedeutet. Und wenn die Feuerschutztüren offen gelassen worden waren? Und was ist mit den Stapeln von Holz und Haufen von Sägemehl und Holzspänen? Die hätten bei einem Unfall leicht Feuer fangen können.«

»Was ist also Ihrer Meinung nach passiert?«, fragte ich.

»Na ja, vielleicht wollten die Elektriker etwas trocknen und haben ein Heizgerät oder eine Lötlampe benutzt. Dann ging irgendwas schief. Vielleicht versuchten sie, den Brand zu löschen, und konnten es nicht, und dann haben sie es mit der Angst bekommen und sind weggerannt. Das würde erklären, warum sie glauben machen wollten, sie hätten das Theater eine Stunde früher verlassen, als sie es tatsächlich getan hatten. Wahrscheinlich beschuldigte Casson sie der Brandstiftung, in der Hoffnung, sie würden ihm von dem Missgeschick berichten, wenn es denn eines gegeben hatte, um eine geringere Strafe zu bekommen – wegen Fahrlässigkeit, vor dem Feuer geflohen zu sein, ohne es zu melden. Aber wer weiß? Ich bin bloß ein Fotograf.«

Ludovico De Luigi war bloß ein Künstler, aber *er* hatte alles durchschaut. »Am Ende läuft es immer auf Geld hinaus«, sagte er, »und das Ende ist nirgends in Sicht. Da muss noch sehr viel mehr Geld noch sehr viel mehr Besitzer wechseln, bevor das hier vorbei ist.«

Ich erwähnte, ich sei beeindruckt gewesen von der offensichtlichen Sorgfalt, mit der Cassons Experten ihre Tests durchführten. De Luigi lachte erst einmal herzhaft über meine Bemerkung und dann bestand er darauf, mich einem Freund von ihm vorzustellen. »Ich werde Ihnen mal einen richtigen Experten zeigen«, sagte er. »Kommen Sie.«

Beim Ruderclub auf dem Zattere stellte De Luigi mich einem Mann vor, der neben einer Gondel stand, die am Landesteg festgemacht war. Der Mann trug einen dicken schwarzen Bart ohne Schnurrbart, wie Abraham Lincoln. Er hieß Gianpietro Zucchetta, und er war ein Chemiker, der im Umweltministerium arbeitete. Seine Gondel war die genaue Kopie von Casanovas Gondel von etwa 1750.

»Die sieht wie die Gondeln aus, die man auf Bildern von

Canaletto sieht«, sagte Zucchetta. »Die sind merklich anders als die modernen Gondeln.«

Zucchettas Gondel hatte eine entfernbare Kabine, oder *felze*, die am Mittelteil befestigt war, und der Bootskörper war gerade anstatt gebogen, wodurch es erforderlich war, dass zwei Gondolieri ruderten anstatt nur einer. Besonders auffallend war, dass das vordere Schmuckeisen viel höher aufragte als bei heutigen Gondeln, und Zuchetta erzählte, als er mit der Gondel zum ersten Mal bei Flut fuhr, sei er überrascht gewesen, dass sie unter einigen Brücken nicht mehr hindurchpasste, die Casananova mühelos passiert hatte. »Das hat mir drastisch vor Augen geführt, wie sehr der Wasserstand in Venedig im Verlauf der letzten zweihundertfünfzig Jahre gestiegen war«, sagte er.

Zucchetta wusste mehr über Wasser und Venedig als die meisten Menschen. Er hatte eine Geschichte des *acqua alta* in Venedig geschrieben. Auch mit venezianischen Brücken kannte er sich aus wie kein anderer: In seinem Buch *Venedig, Brücke für Brücke* hatte er alle 443 katalogisiert. Im Verlauf des Gesprächs erfuhr ich, dass Zucchetta verschiedene andere Bücher geschrieben hatte: zwei über die Kanäle Venedigs, eines über die »verlorenen Kanäle«, die aufgefüllt worden sind (die *rii terrà*), eines über Casanova, eines über Casanovas Gondel, eines über die Geschichte des Gases in Venedig und noch eines über das venezianische Abwassersystem. »Wenn Sie einen Gondoliere dafür bezahlen, dass er Sie auf den Kanälen herumrudert«, sagte Zucchetta, »dann rudert er Sie durch den Klärschlamm Venedigs.«

Aber keine diese Spezialisierungen war der Grund, warum De Luigi mich zu Zucchetta gebracht hatte, wie ich schließlich erfuhr, als ich fragte: »Worum wird es in Ihrem nächsten Buch gehen?«

»Ich arbeite an einer Geschichte der Brände in Venedig«, sagte er.

De Luigi strahlte. »Mein Freund Zucchetta ist ein Experte für Brände. Er hat – wie viel? – sechshundert, siebenhundert Brände untersucht.«

»Achthundert«, berichtigte Zucchetta, »einschließlich des Brandes in der Petruzzelli-Oper in Bari. Ich bin Mitglied der IAAI, der International Association of Arson Investigators.«

»Wurden Sie gebeten, für den Fenice-Brand ein Gutachten zu erstellen?«

»Ja«, erwiderte er, »aber ich habe abgelehnt.«

»Warum?«

»Weil es ein politischer Brand ist, und ich untersuche keine politischen Brände.«

»Was meinen Sie damit?«

»Unter den Personen, die der Fahrlässigkeit beschuldigt werden, befinden sich auch Politiker. Also, es gibt zwei sich widersprechende Beschuldigungen: Fahrlässigkeit und Brandstiftung. Natürlich wollen alle der Fahrlässigkeit Verdächtigten, dass das Urteil Brandstiftung lautet, und die der Brandstiftung Verdächtigten, dass es Fahrlässigkeit ist. Jede Seite wird versuchen, Experten zu finden, die ihren Standpunkt beweisen. Zwei der der Fahrlässigkeit Verdächtigten haben mir einen Blankoscheck angeboten, wenn ich als Experte für sie aussagen würde. Sie haben gesagt, ich könne den Betrag selber ausfüllen. Es war klar, dass ich auf Brandstiftung befinden sollte, selbst wenn ich anderer Meinung war. Deswegen ist es ein politischer Brand, und deswegen habe ich abgelehnt.«

»Um wen handelt es sich?«

»Das sage ich nicht. Aber die Beschuldigten sind nicht die einzigen Personen, deren Interessen durch den Ausgang dieses Prozesses berührt werden. Eine Menge Leute haben

Eigentum verloren. Die Wohnungen einiger Nachbarn wurden beschädigt, anderen Leuten wurden Ausrüstung oder persönliches Eigentum vom Feuer zerstört, und alle wollen den Schaden ersetzt bekommen, der nicht von der Versicherung gedeckt wird. Wenn das Urteil Brandstiftung lautet, dann bringt es keinem etwas, die Elektriker zu verklagen, weil die kein Geld haben. Aber wenn es sich herausstellt, dass es Fahrlässigkeit war, dann haben alle diese Leute eine Reihe reicher Ziele zur Auswahl, die sie verklagen können: die Stadt Venedig, die Fenice-Stiftung und die fünfzehn Personen, die der Fahrlässigkeit beschuldigt werden. Zwei dieser Beschuldigten haben ihr Eigentum bereits auf den Namen ihrer Ehefrauen überschreiben lassen.«

Signor Zucchettas Ruderpartner traf ein. Sie machten sich daran, in die Gondel zu steigen.

»Ich nehme an, Sie haben die Entwicklungen in dem Fall verfolgt«, sagte ich.

»Ja, in der Tat«, erwiderte Zucchetta, und dann stieg er in die Gondel und balancierte sie aus, während sein Ruderpartner einstieg.

»Haben Sie eine Meinung darüber, wie es passiert sein könnte?«

»Selbstverständlich«, sagte er. Zucchetta machte das Tau los und stieß vom Kai ab.

»Glauben Sie, dass die Elektriker es getan haben?«

Zucchetta schüttelte den Kopf. »Wenn die Elektriker das Fenice niedergebrannt haben«, sagte er mit einem Lächeln, »dann sind die Klempner für das *acqua alta* verantwortlich.«

11

OPERA BUFFA

Ein paar Tage nach der Festnahme der beiden Elektriker fuhr ich in einem Vaporetto Richtung Markusplatz, als sich ein Bootstaxi uns anschloss. Auf dem Vordeck des Taxis, hinter dem Chauffeur, standen fünf Männer in Anzügen, und selbst aus einer Entfernung von 20 Metern sah ich, dass dies keine alltägliche Gesellschaft war. Ein robuster, eleganter, weißhaariger Mann mit Sonnenbrille war eindeutig der Rudelführer. Er hatte markante Gesichtszüge, eine rötliche Gesichtsfarbe und ein majestätisches Auftreten. Ich vermutete, dass die anderen Männer Geschäftsfreunde oder vielleicht sogar Leibwächter waren. Dann entfernte der Mann sein Jackett, und ich sah, dass er seine Armbanduhr über seiner Hemdmanschette trug. Da wusste ich sofort, wer es war. Das tat niemand außer Gianni Agnelli. Agnelli, der Vorstandsvorsitzende des Automobilgiganten Fiat, hätte aus etlichen Gründen in Venedig sein können. In den 80er Jahren hatten er und Fiat den neoklassizistischen Palazzo Grassi gekauft, ihn restauriert und ihn in einen prachtvollen Ausstellungsraum für große Kunstausstellungen umgewandelt. Eine von Agnellis Schwestern, Cristiana Brandolini D'Adda, wohnte am Canal Grande direkt gegenüber vom Palazzo Grassi im Palazzo Brandolini. Eine weitere Schwester, Susanna Agnelli, besaß eine Ferienwohnung in San Vio. Wahrscheinlicher jedoch war es, dass Agnellis Anwesenheit in Venedig etwas mit dem Wiederaufbau des Fenice zu tun hatte.

Für den Wiederaufbau des Opernhauses war ein öffentlicher Wettbewerb ausgeschrieben worden, und sechs Konsortien hatten Pläne vorgelegt. Fiat hatte ein Angebot über Impregilo gemacht, eine Gruppe von Baufirmen, die von Fiat Engineering geleitet wurde. Die Verkündung des Gewinners wurde in Kürze erwartet. Impregilo war der eindeutige Favorit, größtenteils dank Agnellis gebieterischer Präsenz und dank der Tatsache, dass Impregilo den Palazzo Grassi mit Erfolg renoviert hatte, wodurch es die einzige Firma unter den Bewerbern um den Fenice-Auftrag war, die bereits den logistischen Alptraum durchgemacht hatte, den Venedig Bauprojekten auferlegte. Die Schwierigkeiten waren typisch für Venedig und ungeheuer groß. Riesenkräne, die für den Bau unentbehrlich waren, mussten zerlegt und durch enge, stark befahrene Kanäle zum Fenice transportiert werden, auf Schleppkähnen, die bei besonders hoher Flut die beiden Brücken des Kanals nicht passieren konnten. Backsteine, Konstruktionsstahl, Holzplanken, Metallrohre, Marmorblöcke und anderes Baumaterial musste über dieselbe Route zum Fenice geschafft werden, Materialdepots mussten auf den nächstgelegenen offenen Plätzen geschaffen werden, auf dem Campo Sant'Angelo zum Beispiel, oder sogar auf Plattformen, die auf dem Canal Grande errichtet wurden.

Agnelli, der in der allgemeinen Öffentlichkeit und von der Presse liebevoll »L'Avvocato« (der Anwalt) genannt wurde, hatte dasselbe Team versammelt, das zehn Jahre zuvor beim Palazzo Grassi so gut zusammengearbeitet hatte. Dem gehörten die Architekten Gae Aulenti aus Mailand und Antonio Foscari aus Venedig an.

Gae Aulenti sollte die Chefarchitektin bei diesem Projekt werden. Sie war am besten bekannt für ihre Umwandlung des Pariser Bahnhofs aus dem neunzehnten Jahrhundert in das Musée d'Orsay und für die Gestaltung des Museums für moderne Kunst im Centre Pompidou in Paris.

Antonio (Tonci) Foscari und seine Architektengattin, Barbara del Vicario, wohnten im Palazzo Barbaro in einer Wohnung unter dem schmuckvollen *salone* der Familie Curtis. Tonci Foscari, seit fünfundzwanzig Jahren Professor für Architekturgeschichte an der Universität Venedig, war der gegenwärtige Präsident der Accademia di Belle Arti. Im Moment arbeiteten die Foscaris zusammen an der Restaurierung des Malibran-Theaters aus dem 17. Jahrhundert in der Nähe der Rialto-Brücke. Dieses Projekt hatte plötzlich eine neue Dringlichkeit bekommen, da Venedig durch den Verlust des Fenice ein größeres Gebäude für Live-Vorstellungen fehlte.

Das der Öffentlichkeit vielleicht am besten bekannte architektonische Projekt der Foscaris dürfte die gemeinsam durchgeführte Restaurierung ihres Landhauses am Brenta-Kanal sein, der Villa Foscari, auch als La Malcontenta bekannt. Andrea Palladio hatte die Villa im sechzehnten Jahrhundert für die Gebrüder Foscari entworfen, ein Musterbeispiel für vollendete Einfachheit und Harmonie. Ein Artikel in der Zeitschrift *House & Garden* trug den Titel ›Das schönste Haus der Welt‹.

In der Nacht, als das Fenice brannte, waren die Foscaris zu Hause, als ein Freund anrief und ihnen erzählte, dass in ihrer Nähe ein Feuer ausgebrochen sei. Sie eilten hinauf auf das Dach des benachbarten Musikkonservatoriums, des größten Gebäudes in der Umgebung. Tonci Foscari stand da mit der Kamera in der Hand, völlig entsetzt, und mit dem Gefühl, als werde er Zeuge eines Mordes. Er konnte sich nicht dazu durchringen, auch nur ein Foto zu machen. Und jetzt gehörte er zu einem Team, das hoffte, das Fenice wieder aufzubauen.

Wir saßen im Wohnzimmer von Foscaris Wohnung im Palazzo Barbaro. Die weißen Wände waren mit einer keuschen pastellfarbenen Stuckzierleiste aus dem achtzehnten Jahrhundert geschmückt, eine minimalistische Behandlung, verglichen mit den ausufernden barocken Ausschmückungen in dem alten *salone* der Curtis ein Stockwerk höher. Große Fenster blickten hinunter auf den Canal Grande. Von den Wänden starrten Foscaris Vorfahren – ein venezianischer Admiral und ein Papst – auf uns herab. Das Gemälde des Dogen Francesco Foscari aus dem fünfzehnten Jahrhundert, den das Byron-Stück und die Verdi-Oper *Die Zwei Foscari* unsterblich gemacht haben, hing im Correr-Museum am Markusplatz.

»Zuerst bat mich ein französisches Konsortium, an einer Bewerbung zum Wiederaufbau des Fenice teilzunehmen«, erzählte Foscari, »und dann ein spanisches. Aber ich zögerte. Schließlich begann L'Avvocato Agnelli das Team von Palazzo Grassi wieder zu versammeln. Das war beinahe unvermeidlich. Nachdem er den Palazzo Grassi restauriert hatte, konnte er es sich eigentlich nicht leisten, sich nicht für den Auftrag zum Wiederaufbau des Fenice zu bewerben. Und da er Agnelli war, konnte er gar nicht anders als gewinnen. Und wenn er den Zuschlag bekäme, könnte er absolut garantieren, wie es niemand anders konnte, dass die Arbeiten fristgemäß abgeschlossen würden, und zwar zu den Kosten, die er versprochen hatte. Er rief mich an und sagte: ›Sie machen mit!‹ Und jetzt musste ich einfach sehr pragmatisch vorgehen. Ich fand, es war eine sichere Sache, mehr als die anderen, und so sagte ich zu.«

Foscari unterlag nicht der Illusion, dass sein architektonischer Beitrag viel mehr sein könnte, als sich bei der Herstellung einer neuen Version des ursprünglichen Opernhauses um die Details zu kümmern. Sein wirklicher Wert für Impregilo würde darin bestehen, dass er mit den komplizierten Bauvorschriften Venedigs bestens vertraut war und wusste, wie man mit der örtlichen Bürokratie umgehen musste.

»Theoretisch«, sagte er, »müssten alle vorgelegten Entwürfe gleich sein. Es ist wirklich nur ein Wettbewerb zwischen Baufirmen, das sollte es zumindest sein. Aber inzwischen – und das ist sehr italienisch – ist es zu einem Wettbewerb unter Architekten geworden, mit endlosen Debatten über ihre jeweiligen Stärken.«

»Hat Agnelli ein Angebot gemacht, das Venedig nicht ablehnen kann?«, fragte ich.

»Es wird ein gutes Geschäft für Venedig, wenn Venedig sich dafür entscheidet«, sagte er. »Geld wird L'Avvocato damit sicher nicht verdienen. Er könnte sogar einen Verlust machen. Für ihn wäre es sowieso nur eine Frage des Stolzes und Prestiges, nicht des Profits. Und außerdem, wenn man in Venedig baut, können irgendwelche erwarteten Gewinne schnell dahinschwinden, weil höchst unerwartete Ereignisse sehr kostspielige Verzögerungen verursachen können.«

»Wie was zum Beispiel?«, fragte ich.

»Nun, zum Beispiel, wenn Sie ein Fundament ausheben, könnten Sie auf ein architektonisches Überbleibsel von archäologischem Wert stoßen. Das ist uns erst kürzlich bei der Restaurierung des Malibran-Theaters passiert.« Foscaris Augen leuchteten auf. Dies war anscheinend eine Verzögerung gewesen, die er genossen hatte.

»Wissen Sie was unter dem Malibran liegt? Marco Polos Haus! Es wurde im dreizehnten Jahrhundert gebaut. Das wussten wir natürlich, bevor wir anfingen, und als wir uns in die Tiefe gruben, fanden wir es genau dort, wo es den Dokumenten zufolge sein sollte. Wir erreichten das Erdgeschoss des Hauses zwei Meter unter dem heutigen Boden. Das war aufregend, aber das war beileibe noch nicht alles, denn wir gruben weiter. Bald stießen wir auf eine Schicht aus dem elften Jahrhundert, und darunter auf eine aus dem achten Jahrhundert, und noch weiter unten schließlich fanden wir eine Schicht aus dem *sechsten* Jahrhundert! Dieser Boden wurde zur Zeit der Invasion der Lombarden gelegt, also in der Gründungszeit von Venedig selbst. Wir wissen sehr wenig über diese Periode venezianischer Geschichte. Schriftliche Quellen reichen nur bis zum achten Jahrhundert zurück.

Diese Böden zu sehen, das war für mich ein zutiefst bewegendes Erlebnis. Es war ein dramatischer Beweis, dass das Wasser seit fünfzehnhundert Jahren steigt und Venedig sinkt und dass die Venezianer all die Zeit lang auf dieselbe Weise mit diesem Problem umgegangen sind, nämlich indem sie die Ebene der Stadt angehoben haben. Wir tun das heute immer noch. Überall in der Stadt können Sie Arbeiter sehen, die die Pflastersteine entlang der Kanäle herausreißen und sie sieben Zentimeter höher neu legen. Das wird für die nächsten dreißig Jahre oder so die Anzahl der Überschwemmungen reduzieren, aber das können wir nicht ewig so weitermachen.

Marco Polos Haus auszugraben, und all die Böden darunter, wurde als ein großes ›Problem‹ betrachtet, weil es eine Verzögerung bei der Restaurierung des Malibran verursachte. Wir brauchten fünf Monate dafür. Fünf sehr interessante Monate! Währenddessen sagten alle Venezianer: ›Oh, aber Sie haben fünf Monate Verspätung! Das ist doch immer das Gleiche, niemand in Venedig schafft es, irgendwas einmal rechtzeitig fertig zu machen.‹ Und ich sage dazu: ›Es tut mir Leid, es ist sehr selten, dass man die Gelegenheit hat, solche Ausgrabungen zu machen. Das ist wichtig.‹«

»Was ist unter dem Fenice?«, fragte ich.

»Ich habe eine Karte des Grundstücks gefunden, die vor dem Bau des Fenice gezeichnet wurde, also wissen wir, wo sich die früheren Gebäude befanden. Zum Glück ist da nichts so Wichtiges wie Marco Polos Haus.«

In der Brandnacht, während Tonci Foscari auf dem Dach des Musikkonservatoriums stand, erstarrt, unfähig, ein Foto zu machen, mischte sich Francesco da Mosto, ebenfalls Architekt, unter seine Abendgäste auf seiner *altana* auf der anderen Seite des Theaters und beobachtete die Flammen durch den Sucher seiner surrenden Videokamera.

Francesco und Jane da Mosto waren gerade dabei, ihre erste Dinnerparty als verheiratetes Paar zu geben, als ihr Vermieter anrief und fragte, ob sie etwa gerade im Begriff seien, sein Haus niederzubrennen. Er hatte vom andern Teil der Stadt Rauch über dem Haus aufsteigen sehen. Francesco ging zur *altana,* um nachzusehen, und als er dort ankam, wurde es ihm gleich klar. Von dem Dach der da Mostos hatte man einen nahen, unverstellten Blick auf das Feuer, und im Verlauf des Abends kamen Freunde und Verwandte vorbei, unter ihnen Francescos Vater, Ranieri da Mosto. Graf da Mosto war Mitglied des Stadtrats von Venedig, der seine Abendsitzung abgebrochen hatte, als die Meldung von dem Feuer eintraf.

Francesco hatte als Revisor für das Bauamt gearbeitet, und in den folgenden Tagen wurde er in eine Gruppe versetzt, die den Auftrag hatte, den Verlauf des Brandbeginns zu rekonstruieren und die Stabilität der stehen gebliebenen Außenmauern des Fenice einzuschätzen.

Eines Nachmittags kam der Mailänder Architekt Aldo Rossi zum Fenice, um sich die Überreste anzusehen. Rossi, der die Restauration des Teatro Carlo Felice in Genua ausgeführt hatte, war kürzlich in den Dienst von Holzmann-Romagnoli getreten, dem deutsch-italienischen Konsortium, das eine Offerte für den Wiederaufbau vorbereitete. Während er am Standort herumgeführt wurde, bemerkte Rossi, dass er nach einem Architekten mit Standort Venedig suche, der zusammen mit seiner Gruppe am Fenice arbeiten könne. Der leitende Ingenieur schlug Francesco da Mosto vor.

Rossi und da Mosto trafen sich gleich am nächsten Tag zu einem Kaffee, um über das Fenice zu diskutieren. Rossi fand da Mosto gut informiert und einnehmend. »Ich möchte Sie im Team haben!«, sagte Rossi, und fügte hinzu, dass er formlose Arbeitsbeziehungen vorziehe. »Wenn Sie mich anreden«, sagte er zu da Mosto, »benutzen Sie dann das *tu*.«

Formlosigkeit passte Francesco da Mosto bestens. Der Fünfunddreißigjährige hatte einen Schopf widerspenstiger, frühzeitig weiß gewordener Haare und trug gerne bequeme, gewöhnlich zerknitterte Kleidung – ein Sporthemd mit offenem Kragen, eine geräumige Jacke und Cargo-Pants mit großen Taschen. Man konnte ihn oft dabei beobachten, wie er in seinem Boot mit Außenbordmotor durch die Kanäle oder hinaus auf die Lagune fuhr.

Die Familie da Mosto war eine der ältesten in Venedig, der Stammbaum ließ sich mehr als tausend Jahre zurückverfolgen. Die heutigen da Mostos lebten im Palast Muti-Baglioni, einem riesigen Renaissance-Palast, versteckt in den schmalen Straßen bei den Rialto-Lebensmittelmärkten. Francesco hatte ein Büro in einem Raum auf dem Mezzanin.

»Die Klingel funktioniert nicht«, sagte er mir am Telefon. »Wenn Sie zur Haustür kommen, blicken Sie hoch. Von einem der Fenster hängt eine Schnur. Ziehen Sie an der Schnur. Dann läutet in meinem Büro eine Klingel. Ich lasse Sie dann mit dem Summer rein. Gehen Sie eine Treppe hoch.«

Da Mosto begrüßte mich am Absatz einer mit rotem Teppich ausgelegten Treppe. Kurz bevor wir sein Büro betraten, wies er auf eine Marmorbüste auf einem Podest bei der Tür. »Darf ich Ihnen vorstellen: Alvise da Mosto«, sagte er, »mein Lieblingsvorfahre. Er hat 1456 die Kapverdischen Inseln entdeckt, im Alter von neunundzwanzig.«

Da Mostos Büro war ein düsterer, höhlenartiger Raum mit einer hohen Holzdecke. Regale quollen über von Büchern, Videobändern und Akten. Computer, Drucker und ein Zeichentisch waren halb vergraben unter Stapeln von Papieren und Zeitschriften. Die Wände waren tapeziert mit Tabellen, Fotos, Masken und Andenken. Es war ein Durcheinander im großen Stil.

Da Mosto schaufelte einen Haufen Papiere von einem Stuhl, auf dem er mich aufforderte, Platz zu nehmen. Ich sah mich einem eng beschrifteten Familienstammbaum gegenüber, der an der Wand hing.

»Wie viele Generationen sind das?«, fragte ich.

»Wissen Sie was, das weiß ich gar nicht so genau«, sagte er mit einem Lachen. »Ich müsste nachzählen. Jedenfalls so an die siebenundzwanzig, glaube ich.«

»Alles Adel?«, fragte ich.

»Adel, ja, aber nicht alle edel. Bei einer meiner weiblichen Vorfahren, einer Kurtisane, holte sich Lord Byron den Tripper! Ein anderer, Vido da Mosto, wurde beim Drucken von Falschgeld erwischt. Sie haben überlegt, ob sie ihm die Augen ausstechen und ihn zwischen die Säulen auf dem Markusplatz hängen sollen, aber stattdessen haben sie ihm den Job gegeben, das offizielle Geld der Republik Venedig zu drucken. Wahrscheinlich nach der Logik, wenn schon jemand eine besondere Begabung hatte, dann sollte die Republik auch Gebrauch davon machen. Es gab einen da Mosto, dessen Frau so viel aß, dass es ihn ruinierte. Ein anderer da Mosto ging ins Gefängnis, weil er den Dogen Andrea Gritti beleidigt hatte, und drei oder vier andere wurden exkommuniziert. Wir hatten die Frau eines Dogen, aber nie einen Dogen, ein da Mosto verlor ganz knapp gegen einen Mann, der geköpft wurde, nachdem er Doge geworden war. Von daher ist es vielleicht ganz gut, dass er verlor. Jedenfalls haben die da Mostos es immer vorgezogen, die Macht hinter dem Thron zu sein. Das ist ein sicherer Platz.«

»Und jetzt«, sagte ich, »kommt ein da Mosto zur Rettung des Teatro La Fenice.«

»Alle erwarten, dass Agnelli den Zuschlag kriegt«, sagte er. »Aber das erfahren wir erst in ein paar Tagen.«

Da Mosto zog eine dicke Akte unter einem Stapel Papiere hervor und reichte sie mir. »Das hier sind die Abnahmevorgaben, die die Comune uns für das neue Fenice gegeben hat. Das ist der vorläufige Plan«, sagte er, »die so genannten ›Offertenunterlagen‹.«

Ich blätterte die Seiten durch. Das Fenice wurde in einer Mixed-Media-Präsentation dargestellt: Zeichnungen, Skizzen, Fotografien, Bilder.

»Zum Glück«, sagte da Mosto, »hat jemand die Baupläne entdeckt, die 1836 gemacht wurden, nach dem ersten Brand. Sie wurden in einem Archiv gefunden, zusammen mit ausführlichen schriftlichen Anweisungen der Meduna-Brüder. Also haben wir alle korrekten Ausmessungen für den Zuschauerraum, was bedeutet, dass wir die Akustik des Fenice genau rekonstruieren können. Die Medunas haben sogar beschrieben, wie die einzelnen Holzstücke geschnitten werden sollen. Schallwellen wandern entlang der Maserung des Holzes. Wenn es also richtig geschnitten und im richtigen Winkel eingesetzt wird, dann wird der Schall gleichmäßig von der Bühne zu jedem Punkt im Theater getragen. Die Medunas haben jedes Stück Holz eigenhändig signiert!« Da Mosto erfreute sich sichtlich an diesem letztgenannten Detail.

»Dann scheint es ja ziemlich klar zu sein, was erwartet wird«, meinte ich.

»Ja, aber nicht ganz«, sagte er. »Als ich letzten September diese Dokumente von der Comune erhielt, habe ich mich hingesetzt und sie mehrmals genau studiert. Und irgendwas schien da nicht zu stimmen.«

Da Mosto blätterte zu den Stockwerksgrundrissen der Comune. »Hier, sehen Sie sich diese Fläche an.« Er zeigte auf den Südflügel, ein Komplex kleiner Gebäude, die wie Kletten an der Südmauer des Theaters klebten.

»Dieser Zeichnung zufolge«, sagte er, »wurde der alte Südflügel vergrößert, so dass er jetzt ein zweistöckiges Gebäude mit umfasst, das dem Fenice nicht gehört. Das ist dieser leere Fleck hier. Es umfasst insgesamt dreihundert Quadratmeter, aber es war nie Teil des Fenice. Und jetzt«, fuhr er fort und zog eine alte Karte des Theaters hervor, »können Sie sehen, dass sich ein *magazzino* im Erdgeschoss befindet. Es enthält eine Wäscherei, die vom Restaurant Antico Martini genutzt wird. Im Stock darüber sind ein paar Privatwohnungen. Das ist sehr sonderbar. In den schriftlichen Anweisungen, die uns gegeben wurden, wird dieser neue Raum nirgends erwähnt. Wenn wir das Theater genau so wiederaufbauen sollen, wie es war – *com'era* – dann gehört dieser Raum nicht dazu.«

»Warum ist er dann in der Zeichnung?«

»Das habe ich mich auch gefragt. Signor Baldi, der Besitzer des Antico Martini, sagt, er braucht die Wäscherei für seine Tischwäsche, und es sind keine alternativen Räume verfügbar, also will er sein *magazzino* nicht verkaufen. Ich wusste nicht, was ich machen sollte, und so habe ich einige der Ingenieure und Architekten gefragt, die für den Präfekten an der vorläufigen Planung gearbeitet hatten. Als ihnen klar wurde, worüber ich redete, wurden sie kreidebleich.

Also habe ich sofort Rossi angerufen und ihm gesagt, er solle die Arbeiten einstellen, weil es Unklarheiten wegen des Südflügels gebe.

Anscheinend war ich nicht der einzige, der die Frage zur Sprache brachte. Einer der anderen Konkurrenten hatte schon einen Brief mit diesbezüglichen Fragen geschrieben. Also schickte der Präfekt ein Fax an alle Bewerber, aber die Formulierung des Faxes verursachte nur noch mehr Verwirrung. Er sagte uns, wir sollten ›den gesamten Südflügel des Theaters bauen, vom Boden bis zum Dach‹. Aber was genau bedeutet ›der gesamte Südflügel‹? Ist damit die Grundfläche des alten Südflügels gemeint, so wie er vor dem Brand gewesen war, oder die Grundfläche des alten Südflügels plus das zusätzliche Gebäude? Jetzt war ich verwirrter denn je. Also ging ich hinüber zum Büro des Stadtrats und redete mit ein paar Freunden, die dort schon seit Jahren arbeiteten. Das sind die Leute, die immer wissen, was gerade im Gange ist. Sie sagten mir, ihnen gegenüber habe niemand irgendetwas erwähnt, aber mit einem kleinen Lächeln schlugen sie vor, wir sollten den neuen Raum mit einbeziehen.

Wir hatten eine große Besprechung in Mailand, und ich erklärte, was da in Venedig los war. Wir beschlossen das Risiko einzugehen und mit Rossis Planung für den erweiterten Südflügel weiterzumachen.

Die Comune nahm wahrscheinlich an, dass jeder den Südflügel so entwerfen würde, dass er mehr Büros in der Art enthielt, wie sie vorher schon da gewesen waren. Aber Rossi hatte eine andere Idee, und die war brillant. Er verlegte den Probenraum vom obersten Stock nach hier unten ins Erdgeschoss in den neuen Raum. Er machte ihn groß genug, dass dort Proben für ein vollständiges Orchester mit Chor stattfinden konnten. Er konnte auch für Kammermusikkonzerte oder Konferenzen benutzt werden. Das Schöne daran war, dass dieser Probenraum ein mittelgroßer Theaterraum wird, der zur gleichen Zeit wie der Hauptsaal benutzt werden kann. Er ist akustisch isoliert, und er hat seinen eigenen Eingang zur Straße. Mit zwei Sälen in Betrieb würde die Gesamtkapazität des Fenice um etwa zehn Prozent erhöht.«

Da Mosto legte die Akte wieder zurück auf das Meer von Papieren auf seinem Schreibtisch. »Ich bin neugierig, was die anderen mit dem Südflügel gemacht haben.«

Bevor ich ging, führte da Mosto mich noch eine Treppe hinauf zum *piano nobile*. Der mittlere Saal war ein riesiger Raum, 23 Meter lang. Er hatte hohe Bleiglasfenster an beiden Enden, und die bestuckten Wände waren mit Porträts von früheren da Mostos behangen, von denen einer Zahlmeister des venezianischen Militärs gewesen und von Stapeln von Goldmünzen umgeben war. Vom Hauptsaal ging ein eleganter Salon mit Wänden aus Goldbrokat ab, der wiederum zu einer kleinen Kapelle führte, deren Wände mit Fresken verziert waren, und dahinter war ein Speisesaal, wo, wie da Mosto mir erzählte, eine Szene von Viscontis *Senso* gedreht worden war.

»Die Produzenten des Films *Der talentierte Mr. Ripley* wollen auch eine Szene hier drehen«, sagte da Mosto. »Es ist sehr teuer, die *stucchi* in diesem feuchten Klima instandzuhalten, und so haben wir ja gesagt.«

Während ich mir die Familienporträts ansah, kam da Mostos Vater in den Raum. Er war ein vornehmer Herr mit einer leisen Stimme, makellos gekleidet in einem Anzug und einer Krawatte in gedämpften Farben. Ich hatte gelesen, dass er ein führender Vertreter der Bewegung war, die sich dafür einsetzte, die Republik Venedig als unabhängigen Staat wiederherzustellen, getrennt vom Rest Italiens. Er war ein Separatist, ein *indipendista*. Ich befragte ihn dazu.

»Den meisten Leuten ist nicht klar«, sagte er, »dass die

Republik Venedig eigentlich nie tot war. Als Napoleons Heer 1797 im Anmarsch war, stimmte der Große Rat in Panik dafür, die Republik aufzulösen. Aber die Abstimmung war illegal, weil in der Ratskammer nicht genug Personen anwesend waren, um beschlussfähig zu sein. Napoleons brutale und verabscheuungswürdige Besetzung Venedigs war nichts weiter als eine militärische Operation, und die österreichische Besetzung, die ihr folgte, war auch wieder nichts weiter als eine militärische Verzögerungsaktion. Die Einigung Italiens im Referendum von 1866 war ein Betrug, ein Trick der Savoia. Stimmzettel wurden schon vorher ausgefüllt, und die Carabinieri und die Polizei bespitzelten die Menschen in den Stimmlokalen. Es war beschämend.«

»Aber was kann denn jetzt noch unternommen werden?«, fragte ich.

»Wir wollen damit vor den Internationalen Gerichtshof in Den Haag gehen. Ich weiß nicht, was passieren wird. Es wird keine leichte Schlacht.«

Irgendwie bezweifelte ich, dass irgendein Gerichtshof sich die Befugnis anmaßen würde, die Vereinigung Italiens 130 Jahre post facto rückgängig zu machen, aber genau das schien sich Graf da Mosto zu erhoffen.

»Wie geht es Ihnen damit«, fragte ich ihn, »zu wissen, dass Francesco, falls sein Team den Zuschlag bekommt, mithelfen wird, nicht nur das Fenice wiedererstehen zu lassen, sondern auch die Königsloge des Fenice, die ursprünglich für Napoleon geschaffen wurde und später von den Österreichern neu gebaut wurde?«

»Die letzten fünfzig Jahre«, erwiderte der Graf mit einem freundlichen Lächeln, »hat ein großer, vergoldeter Löwe von Sankt Markus das Giebeldreieck über der Königsloge geschmückt. Das ist nicht mehr Napoleons Königsloge und auch nicht die der Österreicher. Es ist unsre.«

Für den Wiederaufbau des Fenice wurden sechs Offerten eingereicht. Eine, von Ferrovial Madrid, wurde sofort disqualifiziert, weil ein obligatorischer Anti-Mafia-Brief für eines der beteiligten Subunternehmen fehlte. Anti-Mafia-Briefe waren von der Polizei beglaubigte Dokumente, in denen bestätigt wird, dass eine Überprüfung der Verbrecherkartei keine Mafia-Verbindungen mit der Firma ergeben hat, weder in der Vergangenheit noch in der Gegenwart. Trotz heftiger Proteste seitens Ferrovial, dass dieses Dokument wohl vorgelegt worden sei, wurde die Bewerbung abgelehnt. Es blieben fünf Kandidaten übrig.

Das Ergebnis der Ausschreibung wurde am 2. Juni 1997 verkündet, anderthalb Jahre nach dem Brand. Es überraschte niemanden, als Agnellis Impregilo den Zuschlag erhielt. Holzmann-Romagnoli war zweiter geworden. Doch seltsamerweise ergab die Aufschlüsselung der Bewertungspunkte, dass Aldo Rossis Entwurf als bester beurteilt worden war. Impregilo hatte genug Punkte gemacht, um auf den ersten Platz zu kommen, indem es versprach, zwei Monate früher als Holzmann-Romagnoli fertig zu werden und zu einem Preis von knapp 35 Millionen Euro – 3 Millionen Euro weniger.

Trotz seiner Enttäuschung schien Francesco da Mosto guter Dinge zu sein, als ich ihm ein paar Tage später auf der Straße begegnete. »Die erfolglosen Bewerber haben alle das Recht, die Offerte zu prüfen, die in der Ausschreibung direkt vor ihnen abschnitt«, sagte er. »Ich werde mir also die Offerte von Impregilo vorknöpfen. Ich bin gerade auf dem Weg zur Präfektur. Ich glaube zwar nicht, dass ich irgendjemand mit reinnehmen kann, aber wenn Sie mitkommen wollen, kann ich ja mal fragen.«

Ich begleitete da Mosto zur Präfektur, dem riesigen Renaissance-Palast, der ehemals den Namen Palazzo Corner della Ca' Grande trug, und wir erfuhren, dass tatsächlich nur ihm allein gestattet sei, die Unterlagen der Fenice-Offerte einzusehen. Ein Amtmann geleitete ihn in einen Lagerraum im Erdgeschoss, und ich begnügte mich mit einem Rundgang oben durch die prachtvollen Staatsgemächer am Canal Grande. Eine halbe Stunde später trafen wir uns wieder unten. Francesco hatte eine seltsame Miene aufgesetzt. Ich konnte nicht feststellen, ob er belustigt, verblüfft, besorgt oder wütend war.

»Was hat Impregilo für den neuen Raum entworfen?«, fragte ich.

»Als ich es sah«, sagte er, »wollte ich es nicht glauben. Ich dachte: ›Das kann doch nicht wahr sein!‹ Sie hatten nichts. Sie haben es einfach leer gelassen.«

Drei Wochen später erwachte Campo San Fantin wieder zum Leben, nach einer anderthalb Jahre langen tristen Friedhofsstille, während der die verkohlte Hülle des Fenice in stummem Vorwurf für jeden, der vorbeikam, dastand, ein deprimierendes Symbol der Hoffnungslosigkeit. Im Verlauf der nächsten Wochen wuchsen drei mächtige Kräne, Verkünder von Wiederaufbau und Erneuerung, hoch in die Lüfte über dem Fenice. Die Außenmauern des Theaters wurden eingerüstet und von Arbeitern verstärkt. Der Lärm von Bohrhämmern und schwerem Gerät wies darauf hin, dass die Aushebung und das Einsenken von Betonpfeilern für ein neues Fundament begonnen hatten.

Draußen auf dem Canal Grande wurde eine 370 Quadratmeter große Plattform auf Holzpfeilern montiert und mit einer zweieinhalb Meter hohen Sperrholzwand umzäunt. Sie war für die Lagerung von Geräten und Material vorgesehen. Zementmischer auf der Plattform pumpten flüssigen Zement durch unterirdische Rohre zur Baustelle. Auf die

Sperrholzwand wurde ein buntes Wandgemälde des Fenice gemalt, das dem Optimismus Ausdruck gab, von dem die Stadt plötzlich ergriffen war. Am zweiten Jahrestag des Brandes, im Januar 1998, acht Monate nach Baubeginn, gab ein jubilierender Bürgermeister Cacciari eine Pressekonferenz, um zu verkünden, dass die Arbeiten nach dem vorgesehenen Zeitplan verliefen. Wie versprochen, würde das Fenice im September 1999 wieder eröffnen.

Des Bürgermeisters Freudesbekundungen verwandelten sich in einen Schmerzensschrei, als kaum zwei Wochen später der *Consiglio di Stato* über einen Einspruch von Holzmann-Romagnoli urteilte und Impregilos Vertrag widerrief. Dem *Consiglio* zufolge habe der vorläufige Plan eindeutig vorgeschrieben, dass der Südflügel den neuen Raum mit berücksichtigen solle. Es wurde sogar direkt aus dem vorläufigen Plan zitiert, um zu zeigen, dass von den Bewerbern nicht verlangt wurde, eine exakte Kopie des Fenice zu bauen: »Es wird unmöglich sein, das Theater so wieder aufzubauen, wie es von Selva entworfen, von Meduna neu erbaut oder von Miozzi modifiziert wurde. Noch kann es genau so sein, wie es unmittelbar vor dem Brand gewesen ist. Selbst wenn es akribisch genau wiederaufgebaut würde, kann das neue Fenice bestenfalls nur eine Erinnerung seines früheren Selbst sein.« Impregilo war der einzige Bewerber gewesen, der den neuen Raum weggelassen hatte und somit eine kostengünstigere Offerte machen konnte. Dadurch hatten sie sich einen unfairen Vorteil vor den anderen verschafft.

Die Arbeiten am Fenice wurden eingestellt.

»Das ist ein schwachsinniger Beschluss!«, erklärte Bürgermeister Cacciari. »Die Vorzüge dieser Entscheidung stehen in keinem Verhältnis zu dem Schaden, der damit für die Stadt und das Land entsteht.«

Die Baustelle war ein heilloses Durcheinander. Keiner der Zuständigen wusste, was zu tun war. Verantwortliche in Rom und Venedig, der Panik nahe, beknieten die abrückende Impregilo und die nachrückende Holzmann-Romagnoli zusammenzuarbeiten, um einen raschen und glatten Wechsel zu ermöglichen. Aber das schien unwahrscheinlich, als sich die Ereignisse schnell in einem Wirrwarr komplizierter Fragen und Dispute verstrickten.

Würde Impregilo für die 11,5 Millionen Euro entschädigt werden, die sie bereits ausgegeben hatten? Würde Holzmann-Romagnoli die Hunderte von Verträgen erfüllen, die Impregilo bereits mit Zulieferern und Handwerkern abgeschlossen hatte? Wer wäre für die Kräne verantwortlich, deren Miete pro Tag Tausende von Euros betrug, selbst wenn die Baustelle ruhte? Das Gleiche galt für das Gerüst. Und schließlich, könnte das bereits teilweise gebaute Fundament, das Gae Aulenti entworfen hatte, so modifiziert werden, dass Aldo Rossis Fenice drauf passte? Oder könnte Rossis Entwurf geändert werden, um auf das Fundament zu passen?

Der Mann, der die letzte dieser Fragen am leichtesten hätte beantworten können, war tragischerweise dazu nicht mehr in der Lage. Aldo Rossi war im September bei einem Autounfall tödlich verunglückt. Er war auf dem Weg zu seinem Haus am Lago Maggiore von einer kurvenreichen Straße abgekommen. Seine Partner in Mailand würden seine Arbeit fortsetzen. Francesco da Mosto, der ursprünglich Holzmann-Romagnoli darauf aufmerksam gemacht hatte, dass es Anlass für einen Einspruch gab, würde als Verbindungsmann zwischen Rossis Architektenbüro, Holzmann-Romagnoli und der Comune von Venedig fungieren.

Gae Aulenti reagierte auf die Nachricht ihres unerwarteten Ausschlusses von dem Fenice-Projekt mit einem knappen Kommentar: »Ich wünsche meinem Nachfolger viel Glück.« Es war, Wort für Wort, eine angemessene Bemerkung, aber die Kürze machte klar, dass Aulenti sich angewidert geschlagen gab.

Tonci Foscaris Reaktion war etwas versöhnlicher. Er schrieb einen Brief an den *Gazzettino*, in dem er Rossis Entwurf lobte. Er gratulierte Rossi zu seinem Entschluss, den Probenraum ins Erdgeschoss zu verlegen, wodurch er zusätzlich als kleiner Konzertsaal dienen und das Publikum des Fenice vergrößern könne. Foscari machte dem Rossi-Büro ein paar Vorschläge, wie man die gewinnbringenden Verwendungsmöglichkeiten des Fenice erweitern könnte. So schlug er vor, die Apollonischen Säle derart zu verändern, dass sie sich zusätzlich für Partys und Dinners verwenden ließen, die dann im Anschluss an die Vorstellung veranstaltet werden könnten. Das würde die Einplanung zusätzlicher Toilettenräume bedeuten, einer Küche für das Catering und Notausgänge. Foscari bot seine Vorschläge an »als eine natürliche Fortführung von Aldos Ideen und – in Gedenken an jenes entrückte Lächeln, das sein Gesicht erleuchtete – möchte ich sie gleichsam als eine Geste des Respekts verstanden wissen.«

Gianni Agnelli äußerte sich überhaupt nicht zu dem Gerichtsentscheid, und das war typisch für ihn. »L'Avvocato ist der Besitzer von Juventus, dem Fußballklub von Turin«, sagte Foscari. »In manchen Wochen gewinnt er, in manchen verliert er. Klagen ist nicht sein Stil.«

Währenddessen wurde bei genauerer Prüfung entdeckt, dass Rossis Entwurf gegen eine Reihe von venezianischen Bauvorschriften verstieß. Damit die Bauarbeiten wieder aufgenommen werden konnten, mussten entweder die Vorschriften geändert oder Ausnahmen gewährt werden. Die zuständigen Stellen erklärten jedoch umgehend, dass das kein Problem wäre.

Eine schwierigere Angelegenheit war das in Privateigentum befindliche Gebäude mit den zwei Wohnungen. Die Eigentümer weigerten sich immer noch zu verkaufen.

»Es gibt nichts, was sich nicht mit Geld lösen lässt«, meinte Ludovico De Luigi mit einem Achselzucken. »Sie werden sehen. Da werden noch viel mehr Hände nach diesem Kuchen greifen, bevor es vorbei ist.«

Ludovico De Luigi saß vor seiner Staffelei und tupfte Farbe auf ein Bild der Kirche von Santa Maria della Salute, die wie eine Ölplattform über einem vom Markusplatz begrenzten brodelnden Meer schwebte. Es war eine seiner vertrauten surrealistischen Ansichten von Venedig. De Luigis Atelier befand sich im Erdgeschoss seines Hauses, und die Fenster blickten hinaus auf einen kleinen Kanal, den Rio di San Barnaba.

»Das Fenice spielt eine Oper«, sagte er. »Eine Opera Buffa – eine komische Oper.« Er hielt inne, überlegte es sich anders. »Nein, eine tragikomische Oper. Aber diese Oper findet nicht auf der Bühne statt. Sie spielt im Publikum. Die Zuschauer sind die Akteure geworden. Politiker, Leute vom Bauamt, Architekten. Alle sagen, sie wollen das Theater bauen. Aber niemand will es wirklich bauen. Sie sind nur an den Honoraren interessiert. Wenn's nach ihnen ginge, würde diese Oper nie enden. Sie kommen rein, kassieren, sie tun nichts, dann gehen sie wieder, und beim Rausgehen kassieren sie noch mal. Dann kommen andere Leute rein, und die kassieren auch, und so weiter. Es wird allenthalben Eindrucksvolles von sich gegeben, aber man darf nicht vergessen, was dahinter steckt: rücksichtslose Menschen. Politiker.«

Das war De-Luigi-Zynismus vom Feinsten, aber die wahre Geschichte begann allmählich seiner Version und der Verrücktheit seiner Kunst zu ähneln.

»Deswegen male ich auch die Apokalypse«, sagte er und tupfte weiße Kronen auf die Wellen in dem Meer, das den Markusplatz füllte. »Ich bin ein *svedutista*, ein Maler negativer Landschaften, innerer Landschaften. Ich male sie so, wie sie in meiner Vorstellung existieren. Es sind keine Abstraktionen. Sie setzen sich aus erkennbaren Merkmalen zusammen, die in einer surrealen Vision angeordnet sind. Es sind Gemälde unserer Alpträume.«

De Luigi trat zurück und betrachtete kurz sein düsterschönes Bild.

»Sie mussten jemanden finden, dem sie die Schuld für den Brand geben konnten«, fuhr er fort, wieder den Pinsel auf die Leinwand setzend. »Aber natürlich nicht die Politiker. Zuerst haben sie die Mafia beschuldigt. Zwei Jahre haben sie gebraucht, um darauf zu kommen, dass es nicht die Mafia war. Und jetzt haben sie die beiden armen Elektriker gefunden.« De Luigi zuckte die Achseln. »Die sagen den Elektrikern: ›Passt auf, wenn ihr statt meiner ins Gefängnis geht, dann habt ihr ein dickes fettes Bankkonto, wenn ihr rauskommt.‹ Wer immer das Fenice niedergebrannt hat, hat es weder aus politischen noch aus philosophischen Gründen getan. Sondern wegen Geld.«

»Wenn es aus Ärger über das Fenice gewesen wäre«, sagte ich, »dann hätten die Täter das doch sicher bekannt gemacht.«

»Das Fenice hat seine Fehler«, sagte De Luigi, von seiner Leinwand aufblickend. »Bei den Aufführungen im Fenice hat sich die ganze Richtung verändert, und zwar zum Schlechten. Sie hat sich von der Liebe zur Kunst zu narzisstischem Protagonismus verschoben. Exhibitionismus. Das begann damit, dass sie einen Scheinwerfer auf den Dirigenten gerichtet haben. Das war für Herbert von Karajan. Er war der erste Star-Dirigent. Dirigenten standen früher im

Dunkeln. Aber Karajan sagte: Entweder Scheinwerferlicht, oder keine Musik.«

Dabei war Ludovico De Luigi jemand, der selber das Scheinwerferlicht keineswegs scheute. Er badete in einem, das er selbst erfunden hatte. Es beleuchtete sein schulterlanges weißes Haar, sein majestätisches Profil und seine haarsträubenden Possen. Heute Abend glühte er mehr denn je in seinem persönlichen Scheinwerferlicht. Er trug einen dreieckigen, mit Hermelin besetzten Hut, ein Rüschenhemd, rote Seidenkniehosen und eine Smokingjacke, auf die er naturalistische rote und orange Flammen gemalt hatte. Es war wieder Karnevalszeit. Vor seinem Fenster konnte man kostümierte Feiernde vorbeigehen sehen.

»Zum diesjährigen Karneval«, sagte er, »widme ich mich dem zweiten Jahrestag der Nacht, in der das Fenice zur leeren Hülle wurde. Vielleicht bleibt es für immer eine leere Hülle. Wer weiß?«

Wir bekamen kurz Gesellschaft von Gianpietro Zucchetta, dem bärtigen Experten für Brücken, Kanäle, *acqua alta,* Kanalisation und Feuer. Zuchetta kam in Begleitung seiner Frau, beide in Masken und Kostümen im Stil des achtzehnten Jahrhunderts, sowie einer blonden Dame, die als Kurtisane gekleidet war. Nach einem Drink stiegen wir in Zuchettas Gondel, der Replik von Casanovas, die er an einer Stange im Kanal vor De Luigis Haus festgebunden hatte. De Luigi nahm einen kleinen Ranzen mit an Bord und steckte ihn unter das *felze,* außer Sichtweite.

»Das ist für später«, sagte er mit einer nachdenklichen, erwartungsvollen Miene. »Wir werden ein *scherzo* veranstalten, einen Scherz.«

Er wandte sich zu mir. »Sind Sie jemals von den Carabinieri verhaftet worden?«

»Das Vergnügen hatte ich noch nicht«, erwiderte ich.

»Dann könnte das heute Abend Ihr großer Abend werden!«

»Wieso?«, fragte ich.

»Weil ich gegen das Gesetz verstoßen werde, und jeder in meiner Begleitung könnte als Komplize betrachtet werden.«

De Luigi schien Spaß daran zu haben, mich auf die Folter zu spannen, und so fragte ich ihn nicht, was sein *scherzo* beinhaltete.

»Verhaftet zu werden, ist gut für die Seele«, sagte er. »Ich wurde einmal verhaftet, weil ich angeblich ›obszöne Handlungen in der Öffentlichkeit‹ begangen hatte. Das war, als ich den Pornostar Cicciolina einlud, meine Pferdeskulptur auf dem Markusplatz einzuweihen. Sie kam oben ohne. Vor einem ordentlichen Gericht wurde ich zu einer unmoralischen Person erklärt – zu einer verrufenen Person!« De Luigi kicherte bei dem Gedanken. »Aber für einen Künstler ist Ruf und Verruf dasselbe. Ein Künstler will erkannt werden, Aufmerksamkeit erregen.

»Berühmt wurde ich in Chicago«, fuhr er fort. »Die Polizei entfernte meine Aktbilder aus einer Galerie mit der Begründung, ich hätte ›aggressive Brustwarzen‹ gemalt. Natürlich hat mich das in Chicago sehr beliebt gemacht.« De Luigi lachte noch einmal und sah dann zu mir hoch. »Beunruhigt Sie der Gedanke, verhaftet zu werden?«

»Nicht wenn es für einen guten Zweck ist.«

»Es ist für das Fenice.«

»Nun, dann ist es mir recht«, sagte ich.

Während Zuchetta vorne ruderte und ein Berufs-Gondoliere das Heckruder führte, bewegten wir uns auf den Canal Grande zu, wo wir dann nach rechts einbogen, in Richtung des Markusplatzes. De Luigi lachte und scherzte, aber mir fiel auf, dass er den Kanal hinauf und hinuntersah und sein Blick von einem Boot zum andern flog. Er wollte wissen, wer sich sonst noch auf dem Wasser befand, wobei er vor allem nach Polizeibooten Ausschau hielt. Wir kamen gerade am Peggy-Guggenheim-Museum vorbei.

»Nach dem Krieg«, erzählte De Luigi, »hat Peggy Guggenheim große Partys gegeben. Wenn sie vorbei waren, kamen die Diener raus und schenkten uns Eis und Zigaretten. Immer wenn sie eine Party gab, standen meine Freunde und ich auf der Accademia-Brücke und sahen zu, wie ihre Gäste auf der Terrasse tanzten. Eines Abends spielte Peggy den Untergang der *Titanic* nach – ihr Vater war dabei umgekommen. Sie ging von ihrer Terrasse ins Wasser, splitternackt. Sie nahm das Orchester mit. Sie hat sie bezahlt, es zu tun. Die Gondolieri mussten sie retten.

»Heutzutage spuckt Amerika nicht mehr solche verrückten Leute aus. Sie waren sehr amüsant. Sie hatten ein Gespür für Dramatik. Sie waren erfinderisch, kreativ. Heutzutage sind Amerikaner nicht mehr so unterhaltsam. *Va bene*. Dann müssen wir uns eben selbst unterhalten.«

Direkt vor uns im Kanal lag die umzäunte Plattform, wo die Zementmischer und das Material für den Fenice-Bau lagerten. Wir hielten am Wandgemälde des Fenice, das auf die Sperrholzumzäunung gemalt worden war. De Luigi kam unter dem *felze* hervor und richtete sich auf. Er hielt eine Dose mit roter Farbe und einen Pinsel. Er blickte den Canal Grande hinauf und hinunter.

»Sieht jemand irgendwo ein Polizeiboot?«

»Noch nicht«, sagte Zuchetta. Er und der Gondoliere achtern drehten ihre Ruder, um die Gondel in Balance und nahe an der Wand zu halten.

De Luigi tunkte seinen Pinsel in die Farbe. Dann, als er die Hand hob, sah er zu mir.

»Sie wissen doch so viel über den Brand«, sagte er. »Wo wurden die ersten Flammen entdeckt?«

»Vordere Fassade, das Fenster links oben«, sagte ich.

Mit breiten Strichen malte De Luigi große Zungen leuchtend roter Flammen, die aus dem Fenster links oben schlugen. Dann malte er sie ins mittlere Fenster, dann ins rechte.

Ein Bootstaxi, das sich hinter uns näherte, machte einen großen Bogen und kam längsseits, so dass die Passagiere, die auch auf dem Weg zu einer Party waren, eine bessere Sicht bekommen konnten.

»*Bravo! Fantastico!*«, riefen sie. De Luigi drehte sich um und verbeugte sich. Der Wellenschlag von dem Bootstaxi traf die Gondel mittschiffs und wir purzelte durcheinander. Farbe klatschte aus der Dose heraus, landete aber im Wasser, als De Luigi sein Gleichgewicht wiederfand. Dann drehte er sich um und machte sich wieder an die Arbeit. Er malte Flammen in die Fenster des Erdgeschosses und in den Haupteingang, dann machte er weiter, bis alle Portale der vorderen Fassade voller Flammen waren. Sie passten zu den Flammen, die auf seine Smokingjacke gemalt waren. De Luigis flammende Jacke und das Wandbild mit den brennenden Fenstern war ein Kunstwerk-Ensemble geworden. Er war die Fackel, die das gemalte Fenice in Brand setzte.

Zwei weitere Boote kamen längsseits, dann noch eins und noch eins. Die Gondel schwankte hin und her, umgeben von Gelächter, Beifall und dem Geräusch laufender Motoren und klatschenden Wassers. De Luigi malte weiter. Er stand jetzt vor einer Querschnittansicht des Foyers und der Apollonischen Säle, malte, wo immer er mit seinem Pinsel hinkam. Als er gerade Flammen auf die Freitreppe malte, wurde das Wandbild plötzlich von pulsierendem blauem Licht erhellt. Ein Polizeiboot schlängelte sich durch die kleine Flotte hindurch, die uns umgab. De Luigi, der sich der Ankunft durchaus bewusst war, malte weiter.

»Was machen Sie da?«, rief einer der Polizisten.

De Luigi drehte sich um, den belastenden Pinsel in der einen Hand, die Dose Farbe in der anderen. »Ich sage die Wahrheit«, erwiderte er mit triumphierenden Trotz. »Der Architektenauftrag für das neue Fenice kam aus den Flammen. Ich verwandele diese Darstellung hier in einen ehrlichen Kommentar.«

»Ach Sie sind's, Maestro«, sagte der Polizist.

»Und, werden Sie mich jetzt verhaften?«, fragte De Luigi.

»Sie verhaften? Schon wieder?«

»Ich habe dieses Wandgemälde mutwillig beschädigt«, sagte De Luigi.

»Ich bin mir nicht sicher, ob ich das so bezeichnen würde.«

»Bin ich denn kein öffentliches Ärgernis?«, De Luigi sah verwirrt aus.

»In der Karnevalszeit, Maestro, ist jeder ein öffentliches Ärgernis. Es gelten andere Regeln. Machen Sie das noch einmal nächste Woche. Dann nehmen wir Sie vielleicht fest.«

12

VORSICHT VOR FALLENDEN ENGELN

Vom oberen Teil einer kleinen Brücke aus sah Lesa Marcello zu, wie Arbeiter die letzten Gerüstteile von der fünfhundert Jahre alten Kirche Santa Maria dei Miracoli entfernten. Zehn Jahre lang war das Gebäude in einen Leinwandkokon gewickelt gewesen, während die Restaurateure ihr Erneuerungswerk verrichteten, und jetzt stand es enthüllt da: ein vielfarbiges Schmuckkästchen der Frührenaissance, verkleidet mit Platten kostbaren Marmors und Porphyrs.

Die Miracoli-Kirche war selbst wie ein Juwel in einer winzigen Nische im Herzen eines Labyrinths von Straßen gefasst, das so verknäult und abgelegen war, dass man oft völlig überraschend auf sie stieß. Entlang der einen Seite verlief ein kleiner Kanal, der als Spiegelfläche diente. Die Miracoli war, kurzum, unwiderstehlich. Selbst John Ruskin, der für die Architektur der Renaissance nichts übrig hatte, musste zugeben, dass es eines der ›edlen‹ Gebäude Venedigs war. Kein Wunder, dass Santa Maria dei Miracoli – die Heilige Maria der Wunder – seit Menschengedenken die erste Wahl für Hochzeiten ist.

Die Restauration wurde von *Save Venice* finanziert, der amerikanischen Stiftung, die sich der Erhaltung von Kunst und Architektur in Venedig verschrieben hat. Als Leiterin des örtlichen Büros war Gräfin Marcello seit einigen Jahren mehrmals die Woche zur Kirche gekommen, um zu sehen, wie die Arbeiten vorangingen. Sie beriet sich mit Kunsthandwerkern, Arbeitern, Bauunternehmern und kommunalen Beamten. Gelegentlich erklomm sie sogar das Gerüst, um sich einen besseren Überblick zu verschaffen.

Wie bei allen derartigen Projekten in Venedig, war es bei der Restauration der Miracoli-Kirche nicht damit getan, das Geld zur Verfügung zu stellen und den Restaurateuren zu sagen, dass sie ans Werk gehen sollen. Venezianische Bürokraten teilten nie das Gefühl der Dringlichkeit, das die Spender antrieb. Wenn sie die geringste Infragestellung ihrer Autorität oder ihrer Sachkenntnis witterten, konnten sie ein Projekt unbegrenzt verzögern. Eingedenk dieses Umstandes hatten die Funktionäre von *Save Venice* klugerweise Gräfin Marcello dafür gewonnen, die Leitung des Venedig-Büros zu übernehmen. Sie hatten auch mehrere venezianische Adelige in den Stiftungsrat berufen, unter ihnen Lesa Marcellos Ehemann, Graf Girolamo Marcello.

Gräfin Marcello, eine Frau von stiller, schlichter Anmut, hatte sich für *Save Venice* als außergewöhnlich wertvoll erwiesen. Mehr als das, sie kannte sich mit den Rivalitäten innerhalb der Bürokratie aus und war daher in der Lage, geschickt zu manövrieren, ohne jemandem auf die Füße zu treten. Sie war eine Veteranin in der Kunst des Verhandelns im venezianischen Stil, die mit der Erkenntnis begann, dass man bei einer Tasse Kaffee im Caffè Florian mehr erreichte als am Schreibtisch eines Büros. Im Gespräch brachte Lesa Marcello heikle Themen nie direkt zur Sprache. Sie ging Kompromisse ein, und wenn unter den Funktionären von *Save Venice* gerade mal wieder Ungeduld aufkam, was gewöhnlich der Fall war, sorgte sie dafür, dass die Venezianer es nie erfuhren.

»Diese Dinge muss man immer vertraulich regeln«, sagte sie, als ich sie eines Nachmittags in ihrem Büro aufsuchte, »nicht offiziell. Zum Beispiel, wenn *Save Venice* die Restaurierung eines Gemäldes bezahlt, dann kann es passieren, dass einer der Kunstexperten im Stiftungsrat nach Venedig kommen und dem Dezernenten sagen will: ›Wissen Sie, diese Chemikalie sollten Sie wirklich nicht benutzen.‹ Der Dezernent wird denken, dass er kritisiert wird, und so antwortet er: ›Aber genau das haben wir vor.‹ Und dann wird das Projekt auf Eis gelegt. Ich ziehe es vor, das Thema anders anzuschneiden, und zwar indem ich sage: ›Man hat mich gefragt, ob dies oder das möglich sei.‹ Und dann würde ich einfach die beiden Ideen vergleichen, anstatt die eine gegen die andere zu setzen. Das ist ein sehr feiner Unterschied, aber er ist entscheidend. Das ist unser Naturell, unsere Art, uns zu bewegen, zu navigieren. Es ist sanft, nicht aggressiv. Die Dezernenten sind bereit, neue Ideen mit anderen Experten zu diskutieren, aber nur als Gleiche unter Gleichen. Und, natürlich nur vertraulich.«

»Wie meinen Sie das, ›vertraulich‹?«, fragte ich.

»Unter vier Augen«, sagte sie. »Wenn eine dritte Person anwesend ist, ist es nicht mehr vertraulich. Dann ist es öffentlich, und dem Dezernenten, der ja auch nur ein Mensch ist, wäre es peinlich.«

Gewöhnlich wählte *Save Venice* Restaurationsprojekte von einer Liste aus, die von den Dezernaten zusammengestellt wurde, aber im Fall der Miracoli-Kirche hatte *Save Venice* das Projekt selbst vorgeschlagen. Sie hatte auf keiner der üblichen Listen gestanden. Die Kirche war innen wie außen schwarz geworden, mit einer öligen Schmutzschicht bedeckt. *Save Venice* schlug für ihre Restaurierung neue, experimentelle Methoden vor, und der Denkmalschutzdezernent war anfangs sehr dagegen. Er wollte eine erschöpfende Studie des gesamten Gebäudes durchführen, bevor er grünes Licht für irgendwelche Arbeiten gab, und das hätte Jahrzehnte dauern können. Schließlich schlug *Save Venice* vor, phasenweise vorzugehen: einen kleinen Mauerabschnitt zu öffnen, zu prüfen, was dort zu finden war, und von da weiterzumachen oder nicht. Der Dezernent stimmte zu, und das Projekt lief an.

Save Venice hatte gehofft, innerhalb von zwei Jahren fertig zu sein, im Jahr 1989, rechtzeitig zum fünfhundertjährigen Jubiläum der Kirche. Doch selbst *Save Venices* eigene Experten bestanden auf vorbereitenden Untersuchungen, die selber schon zwei Jahre verschlangen. Techniker analysierten Proben von jeder strukturellen Substanz im Gebäude, fertigten mit Hilfe von Lasermessungen maßstabsgetreue Zeichnungen an, nahmen Ultraschallmessungen der Mauern vor und führten eine flächendeckende Registrierung der Feuchtigkeits- und Temperaturstände durch.

Als sie die ersten Marmorplatten von den Backsteinmauern entfernten, entdeckten sie, dass Salz von den Kanälen durch die porösen Backsteine hinaufgesickert war und sich im Marmor ausgebreitet hatte. Die Marmorblöcke bestanden inzwischen zu 14 Prozent aus Salz. Viele von ihnen waren kurz davor zu bersten. Jedes Stück Marmor musste entfernt und entsalzt werden, indem es monatelang in speziell gebauten Stahltanks eingeweicht wurde, in denen destilliertes Wasser zirkulierte.

Die Restaurierung hatte zehn Jahre gedauert, nicht zwei, und die Kosten hatten sich von den geschätzten $ 1 Million auf $ 4 Millionen aufgebläht. Aber all das spielte keine Rolle mehr. Die fertiggestellte Miracoli wurde jetzt bereits als ein Meisterwerk der Restaurierung gepriesen und als ein Vorbild für allseitige gute Zusammenarbeit. Es war das bis dato ehrgeizigste Projekt, das je von einer der dreißig privaten Organisationen, die Restaurierungen in Venedig durchführten, unternommen wurde. Das spektakuläre Ergebnis hatte eine Flut von Wohlwollen gegenüber *Save Venice* ausgelöst. Mitglieder des prestigeträchtigen Ateneo Veneto, dem obersten Rat der intellektuellen Gemeinde Venedigs, hatten beschlossen, *Save Venice* und ihren Vorsitzenden, Lawrence Dow Lovett mit ihrer höchsten Auszeichnung zu ehren, dem Pietro-Torta-Preis.

Lesa Marcello hatte früher am Tag mit Lovett gesprochen, um ihn darüber zu informieren, dass die Verleihung bestätigt worden sei. Lovett, gebürtig aus Jacksonville, Florida, hatte die Zuneigung der Venezianer gewonnen, indem er einen Palast aus dem neunzehnten Jahrhundert am Canal Grande gekauft, ihn restauriert und dann zu seinem Wohnsitz gemacht hatte. Der Palast war luxuriös möbliert und bot von seiner breiten Terrasse, der größten am Canal Grande, einen atemberaubenden Blick auf die Rialto-Brücke. Lovett gab häufig elegante Dinnerpartys für zwanzig Personen oder mehr, mit Catering von Harry's Bar und einer Kompanie weiß behandschuhter Kellner.

Gräfin Marcello benachrichtigte auch den Präsidenten von *Save Venice,* Randolph »Bob« Guthrie, über die Zuerkennung des Torta-Preises. Guthrie, der in New York lebte, war ein bekannter plastischer Chirurg, einer von zwei Ärzten, die die Standardmethode für rekonstruktive Brustchirurgie erfunden hatten. Er und seine Frau Bea wohnten in einem Stadthaus in der Upper East Side von Manhattan. Ihr Erdgeschoss diente als Hauptsitz von *Save Venice.*

Lesa Marcello war bester Laune, als sie von der Miracoli zum Büro von *Save Venice* zurückging. Sie wusste, dass sie auf ihre eigene Art zum Erfolg der Miracoli-Restaurierung beigetragen hatten. Im Büro wartete ein Fax auf sie. Es war von Bob Guthrie. Sie las die erste Zeile. Dann las sie sie noch einmal. »Die Nachricht, dass für den Torta-Preis eine Einzelperson ausgewählt wurde«, schrieb Guthrie, »ist schockierend.«

Sie las schweren Herzens weiter. »Bitte sagen Sie dem

Vorsitzenden des Preiskomitees, dass die Restaurierung der Miracoli das Ergebnis der Bemühungen einer großen Anzahl von Menschen bei *Save Venice* war und dass der Vorschlag seines Komitees, eine Einzelperson auszuwählen, für den Stiftungsrat von *Save Venice* nicht annehmbar ist. Die Auszeichnung muss, wenn sie verliehen wird, an *Save Venice* insgesamt gehen. Andernfalls wird *Save Venice* förmlich beantragen, dass der Preis für ihre Arbeit überhaupt nicht verliehen wird.«

Ohne Larry Lovett in dem Brief namentlich zu nennen, wies Guthrie Lesa an, das Komitee zu informieren, dass ›die Person‹, die man für den Empfang der Auszeichnung ausgewählt hatte, beinahe zehn Jahre lang nicht der Vorstandsvorsitzende (mit anderen Worten, der Präsident) von *Save Venice* gewesen sei, und dass es sowieso anmaßend wäre, wenn eine Einzelperson einen Preis für die Arbeit in Empfang nehmen würde, die so viele andere geleistet hatten.

Guthries Brief war unverblümt, herrisch und unnachgiebig im Ton. Er schloss mit der Direktive an Lesa, dass sie an die Mitglieder des Preiskomitees keinerlei Informationen, Fotos, Dokumente weitergeben und in keiner Weise mit ihnen zusammenarbeiten solle, es sei denn sie änderten ihre Position. »Ich will, dass man in Venedig keinerlei Zweifel daran hegt, wie wir dazu stehen.«

Die Gründe hinter Bob Guthries Fax waren zahlreich und kompliziert, wie Gräfin Marcello wohl wusste. Aber im Moment bedeutete der Brief nur eines: Dass ein Gremium von hochrangigen Venezianern dafür gestimmt hatte, *Save Venice* und ihren Vorsitzenden, Larry Lovett, mit ihrer begehrtesten Auszeichnung zu ehren, und dass Bob Guthrie, der Präsident von *Save Venice,* bereit war, sie ihnen ins Gesicht zurückzuschleudern.

Die Spannung innerhalb von *Save Venice*, zwischen dem Vorsitzenden und dem Präsidenten, hatte im Verlauf der letzten zwei Jahre zugenommen, seit 1995. Das erste äußere Zeichen war so klein, dass wenige es überhaupt bemerkten: Bob Guthries Name, als Präsident, war zum ersten Mal über dem von Larry Lovett erschienen, und zwar zuoberst auf einer Liste des *Save-Venice*-Stiftungsrats in einer Hochglanzzeitschrift, die von *Save Venice* publiziert und von Bob Guthrie herausgegeben wurde. Diese plötzliche Umkehr der Hackordnung war als unangenehme Überraschung für Lovett gekommen.

Die Wurzeln dieses schwelenden Streites ließen sich bis zum Anfang der 60er Jahre zurückverfolgen, bevor die beiden Männer sich überhaupt begegnet waren, als auf einem Empfang in Rom ein pensionierter Oberst der amerikanischen Armee öffentlich darüber spekulierte, dass es vielleicht möglich wäre, den Schiefen Turm von Pisa zu stabilisieren, indem man den Untergrund darunter einfriert.

Der Mann, der das Wort führte, war Colonel James A. Gray. Der Mann, der ihn hatte reden hören, war Italiens Landeskonservator. Der Landeskonservator sagte dem Colonel, seine Idee, den Boden unter dem Turm von Pisa einzufrieren, sei brillant und könne erprobt werden, sollte sie sich als durchführbar erweisen. Gray machte sich daran, die Möglichkeit zu erforschen. Obwohl der Turm schließlich auf andere Weise stabilisiert wurde, entwickelte sich Colonel Gray durch seine Untersuchungen zu einem leidenschaftlichen Anwalt für die Erhaltung der großen Kunstwerke und Baudenkmäler der Welt. Seine Erkundigungen ergaben, dass es keine private, gemeinnützige Organisation gab, die eine derartige Arbeit leistete, und so schuf er eine, im Jahr 1965. Er nannte sie *International Fund for Monuments* und leitete sie von seiner Wohnung aus, im National Arts Club am Gramercy Park in New York. (Zwanzig Jahre später würde Colonel Grays Organisation, in erheblich erweiterter Gestalt, in *World Monuments Fund* umgetauft werden.) Grays Auswahl von Projekten war ein wenig seltsam und weit hergeholt – die Konservierung der geheimnisvollen Steinköpfe auf der Osterinsel und der aus dem Fels gehauenen Steinkirchen in Äthiopien aus dem zwölften Jahrhundert.

Dann, am 4. November 1966, verursachte eine Kombination von Dauerregen, starken Winden und seismischem Gerumpel unter dem Meeresboden der Adria eine außergewöhnlich hohe Flut, die Überschwemmungen in weiten Gebieten Norditaliens auslöste und Venedig für über vierundzwanzig Stunden unter beinahe zwei Meter Wasser versenkte.

Bei den unmittelbaren Folgen der Flutkatastrophe richtete sich die meiste Aufmerksamkeit auf Florenz, wo der Arno um beinahe sieben Meter über seine Ufer getreten war, neunzig Menschen den Tod fanden und Tausende von Kunstwerken beschädigt oder zerstört wurden. Kunstliebhaber auf der ganzen Welt bildeten Komitees, um Hilfe und Unterstützung zu schicken. In den Vereinigten Staaten wurde das *Committee to Rescue Italian Art* (Komitee zur Rettung italienischer Kunst) gegründet, für das Jacqueline Kennedy als Ehrenpräsidentin gewonnen wurde.

Obwohl in Venedig niemand ums Leben gekommen war und sehr wenig Kunst beschädigt wurde, zeigte sich sehr bald, dass die Situation dort grundsätzlich schlimmer war als in Florenz. Venedig war auf Millionen von Holzpfählen erbaut, die in den Schlamm auf dem Grund der Lagune getrieben worden waren. Im Verlauf der Jahrhunderte, in denen die Stadt sich absenkte und der Meeresspiegel stieg, wurden die Fundamente instabil. Als Experten Venedig unter die Lupe nahmen, entdeckten sie, dass die meisten Gebäude und beinahe alle Kunstwerke in einem besorgniserregenden

Zustand waren, ein Erbe der zweihundertjährigen Verwahrlosung, die auf die Besiegung der Stadt durch Napoleon gefolgt war. Gemälde waren schwarz von Ruß, schimmelig und brüchig. Viele der bedeutendsten waren in Kirchen untergebracht, deren Dächer so schadhaft waren, dass die Kunstwerke ungeschützt den Elementen ausgesetzt waren. Erosion hatte die Fundamente und Fassaden vieler Gebäude angegriffen. Es war eine alltägliche Gefahr, dass Brocken von Mauerwerk, Backsteinen, Marmorblöcken, Gesimsen und anderen dekorativen Teilen von hoch oben herunterkrachten. Die gesamte Ostmauer der Gesuiti-Kirche drohte in einen benachbarten Kanal zu stürzen. Nachdem ein Teil eines Marmorengels von der Brüstung der schmuckvollen, doch erschreckend baufälligen Kirche Santa Maria della Salute heruntergefallen war, stellte Arrigo Cipriani, der Eigentümer von Harry's Bar, ein Schild vor der Kirche auf: ›Vorsicht vor fallenden Engeln‹.

Colonel Gray erkannte, dass Venedigs Existenz selbst bedroht war, und gründete ein ›Venedig-Komitee‹ innerhalb seines Internationalen Denkmalfonds. Während die Rettungsarbeiten in Florenz zum Abschluss gebracht wurden, gewann Gray den Leiter des *Committee to Rescue Italian Art*, John McAndrew, dafür, als Vorsitzender des Venedig-Komitees zu fungieren.

McAndrew, ein Architekturgeschichtler, war gerade im Begriff, seine Lehrtätigkeit am Wellesley College zu beenden und in den Ruhestand zu gehen. In seinem abwechslungsreichen Berufsleben hatte er während des Zweiten Weltkriegs in Mexiko als Koordinator des Außenministeriums für interamerikanische Angelegenheiten und später als Kurator für Architektur im New Yorker Museum of Modern Art gedient. Er war ein Experte für Frank Lloyd Wright und Alvar Alto und hatte viel in akademischen Zeitschriften publiziert.

In den 70er-Jahren rekrutierte McAndrew eine Gruppe Intellektueller und Kunstmäzene für das Venedig-Komitee, unter ihnen der Renaissancefachmann Sydney J. Freedberg, Vorsitzender von Harvards Department of Fine Arts; Rollin »Bump« Hadley, Direktor des Isabella Stewart Gardner Museum in Boston; der Schweizer Kunstsammler Walter Bareiss; und Gladys Delmas, eine amerikanische Philanthropin mit einem besonderen Interesse für Venedig. Zur gleichen Zeit wurden auch in anderen Ländern ähnliche Organisationen, die sich der Hilfe Venedigs verschrieben hatten, gegründet: In Großbritannien war es *Venice in Peril*, in Frankreich das *Comité Français pour la Sauvegarde de Venise*, in Schweden *Pro Venezia*. Schließlich entstanden dreiunddreißig solcher privater, gemeinnütziger Komitees. Die Arbeit all dieser Organisationen wurde durch ein Verbindungsbüro koordiniert, das von der UNESCO betrieben wurde und *Association of Private Committees* hieß.

In seinen ersten vier Jahren initiierte das Venedig-Komitee über ein Dutzend größere Säuberungs- und Restaurierungsprojekte, angefangen mit der kunstvoll geschmückten Fassade des Ca' d'Oro, eines gotischen Palastes am Canal Grande. Um ihre Dankbarkeit für die guten Dienste des Venedig-Komitees zum Ausdruck zu bringen, taten die venezianischen Aristokraten etwas Außergewöhnliches – das heißt, außergewöhnlich für Venezianer: Sie luden die Amerikaner zu Cocktails in ihre Paläste ein. Diese scheinbar bescheidene Geste markierte eine gesellschaftliche Revolution in Venedig. Traditionellerweise luden Venezianer niemanden zu sich nach Hause ein, außer Verwandte und enge Freunde. Es kam einem Tabu gleich, Einladungen über diesen engen Kreis hinaus auszusprechen. Diese neue Gastfreundschaft war ein Ausdruck für das hohe Ansehen, welches das *Venice Committee* bei den Venezianern genoss. Es war auch die erste von zahlreichen späteren Gelegenheiten, Zutritt in das prachtvolle Allerheiligste zu bekommen, das normale Touristen niemals zu sehen bekamen.

Doch schon bald entwickelten sich persönliche Differenzen zwischen dem raubeinigen Colonel Gray und den hochgebildeten Mitgliedern des *Venice Committees*.

Gray war ein kühler Draufgänger, der großen Charme besaß, dem aber der gesellschaftliche Schliff fehlte. Er war ausgebildeter Elektroingenieur und Fallschirmspringer und hatte während des Krieges hundert Absprünge über Italien gemacht, doch mit Kunst hatte er nie etwas zu tun gehabt. Er verfiel in unflätige Sprache, wenn es ihm passte, und erzählte gern zur ungelegenen Zeit anzügliche Witze.

McAndrew, Hadley und Bareiss war Gray peinlich, und sie begannen ihn zu meiden. Gray seinerseits betrachtete sie als einen Haufen Schickeria und Kunstliebhaber, die sich auf Partys am Canal Grande herumtrieben und Prosecco schlürften. Als das *Venice Committee* vorschlug, in Boston eine Fundraising-Party zu veranstalten, lehnte Gray die Idee als Zeitverschwendung ab. Wenn man Spenden werben will, sagte er, braucht man nur um fünf Uhr auf der Terrasse des Hotel Gritti zu sitzen, Wodka zu trinken und mit den reichen Leuten am Nachbartisch zu reden. Bis man zum Gehen aufsteht, hat man ihren Scheck über zehntausend Dollar in der Tasche, Verwendungszweck *Venice Committee.* Das habe er selber öfter als einmal getan.

Nach Meinung der Mitglieder des *Venice Committees* hatte Oberst Gray einfach nicht denselben Stallgeruch wie sie. Beziehungen zwischen ihnen kühlten rapide ab. Bump Hadley verabscheute Gray und redete kaum mehr mit ihm. 1971 schlug McAndrew Gray schließlich vor, dass sich das *Venice Committee* von dem *International Fund for Monuments* trennen und eine unabhängige Organisation werden sollte, ausschließlich dem Ziel verpflichtet, die Kunst und Architektur Venedigs zu retten. Gray hatte keine Einwände. »Warum nennt ihr's nicht *Save Venice?*«, sagte er.

Mit McAndrew als Vorsitzendem und Bump Hadley als Präsident verwandelte sich das *Venice Committee* in *Save Venice Inc.* Es war eine gemeinnützige Organisation, die zwar einen Stiftungsrat hatte, aber keine Mitglieder. Statt einer Mitgliederschaft würde sie eine Mailingliste von Spendern haben. Während der folgenden zehn Jahre unternahm *Save Venice* Projekte in bescheidenem Maßstab, restaurierte Gemälde und Skulpturen und führte Notreparaturen an Dächern, Mauern und Böden von Gebäuden durch. Ende der 70er-Jahre sprach Bump Hadley seinen Studienfreund aus gemeinsamen Harvardzeiten, Larry Lovett, an und fragte ihn, ob er dem Stiftungsrat von *Save Venice* als Schatzmeister beitreten wolle.

Larry Lovett war gelehrt, einnehmend und, als Anwärter auf das Vermögen der Piggly-Wiggly-Lebensmittelkette, reich. Nachdem er, angetrieben von gesellschaftlichem Ehrgeiz, von Jacksonville nach New York gezogen war, hatte er das Glück, von Mrs. John Barry Ryan unter die Fittiche genommen zu werden, einer Doyenne der New Yorker Gesellschaft. Er wurde Vorsitzender der *Metropolitan Opera Guild* und später der *Chamber Music Society* des Lincoln Center. Er wohnte bereits mehrere Monate im Jahr in Venedig, als Hadley ihn in den Stiftungsrat von *Save Venice* einlud, und er nahm an. Dann, 1986, übergab Hadley die Präsidentschaft an Lovett, und Lovett machte sich auf die Suche nach einem Nachfolger für seinen Platz als Schatzmeister.

Lovett hatte Bob und Bea Guthrie schon seit über zehn Jahren gekannt. Während seiner Zeit als Vorsitzender der *Metropolitan Opera Guild* hatte Lovett mit Bea Guthrie zusammengearbeitet, die in der Entwicklungsabteilung ehrenamtlich für die Anwerbung von Großspendern zuständig gewesen war. Bea Guthrie war eine Phipps, eine Nichte des Rennstallbesitzers Ogden Phipps. Sie hatte das Smith College mit summa cum laude in Kunstgeschichte absolviert. Die Guthries waren, wie Lovett, von Venedig fasziniert. Aber Bob Guthrie war ein plastischer Chirurg mit einem vollen OP-Terminkalender, und er zögerte, das Amt des Schatzmeisters anzunehmen. Schließlich ließ er sich von Lovett dazu überreden, und Lovett schickte ihm die Bücher von *Save Venice.* Guthrie erkannte sogleich, dass die Organisation sich in einem chaotischen Zustand befand. Und die Mailinglisten waren nutzlos. Über die Hälfte der Personen, die darauf standen, waren umgezogen oder verstorben. Von einem Adressbestand, der in die Tausende ging, hatte *Save Venice* nur vierundachtzig aktive Spender und erwirtschaftete bestenfalls vierzig- bis fünfzigtausend Dollar im Jahr. Guthrie eröffnete Lovett, dass *Save Venice* so gut wie tot sei.

Doch Lovett hatte eine Idee. Jedes Jahr, gegen Ende des Sommers, während der Filmfestspiele von Venedig und der Ruderregatta fiel ein Aufgebot internationaler Schickeria in Venedig ein – Nan Kempner, Deeda Blair und ihre Freunde. Lovett kannte viele dieser Leute, und er war überzeugt, würde *Save Venice* einen glanzvollen Dinner-Tanz in einem Palast am Canal Grande veranstalten, würden sie kommen, und diese Kerngruppe würde andere Menschen anziehen, die begierig waren, in ihrer Gesellschaft zu sein. Nach großer Diskussion wuchs die Idee zu einer viertägigen Gala aus, die auch Führungen, Konzerte, Vorträge beinhalten würde, und – die neue Bereitschaft der Venezianer ausnutzend, den Wohltätern der Stadt die Türen ihres Heimes zu öffnen – Partys in Privatpalästen.

Angespornt von der Idee einer High-Society-Fundraising-Gala in Venedig kam der Stiftungsrat überein, *Save Venice* zu etwas weitaus Größerem zu machen, als irgendjemand es sich bis dahin hatte vorstellen können. Anstatt nur ein paar Gemälde im Jahr zu restaurieren, würde *Save Venice* viel mehr Geld sammeln und ganze Gebäude restaurieren. Als erstes Großprojekt wählten sie die Miracoli-Kirche, wofür nach ihrer Schätzung eine Million Dollar aufgebracht werden musste.

Die Reorganisierung von *Save Venice* in diesem Maßstab würde die Dienste eines professionellen Fundraisers erfordern. Bea Guthrie erklärte sich bereit, das Amt der Geschäftsführerin zu übernehmen.

Ein Jahr später, 1987, zog die erste Regattawochengala von *Save Venice* vierhundert Leute an, von denen jeder für das Privileg, daran teilnehmen zu dürfen, tausend Dollar bezahlte. Sie erhielten Führungen, die von Gore Vidal, Erica Jong und dem britischen Historiker John Julius Norwich geleitet wurden. Sie bekamen Lunches, Cocktails und Dinners in fünf verschiedenen privaten Palästen vorgesetzt. Sie wurden in den Dogenpalast eingelassen zur Enthüllung des jüngsten Restaurationsprojekts von *Save Venice,* Tintorettos monumentales *Paradies.* Sie wurden in Gondeln durch gewundene Kanäle geschleust, um das neueste Projekt zu besichtigen, die bislang unrestaurierte Miracoli-Kirche. Am Abschlussabend nahmen sie an einem förmlichen Dinner-Tanz im Palazzo Pisani-Moretta teil, wo Peter Duchin und sein Orchester im Erdgeschoss Tanzmusik spielten und Bobby Short oben einen Cabaret-Abend gab.

Wie hochkarätig die versammelte Gesellschaft war, wurde immer wieder ersichtlich. Auf dem offiziellen Programm der Gala wurden Gäste daran erinnert, aus Gründen erhöhter Sicherheit ihre nummerierten Karten zu den Veranstaltungen mitzubringen, »wegen der Anwesenheit mehrerer Botschafter, Minister und anderer Personen des öffentlichen Lebens«. Bei jeder beliebigen Veranstaltung konnte man Leute wie Hubert de Givenchy, Prinz Amin Aga Khan, Evangeline Bruce, Michael York, den amerikanischen Botschafter Maxwell Rabb und Ihre Königlichen Hoheiten Prinz und Prinzessin Michael von Kent sehen.

Da viele Veranstaltungen von Firmen aus der Luxusbranche gesponsert wurden – Tiffany, Piaget, Escada, Moet & Chandon –, erzielte *Save Venice* in jenem Jahr einen Nettogewinn von $ 350 000.

Die Regattawochengala entwickelte sich zu einem viertägigen Ereignis, das alle zwei Jahre stattfand und auch dann noch ausverkauft war, als der Kartenpreis bis zu $ 3000 pro Kopf anstieg. In den Zwischenjahren sponserte *Save Venice* Luxuskreuzfahrten im Mittelmeer mit geladenen Historikern und Kunstexperten, die an Bord Vorträge hielten, bei Landausflügen Führungen leiteten und der Kreuzfahrt insgesamt einen deutlichen Bildungsanstrich verleihen sollten. Die Brutto-Einnahmen stiegen alsbald auf eine Million Dollar pro Jahr, und *Save Venice* zeichnete verantwortlich für über die Hälfte aller von dreißig privaten Komitees unternommenen Restaurierungsprojekte.

Die 80er-Jahre hindurch war *Save Venice* ein harmonischer Betrieb. Zusammen mit einem kleinen Mitarbeiterstab erledigten die Guthries die täglichen Geschäfte vom Erdgeschoss ihres Stadthauses aus. Bei Veranstaltungen von *Save Venice* mischte sich der gesellige Bob Guthrie unter die Gäste, knüpfte neue Bekanntschaften und gab sich die größte Mühe, dafür zu sorgen, dass sich alle wohl fühlten. Bea Guthrie, mit ihrer kunstgeschichtlichen Ausbildung, steckte erhebliche Energie in den Bildungsaspekt der für die Galas geplanten Aktivitäten.

Larry Lovett seinerseits warb Europäer mit Adelstitel, die Superreichen und die gesellschaftlich Prominenten an, überredete einige, dem Stiftungsrat beizutreten, und andere, als Ehrengäste bei verschiedenen Veranstaltungen zu erscheinen. Als Ergebnis seiner Bemühungen waren Presseberichte über *Save Venice* stets mit Namen bespickt, denen HRH, HSH, HE, Herzog, Herzogin, Graf, Gräfin, Baron, Baroness und Marchesa voranstand. Die romantische Anziehungskraft lockte Hunderte von Menschen zu *Save Venice* und ihren Galas und Bällen.

1990 begann Lovett seine Verpflichtungen als Präsident als zu zeitraubend zu empfinden, und er bat Guthrie, die Präsidentschaft zu übernehmen, während er Vorsitzender wurde. Guthrie erklärte sich einverstanden. Zu dem Zeitpunkt hatten die Venezianer *Save Venice* bereits ins Herz geschlossen. Lovett spielte weiterhin seine Rolle als beliebter Gastgeber in der gesellschaftlichen Szene, und die Guthries wurden für ihre unermüdlichen Bemühungen bewundert, die alle dem Wohle Venedigs galten. Bob Guthrie war sogar ein richtiger Held geworden, aufgrund der schneidigen Rolle, die er bei einem schrecklichen und blutigen Unfall gespielt hatte, bei dem es um das Gesicht einer Marchesa ging.

Die Marchesa war Barbara Berlingieri, eine jener Adligen, die Larry Lovett beschwatzt hatte, dem Stiftungsrat von *Save Venice* beizutreten. Sie hatte eine Schlüsselrolle dabei gespielt, die Türen der venezianischen Gesellschaft und der venezianischen Paläste für Lovett und für *Save Venice* zu öffnen. Und sie war sogar Vizepräsidentin von *Save Venice* geworden. Barbara und ihr Mann Alberto hatten oft den Prinzen und die Prinzessin Michael of Kent als Hausgäste in ihrem Palast am Canal Grande, und die Kents revanchierten sich standesgemäß. Wie der *Corriere della Sera* etwas spöttisch schrieb, wohnten die Berlingieris praktisch im Kensington Palace.

Mit ihrem klassischen Profil und ihren lebhaften blauen Augen war Barbara Berlingieri eine der edlen Schönheiten

Venedigs. Ihr blondes Haar war zu einem Knoten nach hinten gebunden und wurde mit einer schwarzen Samtschleife zusammengehalten. Der Palast der Berlingieris, der Palazzo Treves, war bekannt für sein neoklassizistisches Interieur und das Paar riesiger Marmorstatuen von Canova, die Hektor und Ajax darstellten und in einer extra für sie gebauten Säulenhalle auf rotierenden Podesten standen.

Eines Nachmittags, unmittelbar nach einer viertägigen Gala von *Save Venice*, hielt sich Barbara Berlingieri in ihrem Palast auf, als das Telefon klingelte, das sich in einer Wandnische am anderen Ende der langen Haupthalle befand. Während sie hineilte, rutschte sie auf dem Terrazzo-Boden aus, fiel gegen einen schweren Vorhang und krachte in das Fenster unmittelbar dahinter. Das Fenster zerbrach. Eine große Glasscherbe drang durch den Vorhang und schlitzte ihr das Gesicht auf, von knapp unter dem linken Auge bis zum Mund. Heftig blutend schrie sie ihrem Mann zu: »Ruf Bob Guthrie an!«

Guthrie war in diesem Moment gerade damit beschäftigt, für seine Rückkehr nach New York zu packen. Er eilte zum Palast der Berlingieris hinüber.

»Barbara war in ihrem Schlafzimmer«, erinnerte er sich. »Überall Blut. Alberto besprühte verzweifelt ihr Gesicht mit einem Bindemittel, das sich beim Trocknen wie Spinnenweben über die Wunde legt und dafür bestimmt ist, kleine Schnitte zu schließen. Aber dies war eine klaffende Wunde und mit dem Zeug fabrizierte er lediglich eine dicke weiße Matte auf ihrem Gesicht mit einer Menge Blut darunter.«

Innerhalb weniger Minuten kam ein Krankenboot und brachte sie mit Höchstgeschwindigkeit zum Krankenhaus in San Giovani e Paolo. Sie wurden von dem Chefchirurg empfangen, der die Operation durchführen sollte. Er war allerdings kein plastischer Chirurg.

»Der Schnitt in Barbaras Gesicht hatte zwei ernste Probleme verursacht«, erinnerte sich Guthrie. »Er hatte ihren Lachmuskel durchtrennt und den Rand ihrer Oberlippe durchschnitten, das so genannte Lippenrot. Wenn der Lachmuskel nicht richtig zusammengenäht wurde, dann würde Barbara später ein schiefes Lächeln haben, eine Seite hochgezogen, die andere flach. Und wenn der Lippenrand in einer graden Linie genäht würde, dann gäbe es ein Fältchen am Lippenrot. Man muss dort einen kleinen Einschnitt machen, eine Kerbe, damit der Lippenrand glatt bleibt. Aber dieser Chirurg hatte das noch nie zuvor getan. Alberto erzählte ihm, wer ich war, und sagte, er wolle, dass ich die Operation durchführe. Der Chirurg entgegnete, das sei leider illegal. Ich hätte keine Lizenz, um in Italien zu praktizieren, oder in dem Krankenhaus, und er könne es mich nicht machen lassen. Alberto, der für gewöhnlich ein sehr wohlerzogener Mensch ist, packte den Mann an seiner Krawatte und sagte: ›Das hier ist meine Frau! Sie werden Dr. Guthrie die Operation machen lassen, sonst!‹ Ich hielt den Mund, denn ich wusste, dass der Arzt Recht hatte. Er war ein bisschen erschrocken, aber dann sagte er: ›Nun, ich sehe keinen Grund, warum Dr. Guthrie nicht als Beobachter im OP mit dabei sein kann.‹ Also zog ich mir schnell einen Satz Bereichskleidung an, wusch mir die Hände, und dann gingen wir in den OP. Der Doktor war im Begriff, mit der Operation zu beginnen, als er sich zu mir wandte und sagte: ›Dr. Guthrie, wollen Sie uns nicht Ihre Methode demonstrieren?‹ Eine derartige Einladung war vollkommen korrekt, und so führte ich die Operation durch, und alles ging gut.«

Nach dieser Heldentat floss Venedig über vor Wohlwollen für *Save Venice* und jeden, der damit verbunden war. Barbara Berlingieri verkündete, dass Bob Guthrie ihr Gesicht, ja sogar ihr Leben gerettet habe.

Für die nächsten vier oder fünf Jahre verliefen die Dinge glatt und harmonisch. Angesichts des allgemeinen Erfolges der *Save-Venice*-Projekte wollte weder Guthrie als Präsident noch Lovett als Vorsitzender gewisse Störfaktoren, die allmählich auftauchten, an die große Glocke hängen.

So entdeckte Guthrie, dass Lovett in Venedig Stellungnahmen abgab und Verpflichtungen einging, ohne ihn zu informieren, und dass er gelegentlich Zusagen, die Guthrie bereits gegeben hatte, wieder rückgängig machte. Dazu kam, dass Lovett, weil sein Name als erster in der Liste der Namen der Stiftungsratsmitglieder von *Save Venice* stand, als einziger die Mitteilungsblätter empfing, die von der *Association of Private Committees* herausgebracht wurden, dem Verbindungsbüro der UNESCO. Die Mitteilungsblätter enthielten entscheidende Informationen über den Stand der Restaurationen, die von *Save Venice* und den anderen Organisationen vorgenommen wurden. Doch aus Gründen, die nie ganz klar waren, wollte Lovett sie, Guthrie zufolge, nicht teilen. Guthrie war pikiert, als Lovett in der Markusbasilika einen Orden für die von *Save Venice* geleistete Arbeit empfing, ohne Guthrie zur Verleihungsfeier einzuladen oder ihn auch nur davon zu benachrichtigen. Ebenso verärgert war er, als Lovett seinen Namen auf einer Plakette verewigte, die der Restaurierung eines Taufbeckens in der Kirche San Giovanni in Bragora gedachte, und dann eine Enthüllungszeremonie veranstaltete, zu der er Mitglieder der Presse und besondere Freunde einlud, nicht aber Bob Guthrie. Es war das erste Mal, dass eine Plakette von *Save Venice* den Namen eines noch lebenden Spenders trug, obwohl Spender ihre Spendengelder gerne einem konkreten Restaurierungsprojekt zuweisen, wie Lovett es in diesem Fall getan hatte.

Lovett seinerseits erhob keinen Einspruch, als Bob Guthrie, nachdem er Präsident geworden war, autokratische Neigungen an den Tag legte, für den gesamten Stiftungsrat sprach, ohne sich vorher mit den Mitgliedern abzusprechen. Oder wenn er erklärte, dass er, und nicht Lovett, die Ansprache bei dieser oder jener Veranstaltung halten werde. Lovett wand sich innerlich, wenn Guthrie anmaßende Forderungen an die venezianischen Behörden stellte – zum Beispiel als er darauf bestand, dass *Save Venice* die Erlaubnis bekommen müsse, anstatt der Bootstaxis übergroße Motorboote zu benutzen, um große Mengen von Menschen auf dem Canal Grande zu befördern, obwohl die Verwendung solcher Boote wegen des bereits dichten Wasserverkehrs und weil die Wellen die Fundamente der Gebäude am Kanal beschädigen könnten, verboten war. (Für gewöhnlich wurde – angesichts der Geldsummen, die *Save Venice* für die Stadt ausgab – die Erlaubnis in diesen Fällen, wenn auch zähneknirschend, erteilt.)

Trotz allem herrschte vorerst noch gutes Einvernehmen. Der Wendepunkt kam, als Guthrie erfuhr, dass Larry Lovett herablassende Bemerkungen über Bob und Bea machte und sie als ›die angeheuerten Hilfskräfte‹ bezeichnete. Das war der Moment, in dem Guthrie seinen eigenen Namen vor Lovetts auf die Liste der Stiftungsratsmitglieder von *Save Venice* setzte. Es war der Startschuss für etwas, das zu einer zunehmend öffentlichen, und zunehmend hässlichen Schlammschlacht werden sollte.

Larry Lovett und Bob Guthrie hätten in Temperament und Statur unterschiedlicher nicht sein können.

Lawrence Dow »Larry« Lovett war ein Abbild von Kultiviertheit in Sprache, Manieren, Kleidung und Umfeld. Als Kind wollte er Konzertpianist werden, machte mit siebzehn eine Tournee durch Südamerika und spielte in kleinen Sälen, doch lähmendes Lampenfieber zwang ihn zum Abbruch seiner Karriere. Er absolvierte das Harvard College und die Harvard Law School. Er arbeitete in einer Reihe von leitenden Positionen in Unternehmen, die seinem Vater gehörten – Öltanker und eine Dampfschifffahrtsgesellschaft – ging aber im Alter von fünfzig in Pension und entschied sich dafür, fortan das Leben zu genießen, die Künste zu unterstützen und mit der internationalen Gesellschaft Kontakte auf höchster Ebene zu pflegen. Seinen größten gesellschaftlichen Coup landete er 1995, als Diana, Prinzessin von Wales, zur Eröffnung des britischen Biennale-Pavillons in Venedig war und zum Mittagessen in Lovetts Palast kam, den üblichen Schwarm von Reportern und Kamerateams im Schlepptau.

Kurz nach seinem triumphalen Lunch mit Diana schlug Lovett sein Exemplar des Regattawochenjournals von *Save Venice* auf und fand seinen Namen auf dem zweiten Platz hinter dem von Bob Guthrie.

Randolph H. Guthrie Jr. war ein großgewachsener Mann. Genauer gesagt, er war derart massig, dass man meinte, er benötige, selbst bei langsamer Fortbewegung, einen Bremsweg von mehreren Schritten, um zum völligen Stillstand zu kommen. Guthrie war Sohn eines prominenten New Yorker Anwalts (sein Vater war der Guthrie von Richard Nixons Anwaltskanzlei – Nixon, Mudge, Rose, Guthrie, Alexander and Mitchell) und ging auf die St. Paul's School, bis er von der Schule verwiesen wurde, weil er hinter einem der Schlafsäle einen Sprengsatz hatte hochgehen lassen. Dann absolvierte er Andover, Princeton und die Harvard Medical School. Guthrie war brillant, energisch, motiviert und hochkonzentriert, und seine anpackende Art machte ihn zur geborenen Führungspersönlichkeit. Ein Minuspunkt war seine Neigung, Meinungsverschiedenheiten auf eine konfrontative, einschüchternde Art anzugehen, was schon häufiger dazu geführt hatte, dass er einen Unternehmensvorstand verließ. Das langsame Tempo, mit dem Dinge in Venedig geregelt wurden, nervte ihn, und mehr als einmal hatte man ihn sagen hören, dass »es Venedig besser ginge ohne die Venezianer« und dass »Venezianer die größten Schmarotzer der Welt« seien. Man hatte auch erlebt, dass er gelegentlich Untergebene öffentlich tyrannisierte und herunterputzte.

Bei einer persönlichen Begegnung mit Guthrie protestierte Larry Lovett wütend gegen dessen eigenmächtige Umkehrung ihrer Namen. Worauf Guthrie, laut eigener Darstellung, entgegnete, dass Lovett sich das nur selbst zuzuschreiben habe. Er habe Guthries Autorität untergraben, indem er den anderen Mitarbeitern widersprüchliche Anweisungen erteilt und ohne Guthries Wissen im Namen von *Save Venice* Stellungnahmen abgegeben habe sowie Verpflichtungen eingegangen sei. Guthrie warnte Lovett, er würde auch im Briefkopf von *Save Venice* seinen eigenen Namen zuoberst setzen, wenn Lovett sein Verhalten nicht ändere. Lovett drohte mit seinem Rücktritt, wenn Guthrie das tue, und Guthrie gab nach, da er das Gefühl hatte, dass er seine Position klar gemacht hatte. Dann bot er Lovett an, das Amt des Präsidenten an ihn zurückzugeben, doch Lovett entgegnete, für diese Arbeit habe er keine Zeit und wolle auch nicht die juristische Verantwortung übernehmen.

»In dem Fall«, sagte Guthrie, »werden Sie nicht mehr eigenmächtig irgendwelche Eröffnungen und Enthüllungen vornehmen, Sie werden keine Ansprachen halten, keine Verpflichtungen für *Save Venice* eingehen, oder Orden empfangen, oder Lob für die Arbeit von *Save Venice* einstecken, es sei denn ich stimme dem vorher zu. Ich wäre nur zu gerne bereit, meinen Platz zu räumen und Sie wieder Chef sein zu lassen, aber solange ich es bin, werden Sie sich an die Richtlinien halten müssen.«

Lovett funkelte Guthrie zornig an. »Als Vorsitzender«, sagte er, »habe ich auch gewisse Vorrechte!«

»Eigentlich«, erwiderte Guthrie, »haben Sie als Vorsitzender gar nichts.« Guthrie reichte Lovett ein Exemplar der Satzung von *Save Venice.* »Hier, sehen Sie sich die Satzung an. Da steht nirgendwo was von einem Vorsitzenden drin. Es ist ganz deutlich. Der Präsident ist der CEO und der einzige Leiter von *Save Venice.* Als Sie für sich selbst den Titel des Vorsitzenden gewählt haben – Sie, der Sie so verliebt sind in Titel –, haben Sie sich ins Nichts getitelt. Sie existieren nicht.«

Wenige bemerkten das frostige Verhältnis zwischen den beiden Männern sechs Monate später beim Ball im Rainbow Room in der Nacht, als das Fenice brannte. Noch war der Zwist privat.

Doch die Beziehungen verschlechterten sich in den folgenden Monaten. In Venedig fuhr Lovett fort, sich als der Leiter von *Save Venice* zu präsentieren. Er sagte Guthrie, er werde sich nicht »selbst erniedrigen«, indem er die UNESCO und die anderen privaten Organisationen darüber informierte, dass Guthrie der eigentliche CEO sei. »Offen gesagt«, sagte Lovett zu Guthrie, »mag man Sie nicht, hier in Venedig. Ich muss immer hinter Ihnen saubermachen.« Wieder bot Guthrie an, die Präsidentschaft an Lovett zurückzugeben, und wieder lehnte Lovett ab. Guthrie fing an, beiläufige Bemerkungen über Lovetts Nutzlosigkeit zu machen. Er sei faul, sagte Guthrie, er tue nichts. Warum ihn als Vorsitzenden behalten?

Die Dinge nahmen eine ernstere Wendung, als bei einer Sitzung des Stiftungsrats in New York Anfang 1997 Ratsmitglied Alexis Gregory die Frage möglicher finanzieller Unregelmäßigkeiten seitens der Guthries aufwarf. Gregory, ein

Verbündeter von Lovett, war der Besitzer der Vendome Press, eines Kunstbuchverlags. Sein Bruder war der Schauspieler und Regisseur Andre Gregory, am besten bekannt für seinen Film *My Dinner with Andre.* Alexis Gregory führte Bea Guthries Spesenrechnung an und beschwerte sich, dass die Guthries *Save Venice* zu viele ihrer Reise- und Bewirtungsspesen in Rechnung stellten. Er hatte Einwände gegen die $ 50 000 Jahresmiete des Büros in Venedig. Das Büro bestand nur aus zwei Räumen, der restliche Platz war ein zweistöckiges Dreizimmerhaus, das von den Guthries als Wohnraum benutzt wurde. Gregory wies darauf hin, dass *Save Venice* über UNESCO Büroräume für nur $ 5000 im Jahr zur Verfügung gestellt werden könnten. Larry Lovett warf Guthrie »einen Mangel an Klarheit« bei der Handhabung der Finanzen vor. »Wenn Sie Bob Guthrie irgendwas über finanzielle Angelegenheiten fragen«, sagte Lovett, »knallt er Ihnen einen Stapel von vierhundert Seiten vor die Nase, aus dem Sie dann selber schlau werden können.«

Die Buchprüfer Ernst & Young wurden beauftragt, eine genaue Kontrolle der Bücher durchzuführen, und sie stellten fest, dass über jeden Dollar Rechenschaft abgelegt worden war. Währenddessen suchten Ratsmitglieder nach Möglichkeiten, einen Disput beizulegen, der in ihren Augen kleinlich, entwürdigend und zutiefst peinlich geworden war.

Doch Mitte 1997 verbreiterte sich die Kluft innerhalb von *Save Venice.* Bei der Stiftungsratssitzung im Mai überraschte Lovett seinen Gegenspieler Guthrie damit, dass er mit einer Handvoll Stellvertreterstimmen erschien und die Abstimmung für die Schlüsselausschüsse beherrschte und sie mit Leuten besetzte, die er als loyal betrachtete. Es war das erste Mal, dass bei einer Stiftungsratssitzung von *Save Venice* Vollmachten eingesetzt wurden.

Ein paar Wochen nach dieser Sitzung bat Barbara Berlingieri Guthrie zum Tee in ihren Palast. Sie hatte sich schon seit einiger Zeit beklagt, dass Guthrie eine Persönlichkeitsveränderung durchgemacht habe, seit er Präsident geworden war. »Früher haben wir die Dinge besprochen«, sagte sie. »Aber jetzt sagt er zu uns: ›Ich bin der Präsident. Ich habe absolute Macht. Ich sage euch, was ich will, und ich brauche niemand zu fragen.‹ Und dann fragte ich ihn: ›Bob, wieso gibt es dreißig Stiftungsratsmitglieder? Wir sind völlig nutzlos.‹ Und darauf sagt er: ›Ach, das verstehst du nicht, weil du Italienerin bist‹ – das war immer seine Ausrede – ›weil in Amerika der Präsident selber beschließen kann und weder zu fragen noch was zu sagen braucht.‹«

Guthrie wusste nur zu gut, dass die Marchesa Larry Lovetts engste Verbündete war. Sie war eine gefährliche Gegnerin und tatsächlich viel raffinierter als Lovett selbst. Es war Barbara Berlingieri, die die Stellvertreterstimmen für Lovett gesammelt hatte. Sie war zusammen mit einer anderen Italienerin Partnerin in einem kleinen Unternehmen namens Venezia Privata, das Führungen und Partys organisierte und Entrée in private Paläste verschaffte. Schon seit Jahren hatten sie und Lovett vorgeschlagen, dass das Venedig-Büro alle Vorbereitungen für die zweijährlichen Galas übernehmen solle, anstatt dies vom New Yorker Hauptbüro aus zu tun. Guthrie war dagegen, teils weil er wusste, dass es ein Machtspiel war, und teils weil er den Verdacht hegte, dass die Marchesa darin eine geschäftliche Chance für sich sah.

Barbara Berlingieri und Bob Guthrie saßen im Wohnzimmer des *piano nobile* der Berlingieris. Barbara kam sofort zur Sache. »Bob« sagte sie, »du weißt, dass wir jetzt genug Stimmen haben, um dich aus dem Stiftungsrat rauszuschmeißen.«

Guthrie sah sie über den Teetisch hinweg an. Das Licht, das durch die am Canal Grande gelegenen Fenster hereindrang, beleuchtete ihre linke Gesichtshälfte, die Seite, die vom Wangenknochen bis zur Oberlippe aufgeschlitzt gewesen war, eine klaffende Wunde, die er so fachmännisch geschlossen hatte, dass nur eine hauchdünne Narbe zurückgeblieben war, die niemandem, der nicht wusste, dass sie da war, auffallen würde.

»Aber das tun wir dir nicht an«, sagte sie lächelnd, und ihr Lächeln war vollkommen symmetrisch, nicht höher auf der einen Seite als auf der anderen. Das Lippenrot war glatt und fältchenlos.

Bob Guthrie saß da und betrachtete Barbara Berlingieris immer noch schönes Gesicht, bewunderte sein Werk, und während er sinnierte, hörte er sie sagen, durch das Lächeln hindurch, das er gerettet hatte: »Wir sind bereit, dir Folgendes zu geben: Du kannst Vorsitzender des Nachwuchsausschusses werden. Und wenn wir einen beratenden Ausschuss geschaffen haben, dann lassen wir dich auch da den Vorsitz übernehmen.«

Guthrie saß einen Moment schweigend da und ließ sich Barbara Berlingieris absichtlich erniedrigendes Angebot durch den Kopf gehen, wobei er wieder seine Gedanken ein wenig wandern ließ: Und wenn er dem Chirurg im Krankenhaus den Vortritt gelassen und dieser statt seiner die Operation durchgeführt hätte? Und wenn der Chefchirurg, der keinerlei Erfahrung in plastischer Chirurgie hatte, die Nähte in ihren Wangenmuskeln ein klein bisschen zu sehr angezogen hätte und ihr eine höhnische Grimasse beschert hätte anstelle eines Lächelns? Und wenn er das Lippenrot grade genäht hätte, ohne zuerst eine Kerbe zu machen, so dass ihre Lippe eine bleibende Falte bekommen hätte? Nein, es war besser, dass Bob Guthrie eingesprungen war. Denn für den Rest ihres Lebens würde Barbara Berlingieri nach dem Aufstehen in ihren Spiegel blicken, im Vorbeigehen ihr Spiegelbild in Schaufensterscheiben überprüfen, in ihre Schminkdose spähen, während sie ihr Makeup auffrischte, und sich auf diese und ein Dutzend anderer Weisen mit ihrem Spiegelbild konfrontieren und an Bob Guthries Können und ihre eigene haushohe Undankbarkeit erinnert werden.

»Barbara«, sagte er. »Du hast es verhauen.«

»Was habe ich?«

»Du hast deine Stellvertreterstimmen verschwendet. Du hättest sie für dich behalten und bis zur Herbstsitzung warten sollen, nach der Gala, wenn wir über den Stiftungsrat abstimmen. Das ist die entscheidende Abstimmung. Aber jetzt, wo du dir hast in die Karten sehen lassen, werde ich mir meine eigenen Stellvertreterstimmen besorgen. Dann werden wir ja sehen, wer wirklich die Mehrheit hat.«

Über dreihundert Menschen versammelten sich in Venedig für die Gala von *Save Venice* am Ende des Sommers 1997. Wie jedes Jahr hielten Juweliere am Markusplatz ihre Türen länger geöffnet, denn sie wussten, wenn die *Save-Venice*-Kundschaft in der Stadt war, würden sie die lukrativste Geschäftswoche des Jahres haben. Zehn Jahre waren seit der ersten Gala vergangen, als *Save Venice* sein Augenmerk auf die Restaurierung der Miracoli-Kirche gerichtet hatte. Die Enthüllung der Kirche war für später im Herbst geplant. In ihren ersten zehn Jahren war die Organisation in puncto Auftreten und Leistung gewachsen. Ihre Galas waren immer ausgebucht, trotz eines Kartenpreises von $ 3000, Hotel- und Flugkosten nicht mitgerechnet. Ihr offizielles Impressum schmückten jetzt dreizehn Personen mit Adelstitel, nicht bloß ein halbes Dutzend. Und dieses Jahr waren acht Royals als Ehrengäste zur Gala gekommen. Zu dem viertägigen Programm gehörten eine Führung durch drei Weinberge auf dem Festland, Partys in privaten Palästen und ein komplettes

Programm mit kulturell ausgerichteten Schatzsuchen, Führungen und Vorträgen. Für das Dekor bei einem der Dinners stellte die Operntruppe des Fenice Requisiten und Kulissen zur Verfügung, und ein weiteres Mal sorgten Peter Duchin und Bobby Short für die Musik bei dem festlichen Ball.

Wie üblich war das Wetter schwül und die Atmosphäre eine berauschende Mischung aus Wohlstand, Luxus, Privilegien und Macht inmitten der Herrlichkeiten Venedigs. Aber dieses Jahr war da auch noch etwas anderes zu spüren, und zwar unterschwelliges Gerede über die wachsende Kluft innerhalb von *Save Venice.* Die Vorwürfe, die Guthries hätten sich bereichert, machten, obwohl sie sich als unbegründet erwiesen hatten, am Pool des Cipriani die Runde. Bea Guthrie bemerkte, oder bildete sich vielleicht ein, dass bestimmte Personen ihr den Rücken zukehrten, wenn sie sich näherte. Während einer Lunchparty auf der Insel Torcello begrüßte Bob Guthrie die Prinzessin Michael von Kent, die während der letzten Jahre ein häufiger Gast bei den Partys von *Save Venice* gewesen war. Er redete sie, wie er es immer schon getan hatte, mit ihrem Vornamen an, Marie-Christine. Die Prinzessin erwiderte daraufhin steif: »Sie sollten ›Ma'am‹ zu mir sagen.«

Bei der Stiftungsratssitzung unmittelbar nach der Gala brachten sowohl Bob Guthrie als auch Larry Lovett Vollmachten mit, jeder in der Hoffnung, die Machtverhältnisse zu seinen Gunsten verändern zu können. Doch einige Mitglieder des Stiftungsrats waren nicht bereit, es zu einem Showdown kommen zu lassen. Sie enthielten sich der Stimme, so dass keine der beiden Seiten eine Mehrheit erzielen konnte. Das Duell der Vollmachten endete mit einem Kompromiss.

Aber inzwischen war eine brandneue Kontroverse entstanden. Man hatte entdeckt, dass Larry Lovett in aller Stille einige Jahre zuvor seine amerikanische Staatsbürgerschaft aufgegeben hatte. Er war jetzt ein Bürger Irlands und bezahlte keine amerikanischen Steuern mehr. Mehrere Stiftungsratsmitglieder waren außer sich. »Wenn Sie Philanthrop sein und ein Luxusleben führen wollen, schön und gut«, sagte einer von ihnen, »aber zahlen Sie erst Ihre Steuern.« Terry Stanfill, die Vorsitzende des Berufungsausschusses und Frau des früheren Leiters von 20th Century Fox und MGM, sagte Lovett, sie könne ihn nicht guten Gewissens für eine weitere Amtszeit als Vorsitzenden vorschlagen. Lovett protestierte, aber er kämpfte auf verlorenem Posten. Der Stiftungsrat hielt es für unklug, dass eine steuerbefreite amerikanische Stiftung von jemandem geleitet wurde, den die US-Steuerbehörde als Steuerflüchtling betrachten könnte. Lovett wurde stattdessen in die neue Position des ›internationalen Vorsitzenden‹ von *Save Venice* gewählt.

Das war nun der Stand der Dinge, als Lesa Marcello die gute Nachricht erhielt, dass der Torta-Preis an *Save Venice* und Larry Lovett verliehen werden sollte.

Nachdem sie Guthries Fax gelesen hatte, in dem dieser verlangte, dass der Preis an *Save Venice* insgesamt verliehen werden sollte oder gar nicht, nahm Gräfin Marcello Platz, um ihm einen Antwortbrief zu schreiben. Sie erklärte, der Torta-Preis werde immer an eine Einzelperson verliehen, und wenn eine Organisation als Empfänger beabsichtigt war, dann würde er ›auf den Namen von‹ jemandem, der die Organisation repräsentierte, verliehen, in diesem Fall Larry Lovett. Sie schrieb, sie befürchte, es bestehe keine Möglichkeit, Guthries Botschaft an das Preiskomitee zu übermitteln, ohne es zu beleidigen und offenkundig zu machen, dass innerhalb von *Save Venice* ein peinliches Scharmützel stattfinde. Sie schrieb, sie hoffe, die internen Probleme der Organisation könnten vertraulich gelöst werden.

Guthrie war nicht besänftigt. Er hatte von Anfang an den Verdacht gehabt, dass Barbara Berlingieri das Nötige getan hatte, um Lovett den Torta-Preis zuzuschustern. Alexis Gregory hatte das so gut wie zugegeben, indem er schadenfroh die Information herausgab, dass »Barbara alles für Lovett eingefädelt« habe. Guthrie sah darin ein weiteres äußerst ärgerliches Beispiel für Lovetts unersättliche Gier nach Anerkennung. Er nahm den Telefonhörer in die Hand, rief eines der Mitglieder des Torta-Preiskomitees an und machte ihm seinen Standpunkt in dieser Sache unmissverständlich klar.

Die Kunde von Guthries Telefonat verbreitete sich schnell in Venedig. Sein Ton soll »einschüchternd« gewesen sein. Lesa Marcello schrieb ihm ein weiteres Fax, dass Mitglieder des Komitees über seinen Anruf »äußerst verärgert« seien und sprachlos, dass er es überhaupt erwägen könne, den Preis abzulehnen. »Das ist genau das, was ich unbedingt vermeiden wollte«, schrieb sie. »Die Situation ist sehr, sehr schlecht.«

Das Preiskomitee gab Guthrie nach, allerdings widerwillig. Zwar wurde Lovetts Name nicht im Verleihungstext erwähnt, aber das gedruckte Programm, das bei der Verleihungszeremonie verteilt wurde, enthielt ein Foto von ihm, zusammen mit Worten des Lobes.

Guthrie war jetzt überzeugt, dass Lovett und Barbara Berlingieri Lesa »unterwandert« und ihr den Eindruck vermittelt hatten, dass sie nicht mehr an New York weisungsgebunden sei. Das würde ihr Widerstreben erklären, so dachte er, dem Preiskomitee seine Einwände zu übermitteln und ihre Behauptung, der Preis werde nur an Einzelpersonen verliehen, was tatsächlich die Regel war – doch, so behauptete Guthrie, habe es auch Ausnahmen gegeben. Guthrie hatte den Verdacht, dass Lesa von Larry und Barbara benutzt wurde. Sie gab Informationen an sie weiter, spionierte ihn, Guthrie, aus. Er beschloss zu handeln und so feuerte er sie in einem kurzen Telefonanruf eines Morgens Mitte Januar 1998.

Der Anruf wurde zwar von Paul Wallace getätigt, Vorsitzender des Vorstandes, aber er trug durch und durch Guthries Handschrift. Und obwohl Wallace den passenden Ton anschlug – Lesas Arbeit ganz vorzüglich ... haben *Save Venice* Kosten gespart ... hoffe, Sie akzeptieren einen sechsmonatigen Auftrag als Beraterin ... wollen ein Restaurierungsprojekt von *Save Venice* mit Ihrem Namen versehen – war die Botschaft klar: Gräfin Marcello sei fristlos entlassen und solle bitte bis zum nächsten Morgen ihren Schreibtisch leer räumen. Guthrie schickte ein kurzes Fax an das UNESCO-Büro, um den Namen des neuen Leiters des Venedig-Büros mitzuteilen, ohne Lesa Marcello auch nur zu erwähnen.

Binnen eines Tages hatte sich die Nachricht von Lesa Marcellos abrupter Entlassung durch die unmittelbaren venezianischen Kreise und darüber hinaus verbreitet, bis zu Personen, die keinen der Akteure kannten und nur eine verschwommene Vorstellung von dem hatten, was *Save Venice* eigentlich war. Die Geschichte, so wie sie in den Kneipen und Lebensmittelläden erzählt wurde, war ihrer Details entledigt: Eine Organisation reicher Amerikaner hatte eine schuldlose venezianische Gräfin gefeuert. Was als eine kleinliche und unwürdige Kabbelei begonnen hatte, war zu einer öffentlichen Beleidigung Venedigs und der Venezianer geworden.

Die Entlassung vertiefte die Kluft im Stiftungsrat von *Save Venice.* Ein Ratsmitglied trat zurück, als die Nachricht bekannt wurde – Professor Wolfgang Wolters, ein Kunsthistoriker, der eng mit Lesa Marcello an der Miracoli-Kirche zusammengearbeitet hatte.

Girolamo Marcello, Lesas Ehemann und einer der Venezianer im Stiftungsrat, trat nicht zurück. Stattdessen traf er in aller Stille Vorbereitungen, um für die nächste Ratssitzung von *Save Venice* nach New York zu reisen. Er hatte noch nie zuvor an einer Ratssitzung in New York teilgenommen, nur an denen in Venedig. Als er durch die Tür des University Club schritt, wo die Sitzung stattfand, warfen sich Bob und Bea Guthrie einen Blick zu. Larry Lovett und Barbara Berlingieri waren die einzigen Anwesenden, die zu wissen schienen, was sich im Begriff war abzuspielen.

Aber zuerst hörte sich der Stiftungsrat detaillierte Berichte über achtzehn Projekte von *Save Venice* an, einschließlich der Restaurierung eines Gemäldes von Carpaccio und des Fortschritts der Arbeiten an der Fassade der Scuola Grande di San Marco. Der Rat genehmigte daraufhin den Ankauf einer 10 Meter hohen Arbeitsbühne zur Verwendung bei Restaurationsprojekten, hörte sich den Vorschlag an, ein Stipendium für einen jungen Konservator zu finanzieren, der mit führenden Restaurateuren in Venedig zusammenarbeiten sollte, und stimmte dafür, sich an den Anschaffungskosten für ein Mikrofilmlesegerät und einen Drucker für das Staatsarchiv von Venedig zu beteiligen.

Dann ergriff Graf Marcello das Wort. Er verteilte Kopien der englischen Übersetzung seiner vorbereiteten Ausführungen, die er auf Italienisch vortragen würde. »Mein Englisch ist nicht so gut«, gestand er mir später, »und ich war aufgeheizt, also hätte ich nicht sehr klar gesprochen.« Er rückte seine Lesebrille zurecht und begann.

»Ich bin heute hier erschienen, um über eine zutiefst beunruhigende Situation zu reden, die für Venedig und für Sie entstanden ist. In den letzten Monaten hat ein unerfreulicher interner Konflikt innerhalb *Save Venice* die zerbrechliche Beziehung zwischen *Save Venice* und Venedig verdorben.

Und das muss aufhören. Der Schaden, der dem Ruf und dem Image von *Save Venice* zugefügt wurde, ist viel größer, als es Ihnen von New York aus erscheinen mag.«

Graf Marcello bezeichnete Bob Guthries Drohung, der Stiftungsrat von *Save Venice* würde den Torta-Preis ablehnen, als einen Ausdruck von Arroganz. »Und da ich Mitglied des Stiftungsrats von *Save Venice* bin, weiß ich, dass Bob Guthrie ohne die Befugnis des Stiftungsrats gesprochen hat.«

Und was die Entlassung seiner Frau betraf, so anerkannte Graf Marcello das Recht der Leitung, Angestellte zu entlassen, aber er nahm Anstoß an der Art und Weise, wie es geschehen war.

»Es ist Ihnen vielleicht nicht bewusst«, sagte er, »aber wenn in Venedig ein Arbeitsverhältnis, das sechs Jahre angedauert hat, durch eine fristlose Kündigung beendigt wird, dann wird damit grundsätzlich Unehrlichkeit seitens der betroffenen Person unterstellt. Das wurde Lesa angetan, und das ist es, woran ich Anstoß nehme.

Venezianer zu sein«, fuhr er fort, »und zu wissen, wie man in Venedig lebt, ist eine Kunst. Es ist unsere Art zu leben, die so anders ist als in der übrigen Welt. Venedig ist nicht nur aus Stein erbaut, sondern auch aus einem sehr feinen Netz von Worten, gesprochenen und erinnerten, von Geschichten und Legenden, von Augenzeugenberichten und Hörensagen. Wer in Venedig arbeiten und wirken will, muss zuallererst die Eigenheiten und das zerbrechliche Gleichgewicht dieser Stadt begreifen. In Venedig bewegen wir uns behutsam und geräuschlos. Und mit viel Fingerspitzengefühl. Wir sind ein sehr byzantinisches Volk, und das ist sicherlich nicht leicht zu verstehen.«

Marcello richtete den Blick auf seine Zuhörer. Bis auf die zwei oder drei, die seinem Italienisch folgen konnten, lasen sie alle mit, und die Stimmung war ausnahmslos ernst. Die

Vorstandsmitglieder von *Save Venice*, die sich für Wohltäter von Venedig hielten, die meinten, mit den Sitten in der von ihnen adoptierten Stadt bestens vertraut zu sein, wurden hier heruntergeputzt, als seien sie nicht besser als ein wilder Haufen ungehobelter Touristen.

»Ich muss Ihnen erzählen, wie das Durcheinander der letzten Zeit innerhalb von *Save Venice* in Venedig wahrgenommen wird. Es wird als Beweis dafür gesehen, dass einige Mitglieder des Stiftungsrates *Save Venice* nicht als eine Vereinigung von Freunden sehen, die gute Arbeit für Venedig leisten, sondern eher als ein Mittel, um selbst an Prestige und Macht zu gewinnen. Wir Venezianer betrachten unsere Stadt mit demselben jahrhundertealten Bürgersinn, mit dem wir sie gebaut, und all die Zeit regiert und geliebt haben, und es ist sehr schmerzhaft zu sehen, dass sie auf diese Weise missbraucht wird.

So wahrhaftig dankbar wir sind für die bemerkenswerte Großzügigkeit von *Save Venice* in der Vergangenheit, so zuwider ist es uns Venezianern, Hilfe von jenen entgegenzunehmen, die so wenig Respekt vor uns haben.«

Marcello schloss seine Ausführungen mit einer Bemerkung, die beinahe wie eine Fußnote klang: »Wie der Stiftungsrat jetzt weiter vorgehen soll, diese Entscheidung liegt bei Ihnen, aber ich bin auf jeden Fall der Meinung, dass Dr. Guthrie aller Machtbefugnisse enthoben werden sollte.«

Nach seiner Rückkehr nach Venedig zeigte Marcello mir seine Rede. Es war eine lange Rede, manchmal etwas ausufernd, aber unerbittlich in ihrem Ausdruck zurückgehaltener Empörung.

»Und wie haben sie reagiert?«, fragte ich.

»Einige schüttelten den Kopf und sagten: ›Endlich!‹ Aber andere waren böse. Ein Mann sagte auf Italienisch zu mir: ›Sie haben vielleicht Nerven, hierher zu kommen und so zu reden.‹ Worauf ich ihm antwortete: ›Wissen Sie, wenn man solche Dinge sagen muss, ist es auch nötig, Nerven zu haben.‹«

Ich gab ihm die Rede zurück. »Starker Tobak«, sagte ich, »aber Sie haben mir einmal gesagt, dass Venezianer immer das Gegenteil von dem meinen, was sie sagen.«

Graf Marcello lächelte. »Stimmt, und als ich Ihnen das gesagt habe, habe ich das Gegenteil von dem gemeint, was ich gesagt habe.«

Die Fronten waren gezogen. Bob Guthries dreijährige Amtszeit als Stiftungsratsmitglied sollte vier Monate später zu Ende gehen, bei der Stiftungsratssitzung im September 1998 in Venedig. Er würde sich zur Wiederwahl stellen müssen und ein Mehrheitsvotum von neunundzwanzig Ratsmitgliedern benötigen, um einen Sitz im Stiftungsrat zu behalten. Bei einem Ergebnis, das darunter lag, würde er ganz aus *Save Venice* hinausfliegen.

Während sich der Sommer dahinzog, diskutierten die Ratsmitglieder über die Krise, und dabei wurde deutlich, dass es zusätzlich zu dem Machtkampf zwischen Guthrie und Lovett einen unterschwelligen Streitpunkt gab, der erst jetzt an die Oberfläche kam. Bestimmte Mitglieder, die mit Lovett sympathisierten, hatten das Gefühl bekommen, dass *Save Venice* seine Aura der Exklusivität eingebüßt hatte, dass die Guthries die Einladungsliste kontrollierten, mit dem Ergebnis, dass viele Leute, die Karten kauften und bei den Partys und Galas erschienen, nicht ... »unseren Stallgeruch« hatten. Es war ein Widerhall der gesellschaftlichen Kluft, die Colonel Grays altes *Venice Committee* Anfang der siebziger Jahre entzweit und mit einer Abspaltung und der Gründung von *Save Venice* geendet hatte.

Ein Ratsmitglied, das als erstes zugegeben hätte, eventuell nicht zu Lovetts »Stall« zu gehören, war Jack Wasserman, ein New Yorker Anwalt für internationales Handelsrecht und Kompagnon des Firmenjägers Carl Icahn. Wassermans Verbindung mit Venedig war aus seiner, in der Collegezeit entstandenen Faszination für das Leben und Werk von Lord Byron erwachsen. Wasserman war Präsident der *Lord Byron Society of America* und besaß eine bedeutende Sammlung von Byron-Erstdrucken. Obwohl er Byron und der Byron-Forschung zutiefst verpflichtet war, war er keineswegs ein Akademiker. »Byron war mir nützlich, als ich zum ersten Mal nach Italien kam, auf einem Studentenschiff vor vierzig Jahren«, erzählte er. »Mit den ersten beiden Zeilen eines Byron-Gedichts konnte man sich jede Nacht eine Frau angeln.«

Wasserman nahm gerade einen späten Lunch an einem Ecktisch in Harry's Bar ein, als ich mich zu ihm setzte. Er stellte mich einem wohlerzogenen schwarzen Standardpudel vor, der unterm Tisch saß, eine Schale Wasser zwischen den Pfoten. Der Pudel war nach dem britischen Kriegsminister John Cam Hobhouse benannt, der Lord Byrons Freund, Reisegefährte und Nachlassverwalter gewesen war.

»*Save Venice* war meine erste Berührung mit der sogenannten High Society«, sagte Wasserman. »Meine Frau und ich gingen schon seit Jahren zu den Galas und haben da diese schnieken Typ-A-Menschen getroffen. Oder zumindest haben wir sie angeglotzt. Und als sie mich dann fragten, ob ich in den Stiftungsrat eintreten wolle, weil sie keinen Anwalt hatten, weil die Stiftung sehr schnell wuchs und sich ständig juristische Fragen ergaben, sagte ich: ›Klar doch.‹ Ich meine, ich bin sehr von mir selbst beeindruckt! Ich sitze zusammen mit Oscar de la Renta im Stiftungsrat. Das ist ein großes Kaliber, muss ich schon zugeben.

Aber diese beiden Typen, Larry und Bob, also aus meiner Sicht – Larry ist sehr glamourös, ein wunderbarer Gesellschaftsmensch, und ein sehr verführerischer Mann. Wissen Sie, wenn man in Larrys Gegenwart ist, dann empfindet man immer so etwas wie Ehrfurcht. Er scheint diese Aura um sich zu haben. Bob hat das nicht. Aber Bobs Geschichte, sein Lebensstil, ist so außergewöhnlich, dass man immer genau hinhört, was er sagt.

Bob und Bea Guthrie arbeiten von sechs Uhr morgens bis Mitternacht, wie die Hunde. Hunde! Die reden mit jedem. Ruft jemand an: ›Mir gefällt mein Tisch nicht. Hat mir nicht gefallen, wo ich gestern gesessen habe.‹ – Bob und Bea kümmern sich darum. Regeln wir gerne, kein Problem. Larry arbeitet nicht auf Tagesbasis an *Save Venice.* Er arbeitet nicht einmal auf Monatsbasis daran. Das ist nicht seine Funktion. Seine Funktion ist es, *Mister Glamorous* zu sein, und diese Promis dazu zu bringen, zu der Party zu kommen, damit dreihundert andere Leute zahlen wollen, um mit ihnen zusammen im selben Raum zu sein. Das ist sein Job, und weiß Gott, der ist wichtig. Aber er arbeitet nicht auf den Partys, nicht so wie Bob. Larry ist unnahbar. *Unnahbar!* Als würde man mit Gott reden! Ich meine, er taucht immer auf, todschick gekleidet, in seinem privaten Motorboot, mit irgend so einer Prinzessin neben sich oder so. Er steigt aus, verkündet, erfreut zu sein, dass alles nach Wunsch verläuft, und dann steigt er wieder zurück in sein Boot mit der Prinzessin und entschwindet. Es ist wundervoll zu beobachten. Es ist majestätisch. Ich meine, ich erstarre vor Ehrfurcht. Als würde man in der Gegenwart des Dogen sein.

Aber diese ganze Sache mit dem blauen Blut, ich weiß nicht. Mir hat mal jemand gesagt, was ein Snob ist. Man kann ein Snob nach oben sein, indem man nur mit Höhergestellten verkehrt, oder ein Snob nach unten, indem man Tiefergestellte abblitzen lässt. Larry hat ein zwanghaftes Pflichtgefühl gegenüber Leuten mit Titel, das einem manchmal Angst machen kann. Aber echt! Ich glaube, Larry bildet sich wirklich ein, dass er für den Purpur geboren wurde. Da war zum Beispiel während einer der Gala-Wochen jemand vom englischen Königshaus gestorben, ich weiß nicht mehr wer. Ich weiß noch, wie Larry zu mir sagte: ›Der Palast hat einen Erlass herausgegeben ...‹, sagt das zu *mir*, ich meine, als würde ich was drum geben. ›Der Palast hat einen Erlass herausgegeben, dass man von Partybesuchen Abstand zu nehmen habe.‹ Das war unmittelbar vor einer Cocktailparty von *Save Venice*. Also habe ich gesagt: ›Aber Larry, Sie können doch ruhig zu einer Cocktailparty gehen. Der Erlass ist doch nicht für Sie bestimmt.‹ Und Larry sagt: ›Ach, das könnte ich nicht. Ich meine, es sind meine Freunde. Der König von Griechenland und so weiter.‹ Also ging er nicht zu einer Cocktailparty in Venedig. Er wollte lieber zusammen mit Barbara Berlingieri daheim hocken, weil europäischer Adel vom Besuch von Cocktailpartys Abstand nahm. Ich hab nur gedacht: ›Mannomann!‹«

Am Nachmittag des Tages, an dem der offizielle Ball stattfinden sollte, besuchte ich die Guthries in ihrem roten Haus am Fuß der Accademia-Brücke. Das Innere war mit chintzbezogenen Stühlen und Sofas möbliert und sah eher wie ein Apartment in der East Side von Manhattan aus als wie ein venezianisches Domizil. Bob und Bea Guthrie saßen im Wohnzimmer und betrachteten ein großes Brett auf einer Staffelei, das mit Namensschildern bedeckt war. Sie steckten auf Kreisen, die Tische darstellten.

»Haben Sie schon mal die Platzverteilung für eine Dinnerparty mit dreihundertfünfzig Personen gemacht?«, fragte Guthrie. »Probieren Sie das mal, wenn in der letzten Minute noch ein halbes Dutzend Leute anrufen und sagen: ›Wir müssen unbedingt So-und-so an unserm Tisch haben.‹ Das bedeutet nämlich, dass man mit der ganzen Chose wieder von vorne anfangen kann.«

»Ich stelle mir vor, dass es besonders schwierig ist«, sagte ich, »wenn Sie gleichzeitig mit jemandem in einer richtig hässlichen Fehde liegen.«

Guthrie erschrak etwas durch meine Direktheit, fing sich aber schnell. »Das bedeutet dann wohl, dass Sie Bescheid wissen«, sagte er mit einem Lachen.

»Halb Venedig weiß Bescheid«, erwiderte ich.

Er warf nochmals einen Blick auf den Sitzplan. »So, hiermit sind wir mehr oder weniger fertig – vorerst. Wie wär's mit einer Bootsfahrt?«

Wir gingen hinaus zu Guthries Boot, einer Boston Whaler Salon-Barkasse, die gleich hinterm Tor am Rande eines kleinen Kanals festgemacht war. Guthrie stellte sich ans Steuer und fuhr rückwärts in den Canal Grande hinein, dann wendete er und nahm Kurs auf die Rialto. Er musste laut reden, um den Lärm des Motors zu übertönen.

»Auf der einen Ebene ist es sicher ein Streit zwischen Larry und mir. Aber eigentlich steckt noch viel mehr dahinter. Es bestehen fundamentale Unterschiede zwischen den meisten Mitgliedern unseres Stiftungsrats und der kleinen Gruppe von Dissidenten, die Larry unterstützen.

Typischerweise sind die Mitglieder unseres Stiftungsrats Personen, die es zu etwas gebracht haben. *Save Venice* ist für sie eher ein Zeitvertreib, keine Hauptbeschäftigung in ihrem Leben. Sie genießen ihre gegenseitige Gesellschaft, sie lieben Venedig, und es bereitet ihnen Genugtuung, mitzuhelfen, die Stadt zu erhalten. Ihr Beitrag in Zeit und Geld zur Rettung Venedigs ist größer als das, was sie zurückbekommen. Es sind Geber.

Die Dissidenten sind eine ganze andere Spezies. Sie haben zwar Geld aber keinen Beruf von Bedeutung, haben keine wirklichen Leistungen vorzuweisen. *Save Venice* nimmt einen zu großen Stellenwert in ihrem Leben ein, weil sie sich mit nichts anderem rühmen können. Das ist ihr hohes Ross. Sie stellen sich mit Amtstiteln vor. Um ihre Wichtigkeit zu beweisen, müssen sie das Verdienst für die Leistungen der Organisation für sich in Anspruch nehmen, auch wenn sie selbst keine Arbeit geleistet haben. Sie gehen sogar so weit, dass sie Leute, die bis spät in die Nacht arbeiten, als ›gemietete Hilfskräfte‹ bezeichnen. Das sind Nehmer.

Die Dissidenten benutzen *Save Venice* dazu, ihr eigenes gesellschaftliches Leben zu befördern, das einzige Leben, das sie wirklich haben. Sie laden ihre exklusiven Freunde und die, die sie gerne als Freunde hätten, zu unseren Partys und Galas ein, kostenfrei, und dafür bekommen sie dann Einladungen zu Kreuzfahrten, und zu Jagdwochenenden auf Landhäusern. Diese nichtzahlenden Gäste sind ein Problem geworden. Wir kriegen immer mehr von denen, und die Dissidenten monopolisieren sie. Sie mieten Limousinen, um die Herrschaften zu Events auf dem Land zu bringen, während der Rest von uns mit Bussen fährt, und dann überholen sie uns noch und sitzen großspurig im Fond. Sie kommen zu spät und gehen früh. Sie hocken immer alle zusammen an ihren Tischen und lassen die zahlenden Gäste abblitzen. Und es ist ihnen wirklich schnuppe, wie kränkend das für die anderen ist.«

»Ich hatte den Eindruck«, sagte ich, »dass diese nichtzahlenden Gäste den Glamour liefern, der die zahlenden Gäste anzieht.«

»Das tun sie auch«, räumte Guthrie ein, »aber das war eher in den Anfangsjahren wichtig. *Save Venice* ist jetzt derart bekannt, dass sie ihre eigene Anziehungskraft hat. Wir brauchen diese Leute nicht mehr.«

In dem Moment kamen wir gerade am Palazzo Pisani-

Moretta vorbei, wo am Abend der Ball stattfinden sollte. Mitarbeiter des Catering-Service waren damit beschäftigt, beim Wassertor Kisten von Kähnen zu entladen. Guthrie deutete auf den Palast. »Es sind die Dissidenten, die immer darauf bestehen, am Fenster zu sitzen, wenn es heiß ist, und am Kamin, wenn es kalt ist. Es sind sehr fordernde, anspruchsvolle Leute. Verdammt, ich bin achtzehn Stunden am Tag auch noch Chirurg. Das hier habe ich wirklich nicht nötig.«

»Warum steigen Sie dann nicht aus?«, fragte ich.

»Bea und ich waren kurz davor, genau das zu tun. Wir hatten schon unsere Rücktrittsbriefe geschrieben, als die Vorwürfe wegen finanzieller Unregelmäßigkeiten die Runde machten. Das war der große Fehler der Dissidenten, denn das hieß, dass wir nicht gehen würden. Unter so einer Wolke konnten wir doch nicht aufhören. Wir mussten bleiben und unsere Namen reinwaschen.«

Nicht weit hinter der Rialto-Brücke bogen wir in einen Seitenkanal. Guthrie drosselte die Geschwindigkeit um die Hälfte, als wir um Ecken manövrierten und uns an Motorbooten und Gondeln vorbeischoben, die aus der entgegengesetzten Richtung kamen. Nach mehreren Minuten fuhren wir unter einer kleinen Brücke hindurch, und als wir herauskamen, blickten wir zur Miracoli hinauf. Ihr satinweiches Äußeres aus Marmor glühte im Nachmittagslicht.

»Und eigentlich geht's doch darum«, sagte Guthrie. »Wir geben Partys, damit wir Geld sammeln können, um Gebäude wie dieses zu restaurieren.«

»Ich denke, darin dürften sich alle einig sein«, sagte ich.

»Keineswegs«, entgegnete Guthrie. »Die Dissidenten sehen das genau andersherum. Die denken, wir sind im Restaurierungsgeschäft, um Partys geben und uns unter Royals mischen zu können.«

Als ich später am Tag Larry Lovett berichtete, was Bob Guthrie gesagt hatte, erwiderte er bloß: »Das ist absoluter Unsinn.«

Am Morgen der Stiftungsratssitzung vom September in Venedig, eine Woche nach der Gala, erschienen beide Seiten im Hotel Monaco, bewaffnet mit Stellvertreterstimmen. Die Lovett-Fraktion war von Anfang an stinksauer, weil Guthrie ihre Bitte abgelehnt hatte, die Sitzung auf den Nachmittag zu verlegen, damit drei Ratsmitglieder, die in New York waren, telefonisch ihre Stimme abgeben konnten. So wie die Dinge standen, wäre es in New York 4 Uhr morgens, wenn es zur Abstimmung kam.

Es mussten zehn Posten im Stiftungsrat neu besetzt werden, und die Kandidaten würden der Reihe nach geprüft. Die Abstimmung hatte kaum begonnen, da schrie die Lovett-Fraktion schon Zeter und Mordio. Guthrie hatte mit einer Vollmacht von jemandem gestimmt, der bereits Monate zuvor aus dem Stiftungsrat ausgetreten war. Als sich das Geschrei gelegt hatte, erklärte Guthrie, er habe den Mann dazu überredet, seinen Rücktritt zurückzuziehen, eine Vollmacht zu unterschreiben und Guthrie zu gestatten, seinen Rücktritt zu gegebenem Zeitpunkt anzunehmen. Der gegebene Zeitpunkt sei noch nicht eingetreten. Lovett appellierte an Jack Wasserman, der die Satzung besser kannte als jeder andere, weil er mitgeholfen hatte, eine neue aufzusetzen. Wasserman befand, dass die Vollmacht gültig war.

Weiterer Protest erhob sich, als Guthrie unterschriebene Vollmachten von zwei Personen hervorzauberte, die erst wenige Minuten zuvor in den Stiftungsrat gewählt worden waren. Guthrie argumentierte, die beiden hätten ihre Vollmachten zwar unterzeichnet, als sie noch keine Ratsmitglieder waren, doch die Vollmachten seien erst gebraucht worden, als sie es bereits waren. Wasserman erklärte diese Vollmachten ebenfalls für gültig.

Lovetts Vollmachten waren auch nicht über jede Kritik erhaben. Eine war von der Gräfin Anna Maria Cicogna unterschrieben, der Tochter von Giuseppe Volpi, Mussolinis Finanzminister und Halbschwester von Giovanni Volpi. Sie war über neunzig, und es war bekannt, dass ihre geistigen Kräfte allmählich nachließen. Trotzdem war dies das dritte Mal in zwei Jahren, dass die Vollmacht der alten Dame für eine Abstimmung bei *Save Venice* ergattert wurde. Ihre erste Vollmacht gehörte zu jenen überraschenden Stellvertreterstimmen, die Barbara Berlingieri für Lovett anderthalb Jahre zuvor eingesammelt hatte. Als sie später darüber befragt wurde, konnte Gräfin Cicogna sich nicht entsinnen, sie unterschrieben zu haben, und bezweifelte, dass es überhaupt ihre Unterschrift war. Für die nächste Sitzung des Stiftungsrats wollten die Guthries nicht zurückstehen und erwischten sie diesmal als erste. Sie spürten sie in dem Krankenhaus auf, in das sie sich wegen einer Grippe begeben hatte. Doch die Lovett-Anhänger bekamen Wind davon, eilten zur Gräfin und stellten fest, dass ihr diese Vollmacht ebenso sehr ein Rätsel war wie die erste, die sie für sie unterschrieben hatte. Und so beschwatzten sie die alte Dame, einen Brief an Bea Guthrie zu schreiben, in dem sie darum bat, eine Kopie von dem sehen zu dürfen, was sie unterschrieben hatte. »Wie Sie wissen, ist mein Gedächtnis sehr schlecht geworden«, schrieb Gräfin Cicogna. »Ich kann mich nicht mehr genau erinnern, welches Dokument ich im Krankenhaus unterschrieben habe oder wem ich mein Affidavit gegeben habe.« Seit jenem Brief war ein weiteres Jahr vergangen, und jetzt, trotz Gräfin Cicognas klagendem Eingeständnis von geistiger Gebrechlichkeit, hatte man sie überredet, ihren Namen unter eine dritte Vollmacht zu setzen. Diesmal hatte sie wieder für

Lovett unterschrieben, vermutlich ohne eine klarere Vorstellung davon zu haben, was, oder für wen, sie da unterschrieb.

Doch selbst mit Gräfin Cicognas Vollmacht brachte Lovett bloß zwölf Stimmen auf. Guthrie hatte siebzehn, einschließlich der Vollmacht des Mannes, der im Begriff war zurückzutreten, jenen beiden der frischgebackenen Mitglieder, und jenen drei der sich enthaltenden, die in New York in tiefem Schlummer lagen und deren Vollmachten, so Wassermans Befund, zugunsten des Vorstandes verbucht werden konnten. Guthrie sicherte sich seine Wiederwahl, und die Besiegten ließen ihre Enttäuschung an Wasserman aus. Sie protestierten, dass bei der Abstimmung Betrug im Spiel gewesen sei und dass die ganze Sache eine korrupte feindliche Übernahme gewesen sei. Alexis Gregory schleuderte Wasserman Verwünschungen an den Kopf, unter anderem die Worte »schäbig« und »Ganove«.

»Wenn Sie das noch einmal sagen, dann kriegen Sie eine gescheuert«, fauchte Wasserman zurück.

Terry Stanfill, die ungeachtet Lovetts Einwände in den Stiftungsrat wiedergewählt worden war, verließ den Raum unter Tränen und sagte, sie könne nie mehr mit Leuten zusammenarbeiten, die so schlimme Sachen über sie gesagt hatten.

An dieser Stelle sprang Alexis Gregory auf und verkündete: »Wir gehen alle!« Dann reichte er seinen Rücktritt ein und den von acht anderen Ratsmitgliedern, womit er so gut wie alle Anwesenden überraschte, vor allem diejenigen, deren Rücktritt er gerade angekündigt hatte und die benommen schienen, dass das Endspiel so überstürzt gespielt worden war. Etwas unsicher erhoben sie sich und marschierten aus dem Raum. Sie nahmen eine Barkasse direkt zum Cip's, dem neuen Restaurant des Hotels Cipriani mit Kailage, um sich zu sammeln, Strategien zu planen und ein ausgedehntes

Vier-Sterne-Mahl einzunehmen, mit Blick auf die in der Mittagssonne glitzernde Markusbasilika auf der anderen Seite des Wassers.

Jetzt brauchte nur noch die Presse von dem Protestauszug Wind zu bekommen und ihren Spaß dran zu haben. Die Schlagzeile im *Gazzettino* lautete: SAVE VENICE. DIE ARISTOKRATEN FLÜCHTEN. In dem Bericht wurde der Eindruck erweckt, bei dem Streit habe es sich um eine Schlacht zwischen Venezianern und Amerikanern gehandelt, obwohl nur vier der neun, die ausgezogen waren, Venezianer waren (einer war Franzose, die übrigen Amerikaner). »Es war eine dreistündige Sitzung am selben Tisch doch mit zunehmend auseinanderklaffenden Positionen«, schrieb der *Gazzettino*, »wobei die Amerikaner die eine Seite ergriffen und der venezianische Adel die andere. Dem Vorstand von *Save Venice* wurde vorgeworfen, sich mehr dem Feiern von Partys zu widmen als der Restaurierung von Kunstwerken. Der Fortgang einer kleiner Gruppe illustrer Venezianer spaltete die Organisation wie einen Apfel.«

Dem *Gazzettino* zufolge beschuldigten die Dissidenten den Vorstand, »die Stadt zu benutzen, um sich Prestige zu sichern, und sie als Bühne zu gebrauchen, um sich damit zu brüsten. *Save Venice*, behaupten sie, sei zum exklusiven Klub für die ›Jetset-Gesellschaft‹ geworden.«

»Du meine Güte! Das ist genau das, was ich *ihnen* vorwerfen würde!«, erzählte Kunsthistoriker Roger Rearick, einer derjenigen, die Ratsmitglieder geblieben waren, dem *Gazzettino*. »Sehen Sie, die Leute, die jetzt gegangen sind, waren gerade jene, die immer nur Partys und VIP-Dinners im Kopf hatten. Restaurierung kümmert sie herzlich wenig. Sie haben gehofft, sie würden mit ihrem Weggang *Save Venice* zerschlagen. Aber da haben sie sich verrechnet. *Save Venice* wird ohne sie weitermachen.«

Nachdem der letzte Rücktritt eingereicht worden war, gab es keine Venezianer mehr im Stiftungsrat von *Save Venice*. Insgesamt waren fünfzehn Personen gegangen. Es hieß, dass Larry Lovett seine eigene Konkurrenzorganisation gründen wollte, und die Dissidenten sagten voraus, dass die Tore der venezianischen Paläste den Guthries und *Save Venice* vor der Nase zugeschlagen würden. Wie die *New York Times* es ausdrückte: »Der Zugang zum italienischen Adel war Lawrence Lovett zu verdanken, der in erster Linie dafür verantwortlich war, jenen Amerikanern, die für gesellschaftlich würdig erachtet wurden, die Tore Venedigs zu öffnen. Aber diese Tore könnten sich jetzt schließen.«

Wenn das geschah, würde sich *Save Venice* in einer bizarren und höchst unwirklichen Situation befinden – gefeiert als größter ausländischer Wohltäter der Stadt und gleichzeitig als abstoßender Paria gemieden.

Die ersten Ankömmlinge bei Larry Lovetts Dinnerparty traten kurz nach Sonnenuntergang auf seine Terrasse, in dieser magischen halben Stunde, in der das weiche, verlöschende Licht Himmel und Wasser in ein und dasselbe Perlmuttrosa taucht und die Paläste entlang dem Canal Grande mehr denn je auf dem Wasser zu schweben scheinen.

Hubert de Givenchy saß mit dem Rücken zum Canal Grande auf einer gepolsterten Bank und plauderte mit der New Yorkerin Nan Kempner. Die Rialto-Brücke erhob sich dramatisch hinter ihm, beleuchtet vor dem sich verdunkelnden Himmel. Ein Kellner mit einem Tablett Getränke näherte sich dem Marchese Giuseppe Roi, gerade als dieser eine beiläufige Bemerkung machte, die der Gräfin Marina Emo Capodalista eine ihrer unverkennbaren schrillen Lachsalven entlockte. »Wissen Sie was!«, rief Dodie Rosekrans und packte Gräfin Emos Handgelenk. Die großäugige Prominente und Kino-Erbin aus San Francisco war gerade zurück von einem einwöchigen Aufenthalt an der dalmatinischen Küste. »Ich habe mir was gekauft ... ein Kloster!«

Es war Anfang September. Seit dem Bruch in *Save Venice* war ein Jahr vergangen. Lovett hatte nun doch seine eigene Stiftung gegründet und sie *Venetian Heritage*, Venezianisches Erbe, getauft. Er hatte seine Ratsmitglieder eingesammelt wie ein Croupier, der blaue Chips abräumt, hatte eine derartige Anzahl von Aristokraten und Royals angehäuft, dass sich der Briefkopf von *Venetian Heritage* wie eine Seite aus dem Adelsführer *Debrett's* ausnahm. Einundzwanzig der fünfzig Namen führten Titel: Ein Herzog, ein Marchese, eine Marchesa, eine Baronin, die üblichen Grafen und Gräfinnen, und nicht weniger als sechs Hoheiten, sowohl Königliche wie Durchlauchte. Bei *Save Venice* dagegen war die Liste der titelführenden Stiftungsratsmitglieder bis auf eines heruntergeschrumpft, eine Baronin. Lovett machte eine schadenfrohe Andeutung auf diesen Zustand in einem Brief an den Präsidenten von *Save Venice,* Paul Wallace, indem er bemerkte, dass Bob Guthries bevorstehende Winterveranstaltung in New York »unter der Schirmherrschaft einer unbedeutenden Adelsperson von Savoia steht, vermutlich weil ihm jetzt eine bedeutende englische fehlt«.

Früher im Sommer hatte *Venetian Heritage* den Gastgeber für seine erste viertägige Gala gespielt. Lovett hatte sie in den Juni gelegt, zeitgleich mit der Eröffnung der Biennale von Venedig, wenn die Crème de la Crème der internationalen Kunstwelt in Venedig einfiel. Die Gala, ausgebucht mit $ 4000 pro Karte, war ein Triumph gewesen, angesichts des auserwählten Publikums, das sie angelockt hatte, der ultraprivaten Türen Venedigs, die dafür aufgestoßen wurden, und des Geldes, das sie aufgebracht hatte. Larry Lovett hat allen Grund, zufrieden zu sein. Und das war er. Trotzdem wurmte ihn die fortwährende Existenz von *Save Venice*. Und *Save Venice* war, wie er wohl wusste, alles andere als tot.

Zum Zeitpunkt der Aufsehen erregenden Spaltung war die nächste Regattawochen-Gala von *Save Venice* weniger als ein Jahr entfernt. Es würde sehr bald deutlich werden, ob das private Venedig für *Save Venice* so zugänglich bliebe, wie es in der Vergangenheit gewesen war. Die Guthries waren im Begriff, es mit versöhnlichen Gesten zu versuchen und entsprechende Anrufe zu tätigen, als das Telefon klingelte. Bea Guthrie nahm ab.

»Volpi hier!«, dröhnte die Stimme des Grafen Giovanni Volpi am anderen Ende der Leitung. Er rief von seiner Villa auf der Giudecca an. »Wie ich höre, behaupten diese Clowns jetzt, dass Ihnen die Türen Venedigs ins Gesicht geschlagen werden!«

»Das habe ich auch gehört«, sagte Bea Guthrie, »aber eigentlich ...«

»Und dann ihre Begründung, warum sie *Save Venice* verlassen?«, fuhr Volpi fort. »Weil Sie angeblich zu viele Partys schmeißen? Und das von Venezianern, die immer nur meckern können wegen ihrer Platzzuweisung – diese Schmarotzer, die nie einen Pfennig für irgendwas zahlen?« Graf Volpis berühmte Verachtung für seine venezianischen Mitbürger brannte durch jede Silbe. »Venedig ist wie eine Kurtisane, die das Geld nimmt, aber die Leistung schuldig bleibt. Geizig, gierig und billig! Das sind doch alles nur Aasgeier! Nicht genug, dass die Sie den ganzen Sommer über beleidigt und Sie Gauner genannt haben! Diese Art von Gehässigkeit ist unerträglich. Die haben versucht, Sie moralisch zu lynchen! Die können von Glück reden, dass Sie die nicht ordentlich verklagt haben! Ehrlich gesagt, würde ich das an Ihrer Stelle tun.«

»Nun, Giovanni, es war wirklich ein Alptraum. Aber es ist so, dass wir –«

»Hören Sie«, sagte Volpi. »Ich rufe an, weil Sie mich in der Vergangenheit immer wieder gefragt haben, ob Sie den Palazzo Volpi für den Ball von *Save Venice* benutzen können, und ich habe immer nein gesagt. Nun, ich habe es mir anders überlegt. Wenn Sie denken, dass es helfen würde, dann wäre es mir ein Vergnügen, Ihnen nächsten Sommer meinen Palast für den Ball zur Verfügung zu stellen.«

Palazzo Volpi, ein prachtvoller, im 16. Jahrhundert erbauter Palast am Canal Grande mit fünfundsiebzig Zimmern, war eigentlich anderthalb Paläste. Er hatte einen Innenhofgarten und prunkvolle Säle und Salons. Die Präsenz einer der dynamischsten Figuren im Italien des zwanzigsten Jahrhunderts – Volpis Vater, Graf Giuseppe Volpi, Gründer der Filmfestspiele von Venedig, Schöpfer von Mestre und Marghera, Mussolinis Finanzminister, ›der letzte Doge von Venedig‹ – war noch überall spürbar: der Ballsaal aus Blattgold und Marmor, den Volpi zum Andenken an seine militärischen Siege als Gouverneur von Tripolitanien in den 20er Jahren hatte bauen lassen, das lebensgroße Ölgemälde von Volpi in Diplomatenuniform, die Kanone mitten im *portego*, Möbel aus dem Quirinalspalast in Rom, eine signierte Fotografie von König Umberto di Savoia. Jahrelang war der Palazzo Volpi Schauplatz für den glamourösen Volpi-Ball gewesen, der jeden September durch Giovannis Mutter gegeben wurde. Aber der letzte Volpi-Ball hatte vor vierzig Jahren stattgefunden, und seitdem war der Palast kaum benutzt worden – gut unterhalten aber nicht bewohnt.

Palazzo Volpi war so lange verbotenes Terrain gewesen, das selbst die Venezianer neugierig waren, ihn wieder zu sehen. Eingedenk dieses Umstandes verfielen die Guthries auf eine schlaue politische Geste. Mit Volpis Erlaubnis luden sie Dutzende von Venezianern ein, als ihre Gäste zu dem Ball zu kommen, darunter eine Reihe von Personen, die der streitlustige Volpi selbst niemals eingeladen hätte. Doch dieses eine Mal sah Volpi sie nur allzu gerne bei sich. Es war seine Absicht zu beweisen, dass niemand aus Venedig hinausgeekelt werden konnte, nur weil bestimmte »Clowns« das angeordnet hatten. Wenn er dadurch, dass er Venezianer in seinen Palast einlud, die Möglichkeit bekam, ihnen diese Tatsache unter die Nase zu reiben, umso besser.

Am Abend des Balls waren die Fenster des Palazzo Volpi zum ersten Mal seit langer Zeit wieder hell erleuchtet. Eine Armada von Barkassen fuhr am Wassertor vor, und Hunderte von Gästen in Abendkleid und Smoking stiegen aus, unter ihnen Dutzende von Venezianern.

Was es bedeutete, dass der *Save-Venice*-Ball im Volpi-Palast stattfand, wurde weit jenseits der Mauern des Palazzo Volpi verstanden. Es war auch Larry Lovett sehr klar, dessen Dinnerparty auf seiner Terrasse am selben Abend stattfand. Es wurde allgemein angenommen, dass es der einzige Zweck von Lovetts Party war, *Save Venice* die Schau zu stehlen und sie einige ihrer venezianischen Gäste zu berauben. Es wurde auch angenommen, dass Lovett »Geschäftskleidung« für sein Dinner verlangt hatte, um seine Gäste daran zu hindern, unmittelbar von seiner Party zum Palazzo Volpi zu gehen, ohne vorher heim zu gehen und sich umzukleiden. Seine Freunde räumten ein, dass diese Dinnerparty ein seltener Fauxpas Lovetts war. Andere werteten es als ein infantiles, gehässiges Verhalten, das ein für alle Mal bewies, dass es Lovett mehr um sein eigenes Prestige und seine Prominenz ging als darum, die Kunst und Architektur Venedigs zu erhalten.

All das war Giovanni Volpi egal. Während Peter Duchin im Ballsaal seines Vaters Tanzmusik spielte und Bobby Short oben seine Schnulzen sang, stand Volpi am Rand seines Innenhofgartens, wie immer abseits des Geschehens.

»Ich weiß nicht«, sagte er. »*Save Venice, Venetian Heritage* – wo ist da der Unterschied? Wenn man es ganz genau nimmt, dann sind beides nur bessere Pauschalreisen. Ich verstehe nicht, warum Amerikaner nicht einfach so in Venedig sein und sich vergnügen können, anstatt herzukommen und sich auf die Brust zu klopfen. Wissen Sie, was ich meine? Dass sie immer mit diesem Sendungsbewusstsein kommen müssen. Wieso müssen sie Venedig unbedingt retten? Es ist natürlich schön, dass sie soviel Geld geben. Aber das hat nichts mit Großzügigkeit zu tun. Sie wollen bloß gut dastehen, weiter nichts. Und es ist wirklich nur ein Tropfen auf den heißen Stein. Sie sollten einfach kommen und sich amüsieren. Stimmt's? Rumlaufen. Sich ein paar Gemälde ansehen. In ein paar Restaurants gehen, wie sie es in anderen Städten auch tun. Amerikaner gehen auch nicht nach Paris, um Paris zu retten, oder? Hab ich Recht? Wenn Sie ein fünfhundert Jahre altes venezianisches Gebäude sehen, dann ist es vielleicht ein bisschen heruntergekommen und möglicherweise sogar gefährdet. Aber von ›Verfall‹ kann man ja wohl nicht reden. Es hat immerhin fünfhundert Jahre *durchgestanden*! Das mit dem ›verfallenden Venedig‹ ist alles ein großes Märchen. Das meine ich von wegen ›Save Venice‹. Venedig retten. Vergiss es. Venedig rettet sich schon selbst. Geht doch und rettet Paris!«

13

DER MANN, DER ANDERE LIEBTE

Das Graffito – und es gab etliche davon – bemerkte ich zum ersten Mal, als ich eines Winternachmittags durch den Rialto-Lebensmittelmarkt ging. Ein paar Tage später stieß ich auf ein weiteres in der Nähe vom Markusplatz, und am nächsten Tag auf ein drittes draußen vor dem Restaurant Osteria di Santa Marina. Sie waren immer säuberlich in roter Sprühfarbe geschrieben und immer auf provisorischen Holzzäunen, wo sie keinen Schaden anrichteten. Ihre melancholische Botschaft war immer dieselbe: EINSAMKEIT BEDEUTET NICHT: ALLEIN SEIN, SONDERN ANDERE VERGEBENS LIEBEN (*Solitudine non è essere soli, è amare gli altri inutilmente*).

Anders als die meisten Graffiti hatten diese einen Autor. Sie waren mit ›Mario Stefani‹ unterschrieben. Stefani war eine bekannte Erscheinung in Venedig, ein Dichter von einigem Ansehen, der im lokalen Fernsehsender Tele Venezia an fünf Tagen in der Woche eine kurze Kulturglosse brachte. Er hatte ein lächelndes, hängebackiges Gesicht und eine wilde Mähne. Das erste Mal schaltete ich rein zufällig auf sein Programm. Er befand sich gerade in einem saloppen, improvisierten Monolog, der von Thema zu Thema sprang.

»Venezianer waren früher einmal große Seeleute und Piraten«, sagte er. »Sie haben Dinge gestohlen und sie zurück nach Venedig gebracht, um die Stadt zu verschönern – behauenen Marmor aus dem Orient, Gold, Edelsteine. Heutzutage stehlen Menschen nur für sich selbst. Das ist sehr traurig.

»Signor Doge«, fuhr Mario Stefani fort, jetzt einen imaginären Gast ansprechend, »möchten Sie ein Glas Wasser haben? Sie trinken lieber Wein? Das kann ich gut verstehen. Ein Glas Wein kostet heute in Venedig nur tausend Lire (40 Eurocent). Abgefülltes Wasser kostet dreimal so viel.«

Dann wechselte er zu etwas anderem.

»Signor Graf«, sagte er, »würden Sie gerne mit mir einen Spaziergang über den Markusplatz machen? Nein? Sie sagen, Sie sind nicht Moses und Sie können nicht das Wasser teilen? Nun, es stimmt, dass wir immer häufiger Hochwasser und Überschwemmungen haben. Nachdem wir zwanzig Jahre lang darüber gestritten haben, weiß immer noch niemand, ob das Schutzwallsystem, das die Überschwemmungen verhindern würde, gebaut werden soll. Ich habe oft gehört, dass die Leute, die ein finanzielles Interesse daran haben, die Entscheidung zu vertagen, jene sind, die die Verzögerung verursachen.

Signor Doge, Sie scheinen zu zögern, ein Bootstaxi zu nehmen. Wie kommt das? Weil es eine Menge kostet! Wahr. Und Sie haben wahrscheinlich bemerkt, dass Gondeln auch teuer sind. Und Hotels. Und Restaurants. All die Annehmlichkeiten, für die Touristen bezahlen. Das sind diejenigen, die die Macht in Venedig haben. Nein, nein, nein, nicht die Touristen – ich meine die Taxichauffeure, die Gondolieri, und die Hotel- und Restaurantbesitzer. Die haben hier in Venedig das Sagen, wie Ihnen jedermann bestätigen wird.«

Stefanis Sendung war eine Billigproduktion in Schwarzweiß mit einer einzigen Kameraeinstellung und lief jeweils nur höchstens fünf Minuten. Sie begann immer mit der Erkennungsmelodie vom *Rosaroten Panther*, wobei Stefani direkt in die Kamera blickte und ankündigte: »Venezianische

Gifte und Verkündungen! Eitles Geschwätz!« Venedig und die Venezianer waren seine Hauptthemen.

»Venezianer sind Gewohnheitstiere«, sagte er in einer Sendung. »Ob man früh oder spät dran ist, merkt man an den Leuten, die man auf der Straße sieht. Ist man pünktlich, dann sieht man sie auf diesem oder jenem *campo.* Sieht man sie eine Straße davor oder dahinter, dann weiß man, dass man früh oder spät dran ist.«

Stefani beklagte das Verschwinden von stadtbekannten Institutionen und Originalen.

»In den Straßen Venedigs gibt es keine Katzen mehr. Das kommt daher, dass die alten Damen, die sie immer gefüttert haben, verschwunden sind. Ich vermisse die alten Damen, die Schals trugen und feine Goldketten, die sich immer in der Wolle verheddern. Eine meiner Lieblingsdamen kam immer in die Kneipe und bestellte einen Grappa. Dann sagte sie: ›Gib mir zwei Grappa. Einen für mich und einen für Franca.‹ Sie bezahlte und trank ihren, wobei sie ständig um sich blickte und sagte: ›Franca? Wo ist Franca? Sie muss wohl irgendwas einkaufen gegangen sein ... *Madonna*, ich bin es satt, noch länger zu warten. Dann werde ich wohl ihren auch noch trinken müssen.‹ Diese Szene wiederholte sich täglich, und Franca ließ sich nie blicken. Die alte Dame trank immer beide Grappa. Wo ist sie geblieben? Ich vermisse sie.«

Stefani sprach über Stadtviertel, vor allem über sein eigenes, Campo San Giacomo dell'Orio, einen wunderschönen Platz im Stadtteil Santa Croce, in sicherer Entfernung von der Haupttouristenroute.

»Der Bäcker an unserem *campo* hat eines meiner Gedichte auf seinen Papiertüten abgedruckt – aus Respekt, nicht nur vor mir, sondern vor der Poesie. So dass jetzt die Leute hereinkommen und zwei Brötchen und ein Gedicht verlangen.«

Mario Stefani trat wie ein Verstärker seiner Stadt auf. Er hatte eine großzügige, einladende Art. »Jeder, der Venedig liebt, ist ein wahrer Venezianer«, sagte er, »selbst ein Tourist, aber nur wenn der Tourist lange genug bleibt, um die Stadt zu würdigen. Wenn er nur einen Tag bleibt, nur um sagen zu können, dass er in Venedig war, dann nicht.«

Stefani unterrichtete Literatur an einer Schule auf dem Festland, und sein Name erschien oft im *Gazzettino*. Er schrieb Rezensionen über Literatur und Kunst und nahm häufig an Lesungen und anderen kulturellen Veranstaltungen teil. In Venedig war er wahrscheinlich am besten für seinen viel zitierten Ausspruch bekannt: »Wenn Venedig keine Brücke hätte, wäre Europa eine Insel.« Diese Zeile war der Titel eines seiner Gedichtbände.

Während des jährlichen Karnevals nahm Stefani an den Lesungen für erotische Lyrik auf dem Campo San Maurizio teil. Zwanzig Prozent seiner Gedichte, so schätzte er, waren erotisch. Sie waren auch ungezügelt homosexuell. In seinen Gedichten schrieb er oft von den Muskeln und Lippen, von der Schönheit und dem Blick gut aussehender Jünglinge. Er sprach davon, vor ihnen in Anbetung niederzuknien. Er erinnerte sich an einen Jungen, der im Bus seinen Unterleib an ihn drückte, und an andere, die sich spät in der Nacht auf dem *campo* mit ihm trafen.

Seine erotischen Gedichte reichten von verspielt bis unverblümt, aber er nahm seine Rolle als anerkannter Schwuler ernst. »Die Wahrheit zu sagen ist der antikonformistischste Akt, den ich kenne«, sagte er. »Heuchelei ist die konstitutionelle Basis und Grundlage unserer Gesellschaft. Ich habe noch nie ein Doppelleben geführt. Ich habe immer öffentlich mein Verlangen nach dem Mann erklärt, nach starken Muskeln und einem jünglingshaften Körper, ein Verlangen, das mir so viel Leid und so viel Freude beschert hat.«

Stefanis Ehrlichkeit brachte ihm den Respekt und die Anerkennung der Venezianer ein. Er habe seinen guten Willen unter Beweis gestellt, sagte er, und habe Vorurteile so weit überwunden, dass Mütter bereit waren, ihre Söhne, und wichtiger, die Erziehung ihrer Söhne, in seine Hände zu legen.

Ab und zu sah ich Stefani auf der Straße und in den Kneipen in der Rialto-Gegend. Er war übergewichtig, um die sechzig und hatte einen watschelnden Gang. Er kleidete sich mit einem gewissen Flair – leuchtendrote Hosenträger, rote Turnschuhe, eine Ascot-Krawatte und locker sitzende Hose – aber seine Sachen waren gewöhnlich zerknittert und mit Essensflecken verunziert. Er trug immer zwei Plastiktüten mit sich herum, vollgestopft mit Büchern und Einkäufen, eine in jeder Hand, so dass er sich den Anstrich eines Landstreichers gab. Alle paar Schritte rief er jemandem einen warmen Gruß zu, oder er blieb stehen, um sich mit jemandem zu unterhalten, oder sah in einen Laden hinein, um ein paar Worte zu wechseln oder einen Witz zu erzählen. Er küsste Frauen gerne auf die Wange, aber ich beobachtete mehrmals, dass sie sich danach heimlich das Gesicht abwischten. »Er ist wirklich ein lieber, süßer Mann«, sagte Rose Lauritzen, »und warmherzig und großzügig. Aber jedes Mal, wenn ich ihn auf mich zusteuern sehe, bin ich zwiespältig, weil er mir *immer* diese feuchten Schlabberküsse gibt.«

In den Kneipen konnte Stefani seinem eigenen Ebenbild begegnen: Ein örtlicher Bildhauer hatte Keramik-Weinkrüge im Stil von Figurenkrügen gemacht, die Stefanis Konterfei in der Form eines traubengekrönten Bacchus zierte. Der Bildhauer hatte eine Auflage von hundert Exemplaren hergestellt und Bürgermeister Cacciari in einer öffentlichen Zeremonie den ›Künstlerabzug‹ überreicht. Die Überreichung fand zur gleichen Zeit statt, als Stefanis neuer Gedichtband herauskam, *Wein und Eros*.

Als Stefanis rotes Graffito an verschiedenen Plätzen in Venedig auftauchte, war mir schon klar, dass der Mann ein natürliches Talent zur Selbstdarstellung hatte. Seine Botschaft – »Einsamkeit bedeutet nicht: allein sein, sondern andere vergebens lieben« – war scharfsinnig und einfühlsam. Es war auch eine seiner bekannteren Zeilen. Binnen weniger Tage brachte die lokale Presse Fotos von seinem Graffito, begleitet von Stimmungsstücken, und wohlwollende Erwähnungen von Stefani. Die Reklame hatte ihn nichts gekostet. Als er danach gefragt wurde, behauptete Stefani, dass er das Graffito nicht geschrieben habe. »Ich war das nicht«, sagte er. »Es muss irgendein Fan von mir gewesen sein. Ich fühle mich natürlich geschmeichelt, und ich würde denjenigen gerne kennen lernen.«

Reichlich unwahrscheinlich, dachte ich.

Und dann, am Sonntag den 4. März 2001, kaum einen Monat nachdem das Graffito zum ersten Mal aufgetaucht war, erhängte Mario Stefani sich in seiner Küche.

Plötzlich nahm die Botschaft in seinen Graffiti eine ganz andere Bedeutung an. Es war nicht mehr die weise Beobachtung eines sympathischen Dichters. Es war ein Schrei der Verzweiflung gewesen.

Die Nachricht wurde in der Stadt mit Ungläubigkeit aufgenommen. »Aber er hat doch immer gelächelt«, lautete der Kommentar, den man am häufigsten hörte. »Er war so ein beliebter Mann. Er hatte so viele Freunde.«

Carla Ferrara, eine Musikerin, sah es anders. »In Venedig ist Einsamkeit schwerer zu erkennen. Sie ist verborgen, denn wenn man das Haus verlässt, muss man zu Fuß gehen. Jeder in Venedig geht zu Fuß, also sieht man zwanzig Leute, die man kennt, und man sagt guten Tag. Aber egal wie viele Menschen man grüßt, innerlich kann man sich trotzdem einsam fühlen. Das ist das Problem bei einer kleinen Stadt. Man ist umringt von Menschen, die mit einem sprechen und guten Tag sagen. In einer Großstadt redet man längst nicht mit so vielen Menschen. Da ist die Einsamkeit offensichtlicher.«

Besonders fassungslos reagierte man unter Stefanis Nachbarn im Campo San Giacomo dell'Orio. »Keiner von uns ahnte, dass er einsam war«, sagte Paolo Lazzarin, der Eigentümer der Trattoria al Ponte im Erdgeschoss von Stefanis Gebäude. »Er kam dreimal am Tag vorbei. Für uns gehörte er zur Familie. Er hatte in den letzten Monaten etwas abgenommen, aber er erzählte uns, er mache eine Diät. Wir wussten nicht, dass er Hilfe brauchte.«

Die Frauen, die das Restaurant La Zucca auf der gegenüber liegenden Seite der Brücke vor Stefanis Haus führten, waren auch völlig überrascht. »Wir sahen ihn immer mit seinen Plastiktaschen vorbeikommen«, sagte Rossana Gasparini. »Er kam mindestens einmal am Tag vorbei, verteilte Küsse und sagte: ›Habt ihr schon das Neueste gehört?‹ In letzter Zeit sah er etwas müde aus, aber wir hätten uns nie vorgestellt, dass ...«

Der Bäcker, Luciano Favero, meinte: »Er war immer von einer Menge Leute umgeben, aber vielleicht hatte er wenige wirkliche Freunde. Er wirkte in letzter Zeit etwas nachdenklich.«

Am Samstagabend, am Vorabend seines Todes, war Stefani nach Mestre gegangen, zur Vernissage einer Ausstellung des Malers Nino Memo, einem alten Freund. »Er kam früh«, sagte Memo, »und er schien in einer besonders fröhlichen Stimmung zu sein. Ihm gefiel die Ausstellung, und er versprach mir sogar, eine wohlwollende Besprechung darüber zu schreiben. Viele seiner Freunde waren da – Schriftsteller, Maler und Akademiker – und er unterhielt sich mit jedem. Aber etwas Ungewöhnliches fiel mir schon auf: Er blieb bis ganz zum Ende. Das sah ihm nicht ähnlich. Gewöhnlich verließ er so eine Versammlung, bevor sie vorbei war. Danach aß er mit einer Gruppe von uns zu Abend, und dann sind wir alle zusammen nach Venedig zurück. Bevor wir uns auf dem Piazzale Roma trennten, öffnete er eine seiner Einkaufstüten und zeigte uns ein gebratenes Hühnchen, schon vorbereitet. Es war für sein Sonntagsessen. Er sagte, er würde wahrscheinlich das Haus den ganzen Tag lang nicht verlassen. Er habe eine Menge Arbeit.«

Am Sonntagnachmittag wartete eine Studienfreundin von Stefani, Elena de Maria, auf ihn in der Trattoria al Ponte. Er hatte gesagt, er würde sie bei ihrer Doktorarbeit beraten, und als er zu ihrem für zwei Uhr vereinbarten Treffen nicht erschien, rief sie ihn an, bekam aber keine Antwort. Sie probierte es den ganzen Nachmittag lang. Schließlich, gegen neun, benachrichtigte sie die Feuerwehr. Während die Feuerwehrleute zu seiner Wohnung hinaufgingen, wartete sie unten. Mario war schon seit vielen Jahren ein Freund ihrer Familie, aber in all der Zeit hatte er sie nie in seine Wohnung eingeladen – wahrscheinlich, vermutete sie, weil nicht aufgeräumt war. Zehn Minuten später kam ein Krankenboot, und die Sanitäter gingen mit einer Bahre hinauf.

»Als sie wieder mit der Bahre herunterkamen, aber ohne Mario«, sagte sie, »da wusste ich, dass er tot war. Dann brachten die Feuerwehrleute seinen Leichnam in einem Sack herunter. Sie trugen ihn nicht, sie schleiften ihn die Treppe herunter.«

Elena de Maria traf sich mit mir im Al Ponte, um über Mario zu reden. »Sonntag ist der einzige Tag in der Woche, an dem Mario nicht so schnell vermisst worden wäre«, sagte sie. »Er blieb gerne den ganzen Tag zu Hause in seiner Unterwäsche. An anderen Wochentagen würden Freunde sich schon nach ein paar Stunden Sorgen machen, wenn sie noch nichts von ihm gehört hätten. Der Bäcker hätte ihn vermisst. Die Leute im Al Ponte hätten ihn vermisst. Die meisten Leute könnten eine ganze Woche tot sein, bevor Freunden irgendwas auffallen würde. Mario dachte, er sei allein, aber das war er nicht.«

Der Staatsanwalt, der für Stefanis Fall zuständig war, Antonio Migginai, sagte, die Polizei habe Stefani am Geländer der Treppe erhängt gefunden, die von der Küche zum Dachgeschoss führte. Er trug nur ein T-Shirt. An einem Bindfaden, der ihm um den Hals hing, war ein Abschiedsbrief befestigt. Die Polizei ließ nichts über den Inhalt verlauten, aber sie sagte, Stefani habe eine Reihe unglücklicher Ereignisse aufgeführt, die ihn dazu getrieben hätten, sich das Leben zu nehmen, darunter der kürzliche Tod seines Vaters. Sie sagten, sie hätten keine Hinweise auf Fremdverschulden entdeckt.

In Zeitungsleitartikeln und Gesprächen ging Venedig in sich und fragte sich, wie es Mario Stefanis viele Botschaften der Verzweiflung habe übersehen können, vor allem die in roter Sprühfarbe. Auf einer Versammlung im Ateneo Veneto wurde seines Lebens und seines Werks gedacht. Doch der Priester in Stefanis Bezirk provozierte eine bittere Kontroverse, als er sich weigerte, die Kirche San Giacomo dell'Orio für Stefanis Begräbnis zuzulassen, weil dieser ein Selbstmörder gewesen war. Ludovico De Luigi und andere Freunde Stefanis warfen dem Priester Voreingenommenheit vor und behaupteten, er habe sich auf eine alte Vorschrift berufen, die schon lange nicht mehr durchgesetzt wurde. Sie organisierten eine Protestdemonstration auf dem *campo.* Die festgefahrene Situation wurde eine Woche später gelöst, als der

Priester der Kirche San Giovanni e Paolo sich bereit erklärte, die Beerdigung dort abzuhalten. Hunderte von Menschen nahmen daran teil.

Während der Totenfeier saß ich neben De Luigi. Er war in einer bissigen Stimmung. »Jetzt hat Mario die ganze Woche lang im Kühlfach gelegen«, sagte er. »Ich bin angewidert davon, wie die Öffentlichkeit sich hier verhält. Sie interessieren sich mehr für seine Homosexualität als für seine Gedichte oder für sein Herz und seine Seele. Sie sind alle unfähig, über das rein Körperliche hinauszusehen, weil wir in einer durch und durch materialistischen Gesellschaft leben. Sie erklären Marios Tod einzig und allein durch sein Arschloch. Sie verstehen ihn nicht. Heutzutage ist alles taktil. Wir sind wieder bei den Affen gelandet.« Ludovico zuckte die Achseln. »Ich lebe in Angst und Schrecken vor dem Tag, da sie mich verstehen, denn das bedeutet, dass ich genauso bin wie sie. Und das wird mein Tod sein, weil es mir in meinem ganzen Leben immer nur darum ging, nicht verstanden zu werden.«

Trotz der Versicherungen der Polizei zweifelten einige Freunde Stefanis, dass sein Tod ein einfacher Selbstmord gewesen war. Stefani war körperlich unbeholfen, sagten sie. Er wurde mit den einfachsten praktischen Dingen des Lebens nicht fertig. Er hätte, wie ein Freund sich ausdrückte, nicht einmal gewusst, wie man ein Bild aufhängt, geschweige denn sich selbst.

Maria Irma Mariotti, eine Journalistin, die für die Kulturzeitung *Il Sole 24 Ore* schrieb, kannte Stefani seit fünfunddreißig Jahren und fand es rätselhaft, dass er beinahe unbekleidet aufgefunden worden war. »Mario gab immer viel auf sein Äußeres«, sagte sie. »Wenn er den Selbstmord selbst geplant hätte, wissend, dass sein Leichnam von jeder Menge fremder Menschen gesehen würde, hätte er gewollt, dass er in einem anständigeren Zustand vorgefunden würde.«

Kurz nach seinem Tod gab sein Verlag, Editoria Universitaria, ein fünfzigseitiges Buch mit seinen letzten Gedichten heraus, *Eine stumme Verzweiflung.* Das Titelbild war ein Schwarzweißfoto von Stefani, auf dem er müde und erschöpft aussah, und die Stimmung der Gedichte war gleichermaßen düster. Er schrieb, er habe zwar ein Lächeln auf dem Gesicht, doch ein schweres Herz. Er sei des Lebens müde; das Leben sei eine unerträgliche Last. Der Tod warte auf ihn am Ende einer einsamen Zugfahrt.

Ich fand ein Exemplar eines früheren Gedichtbandes von ihm, *Geheime Gedichte.* Er war drei Jahre vor seinem Tod erschienen, und selbst da konnte seine Gemütsverfassung deutlicher nicht sein. »Ich fahre fort zu leben«, schrieb er, »wünsche aber zu sterben.«

Für mich war klar, dass die meisten Leute, die Mario kannten, seine Gedichte nicht gelesen hatten. Ich setzte mich hin und las einen Nachmittag lang. In mindestens der Hälfte seiner Gedichte ging es um Leben, Tod, quälende Erinnerungen und den Schmerz des Liebens und Verlangens.

Da beschloss ich, Stefanis Verlag einen Besuch abzustatten. Dem Klang des Namens nach zu urteilen – Editoria Universitaria – hatte ich angenommen, dass es irgendein illustrer akademischer Verlag war, aber ich konnte ihn im Telefonbuch nirgends finden. Nach vielen Erkundigungen erfuhr ich, dass es ein Ein-Mann-Betrieb war, der einem Albert Gardin gehörte. Er führte ihn von einem Laden für historische Kleidung und Kostüme aus, der seiner Frau gehörte und sich in einer schmalen Seitenstraße, Calle del Scaleter, befand, nicht weit vom Campo San Giacomo dell'Orio.

Als ich durch die Schaufensterscheibe des winzigen Lädchens blickte, sah ich vom Boden bis zur Decke ein einziges Durcheinander von historischen Hüten, Kleidern, Mänteln,

Umhängen, Schals, Regenschirmen, Puppen und Stoffballen – in Klumpen, Stapeln, verstreut, drapiert und hängend – aber nichts, was auf ein Verlagshaus hindeutete. Ich trat ein und fragte eine Frau mit hellbraunen, schulterlangen Haaren, ob sie mich zu Albert Gardin führen könne. In dem Moment tauchte ein kleiner, bärtiger Mann hinter einem Bunker von Hüten auf. Es war Albert Gardin.

Ich stellte mich vor und sagte, ich würde gerne mehr über Mario Stefani erfahren. Signor Gardin erwiderte, er wolle mir gerne alles erzählen, was er über die Gedichte seines Freundes wusste (und das sei eine Menge), und was er über seinen Tod wusste (aber das sei nicht viel). Er deutete auf einen Hocker und ich setzte mich.

»Die Polizei verrät uns nichts«, sagte er. »Wir wissen nicht einmal, was Mario in seinem Abschiedsbrief geschrieben hat. Das meiste weiß ich von Bekannten, die mir was gesteckt haben. Ein Freund bei der Feuerwehr hat mir erzählt, Mario wurde mit einer Schlinge um den Hals gefunden, und seine Füße haben den Boden berührt. Er ist also nicht sofort durch einen Genickbruch gestorben, sondern durch eine lange, langsame Strangulation. Er war schwarz im Gesicht geworden. Er hat Bergsteigerseil benutzt, das aus irgend so einem Kunststoff hergestellt ist und sich ausdehnt. Aber ich halte es für möglich, dass er auf eine andere Weise gestorben ist und dass sein Leichnam danach aufgehängt wurde, um es wie Selbstmord aussehen zu lassen.«

»Meinen Sie, es war Mord?«

»Möglich. Vielleicht wird uns die Autopsie etwas verraten.«

»Aber die Polizei sagt, es gäbe keine Hinweise auf Fremdverschulden«, sagte ich.

»Natürlich«, erwiderte er.

»Sie sagen, es gab auch keinen Hinweis auf einen Raubmord. Geld, Gemälde und Wertgegenstände waren alle am Platz.«

»Mag sein, dass sie Geld, Gemälde und Wertgegenstände gefunden haben, wie sie behaupten. Aber woher wollen die wissen, ob nicht irgendwas fehlte?«

»Aber gab es nicht eine Menge Anzeichen, dass Mario Stefani Selbstmordabsichten hatte?«, fragte ich. »Ich meine, dieser neue Band, den Sie veröffentlicht haben. Das ist doch beinahe ein Fahrplan zum Selbstmord.«

»Mario hat mit mir mehr als einmal über Selbstmord gesprochen«, sagte Gardin. »Aber ich hatte deswegen nicht den Eindruck, dass er Selbstmordabsichten hatte, und außerdem sind da gewisse Umstände seines Todes, die mir merkwürdig vorkommen.«

»Welcher Art?«

»Am Tag vor seinem Tod rief er mich an und sagte, ich solle mir den dreizehnten März freihalten. Er plane ein Ereignis am Lido. Ich weiß nicht mehr was – eine Lesung mit Kindern oder alten Menschen. Was es auch war, er war begeistert von dem Projekt. Warum sollte er solche Pläne machen, wenn er vorhatte, sich umzubringen?«

»Vielleicht überfiel ihn der letzte Drang ganz plötzlich, ohne Vorwarnung«, meinte ich. »So viel ich weiß, kann so was passieren, vor allem bei jemandem, der mit Selbstmordgedanken ringt.«

Gardin schüttelte den Kopf. »Ich kannte Mario sehr gut. Freundschaft bedeutete ihm sehr viel. Ich bin sicher, er wäre ein letztes Mal zu mir gekommen, um persönlich von mir Abschied zu nehmen. Das wäre typischer für ihn gewesen. Mario war –« Gardin ertappte sich. Er schloss die Augen. Dann, einen Moment später, blinzelte er ein paar Tränen fort. »Entschuldigen Sie. Ich bin einfach nicht daran gewöhnt zu sagen: ›Mario *war*.‹ Ich wollte sagen, dass Mario ein wahrer Freund war, weiter nichts. Er hatte Depressionen gehabt, aber er stand nicht kurz davor, sich umzubringen.«

»Weswegen hatte er Depressionen?«

Gardin hielt inne und blickte auf seine Hände hinab, bevor er antwortete. »Ich glaube, er wurde erpresst.«

»Warum?«

»Mario rühmte sich immer damit, dass er Leuten Getränke und Essen spendierte. Er sagte dann immer: ›Ich will euch mit meinem Wohlstand demütigen.‹ Dann, letzten Sommer, hörte er damit auf. Er sagte, er sei in finanziellen Schwierigkeiten und könne nicht mehr bezahlen, und wenn er bezahlte, dann nur für seinen Teil der Rechnung. Wenn er jemanden in Eile an einer Kneipe vorbeigehen sah, lud er ihn zu einem Drink ein, wissend, dass derjenige nicht die Zeit hätte, die Einladung anzunehmen.

Ich wusste, es musste einen Grund für seine Geldprobleme geben, und ich begann mir Sorgen zu machen. Schließlich fragte ich ihn einfach geradeheraus, ob er erpresst werde. Er sagte: ›Nein, nein, nein!‹ Aber dann dankte er mir, dass ich gefragt hatte und sagte: ›Vielleicht erklär ich dir eines Tages alles.‹«

»Warum sollte ihn jemand erpressen wollen? Er ging doch sehr offen mit seiner Homosexualität um.«

»Schon, aber den Teil seines Lebens hielt er getrennt. Er bezahlte für Sex. Die Jünglinge kamen aus der Unterschicht, und einige hatten ein Strafregister. Einige waren Drogenabhängige. Sie sprachen ihn auf der Straße an und sagten, sie bräuchten Geld, um ihre Stromrechung bezahlen zu können, und dann sagte er: ›Komm heute Abend bei mir vorbei.‹ Für die Jünglinge war es eine Frage von Sex für Geld, aber Mario verliebte sich oft, und das machte ihn verletzlich. Er gab ihnen, was sie wollten, und sie wollen immer nur das eine, und zwar Geld. Das ist die Art von Erpressung, die ich meine.«

Gardin machte sich Sorgen um die Regelung von Marios Nachlass. »Siebzehn Künstler haben Porträts von Mario gemacht, darunter Giorgio de Chirico. Mario sagte mir, er wolle alle seine Gemälde, Schriften und seine Sammlung tausender von Büchern dem Museum der Stiftung Querini-Stampalia vermachen.« Besondere Sorgen machte sich Gardin um das Schicksal von Stefanis unveröffentlichten Gedichten. »Ständig schrieb er irgendwo schnell ein Gedicht auf«, sagte Gardin. »Es muss noch Dutzende von ihnen geben, in Notizbüchern, auf Zetteln, vollendete, unvollendete. Für das ungeübte Auge machen sie vielleicht nicht viel her. Da kann es schon passieren, dass einer so was wegwirft.«

Es wurde zunächst angenommen, dass Stefanis Erbe sein nächster Verwandter wäre, eine entfernte Cousine, die ihn kaum kannte. Sie hatte die Beerdigungsvorbereitungen getroffen und war die einzige Person, der die Polizei erlaubte, seine Wohnung zu betreten. Doch bald nach seinem Tod meldeten sich zwei gemeinnützige Organisationen und behaupteten beide, Stefani habe ihnen gesagt, er habe sie in seinem Testament als Begünstigte benannt – eine Krebsforschungsgesellschaft in Mailand und die Waldenser Kirche in Venedig. Das Vermächtnis an die Waldenser Kirche war jüngeren Datums, und deswegen schien sie die rechtmäßige Erbin zu sein.

Doch einen Monat später posaunte eine Schlagzeile im *Gazzettino*: ›Das Geheimnis des dritten Testaments‹. Die Polizei hatte ein drittes Testament in Stefanis Wohnung gefunden, und es trug ein späteres Datum als die anderen beiden. Sie wollten den Namen des Begünstigten nicht nennen, nur dass es jemand war, der in den vorherigen beiden Testamenten nicht erwähnt wurde. Aber es gab einen Haken: Das dritte Testament war nur eine Fotokopie, und somit für sich genommen nicht gültig. Man würde das Original finden müssen. Der Staatsanwalt sagte, er werde Stefanis Notar befragen, um festzustellen, ob das Original des Testaments unterschlagen, versteckt oder vernichtet worden sei.

Die überraschendste Enthüllung dieser Meldung war, dass Stefanis Vermögen nicht nur sein Haus beinhaltete, sondern dazu noch sechs Mietwohnungen in Mestre und zwei *magazzini* im Rialto. Der Gesamtwert betrug über 800 000 Euro.

Am nächsten Tag fand Stefanis Notar das Original des dritten Testaments. Es steckte in einem Gedichtband, den Stefani ihm mehrere Monate zuvor geschenkt hatte. Er fand auch noch ein viertes Testament in dem Buch, einen Monat später datiert, in dem die Klauseln lediglich wiederholt wurden. Die Identität des Erben wurde allerdings immer noch nicht enthüllt.

Die Geschichte nahm sechs Wochen später eine weitere unerwartete Wende, als überraschend verlautbart wurde, der Erbe sei ein zwölf Monate altes Mädchen. Stefani habe das Kind wie seine eigene Tochter geliebt. Dem *Gazzettino* zufolge hatte Stefani den Vater des Mädchens zum Erben bestimmt, weil das Mädchen minderjährig war, und hätte er das Vermögen in ihrem Namen hinterlassen, hätte die Verfügungsgewalt darüber bis zu ihrem achtzehnten Geburtstag beim Gericht gelegen. Die Namen wurden trotzdem noch nicht enthüllt. Die Eltern des Mädchens wurden als Leute aus der Arbeiterschicht beschrieben, die erstaunt und fassungslos waren angesichts der Hinterlassenschaft.

Diese letzte Entwicklung stellte jeden vor ein Rätsel, der Stefani kannte, vor allem Albert Gardin. Gegen Ende Juni kam ich an seinem Laden vorbei und sah den oberen Teil seines Kopfes hinter einem Stapel Hüte. Ich ging hinein.

»Haben Sie noch etwas über das kleine Mädchen herausfinden können?«, fragte ich.

»Es gibt kein kleines Mädchen«, erwiderte er.

»Was?«

»Mario hinterließ alles einem zweiunddreißig Jahre alten Mann. Mehr steht nicht in seinem Testament. Kein Wort von einem kleinen Mädchen.«

»Wie sind Sie denn dahintergekommen?«, fragte ich.

Gardin griff in eine Schublade und zog ein einzelnes Blatt Papier hervor. Es war eine Kopie von Mario Stefanis drittem Testament. Es war handgeschrieben, wie es alle italienischen Testamente sein müssen. Als ›alleiniger Universalerbe‹ wurde ein Nicola Bernardi aufgeführt.

»Wer ist das?«

»Ein Obst- und Gemüsehändler«, sagte Gardin. »Er arbeitet in seinem Familienbetrieb in San Marco. Er und seine Frau haben eine kleine Tochter. Sie heißt Anna. Mario hat mal ein Gedicht über sie geschrieben.«

Da erinnerte ich mich, dass ich Stefani zweimal in seiner Fernsehsendung über ein wunderschönes kleines Mädchen hatte reden hören, das ihm geholfen habe, aus einer tiefen Depression herauszukommen. Gardin gab mir ein Exemplar von Stefanis letztem Gedichtband und schlug es auf der Seite mit dem besagten Gedicht auf. Anna hatte ihm Hoffnung geschenkt, schrieb er, und den Willen, weiterzuleben.

»Der *Gazzettino* hat sich auch noch in einem anderen Punkt geirrt«, sagte Gardin. »Sie schreiben, der Notar habe das Testament in einem Gedichtband gefunden. Aber als der Notar das Testament beurkundete, berichtete er, er habe es von Nicola Bernardis Anwältin, Cristina Belloni, *empfangen.* Ich habe auch die Beurkundungsunterlagen.«

»Wie beurteilen Sie das?«, fragte ich ihn.

»Ich bin misstrauischer denn je. Ich will Ihnen mal was *wirklich* Merkwürdiges zeigen. Sehen Sie sich mal den Wortlaut des Testaments an. Es steckt voller grammatischer Fehler. So was hätte Mario nie im Leben geschrieben. Zum Beispiel wechselt er von der ersten Person zur dritten, dann wieder zurück zur ersten: ›*Ich*, Mario Stefani, der in vollem Besitz *seiner* geistigen Fähigkeiten *ist, hinterlässt* alle *seine* weltlichen Güter und Besitztümer und alle *meine* finanziellen Vermögenswerte ...‹

Wenn es nicht eine glatte Fälschung ist, dann muss Mario unter immensem psychischen Druck gestanden haben, als er es geschrieben hat. Vielleicht wurde es ihm diktiert. Wenn Mario dieses Testament aus freien Stücken geschrieben hat, dann hat er einen zweiten Selbstmord begangen, nämlich einen literarischen Selbstmord. Ich meine, was kümmert sich dieser Obst- und Gemüsehändler um Lyrik? Wie soll er den Unterschied erkennen können zwischen einem Zettel, auf dem ein Gedicht gekritzelt ist, und einem, den er getrost wegwerfen kann? Wird er Entscheidungen über Rechte und Übersetzungen treffen? Wird er mit Verlegern verhandeln?«

»Wo wir gerade beim Thema sind«, warf ich ein, »wie wirkt sich das denn auf Sie als Stefanis Verleger aus? Ich habe gesehen, dass in seinen Büchern Editoria Universitaria als Eigentümerin des Copyrights genannt wird.«

Er zuckte die Achseln. »Wer weiß?«

»Was werden Sie unternehmen?«

»Zuerst will ich dieses Mysterium aufgeklärt sehen. Ich werde dem Staatsanwalt ein Bittgesuch unterbreiten, in dem ich ihn auffordere, eine ehrliche, offene Untersuchung in Gang zu setzen, und ich werde Kopien an die Zeitungen schicken.«

Eine Woche später tat Albert Gardin genau das.

Am folgenden Tag berichtete der *Gazzettino* erwartungsgemäß, dass Gardins Bittgesuch »die hier veröffentlichte Meldung über den Selbstmord des venezianischen Dichters in Frage stellt.« Die Zeitung zitierte Stefanis Testament wörtlich, einschließlich der grammatischen Fehler, doch ohne Bernardis Namen zu nennen. Es war klar, dass kein Wort von einem kleinen Mädchen darin stand. Die Zeitung zitierte auch Gardins Beanstandung, dass der Notar bei der Beurkundung des Testaments angegeben habe, es sei ihm von einer Anwältin gegeben worden, nicht dass er es zwischen den Seiten eines Buches gefunden habe, wie der *Gazzettino* berichtet hatte. Die Zeitung nannte keine Gründe für die Diskrepanz.

Zwei Tage nachdem diese Geschichte im *Gazzettino* erschienen war, klingelte kurz vor Mittag mein Telefon. Es war Gardin. Er klang mitgenommen.

»Es ist etwas sehr Ernstes passiert«, sagte er. »Können Sie zum Laden kommen? Die Polizei war schon hier.«

»Ist Ihnen irgendwas passiert?«, erkundigte ich mich.

»Nein, nein«, sagte er. »Sie werden schon sehen.«

Fünfzehn Minuten später stand ich vor Gardins Büro, das heißt vor dem Kleiderladen seiner Frau. Auf der Schaufensterscheibe stand mit blauem Filzstift die Warnung gekritzelt: FINGER WEG VON MARIO STEFANIS TESTAMENT.

Nachdem ich es gelesen und verdaut hatte, wischte Gardin es mit einem Lappen weg. »Der *Gazzettino* und *La Nuova* waren vor einer Stunde hier«, sagte er. »Sie haben Fotos gemacht. Ich habe bei der Polizei Anzeige erstattet.«

»Wer immer dieser Obst- und Gemüsehändler ist«, sagte ich, »er muss ja schrecklich beschränkt sein, wenn er nicht begreift, dass der Verdacht zuallererst auf ihn fallen muss.«

»Es könnte er sein«, sagte Gardin. »Oder ein Freund von ihm, oder ein Mitglied seiner Familie.«

Am nächsten Tag brachten beide Zeitungen die Meldung über die gekritzelte Drohung, begleitet von Fotos von Gardin, neben dem Schaufenster stehend. »Da passt irgend jemandem mein Bittgesuch an den Staatsanwalt nicht«, erzählte Gardin der *La nuova,* »aber ich habe vor, der Sache auf den Grund zu gehen.« Er hatte ein Bittgesuch bei der Polizei gestellt, in dem er um verstärkte nächtliche Polizeikontrollen in der Umgebung des Ladens seiner Frau anfragte. Immer noch verschwiegen beide Zeitungen Bernardis Identität.

Das änderte sich drei Wochen später, Ende Juli, als Nicola Bernardi an die Öffentlichkeit ging und sich als Stefanis Erbe zu erkennen gab. Über seine Anwältin, Cristina Belloni, versprach er, Mario Stefanis Vermächtnis zu schützen, indem er sämtliche Manuskripte, Bücher, Korrespondenz und Gemälde der Stiftung Querini Stampalia als Schenkung übergab. Er hatte Spezialisten beauftragt, bis zum Ende des Sommers alles in Stefanis Haus zu inventarisieren.

Belloni beharrte darauf, dass an dem Testament nichts Rätselhaftes sei. Dass er der Erbe sei, habe ihr Mandant erst nach Stefanis Tod erfahren, und zwar als die Polizei ihn einbestellte.

Albert Gardin war nicht zufriedengestellt. Drei Tage später hielt er im Hotel Sofitel eine Pressekonferenz ab und gab sensationelle neue Vorwürfe bekannt. »Mario Stefanis letztes Verhältnis«, sagte er, »entwickelte sich zu einem gefährlichen erotischen Spiel, das außer Kontrolle geriet und ihn das Leben kostete.

Ich würde seinen Tod als *Pasoliniana* bezeichnen«, fuhr er fort, Bezug nehmend auf den brutalen Mord im Jahr 1975 an dem Filmregisseur Pier Paolo Pasolini, für den ein Strichjunge verurteilt wurde. »Mario bezahlte für Sex mit den jungen Männern, über die er in seinen erotischen Gedichten schrieb. Die Polizei sollte Marios Bankkonto überprüfen, weil dort bis direkt vor seinem Tod Bewegung drauf war, und als er starb, war es leer.«

Ein Reporter sagte zu Gardin: »Viele denken, dass Sie ein persönliches Motiv haben, so viel Aufmerksamkeit auf diesen Fall zu lenken, obwohl er doch geklärt scheint.«

»Von geklärt kann keine Rede sein«, erwiderte Gardin. »Allein die Anwältin des Erben ist dieser Meinung.«

Am nächsten Morgen tauchte eine zweite Warnung auf Gardins Ladenfenster auf. Sie war, wie die erste, mit einem blauen Filzstift geschrieben. HAST DU NICHT DIE ZEITUNG GELESEN? ES GIBT KEIN RÄTSEL UM STEFANIS TESTAMENT. WENN DU WEITERREDEST GIBT ES ÄRGER.

Gardin erstattete ein weiteres Mal Anzeige gegen Unbekannt und fragte wieder um nächtliche Polizeiüberwachung an.

Ich ging wieder an seinem Laden vorbei, um mir die Botschaft auf der Schaufensterscheibe anzusehen. Gardin und seine Frau waren beide drinnen. Er kam heraus auf die Straße. »Meine Frau hat's jetzt mit der Angst gekriegt«, flüsterte er mir zu. »Sie will, dass ich meine Kampagne abbreche.«

Aber er tat es nicht. Stattdessen organisierte er am folgenden Sonntag eine postume Geburtstagsfeier zu Stefanis Dreiundsechzigstem auf dem Campo San Giacomo dell'Orio. Er verschickte Einladungen mit der Überschrift »Dichter sterben nie«, adressiert an »Meine Freunde« und unterschrieben mit »Mario«. Der *Gazzettino* schrieb, die Einladung beweise nicht gerade guten Geschmack. »Es ist rechtens, des Dichters zu gedenken«, erklärte die Zeitung, »rechtens, dass seine Freunde (die echten) sich versammeln, aber lasst uns nicht seinen Tod ausbeuten. Lasst Mario in Ruhe, so wie er es wollte.«

Das Fest fand draußen auf dem *campo* statt, und es fanden sich etwa vierzig Personen ein. Es begann mit einer geschmackvollen Hommage an Stefanis Lyrik, geriet aber bald zur Plattform für Beschuldigungen gegen die Polizei und Spekulationen über den tatsächlichen Hergang der Dinge.

Das drastischste Szenario entwarf Stefanis langjährige Freundin, die Journalistin Maria Irma Mariotti, womit sie auf derselben Linie wie Gardin lag. »Meiner Meinung nach wurde Mario ermordet«, sagte sie mit belegter Raucherstimme. »Ich will aber auch nicht ausschließen, dass er vielleicht Opfer eines dieser extremen Erotikspiele wurde, bei denen es um Sauerstoffentzug geht. Es kann sein, dass sein Kopf in einer Plastiktüte steckte, bis er erstickte, oder dass ihm ein Seil um den Hals gelegt wurde, gefolgt von einer Scheinerhängung.«

Mariotti erzählte, ein Jahr vor Stefanis Tod sei sie mit ihm bei einer Kunstausstellung gewesen, bei der er plötzlich weinend und unkontrolliert zitternd zusammengebrochen sei und ihr gesagt habe, er habe sich hoffnungslos in einen jungen Mann verliebt, der ihm gedroht habe, ihn nie wieder zu sehen, wenn Mario ihm nicht ständige höhere Summen Geldes bezahlte. »Er ruiniert mein Leben,« hatte Stefani gesagt, »aber ich kann nicht mehr zurück.«

»Ich habe Mario gesagt, er soll sein Verhältnis beenden«, erzählte sie. »Es hörte sich gefährlich an. Aber er sagte, er hätte den Mann schon in sein Testament aufgenommen.

›Zerreiß es‹, habe ich ihm gesagt.

›Aber wenn er das herausbekommt, weiß ich nicht, wie er reagieren wird.‹«

»Als ich das gehört habe«, berichtete Mariotti, »habe ich zu Mario gesagt: ›Wenn du diese Affäre nicht schleunigst beendest, dann unterschreibst du dein eigenes Todesurteil.‹ Als ich ihn an diesem Abend verließ, flehte ich ihn nicht nur an, diesen Abzocker fallen zu lassen, ich habe auch geschworen, ich würde ihn erst wieder sehen, wenn er es tat. Einige Zeit später rief er an. ›Entspann dich‹, hat er gesagt,

›es ist vorbei.‹ Aber ehrlich gesagt, habe ich ihm nicht geglaubt.«

Im *Gazzettino* erschien ein Bericht über das Fest, einschließlich einer Zusammenfassung von Mariottis Verdacht. Zehn Tage später legte Mariotti einen dreiseitigen ausführlichen Bericht bei den Carabinieri vor, und zwei Tage danach erschien eine dritte Warnung am Schaufenster von Gardins Laden. Wieder war sie mit demselben blauen Filzstift wie zuvor geschrieben, und in derselben Handschrift: DU BIST DER EINZIGE DER SCHEISS ERZÄHLT ÜBER EROTISCHE SPIELE UND SAGT DASS MARIO STEFANI ERMORDET WURDE. ER HAT SELBSTMORD BEGANGEN. KLAR??? WIR MACHEN DICH ALLE. LETZTE WARNUNG.

Zum dritten Mal erstattete Albert Gardin Anzeige gegen Unbekannt und wiederholte seine Bitte um nächtliche Überwachung.

Das war der Stand der Dinge, als ich Aurelio Minazzi einen Besuch abstattete, dem Notar, der angeblich Mario Stefanis Testament in einem Gedichtband gefunden hatte. Minazzi war jugendlich und einnehmend. Er sagte, er habe Stefani seit fünfunddreißig Jahren gekannt. Er hatte ihn über seinen Vater kennen gelernt, der Sekretär des Hauptredakteurs vom *Gazzettino* gewesen war.

»Haben Sie das dritte Testament wirklich zwischen den Seiten eines Gedichtbandes gefunden?«, fragte ich.

»Ja«, erwiderte er.

»Warum haben Sie dann, als Sie es beurkundet haben, gesagt, dass Cristina Belloni es Ihnen gegeben und Sie gebeten hat, es zu hinterlegen?«

»Das war eine juristische Formalität«, erklärte er. »Das Gesetz verlangt, dass ein Notar nur auf eine ausdrückliche Aufforderung hin ein Testament beurkunden kann. Ich hätte es nicht selbst tun können. Aber ich hätte mit dem Testament zu einem anderen Notar gehen und *ihn* bitten können, es zu beurkunden. Als ich also das Testament fand, rief ich Cristina Belloni an und sagte: ›Ja, ich habe es gefunden.‹ Dann kam sie zusammen mit Bernardi zu mir. Ich übergab das Testament Bernardi. Bernardi gab es Cristina Belloni, und dann gab sie es an mich zurück und bat mich, es zu beurkunden.«

»Warum haben Sie in Ihrem Bericht nicht erwähnt, dass Sie es in einem Buch fanden?«

»Weil es irrelevant ist. Es spielt keine Rolle, wo es war, bevor es beurkundet wurde. Mario hätte es in ein Bankschließfach tun können, oder es seinem Verleger geben, oder in seiner Schreibtischschublade liegen lassen können. Er brauchte es nicht bei einem Notar zu hinterlegen.«

»Und warum hat dann der Richter sofort mit dem Finger auf Sie gezeigt und nachforschen lassen, warum Sie das Original nicht übergeben haben?«

»Weil Mario oben über sein Testament geschrieben hatte: ›Für den Notar Aurelio Minazzi‹. Deswegen nahm der Richter natürlich an, dass ich das Original hatte.«

»Das sehe ich ein«, sagte ich und erinnerte mich wieder, dass ich oben auf dem Testament, das Albert Gardin mir gezeigt hatte, tatsächlich Minazzis Namen gesehen hatte.

»Aber wie kommen Sie dazu, ein Testament in einem Gedichtband aufzubewahren?«

»Mario schrieb viele Testamente«, sagte Minazzi mit einem Lächeln. Er hat sich's immer wieder anders überlegt. Es war – ich würde nicht sagen, eine Manie, aber das war eben seine Art. Er gab mir ein Testament, und dann rief er mich an und sagte: ›Ich bin doch nicht zufrieden damit.‹ Und dann verfasste er ein neues.

Als Mario starb, sah ich in den Beurkundungen nach und fand ein Testament, das Mario 1984 geschrieben hatte, in dem er alles an die Gesellschaft für Krebsforschung vermachte. Ich hatte auch eine Mitteilung, die er mir später schickte, in der er alles der Waldenser Kirche vermachen wollte. Aber das Testament hat er nie geschrieben. Nach seinem Tod habe ich also dem Richter gesagt, dass er sein letztes Testament widerrufen hatte, ohne offiziell ein weiteres aufzusetzen, soweit ich wusste. Dann ließ der Richter noch einmal Marios Haus durchsuchen. Und tatsächlich fand die Polizei dann die Fotokopie des Testaments, in dem er alles Bernardi vermachte.

Der Richter rief mich an und fragte mich, ob ich das Original habe. Meine Sekretärin und ich versuchten uns an Marios letzten Besuch zu erinnern. Dann fiel uns wieder ein, dass er ohne Verabredung vorbeigekommen war, wie üblich, und eine Pflanze mitgebracht hatte, Pralinen und einen Gedichtband. Und dann haben wir die beiden Bernardi-Testamente gefunden.«

»Wie viele Testamente hat er denn geschrieben?«

»Ehrlich gesagt, weiß ich das nicht so genau. Es war sogar so, dass nach Marios Tod ein anderer Mann mit der Kopie eines Testaments daher kam, in dem Mario alles *ihm* vermacht hatte. Er ist ein Feuerwehrmann. Mario hatte dieses Testament 1975 geschrieben, also lange, bevor ich überhaupt Notar war. Ich musste ihm sagen, dass sein Testament ungültig sei, dass es andere nach seinem gegeben habe.

Mario hatte seine Probleme«, meinte Minazzi. »Vielleicht war das seine Art, sie zu lösen, indem er ständig neue Testamente verfasste.«

Cristina Belloni erklärte sich bereit, mich in ihrem Büro am Campo Santo Stefano zu empfangen. Die attraktive, modisch gekleidete Brünette kam sofort zur Sache.

»Mein Mandant, Nicola Bernardi, erhielt eine Vorladung vom Staatsanwalt zur Klärung von Sachverhalten bezüglich des Selbstmordes von Mario Stefani. Der Staatsanwalt sagte ihm, es ginge nur um ein formloses Gespräch, aber tatsächlich war es ein Verhör. Nicola kam gleich danach ziemlich aufgeregt zu mir ins Büro. Er erzählte, man hätte ihm mitgeteilt, Mario Stefano habe ihn zum Alleinerben gemacht. Er hatte nicht die geringste Ahnung von dieser Hinterlassenschaft. Aber dann sagten sie ihm, das Testament sei eine Fotokopie und daher nicht gültig. Also bekam Nicola gleich zweimal einen Schreck, zuerst, weil es ein Testament gab, und dann, weil es vielleicht wertlos war.

Ich musste schnell handeln, weil ich dachte, dass jemand vielleicht das Originaltestament gefunden und vernichtet hatte. In der Zeitung hatten sie berichtet, dass man auf Marios Küchentisch ein in Geschenkpapier eingepacktes Päckchen gefunden hatte. Es stand Nicolas Telefonnummer drauf, und es war ein Geburtstagsgeschenk für Nicolas Tochter, Anna. Da bin ich sofort zum Staatsanwalt gegangen und habe ihn gefragt, ob er das Päckchen geöffnet habe. Das verneinte er. Ich fragte ihn, ob er zufälligerweise gedacht habe, das Original des Testaments könne sich darin befinden. Das verneinte er auch. Ich bestand darauf, dass es geöffnet werde, und ich warnte ihn, ich würde alles tun, was ein Anwalt tun könnte. Ich würde den Oberstaatsanwalt ersuchen, das Päckchen wenigstens der Person auszuhändigen, für die es bestimmt war – Anna. Der Staatsanwalt reagierte zornig und sagte, er habe die Befugnis, die Untersuchung um weitere dreißig Tage zu verschleppen, und genau das würde er tun, sollte ich mich auf irgendeine Weise einmischen.

Jetzt musste ich in die Offensive gehen. Ich schickte Marios Notar einen eingeschriebenen Brief, und anstatt zu sagen, ich wisse, dass er das Testament nicht habe, zog ich es genau andersherum auf. Ich schrieb: ›Ich frage mich, ob Sie, ein Freund von Mario Stefani, eventuell im Besitz seines unterschriebenen Testaments sind. Bitte lassen Sie es mich wissen, und sollte es in Ihrem Besitz sein, dann hinterlegen Sie es bitte sofort, denn ich bin die Anwältin der in dem Testament genannten Person.‹ Vierundzwanzig Stunden später rief mich der Notar an und sagte: ›Ich habe es gefunden.‹«

»Glauben Sie, dass er es zwischen den Seiten eines Buches gefunden hat?«, fragte ich. »Oder dass er es aus irgendeinem Grund versteckt hatte?«

»Es steht mir nicht an, es zu glauben oder nicht. Mir ging es einzig und allein darum, meinen Mandanten zu schützen. Der Notar sagte zu mir: ›Ich kann es noch nicht beurkunden, weil ich noch verschiedene beglaubigte Dokumente benötige.‹ Und ich sagte: ›Herr Notar, morgen früh werden Sie die haben. Und dann *werden* Sie sie, morgen früh, für mich hinterlegen!‹«

Cristinas Bellonis Aggressivität überraschte und war etwas abstoßend. Sie bestätigte, was Minazzi mir darüber erzählt hatte, welchen Weg das Testament gegangen war: Minazzi übergab es Bernardi, Bernardi gab es Cristina Belloni, und dann gab Cristina Belloni es an Minazzi zurück, die Minazzi bat, es zu hinterlegen.

»Ich bekam eine Bestätigung vom Notar«, sagte sie, »und damit bewaffnet ging ich wieder zum Staatsanwalt und sagte ihm: ›Jetzt entsiegeln Sie alles sofort.‹ Er verlegte sich auf ein bisschen Hinhaltetaktik, aber nach achtundvierzig Stunden hatte ich eine gerichtliche Verfügung, die ihn verpflichtete, die Beschlagnahmung von Marios Haus aufzuheben und es freizugeben.«

»Wie ist die Geschichte entstanden, dass Anna die Erbin sei?«, fragte ich.

»Nicola verkauft Obst und Gemüse – er ist ein einfacher Mensch, gesellschaftlich unbedarft. Wahrscheinlich hätte die Presse ihn gehetzt, und er war verängstigt. Deswegen traf ich eine Vereinbarung, seine Benennung geheim zu halten, um ihm Zeit zu geben, den Schock zu verdauen. Es dauert etwa zwanzig Tage, bis die Hinterlegung eines Testaments öffentlich wird, und dann kann jeder es einsehen.«

»Wie es aussieht, hat Ihre Geheimnistuerei bloß noch mehr Spekulationen in die Welt gesetzt.«

»Die Medien haben eine Menge hässlicher Dinge über Mario und Nicola berichtet, unwahre Dinge. Ich riet Nicola, nicht darauf zu reagieren. Sonst wäre es nur noch schlimmer geworden. Deswegen haben wir gewartet, bis man mit der Inventarisierung von Marios Nachlass begonnen hatte und die Schenkung an die Querini Stampalia arrangiert war, und dann gab er eine Pressekonferenz.«

»Was ist mit der Spekulation, Mario sei erpresst worden? Dass er unter Druck gesetzt wurde, Geld zu zahlen?«

»Ich erfuhr, dass Mario von irgendeiner Frau in Mestre verklagt wurde, die Schadensersatz für einen Wasserschaden verlangte, der durch ein Leck in der Wohnung über ihr entstanden war. Die Wohnung gehörte Mario. Es ging um eine Menge Geld, und es bereitete ihm große Sorgen.«

»Die Vorwürfe und Verdächtigungen haben sich hartnäckig gehalten«, sagte ich.

»Ja, von Albert Gardin, der sich als Marios Verleger aufspielt. Ich habe bei der Handelskammer mal einige Nachforschungen über ihn angestellt. Gardin hat viele Berufe in seinem Leben gehabt, aber sein Verlag existiert nicht. Er hat keine Adresse. Es gab einen Vertrag im Jahr 1991, aber danach nichts mehr. Ich wurde misstrauisch, als Gardin nach Marios Tod eine Gedichtsammlung veröffentlichte, ohne zu versuchen, Marios Erben zu kontaktieren. Er verkauft seine

Bücher ohne einen Bar-Code, also ist es unmöglich festzustellen, wie viele Exemplare verkauft wurden. Er scheint mir sehr auf Publizität aus zu sein.«

»Glauben Sie, dass Nicola oder einer seiner Freunde diese Botschaften mit dem blauen Filzstift auf Gardins Schaufensterscheibe geschrieben haben?«

»Auf keinen Fall.«

»Wer könnte es dann getan haben?«

»Vielleicht Gardin selber.«

Sogar noch bevor Nicola Bernardi durch die Presse als Mario Stefanis Erbe bekannt gegeben wurde, machten sein Name und sein Aufenthaltsort die Runde unter Stefanis Freunden, und ein steter Strom Neugieriger kam am Laden seiner Familie vorbei, um einen Blick auf ihn zu erhaschen. Einige gaben sich als Touristen und machten Fotos; andere gingen in den Laden und kauften ein Kilo Tomaten. Sie verglichen ihre Beobachtungen. Bernardi war groß gewachsen und unscheinbar. Er war hager, hatte kurz geschnittenes, schütteres Haar und ein langes Pferdegesicht.

»Er hat kleine Augen«, berichtete eine Bekannte von Stefani, »und sie bewegen sich sehr schnell, wie bei einer Eidechse. Sein Lächeln ist zu eifrig, meiner Meinung nach. Es ist gezwungen, wie das Lächeln, das man auf den Gesichtern von bettelnden Kindern in Marokko, Mexiko und Indien sieht, wenn sie Geld wollen. Der Mund geht unerwartet auf. Die Kinder der Reichen haben ein zurückhaltenderes Lächeln. Sie lachen seltener – nur wenn es natürlich ist.«

Eine koreanische Journalistin erinnerte sich, dass Stefani in der Vergangenheit mehrmals darauf bestanden habe, dass sie ihn zu Bernardis Obst- und Gemüseladen begleite. »Der Ort hatte eine magische Anziehungskraft auf ihn«, sagte sie, »aber er hatte Angst, alleine hinzugehen. Wenn wir ankamen, tat

Mario so, als wären wir nur zufällig in der Gegend. Ich war überrascht, wie er behandelt wurde. Gar nicht freundlich, und ich fühlte mich unbehaglich. Sie redeten kaum mit ihm. Es gab keinerlei Kommunikation, nicht einmal ein Lachen oder Lächeln. Der junge Mann, Nicola, machte einfach weiter und tat so, als würde er ihn nicht kennen. Marios Anwesenheit schien ihn richtiggehend zu stören.«

Nicola Bernardi bewohnte zusammen mit seiner Frau und ihrer Tochter eine Ein-Zimmer-Erdgeschossgewohnung in der Nähe der Frari. Es waren beengte Verhältnisse, kaum 40 Quadratmeter. Die Haustür führte direkt ins Wohnzimmer. Ich stattete ihnen ein Jahr nach Mario Stefanis Tod einen Besuch ab, nachdem ich über Cristina Belloni Kontakt mit ihnen aufgenommen hatte. Ich nahm auf dem Sofa gegenüber Nicola Platz, der Jeans und Joggingschuhe trug. Francesca hatte braunes Haar, eine leuchtende Gesichtsfarbe und ruhige, kühle Augen. Sie half Anna in einen rosafarbenen Pulli. Anna war blond und jetzt zwei Jahre alt.

»Wir haben Mario näher kennen gelernt«, sagte Nicola, »weil er bei uns ständig Obst und Gemüse eingekauft hat und weil er auch immer meine Eltern, meinen Bruder und mich besucht hat. Seine Bank ist in der Nähe. Er war ein so guter Kunde, dass wir ihm Rabatt angeboten haben, aber den hat er nie angenommen. Er sagte immer: ›*Mamma mia*, was habt ihr bloß für eine Arbeit! Ihr steht ja alle so früh auf. Und darum will ich keinen Rabatt.‹«

Diese Erinnerung an Wärme und Freundlichkeit zwischen Obst und Gemüse widersprach der Darstellung der koreanischen Journalistin, die von einer an Feindseligkeit grenzenden Gleichgültigkeit berichtete. Aber wessen Version entsprach der Wirklichkeit? Auch Francesca, wie Nicola, erinnerte sich an Mario als jemanden, der beinahe zur Familie gehörte.

»Mario kam ins Krankenhaus, als ich Anna bekam«, erzählte sie. »Bei der Taufe war er auch da. Wir hatten ihn zu Annas erster Geburtstagsfeier eingeladen, und er hat gesagt, er will versuchen zu kommen, aber dann hat er sich vorher umgebracht.«

»Ist er jemals hier in der Wohnung gewesen?«

»Er rief an und sagte, er wäre in der Nähe«, sagte Nicola, »und dass er ein Geschenk für Anna hätte oder einen Satz Töpfe für uns. Wenn wir nicht daheim waren, hinterließ er Geschenke auf dem Fensterbrett und machte die Fensterläden dicht. So einer war er. Und wenn wir nach Hause kamen, haben wir die Sachen dann da gefunden. Aber dann haben wir selber damit Schluss gemacht. Ich habe gesagt: ›Mario, Sie können uns doch nicht dauernd was schenken. Wir brauchen nichts.‹«

Es war vereinbart worden, dass ich die Bernardis in ihrer Wohnung treffen würde und dass wir dann zusammen hinüber zu Marios Wohnung gehen würden. Francesca steckte Anna in einen Buggy und gab ihr einen Teddybär.

»Anna«, sagte sie, »wer hat dir diesen Teddy gegeben? Weißt du noch? Onkel ... Onkel ... Onkel wer? Onkel Mario! Du erinnerst dich doch an Onkel Mario.« Anna reagierte nicht.

Unterwegs zu Stefanis Haus kletterte Anna aus dem Buggy und ging über jede der vier Brücken. Nicola und ich gingen vor.

»Es ist jetzt ein Jahr her«, sagte ich. »Wie hat sich Ihr Leben verändert, seit Sie geerbt haben?«

»Wir haben keine Geldprobleme mehr«, sagte Nicola. »Wenn eine Stromrechnung kommt, dann brauchen wir uns keine Sorgen mehr zu machen. Und wenn ich den ganzen Sommer lang die Klimaanlage anlassen will, dann kann ich das. Aber mit meiner Arbeit hat sich nichts geändert. Ich stehe immer noch um halb fünf auf und nehme das Boot, um Obst und Gemüse einzukaufen, und bringe es zum Laden zurück. Der einzige Unterschied ist, dass ich von meinen Eltern kein Geld mehr dafür nehme.«

»Sie arbeiten ohne Bezahlung?«

»Es zwingt mich keiner. Eigentlich brauche ich gar nicht mehr zu arbeiten, aber ich fühle mich meinen Eltern und meinem Bruder moralisch verpflichtet. Es ist richtig, dass wir weiter alle zusammenarbeiten.«

Bernardi redete mit beiläufiger Leichtigkeit und ohne irgendeine erkennbare Arglist. Er hatte einen entspannten Charme und ließ hin und wieder ein entwaffnendes Lächeln aufblitzen, was, wie ich fand, unter den Umständen bemerkenswert war. Immerhin war ihm vorgeworfen worden, ein heimliches Verhältnis mit Mario gehabt zu haben und irgendwie in seinen Tod verwickelt gewesen zu sein. Und hier waren wir nun, auf dem Weg zum vermeintlichen Ort des Verbrechens. Nicola hatte allen Anlass, sich unbehaglich zu fühlen, ganz gleich, ob die Vorwürfe stimmten oder völlig aus der Luft gegriffen waren. Aber er wirkte ganz und gar unbekümmert.

»Wollen Leute jetzt ständig Geld von Ihnen leihen?«

»Nein, aber Francesca und ich können jetzt was anbieten. Und sobald es geht, werden wir Marios Wohnung renovieren und dort einziehen. Aber wir haben noch nicht angefangen. Es ist alles noch so, wie es war, als Mario da wohnte, außer dass die Papiere und Bücher weggeschafft wurden, um sortiert zu werden.«

»Haben Sie oder Francesca jemals Marios Wohnung vor seinem Tod gesehen?«

»Wir wussten nicht einmal, wo er wohnte. Ich war zum ersten Mal zusammen mit Cristina und der Polizei da. Die Tür war mit einer Kette verschlossen. Der Polizist musste uns aufschließen. Drinnen fanden wir ein Geschenk für Anna und etwas Geld, aber in der Wohnung sah es schrecklich aus. Überall Bücher, und Sachen, die irgendwo aufgestapelt waren oder herumlagen. Es war erschreckend.«

»Haben Sie mal was von Marios Gedichten gelesen?«

»Ich bin kein großer Leser. Früher, auf meinem Schulweg, kam ich immer an dem Heiligen in der Mauer in der Calle Bembo vorbei und hab eine Münze in den Kasten geworfen, damit ich kein Mangelhaft kriege. Aber das Gedicht über Anna habe ich gelesen. Das war was Ernstes. Und dann habe ich auch noch ein paar von Marios Fernsehsendungen aufgenommen.«

»Was halten Sie von all diesen Spekulationen über Marios Selbstmord und sein Testament und die Rolle, die Sie dabei spielen?«

»Ich war stinksauer. Es wurde behauptet, ich hätte ihn gezwungen, sein Testament zu schreiben, und dass ich ein Verhältnis mit ihm gehabt hätte. Dieser Schwachsinn ging mir wirklich an die Nieren. Ich wollte mich verteidigen, aber alle haben gesagt, ich soll es nicht tun, dann würde es doch nur wieder im *Gazzettino* breitgetreten.«

»Natürlich.«

»Und was sind das überhaupt für Leute? Angeblich enge Freunde von Mario. Aber sie gehen hin und erzählen schreckliche Dinge über ihn – dass er für Sex bezahlen und gefährliche Sexspiele spielen würde. Am Ende war mir klar, dass Mario jedermanns Freund war und gleichzeitig niemandes Freund.«

»Und die Drohungen, die mit dem blauen Filzstift auf Albert Gardins Schaufensterscheibe geschrieben wurden?«

»Warum sollte ich so was Verrücktes tun? Und außerdem ist eine von denen aufgetaucht, als ich gerade oben in den Bergen war.«

Am Campo San Giacomo warteten wir auf Francesca und Anna. Dann gingen wir alle zusammen hoch zu Stefanis Wohnung. Steile Steinstufen führten zu einer schweren hölzernen Doppeltür, die sich in Richtung einer muffigen, schummrigen Szenerie öffnete. Die Wohnung hatte hohe Decken, hohe Fenster, schwere Eichenmöbel und Tapete, die fleckig war und sich schälte. Gerahmte Bilder, darunter mehrere Tintenzeichnungen mit Porträts von Stefani, hingen ohne erkennbare Ordnung an den Wänden. Wir gingen von einem Zimmer zum nächsten.

»Anna, sieh mal!«, sagte Francesca. »Wessen Wohnung ist das hier? Weißt du von wem? Von Onkel Mario!« Ich hatte das Gefühl, dass diese Evozierungen von Onkel Mario ebenso sehr für meine Ohren gedacht waren wie für Annas. Nicola war ein Glückspilz von einem Obst- und Gemüsehändler, das stand fest. Aber die 800 000 Euro, die ihm da in den Schoß gefallen waren, hatten ihren Preis: der hartnäckige Verdacht, dass er durch irgendwelche heimlichen und verruchten Machenschaften daran gekommen war, die er und seine Familie immerzu würden bestreiten müssen.

In der Küche blickte ich die schmale Treppe hoch, die zum Dachstuhl führte, und auf das hölzerne Geländer, an dem Stefani das Seil festgebunden hatte, das ihn stranguliert hatte. Ein Poster, das auf halbem Wege die Treppe hinauf an die Wand geklebt war, zeigte zwei junge, beschwingte Soldaten, die sich küssen, mit der Überschrift: ›Make love, not war‹.

»Wir haben noch nicht mit der Renovierung begonnen«, sagte Nicola. »Die Wohnung würden wir nie verkaufen. Sie gehört Mario.«

Wir kamen ins Esszimmer. Auf einer Anrichte bemerkte ich eine Glasskulptur, die auf den ersten Blick aussah wie eine Pflanze, aber bei näherem Hinsehen stellte ich fest, dass es ein Phallus war. Daneben befand sich ein weiterer phallusartiger Gegenstand, dieser aus Marmor. Auf dem Boden stand ein Kasten, der verschiedene Penisse enthielt, eher anzügliche Scherze als Pornographie – Peniskerzen mit Dochten an der Spitze, Tonpenisse, die wie Pfeifen geformt waren, Salzstreuer-Penisse, Keramikpenisse, die in Keramikaschenbechern lagen, Türklopfer-Penisse.

»Diese Gegenstände werden wohl nicht in Marios ständigem Archiv landen, oder?«, sagte ich zu Nicola. Sein Lachen war leicht, entspannt und, sofern ich das feststellen konnte, vollkommen natürlich.

Ein Jahr später eröffnete die Mario-Stefani-Sammlung in der Querini Stampalia, einer Bibliothek und einem Museum, die in einem exquisiten Palast aus dem sechzehnten Jahrhundert untergebracht waren. Stefanis Lebenswerk war aus der schäbigen Unordnung seines Hauses gerettet worden und an einem Ort untergebracht, wo es für zukünftige Forschung erhalten würde. Zu der Sammlung gehörten seine Schriften, seine Bilder, Porträts, Memorabilien und seine Korrespondenz mit Personen wie Alberto Moravia, Giorgio di Chirico, Pier Paolo Pasolini und anderen. Seltsamerweise befanden sich jedoch keine unveröffentlichten Gedichte unter den geschenkten Papieren. Das schürte nur die Ängste unter Stefanis Freunden, dass Bernardi Stefanis Notizen für Müll gehalten und sie weggeworfen haben könnte, bevor die Kontroverse über den Nachlass öffentlich wurde und ihn zwang, Experten zu beauftragen, das Material mit fachmännischem Blick zu durchforsten.

Die Bibliothekare der Querini Stampalia waren jedoch ganz zufrieden mit dem Erwerb von Stefanis Bibliothek von sechstausendachthundert Büchern, hauptsächlich Werke weniger bekannter Dichter. Die Sammlung war die größte ihrer Art. Bezüglich Stefanis eigener Lyrik meinte die Bibliothekarin Neda Furlan, es würde schwierig werden, ihren Stellenwert einzuschätzen, da die Gedichte noch nicht Gegenstand akademischer Untersuchung gewesen seien. »Er war auf lokaler und nationaler Ebene sehr bekannt, und einige seiner Gedichte sind wirklich wunderschön«, sagte sie, »aber zu seinen Lebzeiten galt er nie als außergewöhnlich. Vielleicht ist es einfach noch zu früh dafür. Für eine objektive Interpretation seines Werkes wird ein zeitlicher Abstand nötig sein.«

Währenddessen arbeitete nach zwei Jahren Stefanis Erbe immer noch gratis für seine Eltern in dem Obst- und Gemüseladen, stand immer noch um halb fünf auf und wohnte immer noch in derselben Einzimmerwohnung wie zuvor – aber jetzt mit einer Frau und *zwei* Kindern. Die Renovierung von Marios Wohnung hatte noch nicht begonnen.

»Nicola kümmert sich nach und nach um die Dinge«, erzählte mir Cristina Belloni. »Er hat die Experten bezahlt, die sich um die Inventarisierung gekümmert haben, und aufgrund dessen, was sie gefunden haben, konnten sie das Bild von Mario als Dichter, Schriftsteller, Kritiker und Homosexueller rekonstruieren, der als einer der ersten den Mut hatte, sich öffentlich dazu zu bekennen. Sogar seine Sammlung erotischer Literatur haben sie rekonstruiert.«

Einige Zeit nachdem er als Marios legaler Erbe anerkannt worden war, ließ Nicola Bernardi einen Grabstein auf Stefanis Grabstelle auf der Friedhofsinsel San Michele setzen. Dann bat er diejenigen, die Stefanis Papiere katalogisierten, nach einem passenden Zitat für eine Grabinschrift zu suchen. Sie fanden eines im Text einer Rede, die Stefani gehalten hatte, und Nicola ließ es in Stein meißeln: »Noch mehr denn als Dichter möchte ich, dass man sich meiner als jemanden erinnert, der andere liebte.«

Albert Gardins Proteste und Anschuldigungen bezüglich Stefanis traurigen Todes verstummten allmählich zu einem Murmeln. Im Jahr 2003 war er bereits in eine lärmende öffentliche Debatte um eine über zwei Meter große Statue Napoleons verwickelt, die das französische Komitee zum Schutze Venedigs der Stadt schenken wollte. Die eine Seite war dafür, die Statue anzunehmen, weil Napoleon Teil von Venedigs Geschichte sei, ob einem das lieb war oder nicht. Die andere Seite, für die Albert ein lautstarker Verfechter war, war vehement dagegen, bezeichnete Napoleon als Terroristen, Plünderer, Verräter, Barbaren und Vandalen. Die Anti-Napoleon-Seite bereitete sich darauf vor, Napoleon vor ein postumes Ad-hoc-Tribunal à la Nürnberg zu zerren.

Ich ging gerade die Calle del Scaleter entlang, als mir die Idee kam, bei Gardin vorbeizuschauen und mit ihm über die Napoleon-Kontroverse zu plaudern. Als ich mich dem Kleiderladen seiner Frau näherte, sah ich den oberen Teil von Gardins Kopf hinter einem Stapel Hüte und Schachteln auftauchen, wie üblich. Aber als ich die Tür aufmachen wollte, erblickte ich etwas, das mich erstarren ließ. Die Worte ›Historische Kleidung. Ausverkauf von Hüten und Schals‹ waren auf die Schaufensterscheibe rechts von der Tür geschrieben worden – mit einem blauen Filzstift.

14

EIN ZWEITER BESUCH IM INFERNO

Laura Migliori stand in einem der repräsentativen Empfangsräume des Fenice und starrte auf die rußgeschwärzten Wände. Es war Januar 2000, vier Jahre nach dem Brand, und das Fenice hatte immer noch kein Dach. Der Theatersaal war eine einzige Schlammgrube. Signorina Migliori wusste, dass unter dem Ruß auf den Wänden dieses Raumes – des Dante-Saals – die Überreste eines Freskos lagen, das, ausgerechnet, das *Inferno* darstellte. Die Kunstkonservatorin war beauftragt worden, das, was von den sechs Fresken in dem Raum übrig war, zu restaurieren, alles Szenen aus der *Göttlichen Komödie*.

»Es waren nicht nur die Flammen und der Rauch, die den ganzen Schaden angerichtet haben«, sagte sie. »Die Feuerwehrleute mussten Flachwasser, also Ebbwasser verwenden, um den Brand zu löschen, so dass die Fresken stundenlang mit schlammigem Salzwasser bespritzt wurden. Dann dürfen Sie nicht vergessen, dass es seit Jahren kein Dach mehr gibt, um die Wände vor Regen zu schützen.«

»Wo fangen Sie an?«, fragte ich. Die geschwärzten Wände waren mit einem öligen Film bedeckt.

»Als Allererstes«, sagte sie, »müssen wir das Fresko sichern, noch bevor wir den Schlamm abwaschen. An manchen Stellen hat es sich von der Wand gelöst. Zwischen manchen Teilen des Freskos und der Wand dahinter hat sich ein Abstand von einem Zentimeter gebildet. Also werden wir es zuerst mit dünnem Japanpapier bedecken, um zu verhindern, dass Stücke abfallen. Dann werden wir winzige Mengen Gips durch das Fresko spritzen, um die Zwischenräume zu füllen und das Fresko an die Wand zu binden. Wenn das getan ist, entfernen wir das Papier und nehmen Farbproben. Dann beginnen wir mit dem Säuberungsprozess, indem wir es sanft mit Bäuschen betupfen, die zusammen mit verschiedenen Substanzen in destilliertem Wasser getränkt sind. Eigentlich weiß niemand genau, was wir finden werden, weil während der letzten fünfundzwanzig Jahre die Fresken von einigen Ölgemälden von Vergilio Guidi verdeckt waren, die man davor gehängt hatte. In dieser ganzen Zeit hat sie niemand gesehen, und die einzigen Fotografien, die wir gefunden haben, sind alt und verschwommen.«

Laura Migliori konnte allerdings nicht gleich mit der Restaurierung beginnen. Im Februar 1998 waren die Arbeiten am Fenice zum Stillstand gekommen, als das Gericht den Wiederaufbauvertrag, für den Impregilo den Zuschlag bekommen hatte, kündigte, acht Monate nach Beginn der Arbeiten. Der Auftrag wurde daraufhin an den zweitplatzierten Bewerber vergeben, Holzmann-Romagnoli, doch die Wiederaufnahme der Arbeiten wurde durch den Kauf der im Privatbesitz befindlichen Wohnungen, die Genehmigung der Baupläne und verwickelte Vertragsverhandlungen verzögert. Erst sechzehn Monate später konnte der Baubetrieb wieder aufgenommen werden, und schon vom allerersten Tag an liefen die Dinge schief.

Es kam zu Meinungsverschiedenheiten über Geld, Zeitplanung und Veränderungen im Bauplan, der von der Stadt vorgegeben wurde. Dann, im November 1999, kaum fünf Monate nach Wiederaufnahme der Arbeiten, verkündete Holzmann, die deutsche Hälfte des Holzmann-Romagnoli-Konsortiums, dass sie kurz vor der Pleite stünden.

Die Philipp Holzmann AG war eine der größten Baufirmen Europas, und die Nachricht von ihrer drohenden Insolvenz ließ auf dem deutschen Aktienmarkt ihren Aktienwert um 90 Prozent sacken. Venedig wurde von Panik ergriffen. Bundeskanzler Gerhard Schröder erklärte die Rettung des Konzerns zur Chefsache und handelte eine Bürgschaftszusage von 250 Millionen DM aus. Das beruhigte zwar die Nerven in Venedig, aber nur ein bisschen. Das Arbeitstempo hinkte dem Zeitplan hinterher. Die Frist wurde verlängert, und dann noch einmal. Archäologische Funde unter dem Fenice – zwei antike Brunnen, ein Bogen und eine Säule – verursachten weitere Verzögerungen. Holzmann-Romagnoli verlangte mehr Geld und eine weitere Fristverlängerung, aber nun weigerte sich die Comune.

Im Mai 2000, als die Arbeiten ein weiteres Mal wegen Problemen mit der Errichtung eines Kranes zum Stillstand kamen, zog es Bürgermeister Cacciari vor, sich nicht zur Wiederwahl zu stellen. Venedig wählte einen neuen Bürgermeister – Paolo Costa, ein Ökonom von nationalem Format, der als Italiens Bauminister gedient hatte, sowie als Rektor der Ca' Foscari Universität. Der weißhaarige, bebrillte und täuschend unscheinbar wirkende Costa nahm sich als frischgebackener Bürgermeister mutig des Fenice-Morasts an. Er tat etwas noch nie da Gewesenes und beantragte, zum Bevollmächtigten für den Wiederaufbau ernannt zu werden, wodurch er verantwortlich für den Erfolg oder Misserfolg des Projekts war. Costa riskierte seinen Job und seinen Ruf, und er entdeckte nur allzu bald, dass es nicht zu seinen Gunsten lief. Kurz nach Amtsantritt erschien er zu einer Überraschungsinspektion des Fenice und traf nur eine einzige Person bei der Arbeit an.

Costa war gerade sechs Monate im Amt, als ein Kontingent von zwei Dutzend Angestellten des Fenice ein großes

Transportboot bestiegen und in einer lautstarken Protestaktion den Canal Grande hinunterfuhren. Es war der 29. Januar 2001, der fünfte Jahrestag des Brandes. Die Demonstranten sangen, skandierten und schwangen ein Spruchband, auf dem stand COM'ERA, DOV'ERA, IN QUALE ERA (»Wie es war, wo es war, aber wann?« – oder, wörtlich »aber in welcher Ära?«, wobei das italienische *era* sowohl »es war« heißt als auch »Ära«.) Sie machten vor dem Rathaus, Ca' Frasetti, fest, wo weitere hundert Demonstranten zu ihnen stießen, ausgerüstet mit Trillerpfeifen, Tröten und Schellen und einem Pappmodell des Fenice, aus dem Special-Effects-Rauch hervorquoll. Aus Lautsprechern plärrte Opernmusik. Die Menge sang die Arie »Di quella pira« aus Verdis *Il Trovatore*, in der der Tenor singt: »Lodern zum Himmel seh ich die Flammen, Schauder ergreift mich, starr bleibt der Blick. Soll nicht des Himmels Macht all euch verdammen, so gebt mir wieder mein höchstes Glück! ... Bald soll die Erde Feindesblut färben. ... Zum Kampfe! Zum Kampfe!«

Costa machte eine Bestandsaufnahme des Fenice: 60 Prozent der vorgesehenen Zeit war verflossen, aber nur 5 Prozent der Arbeiten waren vollendet. Das Fundament war noch nicht einmal fertig, da bat Holzmann-Romagnoli um noch mehr Zeit und Geld. Costa war überzeugt, wenn er nicht handelte, würde er auch noch in fünf Jahren über Geld und Fristen diskutieren. Er gab Holzmann-Romagnoli Bescheid, dass er ihren Vertrag kündigen werde. Sie waren gefeuert. Sie hatten dreißig Tage Zeit, ihr Gerät zu entfernen, sonst würde die Stadt es beschlagnahmen.

Costa versuchte eine zweifelnde Öffentlichkeit davon zu überzeugen, dass dies die schnellste und sauberste Lösung war, um zum Ziel zu kommen, so absurd es auch klingen mochte. Er sprach jetzt als ein ehemaliger Bauminister. Er sagte ›Vertraut mir‹. Man würde wieder ganz von vorne beginnen müssen, mit einer neuen öffentlichen Ausschreibung. Der kühnste Teil von Costas' Aktion war, zu erklären, dass Venedig, und nicht Holzmann-Romagnoli, Eigentümer von Aldo Rossis Entwurf sei und dass Venedig das Fenice aufbauen werde, in Zusammenarbeit mit Rossis Kompagnons in Mailand, aber nicht mit Holzmann-Romagnoli. Costa war zuversichtlich, dass er jeder Gerichtsschlacht gewachsen war.

Holzmann-Romagnoli wehrte sich mit Händen und Füßen dagegen, die Baustelle zu verlassen, bis Costa sie von der Polizei räumen ließ. Am 27. April 2001 befand sich das Fenice wieder unter der Obhut von Venedig, doch die Arbeiten waren wieder einmal so gut wie zum Stillstand gekommen. Eine einzige Firma, die am Fundament arbeitete, blieb am Bau, währen Costa eine neue Baufirma suchte.

Acht Baufirmen reagierten auf die neue Ausschreibung. Doch eine Bewerbung traf fünfzehn Minuten nach Ablauf der Frist ein und wurde prompt vom Wettbewerb ausgeschlossen. Costa war nicht mehr gewillt, irgendwelche Verspätung zu dulden.

Unter den Offerten wählte Costa die venezianische Baufirma Sacaim aus, einen Betrieb mit einiger Erfahrung, unter den schwierigen Bedingungen Venedigs zu agieren. Sacaim hatte schon an einer Vielzahl von bedeutenden venezianischen Gebäuden gearbeitet, einschließlich des Palazzo Grassi und des Malibran-Theaters. Auch im Fenice waren sie keine Fremden: Sacaim war das hauptverantwortliche Bauunternehmen bei der Renovierung gewesen, die im Gange war, als das Fenice abbrannte.

Anfang März 2002, nach elfmonatiger Unterbrechung, ließ Bürgermeister Costa draußen vor dem Fenice eine große Digitaluhr errichten, um die Arbeiter und die Öffentlichkeit darüber auf dem Laufenden zu halten, wie viele Tage der Sacaim bis zum Ablauf der Frist am 30. November 2003 noch blieben. Am 11. März, als Sacaim die Fenice-Baustelle offiziell in Besitz nahm, zeigte die Uhr 630 Tage an.

Der Stand betrug 614, als ich mir einen Helm aufsetzte und mich zu Laura Migliori in den Dante-Saal gesellte. Es waren zwei Jahre vergangen, seit sie einen ersten Blick auf die geschwärzten Wände geworfen hatte, aber nur zwei Wochen, seit sie mit der Arbeit hatte beginnen können. Sie und ihre Assistenten hatten schon die Kruste aus Schlamm und Ruß von den Fresken entfernt. Jetzt würden sie in einem weiteren Behandlungsschritt einige der tieferen Flecken entfernen und die Farben hervorbringen. Bei fünf oder sechs Paneelen waren nur Bruchstücke der Fresken übrig geblieben. Doch zwei Drittel des *Inferno*-Paneels hatte die Beschädigungen überstanden. Im Vordergrund waren drei Figuren. Ein Mann in einer roten Robe war völlig intakt, aber von den anderen beiden war nur noch die untere Hälfte übrig.

»Ich bin mir ziemlich sicher, dass der in Rot Dante ist«, sagte Laura, »und wir glauben, einer der anderen ist Vergil. Das hoffen wir herauszubekommen, wenn wir die Farbtests machen. Wir werden nach Spuren von Grün suchen, weil er einen Lorbeerkranz trug.«

Ein Großteil der Arbeit am Fenice wurde an anderen Standorten fertig gestellt und erst dann zum Einbau ins Theater gebracht. Guerrino Lovato, der Eigentümer des Mondonovo-Maskenladens, hatte den Auftrag bekommen, Modelle für alle dreidimensionalen Ornamente im Zuschauerraum anzufertigen. Er mietete ein *magazzino* gegenüber seinem Laden, um es als Atelier zu verwenden, wo er die Tonmodelle formen würde für Satyre, Nymphen, Sylphen, Karyatiden, Engel, Tiere, Blumen, Ranken, Blattwerk, Gitter, Muscheln, Hörner, Rollwerk, Sonnen, Monde, Masken, Girlanden und Wirbel, die die Brüstungen der Logen, die Wände und die Decke des Theaters schmücken würden. Aus seinen in Ton modellierten Originalen würden seine Assistenten die Negativ-Abgüsse aus Gips herstellen, in denen dann die Ornamente von Kunsthandwerkern in Mogliano in Papiermaché und Gips gegossen würden. Von diesen würden seine Assistenten Positivformen herstellen, als Vorlage für die Holzschnitzer in Vicenza. Um sicherzugehen, dass die Ornamente auch schön auf die gekrümmten Konturen des Theaters passten, die noch nicht existierten, überprüfte Lovato seine Arbeit anhand eines maßstabsgerechten Modells des halben Theaters, das in einem Lagerhaus in Marghera errichtet worden war.

Laura Migliori und ihre beiden Assistenten würden die *Inferno*-Fresken an Ort und Stelle restaurieren müssen, inmitten von Arbeitern, die große Konstruktionselemente einbauten, Belüftungsschächte und elektrische Kabel installierten, Blattgold applizierten, Terrazo- und Parkettböden legten, malten, gipsten, schweißten, löteten. Kurzum, sie würde mitten im Chaos arbeiten – und das gerne.

»Wir befinden uns hier alle in Hochstimmung«, sagte sie. Wie alle anderen auch, trug sie mit ihrem Einsatz zu dem Versuch bei, das Fenice so zu rekonstruieren, wie es nach dem Brand von 1836 neu erbaut worden war, auf dass, wie sich der Architekt Giambattista Meduna damals ausdrückte, »es keinem Teil an Gepränge gebreche und dass jene, die es gewärtigen, sagen werden, dass es der Pracht der Dekorationen in Versailles in nichts nachsteht.«

Und zu der Frage, ob die frühere Opulenz, Großartigkeit und Pracht wieder erlangt werden könne, wollte Laura Migliori nicht mehr sagen als: »Wir haben einen Anfang gemacht. Der Schlamm ist runter.«

Die Opernmusik, die zum fünften Jahrestag des Fenice-Brandes aus den Lautsprechern der Protestler plärrte, trug über den Canal Grande zum Justizpalast, wo Felice Casson gerade sein Schlussplädoyer in dem Prozess gegen die der Brandstiftung angeklagten Enrico Carella und Massimiliano Marchetti hielt. Die Anklage wegen versuchten Mordes war in einer früheren Sitzung fallen gelassen worden.

Casson, eine schwarze Robe über seinem kragenlosen Hemd, saß in dem hohen Saal allein an einem Tisch einem Gremium von drei Richtern gegenüber. Er benötigte fünf Stunden, um seine Anklage gegen die beiden Elektriker zu erläutern. Die Angeklagten und ihre Anwälte saßen an Tischen hinter ihm. Enrico Carella trug einen dunklen Anzug, eine Seidenkrawatte und blank geputzte schwarze Schuhe; Massimiliano Marchetti hatte eine Sportjacke an, Kordhosen, eine schlichte Krawatte und Arbeitsschuhe. Beide sahen geknickt aus. Carella rutschte nervös auf seinem Platz herum.

Casson erzählte die Geschichte von dem Brand in einer akribischen, fesselnden Schilderung – wie die Arbeiter das Theater am Ende des Tages verlassen, wie Carella oben im *ridotto* Lösungsmittel auf einen Stapel Holzplanken schüttet, als Vorbereitung für später, wie Carella und Marchetti sich verstecken, als die letzten Arbeiter gehen, wie Carella mit einer Lötlampe das Feuer entzündet, während Marchetti Schmiere steht, wie das Feuer zuerst durch das Theater kriecht und dann wütet. Cassons Schilderung wurde von einer computerisierten 3-D-Tatrekonstruktion begleitet, die auf vier großen, über den Gerichtssaal verteilten Bildschirmen gezeigt wurde.

Im Verlauf seines Vortrages stellte Casson klar, dass er die beiden jungen Elektriker beinahe rund um die Uhr hatte überwachen lassen.

Bei einer Gelegenheit waren Carella und Marchetti nach einer längeren Vernehmung im Polizeipräsidium in ihr Auto gestiegen, wo sie dann, ohne zu ahnen, dass in ihrem Wagen eine Wanze versteckt war, ein Gespräch führten, das aufgezeichnet wurde. Ihr Verhalten in diesem Moment, sagte Casson, war aussagekräftig.

»Sie steigen in den Wagen, und man würde meinen, dass sie, nach dem, was sie durchgemacht haben, wie jeder normale, unschuldige Mensch lospoltern würden: ›Die spinnen! Das ist Wahnsinn! Was haben wir denn mit dem Fenice zu tun?‹ Stattdessen sagt Carella: ›Mauro muss unbedingt seine Geschichte mit uns abstimmen.‹ Sie machten sich Sorgen um jemanden namens Mauro. Den haben sie verschwiegen. Dann sagt Massimiliano Enrico, dass er Mauros Familiennamen der Polizei gegenüber nicht erwähnt hat, und Enrico antwortet: ›Sehr gut!‹«

In diesem Mitschnitt hörte Casson zum ersten Mal den Namen Mauro Galletta, ein Fischverkäufer, der in der Nähe des Fenice wohnte. Casson zufolge wollten Carella und Marchetti seine Existenz aus zweierlei Gründen geheim halten. Erstens: Ein paar Stunden vor dem Brand war Galletta auf Carellas Bitte hin zum Fenice gekommen, um Fotos von den Elektroarbeiten zu machen, die Carellas Firma zu der Zeit ausführte. Diese Fotos bewiesen, als sie dann gefunden wurden, dass Carella weit hinter dem Zeitplan zurücklag und einer Konventionalstrafe entgegensah, was Carella wiederholt bestritten hatte. Die Aussicht auf eine Strafe war von zentraler Bedeutung in Cassons Erklärung eines Tatmotivs. Ebenso wichtig war es für Carellas Verteidigung, zu beweisen, dass er keine Strafe zu erwarten hatte. Zweitens: Nachdem sie das Fenice verlassen hatten, waren Carella und Marchetti *nicht* direkt zum Lido gegangen, wie sie behauptet hatten. Sie waren zu ihrem Freund Mauro Galletta gegangen, um dort Marihuana zu rauchen und Pizza zu essen. Nach Gallettas Aussage trafen sie kurz nach neun bei ihm ein. Somit wäre es ihnen unmöglich gewesen, um Viertel nach neun am Lido zu sein, wie sie behauptet hatten.

Casson schätzte jetzt, dass Carella und Marchetti sich erst um zehn Uhr auf den Weg zum Lido gemacht hatten, wo Carella den Anruf bekommen haben will, in dem er von dem Brand erfuhr.

»Als sie die Lagune zum Lido überquerten«, sagte Casson, »war der Himmel schon hell erleuchtet. Wie hätten sie *nicht* von dem Feuer wissen können?« Carella habe eine absurde Erklärung angegeben, sagte Casson: Sie hätten mit dem Rücken zu Venedig gesessen.

Cassons Überwachung erbrachte zwei Beinahe-Geständnisse. Ein Zivilbeamter, der hinter ihnen auf einem Vaporetto saß, hörte, wie Marchetti zu Carella sagte: »Keine Sorge, ich verpfeif dich nicht.«

Dann, in einem Gespräch, das nach einem besonders zermürbenden Verhör mitgeschnitten wurde, sagte Marchetti: »Wir landen beide im Knast«, worauf Carella antwortete: »Die haben uns, aber echt.« Casson las diese beiden Zitate dem Gericht vor, mit der trockenen Feststellung, dass er beide Bemerkungen in einer von Flüchen bereinigten Fassung zitiere.

Einer der nachhaltigsten Schläge gegen Carellas Glaubwürdigkeit kam aus einer unerwarteten Quelle: von seinem Vater, Renato Carella. Als Renato Carella gefragt wurde, wie er von dem Brand erfahren habe, gab er an, sein Sohn habe ihn um 22.10 Uhr angerufen und es ihm erzählt. Das war zwanzig Minuten vor der ersten Erwähnung des Brandes im Fernsehen, doch Enrico Carella behauptete, *er* habe von dem Feuer über jemanden erfahren, der es im Fernsehen gesehen hatte. Sei Renato Carella sich sicher mit der Zeitangabe? Ja, erwiderte er, absolut sicher.

Tatsächlich war Renato Carella der große Geheimnisvolle in dem Fall geworden. Er hatte die Firma seines Sohnes einzig und allein zu dem Zweck gegründet, den Auftrag für die Ausführung der Elektroarbeiten von Argenti in Rom zu erhalten. Renato Carella wurde dann von Argenti eingestellt, damit er als deren Verbindungsmann im Fenice dienen könne. Als Casson 1998 seine ursprüngliche Liste von Angeklagten bekannt gab, stand Renato Carella nicht darauf. Doch Casson hatte drei Verdächtige genannt, gegen die noch ermittelt wurde. Zwei waren Mafia-Bosse aus Palermo. Der andere war Renato Carella. Die Mafia-Bosse waren inzwischen fallen gelassen worden, doch Carella blieb sogar noch zu diesem späten Zeitpunkt in Cassons Visier, und Casson hatte vor, ihn auch vorläufig dort zu behalten.

»Ich würde selber gerne mehr über Renato Carella erfahren«, sagte Giovanni Seno, Massimiliano Marchettis Anwalt, während einer einstündigen Pause in Cassons Plädoyer. Ich war hinuntergegangen, um einen Spaziergang durch den Rialto-Lebensmittelmarkt zu machen, und fand mich unversehens im Gleichschritt mit Seno wieder. Wir kamen ins Gespräch. Seno gab sich immer noch großspurig und zuversichtlich, aber es war zu spüren, dass er besorgt war. Casson hatte überzeugendes Belastungsmaterial gesammelt, und Seno argumentierte nicht mehr, dass der Brand durch Fahrlässigkeit verursacht worden sei. Jetzt behauptete er, dass der unbedarfte Marchetti sich darüber im Unklaren gewesen sei, »was da in jener Nacht vor sich ging«. Er sagte nicht das Gleiche über Enrico Carella, und er räumte ein, dass er bei Renato Carella seine Zweifel habe. Während wir uns unterhielten, blickte er sich ständig um, als wolle er sichergehen, dass uns niemand belauschte.

»Passen Sie auf«, sagte er, »ich werde Ihnen ein paar Dinge sagen, die Sie vielleicht nicht wissen. Darüber, wie die Vergabe von Aufträgen an Bauunternehmen und Subunternehmen in Italien gehandhabt wird. Hinter diesen großen Aufträgen – und das jetzt nur unter uns – steckt fast immer etwas Klüngelei, etwas Politik, und vielleicht etwas Bestechung. Ich behaupte nicht, dass das in diesem Fall passiert ist, aber es wäre eher ungewöhnlich, wenn nicht. Das funktioniert folgendermaßen: Ein großes Unternehmen wie Argenti ergattert einen Auftrag und lädt die ganze Arbeit dann auf Subunternehmen ab, die die Sache so kostengünstig wie möglich erledigen. Das große Unternehmen verrichtet selber keine Arbeit. Es stellt keine Arbeiter zur Verfügung. Es tut nichts. Es bekommt den Auftrag, sagen wir für siebenhundertfünfzig Millionen Lire (€ 287 000), und dann geht es herum und verteilt die Arbeit an Subunternehmen für vielleicht sechshundert Millionen (€ 230 000). Das Unternehmen macht einen Gewinn, ohne auch nur den Finger zu rühren. Das wird überall gemacht, und es ist nicht illegal. Und in diesem Fall haben gewisse Leute den Verdacht, dass es vielleicht – nur vielleicht – Renato Carella war, der kleine Vorarbeiter, der insgeheim den Auftrag für Argenti verschafft hatte.«

»Wie das?«

»Vielleicht hatte er Insider-Informationen. Vielleicht kannte er die Höhe der Kosten oder was andere Bewerber boten, aber da er kein eingetragener Unternehmer war, konnte er nicht selbst eine Offerte machen. Also gibt er diese wertvolle Information an Argenti weiter. Argenti schneidert seine Offerte auf Carellas Informationen zurecht und ergattert den Auftrag. Um ihre Dankbarkeit zu zeigen, schustern sie Renato etwas Geld zu, indem sie einen Teil der Arbeiten an die Firma vergeben, die Renato für seinen Sohn gründet – eine Firma, die es, wohlgemerkt, vorher nicht gab und die daher keinerlei Referenzen hatte. Und dann stellt Argenti Carella als Vorarbeiter ein. Habe ich mich deutlich genug ausgedrückt?«

Seno beugte sich noch näher. »So, wie ich es sehe, war Renato Carella, der Onkel meines Mandanten, derjenige, der die Fäden in der Hand hielt, der die tatsächliche Macht hatte. Wie genau, ist mir noch nicht klar. Ich habe keine konkreten Beweise, aber dieser Typ ist ein raffinierter Bursche. Direkt nach dem Brand, obwohl er wegen Brandstiftung unter Verdacht stand, bekam Renato Carella einen weiteren großen öffentlichen Auftrag, diesmal im Arsenal. Für diesen Job hat er auch wieder Enrico mitgenommen.«

»Aber was hat das mit dem Brand im Fenice zu tun?«

»Ich gebe Ihnen ein umfassendes Bild. Renato Carella ist ein Mann mit vielen Verbindungen. Nicht nur mit Argenti.«

»Ich verstehe«, sagte ich.

»Doch in diesem umfassenden Bild stecken ein paar sehr seltsame Details. Wir wissen zum Beispiel, dass zum Zeitpunkt des Brandes der Sohn Schulden in Höhe von hundertfünfzig Millionen Lire (€ 60 000) hatte. Merkwürdigerweise gibt Renato Carella ihm sieben Monate nach dem Brand das Geld, um seine Schulden abzubezahlen. Das ist aktenkundig. Wie kann er sich das leisten, wenn er nur ein Vorarbeiter ist? Wo hat er das Geld her?«

»Sie denken also«, sagte ich, »dass das Geld möglicherweise von demjenigen kam, der Carella dafür bezahlte, das Feuer zu legen, angenommen, dass das jemand getan hatte.«

»Nein, nein!« Seno hob die rechte Hand, als wolle er einen Eid schwören. »Verstehen Sie mich nicht falsch. Das behaupte ich nicht! Das habe ich nie gesagt! Sie müssen schon Ihre eigenen Schlussfolgerungen ziehen.« Er blickte sich wieder um. »Aber da ist noch eine seltsame Tatsache: Renato Carella hat sich einen der teuersten Anwälte Italiens genommen, ein Typ, der für Ministerpräsident Berlusconi arbeitet.«

»Sie machen Witze!«, sagte ich.

»Für seine eigene Verteidigung«, sagte Seno.
»Und für seinen Sohn?«
»Nichts.«
»Was ist mit seinem Neffen?«
»Noch weniger.«

Am Ende seines Plädoyers beantragte Casson, dass das Gericht Carella und Marchetti der Brandstiftung für schuldig befinde und sie für sieben Jahre ins Gefängnis schicke. Und was die Möglichkeit betraf, dass der Brand durch andere angeordnet und bezahlt wurde, so sagte er, dass weiter ermittelt und es in Zukunft vielleicht zu einem weiteren Prozess kommen werde.

Bevor die Richter ihr Urteil verkündeten, würde der Prozess in seine zweite Phase gehen: Anklagen gegen acht Beschuldigte wegen Fahrlässigkeit und Pflichtversäumnis.

Casson begann mit dem Argument, dass Verurteilung wegen Brandstiftung nicht automatisch kriminelle Fahrlässigkeit ausschließe.

»Angriffe auf Kunstwerke«, sagte er, »vor allem Theater, sind bedauerlicherweise nichts Ungewöhnliches in der italienischen Landschaft. Seit Oktober 1991, als das Petruzzelli-Opernhaus in Bari abbrannte, hat es ein Dutzend Fälle von Beschädigung an Theatern und Kunstgalerien durch Brandstiftung gegeben. Daher war 1996 ein Brand im Fenice im Bereich des Möglichen, und die für die Sicherheit Verantwortlichen hätten das wissen müssen. Aber niemand scherte sich einen Dreck drum.«

Er las die Namen der Beschuldigten vor und die Haftstrafen, die er für jeden angesetzt hatte. Ganz oben auf der Liste stand der ehemalige Bürgermeister Cacciari: neun Monate Gefängnis. Eine Haftstrafe von dieser Länge war allerdings rein symbolisch, da jede Haftstrafe unter zwei Jahren automatisch zur Bewährung ausgesetzt wurde. Der Einzige der anderen acht, für den eine Haftstrafe von unter zwei Jahren beantragt wurde, war der Hausmeister des Fenice, Gilberto Paggiaro. Casson befand, dass es sich bei Paggiaros Abwesenheit von seinem Posten in der Brandnacht um eine weniger schwere Fahrlässigkeit handele, weil sie nicht zu den gefährlichen Umständen beigetragen hatte, die vor dem Brand im Theater geherrscht hatten. Casson forderte für Paggiaro, der seit dem Brand zwei Herzinfarkte erlitten hatte und an Depressionen litt, eine Haftstrafe von achtzehn Monaten.

Den anderen sechs wurde eine lange Liste von Pflichtversäumnissen und Dienstvergehen zur Last gelegt, etwa dass sie es versäumt hatten, das Hantieren mit brennbarem Material und seine Lagerung zu überwachen, oder zugelassen hatten, dass die Feuerlöschanlage ausgebaut wurde, bevor eine neue eingebaut wurde.

Der größte Missetäter jedoch war, nach Ansicht Cassons, der *ingegnere capo* der Comune von Venedig, der hochrangigste technische Beamte, verantwortlich für die Renovierung des Theaters. Für ihn beantragte Casson eine vierjährige Haftstrafe; für seine beiden Assistenten zwei Jahre Haft; und für das oberste Management des Fenice, den Intendanten und den Generalsekretär, drei Jahre.

Den Argumenten der Verteidigung war allesamt ein Motiv gemein: Keiner wollte Verantwortung übernehmen. Beamten oben zeigten zur Seite oder nach unten. Die unten zeigten nach oben.

Die originellste Verteidigung wurde vom Anwalt von Gianfranco Pontel geboten, dem Intendanten des Fenice. Pontels Anwalt behauptete, lang und breit und völlig ernsthaft, dass sein Mandant für die Sicherheit des Fenice-Theaters verantwortlich sei und dass in jener Zeit, in der keine Produktion lief, das Fenice aufhöre, ein Theater zu sein und lediglich ein Komplex von Gebäuden sei, für den sein Mandant keinerlei rechtliche Verpflichtungen trage. Das Theater war verschwunden, zumindest soweit es Gianfranco Pontel betraf, und würde erst wieder in Erscheinung treten, wenn auf seiner Bühne Produktionen stattfanden. Die Rede des Anwalts löste Gelächter auf der Zuschauertribüne aus und hätte nahtlos in *Alice im Wunderland* oder in irgendeine der Operetten von Gilbert und Sullivan hineinpassen können. Gianfranco Pontel war eine politische Berufung gewesen und galt immer schon als eine merkwürdige Wahl, da er keinerlei künstlerische Ausbildung genossen hatte und sich die meiste Zeit in Rom aufhielt. Jedenfalls hatte der Brand Pontel nicht davon abgehalten, seine Karriere zu verfolgen, denn inzwischen war er Generalsekretär der Biennale von Venedig geworden.

Als die zweite Prozessphase beendet war, zogen sich die Richter zurück, um die Beweislage zu erörtern. Am Ende des Monats verlas der vorsitzende Richter die Urteile vor einem überfüllten Gerichtssaal:

Enrico Carella – der Brandstiftung für schuldig befunden, sieben Jahre Haft. Massimiliano Marchetti, der Brandstiftung für schuldig befunden, sechs Jahre Haft. Alle acht der Fahrlässigkeit Beschuldigten – unschuldig. Brandstiftung war die alleinige Ursache des Brandes.

Giovanni Seno war außer sich. »Das Urteil stand schon am Ende des ersten Prozesstages fest!«, sagte er vor Reportern. Carella, der der Urteilsverlesung nicht beiwohnte, gab vor dem *Gazzettino* eine Stellungnahme ab, in der er seine Unschuld beteuerte. Marchetti schwieg. Die beiden würden auf freiem Fuß bleiben, bis über die Berufung entschieden war.

Zwei Monate später veröffentlichten die Richter die *motivazione*, ihre Erklärung, wie sie zu ihrer Urteilsfindung gekommen waren. Ihr Bericht enthielt eine beunruhigende Enthüllung:

»Carella und Marchetti handelten nicht allein«, sagten die Richter. »Sie waren Stellvertreter für andere, die im Dunkeln bleiben, Personen mit finanziellen Interessen von solcher Größenordnung, dass vergleichsweise die Opferung eines Theaters als unbedeutend erschienen wäre.«

Die Richter vertraten mit dem ganzen Gewicht ihres Amtes die Meinung, dass die Brandstiftung durch Unbekannt bezahlt worden war. »Für die Richter«, berichtete der *Gazzettino*, »war jetzt zur Gewissheit geworden, was einmal eine bloße Ermittlungshypothese gewesen war.«

Mutmaßungen rankten sich um Renato Carella. Doch drei Monate später starb Carella an Lungenkrebs. Ich besuchte Casson in seinem Büro in der Staatsanwaltschaft, um ihn zu fragen, welche Auswirkung das auf die Ermittlungen haben werde.

»Es ist vorbei«, sagte er bloß. »Unsere Ermittlungen haben sich auf Renato Carella konzentriert. Wir dachten, er wäre vielleicht die Verbindung zwischen den Jungs und dem Geld. Er unterhielt Kontakte mit einer Reihe von Firmen außerhalb Venedigs. Wir haben gegen ihn ermittelt und haben auch jedes Unternehmen und Subunternehmen unter die Lupe genommen, das mit Arbeiten am Fenice beauftragt wurde, aber wir konnten nie konkrete Beweise finden. Und jetzt, mit seinem Tod, ist jegliche Spur verloren gegangen.«

»Und die Jungs?«, fragte ich. »Haben die irgendeine Neigung gezeigt, zu reden?«

»Bei verschiedenen Gelegenheiten haben sie uns gesagt, sie würden uns weitere Informationen über ihn geben, aber sie haben es sich jedes Mal wieder anders überlegt. Und leider haben wir eine Riesenmenge anderer Fälle, um die wir uns kümmern müssen. Bis sich etwas Neues ergibt – wie eine Aussage von Carella oder Marchetti – wird der Fall nicht wieder aufgerollt. Wir haben einfach nicht die Zeit, uns weiter damit zu befassen.«

»Der Vater ist tot, die Spur wird kalt und das Geheimnis bleibt«, amüsierte sich Ludovico De Luigi. »Es dreht sich alles nur um Geld, wie üblich. Nicht Liebe – Geld. Das perfekte Ende, für Venedig.«

De Luigi saß in seinem Atelier im Erdgeschoss vor einem unvollendeten Bild eines juwelenbesetzten Kleides, das vor einer kargen Landschaft schwebte, als würde es von einer unsichtbaren Frau getragen.

»Ich male ein Porträt von Peggy Guggenheims Selbstachtung«, erklärte er. »Das ist das goldene Abendkleid, das sie auf dem berühmten Foto trägt, das Man Ray in den 20er Jahren von ihr gemacht hat. Es ist ein Poiret-Kleid.« Das Foto war auf dem Schutzumschlag von Peggy Guggenheims Autobiografie *Out of This Century* zu sehen, den De Luigi an den Rand seiner Staffelei geheftet hatte.

»Wieso ein perfektes Ende?«, fragte ich. »Die Dinge bleiben in der Schwebe.«

»Ja, aber das ist so ein Ende, mit dem Venedig leben kann, glücklich und bis in alle Ewigkeit.« Er tupfte goldene Farbe auf die Leinwand. »Sehen Sie doch, was die Geschichte zu bieten hat: einen großen Brand; eine kulturelle Katastrophe; das Spektakel, wie Beamte sich gegenseitig beschuldigen; einen ungebührlichen Run auf das Geld, um das Theater wieder aufzubauen; einen Gerichtsprozess, mit Schuldsprüchen und Haftstrafen; die stolze Wiedergeburt des Fenice und« – er hob seinen Pinsel und blickte auf – »ein ungelöstes Geheimnis. Geld, das heimlich den Besitzer wechselt. Namenlose Missetäter, die sich im Dunkeln verstecken. Es regt die Phantasie an, gibt den Menschen die Freiheit, jedes Szenario zu erfinden, das sie sich wünschen. Was will man mehr?«

Die Digitaluhr vor dem Fenice stand auf 537 an dem Tag, als Laura Migliori Spuren von grüner Farbe fand, und zwar genau dort, wo sie sie zu finden gehofft hatte. Das bedeutete, dass die gestutzte Gestalt im Vordergrund *tatsächlich* Vergil gewesen war. Um ein Uhr desselben Tages bestätigte ein Berufungsgericht in Mestre die Schuldsprüche gegen Enrico Carella und Massimiliano Marchetti. Anwälte der beiden jungen Männer kündigten an, sie würden mit ihrer Klage vor ein höheres Gericht ziehen, das *Cassazione*-Gericht in Rom, um zum zweiten und letzten Mal in Berufung zu gehen.

Ein Jahr später, im Hochsommer 2003, ähnelte das Theater einem lebensgroßen Sperrholzmodell seiner selbst: kahle Decke, kahle Mauern und Wände und fünf Etagen kahle hölzerne Logen. Es schien unmöglich, dass das Fenice in vier Monaten fertig sein würde, doch Bauleiter versicherten der Presse, dass der Wiederaufbau immer noch termingerecht verlaufe. Kurz nach Mittag am Tag 140 kam die Meldung aus Rom, dass das *Cassazione*-Gericht die letzte Berufungsklage von Carella und Marchetti abgewiesen hatte. Sie würden ins Gefängnis gehen.

Um 4 Uhr morgens erschien die Polizei an Marchettis Tür und führte ihn in Handschellen ab. Die Zeit war gekommen, seine sechsjährige Haftstrafe anzutreten.

»Dieses *Cassazione*-Gericht hat mir wirklich den Rest gegeben«, sagte Marchettis Anwalt, Giovanni Seno, als ich ihn eine Woche später anrief. »Normalerweise geben sie einem ein paar Tage Zeit, damit man seine Sachen regeln kann, bevor das Urteil rechtskräftig wird und sie einen einsperren. Unmenschen! Letztes Jahr hatte ich jemanden, der wegen

Drogenhandels neun Jahre gekriegt hat, und bei dem haben sie einen ganzen Monat gewartet, bevor sie ihn festgenommen haben. Aber das ist noch gar nichts. Mein Kompagnon hat eine Mandantin, eine drogensüchtige Räuberin und Prostituierte, und die läuft nach anderthalb Jahren immer noch frei rum, nur weil sie die Unterlagen vom Berufungsgericht nicht finden können, ohne die das Urteil nicht rechtskräftig ist. Und Marchetti kassieren sie schon ein paar Stunden später ein! Wohin, bitteschön, soll er denn abhauen, mit einer neugeborenen Tochter und einer Frau? Aber *Carella*!«

Enrico Carella war nicht zu Hause, als die Polizei ihn holen kam, auch später am Tag tauchte er nicht auf, und auch nicht am folgenden Tag. In einem Interview zwei Monate vorher hatte er Gianluca Amadori vom *Gazzettino* erzählt, er würde seine Strafe abbüßen, wenn seine Berufung scheitern sollte. Carellas Anwalt sagte kurz nach der Ablehnung der Berufungsklage, dass er bereits mit Carella gesprochen habe und dass dieser sich bald stellen werde. Am dritten Tag erklärten die venezianischen Behörden Carella für »vermisst«, aber nicht »untergetaucht«. Am Ende der Woche erklärten sie ihn für flüchtig.

»Wer hat jetzt das Kautionsgeld verloren?«, fragte ich Seno. »Und wie hoch war es?«

»Was für eine Kaution?«, fragte er. »Wir haben kein Kautionssystem in Italien. Wir hatten eines für zwei oder drei Jahre, aber es gab keine Kautionsbürgen, wie bei Ihnen in Amerika, also konnten nur die reichen Beschuldigten frei kommen. Es wurde ein politischer Streitpunkt.«

»Glauben Sie, die Polizei sucht noch nach ihm?«

»Ganz bestimmt, weil es doch eine beschämende Niederlage für sie ist. Sie haben nicht denjenigen gefangen, den sie hätten fangen sollen. Meiner Meinung nach hat Carella sich in letzter Zeit eindeutig wie jemand verhalten, der vorhat, eine Fliege zu machen. Er hat sich darauf vorbereitet. Selbst das Interview, das er dem *Gazzettino* gab, war Teil des Täuschungsmanövers, indem er gesagt hat, er würde seine Strafe absitzen, falls das *Cassazione* seine Berufung abwies.

Es ist noch nicht vorbei. Ich bin seit dreißig Jahren im Geschäft, und ich bin es nicht gewöhnt, Fälle zu verlieren. Ich habe die Sache noch nicht zu den Akten gelegt. Ich habe alles im Computer. Und ich verspreche Ihnen, wenn irgendwas passiert, dann gebe ich Ihnen Bescheid. Ich habe Ihnen nicht alles erzählt. Da muss ich ganz ehrlich mit Ihnen sein. Ich habe Ihnen nicht alles erzählt.«

Was immer es war, das Giovanni Seno mir vorenthielt, es kann Massimiliano Marchetti kein großer Trost gewesen sein, der seine Haftstrafe in einem Gefängnis in Padua absaß – dasselbe Gefängnis, aus dem Senos alter Mafia-Mandant, Felice »Engelsgesicht« Maniero einige Jahre zuvor ausgebrochen war.

Ich ging nach Solzano, um die Marchettis zu besuchen. Wir saßen in der Küche und tranken Cola, wie bei meinem ersten Besuch.

»Wegen »Engelsgesicht« Mariano«, sagte Marchettis Vater, »halten sie die Gefangenen jetzt den ganzen Tag lang in ihren Zellen eingesperrt.«

Obwohl die Marchettis von Sorgen gezeichnet und niedergeschlagen waren, spürte ich, dass sie auch erleichtert waren zu wissen, dass der Countdown zur Beendigung ihres Alptraumes begonnen hatte. Bei guter Führung konnte Massimiliano in zwei Jahren und acht Monaten wieder draußen sein.

»Aber sie finden trotzdem noch Methoden, um ihn zu quälen«, sagte seine Mutter. »Letzte Woche haben sie ihm einen offiziellen Brief geschickt, in dem stand, dass seine

Strafe falsch berechnet worden sei und dass er noch zusätzlich vierzehn Tage in Haft bleiben müsse.«

»Dann haben sie ihm eine Rechnung für die Prozesskosten geschickt«, sagte sein Vater. »Zweitausendfünfhundertzweiundachtzig Euro.« Signora Marchetti schüttelte den Kopf.

»Haben Sie irgendwas von Ihrem Neffen Enrico Carella gehört?«

»Nein«, sagte Signora Marchetti.

»Was sagt Ihre Schwester zu seinem Verschwinden?«

»Ich habe nicht mehr mit ihr gesprochen«, erwiderte sie.

»Tatsächlich? Seit wann?«

»Das ist jetzt drei Monate her, seit Massimiliano ins Gefängnis ging. Sie hat nicht mehr mit mir geredet. Sie hat nicht angerufen.«

»Und Sie haben sie auch nicht angerufen?«

»Nein. Sie ist diejenige, die anrufen muss.«

»Weil Sie das Gefühl haben, dass Enrico für all Ihre Sorgen verantwortlich ist?«

»Wir wünschen uns nur, er hätte Massimiliano nie diesen Job angeboten«, sagte ihr Mann.

Als ich wieder in Venedig war, ging ich zur Giudecca, um Lucia Carella, Enricos Mutter, aufzusuchen. Seit dem Tag, als ihr Sohn verschwand, hatte sie nichts mehr von ihm gehört.

»Mir ist es lieber, ich höre nichts von ihm«, sagte sie, »denn wenn ich etwas hören würde, dann würde das bedeuten, dass irgendwas passiert ist. Wenn ich nichts höre, dann denke ich, dass es ihm gut geht. So gut es jemand gehen kann, der auf der Flucht ist.«

»Denken Sie, dass Ihr Telefon abgehört wird?«

»Telefone, Handys, die Telefone seiner Exfreundinnen, die Telefone von allen. Die hoffen natürlich, dass er mich anruft. Ich höre immer so komische Geräusche, wenn ich telefoniere.«

»In seinem Interview im *Gazzettino* hat Enrico gesagt, Massimilianos Eltern seien an allem Schuld. Warum hat er das gedacht?«

»So, wie sie sich verhalten haben.«

»Haben sie irgendwas direkt zu Enrico gesagt?«

»Nein, auf keinen Fall.«

»Ihre Schwester hat mir erzählt, Sie beide hätten seit etwa drei Monaten nicht mehr miteinander gesprochen.«

»Sie rief an dem Tag an, als Massimiliano verhaftet wurde, aber seitdem habe ich nichts mehr von ihr gehört. Meine Mutter wohnt bei mir, und das heißt, dass sie mit ihrer Mutter auch nicht gesprochen hat. Und da ich acht Jahre älter bin – und meine Mutter ist übrigens achtzig – finde ich, dass sie uns anrufen muss, oder zumindest ihre Mutter.«

»So stehen die Dinge jetzt also.«

»Sie war immer die jüngste und verwöhnteste. Sie findet, ich soll anrufen, und ich finde, sie soll anrufen. Es ist dämlich, und je länger es so weitergeht, desto schlimmer wird es.«

»Es ist traurig.«

»Ja, es ist traurig. Aber vielleicht greife ich irgendwann plötzlich zum Hörer und rufe sie an. So eine bin ich.«

»Ihre Schwester ist zurzeit wahrscheinlich etwas in Sorge.«

»Ja, sie ist in Sorge, aber ich bin mehr in Sorge als sie. Sie weiß wenigstens, wo ihr Sohn ist. Aber ich weiß nicht, wo meiner ist.«

15

OFFENES HAUS

Der schmale Kanal zwischen dem Hotel Gritti und dem Palazzo Contarini war die einzige Route, über die Baumaterial vom Canal Grande zum Fenice verschifft werden konnte. Die ersten Ladungen hatten aus Kran- und Gerüstteilen bestanden, spätere aus Ziegelsteinen, Balken, Rohren und Brettern – den Bausteinen des Theaters. Jetzt, nach an die zwanzigtausend Bootsladungen, kamen die Raffinements: die vergoldeten Verzierungen, die bemalten Leinwände, die Lichtanlagen, die mit rosenfarbenem Samt bezogene Bestuhlung. Die Uhr vor dem Fenice, die die Tage abzählte, zeigte jetzt nur noch zweistellige Zahlen an, und die Arbeiten verliefen immer noch termingerecht, plus minus ein paar Tage.

Als sich das Fenice endlich seines Gerüsts und seiner Bauzäune entledigte, löste sich die trübe Stimmung vom Campo San Fantin. Das Ristorante Antico Martini tauchte aus den Schatten auf und sonnte sich im Glanz der frisch gesäuberten Fassade des Fenice. »Hier und da haben wir ein paar Streifen mit Verfärbungen gelassen, damit es nicht allzu neu aussieht«, sagte Franco Bajo, der leitende Bauingenieur. »Das ist die Kritik, die wir am häufigsten erwarten, dass das Fenice nicht alt genug aussieht.«

Im Innern des Theaters verwandelte sich der Zuschauerraum allmählich wieder in eine arkadische Waldlichtung. Ranken, Blumen, Waldtiere und mythische Wesen erkletterten die Wände und Brüstungen gen Decke, wo barbusige Nymphen in den vergoldeten Wirbeln eines sylvanischen Stromes badeten.

Wie sich herausstellte, hatten die Tausenden von Farbfotos des Theaterinnenraums nicht viel geholfen, um die echten Farben zu bestimmen. Durch die seidenen Lampenschirme auf den Wandleuchten im Saal hatte das Licht eine verzerrende gelbe Tönung bekommen. Nur auf eine Quelle war Verlass: die Eröffnungsszene von Luchino Viscontis *Senso* aus dem Jahr 1954, dem ersten abendfüllenden italienischen Film, der in Farbe gedreht wurde. Visconti hatte mit großer Sorgfalt das Italien von 1866 nachempfunden. Er entfernte die Lampenschirme des Fenice, um den Eindruck zu erwecken, das Theater werde mit Gaslicht beleuchtet, wodurch er eine beinahe perfekte Farbreproduktion zustande brachte.

Man beschloss, das Fenice mit einer Orchesterwoche zu eröffnen anstatt mit einer Opernproduktion, da die Bühnentechniker erst noch in der Bedienung der computergesteuerten Bühnenmaschinerie ausgebildet werden mussten. Der reguläre Opernbetrieb würde ein Jahr später beginnen. Für die feierliche Premiere würde Ricardo Muti Orchester und Chor des Fenice dirigieren.

Um mit dem Ansturm auf Eintrittskarten fertig zu werden, wurde eine Versteigerung im Internet veranstaltet, mit Preisen, die zunächst zwischen € 570 und € 1900 lagen und dann, je mehr Karten verkauft wurden, Tag für Tag fielen. Es war eine Art ›Theaterkassenpoker‹: Je länger man wartete, desto billiger wurden die Plätze, doch umso begrenzter wurde auch die Auswahl. Wartete man zu lange, konnte es einem passieren, dass das Konzert ausverkauft war.

Das war allerdings nicht die einzige Möglichkeit, an Karten zu kommen. Es war kein Geheimnis, dass Hunderte von

Premierenkarten an Prominente und Personen mit guten Verbindungen verschenkt wurden. Nur Dummköpfe und die wahrhaft Verzweifelten kauften eine Karte. Doch dies war ein Schauspiel, dem ich mich verpflichtet fühlte beizuwohnen, und so kaufte ich am letzten Versteigerungstag zähneknirschend eine Karte für einen Platz im dritten Logenrang für € 460.

Bürgermeister Costa hatte sich die größte Mühe gegeben, den Abend als ein Weltklasseereignis mit Starprominenz zu verkaufen. Sein Büro ließ die Namen wahrscheinlicher Besucher durchsickern, unter ihnen die Schauspieler Al Pacino, Jeremy Irons und Joseph Fiennes, die sich alle drei in der hektischen Herstellung vom *Kaufmann von Venedig* befanden – allerdings nicht in Venedig. Der Film wurde in Luxemburg billig gedreht. Schon beinahe auf den Knien versprach Bürgermeister Costa, wenn sie zur Premiere kämen, würde er sie unmittelbar nach dem Konzert per Privatjet nach Luxemburg zurückfliegen lassen, rechtzeitig für die Dreharbeiten am nächsten Morgen.

Während zwei Tage vor dem Konzert die ersten Würdenträger eintrafen, wurden die Sicherheitsvorkehrungen um das Fenice herum verstärkt. Straßen wurden abgesperrt. Polizei und Feuerwehr war überall präsent, wenn auch aus verschiedenen Gründen. Die Polizei beschützte die VIPs vor Terroristen, die Feuerwehrleute veranstalteten lautstarke Demonstrationen wegen eines Tarifstreits, mit der Absicht, den Bürgermeister in Verlegenheit zu bringen.

Als der Präsident und Italiens First Lady, Carlo und Franca Ciampi, aus Rom eintrafen, verfolgten die lokalen und nationalen Medien jede ihrer Bewegungen. Der *Corriere della Sera* berichtete, dass die Ciampis ein High-Society-Essen, das Larry Lovett ihnen zu Ehren gab, hatten sausen lassen zugunsten eines sentimentalen Mittagessens in der Taverna La Fenice, wo sie während ihrer Hochzeitsreise neunundfünfzig Jahre zuvor gespeist hatten. Dem *Gazzettino* zufolge aßen die Ciampis Zwerggarnelen mit Polenta, Kabeljau in Sahne, Pasta mit Artischocken und Scampi, überbackenen Wolfsbarsch und venezianisches Gebäck, begleitet von Prosecco und Tokaier.

Während sich die Stunde der Premiere näherte, erinnerte ich mich an die Worte des Maskenbauers Guerrino Lovato, der das Erlebnis des Opernbesuchs als ein allmählich sich entfaltendes Ritual beschrieben hatte, das bereits daheim beginnt, wenn der Opernbesucher sich für den Abend umkleidet. Wenn das der Fall war, dann begann mein Abend in der Oper ungefähr in dem Moment, in dem ich mit einer Hand versuchte, meine Kragenknöpfe durchzustecken, und mit der anderen den Telefonhörer hielt und von Ludovico De Luigi vernahm, dass der Abend eine unwürdige Farce sei.

»Es wird eine Darstellung von Eitelkeit, Gewöhnlichkeit und Selbstbeweihräucherung«, sagte er. »Costa prahlt schon, dass die Wiedereröffnung des Fenice bedeutet, dass ›noch Leben in der Stadt steckt.‹ Es bedeutet nichts dergleichen. Bedauerlicherweise ist Venedig bereits tot. Alles basiert auf der Ausbeutung des Kadavers – der schamlosen Ausbeutung des Kadavers.« De Luigi würde nicht zur Premiere kommen. Die Versuchung, ein weiteres *Scherzo* zu inszenieren, wäre einfach zu groß, sagte er, und die Polizei sei ohnehin schon nervös, jetzt, wo die protestierenden Feuerwehrleute die Sicherheitslage verkomplizierten. Heute Abend gäbe es Nulltoleranz für spontane künstlerische Äußerungen. Außerdem habe De Luigi keine Einladung bekommen, und er habe nicht die Absicht, eine Karte zu kaufen.

Mein Premierenritual entfaltete sich weiter, als ich den Vaporetto Nummer 1 bestieg, zur Fahrt den Canal Grande entlang. Einige Tage zuvor war berichtet worden, dass Enrico Carella kurz auf einem Vaporetto gesichtet worden sei. Ich sprach später mit Felice Casson darüber.

»Ich bezweifle, dass die Polizei ihn wirklich sucht«, sagte Casson. »Wenn er ein Terrorist wäre, oder ein Mafia-Boss von einiger Bedeutung, dann würde man spezielle Fahndungsteams bilden, entweder mit den Carabinieri oder der Polizei, und dann wäre es nur noch eine Frage der Zeit. Die haben sehr wirkungsvolle Methoden. Aber wahrscheinlich denken sie, dass Carella die Mühe nicht lohnt. Da gehen andere, gefährlichere Fälle vor.«

Ich hatte kurz die Idee, diese Information an Lucia Carella weiterzugeben, die es wahrscheinlich als eine willkommene Nachricht aufgenommen hätte. Aber das wäre Einmischung. Außerdem war Casson viel zu schlau. Wenn ich ihr gegenüber wiederholte, was er mir erzählt hatte, könnte Signora Carella sich in Sicherheit wiegen und ihm direkt in die Hände spielen. Es ging mich nichts an. Auf alle Fälle war Enrico Carella am Abend der Wiedereröffnung des Fenice nicht an Bord des Vaporetto Nummer 1.

Das grelle Licht der Fernsehscheinwerfer erleuchtete den Campo San Fantin und den roten Teppich, der sich die Stufen des Fenice hinab ergoss. Ein Stück vor mir betrat gerade Präsident Ciampi das Theater, so gut wie unsichtbar inmitten einer Phalanx von Ehrengardisten. Sie trugen Galahelme mit aufgesteckten Pferdeschwänzen, die wie Fontänen weißer Haare aussahen.

Ich ging direkt nach oben zum Dante-Saal, der jetzt als Bar diente, neugierig, wie das *Inferno*-Fresco nun wohl aussah. Laura Migliori und ihr Team hatten die Farben in den erhalten gebliebenen Teilen aufgefrischt und die fehlenden Figuren in Umrissen vor einem schlichten Hintergrund gezeichnet. Ich betrachtete gerade die Zeichnung von Vergil und seinem Lorbeerkranz, als mich jemand am Ellbogen zupfte.

Ich drehte mich um und sah mich einem rotgesichtigen Mann gegenüber, der mir vage bekannt vorkam und mich anlächelte, als würde er mich kennen. Es war Massimo Donadon – der Rattenmann von Treviso. Ich hatte ihn seit dem Karnevalball von 1996 nicht mehr gesehen.

»Signor Donadon!«, sagte ich. »Was macht das Rattengiftgeschäft?«

»Ich bin gerade aus den Niederlanden zurück«, sagte er. »Ich habe neue Kunden.«

»Was ist Ihr Geheimrezept für holländische Ratten?«, fragte ich.

»Lachs und Käse«, erwiderte er.

»Keine holländische Schokolade?«

»Ein wenig, nicht viel.«

Donadons Miene wurde plötzlich ernst.

»Es passiert etwas sehr Merkwürdiges in Italien«, sagte er. Er bedeutete mir, mit ihm in die Ecke des Raumes zu gehen, wo wir uns besser verstehen konnten.

»Mir ist aufgefallen«, sagte er, »dass in den letzten paar Jahren italienische Ratten lieber Plastik essen anstatt Parmesankäse.«

»Wirklich!«

»Mein gesamtes Geschäft fußt, wenn Sie sich erinnern, auf der Annahme, dass Ratten fressen, was Menschen essen.«

»Ja, natürlich erinnere ich mich.«

»Aber Menschen essen kein Plastik!«, sagte er. »Mein Gott, ich bin ruiniert! Was soll ich bloß tun? Ratten fressen jetzt Dinge, die Menschen nicht essen! Das kann doch nicht wahr sein!«

Dann, ebenso schnell, hellte sich Donadons Miene wieder auf.

»Schließlich hatte ich die Erleuchtung!«, sagte er. »Plastik ist ein Nicht-Lebensmittel. Stimmt's?«

»Ja, absolut.«

»Und mir wurde klar: *Menschen essen auch Nicht-Lebensmittel.*«

»Tun wir das?«

»Ja! Wir essen Fastfood! Fastfood ist ein Nicht-Lebensmittel! Plastik ist für die Ratten das Äquivalent zu Fastfood! Es ist also alles bestens: Ratten imitieren immer noch die Essgewohnheiten der Menschen, und, wie Menschen, verlieren sie ihren Geschmack für natürliche Lebensmittel. Sie sind auf Junkfood umgestiegen.«

»Und was machen Sie damit?«, fragte ich.

»Ich habe schon was gemacht!«, sagte Donadon triumphierend. »Ich habe granuliertes Plastik in mein italienisches Rattengift getan!«

»Wirkt es?«, fragte ich.

»Traumhaft«, erwiderte er.

Ich beglückwünschte Donadon zu seinem neuen Erfolg und arbeitete mich zum Theatersaal und zur Treppe zum dritten Rang durch. Auf der Treppe begegnete ich Bea Guthrie. Sie war zur Eröffnung aus New York herübergeflogen, begleitet von der neuen Präsidentin von *Save Venice*, Beatrice Rossi-Landi. *Save Venice* war ein großer Spender für das Fenice gewesen, mit einem Betrag von $ 300 000 für die Decke.

Ich nahm meinen Platz ein und betrachtete die fünf vergoldeten Logenränge. Sie waren spektakulär, aber die Farben waren merklich leuchtender und frischer als im früheren Theater. Die Vergoldung sah sogar richtig neu aus. Ich nahm jedoch an, dass alles etwas weniger grell wirken würde, wenn erstmal die Lichter für das Konzert abgedämpft wurden. Vorläufig hatte das helle Licht den Vorteil, dass man die

Details besser erkennen und sich die Leute besser ansehen konnte.

Filmstars waren keine in Sicht, und das würde sich auch nicht ändern, denn Pacino, Irons und Fiennes saßen in Luxemburg im Nebel fest.

Unten im Parkett im Mittelgang stand Prinzessin Michael of Kent, groß und blond, ein blitzendes Krönchen im Haar, und plauderte mit der Ballerina Carla Fracci. Die Gastgeberin der Prinzessin, Marchesa Barbara Berlingieri, folgte ihr wie ein Schatten, drehte sich um, wenn die Prinzessin sich umdrehte, hielt inne, wenn die Prinzessin es tat. Larry Lovett kam auf sie zu, um sie zu begrüßen. Lovetts neue *Venetian Heritage* war ein großer Erfolg gewesen. Er hatte klugerweise ein etwas anderes Mandat als das von *Save Venice* gewählt, indem nicht nur Restaurationen in Venedig finanziert wurden sondern überall in der früheren venezianischen Republik – in Kroatien, in der Türkei und anderswo. Obwohl *Venetian Heritage* nichts zum Wiederaufbau des Fenice beigetragen hatte, hatte Lovett zwei erstklassige Plätze im Parkett bekommen, am Mittelgang. Das könnte die unzufriedene Miene auf Bea Guthries Gesicht erklären, dachte ich, als sie höher und höher zu ihrem Gratisplatz kletterte, wobei sie der von *Save Venice* finanzierten Decke immer näher kam. Ob ihre Platzzuweisung das Ergebnis eines Konsensus innerhalb der Hierarchie des Fenice gewesen war oder das Werk eines einsamen Widersachers, die Beleidigung hätte offensichtlicher nicht sein können. Larry Lovett war eindeutig immer noch der Favorit unter einflussreichen Venezianern.

Das Publikum verstummte, als Mitglieder des Fenice-Orchesters auf die Bühne kamen und mit dem Stimmen begannen. Hinter ihnen nahm der Chor Aufstellung. Ich blickte mich im Saal um und erkannte einen Mann, der in einer Loge direkt mir gegenüber saß. Er suchte die Menge mit einem Opernglas ab, und mir kam in den Sinn, dass er vielleicht Jane Rylands suchte. Mrs. Rylands hatte kürzlich für eine Überraschung gesorgt, indem sie einen Band mit Kurzgeschichten veröffentlichte, die in Venedig spielten. Wie es schien, hatte sie für einige ihrer fiktiven Figuren real existierende Personen als Vorlage genommen, oder bestimmte Eigenschaften real existierender Personen, oder Kombinationen von real existierenden Personen. Der Mann mit dem Opernglas hatte eine Reihe unangenehmer Ähnlichkeiten zwischen sich und einer Figur entdeckt, die Zielscheibe einer besonders beißenden Satire in Janes Buch war. Jane behauptete, dass alle ihre Figuren gänzlich frei erfunden seien. Doch bei einem Empfang im Guggenheim-Museum hatte Philip Rylands den Mann in ein Gespräch verwickelt und irgendwann ganz unbekümmert ein harmloses Detail erwähnt, das sich auf die Abstammung des Mannes bezog, ohne zu ahnen, dass gerade dies von Jane erfunden worden war, als Teil der dünnen Tarnung ihrer Figur.

Der Mann starrte Philip mit eisigem Blick an.

»Das stimmt doch, oder nicht?«, fragte Philip.

»Nur im Buch Ihrer Frau!«, erwiderte der Mann.

Klugerweise hatte Jane Rylands einen Bogen um Figuren oder Erzählstränge gemacht, die einen an Olga Rudge oder die Ezra-Pound-Stiftung erinnern könnten. Doch eine ihrer erniedrigendsten Karikaturen hatte eine entfernte Ähnlichkeit mit einer Frau, die zur Zeit des Wirbels um die Ezra-Pound-Stiftung eine von Janes vehementesten Kritikern gewesen war. Dieses und andere unsympathische Porträts erweckten den Eindruck, als habe Jane die Geschichten als Mittel benutzt, um alte Rechungen zu begleichen.

Und was die inzwischen eingegangene Ezra-Pound-Stiftung betraf, so brachte einer ihrer vorgesehenen Vermögenswerte, das ›verborgene Nest‹ von Ezra Pound und Olga

Rudge, ihrer Tochter, Mary de Rachewiltz, derzeit beträchtliche Mieteinnahmen. Pound-Memorabilien hatten an Wert zugenommen. 1999 bot Mary de Rachewiltz über Glenn Horowitz Bookseller in New York 139 Bücher ihrer Eltern, die jahrelang in der Brunnenburg gelagert waren, zum Verkauf an. Dazu gehörten signierte Erstausgaben der *Cantos* und Bücher von anderen Autoren, viele mit Randnotizen von Pound und Rudge. Horowitz verlangte über $ 1 Million Dollar, was so manchen dazu veranlasste sich zu fragen, was die 208 Kästen mit Olga Rudges Papieren, die 1987 für $ 7000 an die Ezra-Pound-Stiftung verkauft worden waren, und später an Yale für eine unbekannte Summe, jetzt wohl auf dem freien Markt wert wären.

Ricardo Muti fielen die glänzenden schwarzen Haare in die Augen, als er auf die Bühne schritt. Er verbeugte sich, hob seinen Dirigentenstock und dann spielte das Orchester die italienische Nationalhymne. Das Publikum erhob sich, drehte sich zur Königsloge am hinteren Ende des Saals und begrüßte das Präsidentenpaar mit einer langen Ovation. Neben den Ciampis standen der Patriarch von Venedig, Kardinal Angelo Scola, Bürgermeister Costa und seine Gattin Maura und der frühere Ministerpräsident Lamberto Dini, dessen Frau, Donatella, acht Jahre zuvor bei dem Ball von *Save Venice* in New York die Nachricht vom Brand bekannt gegeben hatte.

Mein Blick schweifte hinauf zum Löwen von Sankt Markus, der wie ein poliertes Diadem über der Königsloge angebracht war, an genau der Stelle, wo einmal die Insignien Frankreichs und Österreich gewesen waren. Es erinnerte mich daran, was Graf Ranieri da Mosto über die Königsloge gesagt hatte: »Das ist nicht mehr Napoleons Königsloge, und auch nicht Österreichs. Es ist unsere.«

Das Geschenk einer gut zwei Meter großen Statue Napoleons an die Stadt hatte eine höchst leidenschaftliche Debatte darüber ausgelöst, ob man sie annehmen solle oder nicht. Die Statue war 1811 von venezianischen Händlern in Auftrag gegeben worden, aus Dankbarkeit, dass Napoleon die Stadt zum Freihafen erklärt hatte. Sie hatte zwei Jahre lang auf dem Markusplatz gestanden, bis 1814, als Venedig an Österreich fiel. Danach blieb sie zweihundert Jahre lang verschollen und war erst kürzlich bei Sotheby's in New York wieder aufgetaucht, wo das *Französische Komitee zum Schutz Venedigs* sie für $ 350 000 gekauft hatte, um sie einem, wie sie meinten, dankbaren Venedig zu schenken.

Die Moderaten, unter ihnen Bürgermeister Costa und der Direktor der städtischen Museen, Giandomenico Romanelli, argumentierten, Napoleon und die Statue seien einfach ein Teil von Venedig und daher sei sie es wert, ausgestellt zu werden. Die Anti-Bonapartisten, zu deren Reihen Graf Girolamo Marcello, Graf da Mosto und die meisten im Spektrum Mitte-Rechts zählten, konterten, dass man mit derselben Begründung argumentieren könne, dass die Bronzebüste von Mussolini, die derzeit im Magazin des Correr-Museums lagerte, ebenfalls ausgestellt werden sollte.

Bei der Debatte wurden immer wieder Napoleons Raubzüge, Entweihungen und die anderen Schandtaten aufgelistet, die er gegen Venedig verübt hatte. Beinahe jeder ergriff für die eine oder andere Seite Partei. Peter und Rose Lauritzen waren lautstarke Anti-Bonapartisten. Ich hörte mir einen Teil eines Vortrages an, den Peter vor einer Gruppe englischer Studenten in der Accademia hielt. Die ersten Worte, die ich aus seinem Munde hörte, lauteten: »Napoleon sorgte dafür, dass vierzig Pfarrgemeinden in Venedig aufgelöst und einhundertsechsundsiebzig religiöse Gebäude und über achtzig Paläste zerstört wurden – *dem Erdboden gleich gemacht!* – und alle enthielten Gemälde und andere

Kunstwerke. Darüber hinaus ließen Napoleons Agenten zwölftausend Gemälde zur Konfiszierung auswählen, von denen sehr viele nach Paris geschickt wurden, um die Sammlungen des Musée Napoleon zu bereichern, wie es damals genannt wurde. Ich nehme an, wer von Ihnen schon einmal in Paris war, der war auch im Musée Napoleon. Heutzutage ist es sehr viel besser unter dem Namen Louvre bekannt, und natürlich ist es das größte Denkmal seiner Art für organisierten Diebstahl in der Geschichte der Kunst!«

Eine vom *Gazzettino* durchgeführte Meinungsumfrage ergab, dass die Öffentlichkeit sich 12 zu 1 gegen das Annehmen der Statue aussprach. Bürgermeister Costa nahm sie trotzdem an, und sie wurde mitten in der Nacht ins Correr-Museum geschmuggelt, wo sie in einer Nische hinter einem Schutzschild aus Plexiglas aufgestellt wurde. Monate später brachten die Anti-Bonapartisten Napoleon vor ein Adhoc-Tribunal à la Nürnberg und befanden ihn schuldig im Sinne der Anklage.

Auf dem Höhepunkt der Kontroverse schickten die Anführer der Anti-Statuen-Koalition Jerome Zieseniss, dem Leiter des Französischen Komitees, zwei Drohbriefe und rieten ihm, die Stadt zu verlassen. Ziesiness gab seiner Empörung Ausdruck, und von amtlicher Seite beeilte man sich, die Briefschreiber zu verurteilen. Obwohl die Gemüter inzwischen etwas abgekühlt waren, wurde die Schenkung der Statue immer noch weithin als eine Beleidigung Venedigs angesehen. Trotz alledem hatte Zieseniss zwei hervorragende Plätze bei der Wiedereröffnung des Fenice bekommen. Er saß im Parkett neben der Vorsitzenden des *World Monuments Fund,* Marilyn Perry.

Das Konzert begann mit Beethovens »Die Weihe des Hauses«, was natürlich eine treffende Wahl war. Es erinnerte mich an die Bemerkung, die Robert Browning 1890 seinem Sohn Pen gegenüber machte, als er erfahren hatte, dass Pen und seine reiche amerikanische Frau den riesigen Palast Rezzonico am Canal Grande gekauft hatten. »Sei kein kleiner Mann in einem großen Haus«, hatte Browning ihn gewarnt.

Henry James, bei den Curtis im Palazzo Barbaro, etwas weiter den Canal Grande hinunter, zu Besuch, schrieb seiner Schwester über die Neuigkeit: »[Palazzo Rezzonico] ist ganz und gar edel und herrschaftlich – aber ›Pen‹ ist nicht königlich, und wie der *train de vie* aussieht, wird sich zeigen. Gondolieri, die in Pensionen untergebrachte Freunde hereinführen, werden ihn nicht ausfüllen.« Drei Jahre später schrieb James an Ariana Curtis: »Der arme, groteske kleine Pen – und die geopferte kleine Mrs. Pen. Es scheint nur eine Art zu geben, in dieser merkwürdigen Welt bei Verstand zu bleiben, aber es gibt viele Arten, verrückt zu sein! Und eine Palazzo-Verrücktheit ist beinahe so beunruhigend – oder so konvulsivisch – wie ein Erdbeben – dem sie tatsächlich im Wesentlichen ähnelt.« Pen Browning hatte den Palazzo Rezzonico auf keine denkwürdige Art ausgefüllt. Es war sogar sinnigerweise Robert Browning selbst, der seinem Sohn die Schau stahl, indem er in dem Haus starb und seiner seitdem durch eine an der Fassade befestigte Plakette gedacht wird.

Die Curtis hatten Palazzo Barbaro über ein Jahrhundert lang bewundernswert »ausgefüllt«. Und jetzt, da der Barbaro in den Besitz von Ivano Beggio übergegangen war, dem Eigentümer des Motorradherstellers Aprilia, verfolgte Venedig den weiteren Verlauf, um zu sehen, wie gut die Beggios den Palazzo ausfüllen würden. Beggio hatte sich umgehend um die Säuberung der Doppelfassade des Barbaro gekümmert, und aus dem *piano nobile* ließ er bedeutende Gemälde zur Säuberung und Restaurierung entfernen.

Aber dann ... nichts. Monate vergingen, dann Jahre. Die

Fenster des *piano nobile* blieben verrammelt. Die Beggios wurden selten in Venedig gesichtet. Spezialisten, die angestellt waren, um an der Restaurierung zu arbeiten, waren vollkommen perplex. Es grassierte das Gerücht, dass die Beggios gehofft hatten, ihre Eigentümerschaft des Palazzo Barbaro würde zu ihrer Aufnahme in die venezianische Gesellschaft führen, und dass sie enttäuscht gewesen seien, als das nicht der Fall war.

Dann kam die Wahrheit ans Licht. Ivano Beggio war pleite! Die phänomenal erfolgreiche Motorradfirma Aprilia stand vor dem Bankrott. Der Palazzo Barbaro stand ein weiteres Mal zum Verkauf – aber nicht für die € 4,6 Millionen, die Beggio den Curtis bezahlt hatte. Die neue Verhandlungsbasis betrug angeblich € 10,7 Millionen. Es waren noch keine Angebote gemacht worden, und tragischerweise waren auch keine von dem jungen idealistischen Daniel Curtis zu erwarten – dem einzigen Curtis in fünf Generationen mit venezianischem Blut in den Adern. Daniel war plötzlich im Alter von siebenundvierzig an einem Aneurysma gestorben. Eine ganze Woche lang nach seinem Tod waren mitfühlende Nachrufe im *Gazzettino* erschienen. Einer fing die Stimmung all der anderen besonders ein: DANIEL. »Ein Freund auf ewig, *ein großer Venezianer*«.

Das Saallicht des Fenice wurde zum Beginn des Konzerts nicht gedämpft, weil der Abend im Fernsehen übertragen wurde, was bedeutete, dass der Barocksaal den ganzen Abend lang so hell wie ein Fernsehstudio sein würde. Die Feinheiten des Theaters würden nicht zur Geltung kommen, jedenfalls nicht diesmal. Ich schloss die Augen und lauschte der Musik. Nach Beethoven kam die Psalmensymphonie von Igor Strawinsky (in Venedig begraben), ein Te Deum von Antonio Caldara (in Venedig geboren) und der Kaiser-Huldigungsmarsch von Richard Wagner (in Venedig gestorben). Ich konzentrierte mich auf den Klang. War die Akustik gelungen? Die Experten behaupteten ja. Aber natürlich würde die Klangqualität für Besucher, die in den Logen saßen, vor allem im hinteren Teil der Loge, niemals so gut sein, wie sie für diejenigen waren, die im Saal selbst saßen.

Die typischsten Klänge in Venedig waren jedoch eigentlich nicht die im Fenice. Jürgen Reinhold, leitender Klangtechniker beim Wiederaufbau des Fenice, traf den Kern der Sache, als er sich überrascht zeigte über seine Entdeckung, dass der nächtliche Geräuschpegel in Venedig bei sehr niedrigen zweiunddreißig Dezibel lag. Fünfundvierzig Dezibel war die Norm in den meisten Städten. Für den Unterschied war natürlich das Fehlen von Autoverkehr verantwortlich. »Diese venezianische Stille hatte mich bezaubert«, sagte Reinhold. »Als ich wieder in meinem Haus in München war, war der Lärm unerträglich. Aber es waren nur die normalen Verkehrsgeräusche.«

Auch ich war von der Friedlichkeit Venedigs bezaubert gewesen, und von noch vielen anderen Dingen in Venedig dazu. Was anfangs größtenteils die Anziehung von Venedigs Schönheit gewesen war, hatte sich im Lauf der Zeit zu einer allgemeineren Verzauberung entwickelt. Von Anfang an behielt ich Graf Marcellos warnende Worte im Sinn: »Jeder in Venedig schauspielert ... Venezianer sagen nie die Wahrheit. Wir meinen genau das Gegenteil von dem, was wir sagen.«

Ich wusste, dass mir in Venedig die Wahrheit erzählt wurde, die Halbwahrheit und gelegentlich auch eine glatte Lüge, und ich war mir nie ganz sicher, was was war. Aber oft brachte die Zeit Klarheit. Nur ein paar Tage vor der Wiedereröffnung des Fenice zum Beispiel war ich, während ich die Arkade des Dogenpalastes entlangging, auf etwas Aufschlussreiches gestoßen. Ich bemerkte eine Plakette mit der Inschrift

»Loredan«. Ich dachte sofort an Graf Alvise Loredan, den Mann, dem ich bei dem Karnevalsball begegnet war und der drei Finger ausgestreckt hatte, als er mir, mehr als einmal, erzählte, es habe drei Dogen in seiner Familie gegeben.

So viel war durchaus wahr.

Graf Loredan erzählte mir auch, ein Loredan aus dem fünfzehnten Jahrhundert habe die Türken besiegt und dadurch verhindert, dass sie die Adria überquerten und die Christenheit vernichteten. Tatsächlich gab es einen bekannten Pietro Loredan, der die Türken im fünfzehnten Jahrhundert besiegt hatte. Doch der Mann, dessen auf der Plakette am Markusplatz gedacht wurde, war ein Loredan aus dem *siebzehnten* Jahrhundert namens Girolamo, ein Feigling, der mit Schande aus Venedig verstoßen wurde, weil er die Festung von Tenedos den Türken überlassen hatte, »zum großen Schaden der Christenheit und seines Landes«.

Alvise Loredan war in keiner Weise verpflichtet gewesen, vor mir die schmutzige Wäsche seiner Familie zu waschen. Seine Täuschung war harmlos, und ich akzeptierte sie als Teil des Schauspiels, als Teil des ewigen Mythos und Mysteriums von Venedig.

Nach dem Konzert trat ich auf den Campo San Fantin hinaus, wo ich einen Mann bemerkte, der zwei Schals um den Hals geschlungen hatte – einen aus weißer Seide, den anderen aus roter Wolle – und der im Mittelpunkt eines Blitzlichtgewitters stand. Es war Vittorio Sgarbi, der Kunstkritiker, der sich im Londoner Courtauld-Institut zur Persona non grata gemacht hatte, weil er mit zwei seltenen Büchern in seiner Tasche hinausspaziert war. Sgarbi posierte für die Fotografen, einen Arm um Signora Ciampi geschlungen und den anderen um die Hüfte einer Frau, die eine Mütze aus Perlen trug. Sgarbi war doch nicht Italiens Kulturminister geworden, zu dem die Gerüchteküche ihn bereits gemacht hatte. Er war zum Unterstaatssekretär für Kultur ernannt worden, was ein niedrigerer, aber immer noch prominenter Posten war – und ein überraschender, angesichts der Umstände.

Am Rande des *campo* warteten ein Dutzend seidenbestrumpfte Männer in schwarzen Capes und Dreispitzhüten, um die elfhundert Konzertbesucher zu den Booten zu geleiten, mit denen die Gäste zum Arsenal und zu einem großen Festbankett gebracht werden sollten. Teams von Party-Organisatoren hatten seit Wochen an den Dekorationen gearbeitet. Der *Gazzettino* hatte den Druck der Ausgabe des nächsten Tages – 15. Dezember 2003 – vorgezogen, damit die Gäste, wenn sie ihre Plätze beim Bankett einnahmen, von einem prächtigen großformatigen Farbfoto des Fenice auf der Titelseite begrüßt würden. Allerdings waren während des Tages Weltereignisse dazwischen gekommen, und als Folge würden die Gäste des heutigen Abends stattdessen an ihren Tischen durch das Aufmacherbild eines schmutzigen und verwirrten Saddam Hussein begrüßt werden, der nur wenige Stunden zuvor im Irak gefangen genommen worden war. Aber egal. Die Vorstellung, gemeinsam mit tausend Menschen zu speisen, fand ich nicht sonderlich reizvoll, und außerdem hatte ich sowieso andere Pläne. Ich verließ den Campo San Fantin und ging die Calle della Fenice hinunter zur Rückseite des Theaters, dann über eine kleine Brücke zum Haus in der Calle Caotorta, wo ich Signora Seguso einen Besuch abstattete, inzwischen Witwe des Maestro Archimede Seguso, des »Feuerzauberers«.

Wir standen an dem Fenster, wo Signora Seguso acht Jahre zuvor Rauch vom Fenice hatte aufsteigen sehen, und von wo Archimede Seguso die ganze Nacht lang den Brand beobachtet hatte. Signora Seguso sagte, sie habe keine Lust mehr durch ihr Fenster auf das Fenice zu blicken, weil trotz des ganzen Geredes von wegen »*com'era, dov'era*« das Fenice eindeutig nicht mehr so war, »wie es war«, vor dem Brand – jedenfalls nicht von ihrem Fenster aus. Der Nordflügel des Fenice, zehn Meter entfernt auf der anderen Seite des Kanals, war um einige Fuß höher wiederaufgebaut worden, als er früher gewesen war, und auf dem Dach war ein Sammelsurium von Metallschächten, Rohren und Zäunen angebracht worden, so dass die Aussicht jetzt eher an die Industrielandschaft von Marghera erinnerte als an den wunderschönen Blick über die Terracotta-Dachgiebel, den sie und ihr Mann früher genossen hatten.

Kein Fleck, keine Narbe, keine Spur oder verräterisches Zeichen des Brandes war mehr zu sehen, außer den wirbelnden, sich schraubenden Farbsplittern, die in der hohen schwarzen Vase auf Signora Segusos Nachttisch eingebettet waren. Diese Vase war die erste der über hundert »Fenice«-Stücke gewesen, die Archimede Seguso als seinen einzigartigen Augenzeugenbericht des Brandes hergestellt hatte. Diese hatte er seiner Frau als Geschenk mitgebracht.

Und wo waren die anderen?

Signora Seguso seufzte. Mit ihrem jüngeren Sohn Giampaolo hatte sie schon seit zehn Jahren nicht mehr gesprochen. Der Nachlass ihres Mannes war immer noch Gegenstand eines erbitterten Rechtsstreits, vier Jahre nach seinem Tod, und im Mittelpunkt standen die Schalen und Vasen der »Fenice«-Serie. Bis ein Gericht über ihr Schicksal entschied, würden diese Schöpfungen der Liebe und des Feuers in einem Lagerraum in der Glashütte verschlossen bleiben – von niemandem gesehen, von Staub bedeckt.

DANK

Über meine brillante Verlegerin, Ann Godoff, möchte ich nur so viel sagen, dass ich ihr ohne zu zögern folgte, als sie den Verlag verließ, der mein erstes Buch herausbrachte, und zu dem Haus kam, das dieses herausgebracht hat, und ich würde das Gleiche wieder tun. Meine Agentin, Suzanne Gluck, wechselte auch von einer Agentur zur anderen, und ich folgte ihr ebenso bereitwillig aus größtenteils denselben Gründen.

Zusätzlich zu den Personen, deren Unterstützung aus den Seiten dieses Buches ersichtlich wird, gab es noch sehr viele andere, die mir in vielerlei Hinsicht eine große Hilfe waren. In Venedig war da vor allem Pamela Santini stets gut gelaunt zur Stelle, wenn ich mit meinem Italienisch nicht mehr weiterkam, wenn es einen Pfad durch den Dschungel der Bürokratie zu schlagen galt oder wenn es darum ging, bei Recherchen zu helfen.

Unter den Venezianern zuallererst ein herzliches Dankeschön an den verstorbenen Alessandro Albrizzi, der Anfang der 70er Jahre der erste war, der mich mit viel Humor durch die unsichtbare Tür bat, die von der öffentlichen zur privaten Welt Venedigs führt.

Mein Dank gilt, aus unterschiedlichen Gründen, auch Robert Beard, William Blacker, Atalanta Bouboulis, Carla Ferrara, Joan FitzGerald, Fiora Gandolfi, Geoffrey Humphries, Antonio Leonardi, Jim Mathes, William McNaughton, Randy Mikelson, Aurelio Montanari, Eva Morgan, Robert Morgan, Sergio Perosa, Peter Peters, Tim Redman, Stefano

Rosso-Mazzinghi, Jeremy Scott, Toni Sepeda, Holly Snapp und Hiram Williams. Für ihre unermüdlichen Bemühungen bei *The Penguin Press* bin ich Liza Darnton, Tracy Locke, Sarah Hutson, Darren Haggar, Claire Vaccaro und Kate Griggs zu großem Dank verpflichtet.

Für ihre vielen hilfreichen Kommentare zu dem Manuskript geht mein Dank an Carol Deschere, John und Ginger Duncan, Annie Flanders, Sue Fletcher, Linda Hyman, Rhoda Koenig, Deborah Mintz, Joan Kramer und Marilyn Perry. Während der gesamten Recherche und dem Schreiben an diesem Buch war mir Sean Strub eine Quelle der Unterstützung und Ermutigung sowie ein feinfühliger und sehr geschätzter Sondierungspartner.

Im Verlauf meiner Recherchen zog ich eine große Menge publizierter Quellen zu Rate. Unter ihnen fand ich Gianluca Amadoris Berichterstattung für *Il Gazzettino* über den Brand des Fenice und dessen verworrenes Nachspiel besonders hilfreich. Seine gesammelten Berichte sind in überarbeiteter Form in seinem hervorragendem Buch *Per Quattro Soldi* (Editori Riuniti, Rom, 2003) erschienen.

Der vorzügliche Katalog für die Ausstellung, die in Boston im April 2004 vom Isabella Stewart Gardner Museum veranstaltet wurde, *Gondola Days: Isabella Stewart Gardner and the Palazzo Barbaro Circle* brachte viel Aufschluss über die Bostoner Familie Curtis, den Palazzo Barbaro und Henry James, desgleichen Rosella Mamoli Zorzis kenntnisreicher Kommentar in *Letters from the Palazzo Barbaro* (Pushkin Press, London, 1998).

Mein Dank gilt auch der Marciana-Bibliothek, dafür dass mir der Zugang zum Tagebuch des Daniel Sargent Curtis (1825-1908) gewährt wurde, der Beinecke Rare Book and Manuscript Library in Yale, für den Zugang zu den Olga Rudge Papers, sowie den Verfassern des unerlässlichen *Calli,*

Campielli e Canali (Edizioni Helvetia), die es mir ermöglicht haben, selbst äußerst geschickt versteckte und unmöglich abgelegene Plätze in Venedig zu finden.

DANK DES ÜBERSETZERS

Dank des Internets steht dem Übersetzer heutzutage neben den bewährten Buchquellen ein reichhaltiger Fundus von Recherchemöglichkeiten zur Verfügung. Doch manchmal hilft selbst der nicht weiter, und dann kann nur noch das direkte Gespräch mit dem Fachmann Klärung bringen. In diesem Fall war es der Glaskünstler Peter Kaspar in Neckarzimmern, der mir bei der Terminologie der Glasherstellung sehr behilflich war und dem ich an dieser Stelle danken möchte.